DÄNE-MARK
Kopenhgn.
Schonen
Lund
Malmö
Roskilde
Hadersleb
Hzm.
Norwich
Amsterdam
Leiden
Den Haag
Utrecht
Canterbury
Brügge
Antwerpen
Gent
Calais 1558 frz.
Dünk.
Nied
Brüssel
Lüttich
Aachen
Cambrai
Cateau-Cambrésis
Osnabrück
Münster
Weser
Braunschw.
Magdeburg
M. Brandenburg
Berlin
Frankfurt
Stettin
Lausitz
Wittenbg.
Mühlbg.
Sachsen
Dresden
Leipzig
Erfurt
Eisleben
Kassel
Hessen
Köln
Rhein
Marbg.
Schmalkalden
HEILIGES RÖMISCH
Luxemburg
Mainz
Trier
Frankfurt
Würzbg.
Prag
Kgr. Böhmen
1526 habsb.
Guise
Noyon
Crépy
Soissons
St. Denis
Paris
Fontainebleau
Verdun 1552 frz.
Lothr.
Metz 1552 frz.
Worms
Kurpfalz
Nürnbg.
Speyer
Oberpfalz
Regensburg
Straßbg.
Toul 1552 frz.
Stuttgart
Ingolstadt
Vassy
Joinville
Nemours
Orléans
Chambord
Bourgogne
Langres
Ulm
Augsbg.
Hzm. Bayern
Passau
Donau
Linz
Erzh.
Österrei
Freibg.
Konstanz
München
Inn
Salzburg
La Charité
Nevers
Frgft. Burgund
Basel
Zürich
Lande der Eidgenossen
Bern
Besançon
KREICH
REICH
Innsbruck
Tirol
Kärnten
Klagenf.
Steiermark
Bourbon
Clermont
Charolles
Beaujeu
Genf
Brixen
Trient
Laibach
Krain
Auvergne
Lyon
Hzm. Savoyen
Hzm. Mailand
Verona
Venedig
Udine
Triest
Rhône
Turin
Pavia
Mantua
Hzm.
Padua
REP. VENEDIG
Fsm. Orange 1530 nass.
Pinerolo
Saluzzo
Montferrat
Po
Hzm. Parma
Hzm. Modena
Ferrara
Ravenna
Avignon päpstl.
Aigues-mortes
Marseille
Nizza
Rep. Genua
Bologna
S. MARINO
Adriatisch
Rep. Lucca
Florenz
Urbino
Ancona
Narbonne
Perpignan
Roussillon
Toulon
Pisa
Grhzm. Siena Toskana 1569
Elba
Stato d. Presidi 1557 span.
Orvieto
KIRCHENSTAAT
Pescara
Korsika zu Genua
Rom
Kgr. Neapel
Pontecorvo
Benevent
Garigliano
Neapel
Sorrent
Menorca

CLAUDIA ZIEGLER

DAS MÄDCHEN MIT DEM ZWEITEN GESICHT

CLAUDIA ZIEGLER

DAS MÄDCHEN MIT DEM ZWEITEN GESICHT

ROMAN

Diana Verlag

MIX
Papier aus verantwortungsvollen Quellen
FSC® C014496

Verlagsgruppe Random House FSC-DEU-0100
Das für dieses Buch verwendete
FSC®-zertifizierte Papier *EOS*
liefert Salzer Papier, St. Pölten, Austria.

Karte Vorsatz: Putzger Historischer Weltatlas
104. Auflage, Cornelsen Berlin 2011, S. 116

Dieses Werk wurde vermittelt durch die Literarische Agentur
Thomas Schlück GmbH, 30827 Garbsen
Druck und Bindung: GGP Media GmbH, Pößneck
Satz: Leingärtner, Nabburg
Printed in Germany

978-3-453-29055-6

www.diana-verlag.de

Für Michael

SPANIEN, KASTILIEN, 1560 …

Prolog

Die Kapelle, die sie als Treffpunkt ausgesucht hatten, lag einige Meilen entfernt von Valladolid. Man musste ein Stück durch ein ausgedörrtes Wäldchen reiten, bevor man die schlichten, sandsteinfarbenen Mauern, die vor mehreren Jahrhunderten hier errichtet worden waren, im Licht der untergehenden Sonne erblickte.

Er konnte schon von Weitem ihre Pferde sehen, die sie an den Bäumen festgemacht hatten – sie warteten also bereits auf ihn. Mit einem tiefen Atemzug sog er die warme kastilische Abendluft ein. Obwohl er seine Entscheidung in keinem Moment bereute, verspürte er einen Anflug von Melancholie. Wer wusste schon, wann und ob er überhaupt jemals wieder nach Spanien zurückkehren würde.

Er zügelte das Tempo und stieg von seinem Pferd, um die letzten Schritte zur Kapelle zu Fuß zu gehen. Als er die schwere Tür aufzog und die Schwelle überschritt, wurde ihm bewusst, dass er in diesem Augenblick sein altes Leben und alles, was er bisher gewesen war, hinter sich ließ.

Der Herzog stand neben dem Altar, den Blick nachdenklich auf ein Gemälde der Jungfrau Maria und einer Heerschar von Engeln gerichtet. Er hatte ihm den Rücken zugewandt, und er war allein. Als er seine Schritte hörte, drehte er sich um.

»Señor Gomez!«, sagte der Herzog.

Er neigte höflich den Kopf. Alles, was es zu sagen gab, hatten sie längst besprochen. Er sah zu der Kleidung, die auf einer Holzbank bereitlag. »Das ist für mich bestimmt?«

»Ja, leider muss ich Euch bitten, sie anzuziehen!«

Er nickte. Es war die Kleidung eines französischen Landadligen, etwas zerschlissen und verschmutzt, so wie Hosen, Hemd und

Wams nach mehreren Wochen Gefängnis aussehen würden. Er unterdrückte seinen Widerwillen, als er die Sachen überzog. Von nun an würde er Franzose sein. Dann sah er die eisernen Handschellen.

»Wir werden sie Euch erst kurz vorher anlegen. Die Gefangenen tragen sie alle!«, erklärte der Herzog.

»Natürlich.« Er zog seinen Ring vom Finger – das Letzte, was ihn noch mit seinem alten Leben verband.

Ihre Blicke trafen sich.

»Seine Majestät lässt Euch noch einmal seine tiefe Dankbarkeit versichern«, sagte der Herzog.

»Es ist mir eine Ehre, dass ich nicht nur meinem Land und König, sondern auch meinem Glauben auf diese Weise dienen kann!«

Der Herzog nickte, als hätte er keine andere Antwort erwartet. »Die Auslieferung der französischen Gefangenen wird nächsten Sonntag stattfinden. Euer Mittelsmann wird sich mit Euch in Verbindung setzen, sobald Ihr Frankreich erreicht habt. Er wird Euch nach Orléans bringen.«

Orléans! Die Hochburg der Hugenotten. In den letzten Wochen und Monaten hatte er alles über sie gelernt, was man nur wissen konnte. Aber würde es ihm auch wirklich gelingen, in ihren Führungskreis vorzudringen?

»Habt Ihr Euch entschieden, welchen Namen Ihr zu Eurer Tarnung verwendet?«, fragte der Herzog.

»Ja, ›San Lorenzo‹!«, erwiderte er. Am Gedenktag des Heiligen hatte Spanien die Schlacht von St. Quentin gegen Frankreich gewonnen. An diesem Tag waren aber auch sein Bruder und sein Vater gefallen. Mit keinem anderen Namen als diesem hätte sich sein persönliches Schicksal besser mit dem Spaniens verbinden können.

Der Herzog neigte den Kopf. »So sei es! … Niemand außer Seiner Majestät und meiner Person wird Eure wahre Identität erfahren, das versichere ich Euch. Zu Eurem eigenen Schutz. Bis die Zeit gekommen ist, werden wir Euch so wenig wie möglich behelligen …«

Er nickte, er wusste, dass er ganz auf sich gestellt war und es vielleicht Monate, wenn nicht Jahre dauern konnte, bis sie seine Dienste wirklich in Anspruch nehmen würden.

»Gott stehe Euch bei Euren schweren Aufgaben bei, San Lorenzo!«, schloss der Herzog.

TEIL I

Die Gabe

FRANKREICH, 1564,
VIER JAHRE SPÄTER …

I

Man konnte ihre Pferde schon von Weitem hören – wie ein Donnergrollen, das langsam näher kam. Madeleine blieb unwillkürlich am Wegesrand stehen und hielt ihre kastanienbraunen Haare fest, die ihr der Wind ins Gesicht wehte. Konnte das sein? Eine plötzliche Aufregung ergriff sie. Das junge Mädchen fasste seinen Korb am Arm fester und hatte im selben Moment vergessen, dass seine Mutter ihm aufgetragen hatte, mit den Besorgungen, die es im Nachbarort beim Krämer Boudin gemacht hatte, auf dem schnellsten Weg wieder nach Hause zu kommen. Stattdessen raffte Madeleine ihren Rock, drehte sich um und lief zurück, in die Richtung, aus der der immer lauter werdende Hufschlag zu hören war. Sie sah, dass Bauern und Knechte ihre Arbeit auf den Feldern stehen ließen und zur Straße rannten, die unten am Fluss entlangführte. Außer Atem blieb Madeleines schmale Gestalt zwischen den anderen Menschen am Ufer stehen. Ein gespannter Ausdruck zeigte sich in ihren blaugrauen Augen. Würden die Gerüchte stimmen? Seit Wochen hieß es, dass der junge König Charles IX. und seine Mutter, die mächtige Catherine de Medici, auf ihrem Weg von Troyes nach Bar-le-Duc hier vorbeikommen würden. Im letzten Jahr war der dreizehnjährige Charles für volljährig erklärt worden, und nach dem Friedensschluss zwischen Hugenotten und Katholiken sollte der König nun sein Land und Volk kennenlernen. Eine fast zweijährige Reise durch Frankreich sei geplant, so erzählte man sich.

Gebannt starrte Madeleine zu den Hügelkämmen, zwischen denen in diesem Moment die ersten Umrisse des Trosses sichtbar wurden. Banner flatterten im Wind, und die Sonne spiegelte sich blendend in dem Gold und Stahl von Lanzen und Schilden. Es mussten Hunderte von Reitern sein. Nein, mehr, schoss es Madeleine durch den Kopf. Sie erinnerte sich, was Monsieur Legrand, der alte Apotheker, dem ihre Mutter den Haushalt führte, erzählt hatte. Angeblich reisten Tausende mit dem König und der Medici quer durchs ganze Land – der gesamte Hofstaat und Hochadel, die Ratsmitglieder, Botschafter, Soldaten und Priester und mit ihnen ihr Gesinde. Einen leichten Vorgeschmack auf die Größe dieser Reisegesellschaft hatte sie hier in der Gegend bereits vor zwei Tagen bekommen, als sich eine nicht enden wollende Karawane von Reitern und Fuhrwagen ihren Weg am Fluss entlangkämpfte. Es hatte sich jedoch nur um eine Vorhut von Handwerkern und Hofangestellten gehandelt, die mit dem königlichen Gepäck und Mobiliar vorreisten, um die Unterkünfte für den Herrscher und seine Familie vorzubereiten. So beeindruckend ihr Anblick gewesen war, er war in nichts mit dem vergleichbar, was Madeleine nun sah. Einem Gemälde gleich schien ihr das Bild vor ihr, und die Sechzehnjährige sog begierig jede Einzelheit davon auf. Allein die Farben! Niemals zuvor hatte sie Stoffe von solch leuchtendem Gelb und Rot gesehen, wie sie die Wämser und gebauschten Hosen der Bogenschützen und Garden zeigten. Sie ritten dem Zug voran, dem ein Heer von Menschen folgte: Männer mit federgeschmückten Hüten; Frauen, die juwelenbestickte Kleider trugen; Geistliche in schweren Umhängen und unzählige Diener und Pagen zu Fuß – begleitet von den jubelnden Rufen der Schaulustigen.

»Madeleine, Madeleine!«, hörte sie in diesem Augenblick hinter sich eine Stimme rufen. Die Gestalt eines sommersprossigen, strohblonden Mädchens drängte sich zwischen den Leuten zu ihr durch. Es war Agnès, die Tochter des Schmieds. »Mein Gott, ist das nicht aufregend!«, stieß sie mit hochroten Wangen hervor, als sie Madeleine begrüßte.

Die beiden Mädchen waren seit letztem Sommer befreundet. Madeleine mochte Agnès, die sie von Anfang an nie hatte spüren lassen, dass sie nicht von hier stammte. Das war nicht bei allen Menschen der Fall. Obwohl sie mit ihrer Mutter nun schon viele

Jahre in Éclaron lebte, haftete ihnen immer noch der Ruf der Fremden aus Deutschland an, und die Tatsache, dass Madeleine ohne Vater aufwuchs, hatte diese Vorurteile nicht unbedingt weniger werden lassen.

Ungläubig fasste sie Agnès am Arm und lachte sie an. »Ja, es ist wirklich der Zug des Königs!«, sagte sie mit leuchtenden Augen, denn sie konnte es noch immer kaum fassen, dass sie Zeuge dieses Schauspiels werden durfte.

Agnès deutete mit der Hand zum Flussufer. »Los, komm! Lass uns auf die Kaimauer steigen, dort kann man besser sehen«, sagte sie und zog sie mit sich.

Madeleine nickte und drängte sich mit Agnès zwischen den jubelnden Leuten bis zu der Mauer durch, auf die sie hinaufkletterten.

Die Mühe hatte sich gelohnt, und einen Moment lang verschlug es den beiden Mädchen den Atem.

»Oh, sieh nur!« Madeleine deutete auf die mit Gold verzierten Sänften, die man ein Stück weiter hinten erkennen konnte und von denen ihr eine prunkvoller als die andere erschien. Niemals zuvor hatte sie so etwas gesehen. Und nicht nur Menschen reisten mit dem Zug, sondern auch eine Vielzahl von Tieren – Pferde, Maulesel, Hunde und Ziegen wurden mitgeführt und sogar ein Bär und Leopard, wie sie ungläubig feststellte. Noch immer konnte man am Horizont kein Ende des Zugs ausmachen, der so groß wie eine ganze Stadt zu sein schien.

Der Tross, der inzwischen auf ihrer Höhe angekommen war, steuerte auf die alte Holzbrücke zu, die über den Fluss, weiter zur Straße nach Bar-le-Duc führte. Schon seit Wochen bereitete man sich dort auf den Empfang des hohen Besuchs vor. Die Königinmutter und Charles würden dem Herzog de Lorraine, der zum mächtigen Clan der Guise gehörte, die Ehre erweisen und an der Taufe seines neugeborenen Sohns teilnehmen.

Madeleine bemerkte, dass sich immer mehr Menschen am Wegesrand versammelt hatten – die Kunde vom königlichen Reisezug hatte sich so schnell wie ein Lauffeuer verbreitet. Der Wind strich ihr über die Wangen, und ihre Haare wehten ihr erneut ins Gesicht. Ihr Blick glitt zur anderen Uferseite, wo die Flügel einer Windmühle in den Himmel ragten. Ein Fuhrwagen hatte vor dem Gebäude gehalten, und mehrere Männer waren damit beschäftigt, ein Mühlrad abzuladen.

Die Leute um sie herum jubelten. Die Sonne strahlte, und einige Adlige ließen von ihren Dienern sogar Münzen unters Volk werfen, doch Madeleine ergriff plötzlich ein merkwürdiges Gefühl, ohne dass sie hätte sagen können, warum. Etwas entfernt konnte sie jetzt eine Sänfte sehen, die von mehreren Leibgarden umringt wurde. Ob der König oder Catherine de Medici in dem Gefährt saßen? Der anschwellende Jubel um die Sänfte ließ es vermuten. Neugierig versuchte sie Genaueres zu erspähen, doch die Menschen versperrten ihr die Sicht.

In diesem Augenblick hörte sie den Schrei. Er drang gedämpft und isoliert wie aus einer anderen Welt durch den Lärm zu ihr, und sie fuhr unwillkürlich zusammen.

»Hast du das gehört?«

»Was?«, erwiderte Agnès, die völlig von dem Geschehen vor ihnen gefangen genommen wurde.

»Den Schrei!«

»Aber hier schreien doch alle … Oh, schau, da vorn, das muss die Medici sein!«

Madeleine blickte sie verunsichert an. Sie war blass geworden. Agnès hatte es nicht gehört. Und die anderen Menschen scheinbar auch nicht. Hatte sie es sich denn nur eingebildet? Sie strich sich noch einmal die wehenden Haare aus dem Gesicht und richtete ihre Aufmerksamkeit wieder auf das bunte Treiben des Zugs. Da vernahm sie den Schrei erneut. Es war ein unmenschlicher Laut des Schmerzes, der sie bis in ihr Innerstes erschauern ließ. Unmerklich wandte sie den Kopf zur anderen Uferseite, wo sich die Mühle befand. Man hätte den Schrei unmöglich bis hierher hören können, doch sie wusste, dass er von dort gekommen war. Vor ihren Augen stieg mit einem Mal ein Bild auf. *Ein Fuhrwagen, der umgekippt war, und ein verletztes Bein – es war zer-*

quetscht worden, von einem schweren Gegenstand. Madeleine spürte, wie ihr der Schweiß auf die Stirn trat, und bekam Angst. Sie bemühte sich, das Bild aus ihrem Kopf zu vertreiben. Erleichtert stellte sie fest, dass es verschwand. Ihre Sinne spielten ihr bestimmt nur einen Streich, versuchte sie sich zu beruhigen – aber sie merkte, dass etwas nicht stimmte. Ihre Augen und Ohren nahmen mit geschärfter Aufmerksamkeit jede Einzelheit des Geschehens um sie herum wahr. Alles schien mit einem Mal klarer und intensiver als zuvor. Was war nur los mit ihr? Sie zwang sich, ihren Blick auf die Garden zu konzentrieren, die am Ufer entlangritten, doch es gelang ihr nicht – wieder stiegen Fragmente von Bildern vor ihr auf. *Menschen schwammen im Fluss und versuchten verzweifelt, sich an Land zu retten.* Madeleines Herzschlag beschleunigte sich. Panik ergriff sie. Warum sah sie nur diese Dinge? Ihre Finger verkrampften sich in den Falten ihres Rockes, und sie bemühte sich von Neuem mit aller Macht, die Bilder zu verdrängen, doch diesmal war das, was sie sah, stärker. Sie konnte nichts dagegen tun. *Wieder erblickte sie den Fluss. Menschen und Pferde trieben in der eiskalten Strömung – sie kämpften um ihr Leben und versuchten, in ihrer schweren Kleidung ans Ufer zu gelangen. Und dann sah sie die Brücke! Sie war eingestürzt und hatte sie alle mit sich gerissen … Der Kopf eines Jungen tauchte über Wasser auf. Er schnappte nach Luft, und einen Augenblick lang konnte sie seine angsterfüllten Augen so deutlich erkennen, als würde er direkt vor ihr stehen – dann wurde er in die Tiefe gezogen. Sein Fuß hatte sich im Steigbügel seines Pferds verfangen …*

Madeleine erschauderte. Sie hatte plötzlich selbst das Gefühl, den Boden unter den Füßen zu verlieren.

»Madeleine?«

Der Klang ihres Namens drang von weit her zu ihr.

»Was ist mit dir?«, fragte Agnès besorgt.

Doch Madeleine brachte kein Wort heraus. Sie hörte die jubelnden Menschen um sich herum und blickte zur Brücke, die unbeschadet über den Fluss führte. Nichts erinnerte an das furchtbare

Szenario, das sie eben noch gesehen hatte. Die Vorhut der Garden ritt inzwischen an ihnen vorbei auf die Brücke zu. Sie mussten den Fluss überqueren, um weiter nach Bar-le-Duc zu kommen ... Und plötzlich wusste Madeleine, dass es passieren würde. Ein heftiger Schwindel überkam sie, der so stark war, dass sie fürchtete, die Besinnung zu verlieren.

»Madeleine!«

Ihr Herz raste. Mit einem Ruck wurde sie zurück in die Wirklichkeit gerissen. Sie fuhr zu Agnès herum, die sie entsetzt anstarrte.

»Mein Gott, was ist denn bloß mit dir? Du bist ja ganz weiß und zitterst!«

»Die Brücke, sie wird einstürzen!«, stieß Madeleine angsterfüllt hervor.

Agnès schaute sie verständnislos an. »Was redest du denn da?«

Doch Madeleine hatte keine Zeit, denn sie erkannte, dass sich die ersten Reiter der Garden bereits anschickten, die Brücke zu überqueren.

»Nein, nicht!« Ihr gellender Ruf ließ die Menschen vor ihnen überrascht herumfahren. Madeleine ließ ihren Korb fallen und war mit einem Satz von der Mauer gesprungen. Wie von Sinnen stürzte sie zwischen den Leuten durch.

»Nicht! Bleiben Sie stehen!« Verzweifelt versuchte sie, sich dem Reisezug, der sich wegen der Vielzahl der Menschen und Reiter vor der Brücke staute, in den Weg zu stellen.

Ein Pferd scheute. »Weg da, Mädchen!«, herrschte ein Offizier der Leibgarden sie an. Er bemühte sich, sie mit dem Pferd zur Seite zu drängen, doch das Tier tänzelte nervös auf der Stelle und brachte den Tross dahinter zum Halten.

»Nein, nicht! Sie dürfen nicht weiterreiten.«

Doch der Offizier hörte ihr gar nicht zu. »Aus dem Weg, habe ich gesagt!« Aufgebracht über ihr dreistes Verhalten, schlug er mit seiner Reitgerte nach ihr. Madeleine versuchte schützend ihren Arm vor das Gesicht zu nehmen. Die Hiebe trafen sie schmerzhaft an der Hand und hinterließen rote Striemen auf ihrer hellen Haut.

»Würden Sie die Güte haben, das Mädchen in Ruhe zu lassen, Monsieur!« Ein Knabe, der kaum älter als zehn oder elf Jahre alt sein konnte, hatte seinen Rappen neben dem Offizier zum Stehen gebracht. Er war schlicht gekleidet, doch sein Mantel, der aufwendig bestickt war, zeigte ebenso wie die Art, in der er sprach, dass er von Rang sein musste. Der Offizier ließ mit zusammengebissenen Lippen die Gerte sinken. »Sie versperrt uns den Weg!« Erneut trieb er sein Pferd an, und endlich gelang es ihm, sich an Madeleine vorbeizudrängen.

»So hören Sie mir doch zu. Sie dürfen nicht weiter. Die Brücke – sie wird einstürzen!«, rief sie ihm hinterher.

Der Junge blickte sie erstaunt an. Trotz seiner kindlichen Gesichtszüge zeigte sich in seinen Augen bereits ein ungewöhnlich erwachsener Ernst.

Sein Gesicht kommt mir bekannt vor, dachte Madeleine, als sie eine Bewegung auf der gegenüberliegenden Uferseite dazu brachte, den Kopf zu wenden.

Sie erstarrte – der Fuhrwagen vor der Mühle war umgekippt. Ein Mann daneben war gestürzt, und ein großer, dunkler Gegenstand, der immer schneller und schneller wurde, rollte den Abhang hinunter – genau auf die Brücke zu. Es war der Mühlstein!

Madeleine spürte, wie es ihr die Kehle zuschnürte.

Der Junge hatte es auch gesehen. »O Gott, nein!« Sein Gesicht war blass geworden. Dann sprang er in seinen Steigbügeln hoch. »Zurück!«, schrie er den Männern zu, die sich bereits auf der Brücke befanden.

Doch es war zu spät, im selben Moment donnerte der Mühlstein auch schon mit geballter Kraft gegen einen der Pfeiler. Ein ohrenbetäubender Knall, gefolgt von dem Geräusch berstenden, splitternden Holzes war zu hören. Menschen schrien auf, als der Pfeiler in sich zusammensackte wie ein umgeknickter Grashalm. Und dann wurde der Albtraum Wirklichkeit. Die Brücke krachte in sich zusammen und riss die Reiter und Männer, die sich auf ihr befanden, mit in die Tiefe des Flusses. Madeleine wurde schwarz vor Augen. Das Letzte, was sie sah, war das entgeisterte Gesicht des Knaben, und plötzlich wusste sie, woher sie ihn kannte. Er war der Junge, den sie im Fluss hatte untergehen sehen. Dann verlor sie auch schon die Besinnung.

2

Etwas Kühles auf ihrer Stirn brachte sie wieder zu Bewusstsein. Wo war sie? Sie konnte sich nicht daran erinnern, was geschehen war. Ein Mann mit einer weiß gefächelten Halskrause gab ihr aus einem Becher einen Schluck Wasser zu trinken. Fremde Menschen standen um sie herum, und sie war dankbar, dass sie zwischen ihnen wenigstens ein vertrautes Gesicht entdecken konnte. Es war Agnès, die sie besorgt anblickte.

»Was ist passiert?«, fragte sie verwirrt.

»Die Brücke ist eingestürzt, und du bist ohnmächtig geworden. Du warst eine ganze Weile nicht bei Bewusstsein, Madeleine«, erwiderte Agnès.

Madeleine? Selbst der Klang ihres eigenen Namens schien ihr im ersten Moment fremd. Sie fühlte sich seltsam losgelöst von allem. »Welche Brücke?«, fragte sie.

Agnès schaute sie betroffen an. »Das weißt du nicht mehr? Aber du hast doch das Unglück vor allen anderen gesehen!« Es klang, als läge ein versteckter Vorwurf in ihren Worten.

Madeleine schüttelte hilflos den Kopf. Eine schreckliche Furcht begann sie zu ergreifen. Was war nur los? Warum konnte sie sich nicht entsinnen, was geschehen war?

Der Mann, der ihr den Becher gereicht hatte, betrachtete die roten Striemen auf ihren Händen, die die Reitgerte des Offiziers hinterlassen hatte. Er tätschelte ihren Arm. »Es ist nicht ungewöhnlich, dass man sich nach einer Ohnmacht nicht erinnert, was geschehen ist«, sagte er. Ein warmer Ausdruck zeigte sich in seinem Gesicht, das ein spitzer Bart zierte. »Ich bin Ambroise Paré, Chirurg Seiner Majestät!«, stellte er sich vor.

Chirurg Seiner Majestät?

»Der Reisetross des Königs, wir haben ihnen doch zugeschaut …«, sagte Agnès in dem Versuch, ihrer Erinnerung wieder auf die Sprünge zu helfen.

Vage regte sich etwas in Madeleine. Der königliche Zug! Sie richtete sich etwas auf. Sie war auf dem Rückweg vom Krämer Boudin gewesen, entsann sie sich. Doch was war mit der Brücke geschehen? Sie bemühte sich, die verworrenen Bilder in ihrem Kopf zu ordnen. Der Junge … Plötzlich sah sie wieder sein Gesicht vor sich. Mit einem Schlag war wieder alles gegenwärtig. *Sie hatte es vorhergesehen!* Langsam drehte sie sich zum Wasser. Voller Grauen blickte sie auf die Überbleibsel der Brücke. Holzteile und Gegenstände trieben im Wasser. Am Ufer hatten Soldaten mithilfe von langen Holzstangen und Seilen die Verletzten aus dem Fluss gezogen. Nur ein Pferd wehrte sich in seiner Todesangst noch immer gegen die Rettungsversuche der Männer. Überall rannten Menschen herum.

»Ist alles in Ordnung?«, fragte Agnès noch einmal besorgt.

Madeleine nickte. »Ja, jetzt erinnere ich mich wieder«, sagte sie tonlos. Sie hatte Angst. Wie hatte sie das Unglück nur vorhersehen können?

»Monsieur Paré?« Ein Soldat tauchte außer Atem neben dem Chirurgen auf. »Schnell, man braucht Eure Hilfe. Da ist ein junger Mann, sie haben ihn mit dem Boot von der Mühle herübergebracht. Er stand neben dem Fuhrwagen. Dem armen Kerl ist das Bein von dem Mühlrad zerquetscht worden.«

Ein Bild blitzte vor Madeleines Augen auf, und sie hörte plötzlich wieder den entsetzlichen Schrei.

Der Chirurg hatte währenddessen eilig nach seinen Sachen gegriffen und folgte dem Soldaten. Sie schaute ihm hinterher, wie er zwischen den Menschen verschwand, dann drehte sie sich zu Agnès.

»Die Menschen, die auf der Brücke waren, was ist mit ihnen geschehen?«, fragte sie tonlos.

»Die Soldaten sagen, dass es einige Verletzte gab und zwei tote Pferde. Zum Glück ist nichts Schlimmeres passiert«, sagte Agnès.

Madeleines Knie zitterten, als sie versuchte aufzustehen. In diesem Moment bemerkte sie, dass die Leute um sie herum zur Seite wichen, um der hochgewachsenen Gestalt eines Mannes Platz zu machen.

»Das ist das Mädchen!«, sagte er mit tiefer Stimme. Es war der Offizier, dem Madeleine sich vor der Brücke in den Weg gestellt hatte. Seine Kleidung war nass, und er hatte eine Schürfwunde auf der Wange. Zwei Wachen standen neben ihm. »Nehmt sie mit!«, befahl er den beiden Männern.

3

Das Ufer des Flusses war von Menschen bevölkert, so weit man schauen konnte. Sänften und Fuhrwagen wurden ausgespannt, Pferde und Lastesel getränkt, Feuer entzündet und Zelte und Lager aufgeschlagen, da die eingestürzte Brücke eine Weiterreise vorerst unmöglich machte. Niemals zuvor in ihrem Leben hatte Madeleine so viele Menschen gesehen. Unter anderen Umständen hätte sie jede Einzelheit dieses Anblicks begeistert aufgenommen, doch jetzt wünschte sie sich einfach nur weit weg. Wäre sie bloß nie hierhergekommen! Benommen lief sie neben den Wachen her.

Sie erkannte, dass sie auf ein großes, imposantes Zelt zusteuerten, das man in Windeseile aufgebaut haben musste. In den edlen Tuchstoff war ein Wappen gewebt, und eine goldbestickte Fahne flatterte auf dem Dach.

Madeleine bemühte sich, das aufkeimende Angstgefühl zu bekämpfen, das sich mit jedem Schritt verstärkte, dem sie sich dem Zelt näherten. Mehrere Leibgarden standen vor dem Eingang. Als sie den Offizier gefragt hatte, weshalb man sie mitnahm, hatte er ihr nicht einmal eine Antwort gegeben. Was wollte man von ihr? Sie hatte sich nichts zuschulden kommen lassen. Dennoch fühlte sie sich auf seltsame Weise verantwortlich für das, was geschehen war.

Die Leibgarden traten zur Seite, und der Offizier drehte sich zu Madeleine. »Du wirst dich tief verbeugen und erst wieder hochkommen, wenn man es dir erlaubt«, befahl er streng.

Sie nickte stumm. Er schlug den Stoff zum Eingang zur Seite, und Madeleine folgte ihm.

»Euer Majestät. Hier ist das Mädchen!«

Majestät? Madeleine erstarrte und blieb eingeschüchtert mit einer tiefen Verbeugung hinter ihm stehen.

Eine ganz in Schwarz gekleidete Frau, die mit mehreren Höflingen zusammenstand, drehte sich zu ihnen. Ihr Kleid war aus einem steifen Stoff gefertigt, der ebenso wie ihre Haube an den Rändern mit Perlen bestickt war und die Strenge ihrer Erscheinung noch betonte. Sie stand in kerzengerader Haltung in der Mitte des dunkelroten Zeltes, ohne dass sich irgendetwas an ihr zu bewegen schien, und die Macht und Autorität, die sie dabei ausstrahlte, ließen Madeleine mit einem Schlag begreifen, dass sie tatsächlich vor der Königinmutter, Catherine de Medici, persönlich stand.

»Du darfst dich erheben«, sagte sie mit einer Stimme, deren herber Klang durch ihren italienischen Akzent verstärkt wurde.

Madeleines Herz pochte bis zum Hals, und sie erhob sich gehorsam. Aus den Augenwinkeln nahm sie die Höflinge und einen Jungen wahr, die etwas hinter der Königinmutter standen. Sie bemerkte, dass im Hintergrund ein Diener damit beschäftigt war, Obst, Konfekt und eine Weinkaraffe auf einen Tisch zu stellen. Mehrere mit Gold verzierte Schemel und Armlehnstühle luden in dem Zelt zum Sitzen ein, und sogar ein Teppich bedeckte den Boden. Madeleines Augen hefteten sich unwillkürlich auf den grob gewebten, bereits fadenscheinigen Stoff ihres eigenen Kleides, das dank der Erlebnisse der letzten Stunden unschöne Flecken aufwies.

»Sieh mich an, mein Kind«, sagte die Königinmutter.

Befangen hob sie den Kopf. Sie blickte in das rundliche Gesicht einer gereiften Frau, das mit der markanten Nase und der fülligen Unterlippe eher hässlich als schön zu nennen war. Doch in den etwas zu großen hervorstehenden Augen spiegelte sich eine wache, scharfe Intelligenz, und Madeleine hatte das ungute Gefühl, diese Frau würde bis auf den Grund ihrer Seele schauen. Der durchdringende Blick, mit dem die Königinmutter sie maß, ließ ihr das Blut in den Adern gefrieren. Voller Furcht musste sie an die vielen Geschichten denken, die man sich über die Medici erzählte, dass sie sich mit Zauberern und Giftmischern abgäbe, die ihre schmutzigen Geschäfte für sie erledigten, und sie selbst die Alchemie und Magie praktiziere. Die italienische Hexe, so nannte man sie insgeheim im Volk.

»Wie man mir sagte, hast du großes Unglück verhindert! Du hast die Menschen vor dem Einsturz der Brücke gewarnt ... Du hast es vorhergesehen! Stimmt das?«, fragte die Medici. Ein lauerndes Interesse lag in ihren Augen, und Madeleine merkte, dass sie plötzlich alle im Zelt neugierig anstarrten. Auch der Junge – erst jetzt erkannte sie ihn wieder. Es war der Knabe, den sie in ihrer Vorahnung hatte ertrinken sehen und der sie später vor dem Offizier in Schutz genommen hatte.

Madeleine versuchte zu begreifen, was man von ihr wollte. »Ich ... ich habe nichts vorhergesehen«, stammelte sie. Sie konnte unmöglich sagen, was wirklich vorgefallen war. In diesem Moment zwickte sie etwas in den Oberschenkel. Erschrocken fuhr sie zusammen.

»Oho, sie hat Angst!«, kicherte eine Stimme neben ihr, die von unterhalb ihrer Hüfte zu hören war. Eine bunt gekleidete Zwergin schaute zu ihr hoch. Sie ließ ein kleines goldenes Glöckchen bimmeln, das an ihrem gebauschten Ärmel befestigt war. »Du fürchtest dich, was?« Sie ließ ein meckerndes Lachen hören, als würde es sich bei dieser Feststellung um eine besonders amüsante Bemerkung handeln.

Erstarrt schaute Madeleine zu der kleinen Gestalt hinunter.

»Fôlle!«, ertönte es schneidend. Die Königinmutter hatte kaum wahrnehmbar die Hand gehoben, was die Zwergin augenblicklich dazu brachte, von Madeleine abzulassen. Sie zuckte die Achseln und trollte sich mit watschelnden Schritten zu einem der Schemel, um darauf wie auf einem Thron Platz zu nehmen.

Die Medici wandte sich wieder Madeleine zu. »Weißt du, wer ich bin?«, fragte sie hoheitsvoll.

»Ja, Euer Majestät!«

»Dann weißt du auch, dass du mir die Wahrheit sagen musst, nicht wahr?«

Madeleine nickte und spürte, wie ihre Handflächen feucht wurden – sie konnte einfach nicht die Wahrheit sagen. Wie auch? Man würde sie für verrückt erklären oder, schlimmer noch, glauben, dass sie mit dem Teufel im Bund stand. Nur zu gut erinnerte sie sich, dass man erst im letzten Jahr in einem der Nachbardörfer eine Frau der Hexerei angeklagt hatte, weil sie ein schreckliches Unwetter prophezeit hatte, das dann auch tatsächlich eingetroffen war.

»Dann sage mir, was du vorhergesehen hast!«

»Nichts ... wirklich!«, stieß sie verzweifelt hervor.

Die Königinmutter kam einen Schritt auf sie zu und legte ihr die Hand auf ihre Schulter. »Du musst keine Angst haben, mein Kind. Es ist eine besondere Gabe, so etwas zu können. Die meisten Menschen fürchten sich davor, doch du musst wissen, an meinem Hof gibt es viele Astrologen und Wahrsager.«

Madeleine blickte sie entsetzt an, als ihr klar wurde, was sie meinte. Sie verglich sie mit diesen Zauberern und Hexern! »Aber ich habe wirklich nichts gesehen«, beteuerte sie.

Die Hand auf ihrer Schulter zog sich zurück. »Und warum hast du dich dann dem Offizier in den Weg gestellt und ihn gewarnt, dass die Brücke einstürzen würde, wie mein Neffe mir berichtet hat?«, fragte die Medici. Ihre Stimme war deutlich kühler geworden, während sie sich dabei halb zu dem Jungen gewandt hatte.

»Ich habe nur den Fuhrwagen mit dem Mühlrad gesehen und wie der Wagen umgekippt ist …«, antwortete Madeleine. Das war immerhin nicht vollständig gelogen.

»Willst du damit sagen, dass du erkennen konntest, dass das Mühlrad den Pfeiler treffen würde?«, mischte sich einer der Höflinge – ein schwarzhaariger Mann mit bläulichen Schatten unter den Augen – ins Gespräch. Es war offensichtlich, dass er ihr kein Wort glaubte.

»Das Rad ist genau auf die Brücke zugerollt …« Madeleine senkte den Blick.

»Du lügst!«, sagte der Mann kalt.

»Nein, Monsieur, sie hat recht. Man konnte sehen, wie das Mühlrad den Abhang hinunterkam«, ließ sich unvermittelt die helle Stimme des Jungen vernehmen.

Die Medici schaute ihn überrascht an. Ihre Augen ruhten durchdringend auf seinem Gesicht, und man konnte die Spannung zwischen den beiden fühlen. Doch der Junge hielt ihrem Blick stand. Schließlich wandte die Königinmutter sich ab. »Nun, dann bist du scheinbar weniger außergewöhnlich, als ich gedacht habe«, sagte sie zu Madeleine. Ihr Gesicht hatte einen gelangweilten Zug angenommen. »Gebt ihr eine Münze – immerhin hat sie die Menschen rechtzeitig gewarnt«, sagte sie darauf und wandte sich, ohne sie weiter zu beachten, ab.

Madeleine verspürte einen schalen Geschmack im Mund, als sie das Zelt verlassen hatte. Trotz ihrer Erleichterung traf sie die Verachtung, mit der die Königinmutter sie verabschiedet hatte. *Dann bist du scheinbar weniger außergewöhnlich, als ich gedacht habe!* Nein, sie wollte nicht außergewöhnlich sein, sondern einfach nur wie all die anderen auch, dachte sie trotzig. Sie dachte wieder an diesen Höfling mit den bläulichen Schatten unter den Augen, wie er ihr die Goldmünze in die Hand gedrückt und sie so unangenehm nach ihrem Namen gefragt hatte. Höchst erstaunt hatte er sie angesehen. »*Kolb?* Dann kommt deine Familie nicht von hier?«

»Nein, aus Deutschland«, hatte sie erwidert und sich dabei gefühlt, als hätte er ein anstößiges Mal an ihr entdeckt. Sie kannte diesen Blick nur zu gut, mit dem die Menschen sie musterten, wenn sie erfuhren, dass sie nicht aus der Gegend stammte. Die Leute reagierten überrascht und distanziert darauf. Madeleine unterdrückte ein Seufzen. Wie sehr wünschte sie sich manchmal, einfach einen französischen Familiennamen zu haben.

Der Gedanke an ihren Namen rief ihr mit einem Mal ihre Mutter ins Gedächtnis. Sie beschleunigte ihren Schritt. Madeleine hatte sie vollkommen vergessen. Vermutlich war sie schon halb verrückt vor Sorge um sie. Sie musste, so schnell es ging, ihren Korb wiederfinden und sich auf den Weg nach Hause machen.

4

Mit einer tiefen Verbeugung reichte der Diener der Königinmutter einen Becher Wein, bevor er sich wieder zurückzog. Catherine de Medici betrachtete nachdenklich die dunkelrote Flüssigkeit in dem goldenen Gefäß. Ihre Gedanken weilten noch immer bei dem jungen Mädchen, das man vorhin zu ihr gebracht hatte. Sie sah ihr schmales Gesicht mit den blaugrauen Augen und dem kastanienfarbenen Haar vor sich. Ein unscheinbares Ding im grauen Kleid. Dabei hatten ihre Züge und die helle Haut durchaus etwas Anmutiges gehabt, musste sie zugeben. Jung genug, dass man ihr die Entbehrungen ihres Standes noch nicht ansah, aber eigentlich nicht wert, sich näher mit ihr zu beschäftigen, dachte sie. Doch anscheinend besaß sie besondere Fähigkeiten. Welch ein Jammer, dass sie diese nicht eingestehen wollte. Catherine de Medici wandte sich mit dem Becher in der Hand zu dem

Mann, der schweigend im Hintergrund wartete. Die anderen Höflinge waren längst gegangen, und sie hatte auch ihre Zwergin und Diener hinausgeschickt, um mit Pierre Lebrun, ihrem Geheimdienstchef, allein zu sein.

»Und was denkt Ihr, hat dieses Mädchen gelogen?«, fragte sie.

»Ja, eindeutig, Euer Majestät!« Lebrun nickte. Wie immer ließ sein Gesicht mit den dunklen Augenschatten nur schwer erraten, was er wirklich dachte, doch sie wusste auch so, dass er genug Verhöre geführt hatte, um an der geringsten Regung eines Gesichts zu erkennen, ob jemand die Wahrheit sagte.

»Wobei mich das nicht sonderlich erstaunt, wenn Ihr mir die Bemerkung erlaubt«, fügte Lebrun hinzu. »Sollte dieses Mädchen tatsächlich so etwas wie eine Vorahnung gehabt haben, könnte es sich schnell dem Verdacht der Hexerei ausgesetzt sehen.«

»Sicher«, erwiderte die Medici spitz. Sie ließ den Wein in ihrem Becher kreisen. »In diesem Land hält man ja selbst die Wissenschaft der Astrologie noch für übernatürliche Zauberei«, sagte sie. Aus ihren Worten klang nur zu deutlich die Arroganz der Italienerin, die sich der Überlegenheit ihrer heimatlichen Kultur bewusst war.

»Glaubt Ihr, dass dieser Unfall mit dem Mühlrad wirklich nur ein unglücklicher Zufall war?«, fragte sie dann.

»Ihr meint, ob etwas anderes dahinterstecken könnte? Ein Anschlag etwa?«, erwiderte Lebrun.

»Ja.« Sie nickte. Die Überlegung war durchaus gerechtfertigt, denn die politische Situation war angespannt. Der Friede von Amboise hatte den Bürgerkrieg mit den Hugenotten zwar zum Stillstand gebracht, doch die Medici machte sich keine Illusionen; weder die Protestanten noch das erzkatholische Lager um die Herzogsfamilie Guise-Lorraine würden sich damit lange zufriedengeben. Das Feuer war gelöscht, aber unter ihrer aller Füße schwelte noch immer die Glut, und der kleinste Vorfall konnte erneut einen Brand entfachen. Nachdenklich trank sie einen Schluck. Sie wusste, dass die Guise nach Rache lechzten. Im letzten Jahr war ihr Familienoberhaupt, der Herzog de Guise, bei einem Attentat durch einen Hugenotten ums Leben gekommen, und ungeachtet der Tatsache, dass man den Mörder hingerichtet hatte, verlangte die Familie nun die Verurteilung des protestantischen Anführers, des Admirals de Coligny. Sie beschuldigten ihn, der Auftraggeber des Anschlags gewesen zu sein. Obgleich Catherine de Medici, wie die Guise, Katholikin war, hielt sie diese Anschuldigung für mehr als abwegig – es passte einfach nicht zu Colignys Persönlichkeit, eine solche Tat zu begehen. Sehr viel wahrscheinlicher schien es ihr dagegen, dass die Guise hofften, sich auf diese Weise eines unliebsamen Gegners zu entledigen, um ihre Macht zu stärken. Nun, Gott sei Dank würde ein Gericht darüber entscheiden, ob Coligny schuldig oder unschuldig war.

»Mit Verlaub, wenn Ihr auf die Guise anspielt, das glaube ich nicht, Euer Majestät«, sagte Lebrun, der sie gut genug kannte, um zu ahnen, was in ihr vorging. »Einen Moment lang habe ich das auch überlegt, aber ich bin mir sicher, sie wissen die Ehre zu schätzen, dass Ihr zu der Taufe kommt.«

»Das hoffe ich!«, erwiderte sie und stellte ihren Wein ab. Die Medici griff nach einem Stück Mandelnougat, das in einer Schale auf dem Tisch stand. Sie konnte dieser Süßigkeit einfach nicht widerstehen.

Ein unmutiger Seufzer entrang sich ihren Lippen. Wie gern hätte sie auf die Teilnahme an dieser Taufe verzichtet. Nicht einmal die Aussicht, ihre Tochter Claude wiederzusehen, die die Mutter des Täuflings war, bereitete ihr Freude. Es handelte sich um einen rein strategischen Besuch. Es galt, dem Ehrgefühl dieses Adelshauses zu schmeicheln und seinen Mitgliedern das Gefühl zu geben, der junge König würde sie und ihre Meinung für wichtig erachten. Ihre Mundwinkel verzogen sich abfällig. In all ihrer Unberechenbarkeit war die Eitelkeit der Guise glücklicherweise immer eine verlässliche Größe gewesen, und man musste dieses Spiel daher spielen. Die Vergangenheit hatte sie gelehrt, nicht den Fehler zu begehen und die Guise zu unterschätzen. Die Bedrohung, die von ihnen ausging, war ohne Frage weit gefährlicher als die sämtlicher Hugenotten zusammen.

5

Schon von Weitem sah Madeleine, dass ihre Mutter in der Tür stand. Ihr Gesicht, das von einer weißen Haube umrahmt wurde, unter der man den Ansatz ihres dunkelblonden Haars erkennen konnte, war angespannt. »Da bist du ja endlich!«, stieß sie beim Anblick ihrer Tochter erleichtert hervor. »Wo warst du nur so lange? Man hat erzählt, die Brücke unten am Fluss sei eingestürzt ... Ich habe mir schon Sorgen gemacht!«

»Mir geht es gut, aber ich habe das Unglück gesehen!«

Ihre Mutter zog sie in die Arme, und Madeleine spürte, wie sie ein wohltuendes Gefühl der Geborgenheit durchströmte. »Gott sei Dank ist dir nichts passiert!«, sagte Elisabeth Kolb.

Sie nahm ihrer Tochter den Korb ab, und Madeleine folgte ihr benommen in die Küche, einem länglichen Raum mit Steinboden, einer Herdstelle, zwei langen Holztischen und einigen Schemeln. An der Wand und den Regalen waren nicht nur die üblichen Utensilien zum Kochen untergebracht, sondern auch zahlreiche Phiolen, Amphoren, Tontöpfe und Mörser zu sehen – Gerätschaften, die man zum Trocknen und Zubereiten von Kräutern und Medikamenten brauchte. Die Küche gehörte zum Haus des Gewürzhändlers und Apothekers Legrand, dem ihre Mutter Elisabeth den Haushalt führte und bei Arbeiten für seine Apotheke half. Der Lohn, den sie verdiente, war karg, aber er reichte, dass sie stets genug zu essen und ein Dach über dem Kopf hatten. Das war mehr, als die meisten hatten, wie ihre Mutter oft zu sagen pflegte.

Madeleine sah, dass sie gerade dabei gewesen war, einen Berg frischer Kräuter von Wurzeln und Blättern zu säubern und sie zu Bündeln zusammenzubinden. Später würden sie zum Trocknen aufgehängt werden.

Ihre Mutter wandte sich zur Feuerstelle und füllte ihr aus einem Topf einen Teller mit Rübensuppe, die noch dampfte.

Sie drückte ihr einen Löffel in die Hand. »Hier iss, das wird dir guttun!«, sagte sie.

Doch Madeleine verspürte keinen Hunger. Die Ereignisse waren ihr auf den Magen geschlagen. Noch immer fühlte sie eine tiefe Angst, wenn sie daran dachte, was vorhin mit ihr geschehen war.

»Wenn du fertig bist, kannst du mir helfen!«, sagte ihre Mutter, die ein Husten unterdrückte. Madeleine nickte. Ihr fiel auf, dass sie schlecht aussah – ihr gebeugter Rücken, die tiefen Linien und Falten in ihrem Gesicht. Sie wirkte müde.

»Maman, ich muss dir etwas erzählen ...«, sagte sie plötzlich zögernd. Ihre schmalen Finger spielten fahrig mit dem Löffel. Sie musste mit irgendjemandem darüber sprechen, was geschehen war. »Ich weiß nicht, wie ich es sagen soll, aber die Brücke, die eingestürzt ist ...«

Ihre Mutter hatte den Kopf zu ihr gewandt, und Madeleine suchte einen Moment lang nach den richtigen Worten, bevor sie fortfuhr: »Ich habe es gesehen, ich meine, vorhergesehen – *bevor es geschehen ist*!«

Ihre Mutter drehte sich mit einer abrupten Bewegung ganz zu ihr herum. »Unsinn!«, sagte sie scharf.

»Doch! Es ist wahr. Ich habe es wirklich vorhergesehen«, sagte Madeleine aufgelöst. »Es war schrecklich! Ich habe die Schreie gehört und die Menschen und Reiter gesehen, wie sie in den Fluss gestürzt sind ...« Etwas in dem Blick ihrer Mutter brachte sie zum Verstummen. Das Gesicht von Elisabeth Kolb war zu einer undurchdringlichen Maske geworden.

»Wie kannst du so etwas behaupten? Das hast du dir nur eingebildet!«

»Nein, das habe ich nicht«, widersprach Madeleine verzweifelt. »Ich habe es wirklich gesehen.« Ihre Stimme war unwillkürlich lauter geworden. Sie fühlte sich ungerecht behandelt. Dass ihre Mutter ihr nicht glaubte, traf sie. Ihre blaugrauen Augen nahmen unwillkürlich einen dunkleren Ton an, wie immer, wenn sie aufgebracht war.

»Schluss jetzt damit!« Elisabeth Kolb griff ihre Tochter hart am Arm. »Ich verbiete dir, jemals wieder solchen Unsinn zu behaupten, hast du mich verstanden?« Ihr Mund war zu einem schmalen Strich geworden.

Ihre heftige Reaktion verwirrte Madeleine. Glaubte sie wirklich, dass sie sich alles nur einbildete?

»Mein Gott, *Magdalena*!«, sagte ihre Mutter, sie plötzlich bei der deutschen Form ihres Namens nennend. »Begreifst du denn nicht, wie gefährlich es in diesen Zeiten ist, solche Dinge zu behaupten? Man landet für viel weniger auf dem Scheiterhaufen«, fuhr sie ihre Tochter an. Ihr strenger Tonfall ließ den deutschen Akzent, den sie nie ganz abgelegt hatte, plötzlich deutlich hörbar werden. Ihre Familie stammte ursprünglich aus der Pfalz. Madeleine und ihre Mutter waren erst nach dem Tod des Vaters nach Frankreich gekommen.

Das junge Mädchen senkte unter ihrem eindringlichen Blick betreten den Kopf, denn es begriff durchaus, was sie meinte. Die ständigen Unruhen, der Krieg gegen die Hugenotten – eine aufgepeitschte, hoch erregte Stimmung herrschte im Land. Es stimmte, es war nur allzu leicht, der Ketzerei oder auch der Hexerei verdächtigt zu werden. Deshalb hatte sie selbst es ja auch noch nicht einmal gewagt, Agnès die Wahrheit zu sagen. Und sie waren noch dazu Ausländer, Menschen, die schneller als alle anderen verdächtigt wurden, etwas getan zu haben, wie ihre Mutter ihr immer eingeschärft hatte.

Elisabeth Kolb schwieg. »Verstehst du, was ich meine, Madeleine?«, fragte sie dann.

Sie nickte. »Ja«, sagte sie leise. Sie musste an die Königinmutter denken und wie begierig sie darauf aus gewesen war zu erfahren, was sie gesehen hatte. Was wäre geschehen, wenn sie die Wahrheit gesagt hätte? Intuitiv hatte sie sich dagegen entschieden. Eingeschüchtert fuhr Madeleine mit dem Finger die Maserung der Tischplatte nach. Sie hätte ihrer Mutter gerne von der Begegnung mit der Königinmutter erzählt, aber das wagte sie plötzlich nicht mehr.

»Was hast du denn da?«, entfuhr es Elisabeth Kolb in diesem Moment. Ihr Blick war voller Schreck auf die Hand ihrer Tochter gefallen, auf der man noch immer die Striemen sehen konnte.

Madeleine bedeckte sie eilig mit der anderen Hand. »Nichts, ein Offizier hat versucht, mich aus dem Weg zu treiben!«

Ihre Mutter sah sie ungläubig an. »Ich werde dir nachher etwas Salbe geben.« Sie fuhr in ihrer Arbeit fort, doch dann wandte sie sich erneut zu ihrer Tochter. »Siehst du, manchmal glaubt man etwas zu sehen, und dabei täuschen einen nur die eigenen Sinne«, sagte Elisabeth Kolb abschließend, bemüht, einen versöhnlichen Ton anzuschlagen, während sie mit dem Messer weiter die Kräuter bearbeitete. Ihre Knöchel traten weiß unter der Haut hervor, so fest umspannte sie den Griff. Ihr Gesichtsausdruck verriet, dass sie nicht gewillt war, weiter über das Thema zu reden.

»Steh auf. Du kannst dich schon mal etwas nützlich machen.« Sie deutete auf zwei Eimer. »Hol frisches Wasser vom Brunnen.«

Madeleine erhob sich gehorsam. Auf dem Weg nach draußen zum Brunnen ergriff sie eine bedrückende Furcht. Sie hatte sich diese Dinge nicht eingebildet, dachte sie. Was stimmte nur nicht mit ihr? Niemals zuvor in ihrem Leben hatte sie sich so einsam gefühlt.

6

Im Frühsommer erreichten die Champagne unheilvolle Nachrichten aus dem Süden. In Lyon sei die Pest ausgebrochen, so hieß es. Gerade als der König mit dem Hof dort angereist sei.

»Ich sage Ihnen, diese ungläubigen Protestanten haben absichtlich verseuchte Lebensmittel über die Grenze von Genf gebracht, um den König und den Hof zu infizieren! Wahrscheinlich hat Calvin persönlich das in Auftrag gegeben«, stieß Monsieur Gastine hervor, der in der Apotheke von Monsieur Legrand stand. In seinen Augen loderte die Empörung. Der Arzt, der auf ein Medikament wartete, das der Apotheker für ihn fertig mischte, war überzeugter Katholik.

Madeleine, die von ihrer Mutter die Aufgabe bekommen hatte, im Hinterraum die Regale sauber zu wischen, lauschte aufmerksam dem Gespräch. Bereits vor einigen Tagen war ein reisender Händler hier gewesen, der erzählt hatte, dass man trotz des Friedensabkommens in vielen Teilen des Landes weiter versuchte, die Hugenotten zu bekämpfen. Überall wurden geheime katholische Vereinigungen gegründet – sogenannte Ligen –, die es sich zum Ziel gesetzt hätten, den katholischen Glauben mit allen Mitteln zu verteidigen.

Der alte Legrand blickte den Arzt beunruhigt an. »Bei dem Allmächtigen, die Pest? Das ist ja schrecklich! Ist denn jemand von der königlichen Familie erkrankt?«, fragte er. Erst im letzten Jahr war die schreckliche Epidemie in Paris ausgebrochen, und viele Tausende in der Hauptstadt waren gestorben.

»Nein, der König und der Hof haben sich sofort nach Crémieu begeben. Aber ich sage Ihnen, wir werden es noch alle bereuen, dass wir diese Protestanten nicht ein für alle Mal ausgerottet haben! Diese Schuld wird Gott uns nicht vergeben«, verkündete Gastine unheilvoll. Madeleine konnte durch den Türbogen erspähen, wie er bei den letzten Worten mahnend den Zeigefinger gen Himmel erhob. Sie wischte nachdenklich weiter. Er sprach aus, was viele dachten: dass der Friede von Amboise, der den Protestanten im begrenzten Rahmen die Ausübung ihrer Religion gestattete, eine unverzeihliche Schwäche des Königs und nichts anderes als ein großer Fehler war. Vor allem hier im Herrschaftsgebiet der Guise-Lorraine sahen das viele so. Keiner von ihnen hatte vergessen, dass der Herzog de Guise erst im letzten Jahr nach gewonnener Schlacht heimtückisch von einem Protestanten ermordet worden war.

»Nun ja, ich für meine Verhältnisse bin froh, dass endlich wieder Frieden in Frankreich herrscht«, erwiderte der alte Apotheker höflich, der wie immer um ausgleichende Worte bemüht war.

Gastine schnaubte nur verächtlich. »Frieden? Für welchen Preis und vor allem für wie lange, werter Monsieur Legrand? Um unseren Gott und Glauben zu verraten und nur, damit die Protestanten bei der nächsten Gelegenheit erneut das Schwert gegen uns erheben?« Er nahm die fertige Arznei von Legrand entgegen und schüttelte den Kopf. »Nein, wie hat es Pater Denis in der Messe gesagt: *Gott wird uns verdammen, wenn wir zu schwach sind, seinen Feinden Einhalt zu gebieten!*« Mit diesen prophetischen Worten entschwand er aus der Apotheke.

Madeleine konnte hören, wie dem alten Legrand ein lautes Seufzen entschlüpfte, als sich die Ladentür hinter ihm schloss. Sie tauchte den Lappen wieder ins Wasser. Wie die meisten hatte auch sie die Predigt von Pater Denis am Sonntag in der Messe gehört. Es war eine düstere, donnernde Rede gewesen. Die Pest und Hungersnöte, die die Menschen zurzeit überall im Land erleiden müssten, sie seien nur ein Vorbote von Gottes Gericht, das sie alle erwartete. Ein mahnendes Zeichen des Allmächtigen für die Sünde, die sie auf sich luden, weil sie im eigenen Land die Ketzer akzeptierten. Madeleine wrang den Lappen aus. Sie fragte sich plötzlich, ob es wieder Krieg geben würde. Ein ungutes Gefühl bemächtigte sich ihrer. Nur zu genau erinnerte sie sich noch an den Ausbruch der Kämpfe vor zwei Jahren. In der gesamten Gegend waren Soldaten rekrutiert worden. Sogar einige Söldnertruppen aus den deutschen Fürstenstaaten waren hier entlanggekommen und hatten sie alle in Angst und Schrecken versetzt. Ihre Mutter hatte Madeleine tagelang verboten, das Haus zu verlassen, und wenn die Soldaten kamen, hatte sie sich im Schuppen hinter dem Brennholz verstecken müssen. Die Kämpfe und Schlachten selbst hatten sich jedoch vor allem im Gebiet der Loire, um Paris, Rouen und im Süden des Landes abgespielt. Doch auch in der Champagne hatten sie die Folgen des Krieges zu spüren bekommen. Die Lebensmittel waren teuer und für die meisten Menschen kaum noch bezahlbar geworden. Viele mussten hungern, und ihre Mutter war noch immer ständig in Sorge deshalb.

»So sauber war es hier ja schon lange nicht mehr!«, ertönte in diesem Moment die Stimme von Monsieur Legrand hinter ihr. Der alte Mann, der seinen kurz gestutzten grauen Bart noch nach der Mode des verstorbenen Königs Henri II. trug, war unerwartet auf der Schwelle aufgetaucht.

»Ich bin gleich fertig«, sagte Madeleine. Eine leichte Röte überzog ihre Wangen, denn über ihren Gedanken hatte sie fast ihre Arbeit vergessen.

Der alte Legrand lächelte leicht. »Lass dir Zeit. Du kannst mir danach beim Abmessen helfen!«

Sie nickte. In den letzten Jahren waren die Augen des Apothekers schlechter geworden, und er bat sie oder ihre Mutter daher gelegentlich, ihm zu helfen. Madeleine ging ihm gerne in dem kleinen Labor zur Hand. Sie konnte etwas lesen und schreiben – ihre Mutter hatte es ihr beigebracht. Die eingravierten Zahlen auf den Gewichten abzulesen, bereitete ihr daher keine Schwierigkeiten, doch die Aufschriften auf den vielen Tiegeln und Behältern konnte Madeleine nicht verstehen, denn es waren lateinische Bezeichnungen. Etwas Geheimnisvolles ging von diesen unbekannten Namen aus, die nicht nur pflanzliche Mittel bezeichneten, sondern auch tierische und mineralische Substanzen wie Pulver aus Korallen, Hirschhorn und Schlangenhaut oder seltene Steine und Edelmetalle. Viele dieser Essenzen und Stoffe kamen von weit her. Aus Asien, der Neuen Welt oder Ländern, die Persien oder Türkei hießen und von denen Madeleine nicht einmal gewusst hatte, dass es sie überhaupt gab. Manchmal erzählte der alte Apotheker, der selbst keine Kinder hatte, etwas über die Arzneien, und sie hörte ihm gespannt zu.

»Opium ist nicht nur der wertvollste Stoff, um Schmerzen zu bekämpfen«, erklärte er heute, als er mit seinen faltigen Fingern einen kleinen Schrank aufschloss und vorsichtig einen Behälter hervorholte. »Es schützt in den richtigen Mengen auch vor Gift, vor allem vor dem einiger Schlangen. Schon die alten Römer wussten das und haben es deshalb genommen!« Er wies Madeleine an, auf der Balkenwaage das Zehntel einer Unze abzumessen, und schloss den Behälter, um ihn dann wieder sorgfältig im Schrank zu verschließen. Den Schlüssel verwahrte er stets an einem Bund an seinem Rockschoß.

Schließlich nahm er mit behutsamen Bewegungen einige weitere Tiegel und Tinkturen aus den Regalen. »Siehst du, der Mensch und alles Leben besteht aus vier Elementen – aus Feuer, Erde, Wind und Wasser«, sprach er weiter. Er wandte sich zu ihr. »Und weißt du, warum jemand krank wird?«

Madeleine schüttelte interessiert den Kopf. Darüber hatte sie noch nie nachgedacht »Nein. Warum?«

»Wenn sich diese vier Elemente bei einem Menschen nicht im Gleichgewicht befinden und eines von ihnen zu stark oder zu schwach in den Säften des Körpers vorhanden ist, dann wird man krank!« Er öffnete einen weiteren Tiegel und reichte ihn ihr. »Miss genau den zwanzigsten Teil einer Unze ab!«

Sie entnahm dem Gefäß, das die Aufschrift *Myristicae* trug, die geforderte Menge und wog sie. Der Apotheker beobachtete ihre Handgriffe, bevor er das Pulver in einen Becher gab, noch einige Tropfen einer Tinktur hinzufügte und das Ganze mit einem feinen Spachtel zu einer Masse verrührte.

»Ein Medikament muss dieses Ungleichgewicht bekämpfen, indem man dem Patienten das Gegenelement zuführt«, fuhr er fort. »Opium in dieser Form hier verarbeitet, ist zum Beispiel wärmend – es hilft, wenn die Krankheit, in diesem Fall der Schmerz, durch zu viel Kälte hervorgerufen wurde.«

Madeleine hörte ihm fasziniert zu und betrachtete die unscheinbare klebrige Masse in dem Becher, die den Patienten von seinen Schmerzen befreien würde. Schon immer hatten sie diese Dinge interessiert. Auch ihre Mutter verstand viel von Kräutern und Heilpflanzen, doch im Gegensatz zu Legrand sprach sie nicht gerne darüber. *Darüber musst du nichts wissen*, pflegte sie knapp zu antworten.

Das Mädchen dachte erneut darüber nach, was Legrand erzählt hatte, und zog die Stirn kraus. »Und was ist, wenn jemand einen Unfall hat, ist dann auch das Gleichgewicht der Elemente gestört?«, fragte sie, denn sie hatte plötzlich den Müllergesellen Guillaume vor Augen, dessen Bein man nach dem Unfall mit dem Mühlrad amputiert hatte. Glücklicherweise hatte er die schreckliche Prozedur gut überstanden. Einen Augenblick lang zog sich bei der Erinnerung an diesen Tag wieder alles in ihr zusammen.

Legrand nickte. »Ja, eine Verletzung erzeugt meistens zu viel Feuer!«

»Madeleine?«, war in diesem Augenblick der laute Ruf ihrer Mutter zu vernehmen. »Da bist du ja!«, sagte sie, als sie in der Tür auftauchte. »Ich habe dich schon überall gesucht. Du solltest doch die Regale putzen. Was machst du hier?« Ihr Ton war wie so oft in den letzten Wochen streng – ständig überhäufte ihre Mutter sie mit Arbeit, als wollte sie sie bestrafen, und hatte ihr sogar verboten, sich mit Agnès zu treffen.

»Ich habe sie gebeten, mir beim Abwiegen zu helfen! Meine Augen sind ja leider nicht mehr die besten«, erklärte Legrand.

»Entschuldigt, das wusste ich nicht!«, erwiderte Elisabeth Kolb, die sich rechtzeitig daran zu erinnern schien, dass sie vor ihrem Dienstherrn und Brotgeber stand. Dennoch war ihrem Gesichtsausdruck anzumerken, dass es ihr nicht gefiel, dass Madeleine ihm zur Hand ging. »Nun, wenn Ihr ihre Hilfe braucht!« Sie wandte sich zu ihrer Tochter. »Wenn du hier fertig bist, komm in die Küche«, sagte sie und verschwand mit einem knappen Kopfnicken wieder in Richtung des Flurs.

»Geh nur!«, sagte Legrand leise zu dem Mädchen. »Den Rest schaffe ich auch so.«

Madeleine nickte bedauernd, denn sie wäre lieber geblieben und hätte ihm weiter geholfen.

UNWEIT SCHLOSS MOULINS,
JANUAR 1566,
FAST ZWEI JAHRE SPÄTER …

7

Die Frau, die am späten Abend mit schnellen Schritten durch das Palais de Guise-Lorraine eilte und in das Gemach des Kardinals stürzte, war von ausnehmender Schönheit. Selbst die Wut, die ihr ins Gesicht geschrieben stand, konnte der Anmut ihrer Erscheinung nichts anhaben. Mit einer aufgebrachten Geste riss sie sich die Kapuze ihres nerzgefütterten Umhangs vom Kopf, während sie dem Kardinal, Charles de Lorraine, und seinem Bruder Claude, Herzog d'Aumale, einen vernichtenden Blick zuwarf.

»Weder der Medici noch Euch werde ich jemals verzeihen, so gedemütigt worden zu sein. Einzig mein fünfzehnjähriger Sohn hat es gewagt, sich wie ein Mann zu verhalten!«, stieß Anne d'Este hervor, die keine andere als die Witwe des Herzogs de Guise war.

In ihrer Stimme schwang der Zorn über die Erniedrigung, die sie über sich hatte ergehen lassen müssen. Coligny war freigesprochen worden! All die Jahre, in denen sie und der Clan der Guise Beweise gesammelt, Richter bestochen und sich in jeder nur erdenklichen Weise bemüht hatten, beim König eine Verurteilung des Mörders ihres Mannes zu erzwingen, waren unwiderruflich verloren. Und nun hatten sie nicht nur eine bittere Niederlage erlitten, sondern waren auch noch gezwungen worden, sich öffentlich mit ihren Erzfeinden, diesen protestantischen Ketzern, dem Admiral de Coligny und seinen beiden Brüdern, zu versöhnen. Den Mördern ihres Gemahls! Es war Anne d'Este anzusehen, dass sie am liebsten den nächstbesten Gegenstand durch den Raum geschleudert hätte, doch stattdessen wandte sie sich zum Kardinal, der mit dem Tod ihres Gatten das Familienoberhaupt der Guise geworden war. Wie stets schien seine hochgewachsene Gestalt mit dem ebenmäßigen Gesicht die Ruhe selbst, was sie nur noch mehr aufbrachte.

»Wie konntet Ihr diesem Mann nur die Hand reichen!«, fuhr sie ihn an.

»Was hättet Ihr vorgeschlagen? Dass man vor den Augen des Königs über ihn herfällt?«, erwiderte Claude, Herzog d'Aumale, anstelle seines Bruders. Missmutig blickte er sie aus seinen schrägen Augen an. Seine kräftige, breitschultrige Figur verriet die Jahre, die der drittgeborene der Guise-Brüder im Kampf verbracht hatte. Er empfand die erzwungene Versöhnung kaum weniger demütigend als seine Schwägerin. Alle wussten, dass er von Anfang an dafür gewesen war, die Angelegenheit selbst zu regeln. Und nun dieses Urteil! Er war bei der Verkündung nicht einmal dabei gewesen, denn der König hatte seine Anwesenheit für unerwünscht erklärt. Aus Angst, die Guise könnten das Urteil nicht akzeptieren, hatten Charles IX. und seine Mutter, die Medici, die Anzahl der beteiligten Personen so gering wie möglich gehalten. Die verfeindeten Parteien hatten nur unter strengsten Anordnungen überhaupt nach Moulins reisen dürfen, und es war ihnen angekündigt worden, dass demjenigen, der wagte, die Hand an die Waffe zu legen, der Tod drohte.

Charles de Lorraine hatte schweigend den Wortwechsel der beiden verfolgt und erhob sich nun aus seinem Stuhl. Das flackernde Kaminfeuer warf sein Licht auf die purpurrote Kardinalsrobe, die ihn umhüllte. Er schätzte seine Schwägerin. In den letzten Jahren war er überrascht gewesen zu entdecken, wie intelligent sie zu taktieren wusste. Sie hatte alles richtig gemacht – sich dem König bald Hilfe suchend als Witwe präsentiert, die im Namen ihrer Kinder Gerechtigkeit erflehte, und es dann wieder zum richtigen Zeitpunkt verstanden, mit ihrem Gefolge die Macht und Stärke des Hauses Guise zu präsentieren, das einem Königshaus ebenbürtig war. Doch Michel de l'Hospital, der Kanzler der Medici, hatte den Rat geschickt zugunsten der Protestanten zu beeinflussen gewusst. Zu viele von ihnen befürchteten, dass sie, die Guise, erneut zu mächtig werden und eines Tages sogar nach der Krone trachten könnten. Allen voran die Königinmutter, darüber war sich Charles de Lorraine völlig im Klaren.

Er war einen Schritt auf seine Schwägerin zugegangen und legte ihr die Hände auf die Schulter. »Wir hatten keine Wahl, Anne! Das Urteil des Königs nicht zu akzeptieren hätte unser aller Untergang bedeutet«, sagte er ruhig. »Coligny wird seiner gerechten Strafe nicht entgehen, glaubt mir!« Seine Augen verdunkelten sich unwillkürlich, als er die unschöne Szene im Saal noch einmal vor sich sah. Sie, die Guise, auf der einen Seite, und der Admiral und seine beiden Brüder auf der anderen – beide Parteien gleichermaßen vom Hass aufeinander erfüllt, während der König im Beisein des Rats das Urteil bestätigte. Es sprach den Admiral de Coligny von jeder Schuld und Mittäterschaft an dem Mord des Herzogs de Guise frei. Anschließend hatte die Medici eine Geste der Versöhnung zwischen den Todfeinden verlangt – zum Wohle Frankreichs. Es erfüllte den Kardinal noch immer mit Stolz, dass sein fünfzehnjähriger Neffe, Henri de Guise, der Sohn seines ermordeten Bruders, sich geweigert hatte, dieser Forderung nachzukommen. Sein jugendliches Alter gestattete ihm ein solch aufrührerisches Verhalten. Er selbst dagegen hatte keine Wahl gehabt, doch als er Coligny die Hand reichen musste, hatte er sich geschworen, nicht eher zu ruhen, bis dessen Leichnam vor seinen Füßen läge.

»Nie werde ich das der Medici, dieser hergelaufenen florentinischen Krämerstochter, verzeihen!«, sagte Anne d'Este später zu ihm. Sein Bruder war bereits gegangen, doch er hatte seine Schwägerin gebeten, noch zu bleiben. Sie hatten an einem Tisch am Kamin Platz genommen, und er sah den Hass, der noch immer in ihren Augen glomm. Er wusste, dass sie die Wahrheit sprach. In ihren Adern flossen das Blut und der Stolz französischer Könige – ihre Mutter, Renée de France, war eine Tochter Louis XII. gewesen.

»Keiner von uns wird das«, sagte er schlicht. Entschlossenheit stand in seinem Gesicht mit der hohen Stirn. Mit seinen einundvierzig Jahren war der Kardinal nicht nur einer der reichsten, sondern auch mächtigsten Kirchenfürsten Europas. Zu seinem Besitz gehörte das Bistum Metz genauso wie die vermögenden Abteien von Cluny und Fécamp. Bereits mit vierzehn Jahren war Lorraine zum Erzbischof von Reims ernannt worden, und mit dreiundzwanzig Jahren hatte man ihn zum Kardinal erhoben. Gerade erst war er als Gesandter von einem Konzil des Vatikans zurückgekommen, und nun beabsichtigte er, sich in erforderlicher Weise um diese Familienangelegenheit zu kümmern, in der es um die Ehre und den Ruf des Hauses Guise ging. Mit kalter Miene nahm er die Karaffe mit dem Wein und schenkte zwei Gläser ein. Im Schein des flackernden Kerzenlichts reichte er seiner Schwägerin eines. »Ich verspreche Euch, Coligny wird sterben, und auch wenn es keine Beweise geben darf, wird jeder wissen, dass mit seinem Tod der Mord Eures Gemahls und unseres Bruders, des Herzogs de Guise, gerächt wurde!«, erklärte er.

Sie blickte ihn an, und zum ersten Mal an diesem Tag entspannten sich ihre Züge. »Danke«, sagte sie und strahlte mit einem Mal etwas Verletzliches aus. »Ich werde erst wieder Frieden finden können, wenn es ihn nicht mehr gibt!«

Der Kardinal neigte den Kopf und hob sein Glas wie zur Besieglung eines Abkommens. Der Krieg war noch lange nicht beendet – er hatte gerade erst begonnen.

ÉCLARON, JANUAR 1566,
IM SELBEN MONAT …

8

Kniehoch türmte sich der Schnee in diesem Winter 1566 vor der Tür. Der Anblick des unschuldigen Weiß, das Madeleine noch vor wenigen Wochen in Begeisterung versetzte, hatte in den letzten Tagen etwas Unbarmherziges und Grausames bekommen. Eisblumen zeigten sich am Fenster, und im Haus, das nur noch in der Küche geheizt wurde, weil das Brennholz knapp geworden war, hinterließ der eigene Atem neblige Schwaden in der Luft. Madeleine, die alle drei Unterröcke und die beiden Kleider, die sie besaß, übereinander trug, legte auch im Haus schon lange ihren Umhang nicht mehr ab. Dennoch fror sie.

Selbst die Alten konnten sich nicht erinnern, jemals eine solche Kälte im Land erlebt zu haben. Das Wasser in den Seen und Flüssen war gefroren, und die meisten Straßen und Wege waren nicht einmal mehr mit dem Pferd passierbar.

Madeleine riss sich vom Anblick des Schnees los, der ihr doch keine Antwort auf ihre Fragen geben konnte. Sie war achtzehn Jahre alt, und eine schreckliche Leere und Angst erfüllte sie. Was sollte nun werden? Ihre Unterlippe zitterte, und sie presste den Kiefer fest zusammen, als sie sich entschlossen abwandte und den Flur entlang zum Zimmer von Monsieur Legrand lief.

Der alte Mann saß in einem pelzgefütterten Rock hinter dem Schreibtisch. In seiner Hand hielt er ein Vergrößerungsglas, durch das er mit nachdenklicher Miene ein Schriftstück studierte. Er wirkte zerbrechlich in seinem Stuhl, doch das täuschte, denn die Kälte und der Hunger hatten ihm trotz seines Alters nichts anhaben können.

»Madeleine? Ich wollte auch schon mit dir sprechen!«, sagte er. Das Mitgefühl, das in seiner Stimme schwang, schnürte ihr für einen Moment die Kehle zu. Sie nickte und versuchte sich zu sammeln, um nicht vor ihm in Tränen auszubrechen. Schließlich blickte sie ihn geradeheraus an. »Kann ich bleiben?«, fragte sie.

Er schaute sie überrascht an.

»Ich würde die Arbeit von ihr machen und könnte Euch auch in der Apotheke helfen. Bitte!«, fügte sie leise hinzu. Ein flehentlicher Unterton lag in ihrer Stimme.

Der Apotheker legte das Vergrößerungsglas zur Seite. »Genau darüber wollte ich mit dir reden«, sagte er sanft. Er blickte sie an und seufzte. »Ach, Madeleine, ich würde dir gern anbieten zu bleiben, aber das geht leider nicht.« Er deutete auf das Schriftstück in seinen Händen. »Das hier ist der Letzte Wille deiner Mutter. Sie hat es ausdrücklich anders festgelegt!«

Er reichte ihr das Papier.

Obwohl sich die Buchstaben vor ihren Augen zu Worten verbanden, brauchte Madeleine einige Zeit, bis sie den Inhalt dessen, was dort geschrieben stand, wirklich begriff.

»Hiermit lege ich, Elisabeth Kolb, geboren dem 3. Juni 1526 zu Zweibrücken, fest, dass meine Tochter Magdalena Kolb im Falle meines Ablebens zu den Zisterzienserinnen von St. Angela kommen soll. Ich empfehle ihr seelisches und körperliches Wohl der Obhut der hochwürdigen Äbtissin, Margarète de Foix …«

Bewegungslos starrte Madeleine auf die Zeilen. Ins Kloster von St. Angela? Sie wusste, dass ihre Mutter, nachdem sie die Pfalz verlassen hatten, einige Monate mit ihr in dem Konvent Zuflucht gefunden hatte. Sie war auf der Reise nach Frankreich schwer erkrankt, und die Nonnen hatten sich um sie und auch um Madeleine, die damals erst zwei Jahre alt gewesen war, gekümmert. Doch das war mehr als fünfzehn Jahre her!

»Aber warum will sie, dass ich dorthin komme?«, entfuhr es ihr.

Der alte Mann spürte, in welchen Aufruhr sie die Nachricht versetzte. »Deine Mutter dachte sicherlich, dass du dort am besten aufgehoben bist«, sagte er. »Sie hat der Äbtissin von St. Angela manchmal geschrieben und war vor einem halben Jahr sogar noch einmal dort. Das hat sie mir erzählt.«

Madeleine konnte plötzlich nichts mehr gegen die Tränen tun. Es gelang ihr nicht länger, stark zu sein. Dass ihre Mutter einer Lungenentzündung erlegen war, war furchtbar genug. Die Krankheit war schnell und unerwartet gekommen. *Das ist nur eine kleine Erkältung*, hatte ihre Mutter anfangs gesagt und trotz ihres geschwächten Zustands darauf bestanden, ihre Arbeit weiter zu verrichten. Doch dann hatte sie hohes Fieber bekommen, und kein Medikament des Apothekers hatte ihr mehr helfen können. Madeleine hatte sogar noch einen Arzt geholt, dessen Dienste sie mit der Münze bezahlt hatte, die sie einst von der Medici bekommen hatte. Doch es war zu spät gewesen. Drei Tage später war sie in der Nacht gestorben …

Noch immer konnte Madeleine das alles nicht fassen. Mit tränenverhangenem Blick starrte sie auf das Testament.

Sie besaß keine andere Familie als ihre Mutter. Und nun sollte sie auch noch von hier weggehen müssen? Dabei waren das Haus des Apothekers und der kleine Ort Éclaron immer ihr Zuhause gewesen – das einzige, das sie jemals gehabt hatte. Warum nur hatte ihre Mutter in dieser Weise über ihre Zukunft bestimmt?

Der Apotheker hatte sich mit einem weiteren Seufzer aus seinem Stuhl erhoben und legte ihr behutsam die Hand auf die Schulter. Er ahnte, was in ihr vorging. »Siehst du, Madeleine, deine Mutter hat im Grunde ganz recht. Ich bin ein alter Mann und du ein junges Mädchen. Es würde sich nicht ziemen, dass du alleine unter meinem Dach lebst. Und im Kloster kann man sich sicherlich besser um deine Zukunft kümmern.«

Madeleine schwieg. Seine Worte vermochten sie nicht zu trösten.

9

Monsieur Legrand ließ es sich nicht nehmen, sie persönlich nach St. Angela zu bringen. Sobald der erste Schnee geschmolzen war, mietete er zwei Pferde und einen Maulesel, der mit ihren wenigen Habseligkeiten und dem Reiseproviant beladen wurde, und sie machten sich auf den Weg. Obwohl das Kloster nur fünfzig Meilen von Éclaron entfernt war, brauchten sie mehrere Tage, denn die Schmelze hatte die Flüsse und Bäche über die Ufer treten lassen und die Straßen und Wege in sumpfigen Untergrund verwandelt, durch den man nur mühsam vorwärtskam.

»Du wirst mich einfach ab und zu besuchen kommen, ja?«, sagte er, als sie schließlich den Konvent der Zisterzienserinnen erreichten und er sie ein letztes Mal in seine Arme schloss. Der raue Tonfall seiner Stimme verriet, dass ihm der Abschied nicht weniger schwerfiel als ihr selbst. Sie nickte mit zugeschnürter Kehle. Von der Pforte des Klosters blickte sie seiner alten gebrechlichen Gestalt hinterher. Sie bemühte sich nicht länger, ihre Tränen zurückzuhalten, denn sie wusste, dass sie ihn nie wiedersehen würde.

Die Nonne, die sie in Empfang genommen hatte, eine schmallippige Frau in den Dreißigern, die sich Schwester Elénore nannte, griff sie mit sanftem Druck am Arm. »Komm!«

Sie brachte sie in einen kleinen Raum und hieß sie ihre Kleidung ablegen und stattdessen ein Gewand aus einem groben grauen Stoff anziehen, das man für sie bereitgelegt hatte. Im ersten Moment wollte Madeleine sich weigern. Ihr eigenes Kleid war bereits an einigen Stellen dünn und fadenscheinig, aber ihre Mutter hatte es ihr einst genäht, und außer ihr hatte es nie jemand getragen.

Die Nonne, die ihr Zögern bemerkte, schenkte ihr einen ungeduldigen Blick. »Das ist die Kleidung, die alle unsere Zöglinge tragen. Du kannst deine eigenen Sachen natürlich behalten. Wenn du dich umgezogen hast, werde ich dich zur Äbtissin bringen. Sie möchte dich sehen.«

Bedrückt zog Madeleine schließlich das kratzige Kleid über und faltete ihre eigenen Sachen zu einem kleinen Bündel. Als sie Schwester Elénore wenig später durch den Kreuzgang folgte und die hohen Mauern wahrnahm, die das Kloster mit seiner Kapelle, dem Garten und den Nebengebäuden von allen Seiten umgaben, fühlte sie sich wie in einem Gefängnis.

Sie betraten einen Seitentrakt und liefen durch einen langen kahlen Steinflur, an dessen Ende die Nonne sie in einen Raum führte. Es schien eine Art Arbeitszimmer zu sein, denn auf der einen Seite befand sich eine Reihe von Regalen, die bis unter die Decke mit in Leder gebundenen Büchern und Schriftrollen gefüllt waren, auf der anderen Seite stand ein kleiner Altar mit einem Kreuz darüber. In der Mitte des Raums saß hinter einem Tisch eine weiß gewandete Gestalt – es war die Äbtissin, Margarète de Foix. Sie blickte dem Mädchen mit einem freundlichen Lächeln entgegen und bedeutete ihm, näher zu treten. »Willkommen in St. Angela!«

Madeleine sank in einen höflichen Knicks und küsste die Hand, die sie ihr hinhielt.

»Du erinnerst dich sicherlich nicht mehr, aber wir beide sehen uns nicht zum ersten Mal«, sagte die Äbtissin dann. Sie strahlte etwas Respekteinflößendes aus, doch von ihrer melodischen Stimme ging eine überraschende Wärme aus. »Du warst damals noch sehr klein, als du mit deiner Mutter hier warst!«

Madeleine nickte – an mehr als an den vagen Geruch der kühlen feuchten Steinflure konnte sie sich tatsächlich nicht entsinnen.

»Deine Mutter war eine besondere Frau. Sie hat immer über einen festen und unerschütterlichen Glauben verfügt«, fuhr die Äbtissin fort, die nicht zu erwarten schien, dass sie etwas sagte. Einen Moment lang ließ sie ihren Blick prüfend auf Madeleine ruhen, als wolle sie ergründen, ob dies bei ihrer Tochter ebenso der Fall sei. »Es wird dir am Anfang vielleicht etwas schwerfallen, dich hier einzuleben. Das Leben bei uns ist sehr schlicht und einfach, aber ich bin sicher, dass du dich hier bald wohlfühlen wirst. Schwester Elénore wird dir alles zeigen.« Sie nickte als Zeichen, dass ihr Gespräch damit beendet sei, und ehe sich Madeleine versah, hatten sie den Raum wieder verlassen, und sie folgte Schwester Elénore den Flur und Kreuzgang zurück zum Haupttrakt.

Wie sie von der Nonne erfuhr, waren sie fünfzehn Mädchen im Alter zwischen dreizehn und zweiundzwanzig Jahren, die bei den Zisterzienserinnen lebten. Die meisten stammten wie Madeleine aus ärmlichen Verhältnissen, waren Waisen oder hatten Familien, die sich nicht mehr um sie kümmern konnten. »Ihr seid hier aus reiner Barmherzigkeit aufgenommen worden. Vergiss also nie, dass du nicht nur Gott, sondern auch dem Kloster und den Nonnen große Dankbarkeit schuldest«, sagte Schwester Elénore in einem Tonfall, der Madeleine ahnen ließ, welche Strenge von nun an ihr Leben bestimmen würde.

Die Nonne brachte sie als Erstes zum Schlafsaal. Beim Anblick des karg eingerichteten Raums mit den rohen Steinwänden, in dem sich nichts außer einer langen Bettenreihe mit Strohsäcken befand, die untereinander durch einen groben, an einigen Stellen bereits löchrigen Leinenvorhang abgetrennt waren, verließ Madeleine jeder Mut. Das hier sollte von nun an ihr Zuhause sein?

Schwester Elénore stellte sie der Oberin vor, einer korpulenten Frau mit blassblonden Augenbrauen, die die Aufsicht über die Mädchen führte.

»Du bist also Madeleine Kolb?«, sagte sie kühl, und die Art, wie sie sie dabei ansah, ließ das junge Mädchen sofort ihre Abneigung spüren.

»Ja.« Sie nickte und senkte verunsichert den Kopf.

Die Oberin wies ihr ohne viele Worte ein Bett zu und zeigte ihr eine Truhe, in der sie ihre Sachen verstauen konnte.

Die anderen Mädchen – ein zusammengewürfelter, grau gekleideter Haufen – schenkten ihr zunächst kaum Beachtung. Als sie sich nach der Messe und dem Abendessen, einer Mahlzeit aus einer wässrigen Gemüsesuppe und etwas Brot, zu Bett begeben mussten und Madeleine sich auf den harten Strohsack legte, spürte sie, wie ihr zum zweiten Mal an diesem Tag die Tränen über die Wangen rannen. Sie dachte an ihre Mutter, an Monsieur Legrand und an alles, was sie zurückgelassen hatte. Nie wieder würde ihr Leben so sein, wie es einmal gewesen war.

»Es ist nur am Anfang so schwer! Mit der Zeit wird es leichter.« In der Dunkelheit waren die Umrisse eines lockigen Mädchenkopfs neben dem Leinenvorhang aufgetaucht.

Madeleine wischte sich die Tränen von der Wange. »Bist du schon lange hier?«, fragte sie dann leise.

»Zwei Jahre! Ich heiße übrigens Louise.«

»Madeleine!«

Plötzlich verstummte Louise und legte den Finger auf den Mund. Ihr Kopf verschwand blitzschnell zurück in ihrem Bett. Die Schritte der Nonne, die den Schlafsaal kontrollierte, waren zu hören.

SAN LORENZO …

10

Die Spuren, die er im Mondlicht in dem feuchten Waldboden entdeckte, ließen keinen Zweifel, dass ihnen jemand gefolgt war. San Lorenzo verfluchte sich, dass er so unvorsichtig gewesen war, dem Treffen mit dem Herzog d'Alava zuzustimmen. Dabei hatten sie einen besonders abgelegenen Ort ausgesucht, einen alten einsam gelegenen Jagdpavillon in den Wäldern von Moulins, in dem sie sich mitten in der Nacht verabredet hatten. Er hatte unterwegs sogar sein Pferd gewechselt, aber der spanische Botschafter war leider weniger aufmerksam gewesen, wie die Hufabdrücke zeigten, die er jetzt auf dem Rückweg fand.

Er versuchte einen kühlen Kopf zu bewahren, während er den Weg zwischen den dunklen Bäumen entlangritt, an deren tief herabhängenden Zweigen und Ästen die Feuchtigkeit perlte. Seine Hände spannten sich fester um die Zügel. Würde er jetzt entdeckt werden, wäre alles umsonst. All die mühseligen Jahre, in denen er sich das Vertrauen der Hugenotten errungen hatte und sie ihn immer wieder auf die Probe gestellt hatten. Sie waren misstrauisch und weitaus vorsichtiger gewesen, als er angenommen hatte. Erst seitdem er im Bürgerkrieg Seite an Seite mit ihnen gegen seine eigenen Glaubensgenossen gekämpft hatte, akzeptierten sie ihn als einen der Ihren, und San Lorenzo war seinen Feinden endlich so nahe gekommen, wie es sein Auftrag erforderte.

Trotzdem war er vorsichtig geblieben. Die Briefe, in denen er seine Informationen weitergab, waren sorgfältig codiert, und er traf sich nur selten mit dem Herzog d'Alava, der als Einziger in Frankreich seine wahre Identität kannte. Doch in den letzten Monaten hatte sich die politische Lage zugespitzt. Der spanische König, Philipp II., sei äußerst beunruhigt, hatte ihn Alava wissen lassen, und San Lorenzo hatte schließlich einem Treffen mit dem Botschafter zugestimmt. In den nördlichen Besitztümern des Reichs, den spanischen Niederlanden, in denen Philipp in den letzten Jahren mit aller Härte gegen die Anhänger der neuen Konfession vorgegangen war, würde sich ein bedrohlicher Widerstand unter den protestantisch gesinnten Adligen formieren, hatte Alava ihm berichtet.

Sehr viel mehr hatte er nicht sagen müssen. San Lorenzo begriff, welch gefährliche Bedeutung die Protestanten in Frankreich damit bekamen, deren eigener König zu schwach war, um ihnen Einhalt zu gebieten, und die sich jederzeit mit ihren Glaubensbrüdern in den Niederlanden verbünden konnten.

Er spürte, dass seine Zeit bald gekommen war. Während er weiterritt, erinnerte er sich plötzlich an sein letztes Gespräch mit dem Herzog, damals in Kastilien, kurz vor seiner Abreise nach Frankreich: *Vielleicht werdet Ihr nie mehr tun, als gelegentlich einige Informationen an uns übermitteln. Hoffen wir, dass es dabei bleibt. Wenn sich die Lage jedoch anders entwickelt, dann werdet Ihr es sein, der sich am richtigen Platz befindet, um Eurem König und Eurem Gott eines Tages einen großen Dienst zu erweisen …*

Am richtigen Platz befand er sich jetzt ohne Frage. Ein kaltes Lächeln glitt über sein Gesicht, als er daran dachte, wie ahnungslos sie waren, wer sich mitten unter ihnen befand. Unter keinen Umständen konnte er es deshalb riskieren, dass jemand von seinem Treffen mit Alava erfuhr.

Er bemühte sich, jedes Gefühl auszuschalten, während er erneut vor sich im Schein des Mondlichts die Hufabdrücke in dem feuchten Waldboden betrachtete. Es war ein einzelner Reiter, der dem Herzog gefolgt war. Das bedeutete, er hatte ihr Treffen im Jagdpavillon mitbekommen, und es war davon auszugehen, dass er sich nun an seine Fersen geheftet hatte. Ohne der Versuchung nachzugeben, sich umzudrehen oder sich sonst irgendetwas anmerken zu lassen, trieb San Lorenzo sein Pferd weiter. In einiger Entfernung ging es bergauf. Hinter dem Hügel würde er für einige Zeit aus dem Blickfeld seines Verfolgers verschwinden. Dort musste er zuschlagen. Er tastete unauffällig nach seiner Pistole, doch dann beschloss er, den Degen zu nehmen. Es musste lautlos geschehen und wie ein Überfall aussehen. Er würde die Leiche im Gebüsch verstecken.

San Lorenzo wartete, bis er den höchsten Punkt der Steigung erreicht hatte, und trieb das Pferd dann scharf nach links zwischen die dunklen Bäume und Sträucher. Lautlos glitt er aus dem Sattel und versteckte sich hinter einer der großen alten Eichen.

Im ersten Moment hätte er seinen Verfolger fast übersehen, denn er ritt auf einem schwarzen Pferd und trug selbst einen schwarzgrünen Umhang mit Kapuze. Dabei hielt er sich so dicht an den Bäumen, dass er sich kaum vom Hintergrund des Waldes abhob.

San Lorenzo spürte, wie ihn eine eigentümliche Kälte ergriff. Er fasste den Griff seines Degens fester. Nur jemand, der sehr geübt darin war, Menschen zu beschatten, wusste sich in dieser Weise an die Umgebung anzupassen.

Man konnte hören, wie der gedämpfte Hufschlag des Pferdes immer näher kam.

San Lorenzo wich mit gezogener Waffe weiter hinter dem Baum zurück und verharrte bewegungslos, bis das Tier mit dem Reiter fast auf seiner Höhe war. Dann setzte er zum Sprung an, hob den Arm und bohrte seinen Degen mit einem einzigen schnellen Stoß von unten in die linke Körperseite des Mannes – dorthin, wo sich das Herz befand.

ST. ANGELA, 1566

11

Die Äbtissin hatte die Wahrheit gesagt, der Alltag bei den Zisterzienserinnen war schlicht und einfach.

Alles, was sie täten, sei ganz darauf ausgerichtet, sie auf das Leben vorzubereiten, das sie einmal erwarten würde, ob als Dienstmagd, Ehefrau oder Nonne – das wurde die Oberin nicht müde, Madeleine und den anderen Mädchen zu erklären.

Die Tage verliefen in einem immer gleichen und strengen Rhythmus: Sie hatten zu beten, zur Messe zu gehen, wurden im Katechismus unterrichtet und verbrachten die übrige Zeit beim Nähen, Sticken, beim Wollespinnen, in der Küche und im Waschhaus.

Es war schrecklich! Madeleine hatte noch nie viel für häusliche Tätigkeiten übriggehabt. Nun musste sie mit einem Mal den größten Teil des Tages damit verbringen und war noch dazu nicht besonders gewandt in diesen Dingen. So geschickt sie dabei gewesen war, wenn sie dem alten Apotheker beim Abwiegen und Messen geholfen hatte, bei den Handarbeiten schien sie zwei linke Hände zu haben. Vor allem das Sticken und Nähen, auf das die Nonnen großen Wert legten, war ihr zuwider. Madeleine stach sich dabei so oft in den Finger, dass ihr Stoff oft ganz blutig war und Schwester Marie, die die Mädchen überwachte, sie schließlich nur noch an einem groben Stück Sandleinen üben ließ.

»Jeder kann das lernen!«, sagte die Nonne streng.

»Du wirst wohl später nur als Stallmagd taugen!«, stichelte Françoise, eines der anderen Mädchen.

Madeleine bedachte sie mit einem aufgebrachten Blick. Von Anfang an hatte Françoise keine Gelegenheit ausgelassen, sich über sie lustig zu machen.

»Sie bildet sich nur was ein, weil sie eine Kostgängerin ist«, erklärte Louise später achselzuckend. Françoise stammte wie sie aus einfachen Verhältnissen, aber ihr Bruder, der Soldat war, zahlte etwas Geld für ihre Unterkunft und ihr Essen, erzählte sie. Außerdem spendete er zu den Feiertagen regelmäßig einige Münzen an das Kloster, damit man Messen für ihre verstorbenen Eltern lesen ließ. »Wirklich?« Mit einem Mal verstand Madeleine, warum die immer herrische Oberin, die die anderen Mädchen so gerne ihren Stock spüren ließ, Françoise stets mit ausgesuchter Höflichkeit behandelte.

Sie selbst hasste das Leben im Kloster – die Unselbstständigkeit, der Zwang und die strenge Hierarchie, in die sie sich einordnen musste, das alles fiel ihr schwer. Sie fühlte sich, als wäre sie zwölf und nicht achtzehn Jahre alt. Mehr als einmal hatte sie schon mit dem Gedanken gespielt, einfach wegzulaufen. Sie sprach mit Louise darüber, die der einzige Lichtblick in St. Angela war.

»Und wo willst du dann hin?«, fragte diese sie in ihrer bodenständigen Art. Die dunklen Locken fielen ihr ins Gesicht, während sie Madeleine anblickte und dabei, wie so oft, an einem alten Brotkanten knabberte, da sie von einem ständigen Heißhunger geplagt wurde.

Madeleine konnte Louise keine rechte Antwort geben. Hätte sie gewusst, wohin sie gehen sollte, vielleicht wäre sie tatsächlich verschwunden. Doch sie besaß nicht einmal ein paar Münzen, um sich etwas zu essen zu kaufen. Zudem trafen im Kloster täglich neue beunruhigende Nachrichten ein. In den spanischen Niederlanden – kaum mehr als hundert Meilen nördlich der Champagne – sei ein Aufstand ausgebrochen, berichtete man. Der protestantische Adel der Niederlande habe sich gegen die Statthalterin, Margarethe von Parma, die Halbschwester des spanischen Königs, erhoben, und in Westflandern hätten Tausende Anhänger des neuen Glaubens die katholischen Kirchen gestürmt und Heiligenbilder und Marienstatuen zerstört. Die Nonnen liefen mit besorgten Gesichtern herum. Sie beteten und lasen Messen für ihre katholischen Glaubensgenossen. »Der Allmächtige bewahre uns davor, dass diese Ketzer in den Niederlanden auch noch die Überhand erringen«, sagte Schwester Marie mehrmals und bekreuzigte sich dabei voller Angst.

Auch in Frankreich wurde von immer neuen Übergriffen zwischen Hugenotten und Katholiken berichtet, und Madeleine musste zugeben, dass sie im Kloster zumindest in Sicherheit war. Tief in ihrem Inneren gab es aber noch einen anderen Grund, warum sie das Gefühl hatte, bleiben zu müssen – ihre Mutter. So unerträglich Madeleine das Leben in St. Angela fand, sie hätte Schuldgefühle verspürt, den Letzten Willen von ihr nicht zu respektieren.

Mit zusammengebissenen Zähnen mühte sie sich daher Nachmittag für Nachmittag weiter mit Nadel und Faden ab und ließ die Ermahnungen und Zurechtweisungen der Nonnen wie einen prasselnden Regen über sich ergehen.

Eines Tages entriss ihr Schwester Marie schließlich mit einem gottergebenen Seufzer das Stück Stoff und befahl ihr mitzukommen.

Madeleine blickte sie eingeschüchtert an und folgte ihr. Wollte man sie etwa erneut bestrafen? Sie dachte an die Schläge der Oberin, die sie schon des Öfteren zu spüren bekommen hatte. Noch einmal würde sie diese Demütigung nicht über sich ergehen lassen, schwor sie sich. Eher würde sie doch davonlaufen.

Sie sah, dass sie das Haupthaus verließen und weiter über den Hof zu den Nebengebäuden des Klosters liefen. Dort betraten sie einen einer Küche ähnelnden Raum, in dem eine ältere Nonne saß.

»Das hier ist Schwester Philippa«, begann Schwester Marie. »Sie ist für den Kräutergarten und die Krankenpflege zuständig. Vielleicht kannst du dich bei ihr etwas nützlich machen«, fügte sie dann kopfschüttelnd hinzu.

12

Schwester Philippa besaß ein verwittertes altes Gesicht, aber ihre haselnussbraunen Augen wirkten so wach und lebendig wie die eines jungen Mädchens. Ohne große Worte reichte sie Madeleine einen Holzbottich mit jungem Löwenzahn.

»Nimm nur die Blätter und schneide die Wurzeln ab«, ordnete sie an und nahm wieder auf ihrem Schemel Platz.

Gehorsam machte Madeleine sich an die Arbeit. Der Raum weckte Erinnerungen an die Apotheke von Monsieur Legrand in ihr. Auch wenn man hier vermutlich keine Substanzen wie Opium in den Krügen und Töpfen finden würde. Alles, was es hier gab, stammte aus dem Kräutergarten und wurde als Medizin für die Bewohner des Klosters verwendet. Manchmal kamen jedoch auch Leute aus dem Dorf oder der Umgebung, die krank waren und sich keinen Arzt leisten konnten. »Und unsere Sorge für die Kranken steht vor und über allen anderen Pflichten«, erklärte die Nonne. »Das hat schon der heilige Benedikt gesagt.«

Sie war aufgestanden und schaute Madeleine bei der Arbeit über die Schulter. Ein überraschter Ausdruck glitt über ihr Gesicht.

»Das machst du gut!«

»Meine Mutter hat für einen Apotheker gearbeitet. Ich habe ihr oft bei solchen Arbeiten geholfen«, erzählte Madeleine.

Die Nonne musterte sie. »Und das scheint dir ganz offensichtlich mehr zu liegen, als zu sticken«, erwiderte sie dann trocken. Sie wandte sich wieder ab und ging zu ihrem Schemel zurück. Madeleine bemerkte, dass sie humpelte.

»Habt Ihr Euren Fuß verletzt?« Die Frage war ihr schon herausgerutscht, bevor ihr bewusst wurde, dass es ihr eigentlich nicht zustand, einer älteren Nonne Fragen zu stellen.

Schwester Philippa lächelte. »Nein, der liebe Herrgott lässt mich auf diese Weise nur wissen, dass ich nicht mehr die Jüngste bin! ... Wenn du fertig bist, kannst du die Blätter waschen.«

Madeleine nickte. Sie mochte die alte Nonne, deren geröteten, faltigen Händen man ansah, dass sie ihr Leben lang hart gearbeitet hatte.

Von nun an verbrachte sie jeden Nachmittag einige Stunden bei ihr.

»Ohne dich ist es furchtbar«, sagte Louise, die sich jedoch freute, dass Madeleine die neue Arbeit zu gefallen schien und sie nicht mehr täglich davon träumte wegzugehen.

Madeleine half Schwester Philippa nicht nur beim Zubereiten und Trocknen der Pflanzen, sondern arbeitete auch im Kräutergarten, der umgeben von einer schützenden Mauer hinten im Kloster lag. Kamille, Thymian, Salbei wurden dort genauso angebaut wie Ringelblume, Frauenmantel oder Melisse. Selbst Blumen wie Rosen und Schwertlilien wurden als Heilpflanzen verwandt, wie Madeleine zu ihrer Verwunderung von Schwester Philippa erfuhr. Sie lernte auch, dass die Pflanzenteile unterschiedlich stark in ihrer Wirkung waren, je nachdem, zu welchem Zeitpunkt man sie erntete. »Im Frühjahr und Sommer geht die meiste Kraft in die Blüten und Blätter, die Wurzeln dagegen gewinnen erst im Herbst an Kraft«, erklärte Schwester Philippa. Sie war erfreut über das Geschick und Interesse des Mädchens, und für Madeleine gehörten die Nachmittage schon bald zu ihren liebsten Stunden.

13

Louise hatte Madeleine mit ernster Miene den Kopf zugewandt. »Meinst du, es wird bei uns auch wieder Krieg geben?« Sie waren mit den anderen Mädchen auf dem Weg zur Kapelle und noch immer in Gedanken damit beschäftigt, was Françoise beim Mittagessen berichtet hatte. Ihr Bruder, der Soldat, hatte ihr bei seinem letzten Besuch erzählt, dass der König die Grenze im Nordosten Frankreichs angeblich mit sechstausend angeheuerten Schweizern verstärken lassen wollte.

»Und warum tut er das?«, hatte Madeleine Françoise gefragt.

»Weil dort die spanischen Truppen auf ihrem Weg in die Niederlande vorbeikommen werden, sagt mein Bruder«, erwiderte Françoise, der es offensichtlich gefiel, dank dieser Neuigkeiten so im Mittelpunkt zu stehen.

Madeleine hatte sie erstaunt angeschaut. Fast ein Jahr war es her, dass man hier im Kloster von dem Aufstand in den spanischen Niederlanden gehört hatte. Inzwischen, so wurde jedoch behauptet, hätte sich die Situation dort längst wieder beruhigt. Umso überraschender waren diese Neuigkeiten.

Sie blickte Louise an. »Ich hoffe nicht, dass es wieder Krieg geben wird«, antwortete Madeleine schließlich.

Sie hielt ihre Haube fest, die ihr ein heftiger Windstoß vom Haar zu fegen drohte. Ein krachendes Geräusch, das vom Dach der Kapelle kam, lenkte sie von ihrem Gespräch mit Louise ab, und sie wandte den Kopf nach oben. Abrupt blieb sie stehen.

»Was hast du?«, fragte Louise.

»Nichts!«, erwiderte Madeleine tonlos. Auf dem Dach war nichts zu sehen. Hatte sie sich getäuscht? Doch sie spürte, wie ihre Sinne plötzlich mit geschärfter Aufmerksamkeit die Umgebung wahrnahmen, und dann hörte sie das Geräusch erneut – lauter und deutlicher als zuvor. Ein Zittern ergriff sie. Sie hatte das schon einmal erlebt. Nur zu gut erinnerte sie sich daran – auch wenn sie es all die Jahre verdrängt hatte. Wie aus einer anderen Wirklichkeit blitzten im selben Augenblick die Bruchstücke von Bildern vor ihr auf. *Ein Ziegel, der vom Dach stürzte, Blut auf einem grauen Gewand* … Unwillkürlich schloss sie die Augen. Nein, bitte nicht! Sie wollte das nicht noch einmal erleben. *Du bildest dir das ein*, hörte sie im Geiste die Stimme ihrer Mutter.

Am liebsten hätte sie nach Louises Arm gegriffen, doch sie unterließ es, um durch ihr Verhalten nicht noch weiter aufzufallen, und zwang sich weiterzugehen. Wieder tauchten der Ziegel, das Blut und die Umrisse einer verletzten Mädchengestalt vor ihr auf. Nein! Sie ignorierte es und versuchte, fest an ihre Mutter zu denken. *Du bildest dir das ein, Madeleine. Begreifst du denn nicht, wie gefährlich es in diesen Zeiten ist, solche Dinge zu behaupten …?*

Wie zur Bestätigung sah sie, dass die Oberin, die vor der Kapelle stand, sie anstarrte. Sie ging entschlossen weiter, doch plötzlich verschwamm die Umgebung vor ihren Augen. Nein! Diesmal würde sie es nicht zulassen. Sie würde stark sein. Mit aller Macht wehrte sie sich gegen die Bilder, die sie mit einer Heftigkeit überfielen, als würde ein Wirbelsturm durch ihr Inneres toben und sie mit sich reißen. Ihr Puls raste – und dann war mit einem Schlag alles vorbei. Die Wirklichkeit nahm wieder feste Konturen, an und die Bilder waren verschwunden. Sie atmete erleichtert auf.

»Was ist denn mit dir passiert? Du siehst aus, als hättest du ein Gespenst gesehen«, sagte Louise beunruhigt.

Madeleine zwang sich zu einem Lächeln. Sie bemerkte, dass die Oberin sie noch immer anstarrte. »Nichts, mir war nur etwas schwindlig!«, erklärte sie, während sie weitergingen. Der Wind toste über den Hof.

Im selben Augenblick war über ihnen ein polterndes Geräusch zu hören. Die beiden Mädchen fuhren zusammen. Der Schatten von etwas Bräunlich-Rotem schoss vom Dach, und Madeleine sah gerade noch, wie er Françoise, die vor ihnen lief, am Ohr traf und dann mit voller Wucht auf deren Schulter aufprallte.

Françoise schrie gellend auf und griff sich mit der Hand an die klaffende Wunde ihres Kopfs, aus der das Blut schoss, dann sank sie auch schon zu Boden.

Entsetzt blickte Madeleine auf ihre verletzte Gestalt, zu der alle hinrannten.

Was hatte sie getan? Warum hatte sie sie nicht gewarnt? Sie fühlte, wie ihr schwarz vor Augen wurde.

14

Margarète de Foix war seit fast zwanzig Jahren Äbtissin des Klosters von St. Angela. In dieser Zeit hatte sie viele Entscheidungen treffen müssen und gelernt, dass die wenigsten Wege, die Gott einen im Leben beschreiten ließ, einfach und gradlinig, sondern ganz im Gegenteil mit Widrigkeiten gepflastert waren und sich dabei *gut* und *böse* allzu oft in dem Gewand des anderen versteckten.

Sie versuchte ihrer Stimme einen ruhigen Klang zu geben, als sie Schwester Henriette, die Oberin, ansah. »Sie soll *was* sein?«, fragte sie – nicht bereit zu glauben, was sie gerade gehört hatte.

»Sie ist vom Teufel besessen! Von Anfang an habe ich das gewusst«, brach es heftig aus der Oberin hervor.

Einen Moment blickte die Äbtissin sie an und betrachtete ihr Gesicht mit den blassen, für eine Frau ein wenig zu kräftig geratenen Zügen, das mit Schönheit zu beschenken dem Schöpfer eindeutig nicht gefallen hatte. »Wie könnt Ihr nur so etwas behaupten, Schwester Henriette?«, fragte sie dann kühl.

»Es ist die Wahrheit«, beharrte die Oberin. »Das Mädchen *wollte*, dass Françoise von dem Ziegelstein getroffen wird. Ich habe sie beobachtet, hochwürdige Mutter!« Zwei hellrote Flecken zeigten sich auf den Wangen der Nonne. »Ich habe gesehen, wie sie zum Dach hochgeblickt hat und dann auf seltsame Weise erstarrte. Sie hat sogar die Augen geschlossen, als würde sie sich konzentrieren, um den Leibhaftigen persönlich zu beschwören«, fügte sie mit finsterer Miene hinzu. »Und nachdem es passiert war, hat sie plötzlich das Bewusstsein verloren. Als würde ihr Körper nicht stark genug sein, um den Teufel länger in sich zu tragen.«

»Was redet Ihr da für einen Unsinn!«, wies die Äbtissin sie resolut zurecht. »Die Mädchen sind in einem Alter, in dem es nicht ungewöhnlich ist, dass sie in Ohnmacht fallen. Wahrscheinlich ist ihr einfach schlecht geworden, und sie ist nur deshalb stehen geblieben und hat die Augen geschlossen.«

Die Oberin schüttelte grimmig den Kopf. »Nein, hochwürdige Mutter!« Sie neigte sich ein Stück nach vorn. »Glaubt mir, so wahr ich hier vor Euch sitze. Ich habe in ihren Augen das Entsetzen über ihre eigene Tat gesehen. Und seitdem es passiert ist, wird sie von Schuldgefühlen geplagt. Sie war mehrmals bei Françoise, obwohl die beiden sich nie verstanden haben, um zu sehen, wie es ihr geht.«

»Das besagt nichts«, entgegnete Margarète de Foix ruhig. »Im Gegenteil, wenn die Tat in ihrer Absicht gelegen hätte, würde sie wohl kaum dieses Mitgefühl an den Tag legen.«

»Oder es sind die wenigen Momente, in denen ihre Seele nicht vom Teufel besessen ist!«, widersprach die Oberin stur.

Die Äbtissin schaute sie wieder an. Sie kannte die Nonne seit über zwanzig Jahren. Ihr Charakter hatte immer zu einem gewissen Fanatismus geneigt, aber seit dem Ausbruch des Religionskriegs war sie besessen von dem Gedanken, die Welt müsse von allem Ketzerischen gereinigt werden, damit Gott sich von den Seinen nicht abwandte. Unglücklicherweise hatte die Oberin, genau wie die Äbtissin, Madeleines Mutter – Elisabeth Kolb – gekannt. Obwohl sie nie etwas von ihrem Geheimnis erfahren hatte, war sie immer der Meinung gewesen, die Deutsche habe etwas Gottloses an sich, das sie nun auch bei ihrer Tochter zu entdecken glaubte. »Wie könnt Ihr so etwas nur von dem Mädchen denken – sie ist fast noch ein Kind!«, sagte Margarète de Foix leicht ungehalten.

Ein trotziger Ausdruck glitt über das Gesicht der Nonne. »Ich stehe damit nicht allein. Pater Jacques teilt meine Meinung!«

»Pater Jacques?« Die Äbtissin schaute die Oberin alarmiert an. »Wie kommt Ihr dazu, mit ihm darüber zu sprechen?« Aus ihrer Stimme war jede Freundlichkeit gewichen. »Was habt Ihr ihm gesagt?«

Die Oberin wirkte plötzlich verunsichert. »Nur, dass mir etwas an Madeleine Kolb seltsam vorkommt. Ich hatte dem Mädchen nahegelegt, zu ihm zur Beichte zu gehen, um seine Seele zu entlasten«, fügte sie merklich vorsichtiger hinzu.

Die Äbtissin schwieg. Die Angelegenheit begann sich weitaus schwieriger zu gestalten, als Margarète de Foix vermutet hatte. St. Angela war ihrer Autorität als Äbtissin unterstellt. Dennoch waren sie auch ein Tochterkloster von Clairvaux. Pater Jacques war ihnen vom dortigen Vaterabt als Beichtvater zugeteilt worden. Würde er, wie die Oberin, zu dem Schluss kommen, etwas mit dem Mädchen sei nicht in Ordnung, würde er das in Clairvaux mitteilen. Es konnte zu Nachforschungen kommen und spätestens bei dem nächsten Besuch des Abts oder seines Vertreters zu einem gefährlichen Thema werden.

»Hat Madeleine dem Pater etwas gesagt, was Eure Vermutung bestätigt?«, fragte sie, denn sie wusste sehr wohl, dass es bei solchen Angelegenheiten ein Verfahren gab, das Beichtgeheimnis zu umgehen.

»Nein, und genau das ist es ja«, stieß Schwester Henriette mit erneuter Heftigkeit hervor. »Pater Jacques empfand auch, dass sie von starken Schuldgefühlen geplagt wird, dennoch hat sie nicht sagen oder zugeben wollen, warum …«

Die Äbtissin schnitt ihr mit einer Handbewegung das Wort ab.

»Es reicht jetzt!«, sagte sie scharf, ohne sich ihre Erleichterung über die Antwort anmerken zu lassen. »Das sind nichts als Vermutungen und ich verbiete Euch, solche Behauptungen jemals zu wiederholen.« Die klirrende Kälte in ihrem Tonfall verfehlte ihre Wirkung nicht – die Oberin zuckte zusammen. »Ihr wendet Euch gegen meine Autorität, wenn Ihr solche Angelegenheiten nicht als Erstes mit mir besprecht, denn es steht Euch nicht zu, selbst ein Urteil zu fällen. Habt Ihr das verstanden?«

Schwester Henriette senkte den Blick. »Ja, hochwürdige Mutter!«

Margarète de Foix blickte sie mitleidslos an und fuhr dann in aller Strenge fort: »Als Eure Äbtissin sage ich Euch, dass Ihr dazu neigt, Euer Herz im Urteil über andere zu verhärten. Damit vernachlässigt Ihr das Gebot der christlichen Nächstenliebe in sträflichster Weise, und das ist eine Sünde. Ihr solltet in Euch gehen und Gott um Vergebung dafür bitten! Und jetzt geht!«, sagte sie und entließ sie mit einem knappen Nicken.

Nachdem die Nonne den Raum verlassen hatte, blieb die Äbtissin eine ganze Weile am Tisch sitzen. Obwohl sie sich sicher war, dass die Oberin es nicht wagen würde, ihre gefährliche Behauptung zu wiederholen, wollte die tiefe Sorge in ihrem Inneren nicht weichen. Sie musste an ihr letztes Gespräch mit Elisabeth Kolb denken. Es lag fast zwei Jahre zurück. Nach all der langen Zeit hatte sie auf einmal wieder vor ihr gestanden. Sie hatte sich sehr verändert und kaum noch etwas mit der Frau gemein gehabt, die vor fünfzehn Jahren völlig ausgehungert und erschöpft mit ihrer kleinen Tochter hier im Kloster bei ihnen Zuflucht gesucht hatte. Die Gedanken der Äbtissin wanderten weiter in die Vergangenheit zurück. Von Anfang an hatte sie damals gespürt, dass es besondere Gründe gewesen sein mussten, die Elisabeth Kolb bewogen hatten, ihre Heimat zu verlassen. Später, als sie die junge Frau besser kannte und diese sich ihr schließlich anvertraute, bestätigte sich ihre Vermutung. Sie war nicht freiwillig aus Deutschland weggegangen. Viele Monate hatte sie hier in St. Angela verbracht, und Margarète de Foix hatte ihr den Weg aus ihrem Unglück, das wie ein Fluch auf ihr lastete, hin zu Gott gezeigt. Nachdem sie das Kloster verlassen hatte, hatte Elisabeth Kolb ihr manchmal geschrieben, aber sie hatten sich lange nicht gesehen – bis zu ihrem letzten Besuch. Nachdenklich erinnerte sie sich an diese Unterredung. Elisabeth Kolb war von einer schrecklichen Unruhe erfüllt gewesen. Die Äbtissin dachte an das Versprechen, das sie ihr schließlich gegeben hatte, und hoffte, dass Gott ihr nicht versagen würde, es auch zu erfüllen.

15

Madeleine bemühte sich, den getrockneten Thymian so fein wie möglich zu zerstoßen. Ein feiner Schweißfilm perlte auf ihrer Stirn, und ihr Handgelenk schmerzte. Einige Löffel mit dem Mörser zu Pulver zu verarbeiten war nicht weiter anstrengend, einen Eimer voll schon – und das entsprach ungefähr dem Berg von Säckchen, die neben ihr lagen. Staubfein würde sie das Kraut brauchen, hatte ihr Schwester Philippa erklärt. Damit der Thymian sich später möglichst gut mit den anderen Zutaten des Sirups verband und so am besten seine volle Wirkung entfalten konnte. Madeleine war nicht ganz klar, was man mit diesen Mengen an Hustensirup später anfangen sollte – selbst bei einer Erkältungsepidemie im gesamten Kloster würde man sie kaum verbrauchen können –, aber sie hatte nichts gesagt. Im Grunde war sie froh über die Arbeit, denn sie lenkte sie ab. In den letzten Tagen hatte sie schlecht geschlafen und sich die halbe Nacht unter ihrer kratzigen Wolldecke hin und her gewälzt. Noch immer verspürte Madeleine ein erdrückendes Schuldgefühl, wenn sie an Françoise dachte. Sie hat Glück gehabt, meinte Schwester Philippa, wenn der Ziegel sie richtig am Kopf getroffen hätte, hätte sie den Unfall wahrscheinlich nicht überlebt. Aber auch so würde es Wochen dauern, bis ihre zerschmetterte Schulter wieder heilte, und es war fraglich, ob sie auf dem Ohr, das der Stein regelrecht gespalten hatte, jemals wieder richtig würde hören können. Madeleine verstärkte unwillkürlich den Druck auf den Mörser in ihrer Hand. Sie hätte Françoise warnen oder zumindest zur Seite reißen müssen, stattdessen hatte sie dagestanden, nichts getan und nur versucht, die Bilder aus ihrem Kopf zu vertreiben. Sie hatte an die Worte ihrer Mutter gedacht, dass sie sich alles nur einbildete, und gehofft, es sei wirklich so. Aber das war ein verhängnisvoller Fehler gewesen!

Fast drei Jahre lag das Unglück mit der Brücke zurück, und sie hatte gebetet und gehofft, dass sie eine solche Vorahnung nie wieder heimsuchen würde. Doch es war erneut geschehen, und jetzt verspürte sie eine schreckliche Furcht und Verunsicherung deshalb. Würden die Visionen sie denn immer wieder heimsuchen? Sie musste an die Oberin denken. Sie sah wieder ihren Blick vor sich, wie sie sie angestarrt hatte, nachdem Françoise von dem Dachziegel getroffen worden war. Als würde sie in Madeleine den Leibhaftigen persönlich erkennen. Sie und auch Pater Jacques hatten ihr danach seltsame Fragen gestellt. Erst hatte Madeleine geglaubt, die Oberin hätte von ihrer Vorahnung gewusst oder zumindest etwas in dieser Richtung vermutet, aber dann begriff sie, dass ihre Fragen in eine andere und sehr viel gefährlichere Richtung zielten. Madeleine drückte den Mörser weiter gegen die körnige Struktur der Kräuter. Sie verstand mit einem Mal, was ihre Mutter gemeint hatte, als sie damals davon gesprochen hatte, wie riskant es sei, solche Dinge zu behaupten. Madeleine strich sich mit dem Handgelenk eine Haarsträhne aus dem Gesicht. Sie wünschte, sie hätte mit ihr darüber reden können, was geschehen war, ihr erzählen können, dass es keine Einbildung war, sondern diese Dinge wirklich passierten, die sie sah. Sie vermisste ihre Mutter. Ihr wurde bewusst, wie einsam sie war. In den letzten Tagen hatte Louise sie mehrmals gefragt, was mit ihr los sei, doch sie hatte es nicht gewagt, der Freundin die Wahrheit zu sagen.

Ein Geräusch war hinter ihr zu hören.

»Geht es dir gut, mein Kind?«, fragte Schwester Philippa, die humpelnd in den Raum gekommen war und ihren traurigen Blick bemerkt hatte.

»Ja, ich habe nur … an meine Mutter gedacht.« Madeleine schüttete den Thymian aus dem Schälchen in ein größeres Gefäß zu dem bereits zu Pulver zerriebenen Kraut und entnahm einem der neuen Säckchen ein weiteres Bündel Thymian.

»Ich denke, das reicht für heute«, sagte Schwester Philippa mit einem warmen Lächeln. Sie legte ihre Hand auf Madeleines Schulter. »Bete! Der Allmächtige wird dir helfen«, sagte die Nonne unerwartet sanft, und einen Augenblick war Madeleine sich nicht sicher, ob sie damit nur den Schmerz über den Verlust ihrer Mutter meinte.

»Du musst heute Nachmittag noch einen Botengang im Dorf für mich erledigen«, teilte sie ihr dann mit.

Madeleine blickte sie erfreut an. Es kam nicht oft dazu, dass sie das Klostergelände verlassen konnte. Der Zisterzienserorden war sehr auf seine Eigenversorgung bedacht, und die meisten Dinge wurden selbst hergestellt oder angebaut. Schwester Philippas Tätigkeit brachte es jedoch mit sich, dass sie gelegentlich die eine oder andere Kleinigkeit vom Markt oder dem Krämer des nah gelegenen Dorfes benötigte. Da das Gehen für sie zu beschwerlich war, beauftragte sie Madeleine mit diesen Aufgaben. Heute waren es jedoch keine Besorgungen, sondern eine Medizin aus Heilkräutern, die sie der Magd des Gasthofs L'Auberge bringen sollte.

»Das Mädchen war vor einigen Tagen hier. Sie heißt Marthe. Ihre Mutter hat eine Geschwulst, und ich habe eine schmerzstillende Medizin für sie zubereitet. Sie wollte sie gestern abholen, aber anscheinend hat ihr Herr sie nicht gehen lassen. Sag ihr, dass ihre Mutter das Pulver dreimal am Tag in heißem Wasser aufgelöst trinken soll. Das wird die Schmerzen etwas lindern!«

Sie reichte ihr ein kleines Stoffpäckchen.

16

Als man das Kloster von St. Angela im zwölften Jahrhundert erbaut hatte, war der Ort wegen seiner abgelegenen Lage ausgesucht worden. Umgeben von Wäldern und Feldern, in der Nähe eines kleinen Flusses, hatte man damals etliche Meilen südwestlich von Troyes den Grundstein gelegt. In den Jahrhunderten danach waren durch die Nähe des Klosters und die nicht weit entfernte Straße nach Sens in der Umgebung kleinere und größere Ortschaften entstanden, aber noch immer musste man eine gute Meile laufen, um ins Dorf Paisy zu kommen.

Madeleine liebte den Weg dorthin. Sie genoss die klare Luft und die Weite der Umgebung und spürte, wie sie etwas Abstand zu den Geschehnissen um den Unfall mit Françoise bekam. Der nahende Sommer zeigte sich in seiner ganzen Blüte – Wiesen und Bäume waren von einem saftigen Grün überzogen, und der Weizen bog sich im goldenen Gelb auf den Feldern.

Sie lief die Straße weiter bis zu einer Steinbrücke, über die sie in das Dorf gelangte. Der Gasthof L'Auberge befand sich am anderen Ende des Ortes. Einige Reiter, Passanten und ein zerlumpter Bauer mit einer Ziege kamen ihr entgegen. Sie grüßten Madeleine höflich, als sie ihr graues Kleid erkannten, das sie als Zögling des Klosters auswies. Die Zisterzienserinnen von St. Angela erfreuten sich großen Respekts. Die Armen konnten dort nicht nur auf medizinische Hilfe, sondern in Zeiten der Not auch stets auf eine warme Suppe oder ein Stück Brot hoffen.

Schließlich sah Madeleine an der Biegung der Straße die mittelalterliche Fassade des Gasthofs auftauchen. Über dem Eingang aus rohem Stein prangte ein großes Schild aus geschlagenem Kupfer, auf dem eine Abbildung mit einem Krug und Becher und in geschwungenen Buchstaben der Name »L'Auberge« zu lesen war. Sie beschloss, im Wirtshaus nach der Magd zu fragen, und öffnete die Tür. Zögernd blieb sie auf der Schwelle stehen. In dem düsteren Raum mit den hohen Deckenbalken war es leer.

»Wir haben geschlossen!«, ertönte plötzlich eine unwirsche Stimme aus dem hinteren Teil des Raums. Madeleine, deren Augen etwas gebraucht hatten, um sich an das Zwielicht zu gewöhnen, erkannte, dass an dem Tresen zwei Männer standen. Der eine von ihnen – eine kräftig gewachsene Erscheinung in Kniebundhosen und hochgekrempelten Hemdsärmeln und augenscheinlich der Wirt – war einen Schritt auf sie zugekommen und warf ihr einen unfreundlichen Blick aus seinem rotwangigen Gesicht zu.

»Verzeihen Sie, ich suche die Magd Marthe«, sagte Madeleine, die in der Mitte des Raums stehen blieb, bemüht, sich von seiner abweisenden Art nicht abschrecken zu lassen.

Er verschränkte die Arme. »Was denn, eine Klosterschülerin?«, fragte er mit beißendem Spott. »Will Marthe jetzt auch noch zu den heiligen Schwestern gehen, weil ihre Mutter krank ist?«

»Nein, ich soll ihr nur etwas geben!«, erwiderte Madeleine zurückhaltend. Sie bemerkte, dass sich der andere Mann, der noch immer neben dem Tresen stand, zu ihnen umgedreht hatte. Er trug einen Umhang und war wesentlich besser gekleidet als der Wirt. Der Knauf eines Degens war neben seinem Hosenbund zu erkennen. Obwohl sie im Halbdunkeln nur die Andeutung seines Profils sah, spürte sie den stechenden Blick, mit dem er sie musterte. Sie wurde verlegen – die Situation war ihr plötzlich unangenehm.

»Marthe ist hinten«, erklärte der Wirt barsch. Er deutete mit dem Daumen nach draußen in Richtung der Ställe.

»Danke.« Sie nickte knapp und wandte sich ab, froh, das Gasthaus wieder verlassen zu können.

Madeleine fand die Magd auf dem Hof, wo sie dabei war, die Futtertröge der Schweine aufzufüllen. Sie war neunzehn, zwanzig – höchstens ein oder zwei Jahre älter als sie selbst, schätzte Madeleine, doch ihre knochige Gestalt mit den schwieligen Händen wirkte bereits gezeichnet von der harten Arbeit, die sie täglich verrichtete.

»Schwester Philippa schickt mich«, sagte sie. »Das hier ist für deine Mutter.« Sie reichte ihr das Päckchen mit der Medizin.

Marthe blickte sie ungläubig an. »Danke!«, stieß sie schließlich hervor. Tränen standen in ihren Augen zu. »Sie hat furchtbare Schmerzen. Ich wollte noch mal zum Kloster kommen, aber Monsieur Gerault hat mir nicht freigegeben.«

»Ist schon gut«, erwiderte Madeleine sanft. »Das hat sich Schwester Philippa bereits gedacht. Die Medizin wird für eine Woche reichen, dann werde ich dir neue bringen.«

»He, halt sie nicht vom Arbeiten ab!«, schnauzte jemand hinter ihnen über den Hof. Monsieur Gerault, der Wirt, war in der Hintertür des Gasthofs aufgetaucht und schaute verärgert zu ihnen herüber.

Marthe warf einen ängstlichen Blick in seine Richtung. »Ich muss weitermachen«, sagte sie leise. »Danke nochmals!«

Madeleine nickte. Als sie den Hof verließ, war sie voll des Mitleids für die Magd. Es war bestimmt kein Vergnügen, für Monsieur Gerault arbeiten zu müssen. Im Vergleich dazu ging es ihr im Kloster richtig gut. Wie würde wohl ihre eigene Zukunft in einigen Jahren aussehen? Spätestens mit Anfang zwanzig würde sie sich entscheiden müssen. Sie verstand mit einem Mal, warum einige der Mädchen ernsthaft erwogen, für immer ins Kloster einzutreten. Das Leben, das sie dort erwartete, war vermutlich besser als ein Schicksal als Magd oder als Ehefrau eines Mannes, den sie nicht wollten. Dennoch hätte sie sich niemals vorstellen können, für immer in St. Angela zu bleiben. Madeleine bog um die Ecke zurück auf die Straße. Unwillkürlich blieb sie stehen, als sie sah, dass sich nur einige Schritte entfernt von ihr ein Reiter auf sein Pferd schwang. Noch bevor er sich zu ihr umdrehte, wusste sie, dass es der Mann aus dem Gasthof war.

Einen kurzen Moment lang verharrte er in seiner Bewegung, als er sie entdeckte, und musterte sie erneut mit einem stechenden Blick aus seinen graugrünen Augen. Er war um die dreißig, und obwohl seine markanten Züge nicht unattraktiv waren, ging etwas Kühles und Abschätzendes von ihm aus, das durch die hellen Linien einer Narbe auf seiner rechten Wange noch verstärkt wurde. Seine Augen glitten an ihr herunter, und die Art, wie er sie dabei ansah, machte ihr Angst. Ein seltsames Gefühl ergriff sie. Er schien es zu bemerken und neigte kaum wahrnehmbar den Kopf, bevor er im selben Moment auch schon mit seinem Pferd davonstob.

SCHLOSS MONTCEAUX BEI PARIS, 1567

17

»Genug jetzt, Messieurs!« Der scharfe, schneidende Klang von Catherine de Medicis Stimme ließ den aufgebrachten Wortwechsel zwischen den beiden Männern abrupt verstummen. Ihr Kanzler, der graubärtige Michel de L'Hospital, und die hochgewachsene Gestalt des Kardinal de Lorraine standen sich hasserfüllt gegenüber. Die Königinmutter schenkte ihnen einen ungehaltenen Blick. Wenn es nicht einmal im Kronrat gelang, für Einigkeit zu sorgen, wie sollte man dann im Land selbst jemals dauerhaft Frieden herstellen? Sie ging einige Schritte durch den Ratssaal des Schlosses Montceaux, dessen Wände kostbare Seidengobelins zierten. Einen Moment lang hörte man nichts außer dem Rascheln ihres schweren Samtkleids. Die Augen der Ratsmitglieder hatten sich abwartend auf sie gerichtet.

Der König, ihr Sohn, war bei der Jagd und hatte ihr, wie so oft, den Vorsitz über den Kronrat überlassen. Seitdem Charles vor vier Jahren für volljährig erklärt worden war, hatte sich in der Regierungsarbeit nicht viel verändert. Noch immer besaß sie die Macht und war die eigentliche Regentin, auch wenn es jetzt die Unterschrift ihres Sohnes war, die unter Beschlüssen und Gesetzen stand.

Sie konnte die Anspannung um sich herum im Saal spüren. Im Kronrat spiegelte sich auf erschreckende Weise die politische Situation des gesamten Landes. Nach dem Friedensbeschluss von Amboise hatte Catherine de Medici dafür gesorgt, dass die Protestanten als Mitglieder im Rat aufgenommen wurden. Neben der erzkatholischen Fraktion um die Guise-Lorraine fanden sich nun auch die Hugenotten unter der Führung des Prinzen de Condé und des Admirals de Coligny hier repräsentiert. Doch statt eines balancierten Ausgleichs, den die Königinmutter im Sinn gehabt hatte, kam es zwischen den Parteien selbst bei unwichtigsten Kleinigkeiten zu aufbrausenden Streitereien. Dabei gab es weiß Gott genug Probleme, dachte sie. Die Übergriffe zwischen den Anhängern beider Konfessionen im Land hatten inzwischen beängstigende Ausmaße angenommen und waren von einer derart abstoßenden und rauschhaften Grausamkeit, dass ihnen dringend Einhalt geboten werden musste. Sorgenvolle Falten zeigten sich auf ihrer Stirn. Die Straßen waren getränkt von dem Blut der Menschen, die – obgleich sie einem Volk angehörten – nicht davor zurückschreckten, sich gegenseitig zu erschlagen und einander bei lebendigem Leibe die Eingeweide herauszureißen. Selbst die Leichen wurden noch in barbarischster Weise zerfleddert und entstellt. Es schien, als würden sich alle düsteren Prophezeiungen der Astrologen erfüllen. Eine unheilvolle Konstellation der Planeten Saturn und Venus hatte schon vor einiger Zeit die kommenden Schrecken angekündigt.

Die Königinmutter war stehen geblieben und wandte sich nun mit bestimmender Miene den beiden Männern zu. »Meine Herren, es geht hier nicht um eine Frage der Schuld, sondern wie diese Gewalttätigkeiten zu verhindern sind. Ganz offensichtlich hat das Versammlungsverbot, das wir im letzten Januar verabschiedet haben, nicht ausgereicht. Es werden weiterhin geheime katholische Vereinigungen gegründet, und bei den kirchlichen Prozessionen kommt es regelmäßig zu den abscheulichsten Zwischenfällen, sodass ich mich frage, ob wir diese vielleicht auch verbieten lassen sollten.« Ihre Worte, die als gut gezielter Seitenhieb auf den Kardinal de Lorraine gedacht waren, verfehlten ihre Wirkung nicht.

Die ebenmäßigen Gesichtszüge des Kirchenmanns nahmen einen fahlen Ton an. Man konnte deutlich sehen, wie an seinem Kiefer zwei Muskelstränge hervortraten. »Es kommt nur deshalb zu diesen Zwischenfällen, weil diese Protestanten die Gläubigen in unsäglicher Weise provozieren«, stieß er gepresst hervor. »Außerdem darf ich Euch vielleicht daran erinnern, Euer Majestät, dass die Hugenotten selbst nicht einmal davor zurückschrecken, unschuldige Mönche und Priester zu ermorden, wie sich in Pamiers gezeigt hat!«

Catherine de Medici schwieg. Nur ungern ließ sie sich an diesen Vorfall erinnern, der wahrlich ein Tiefpunkt der religiösen Auseinandersetzungen darstellte. In Pamiers hatten sich die Anhänger beider Konfessionen zunächst auf offener Straße gegenseitig massakriert, und die Protestanten, die schließlich die Oberhand gewannen, hatten dann die Klöster gestürmt, Mönche und Priester getötet und alle Katholiken aus der Stadt gejagt.

»Ihr wisst, dass gegen die Täter vorgegangen wird«, erwiderte sie zu Lorraine gewandt. »Dennoch muss dieses unnötige Blutvergießen verhindert werden, und gerade Ihr als Kardinal Frankreichs solltet Euren Einfluss dahingehend etwas deutlicher geltend machen!«, fügte sie spitz hinzu.

Der Geistliche lächelte glatt. »Ich gebe mir die äußerste Mühe. Aber die Menschen fürchten nun einmal um ihr Seelenheil, wenn sie die Hugenotten gewähren lassen. Wer könnte ihnen das übelnehmen?«

Unter den Protestanten im Rat war ein empörtes Murmeln zu hören. Catherine de Medici ließ sich von der Bemerkung Lorraines indessen nicht herausfordern. »Gott hat den Menschen einen weltlichen Herrn, einen von seinen Gnaden erwählten Herrscher gegeben, und das ist ihr König, dem sie Gehorsam schulden. Vergesst das nicht, Kardinal!«, sagte sie mit einem kühlen Blick.

Es hätte Gründe genug für sie gegeben, Lorraine für immer zu hassen, und sie hatte all die kleinen und großen Demütigungen, die er ihr früher zugefügt hatte, nicht vergessen. Eines Tages würde er dafür bezahlen. Dafür, dass er ihrem Ehemann geraten hatte, sie zu verstoßen, als sie am Anfang ihrer Ehe nicht schwanger wurde und er die Mätresse ihres verstorbenen Gemahls, Diane de Poitiers, hofiert hatte, als wäre sie die eigentliche Königin – und auch dafür, dass er später versucht hatte, ihr den Sohn zu entfremden, um seine eigene Macht zu vergrößern. Doch im Moment war nicht der richtige Zeitpunkt für Rache. Unglücklicherweise brauchte sie ihn – genauso wie sie Coligny brauchte, dachte sie, als sie wenig später die Sitzung des Rats beendet hatte. Schon seit Langem war sie zu dem Schluss gekommen, dass man dieses Land weder ohne Katholiken noch ohne Protestanten regieren konnte. Nicht unbedingt der Toleranz wegen, obwohl die in ihren Augen durchaus ein hübsches Beiwerk war, sondern aus rein machtstrategischen Gründen. Eine Übermacht des katholischen Lagers wäre für den König genauso gefährlich gewesen wie eine Übermacht der Protestanten. Ihre Schritte hallten auf den Steinfliesen des breiten Flurs wider. Vor ihr öffneten zwei Wachen mit einer tiefen Verbeugung eine doppelte Flügeltür, und sie betrat ihre Gemächer.

Fôlle, ihre Zwergin, kam ihr im Kostüm einer Närrin in Haremshosen und mit Schellen entgegen. Doch die Medici war nicht in der Stimmung, sich zerstreuen zu lassen. Sie ließ sich von ihren Kammerfrauen den Umhang abnehmen. »Lasst mir etwas gewürzten Wein bringen!«, befahl sie, während sie durch das Antichambre weiter in ein holzgetäfeltes Gemach trat, das ein weißer, von zwei Säulen eingerahmter Kamin dominierte. Die Fassade des Abzugs schmückte ein üppiges Relief von Figuren und Ornamenten, die in ihrer Mitte ein goldgerahmtes Gemälde umrankten. Einen Moment spürte die Medici die Versuchung, sich einfach in einen der Lehnstühle vor dem Kamin sinken zu lassen und einige Minuten der Ruhe zu genießen, doch sie hatte etliche Dokumente und Berichte durchzuarbeiten. Die Entscheidungen, die sie in diesen Tagen zu treffen hatte, wogen schwer.

»Euer Majestät?«

Sie drehte sich zu ihrer ersten Kammerfrau herum.

»Monsieur Lebrun bittet darum, vorgelassen zu werden. Er sagt, es sei dringend«, fügte sie hinzu.

Catherine de Medici nickte. Sie hatte ihn ohnehin sprechen wollen.

18

Die Kammerfrau hatte Lebrun durch einen Seiteneingang in einen Kabinettsraum geführt, der zu den Privatgemächern der Königinmutter gehörte. In allen ihren Schlössern befand sich einer dieser kleinen Räume, die mit doppelten Wänden versehen und in besonderer Weise gedämmt waren, damit nichts, was in ihnen besprochen wurde, von unliebsamen Zuhörern belauscht werden konnte.

»Ich nehme nicht an, dass es gute Nachrichten sind, die Ihr bringt, wenn Ihr so dringend um eine Unterredung ersucht«, sagte Catherine de Medici, die hinter ihm in die Tür getreten war.

Er verbeugte sich respektvoll, bevor er ihr sein Gesicht zuwandte, in dem die bläulichen Augenschatten noch eine Spur dunkler als gewöhnlich schienen. »Leider nicht, Euer Majestät!«

Sie deutete auf einen Stuhl, der vor einem verzierten Holztisch stand, um dann selbst auf der anderen Seite Platz zu nehmen. Die Anmut, mit der sie das trotz ihrer Leibesfülle tat, überraschte ihn. Fragend blickte sie ihn an.

»Ich habe heute die Nachricht bekommen, dass man Cavagnole gefunden hat – einen unserer besten Männer und Agenten. Er war seit letztem Frühjahr verschwunden …« Lebrun brach ab, bevor er nach einer kurzen Pause fortfuhr: »Er wurde getötet. Man hat seine Leiche oder besser gesagt das, was von ihr übrig geblieben ist, in den Wäldern von Moulins gefunden.«

»Cavagnole? Unser Mann, der auf den spanischen Botschafter hier, den Herzog d'Alava, angesetzt war?«, fragte sie ungläubig.

Lebrun nickte. »Ich habe ihn im März das letzte Mal gesehen. Er hegte damals den Verdacht, dass die Sorge der Spanier vor einer Übermacht der Protestanten in Frankreich so weit geht, dass sie einen Informanten bei den Hugenotten eingeschleust hätten – und das schon vor Jahren.« Lebrun zögerte. »Ehrlich gesagt, hielt ich das seinerzeit für abwegig. Jetzt allerdings …«

Er sah an ihrem Gesichtsausdruck, dass sie sofort abzuschätzen wusste, was es bedeutete, wenn dieser Verdacht der Wahrheit entsprach. »Könnten die Guise mit seinem Tod in Zusammenhang stehen?«

Er zögerte erneut. »Nun, wie Ihr wisst, pflegt der Kardinal de Lorraine seit geraumer Zeit einen engen Kontakt mit Philipp von Spanien.«

Sie nickte. »Ich habe die Auszüge aus den Briefen gelesen«, sagte sie und deutete auf eine Mappe, die neben ihr auf dem Tisch lag. Ihre Mundwinkel verzogen sich verächtlich. »Der Kardinal versichert dem spanischen König darin, mit allen Mitteln für ein katholisches Frankreich zu kämpfen, und bittet um seine Unterstützung!« Ihr Gesichtsausdruck ließ keinen Zweifel, was sie von dem weiteren Verrat dieses Mannes hielt. Sie würde es sich dem Kardinal gegenüber indessen nicht anmerken lassen, das wusste Lebrun. Catherine de Medici war eine Meisterin darin, sich zu verstellen, besser als jeder Spion. Ihre Fähigkeit, ihre persönlichen Gefühle vollständig zurückzustellen und in taktischer Weise so zu agieren, wie es ihr die Vernunft gebot und für ihre Ziele notwendig war, beeindruckte den Geheimdienstchef immer wieder aufs Neue. Etwas Unmenschliches lag in dieser Kaltblütigkeit, die vermutlich ein Charakterzug der Medicis war.

Die Königinmutter trommelte nachdenklich mit den Fingern auf die Tischplatte. »Glaubt Ihr, Coligny ist gefährdet?«

Lebrun schüttelte den Kopf. »Nicht in Paris. Die Guise schmieden sicherlich Rachepläne, aber nach dem Urteil des Königs würden sie es nicht wagen, ihn hier anzugreifen. Und der Admiral ist überaus vorsichtig.«

Sie blickte ihn an. »Ich möchte, dass Ihr Eure Kräfte in besonderer Weise darauf ausrichtet, ihn zu schützen.«

Er nickte. Es war ihm selbst nur zu bewusst, welche verheerenden Konsequenzen der Tod Colignys jetzt hätte – ein Bürgerkrieg wäre dann nicht länger zu vermeiden und würde abermals das gesamte Land erfassen.

19

Madeleine wrang das letzte Stück Wäsche aus und legte es zu den anderen in den Korb. Ihre Hände waren von dem kalten Wasser gerötet, und sie wischte sie an der Schürze ihres grauen Kleids trocken. Um sie herum summte es wie in einem Bienenstock – auch die missbilligenden Blicke der Nonnen schafften es nicht, dem Stimmengewirr der Mädchen an diesem Frühsommertag am Fluss Einhalt zu gebieten. Einige von ihnen saßen auf umgedrehten Eimern oder zusammengerollten Bündeln, doch die meisten knieten wie Madeleine auf dem Holzsteg, der längs auf der Höhe des Wassers ans Ufer gebaut worden war, um die Wäsche zu waschen, die sie vorher oben auf den Steinen ausgeschlagen hatten. Mindestens einmal im Monat verrichteten sie diese Arbeit unten am Fluss, der entlang des Klostergeländes verlief. Ein Überbau mit einem Dach schützte sie vor Unwetter und Regen, aber heute stand weder das eine noch das andere zu befürchten. Der Himmel über ihnen zeigte ein strahlendes Blau. Madeleine bemerkte, dass die Oberin, die oben an der Böschung stand, sie beobachtete. Seit dem Vorfall mit Françoise ließ sie sie nicht mehr aus den Augen. Mit einem leichten Frösteln erinnerte sich Madeleine daran, wie sie ihr einige Tage danach allein im Kreuzgang begegnet war. Die Nonne hatte sie unerwartet mit einem schmerzhaften Griff am Oberarm gepackt und zu sich herangezogen. »Die Äbtissin und Schwester Philippa kannst du vielleicht täuschen, aber mich nicht. Ich weiß, wessen Brut du bist!«, hatte sie gezischt. Die abgrundtiefe Abscheu, die ihr aus ihrer Stimme entgegengeschlagen war, hatte Madeleine entsetzt zurückweichen lassen. Doch dann hatte die Oberin sie genauso plötzlich wieder losgelassen und war weitergegangen.

Erleichtert atmete Madeleine auf, als sie sah, wie sich die Gestalt der Nonne jetzt wieder abwandte und vom Flussufer entfernte.

Sie fuhr sich mit dem Handrücken über die erhitzte Stirn und streckte sich. Die Arbeit am Fluss war anstrengend. Sie schlang ihr herausgerutschtes Haar zu einem Knoten, steckte es wieder unter ihre Haube und griff nach ihrem Korb. Dabei musste sie wieder an den fremden Reiter denken, dem sie letzte Woche vor dem Wirtshaus L'Auberge begegnet war. Sein Gesicht mit der Narbe hatte etwas Furchteinflößendes gehabt, genauso wie der Blick, mit dem er sie gemustert hatte. Sie war sich sicher, dass er nicht hier aus der Gegend stammte. Er war anders gewesen als die meisten Menschen, die sie in ihrem Leben bisher getroffen hatte.

»Puh, mein Rücken fühlt sich furchtbar an«, sagte Louise, die neben ihr ebenfalls mit einem lauten Klatschen das letzte Stück in ihren Korb fallen ließ. »Träumst du?«, fragte sie dann verdutzt.

»Ich? Aber nein.« Zu ihrem Ärger spürte Madeleine jedoch, wie sie verlegen wurde.

Louise blickte mit einem Grinsen auf die Wangen der Freundin, die eine leichte Röte überzogen hatte. »Was denn? Malst du dir gerade deinen Zukünftigen aus?«

»Unsinn!«, erwiderte Madeleine eine Spur zu schnell. Sie blickte Louise kopfschüttelnd an und erhob sich mit ihrem Korb. Vor zwei Wochen hatte sich eines der älteren Mädchen, Anne-Sophie, verlobt. Das Kloster hatte nur unweit von Troyes einen Mann für sie gefunden, einen Bauern, der bereit war, sie zur Frau zu nehmen, obwohl sie keine Mitgift mit in die Ehe einbringen konnte. Seitdem sprachen die Mädchen kaum noch über etwas anderes als darüber, wann, wen und ob sie wohl einmal heiraten würden. Madeleine beteiligte sich an diesen Unterhaltungen fast nie. Natürlich bekam sie mit, dass sie sich in den letzten zwei Jahren verändert hatte – sie war schon lange kein kleines Mädchen mehr. Doch die Gespräche über einen zukünftigen Ehemann riefen ihr unwillkürlich ins Gedächtnis, dass sie nicht wie die anderen war. Der Gedanke an die Zukunft machte ihr mehr denn je Angst.

Louise, die bemerkte, dass sie plötzlich ernst geworden war, stupste sie mit dem Ellbogen in die Seite. »War nicht so gemeint! Denkst du denn nie ans Heiraten? Hier im Kloster wirst du doch wohl kaum bleiben, oder?«, fragte sie neugierig, während sie den schweren Korb auf die Hüfte stützte und mit ihr das Flussufer hoch zu den Wäscheleinen lief.

»Heiraten? Ich weiß nicht«, erwiderte Madeleine in dem Versuch, sich aus dem Gespräch zu retten. Welcher Mann würde schon eine Frau wie sie heiraten wollen, die von seltsamen Visionen heimgesucht wurde, dachte sie mit leichter Verbitterung. Wie sehr wünschte sie sich, einfach genauso wie die anderen zu sein.

Louise sah sie erstaunt an. Madeleine war froh, dass sie keine weiteren Fragen mehr stellte, als sie zusammen die Wäsche aufhängten.

Nach der Mittagsmesse und dem anschließenden Essen begab sie sich wie fast jeden Nachmittag zu Schwester Philippa.

Die Nonne hatte seit einigen Tagen zunehmend starke Schmerzen in ihrem Fuß. Madeleine half ihr beim Wechseln ihres Kräuterumschlags. Als sie das Tuch öffnete, erschrak sie – der Fuß, nein das gesamte Bein, sah schlimm aus. Es war angeschwollen, und unten am Knöchel hatte die Haut sich bräunlich verfärbt. Am beunruhigendsten fand Madeleine jedoch die nässende Wunde.

Sie stützte Schwester Philippa, die schmerzhaft das Gesicht verzog, damit sie den Fuß auf einen Schemel hochlegen konnte. »Vielleicht solltet Ihr doch einen Arzt oder Chirurgen kommen lassen, der sich das einmal ansieht«, sagte Madeleine mitfühlend. Sie erinnerte sich mit einem unguten Gefühl daran, dass ihr Monsieur Legrand einmal erzählt hatte, wie gefährlich offene Wunden sein könnten.

Die Nonne schüttelte den Kopf. »Glaubst du vielleicht, ich werde mich in meinem Alter noch unters Messer begeben? Nein, ich werde den Fuß etwas hochlegen, und so Gott will, wird er sich schon bessern!«

Madeleine unterdrückte ein Seufzen. Ihrer sonstigen Gutmütigkeit zum Trotz besaß die alte Nonne etwas Halsstarriges, sobald es um sie selbst ging. Es würde keinen Sinn haben, mit ihr zu streiten. Alles, was Gott ihr zum Leben geben wollte, befand sich Schwester Philippas Meinung nach innerhalb der Mauern des Klosters. Hilfe von außerhalb anzunehmen wäre ihr wie mangelndes Vertrauen in den Allmächtigen vorgekommen und vermutlich einem Gelübdebruch gleichgekommen.

»Dann solltet Ihr Euch wenigstens etwas Ruhe gönnen«, beharrte Madeleine.

Schwester Philippa lächelte nachsichtig. »Du weißt doch, der Herr verurteilt Müßiggang, mein Kind. Und da es nur mein Bein ist, das in Mitleidenschaft gezogen ist, kann mein übriger Körper sich sehr wohl noch etwas nützlich machen«, sagte sie, während sie weiter die Blätter eines unbestimmbaren Krauts mit weißbläulichen Blüten von den Stielen zupfte. Ihr blasses Gesicht strafte ihre Worte indessen Lügen.

»Kann ich nicht irgendetwas für Euch tun?«, fragte Madeleine, die sich ernsthaft Sorgen um sie machte.

Schwester Philippa nickte. »Das könntest du!« Sie ließ die Arbeit ruhen und tupfte sich mit einem Tuch den Schweiß von der Stirn. »Wenn du es vor der Abendmesse schaffst, solltest du noch einmal zum Wirtshaus, um der Magd neue Medizin zu bringen.« Sie deutete auf den Tisch neben sich, auf dem bereits ein fertiges Päckchen lag. »So wie der Krankheitsverlauf ist, sind die Schmerzen ihrer Mutter sicherlich schlimmer geworden«, fügte sie hinzu.

Madeleine, die eigentlich hatte wissen wollen, ob sie nicht etwas für sie persönlich tun konnte, nickte. Es war bezeichnend für Schwester Philippa, dass sie selbst in dieser Situation immer noch zuerst an andere dachte.

»Natürlich! Ich werde mich gleich auf den Weg machen«, versprach sie.

20

Die Unruhe, die ihn bereits am frühen Morgen ergriffen hatte und den ganzen Tag nicht hatte weichen wollen, war auf sein Pferd übergesprungen. Er konnte spüren, wie der Hengst sich unter ihm nervös bewegte. Nicolas de Vardes klopfte ihm besänftigend auf den Hals. Er konnte selbst nicht erklären, was los war. Gewöhnlich war er die Kaltblütigkeit in Person. Die Gefahr, mit der er täglich lebte, war längst ein Bestandteil seines Lebens geworden, etwas, das ihn schon lange nicht mehr aus der Ruhe zu bringen vermochte. Doch heute fühlte er eine seltsame Anspannung. Er wünschte, der Admiral hätte sich nicht für diese Strecke entschieden.

Er ließ seinen Blick prüfend die staubige Straße entlangschweifen, die durch das Dorf führte. Es war Markttag, und zwischen den vielen Bauern und Händlern, die heute hier unterwegs waren, fiel ihre kleine Truppe kaum auf. Coligny und der Prinz de Condé waren mit Lescot und Clément bereits im Wirtshaus.

Es gab keinen Grund für seine Besorgnis, sagte er sich erneut. Nur eine Handvoll Leute wusste überhaupt von dieser Reise. Er selbst war die Strecke abgeritten und hatte sämtliche Wirtschaften und Herbergen kontrolliert, in denen sie Rast machen würden. Alles würde genau nach Plan laufen.

Er nahm einen Schatten neben sich wahr.

»Täusche ich mich, oder wirkt Ihr tatsächlich nervös?«, fragte Philippe de Ronsard, der ihn begleitet hatte und sein Pferd nun neben ihm zum Stehen brachte. In seinen Augen stand Überraschung zu lesen.

Nicolas de Vardes zuckte die Achseln. »Nur vorsichtig«, erwiderte er. Seine Hand strich geistesabwesend über die helle Narbe auf seiner Wange. »Der Landstrich hier liegt mir entschieden zu nah am Einzugsgebiet unserer lieben Freunde«, erklärte er mit Sarkasmus in der Stimme. Er hatte den Kopf zu Ronsard gewandt, der glatt lächelte. Die beiden Männer waren keine Freunde, aber sie respektierten sich. Dabei hätten sie unterschiedlicher nicht sein können, dachte Vardes. Ronsard, der ursprünglich aus der Provence kam, war der geborene Edelmann, musste er zugeben. Attraktiv, mit ebenmäßigen Gesichtszügen, die bei den meisten Frauen nicht ihre Wirkung verfehlten, besaß er ein angeborenes höfisches Auftreten, das er selbst jetzt in der Kleidung einfacher Landleute, die sie zu ihrer Tarnung trugen, kaum verbergen konnte. Er war bereits vor etlichen Jahren aus Überzeugung zum Protestantismus konvertiert und hatte sich ganz in den Dienst des Admirals de Coligny und des Prinzen de Condé gestellt, die ihn überaus schätzten. Letzterer, so mutmaßte Vardes, allerdings wohl vor allem, weil er seine Leidenschaft für schöne Frauen teilte.

Er selbst dagegen wirkte mit seinen markanten Zügen und der Narbe auf die meisten Menschen eher einschüchternd, dessen war er sich bewusst. Es störte ihn nicht. Er war ein Einzelgänger. Seine Familie stammte aus Paris, doch er hatte lange Jahre in Italien im Krieg gekämpft und besaß vielfältige Beziehungen in die deutschen Fürstenstaaten und die spanischen Niederlande, die für die Hugenotten von großer Bedeutung waren. Was den Protestantismus anging, war Vardes ihm weniger aus Überzeugung als aus kalkuliertem politischen Interesse zugetan. Es war die Konfession, die, wie er fand, am besten gewährte, dass der Adel seine Eigenständigkeit und Macht gegenüber dem König behielt und außerdem eine Einmischung des Papstes in innere Angelegenheiten ein für alle Mal unterbinden würde.

»Eure Sorge ist unbegründet«, sagte Ronsard zu ihm. »Niemand kann von der Reise des Admirals wissen.«

»Ihr habt recht.« Er zuckte die Achseln. »Vermutlich bin ich nur mit dem falschen Fuß aufgestanden«, erwiderte er.

Er war froh, dass Ronsard bei diesem Ausflug des Admirals dabei war. Sein gutes Aussehen täuschte darüber hinweg, dass er ein hervorragender Kämpfer war.

Die beiden Männer hatten das L'Auberge erreicht und führten ihre Pferde nach hinten auf den Hof. Auch die Tiere der anderen waren dort festgemacht, um vor dem Wirtshaus keine unnötige Aufmerksamkeit zu erregen. Als sie zurückkamen, beobachtete Vardes noch einmal genau die Straße. Hinter einem Händler, der einen Karren mit Obst hinter sich herzog, lief die schmale Gestalt eines jungen Mädchens im grauen Gewand, die auf das Wirtshaus zukam. Er stutzte – sie kam ihm bekannt vor.

Ronsard hatte sie ebenfalls entdeckt. »Eine katholische Klosterschülerin, wie entzückend«, sagte er mit süßlichem Zynismus. Das Mädchen, fast schon eine junge Frau, schien ihre Blicke zu spüren und sah zu ihnen herüber. Ronsard schenkte ihr ein anzügliches Lächeln. Vardes erinnerte sich jetzt wieder, woher er sie kannte. Sie war damals im Wirtshaus gewesen und hatte nach der Magd gefragt. Wie bei ihrer ersten Begegnung fiel ihm auf, dass sie seltsam verkleidet wirkte in ihrem schlichten Kleid und der Haube, unter der einige Strähnen ihrer kastanienbraunen Haare hervorschauten. Er schätzte sie auf achtzehn oder neunzehn. Sie war stehen geblieben und blickte Ronsard irritiert an, der in einer übertriebenen Geste den Kopf neigte und sie noch immer anlächelte. Vermutlich würde es ihm ein besonderes Vergnügen bereiten, sie in Verlegenheit zu bringen, dachte Vardes. Es war ihm unbegreiflich, dass Ronsard so viel Gefallen an diesem Spiel fand. Aus Erfahrung wusste er, was nun folgen würde: Die Wangen der Klosterschülerin – die wie die meisten ihrer Geschlechtsgenossinnen wahrscheinlich nicht unempfänglich für Ronsards Avancen war – würden sich gleich dunkelrot färben, und er würde es sich nicht nehmen lassen, sie auch noch anzusprechen. Daraufhin würde sie entweder keinen Ton hervorbringen oder aber ein albernes Kichern hervorstoßen. Seine Lippen kräuselten sich verächtlich.

Das Mädchen starrte Ronsard noch immer an. Vardes wollte seinen Kopf abwenden, um die unsägliche Szene nicht länger zu beobachten, doch etwas hinderte ihn daran. Es war ihr Blick – sie wirkte weder verlegen noch in ihrer Eitelkeit geschmeichelt, erkannte er überrascht. Im Gegenteil, in ihren Augen lag ein abwehrender Ausdruck, als sträubte sie sich gegen etwas. Vardes spürte, dass irgendetwas nicht stimmte. Ihr Gesicht war plötzlich aschfahl geworden, und ein zunehmendes Entsetzen spiegelte sich darin. Halt suchend stützte sie sich an dem Mauerwerk des Hauses ab. Obwohl sie noch immer zu Ronsard schaute, schien sie durch ihn hindurchzusehen. Sie wankte, und es wirkte fast, als würde sie die Besinnung verlieren. Einige Momente vergingen so, dann schien sie sich jedoch mit einem Mal wieder zu fangen. Aufgelöst lief sie auf die beiden Männer zu.

»Ihr müsst hier weg. Sie werden Euch alle töten!«

Die Panik in ihrer Stimme ließ Vardes das Blut in den Adern gefrieren. Er kannte die Angst in den Gesichtern von Menschen. Im Krieg hatte er sie öfter gesehen, als ihm lieb gewesen war, aber bei ihr entdeckte er noch etwas anderes, das darüber hinausging – eine tiefe Verzweiflung.

»Glaubt mir! Der Mann, mit dem Ihr hier seid – sie werden ihn und alle anderen töten.«

Vardes war plötzlich hellwach. Er packte sie am Arm. »Wer?«, fragte er.

»Reiter. Sie sind maskiert. Es sind viele«, stieß sie gehetzt hervor.

»Woher weißt du das?«, fuhr Ronsard sie an.

Sie blickte die beiden Männer an und begriff, dass sie ihr nicht glaubten. Statt einer Antwort riss sie sich los und stürzte weiter ins Wirtshaus.

Vardes zögerte nur einen Augenblick, dann rannte er ihr hinterher. Noch im Laufen konnte er den entfernten Hufschlag von Pferden hören. Er drehte sich um und erstarrte. An der Biegung der Straße war eine Gruppe Reiter in schwarzen Umhängen zu erkennen, die direkt auf sie zugaloppierten.

»Verdammt!«, fluchte er und setzte der Gestalt des Mädchens ins Wirtshaus hinterher.

Sie war in der Mitte des Raums stehen geblieben und sah sich mit fiebrigen Augen um. Nur an dreien der Tische saßen Gäste, und sie wandte sich zielsicher Admiral de Coligny und Prinz de Condé zu, die mit ihren Begleitern ganz hinten saßen.

»Ihr müsst hier weg! Man will Euch töten«, schrie sie.

Vardes lief zum zweiten Mal an diesem Tag ein Schauer über den Rücken. Woher zum Teufel wusste eine katholische Klosterschülerin, wer diese beiden Männer waren?

Die Gäste waren überrascht zu ihr herumgefahren, und der Wirt schaute das Mädchen ungläubig an.

»Sie hat recht! Man hat uns verraten, Admiral«, stieß Vardes hervor.

Man konnte Hufgetrappel vor dem Wirtshaus hören, Reiter sprangen von den Pferden.

Die vier Männer waren von ihren Stühlen hochgesprungen.

In diesem Augenblick wurde auch schon die Tür des Wirtshauses aufgestoßen.

»Lauft!«, schrie Vardes Coligny und Condé zu, die mit einem Satz bei der Hintertür waren, während Lescot und Clément neben ihm und Ronsard Stellung bezogen.

Vardes wirbelte um seine Achse herum und zog seinen Degen, als bereits mehrere maskierte Männer in Umhang und mit gezogenen Waffen auf sie zustürmten. Ihre Angreifer waren zu zehnt – sie selbst nur zu viert, aber die Enge des Wirtshauses und die schreienden Gäste, die hinter Tischen und Stühlen Schutz suchten, waren für sie von Vorteil. Die Männer konnten sie nicht alle gleichzeitig angreifen. Er hob die Waffe. Stahl flirrte durch die Luft und traf klirrend aufeinander. Vardes' Puls raste. Überleben, das war das Einzige, was zählte. Seine Bewegungen wurden immer schneller, aber sie griffen ihn zur selben Zeit von zwei Seiten an. Er stieß mit dem Fuß einen Tisch um, der ihm als Verteidigungsbarriere diente, wich zur Seite aus, um abwechselnd einen Hieb nach rechts und links auszuführen. Es gelang ihm, seinen Degen in den Körper des Angreifers zu seiner Linken zu stoßen. Ein Sprung zur Seite rettete ihn dabei gerade noch vor einem tödlichen Angriff von rechts. Sein Arm wurde touchiert. Die Luft roch nach Schweiß und Blut. Vardes riss im Kampf gezielt einen weiteren Tisch um und sah, dass nur einige Schritte neben ihm Lescot getroffen worden war. Der Jüngste von ihnen – nicht einmal fünfundzwanzig war er. Die Wut verlieh ihm neue Kräfte. Erbarmungslos hieb er auf seinen Gegner ein, den er schließlich an der Kehle traf. Blut spritzte ihm entgegen, als der Mann vor ihm zu Boden stürzte.

»Teufel noch mal, wir müssen hier weg«, rief Ronsard, der sich neben ihm nicht weniger erbittert gegen seine Angreifer zur Wehr setzte.

In diesem Augenblick sah Vardes, wie auf der Schwelle einer der Männer unter seinem Umhang eine Pistole hervorzog. »Passt auf!«, schrie er Ronsard zu. Er bemerkte aus den Augenwinkeln, dass das Mädchen noch immer wie gelähmt neben einem der Pfeiler stand – genau in der Schusslinie –, und riss es mit sich in Deckung. Ronsard sprang ebenfalls mit einem Satz zur Seite.

Die Kugel schlug nur knapp neben ihnen ein. Das Mädchen hatte nicht einmal aufgeschrien. Vardes blickte es kurz an, doch dann ließ er es sogleich wieder los, um auf die Beine zu springen.

Ronsard hatte recht, sie mussten fliehen. Er schaute zu Clément, der auf der anderen Seite wie von Sinnen kämpfte. Ein Degen schwirrte durch die Luft auf ihn zu. Er parierte und führte über die Verteidigungsbarriere einen unerwarteten Hieb nach vorn aus. Dann versetzte Vardes dem Tisch vor sich einen kräftigen Fußtritt, sodass er seinen Angreifer mit Wucht traf und dieser taumelnd zu Boden stürzte, während er hinter sich auch schon die Tür aufriss.

Mit einem Satz sprang er nach draußen. Ronsard und Clément taten es ihm nach. Es war kaum mehr als ein kurzer Augenblick des Vorsprungs, der ihnen vergönnt war, doch er reichte. Mit der jahrelangen Übung, mit der sie an die Flucht gewohnt waren, sprangen sie auf ihre Pferde und durchtrennten gleichzeitig mit einem Schlag ihres Degens das Zaumzeug. Erneut wurde ein Schuss hinter ihnen gezündet, doch sie rissen die Zügel zur Seite und stoben davon. Die Kugel schlug in die Stallwand ein.

Ihre Verfolger, die erkannten, dass sie sie nicht mehr an der Flucht würden hindern können, stürzten zu ihren eigenen Pferden.

Währenddessen stand auf der Schwelle zur Hintertür ein Mann

und sah den Fliehenden ohnmächtig hinterher. Voller Wut ließ er seine Pistole sinken und riss sich die Maske vom Gesicht. Sie waren entkommen! Der Teufel selbst schien mit diesem Coligny einen Pakt geschlossen zu haben. Claude d'Aumale wandte sich zum Raum zurück. Jemand musste sie gewarnt haben, bevor er und seine Männer das Haus hatten umzingeln können. Er trat aufgebracht mit seinem schweren Stulpenstiefel gegen einen der umgestürzten Tische und stieß einen wüsten Fluch aus. Dann entdeckte er das Mädchen – eine Klosterschülerin! Sie stand mit bleichem Gesicht mit dem Rücken an einem der Stützpfeiler und starrte ihn an. Entsetzen, nein, Grauen spiegelte sich in ihren Augen. Ein tonloser Laut entrang sich ihren Lippen, bevor sie auch schon bewusstlos zu Boden sank.

21

Die Ohnmacht war tiefer und stärker als jemals zuvor, und es fiel ihr schwer, wach zu werden. Obwohl ein Teil von ihr das kalte nasse Tuch auf der Stirn spürte und sie die Stimmen um sich herum hören konnte, wollte ihr Geist nicht zurückkommen. Sie sehnte sich nach Ruhe und Geborgenheit, nach einem Ort, an dem nichts Schreckliches mehr passieren konnte. Um sie herum war eine wohltuende Helligkeit, die sie wie ein schützender Kokon umhüllte. Plötzlich bekam das angenehme Licht jedoch einen unerwarteten Riss. Die Stimmen um sie herum wurden lauter. Sie fühlte ein scharfes Brennen in der Kehle und musste husten. Keuchend fuhr sie hoch – sie glaubte zu ersticken und war mit einem Schlag wach. Das rotwangige Gesicht eines Mannes, dessen Hemdsärmel hochgekrempelt waren, blickte auf sie herab. »Sag ich doch – das hat bisher immer geholfen«, sagte er. Er hielt einen Krug in der Hand.

Sie fuhr sich mit der Hand über den Mund. Ein ekelerregender Geschmack haftete an ihren Lippen. Fremde Männer standen um sie herum und starrten sie an.

»Wie heißt du?«, fragte der eine von ihnen barsch. Seine schrägen Augen hatten etwas Raubtierhaftes, und obwohl sie sich weder entsinnen konnte, was geschehen war, noch, wie sie hierhergekommen war, verspürte sie Angst. Ein ungutes dunkles Gefühl verband sich mit ihm, und sie brachte keinen Ton heraus. Er trug einen Umhang über seinen breiten Schultern, auf dessen Revers ein weißes Kreuz und ein Wappen gestickt waren – und er war bewaffnet. Genau wie die anderen Männer um ihn herum. Zwischen den Falten ihrer Umhänge konnte sie den Knauf ihrer Degen erkennen. Sie wirkten erschöpft, einige waren verletzt, und ihre Kleidung war staubig und zum Teil eingerissen, ja regelrecht zerfetzt, wie nach einem schweren Kampf. Ihr Blick glitt durch den Raum, in dem sich weitere Anzeichen dafür fanden: die umgestürzten Tische, das Blut und schließlich die leblosen Männer auf dem Boden. Das Bild kämpfender Gestalten blitzte vor ihr auf.

Der Mann vor ihr hatte sie ungeduldig am Arm gegriffen. Sie sah die Ringe an seinen gepflegten Händen und ahnte, dass er mehr als nur der Anführer dieser Leute war. Hinter ihm stand ein blond gelockter Jüngling, der kaum älter als siebzehn Jahre sein konnte und voller Zorn die Hand ballte.

»He, hast du die Sprache verloren? Du sollst uns deinen Namen sagen!«, befahl der Mann noch einmal. »Was hast du hier überhaupt zu suchen?«

»Sie kommt von den Zisterzienserinnen«, mischte sich der Mann, der ihr die brennende Flüssigkeit eingeflößt hatte, ins Gespräch. Er war der Wirt, wie sie sich jetzt wieder erinnerte. »Sie war schon mal hier, um meiner Magd eine Medizin von den Nonnen zu bringen.«

Der Mann mit dem weißen Kreuz auf dem Umhang musterte sie erneut. Etwas in seinem Blick ließ sie vor Furcht erstarren. Bruchstücke ihres Gedächtnisses kehrten langsam zurück. *Er war mit seinen Leuten gekommen, um die anderen zu töten, vor allem den Mann, den sie Admiral genannt hatten ... Und sie hatte sie gewarnt*, entsann sich Madeleine. Mit Grauen erinnerte sie sich plötzlich wieder an die Vision. Sie hatte auf der Straße gestanden und die beiden Männer vor dem L'Auberge bemerkt, als sie die Bilder auf einmal sah: *Maskierte Gestalten, die ins Wirtshaus stürmten, angeführt von dem Mann, der jetzt vor ihr stand. Voller Hass stieß er seinen Degen in den Rücken des Admirals und schnitt ihm anschließend mit einem Dolch die Kehle durch. Der Jüngling tötete den anderen und spie den beiden Leichen anschließend ins Gesicht. Für meinen Vater ...*

»Die Kleine, sie hat die Männer gewarnt!«, war plötzlich eine laute Stimme zu vernehmen. Sie kam von einem der Gäste, die von den bewaffneten Männern auf der anderen Seite des Raums festgehalten wurden. Madeleine zuckte zusammen. Sie spürte, wie sich der Griff an ihrem Arm verstärkte. Die schrägen Augen vor ihr schienen sie zu durchbohren, und sie sah, wie der Jüngling zu ihr herumfuhr.

Ihr Herz raste, während ihr gleichzeitig schwindlig wurde. Schaudernd blickte sie in das kalte, von Wut erfüllte Gesicht des Mannes, bevor sie zum zweiten Mal die Besinnung verlor.

22

»Sie hat hohes Fieber und ist sehr schwach, hochwürdige Mutter. Sie war einige Sekunden wach und ist dann sofort wieder in einen tiefen Schlaf gefallen«, teilte Schwester Philippa, die vor der Äbtissin stand, mit. »Es sind ihre Nerven. Wer weiß, was sie dort gesehen und miterlebt hat«, fügte die Nonne mit gesenkter Stimme hinzu.

Margarète de Foix, die sich vom Fenster abgewandt hatte, nickte. Ihre innere Unruhe wollte nicht weichen. Noch immer sah sie die Szene vor sich, wie das Mädchen vor einigen Stunden von den Reitern zurück ins Kloster gebracht worden war. Man hatte die Ankunft der Pferde schon von Weitem gehört. Ängstlich, da in diesen Zeiten niemand mehr vor Übergriffen sicher sein konnte, waren die Nonnen und ihre Zöglinge in den Hof gelaufen, wo die Fremden Einlass begehrten. Einer der Männer hatte Madeleine wie einen Sack Mehl geschultert und sie an der Pforte den Schwestern übergeben. Sie sei nach einem Kampf im Wirtshaus ohnmächtig geworden, berichtete er knapp.

Sie hatten Schlimmstes vermutet, dass man sie misshandelt und vergewaltigt hätte, aber Madeleine war glücklicherweise unverletzt gewesen.

»Bleibt bei ihr und sorgt dafür, dass vorerst niemand weiß, dass sie wieder bei Bewusstsein ist«, sagte die Äbtissin leise. Auch wenn sie nicht wusste, was genau in dem Wirtshaus geschehen war, ahnte sie, dass die Ohnmacht Madeleines bester Schutz war.

Sie versuchte sich zu sammeln, um sich für das Gespräch zu wappnen, das ihr bevorstand. Der Anführer der Männer hatte verlangt, sie zu sehen. Sie hatte kurz erwogen, sich zu weigern – als Äbtissin wäre das ihr gutes Recht gewesen –, bis sie hörte, wer sie sprechen wollte. *Der Herzog d'Aumale*! Sie war bleich geworden. Aumale war einer der mächtigen Guise-Brüder. Nach dem Tod des Herzogs war sein Bruder, der Kardinal de Lorraine, das Oberhaupt der Familie geworden, doch Claude d'Aumale stand ihm dabei, vor allem in den weltlichen Belangen, zur Seite.

Wie um Gottes willen hatte Madeleine den Weg dieses Mannes kreuzen können? Margarète de Foix begann zu begreifen, dass es sich im Wirtshaus um mehr als eine gewöhnliche Schlägerei gehandelt haben musste.

Sie richtete sich gerade auf, als sie jetzt durch die Tür ins Besucherzimmer trat.

Der Herzog stand in der Mitte des Raums, den Umhang geöffnet und die eine Hand in herrischer Manier auf den verzierten Knauf seines Degens gestützt. Sein akkurat gestutzter Bart, das seidene Wams mit der schweren Kette darüber und die Ringe an seiner Hand – alles an ihm zeugte von der Macht, die er und seine Familie in diesem Land besaßen. Er neigte mit blasierter Miene den Kopf, als er sie bemerkte, gerade so weit, dass er ihrem Amt damit ein Mindestmaß an Respekt erwies, ohne aber einen Zweifel daran zu lassen, welchen sehr viel höheren Rang er selbst einnahm. Seine kantigen Gesichtszüge mit den schrägen Augen strahlten etwas Brutales und Rücksichtsloses aus.

»Herzog!« Sie neigte höflich den Kopf. »Ihr werdet mir die Bemerkung erlauben, dass es ungewöhnlich ist, dass Ihr die Äbtissin eines Nonnenklosters zu sprechen wünscht«, sagte sie dann, die Brauen leicht erhoben.

»In der Tat. Glaubt mir, ich bin selbst überrascht genug, dass mich mein Weg heute hierherführt«, sagte er mit deutlichem Zynismus in der Stimme. Er ließ sich unaufgefordert auf einen der Stühle an dem runden Tisch des karg eingerichteten Raums sinken. »Unter anderen Umständen hätten wir das Mädchen selbstverständlich mitgenommen oder gleich an Ort und Stelle verhört, aber angesichts seiner schweren Ohnmacht schien es uns das Beste, es erst einmal hier versorgen zu lassen …«

Margarète de Foix hatte ihm gegenüber Platz genommen und versuchte, sich ihren Schreck nicht anmerken zu lassen. »Verhört?«, fragte sie. »Welchen Grund gibt es dafür? Das Mädchen sollte der Magd, die im L'Auberge arbeitet, nur eine Medizin bringen. Eine unserer Nonnen hat sie dort hingeschickt«, erklärte sie.

Aumale schlug die Beine in seinen gebauschten Hosen übereinander. Er strich wie beiläufig über die Reithandschuhe, die er in seinen beringten Händen hielt, bevor er den Kopf hob und ihr einen durchdringenden Blick zuwarf. »Nun, leider hat es sich nicht ganz so verhalten«, sagte er mit beängstigender Ruhe in der Stimme. Er legte in einer wohlgesetzten Geste seine Fingerspitzen gegeneinander. »Seht Ihr, heute sollte eine sorgfältig von langer Hand geplante Festnahme mehrerer gefährlicher Hugenottenführer stattfinden. Stellt Euch also meine Überraschung vor, als ich feststellen muss, dass die Männer gewarnt wurden – und zwar von diesem *Mädchen* ... Wie war noch ihr Name? Madeleine, sagte man mir?« Er gab sich keine Mühe, seine unverhohlene Wut länger zu unterdrücken.

Sie nickte blass. »Madeleine Kolb!« Dunkel begann sie das Ausmaß der Schwierigkeiten zu erahnen, in denen ihr Schützling steckte. »Ich dachte, seit dem Vertrag von Amboise würde Frieden zwischen Protestanten und Katholiken herrschen?«, wagte sie höflich einzuwenden.

Seine Augen verengten sich leicht, als wollte er abschätzen, ob sie ihn provozierte. »Es kann und wird nie Frieden mit diesen Ketzern geben! Das solltet Ihr als Äbtissin eines katholischen Klosters am besten wissen.« Er beugte sich kaum merklich ein Stück nach vorn. »Was mich zu der entscheidenden Frage bringt, hochwürdige Mutter. *Wie* konnte ein Mädchen aus der Obhut Eures Klosters von diesen anstehenden Festnahmen wissen?«

Es war mehr als eine unterschwellige Drohung, die in seinen Worten schwang. Ihr Blick streifte das Kreuz an der Wand, und sie bat Gott, ihr Stärke zu geben, um sich von diesem Mann nicht einschüchtern zu lassen.

»Ich weiß es nicht!«, sagte sie, obgleich sie ihre eigenen Vermutungen hegte, wie Madeleine in die Ereignisse hineingezogen worden war. »Vielleicht hat sie Eure Männer vorher gesehen und hat ...« Sie kam nicht dazu, ihren Erklärungsversuch weiter auszuführen, denn er schnitt ihr mit einer Handbewegung das Wort ab.

»Ganz sicher nicht. Außerdem muss sie diese Hugenotten vorher gekannt haben, sonst hätte sie sie schließlich nicht warnen können«, erwiderte er mit finsterer Miene.

»Verzeiht mir, aber das kann unmöglich sein«, widersprach die Äbtissin. »Woher sollte sie diese Männer kennen? Sie hätte gar keine Gelegenheit dazu gehabt. Unsere Zöglinge verlassen nur selten das Gelände des Klosters und wenn, dann höchstens, weil sie den Markt besuchen oder einen Botengang für die Nonnen ins Dorf erledigen.«

Seine Augen taxierten sie kalt. »Nun, wir werden die Wahrheit herausfinden, glaubt mir, hochwürdige Mutter. Sobald das Mädchen wieder bei Bewusstsein ist, werden wir uns mit ihm unterhalten!« Er hatte sich von seinem Stuhl erhoben und streifte seine Reithandschuhe über. Er war schon beinah bei der Tür, als er sich noch einmal zu ihr umdrehte. »Ihr seid damit einverstanden, dass einer meiner Männer Posten vor dem Krankenzimmer von Madeleine Kolb bezieht?«

Sie blickte ihn ungläubig an. »Nein«, sagte sie scharf. »Dies hier ist ein Kloster – kein Gefängnis. Unter keinen Umständen werde ich die Anwesenheit eines Eurer Männer in diesen Mauern dulden. Ihr überschreitet allein mit einem solchen Ansinnen die Grenzen jeglichen Anstands und Respekts, die Ihr diesem Konvent schuldet!«

Er neigte unbeeindruckt den Kopf, als hätte er keine andere Reaktion erwartet. »Nun gut. Ich werde Euren Wunsch respektieren und die Posten außerhalb der Klostermauern lassen. In Eurem eigenen Interesse empfehle ich Euch aber, gut auf das Mädchen aufzupassen. Lasst es mich sofort wissen, wenn sie wieder ansprechbar ist!«

Margarète de Foix nickte wortlos, als er schon durch die Tür verschwand.

23

Der Mann, der in der Dunkelheit das Kloster beobachtete, hatte die beiden Wachen gerade noch rechtzeitig bemerkt. Er wich eilig in den Schatten des Baums zurück. Die Anwesenheit der Männer bestätigte die Gerüchte, die er im Dorf gehört hatte. Sie hatten das Mädchen also wirklich zurückgebracht. Angeblich war sie nicht ansprechbar. Vermutlich hatte sie einen Schock erlitten. Er fragte sich, wie sie nur von dem Anschlag hatte wissen können.

Dann begutachtete er erneut die Mauer. Sie war hoch, doch hinten bei den Nebengebäuden gab es genug Einkerbungen, die es ihm leicht machen würden, dieses Hindernis zu überwinden. Leise schlich er sich zu seinem Pferd zurück, entledigte sich seines Umhangs und Degens und holte für alle Fälle aus der Satteltasche ein Seil mit einem kleinen Wurfanker. Wenig später war er zurück und kletterte mithilfe des Stricks lautlos über die Mauer. Es war beunruhigend still auf dem Klostergelände. Im Schutze der Wirtschafts- und Nebengebäude lief er weiter zum Haupthaus des Klosters. Die Gemächer, die er suchte, befanden sich dort im Seitentrakt zum Garten gelegen.

Ein Glockenschlag, der von der Kapelle herüberhallte, ließ ihn zusammenfahren – das Ende des mitternächtlichen Stundengebets! Er wich hinter den Mauervorsprung des Gebäudes zurück, als er von Weitem den Schein von Kerzenlicht sah. Eine Gruppe weiß gekleideter Nonnen, die auf dem Weg zurück ins Dormitorium war, huschte über den Hof.

Er wartete, bis sie sich entfernt hatten, und ging dann weiter, um durch eine kleine Tür ins Innere des Gebäudes zu schlüpfen. Schritte nahten, und er glitt hinter einen der steinernen Pfeiler zurück. Eine Gestalt im weißen Gewand, die Äbtissin des Klosters, nahte. Eine Novizin leuchtete ihr den Weg. Er blieb versteckt hinter dem Pfeiler stehen, bis sich die Schritte der beiden Frauen wieder entfernt hatten, dann lief er lautlos weiter nach rechts, dorthin, wo sich der Krankentrakt des Klosters befinden musste.

Er fand sie nicht sofort. In dem ersten Raum lag eine kranke Nonne, die im Fieberwahn leise mit sich selbst sprach. Sie bemerkte nicht einmal, dass jemand über die Schwelle gekommen war. Er zog sich leise wieder zurück. Das zweite Zimmer war leer. Er blieb kurz stehen, bevor er die Tür zu dem dritten Raum öffnete. Er erkannte sie auf Anhieb. Die Kranke, die im Schein des spärlichen Lichts der kleinen Bettlaterne unruhig den Kopf hin und her warf, war das Mädchen aus dem Wirtshaus!

Vorsichtig näherte er sich ihrem Bett und blickte auf ihr Gesicht, dessen helle Haut sich deutlich von den dunklen Wimpern ihrer geschlossenen Augen und den zart geschwungenen Brauen abhob. Ihr langes kastanienbraunes Haar lag offen über ihren Schultern, und ihre Wangen waren erhitzt und gerötet. Hatte sie Fieber? Er legte die Hand auf ihre Stirn, die tatsächlich heiß war. Sie war krank! Damit hatte er nicht gerechnet. Er unterdrückte einen Fluch. Sie sah leicht aus, aber auch wenn es ihm keine Schwierigkeiten bereiten würde, sie zu tragen, würde sein Plan so nicht umzusetzen sein. Er schüttelte sie sanft am Arm, doch sie reagierte nicht einmal, sondern warf den Kopf nur noch unruhiger hin und her. Er verstärkte seinen Griff und schüttelte sie erneut. Für einen kurzen Moment schlug sie wie in Trance die Augen auf und sah ihn an. »Kannst du mich verstehen?«, fragte er leise, doch sie stöhnte nur, und ihre Augen fielen wieder zu.

»Nein, wach auf!« Er versuchte ihren Oberkörper aufzurichten.

Ihre Augen öffneten sich etwas, doch er war sich nicht einmal sicher, ob sie ihn überhaupt sah.

Er überlegte kurz. Dann beugte er sich zu ihr.

»Hier, nimm das. Es ist für dich – falls du fliehen musst. Du darfst niemandem davon erzählen!«, sagte er mit eindringlicher Stimme. Er drückte ihr den kleinen Lederbeutel in die Hand, den er in weiser Voraussicht mitgebracht hatte.

»Hast du mich verstanden?«

»Mir ist so heiß«, murmelte sie statt einer Antwort, dann fielen ihre Augen zu, aber er stellte erleichtert fest, dass ihre Hand sich fest um den Beutel schloss. Sorgsam zog er die Decke darüber. Mehr konnte er nicht tun. Lautlos schlich er sich weg.

24

Madeleine wollte weiterschlafen. Sie fühlte sich so unendlich müde und schwach.

»Du musst das trinken!«, sagte eine Stimme zu ihr. Es war Schwester Philippa. Gehorsam öffnete sie die Lippen. Jeder Schluck fiel ihr schwer, aber die Nonne zwang sie, den Becher mit der bitteren Medizin bis auf den letzten Rest zu leeren. »Damit wird es dir gleich besser gehen«, versprach sie. Sie sprach mit gedämpfter Stimme, als hätte sie Angst, jemand könnte sie hören.

»Du musst dich jetzt anziehen, die Äbtissin will dich sehen.«

»Aber ich fühle mich nicht gut!«, erwiderte Madeleine.

»Du musst!« Etwas an Schwester Philippas sonst so ruhigem Tonfall war anders als sonst. Sie wirkte ernst und besorgt – es war ihretwegen, begriff Madeleine, die mit einem Mal zu sich kam. Im Morgengrauen hatte ihr Fieber nachgelassen, und die Nonne hatte sie geweckt, kurz bevor die Glocken zur Frühmesse läuteten. Madeleine dachte an den seltsamen Traum, den sie gehabt hatte. Benommen ließ sie sich von Schwester Philippa helfen, sich aufzusetzen, als sie etwas Hartes an ihrem Oberschenkel spürte. Ihre Finger griffen danach, und sie erstarrte. *Das konnte nicht sein!* Doch ein kurzer Blick zeigte ihr, dass sie sich nicht geirrt hatte. Es war der Lederbeutel. Hastig schob sie ihn unter die Decke, bevor Schwester Philippa ihn sehen konnte. *Der Mann – war es doch kein Traum gewesen?* Sie versuchte, ihre verwirrten Gedanken zu ordnen. Mit Schaudern erinnerte sie sich wieder, was vor ihrer Ohnmacht geschehen war, an den schrecklichen Anschlag und den Kampf im Wirthaus. Wie war sie danach zurück ins Kloster gekommen?

Widerstandslos zog sie das Kleid über, das Schwester Philippa ihr reichte.

»Komm jetzt!«, drängte die Nonne sie.

Die ersten Schritte fühlten sich wacklig an, doch dann spürte Madeleine, dass sich ihr Kreislauf belebte. Sie sah, wie Schwester Philippa einen vorsichtigen Blick den Flur entlang warf – er war leer. Sie zog sie mit sich. Für einen Moment wurde Madeleine bewusst, was für ein seltsames Paar sie abgeben mussten – die humpelnde alte Nonne und das zittrige junge Mädchen.

Merkwürdigerweise gingen sie nicht zu den Gemächern der Äbtissin, sondern verließen das Haus über einen Seitenausgang und liefen zu einem Nebengebäude.

Schwester Philippa schaute sich noch einmal um, bevor sie die Tür öffnete. Wenig später betraten sie einen mit schlichten dunklen Holzmöbeln eingerichteten Raum. Es roch muffig und nach kalter Asche, als wäre lange Zeit keine frische Luft hier hereingekommen, schoss es ihr durch den Kopf. Sie erinnerte sich, dass das Gebäude als gelegentlicher Gästepavillon für den Besuch männlicher Geistlicher benutzt wurde. Dann sah sie die Äbtissin. Sie stand hinter einem der vier Stühle, die um einen Tisch herum gruppiert waren, und hatte ihre Hände auf der Lehne abgestützt. Ihre Miene war ungewöhnlich ernst.

Madeleine bekam plötzlich Angst. Sie wusste nicht, was nach ihrer Ohnmacht geschehen war, doch der Gesichtsausdruck der Äbtissin verriet ihr auch ohne viele Worte, dass sie sich in großen Schwierigkeiten befand.

»Setz dich, Madeleine«, sagte Margarète de Foix und gab Schwester Philippa gleichzeitig mit einem Kopfnicken zu verstehen, sie allein zu lassen.

Madeleine nahm gehorsam auf einem der Stühle Platz. »Wir waren in großer Sorge um dich. Deine Ohnmacht war ungewöhnlich lang und tief«, erklärte die Äbtissin und setzte sich ihr gegenüber. Einen Augenblick lang schwieg sie. »Was ist in dem Wirtshaus passiert, Madeleine?«, fragte sie dann.

Das Mädchen senkte den Blick.

»Du musst es mir sagen. Nur dann kann ich dir helfen.«

Helfen? Madeleine hob den Kopf. Und mit einem Mal begriff sie, dass ihre erste Annahme und Hoffnung, sie würde sich in

Sicherheit befinden, weil sie nach ihrer Ohnmacht im Kloster erwacht war, falsch gewesen war. Einen kurzen Moment sah sie das Gesicht von dem Mann aus dem Wirtshaus vor sich, und sie spürte, wie ihr eine kalte Furcht den Rücken hochkroch. »Ich kann nicht …«, sagte sie.

Die Äbtissin stieß einen Seufzer aus. »Weißt du, wie du nach deiner Ohnmacht hierhergekommen bist, Madeleine?«

Sie schüttelte den Kopf.

»Fremde Männer haben dich gebracht – genauer gesagt, bewaffnete Gefolgsleute der Guise. Sie waren in Begleitung des Herzogs d'Aumale, der behauptet, dass du einigen gefährlichen Hugenottenanführern zur Flucht verholfen und damit eine wichtige Festnahme verhindert hast!«

Madeleine verspürte einen leichten Schwindel, als sie ihre Worte vernahm. *Festnahme? Hatten sie das behauptet?* Aber das stimmte nicht – sie hatten sie töten wollen! Erst dann drang der Name, den die Äbtissin genannt hatte, zu ihr. Die *Guise*? Madeleine wurde blass, und ihr Magen krampfte sich zusammen, als ihr mit einem Mal bewusst wurde, in welche Ereignisse sie dort hineingeraten war.

»Sie werden zurückkommen und dich verhören. Nur deine Ohnmacht hat dich bis jetzt geschützt. Du musst mir sagen, was passiert ist. Wir haben nicht viel Zeit«, drängte die Äbtissin.

Madeleine starrte verzweifelt auf die Tischplatte vor sich. »Ihr werdet denken, dass ich verrückt bin, hochwürdige Mutter!«, sagte sie leise.

Eine Hand legte sich sanft auf die ihre. »Nein, das werde ich nicht.«

Etwas in ihrem Tonfall ließ Madeleine den Kopf heben. »Ich habe es vorhergesehen …«, sagte das Mädchen dann. »Es war wie eine Vorahnung, als hätte ich für einen Moment in die Zukunft geblickt«, erzählte sie stockend. »Ich habe die Männer gesehen, wie sie ins Wirtshaus gestürmt sind und sie alle getötet haben …« Sie brach ab, weil sie sich mit Schaudern an die Bilder erinnerte, doch nach einer kurzen Pause sprach sie weiter und berichtete der Äbtissin in allen Einzelheiten, was geschehen war. »Es war furchtbar. Es ist nicht das erste Mal, dass es mir passiert ist. Ich will diese Dinge nicht sehen«, stieß sie schließlich hervor. Tränen rannen über ihre Wangen.

Der Druck auf ihrer Hand wurde fester. »Sieh mich an, Madeleine.«

Das Mädchen hob den Kopf.

»Das, was du mir eben erzählt hast, darfst du nie irgendjemandem erzählen, hast du gehört!«

Madeleine nickte. Der eindringliche Tonfall der Äbtissin erinnerte sie plötzlich an ihre Mutter, an die Gefahren, die sie ihr einst vor Augen gehalten hatte, aber im Gegensatz zu ihr schien ihr die Äbtissin zumindest zu glauben.

»Du darfst dich von diesen Visionen nicht in Versuchung führen lassen und vor allem nie wieder in die Ereignisse eingreifen!«

Madeleine blickte sie an. »Das kann ich nicht. Ich habe es versucht …« Sie kam ins Stocken. »Als Françoise von dem Dachziegel getroffen wurde, habe ich mich bemüht, die Bilder zu ignorieren. Und dann ist sie verletzt worden … Dabei hätte ich es verhindern können. Ich wusste, was geschehen würde!«, stieß sie hervor. In ihrer Stimme schwangen noch immer Schuldgefühle.

Die Äbtissin schüttelte streng den Kopf. »Das weißt du nicht, Madeleine. Es ist anmaßend und gefährlich, so etwas auch nur zu denken. Keiner kann wissen, was geschehen wird. Kein Mensch zumindest! Nur Gott allein kennt die Zukunft – und vielleicht noch *der Teufel*!«, fügte sie hinzu.

Ihre letzten Worte ließen Madeleine zusammenzucken. Sie dachte an den Herzog und seine Männer. »Aber was soll ich jetzt machen? Was soll ich ihnen sagen, wenn sie mich fragen?«

Die Äbtissin sah sie besorgt an. »Ich weiß es nicht. Wir werden versuchen, den Herzog und seine Männer, solange es geht, hinzuhalten. Wir könnten behaupten, dass du dein Gedächtnis verloren hast, aber das wird sie nicht ewig abhalten. Die Situation ist mehr als schwierig. Egal, was du ihnen sagen wirst …«

Sie ließ den Satz unvollendet, doch Madeleine begriff auch so, was sie meinte. Würde sie die Wahrheit sagen, lief sie Gefahr, der Hexerei verdächtigt und angeklagt zu werden. Tat sie es nicht, würde man sie dagegen für eine Komplizin der Hugenotten halten. Beides war gleich schlimm. Sie verspürte eine aufsteigende Übelkeit, als ihr klar wurde, dass sie beides wahrscheinlich mit dem Leben zu bezahlen hätte.

Die Äbtissin räusperte sich. »Du solltest vielleicht wissen, dass die Männer, denen du das Leben gerettet hast, zwei bedeutende Führer der Hugenotten waren – der Admiral de Coligny und der Prinz de Condé.«

Madeleine schaute sie ungläubig an. Plötzlich verstand sie die Wut in dem Gesicht des Herzogs. Im gesamten Land wusste man, dass die Guise trotz des Freispruchs von Coligny einen Racheschwur gegen den Admiral geleistet hatten. Und sie, Madeleine, ein unbedeutendes junges Mädchen, hatte die Pläne dieser mächtigen Männer vereitelt.

»Mein Gott«, entfuhr es ihr entsetzt.

Sie bemerkte, dass die Äbtissin ihrem Blick auswich. »Bete zu Gott, Madeleine. Er wird dir den richtigen Weg weisen«, sagte sie in eindringlichem Ton.

Hilflos erhob sich Madeleine vom Stuhl. »Aber was soll ich denn bloß tun?«, fragte sie erneut.

»Das kann ich dir nicht sagen«, erwiderte die Äbtissin. »Ich wollte nur, dass du vorbereitet bist und weißt, was geschehen wird.« Ihre Hand griff kurz nach Madeleines Arm. Sie schaute das Mädchen an, und einen Moment lang wirkte es, als wollte sie noch etwas sagen, doch dann schwieg sie.

Madeleine fürchtete, dass ihr die Tränen in die Augen steigen würden. Hastig wandte sie sich ab.

Wie betäubt begab sie sich kurz darauf an der Seite von Schwester Philippa zurück zum Krankentrakt.

»Wir werden sagen, dass du noch nicht wieder ansprechbar bist. Deshalb wollte dich die Äbtissin auch unbedingt vor der Frühmesse sprechen, damit dich niemand sieht. Bis zum

Abend können wir den Herzog und seine Männer bestimmt hinhalten«, sagte Schwester Philippa, als sie wieder ihr Bett erreichten.

Bis zum Abend? Und dann? Madeleine war noch immer übel. Hatte sie durch ihre Vision wirklich dem Admiral de Coligny das Leben gerettet? Sie erinnerte sich wieder, wie man im letzten Jahr überall davon gesprochen hatte, dass die Guise von ihren Anhängern einen Schwur verlangt hatten, dass sie und ihre Nachkommen nicht eher ruhen würden, bis der Tod ihres Anführers und Familienoberhaupts gerächt war. Mein Gott, was hatte sie bloß getan? Panik ergriff sie. Sie musste hier weg – fliehen, das war ihre einzige Chance. Und zwar sofort, bevor der Herzog und seine Männer kamen.

Doch Schwester Philippa stand noch immer neben ihr. Madeleines Blick fiel auf den leeren Krug neben dem Bett. »Verzeiht, könnte ich wohl etwas Wasser zu trinken bekommen? Mir ist ein bisschen schwindlig«, sagte sie und gab sich dabei Mühe, ihrer Stimme einen geschwächten Ton zu verleihen.

»Natürlich!« Schwester Philippa griff nach dem Krug und schickte sich an, den Raum zu verlassen.

Madeleine drehte sich sofort um und griff hastig nach dem kleinen Lederbeutel, den sie unter die Bettdecke gesteckt hatte, und schob ihn in ihre Rocktasche. Suchend glitten ihre Augen durch den Raum. Sie brauchte ein anderes Kleid – in dem Klosterschülerinnengewand würde man sie sofort erkennen. Sie bemerkte die Truhe an der Wand. In der Hoffnung, dort etwas zu finden, lief sie hin und hob den schweren Deckel hoch.

»Was tust du da?«

Madeleine fuhr zusammen. Sie drehte sich um. Schwester Philippa stand mit dem Krug in der Hand auf der Schwelle.

Madeleine sah sie entsetzt an. Tränen traten in ihre Augen. »Bitte, ich muss hier weg«, flehte sie. »Versteht Ihr denn nicht, der Herzog, er wird mich töten, wenn er erfährt, was wirklich geschehen ist.«

Die alte Nonne schloss die Tür hinter sich. »Wolltest du einfach so heimlich durch den Hintereingang des Klosters verschwinden?«, fragte sie tonlos.

Madeleine wischte sich eine Träne aus dem Augenwinkel und hob entschlossen das Kinn. »Ja, wenn ich jetzt nicht fliehe, dann wird es zu spät sein …«

»Das geht nicht«, unterbrach Schwester Philippa sie. Sie kam langsam auf das junge Mädchen zu. »Der Herzog hat um das ganze Kloster seine Wachen aufgestellt!«

Madeleine rang um Fassung. Was sollte sie nun tun? Tränen liefen über ihre Wangen.

Die alte Nonne legte ihre faltigen Finger auf ihre Hand.

»Es gibt einen unterirdischen Gang«, sagte sie leise. »Er wurde beim Bau des Klosters für den Kriegsfall miterrichtet und führt bis in den Wald hinein. Wenn du willst, bringe ich dich dorthin, jetzt gleich.«

Ungläubig wandte Madeleine ihr das Gesicht zu. Wie sollte sie ihr das jemals danken? »Ich brauche ein anderes Kleid«, sagte sie dann.

Schwester Philippa nickte. »Ich werde eines besorgen und deine anderen Sachen und Medizin holen.«

»Aber Euer Bein, Ihr könnt kaum laufen und müsst Schmerzen haben«, wandte Madeleine besorgt ein.

»Es geht schon. Außerdem ist das jetzt unwichtig. Wir müssen uns beeilen. Du musst weg sein, bevor die Frühmesse zu Ende ist.«

25

Hinter ihr und vor ihr war es stockfinster. Madeleine umklammerte den Leuchter mit der Kerze, die gerade so viel Licht spendete, dass sie den Boden vor sich sehen konnte. Es war ein ekliger schlammiger Untergrund, in dem ihre Füße bis zu den Knöcheln versanken. Die feuchte, modrige Luft, die in dem Gang hing, nahm ihr den Atem. Von Zeit zu Zeit versperrten größere Steinbrocken den Weg, und sie fragte sich, ob in den letzten Jahrhunderten überhaupt irgendein Mensch hier entlanggekommen war. Was, wenn der Ausgang verschüttet war? Allein bei dem Gedanken, dass sie vielleicht wieder umkehren und den gesamten Weg zurückgehen musste, hätte Madeleine in Tränen ausbrechen können. Sie verbot sich, daran zu denken, und setzte vorsichtig weiter Fuß vor Fuß, um vorwärtszukommen. Plötzlich hörte sie ein raschelndes Geräusch. Erschrocken blieb sie stehen. Sie ließ den Leuchter in einem Halbkreis um sich herumgleiten und blickte schließlich gen Boden. Mehrere Paare glänzender dunkelbrauner Augen funkelten ihr entgegen. *Ratten!* Sie wich mit einem Aufschrei zurück. Das Licht flackerte – und erlosch. In der Dunkelheit hörte Madeleine die quietschenden Laute der Tiere. Etwas berührte ihren Fuß, und sie schlug mit ihrem Bündel voller Panik um sich. Raschelnd stoben die Ratten davon. Dann war es still. Mit zitternden Händen ging sie in die Knie und beugte sich nach unten, um nach dem Leuchter zu tasten, der ihr heruntergefallen war. Doch ihre Finger fühlten nur einen Stein und einen weichen Erdklumpen. Was sollte sie jetzt machen? Sie musste weiter – sie hatte keine Wahl. Sie richtete sich auf. Schritt für Schritt setzte sie vorsichtig einen Fuß vor den anderen. Eine Ewigkeit verging so, ohne dass der Tunnel ein Ende zu nehmen schien. Konnte es sein, dass sie sich verlaufen hatte?

In diesem Moment nahmen ihre Augen, die sich inzwischen etwas an die Dunkelheit gewöhnt hatten, in der Ferne einen hellen Punkt wahr. Sie tastete sich langsam an der Wand neben sich weiter. Doch das Licht blieb unverändert. Resigniert blieb sie stehen. Hatte sie sich getäuscht? Sie ging zögernd weiter, als der Gang unvermittelt eine Biegung nach rechts machte und sie in einiger Entfernung einen deutlichen Lichtschein erkennen konnte. Eine Welle der Erleichterung durchflutete sie. Sie beschleunigte ihre Schritte. Niemals hätte sie geglaubt, dass der Anblick von Tageslicht sie so glücklich machen würde.

Der Gang mündete in einen Schacht aus gehauenem Stein, der einem Brunnen ähnelte. Das Licht fiel von etlichen Fuß über ihr nach unten. Wie sollte sie hier herauskommen? Sie verspürte abermals einen Anflug von Panik. Dann entdeckte sie die Stufen, die wie eine Leiter in die Wand eingelassen waren. Sie waren schmal und zum Teil mit Moos bewachsen. Ihr Blick glitt unwillkürlich nach oben. Was, wenn sie ausrutschte oder stürzte? Niemand würde sie hier finden! Doch daran durfte sie nicht denken.

Sie verknotete ihr Bündel, nahm es auf den Rücken und schob die Ärmel ihres Kleides hoch. Vorsichtig setzte sie ihren Fuß auf die erste Stufe und zog sich mit den Händen nach oben. Ihre Finger klammerten sich mit aller Kraft an die moosige Oberfläche des Steins, während sie langsam nach oben stieg. Sie hatte fast die Hälfte geschafft und stellte ihren Fuß auf die nächste Stufe, doch diese war überraschend glatt und feucht – sie glitt aus und drohte mit ihrem gesamten Körper zur Seite zu rutschen. Verzweifelt krallten sich ihre Hände in den Stein. Nur mit Mühe gelang es ihr, wieder Halt zu finden. Ihr Herz raste, und sie wagte nicht, sich zu bewegen. Sie versuchte, ruhig durchzuatmen. Dann zwang sie sich weiterzuklettern. Stufe für Stufe. Der Weg schien ihr endlos, aber schließlich erreichte sie den obersten Absatz und zog sich mit letzter Anstrengung über den Rand. Sie sah, dass sie sich in einer Felsspalte an einem Abhang mitten im Wald befand. Mit zittrigen Knien ließ sie sich auf den Boden sinken.

Eine Zeit lang war sie unfähig, sich zu bewegen, und saß einfach nur da. Es kam ihr alles wie ein finsterer Traum vor. Sie fühlte sich innerlich wie erstarrt. Erneut drohte sie die Erschöpfung zu übermannen. Doch hier konnte sie nicht bleiben – sie musste weiter … Fliehen – das war ihre einzige Chance. *Wir werden versuchen, den Herzog und seine Männer bis zum Abend hinzuhalten!*, hatte Schwester Philippa gesagt. Mehr Vorsprung würde sie nicht haben.

Madeleine blickte an sich herunter – an ihren schlammverschmierten Schuhen und dem verschmutzten grauen Kleid, das sie sofort als Klosterschülerin verriet. Sie musste die Sachen wechseln. Sie öffnete ihr Bündel und griff nach dem braunen Kleid, das Schwester Philippa ihr mitgegeben hatte. Es war bereits etwas zerschlissen. Wahrscheinlich hatte es einmal einer der Schwestern gehört, bevor sie ins Kloster gekommen war. Sie schnürte das Mieder zu und band den zerknitterten Stoffgürtel um die etwas zu weite Taille. Dann griff sie nach ihrem Bündel, in dem sich nur noch ihre wenigen persönlichen Sachen befanden – etwas zu essen, die Medizin von Schwester Philippa, die sie zur Stärkung noch einige Tage nehmen sollte, ein Kamm mit zwei angebrochenen Zinken und eine alte Kette mit einem Anhänger, die einst ihrer Mutter gehört hatte. Die feinen, ursprünglich einmal silbernen Glieder waren ebenso wie die Fassung angelaufen, aber der Stein selbst besaß einen kräftigen dunklen Orangeton mit einem weißen Fleck, in dem sich irisierende Einschlüsse zeigten. Madeleine konnte sich nicht erinnern, dass ihre Mutter das Schmuckstück jemals getragen hatte, doch sie hatte mehrmals gesehen, wie sie den Anhänger mit nachdenklicher Miene in der Hand gehalten und betrachtet hatte. Der Gedanke, etwas zu haben, das sie einmal berührt und ihr gehört hatte, hatte etwas Tröstliches. Im Kloster hatten die Mädchen keinen Schmuck tragen dürfen, doch nun streifte Madeleine die Kette kurz entschlossen um den Hals und ließ sie in den Ausschnitt, unter den Stoff ihres Kleids, gleiten.

Dann zerknüllte sie ihr altes graues Gewand. Dabei fühlte sie den kleinen Ziegenlederbeutel, den sie im Kloster in die Rocktasche gesteckt hatte. Sie hätte ihn beinah vergessen. Eilig holte sie ihn hervor. Sie konnte noch immer nicht glauben, dass es sich nicht nur um einen Traum gehandelt haben sollte, und öffnete das Beutelchen. Wie sie an der harten Struktur bereits gespürt hatte, befanden sich einige Münzen darin – und ein kleines Papier. Verwundert entrollte sie es. *La Bonnée* stand darauf geschrieben. Anscheinend war das ein Haus oder Anwesen in der Nähe von Orléans. Eine kurze Wegbeschreibung befand sich dabei. Ganz unten war noch ein Satz zu lesen: *»Begib dich dorthin. Man wird dir helfen!«* Kein Name, keine Unterschrift.

Verwirrt hielt sie inne, dann begriff sie, dass der Zettel und das Geld von einem der Hugenotten stammten. Wer sonst könnte ein Interesse daran haben, ihr zu helfen? Außerdem lag die Gegend um Orléans fest in der Hand der Protestanten, wie Madeleine wusste. Sie überlegte nur kurz. Auch wenn die Menschen dort Ketzer waren – sie hatte keine Wahl. Dort würde sie hingehen. Es war zumindest ein Ort, an den sie sich flüchten konnte und der weit weg von dem Herrschaftsgebiet der Guise lag. Das war das Einzige, das zählte.

Sie steckte den Zettel eilig wieder in das Beutelchen und tat beides zurück zu ihren anderen Sachen. Dann zerknüllte sie ihr altes Gewand und warf es hinunter in die Tiefe des Schachts. Mit ihrem Bündel über dem Arm trat sie aus dem Schutz der Felsen heraus. *Der Pfad, der nach rechts geht, führt in Richtung Westen nach Sens. Richte dich nach dem Stand der Sonne, um dich zu orientieren*, hatte ihr Schwester Philippa geraten.

Madeleine warf einen Blick über sich zu den Baumwipfeln, wo man die glitzernden Strahlen erkennen konnte.

Der dichte, dunkle Wald war bedrohlich, aber ihre Furcht vor wilden Tieren und Überfällen war nicht halb so groß wie die vor dem Herzog und seinen Männern. Sie musste sich beeilen! Die Angst verlieh ihr neue Kraft. Sie rannte, nur unterbrochen von kurzen Pausen, in denen ihre brennenden Lungen sie zwangen, langsamer zu gehen und Luft zu schöpfen. Irgendwann begann sich der Wald zu lichten. Sie beschleunigte ihre Schritte.

26

Die Äbtissin stand am Fenster und beobachtete die bewaffneten Männer, die zwischen den aufgelösten Nonnen und Zöglingen von St. Angela über den gepflasterten Hof liefen. Sie hatten begonnen, das Kloster zu durchsuchen, jeden Winkel und jede Ecke stellten sie auf den Kopf, als glaubten sie, das Mädchen hätte sich irgendwo versteckt.

Obwohl sie nach Madeleines Flucht geahnt hatte, dass dies passieren würde, erschrak sie ob der Rücksichtslosigkeit, mit der die Männer des Herzogs vorgingen. Nicht einmal den Nonnen, die in Klausur lebten, hatte man erlaubt, sich zurückzuziehen.

»Es wäre einfacher, wenn Ihr uns helfen würdet«, sagte der Herzog d'Aumale mit schmalen Augen, der einige Schritte neben ihr stand. Sie drehte sich zu ihm. Die Art, wie er sie fixierte, hatte etwas von einem Raubtier, das kurz davor stand, zum Sprung anzusetzen.

»Ich weiß wirklich nicht, wo sie geblieben ist«, erwiderte die Äbtissin. Sie rang in einer gespielten Geste die Hände und hoffte, dass Gott ihr diese halbe Lüge vergeben würde. Der Herzog war am Vormittag mit seinen Leuten zurückgekommen und hatte verlangt, das Mädchen zu sehen. »Schwester Philippa wollte nach der Frühmesse nach ihr schauen, und da war sie verschwunden! Keine der Nonnen hat es bemerkt. Sie muss aus dem Fenster geklettert sein«, hatte die Äbtissin erklärt, die ihre eigenen Vermutungen hegte, wer Madeleine geholfen hatte.

Der Herzog kam auf sie zu und blieb so dicht vor ihr stehen, dass sie seinen Atem riechen konnte. »Wenn wir dieses Mädchen nicht finden, werde ich dafür sorgen, dass Ihr die längste Zeit Äbtissin dieses Klosters gewesen seid, glaubt mir!«, sagte er kalt. Er drehte sich abrupt um und verließ den Raum. Sie konnte hören, wie seine Schritte draußen auf dem steinernen Boden des Flurs widerhallten, und zweifelte nicht an seinen Worten. Ein einziger Satz von ihm an seinen Bruder, den mächtigen Kardinal, und man würde vom Mutterkloster in Clairvaux sofort eine Untersuchung über die Vorfälle einleiten. Doch sie fühlte sich allein Gott und ihrem Gewissen verpflichtet.

Sorgenvoll blickte sie aus dem Fenster. Sie war unendlich erleichtert, dass Madeleine geflohen war, und hoffte inbrünstig, der Allmächtige würde sich ihrer annehmen und sie auf ihrem weiteren Weg schützen.

27

Claude d'Aumale war die Treppe zur Eingangshalle des Klosters hinuntergestiegen. Er musste sich eingestehen, dass es ein grober Fehler gewesen war, das Mädchen hierzulassen. Angesichts der Autorität, die er und seine Familie verkörperten, war er sich sicher gewesen, die Nonnen würden sie nicht aus den Augen lassen.

Er fragte sich, wie sie überhaupt hatte entkommen können. Die Wachen vor dem Kloster hätten sie sehen oder zumindest ihre Spuren finden müssen, doch sie hatten nicht einen einzigen Fußabdruck von ihr entdeckt. Ihr Verschwinden war ein ebensolches Rätsel für ihn wie die Tatsache, dass sie Coligny vor dem Anschlag gewarnt hatte.

Nachdenklich schickte er sich an, die Halle zu durchqueren, als hinter einem Pfeiler die Gestalt einer korpulenten Nonne hervortrat.

»Verzeiht, seid Ihr der Herzog d'Aumale?«, fragte sie mit gesenkter Stimme.

Er drehte sich zu ihr. Ihr Gesicht mit den blassblonden Augenbrauen und der weißlich gelben Haut, die an sauer gewordene Milch erinnerte, war von einer abstoßenden Hässlichkeit, und er wollte einfach weitergehen. Überraschend stellte sie sich ihm in den Weg.

»Ihr sucht dieses Mädchen, nicht wahr? Diese Deutsche – Madeleine Kolb, oder?«, fragte sie weiter. Sie sprach noch immer leise und drehte sich mehrfach um, als fürchtete sie, jemand könnte sie beobachten.

Er musterte sie mit neuem Interesse und erinnerte sich jetzt, sie bei seinem ersten Besuch schon einmal gesehen zu haben. Sie war die Oberin des Klosters.

Er nickte knapp. »Ist Euch bekannt, wo sie ist?«

Sie schüttelte den Kopf. »Nein, aber …« Sie zögerte, bevor sie fortfuhr: »Es gibt etwas, das Ihr über sie wissen solltet.«

»Und zwar?«

»Dieses Mädchen … sie ist des Teufels!«, stieß die Nonne mit zusammengepressten Lippen hervor.

Er schwieg. Enttäuscht, dass er dieser Frau überhaupt seine Aufmerksamkeit geschenkt hatte, wollte er weitergehen. Das Letzte, was er hören wollte, waren irgendwelche abergläubischen Geschichten vom bösen Teufel.

»Ihr glaubt mir nicht! Aber es ist die Wahrheit«, stieß die Oberin mit glühenden Augen hervor und wich zu seinem Erstaunen nicht zur Seite. »Vor zwei Wochen hat das Mädchen dafür gesorgt, dass ein Ziegelstein vom Dach eine andere Klosterschülerin verletzt hat. Ich sage Euch, sie trägt das Böse in sich. Schon bei ihrer Mutter habe ich das gespürt – und bei ihr ist es genauso!«

»Ihre Mutter?« Er zog die Brauen über seinen schrägen Augen hoch, aber bevor er sie fragen konnte, was sie damit meinte, wurden sie unterbrochen. Der Leutnant seiner Männer war mit eiligen Schritten durch die Halle auf ihn zugekommen.

»Verzeiht, Herzog«, sagte er. »Da ist etwas, das Ihr sehen solltet. Ich glaube, wir wissen jetzt, wie das Mädchen verschwinden konnte. Wir haben bei den Nebengebäuden den Eingang zu einem unterirdischen Gang entdeckt …«

TEIL II

Die Flucht

28

Etwas kitzelte sie an der Nase, erst sanft, dann stärker, und wanderte weiter über ihr Gesicht zu ihren Wangen, sodass es selbst im Schlaf nicht länger zu ignorieren war. Sie fuhr mit einem Ruck erschrocken hoch und prallte im selben Augenblick auch schon mit ihrer Stirn gegen etwas Hartes. Ein empörter Aufschrei war zu hören, und Madeleine sah gerade noch, wie vor ihr ein Junge mit kurzen Beinen nach hinten fiel und sich überschlug.

»Teufel noch mal, du hast ja einen Schädel wie aus Stein«, brummte er, als er wieder auf die Beine kam. Seine Stimme klang ungewöhnlich tief und männlich. Verärgert rieb er sich den schmerzenden Kopf und drehte sich zu ihr.

Madeleine starrte die kleine Gestalt, die das Gesicht eines Dreißigjährigen hatte, ungläubig an. Es war kein Junge, sondern ein Zwerg, der da vor ihr stand!

Einen Moment lang fühlte sie sich in Versuchung, ihre Augen zu reiben, ob sie noch träumte. Als sie sich am späten Nachmittag hier am Rande einer Baumgruppe auf das abschüssige Feld ins tiefe Gras gelegt hatte, um eine Pause auf ihrer Flucht einzulegen, war sie mutterseelenallein gewesen. Davon konnte nun jedoch nicht mehr die Rede sein. Den Abhang hinunter war in einiger Entfernung eine Truppe von Menschen mit mehreren Fuhrwagen und Pferden zu sehen, die dabei waren, ein Lager aufzuschlagen. Dabei hatte Madeleine mit Bedacht nicht die Straße Richtung Sens genommen, sondern war querfeldein gelaufen, um niemandem zu begegnen. Doch jetzt hatte sie in ihrer Erschöpfung so tief geschlafen, dass sie die Gruppe nicht einmal hatte kommen hören.

»Was ist? Bist du stumm, oder hast du noch nie einen Zwerg gesehen?«, fragte die Gestalt vor ihr unwirsch. Der Mann hatte herausfordernd seine Hände in die Hüften gestützt und musterte sie abschätzend. Dabei zog er die Stirn kraus, als ob er an ihren geistigen Qualitäten zweifelte. Es lag fraglos etwas Unverschämtes in seiner Haltung. Sein ebenmäßiges Gesicht umrahmte eine Mähne rötlich dunkelbrauner Locken, die ihm bis zur Schulter reichten und nicht recht zu seiner abgerissenen roten Pluderhose und dem angeschmuddelten Hemd passten, das ehemals vermutlich einmal weiß gewesen war, inzwischen jedoch einen unschönen gelblichen Ton angenommen hatte. Madeleine sah, dass er noch immer den langen Grashalm in der Hand hielt, mit dem er sie gekitzelt hatte. »Du hast mich zu Tode erschreckt!«, fuhr sie ihn aufgebracht an, als sie endlich begriff, dass sie keineswegs träumte.

Er hob die rechte Augenbraue. »Oh, Mademoiselle sind zartbesaitet!«, erwiderte er sarkastisch. »Sei froh, dass dich nur mein Grashalm gekitzelt hat«, sagte er dann. »Das ist mehr als eine Einladung, in dieser Einsamkeit so schlafend dazuliegen! Was macht ein junges Mädchen wie du hier überhaupt so allein?«

»Ich wüsste nicht, was dich das angeht«, entgegnete sie mit einem kalten Blick, während sie aufstand, sich das Gras vom Rock klopfte und eine Strähne ihres Haars unter die Haube steckte.

Der Zwerg, der sie ungeniert betrachtete, zuckte die Achseln. »Bitte, es gibt weiß Gott Schönere als dich …«, verkündete er wenig charmant. Sein Blick glitt von ihr weg, den Hügel hinab, als sich sein Gesichtsausdruck plötzlich schlagartig veränderte. Er stieß einen wüsten Fluch aus, duckte sich und flüchtete sich, ehe Madeleine es sich versah, mit einem Satz hinter sie.

»Was soll das?« Sie versuchte, sich um ihre eigene Achse zu drehen, um zu erkennen, was er hinter ihr machte, aber er hielt sich an ihrem Rock fest.

»Rémi!«, erscholl in diesem Augenblick ein durchdringender Schrei den Hügel hinauf. Madeleine zuckte zusammen. Sie sah, dass eine füllige Frau mit gerafften Röcken den Hügel hinaufgestapft kam. Wütend schimpfte sie vor sich hin und schaute sich suchend um.

»Rémi! Verdammt, wo bist du, Rémi?«, brüllte sie aufs Neue.

Ihr Anblick erinnerte an ein aufgebrachtes Schlachtross, schoss es Madeleine durch den Kopf.

Als die Frau sie bemerkte, blieb sie auf der Anhöhe stehen und hielt sich die Seiten. Ihr üppiges Dekolleté, das jeder Amme Ehre gemacht hätte, wogte auf und ab. Sie war jünger, als man von weitem vermutet hätte – Ende zwanzig, vielleicht dreißig, schätzte Madeleine. Ihr langes strähniges Haar, das mit einem Tuch aus der Stirn und dem Gesicht gebunden war, fiel ihr in hellbraunen Wellen fast bis zur Taille herunter.

»Hast du vielleicht einen Zwerg gesehen?«, fragte sie und entblößte dabei beim Sprechen eine Zahnlücke.

Madeleine, die spürte, wie sich hinter ihr zwei Hände in ihren Rock krampften, schüttelte den Kopf. »Ich? Nein!«

»Wirklich nicht? Mit rotbraunen Locken? Klein und hässlich, wie Zwerge nun mal sind? Diese nichtsnutzige Kreatur drückt sich schon wieder vor der Arbeit!«, schnaubte sie. »Ich werde ihm das Fell gerben, dass ihm Hören und Sehen vergeht, wenn er mir unter die Finger kommt«, setzte sie düster hinterher. Wortlos wandte sie sich daraufhin ab und stapfte mit geballter Faust wieder den Hügel hinab.

Madeleine zweifelte nicht daran, dass sie ihre Drohung in die Tat umsetzen würde, und wagte nicht, sich zu bewegen, bis sie aus ihrem Blickfeld verschwunden war. »Sie ist weg!«, sagte sie dann.

Rémi kam vorsichtig hervor. Er stieß einen erleichterten Seufzer aus, als er sah, dass sie die Wahrheit gesprochen hatte. »Beim heiligen Antonius, dieses Weib ist wahrlich eine echte Hexe!«, stieß er hervor. »Danke, dass du mich nicht verraten hast!«, fügte er dann hinzu. Seine Stimme war mit einem Mal merklich freundlicher geworden.

Madeleine nickte. »Warum sucht sie dich?«, fragte sie.

»Warum? Weil ich ihre Arbeit machen soll«, antwortete Rémi mürrisch. »Thérèse, die für die Tiere und die Wäsche zuständig ist, hat die Pranke von unserem Braunbären zu spüren bekommen und ist außer Gefecht gesetzt.« Er deutete mit der Hand den Hügel hinab, wo man tatsächlich zwischen den Karren und Wagen einen großen Käfig erkennen konnte. »Und nun soll Margaux ihre Arbeit mitmachen. Aber die große Wahrsagerin ist sich natürlich zu fein dafür!«, erklärte er höhnisch.

Madeleine, die inzwischen verstanden hatte, dass der Zwerg zu einer von Ort zu Ort ziehenden Gruppe von Gauklern gehörte, war überrascht. »Sie ist Wahrsagerin?« Margaux' schwerfällige Erscheinung schien nur schwer mit diesem Bild vereinbar.

»Pah! Natürlich gibt sie das nur vor! Selbst ich könnte mehr sehen, wenn ich in eine Glaskugel schaue«, erwiderte Rémi abfällig. Er hatte sich auf einen Baumstumpf sinken lassen. *»Klein und hässlich«*, murmelte er entrüstet. Margaux' Worte schienen ihn getroffen zu haben. Er wandte sich zu Madeleine. »Sie begreift einfach nicht, dass ich etwas Besonderes bin. Ich bin nämlich eine Rarität!«, verkündete er mit stolz erhobenem Kinn und schlug dabei kokett die Beine übereinander.

Der Anflug eines Lächelns huschte über Madeleines Gesicht. Die seltsame Begegnung mit dem Zwerg ließ sie für einen Augenblick ihre eigenen Sorgen und Ängste vergessen.

»Du glaubst mir nicht, was?«, fragte er, ihr Lächeln missverstehend. »Aber es ist wahr, ich bin kleiner als die meisten Zwerge und damit ganz besonders begehrt. Am Hof reißt man sich um so etwas wie mich!«

Madeleine erinnerte sich an die Zwergin, die sie damals im Zelt der Medici gesehen hatte. Rémi hatte ohne Frage recht. »Ich habe davon gehört«, sagte sie.

Er schien verblüfft. »Tatsächlich?«

Sie nickte und bückte sich, um ihr Bündel aufzuheben. Dabei fiel ihr Blick auf die übereinandergeschlagenen Beine des Zwergs. Sein rechtes Hosenbein war etwas hochgerutscht, und sie konnte nicht verhindern, dass sie zusammenzuckte, als sie die eiserne

Fußfessel sah, die seinen Knöchel umschloss. Die Haut drum herum war gerötet.

Rémi hatte ihren Blick bemerkt. »Ich bin ein paar Mal weggelaufen! Deshalb machen sie mich nachts fest«, erklärte er nüchtern.

Sie schwieg. Anscheinend betrachteten die Gaukler ihn als ihr Eigentum – wie irgendein Tier. »Du solltest in der Nacht etwas Salbe auf die Haut tun, damit es sich nicht weiter entzündet«, riet sie ihm und nahm ihr Bündel über die Schulter. Sein Schicksal rief ihr in unangenehmer Weise die Gefahr in Erinnerung, in der sie sich selbst befand. Sie musste dringend weiter – sie hatte schon viel zu viel Zeit verloren.

»Also dann …«, sagte sie.

Rémi war von dem Baumstumpf gesprungen und stellte sich ihr unerwartet in den Weg. »Wie, du willst jetzt aufbrechen? Es wird bald dunkel! Wo willst du denn jetzt so ganz allein hin? Bist du etwa vor jemandem auf der Flucht?«, fragte er spöttisch.

Sie erschrak. »Nein, ich bin auf dem Weg zu Verwandten nach Orléans«, log sie und spürte zu ihrem Ärger, wie sie dabei rot wurde.

Der Zwerg sah sie prüfend an. »Tatsächlich?«, fragte er. »Nach Orléans? Dorthin wollen wir auch …«

»*Wir*? Ich dachte, du wärst vor den Gauklern weggelaufen?«, erwiderte sie.

Rémi schüttelte seine rotbraunen Locken. »Aber nein, von hier aus würde ich mit meinen kurzen Beinen kaum weit kommen. Ich verstecke mich nur, bis Margaux sich wieder etwas beruhigt hat.« Er musterte sie nachdenklich. »Du könntest uns begleiten. Wir könnten gut eine helfende Hand gebrauchen, jetzt, da Thérèse verletzt ist. Wir reisen zwar langsamer, weil wir unterwegs unsere Vorstellungen geben, aber für dich wäre das allemal weniger gefährlich, als so allein durch die Lande zu ziehen!«

Madeleine schüttelte ablehnend den Kopf. »Danke, aber ich möchte so schnell es geht nach Orléans kommen«, antwortete sie. Dabei war das Angebot durchaus verlockend – der Gedanke an die bevorstehende Nacht und die vielen Meilen, die sie noch allein zurückzulegen hatte, machten ihr Angst. Trotzdem hatte sie das Gefühl, dass es zu gefährlich war, sich anderen Menschen anzuschließen. Allein fühlte sie sich sicherer und würde sich im Zweifelsfall auch besser verstecken können.

Sie nickte Rémi daher zum Abschied noch einmal zu und wandte sich zum Gehen.

Als sie den Abhang herunterkam, sah sie von Weitem, dass die Gauklertruppe inzwischen ein kleines Lager aufgeschlagen hatte. Der Tuchstoff der beiden Zelte, die sie aufgebaut hatten, war verschmutzt und löchrig, und die beiden Maulesel und das Pferd wirkten ebenso abgemagert wie der Bär mit dem Nasenring, der neben einem klapprigen Fuhrwagen an einer Kette festgemacht war. Es war offensichtlich, dass sie alle um ihr tägliches Überleben kämpften. Ein beklemmendes Gefühl ergriff Madeleine. Ihre Mutter und sie waren zwar arm gewesen, aber sie hatten doch stets ein Dach über dem Kopf gehabt und nur selten Hunger leiden müssen. Und auch in St. Angela hatten die Nonnen stets genug zu essen für ihre Zöglinge gehabt. Einen kurzen Augenblick lang fragte sie sich, wie ihre Zukunft nun wohl aussehen würde.

Als sie weiterging, bemerkte sie, dass sich hinter dem Lager der Gaukler ein kleiner Bach durch die Landschaft zog. Vermutlich hatte die Truppe deshalb den Platz zum Übernachten ausgesucht. Am Ufer, nur einige Schritte entfernt, kniete eine Frau. Sie hielt ihren einen Arm in einer seltsam steifen Haltung von sich, während sie gleichzeitig mit schmerzverzerrtem Gesicht versuchte, mit der anderen Hand ein Tuch ins Wasser zu tauchen. Dabei drohte sie an der unebenen Böschung das Gleichgewicht zu verlieren.

»Wartet. Ich helfe Euch!«, rief Madeleine. Eilig lief sie zu ihr.

Die Frau, die sich gerade noch mit der einen Hand hatte halten können, blickte sie verwundert an. Sie war von knochiger, kräftiger Statur und in mittleren Jahren. Falten zogen sich bereits durch ihr Gesicht, das von einer zerknitterten alten Haube umrahmt wurde. Auf ihrer Stirn perlte Schweiß. »Danke!«, sagte sie, als Madeleine sie stützte und ihr wortlos das Tuch abnahm. »Ich wollte die Wunde nur etwas säubern«, erklärte die Frau.

Madeleine betrachtete ihren Arm, auf dem sich eine unschöne tiefe Fleischwunde mit scharfen Ausläufern zeigte, die sich entzündet hatte.

»Ihr solltet das lieber mit einem Sud abtupfen«, sagte sie mit einem Blick auf das schmutzige Tuch.

»Wie soll ich das denn mit dem Arm machen?«, erwiderte die Frau abwehrend. Sie versuchte aufzustehen. Madeleine stützte sie und half ihr die Böschung hoch.

»Thérèse?« Ein drahtig gebauter Mann in den Vierzigern kam auf sie zugelaufen. »Was um Gottes willen machst du denn da?«, fragte er ungehalten.

»Na was wohl, Gaspard? Ich wollte die Wunde säubern!«, gab die Frau barsch zurück.

»Ihr solltet Euch einen Umschlag aus Frauenmantel und Ringelblumen auflegen. Wenn die Wunde sich weiter entzündet, könntet Ihr sonst sehr krank werden«, sagte Madeleine erneut im ernsten Ton zu ihr.

Der Mann wandte sich mit undurchdringlicher Miene zu ihr. Seine kohlrabenschwarzen Augen schienen sie zu durchbohren. »Und wer bist du? Etwa eine Heilerin?«, fragte er.

Madeleine verneinte. Sein Ton ließ sie ahnen, dass er das Oberhaupt der Truppe sein musste. »Bin ich nicht, aber meine Mutter hat für einen Apotheker gearbeitet …«

»Sie ist in Ordnung, Gaspard!«, mischte sich eine Stimme hinter ihnen ein, die Madeleine vertraut vorkam. Es war Rémi. Anscheinend hatte sich seine Angst vor Margaux gelegt, denn er kam in aller Seelenruhe zu ihnen geschlendert.

»Ich habe sie gefragt, ob sie einige Tage mit uns ziehen will. Sie könnte für Thérèse einspringen«, erklärte der Zwerg.

Madeleine spürte, wie Gaspard sie erneut ansah – sein Blick wanderte von ihr zu Thérèse. »Ich weiß nicht, wir kriegen so schon kaum alle Mäuler satt …«

»Es geht auch gar nicht«, beeilte sich Madeleine zu erklären. »Ich muss wirklich, so schnell es geht, nach Orléans!«

»Ich würde es auch gut finden.« Eine Hand fasste sie am Arm. »Bitte!«, sagte Thérèse. Madeleine wandte den Kopf zu ihr. Etwas Flehentliches lag in ihren Augen, gegen das sie sich zu wehren versuchte. Doch sie erkannte, wie erschöpft und müde Thérèse wirkte. Ihr Gesicht war unnatürlich blass. Ihre Wunde musste versorgt werden. *Unsere Sorge um die Kranken muss stets vor unser eigenes Wohl gehen.* Wusste der Himmel, warum sie jetzt auch noch gerade Schwester Philippas Stimme in Gedanken hören konnte!

»Wärst du denn bereit dazu?«, fragte Gaspard skeptisch.

Madeleine dachte an die Männer des Herzogs, an die Gefahr, in der sie sich befand. Andererseits würde sie heute ohnehin nicht mehr weit kommen und bei den Gauklern für heute Nacht vermutlich in Sicherheit sein.

»Gut«, sagte sie schließlich widerstrebend. Rémi lächelte zufrieden.

»Aber nur bis morgen!«, fügte sie hinzu.

29

Der Herzog d'Aumale betrachtete grübelnd das graue Gewand in seinen Händen. Der fadenscheinige Stoff war zerknittert und am Rock und dem Saum der Ärmel feucht und mit Schlamm verschmiert. Seine Männer hatten das Kleid unten in dem Schacht gefunden, der in der Felsspalte am Abhang des Waldes wieder nach draußen führte. Sie musste also etwas anderes zum Anziehen dabei gehabt haben, was dafür sprach, dass sie ihre Flucht geplant hatte.

Der Herzog zerknüllte mit grimmiger Miene den Stoff. Einer seiner Männer hatte sich schwer verletzt, als er ihren Weg aus dem Schacht nachgeklettert war und auf den steinernen Vorsprüngen abgerutscht und in die Tiefe gestürzt war. Ein Wunder, wie das Mädchen es geschafft hatte! Ihre Spuren hatten vom Schacht weiter in den Wald geführt. Fast eine halbe Meile hatte man ihren Fußabdrücken folgen können. Sie war westwärts gelaufen und hatte Haken wie ein Hase geschlagen, der gejagt wurde. Irgendwann verlor sich ihre Spur dann jedoch leider im Dickicht.

Aumale warf das Kleid zurück auf den Tisch des Wirtshauses, in dem er mit seinen Männern vorerst Quartier bezogen hatte.

Man musste seine Feinde kennen, um sie zu besiegen. Das hatte er aus eigener Erfahrung gelernt. Erneut fragte er sich daher, was er selbst tun würde, wenn er in der Haut des Mädchens steckte. Er würde alles daransetzen, um so schnell wie möglich aus dem Herrschaftsgebiet der Champagne zu fliehen, überlegte er. Das bedeutete, sich nach Sens und dann entweder weiter nach Orléans oder aber in Richtung Paris durchzuschlagen. Letzteres war davon abhängig, ob das Mädchen irgendwo Unterstützung zu erwarten hatte. Er trommelte mit den Fingern auf die Tischplatte. Ein Teil seiner Männer war ausgesandt worden, um die Straßen und wichtigsten Wege in die benachbarten Gebiete der Bourgogne und der Île de France zu kontrollieren, doch wenn die Kleine querfeldein lief und versuchte, im Schutz der Wälder und Felder das Land zu verlassen, konnte es schwierig werden, ihrer habhaft zu werden. Er verzog missmutig das Gesicht. Noch immer begriff er nicht, wie sie von dem Anschlag hatte wissen können. Nichts, was sie in den letzten Stunden im Kloster über das Mädchen erfahren hatten, deutete auf irgendeine Verbindung zwischen ihm und den Hugenotten hin. Es ergab alles keinen Sinn.

Er erinnerte sich an die seltsamen Behauptungen der Oberin. *Sie steht mit dem Teufel im Bunde.* Ohne Frage stand sie das, dachte Aumale finster, sonst hätte sie diesen elenden Ketzern und Mördern wohl kaum das Leben gerettet. Dennoch schien es ihm nur schwer vorstellbar, dass sie wirklich zu den Dingen fähig war, die getan zu haben ihr die Nonne unterstellt hatte.

Der Herzog erhob sich jäh von seinem Stuhl. Nun, was auch immer stimmte, um die Wahrheit zu erfahren, mussten sie das Mädchen finden – und zwar um jeden Preis.

30

Gaspard war die Attraktion. Die Menschen scharten sich um ihn, wenn die Bälle und Kegel durch seine Hände in die Höhe tanzten – so schnell, dass einem schwindlig wurde. Er konnte sich dabei drehen, die Beine heben oder nach rechts und links wenden, ohne dass jemals etwas zu Boden ging. Und selbstverständlich konnte er dazu singen – mit großen Gesten und theatralischer Mimik, dass die Leute lachten.

»Wie machst du das nur?«, fragte Madeleine ungläubig nach der Vorstellung, die sie auf einem Platz inmitten eines kleinen Dorfes gegeben hatten.

Entgegen ihrer ursprünglichen Absicht hatte sie sich überreden lassen, mit den Gauklern weiterzuziehen. Thérèse, deren Wunde langsam heilte, hatte sie darum gebeten. Doch das war nicht der einzige Grund. Bei einer der Vorstellungen vor ein paar Tagen hatte Madeleine durch Zufall den Wortwechsel zweier Zuschauer mitbekommen. Voller Schrecken hatte sie gehört, wie die beiden Bauern darüber sprachen, dass die Männer der Guise überall die Straßen kontrollierten. Sie begriff, dass sie allein kaum eine Chance haben würde. Die Umwege, die die Gaukler machten – die über Land von Ort zu Ort zogen und überall dort, wo sich mehr als eine Handvoll Menschen zusammenfand, ihre Künste darboten –, würden für sie weit sicherer sein und waren ihr mit einem Mal mehr als recht.

Gaspard hatte ihr auf ihre Frage hin das Gesicht zugewandt. »Wie ich das mache?«, fragte er. Der Gaukler zuckte die Achseln. Er konnte nicht nur jonglieren, sondern beherrschte auch zahlreiche Taschenspielertricks und wusste bewundernswert gut die Flöte zu spielen. Die Andeutung eines Lächelns huschte über sein sehniges Gesicht mit den dunklen Augen. Seitdem es Thérèse besser ging, war er merklich freundlicher zu Madeleine geworden. Statt einer Antwort nahm er zwei Bälle aus seinem Kasten. Er warf einen in die Höhe – langsam, damit Madeleine sehen konnte, wie er ihn anschließend bewusst und gleichmäßig auffing, um ihn dann von der rechten in die linke Hand wandern zu lassen und wieder nach oben zu werfen. »Hast du gesehen?«

Sie nickte. Gaspard nahm einen zweiten Ball. »Und nun pass auf!« Er ließ ihn genau wie den ersten durch seine Hände laufen und in die Höhe fliegen. Madeleine sah fasziniert zu.

»Du musst nur auf die Bälle achten. Die Hände folgen von ganz alleine. Hier, probier mal!« Er fing die Bälle abrupt in der Luft ab und reichte sie ihr.

Sie nickte und warf mit konzentrierter Miene den ersten in die Luft. Es gelang ihr, ihn mit links aufzufangen und sogar nach rechts weiterzugeben, doch der zweite Ball glitt ihr sofort aus der Hand und fiel zu Boden. Madeleine schüttelte den Kopf. »Das könnte ich nie!«, sagte sie resigniert.

»O doch. Du musst nur üben! Lange üben …«, erwiderte Gaspard, der den Ball aufhob und ihn wieder in seinen Kasten packte. Augenzwinkernd ging er weiter zu seinem Zelt.

Madeleine griff nach der Schüssel, in der sich Beeren, Gras, Wurzeln und die wenig appetitlichen Reste eines Fisches befanden, die als Abendmahlzeit für den Bären bestimmt waren. Ihre Arbeit begann, wenn die anderen fertig waren. Sie fütterte und tränkte die Tiere, holte Wasser und half bei den Küchenarbeiten. Am Abend tat ihr jeder Knochen weh, doch die körperliche Anstrengung ließ sie die ständige Angst, die Männer des Herzogs könnten sie doch noch aufspüren, zumindest für einige Stunden vergessen.

Den Gauklern gegenüber hatte sie behauptet, dass sie nach dem Tod ihrer Mutter auf dem Weg zu einer Tante sei, die in Orléans lebe. Es hatte sie nicht sonderlich interessiert. Neben Gaspard, Thérèse und Rémi gehörte zu der Truppe noch Luc, der Bärenführer, ein verschlossen wirkender Mann Anfang dreißig. Er war mit Margaux, der Wahrsagerin, liiert.

Das Leben der Truppe war ärmlich – sie lebten von dem, was ihnen die Natur bot, und von den wenigen Münzen, die die Leute ihnen auf der Straße für ihre Vorführungen gaben. Sie waren Außenseiter. Auch wenn man ihren Darbietungen mit Begeisterung zusah und über sie lachte, begegnete man ihnen stets mit Distanz. Vielleicht fühlte sich Madeleine gerade deshalb unter ihnen wohl. Bei den meisten Menschen galt das Gewerbe der Gaukler als anrüchig und unchristlich, und das unstete, vagabundierende Leben, das sie führten, tat sein Übriges dazu, dass die Leute ihnen nicht trauten. Letzteres allerdings nicht ganz zu Unrecht, musste Madeleine zugeben, denn sie hatte mitbekommen, dass Gaspard die Kunst seiner Taschenspielertricks regelmäßig dazu benutzte, dem Publikum einige Münzen mehr zu entwenden, als dieses bereit war zu geben. Es überraschte sie daher nicht, dass die Truppe des Öfteren den einen oder anderen zusätzlichen Umweg in Kauf nahm, um ja keinen Vertretern der Obrigkeiten zu begegnen. Mit einem leisen Schreck erinnerte Madeleine sich daran, dass ihnen das gestern fast nicht gelungen war. Sie waren querfeldein unterwegs zu einem Dorf gewesen, als sie am Horizont plötzlich die Umrisse berittener Soldaten erkannt hatten, die ihnen entgegenkamen. Eilig und voller Angst, es könnte sich um die Schergen der Guise handeln, hatte Madeleine sich, einen Vorwand murmelnd, unter die Plane in einen der Fuhrwagen geflüchtet. Auch die Gaukler hatten merklich angespannt gewirkt, doch dann hatten sich die Soldaten zu ihrer aller Erleichterung mit einem Mal in Richtung des Flusses entfernt. Madeleine war froh, dass später keiner ein Wort über ihr seltsames Verhalten verloren hatte.

Während sie in der Abenddämmerung mit der Schüssel weiter zu dem Käfig des Bären ging, sah sie, dass vor Margaux' verschlissenem, löchrigem Zelt noch immer einige Leute Schlange standen. Die Dienste der Wahrsagerin waren begehrt und die einzige Einnahmequelle, auf die die Truppe sich stets verlassen konnte. Rémi behauptete, dass sie die Dinge, die sie den Leuten erzählte, erfand, doch angesichts ihrer eigenen Erfahrungen war Madeleine sich nicht sicher, ob er damit recht hatte. Margaux war ihr unheimlich, und sie merkte, dass die Wahrsagerin sie manchmal beobachtete, als würde sie ahnen, dass sie etwas verbarg.

Nachdenklich ging Madeleine weiter zu Giacomo, dem Bären. Das Tier presste bereits ungeduldig seine Nase gegen die Gitterstäbe, als sie auf ihn zukam.

»Na, bist du hungrig?«

Sie schob vorsichtig das kleine Fallgitter des Käfigs hoch und widerstand der Versuchung, ihn zu streicheln. Obwohl er sich ihr gegenüber immer sanftmütig zeigte, wusste sie nicht zuletzt von Thérèses Verletzung her, dass er unberechenbar war. Man konnte es ihm nicht übel nehmen, dachte sie, während er sich mit Inbrunst über sein Fressen hermachte. Es war bestimmt kein Vergnügen, an einem Ring in der Nase durch die Gegend gezogen und dabei auch noch mit der Peitsche drangsaliert zu werden.

»Na, leistest du meinem Bären Gesellschaft?«, ertönte unerwartet eine Stimme hinter ihr.

Sie fuhr herum.

Es war Luc. Er pulte mit dem Zeigefinger zwischen den Zähnen und musterte sie.

»Ich habe ihm nur sein Fressen gebracht«, erwiderte sie. Luc war der Einzige der Truppe, mit dem sie noch fast kein Wort gesprochen hatte.

»Das ist nett von dir!«, sagte er sarkastisch. Er war einen Schritt auf sie zugekommen, und sie bemerkte, dass sein Hemd über der abgetragenen Kniebundhose bis zur Mitte der Brust offen war. Er roch nach Schweiß.

»Ich muss zurück – ich habe noch zu tun.« Sie wollte an ihm vorbei, doch er griff nach ihrem Arm.

Ihr Blick heftete sich auf seine gegerbten Hände, deren Finger und Nägel vor Dreck starrten, und sie versuchte, sich loszureißen. Im selben Augenblick packte er sie jedoch und zog sie mit unerwarteter Kraft an sich.

»Lass mich los!« Sie stemmte sich aufgebracht gegen ihn.

Doch er dachte gar nicht daran, sondern lachte nur.

»Du sollst mich loslassen!«

Voller Entsetzen spürte sie, wie er sie noch enger an sich zog, als er völlig unvermittelt einen heulenden Schrei ausstieß. »Ahh, verdammt …« Er hatte von ihr abgelassen und starrte ungläubig nach unten zu seinem Bein, neben dem Rémi stand. Der Abdruck zweier Zahnreihen zeichnete sich in seiner Wade ab.

»Ich bring dich um, du widerliche Missgeburt!«, brüllte er und schlug wie wild nach ihm.

Rémi wich geschickt aus. Lucs Wut schien ihn nicht besonders zu beeindrucken.

»Wenn du nicht aufhörst, erzähle ich es Margaux!«, drohte der Zwerg.

Der Bärenführer hielt abrupt inne. »Das wirst du nicht wagen!«

Rémi zuckte die Achseln. »Täusch dich nicht!«

Luc sah ihn hasserfüllt an. »Ich werde dafür sorgen, dass man dich verkauft!«, sagte er kalt, bevor er sich abwandte und davonmachte.

Madeleine atmete erleichtert auf. Sie konnte noch immer den schmerzhaften Druck seiner Finger auf ihrem Arm fühlen und wollte sich lieber nicht vorstellen, was hätte geschehen können, wenn Rémi nicht aufgetaucht wäre. »Danke!«, sagte sie zu ihm.

»Ach!« Der Zwerg machte eine abwehrende Handbewegung. »Nimm dich vor ihm in Acht, wenn er getrunken hat.« Seine braunen Augen funkelten verschmitzt. »Mir scheint, dass man auf dich aufpassen muss …«

Der Anflug eines Lächelns huschte über ihr Gesicht, doch dann wurde sie wieder ernst. »Was meinte er damit, er wird dafür sorgen, dass man dich verkauft?«

Sie waren einige Schritte weitergegangen und hatten sich hinter den Wagen neben den Pferden ins hohe Gras sinken lassen.

»Damit drohen sie mir, seitdem ich weggelaufen bin. Aber ich bringe ihnen viel zu viel Geld ein!«, erwiderte er selbstbewusst.

Madeleine wandte ihm nachdenklich den Kopf zu. Er hatte ihr einmal erklärt, dass er in gewisser Weise so etwas wie der Leibeigene von Margaux war, bis er das Geld, das sie für ihn bezahlt hatte, wieder verdient hätte. Für die Wahrsagerin schien er dagegen so etwas wie ein Schoßhündchen zu sein – sie war launisch und schlug ihn manchmal, dann wieder herzte sie ihn und wollte sich vor Lachen über seine Späße gar nicht wieder beruhigen. Immerhin hatte sie seit ihrem Auftauchen in der Truppe davon abgesehen, den Zwerg nachts weiter festzumachen, dachte Madeleine. Sie fühlte sich in seltsamer Weise mit ihm verbunden. Rémi stammte ursprünglich aus Polen, hatte er ihr erzählt. Seine Mutter war dort von einem Grafen als Spielgefährtin für dessen Tochter in die Dienste genommen worden. Er selbst war schon als Kind verschenkt worden. Bei den Gauklern war er seit drei Jahren.

»Weißt du, ich werde hier verschwinden und *wirklich* an den Hof des Königs gehen. Sobald wir Orléans verlassen haben«, verkündete Rémi unvermittelt. Er hatte die Arme hinter den Kopf verschränkt und sich nach hinten gelehnt. »Am Hof gibt es richtige Ämter für Zwerge. Wusstest du das?«

Sie schüttelte den Kopf. »Nein!«, sagte sie. Ein bisschen beneidete sie ihn darum, dass er Pläne und Träume für die Zukunft hatte.

»Was ist mit dir? Was wirst du in Orléans machen?«, fragte er neugierig.

Sie zuckte die Achseln. »Ich weiß es nicht. Ich will erst einmal nur dort ankommen«, erwiderte sie wahrheitsgemäß und verspürte angesichts seines prüfenden Blicks ein schlechtes Gewissen. Sie hätte ihm gerne alles erzählt.

Plötzlich erstarrte sie. Sie war überzeugt, vor ihnen am Waldrand eine Bewegung gesehen zu haben. In einiger Entfernung schienen sich in der hereinbrechenden Dunkelheit die Umrisse eines Reiters abzuzeichnen. Sie fuhr hoch.

»Was hast du?«, fragte Rémi.

»Nichts!«, antwortete sie tonlos. Die Umrisse waren nicht mehr zu sehen. Hatte sie sich nur getäuscht? Doch sie fühlte, wie ihr Herz noch immer schneller schlug.

31

In dieser Nacht hatte sie das erste Mal den Traum. *Sie rannte durch eine Stadt mit hohen Häusern, über deren Dächer sich im Mondlicht die Türme und Kreuze von Kirchen und Kathedralen erhoben. Ein Meer aus Stein, das ihr die Sicht in die Ferne versperrte. Sie hatte Angst, schreckliche Angst, denn überall war Blut. Leichen pflasterten die Straßen, und egal wohin sie blickte, kämpften Männer erbittert und wie im Rausch gegeneinander. Das Geräusch klirrender Degen vermischte sich mit den Schreien und dem Stöhnen der sterbenden Verwundeten. Und sie rannte weiter, getrieben und voller Schuldgefühle, weil sie es nicht verhindert hatte …*

Schweißgebadet fuhr Madeleine auf ihrem Strohlager aus dem Schlaf. Ihr Atem raste, als wäre sie tatsächlich gerannt, und sie brauchte einen Augenblick, um zu begreifen, dass sie nur geträumt hatte. Erschöpft strich sie sich die Haare aus dem Gesicht. Der zögerliche orangefarbene Schimmer, der durch den dunklen Himmel brach, kündigte gerade die ersten Strahlen der aufgehenden Sonne an, doch sie war hellwach. Dabei hatten die Glocken wahrscheinlich noch nicht einmal die fünfte Stunde geschlagen. Sie zog die schmutzige Wolldecke enger um ihre Schultern. Der Traum hatte ein verstörendes Gefühl hinterlassen. Es schien ihr, als könnte sie den Geruch von Angst und Schweiß noch immer wahrnehmen. Unwillkürlich griff sie nach dem Anhänger ihrer Kette. Der von ihrer Haut gewärmte Stein übte eine beruhigende Wirkung auf sie aus. Es war nur ein Traum, versuchte sie sich zu sagen.

Da an Schlaf nicht mehr zu denken war, erhob sie sich von ihrem Strohlager. Vielleicht konnte sie die Eindrücke abschütteln, wenn sie aufstand und etwas trank. Leise schlich sie sich an den Zelten vorbei zum Versorgungskarren, in dem sich die Kochutensilien und Lebensmittel befanden. Sie ging zu einem der beiden Wassereimer, die sie selbst am Abend vom Fluss zum Lager geschleppt hatte, und ergriff die Schöpfkelle, um sich einen verbeulten Zinnbecher mit Wasser zu füllen.

Nachdenklich trank sie einen Schluck. Die friedliche Ruhe der Morgendämmerung ließ ihre Nerven etwas zur Ruhe kommen. In den wenigen Momenten, in denen sie nicht von ihrer Angst beherrscht wurde, die Männer des Herzogs d'Aumale könnten sie finden oder sie könnte erneut irgendetwas Schreckliches vorhersehen, fragte sie sich manchmal, wer sie wirklich war. Warum konnte sie diese Dinge sehen? Worin lag der Sinn davon? Prüfte Gott sie damit? War es, wie die Äbtissin gesagt hatte, nur eine Versuchung, der sie widerstehen musste? Ihre Finger fuhren fahrig über den Becher. Warum aber hatte sie dann das Gefühl, dass es falsch war, nichts zu tun und nicht einzugreifen? Hätte sie zusehen sollen, wie die Männer getötet wurden? *Keiner kann wissen, was geschehen wird*, hatte die Äbtissin gesagt. Doch Madeleine wusste, dass das nicht stimmte. Der Unfall von Françoise – sie hatte ihn genau so gesehen, wie er sich dann ereignet hatte, und sie war sich sicher, auch die Männer im Wirtshaus wären alle getötet worden, hätte sie sie nicht gewarnt. Ihre Hände spannten sich um den Becher. Wie sehr wünschte sie sich, nicht so zu sein, diese Dinge nicht zu sehen.

Sie trank einen weiteren Schluck Wasser und musste mit einem Mal an ihre Mutter denken. Seit ihrem Tod fühlte sie sich jeder Wurzel beraubt. Als sie noch lebte, hatte sie sich nie Gedanken gemacht, woher ihre Familie kam, aber nun hatte sie so viele

Fragen. Sie wünschte, ihre Mutter hätte mehr darüber erzählt, warum sie damals, nach dem Tod ihres Vaters, mit ihr nach Frankreich gegangen war. Madeleine erinnerte sich an etwas, das die Äbtissin in ihrem letzten Gespräch gesagt hatte, kurz bevor sie geflohen war. *Madeleine – deine Mutter, sie hat geahnt, was mit dir ist. Deshalb wollte sie, dass du nach ihrem Tod hierher nach St. Angela kommst.* Ungläubig hatte Madeleine die Äbtissin angesehen. *Aber sie hat immer behauptet, ich würde mir diese Dinge einbilden!*

Weil sie dich schützen wollte …

Aber sie hatte sie nicht schützen können, dachte Madeleine. Sie hatte aus dem Kloster fliehen müssen und wusste nun nicht, was mit ihrem Leben geschehen würde. Sie würde nach Orléans gehen, zu Menschen, die sie noch nie zuvor gesehen hatte. Protestanten, die ihr Unterstützung anboten, weil sie ihrem Anführer das Leben gerettet hatte. Ketzer, wegen denen das Land im Krieg gestanden hatte, das war die Wahrheit. Madeleine dachte an die Münzen, die sich in dem Ziegenlederbeutel befanden. Sie hatte sie bisher nicht angerührt. Bei dem Gedanken an das Geld fühlte sie sich schuldig. Als hätte man sie dafür bezahlt, dass sie das Attentat verhindert hatte. *Versuche Gott und deinem Glauben treu zu bleiben*, hatte Schwester Philippa leise zum Abschied gesagt. Das wollte Madeleine. Doch sie fragte sich, wie die Hugenotten wohl reagieren würden, wenn eine Katholikin vor ihnen stand, die um ihre Hilfe bat.

Das Geräusch von Schritten riss sie aus ihren Gedanken. Sie erkannte die üppige Gestalt von Margaux, die mit einem herzhaften Gähnen auf sie zukam. Ihre Haare hingen wirr an ihr herunter, und ihr Mieder war nur halb geschlossen. Wie Madeleine trug sie ihre Wolldecke um die Schultern. Sie musterte sie wortlos, griff nach der Schöpfkelle am Eimer, die sie ins Wasser tauchte, und trank direkt daraus einen Schluck. Dann fuhr sie sich mit dem Handrücken über den Mund.

»Schlecht geträumt?«, fragte sie, während sie sich die Finger an ihrem Rock trocken wischte.

»Ja!«, erwiderte Madeleine wahrheitsgemäß.

Margaux trank mit einem hörbaren Geräusch einen weiteren Schluck und deutete auf ihre Hand. »Wenn du willst, verrate ich dir etwas über deine Zukunft!«

»Danke, nein!« Madeleine schüttelte den Kopf. Ein gereiztes Lachen drohte ihren Lippen zu entschlüpfen. Das Letzte, was sie wollte, war, sich irgendetwas weissagen zu lassen.

»Du musst mir nichts geben. Ich mache es umsonst«, meinte Margaux gönnerhaft, die ihre Reaktion missverstand und schon nach ihrer Hand greifen wollte.

Madeleine zog sie eilig zurück. »Nein, danke!« Ihre Stimme klang schärfer, als sie gewollt hatte. »Tut mir leid«, fügte sie, um einen freundlicheren Tonfall bemüht, hinzu. »Aber ich interessiere mich nicht für solche Dinge! … Kannst du wirklich die Zukunft sehen?«, fragte sie dann neugierig.

Margaux zog die Augenbrauen hoch. »Klar, glaubst du vielleicht, ich lüge?«

»Nein, ich dachte nur …«, erwiderte Madeleine, »ich meine, es ist doch nicht ungewöhnlich, so etwas zu können, oder?«, schloss sie schließlich angesichts ihrer eigenen Erlebnisse.

Margaux blickte sie verwundert an. »Ungewöhnlich?« Sie zuckte die Achseln und nahm schlürfend noch einen Schluck von dem Wasser. »Ich sehe nicht immer was«, erklärte sie. »Manchmal brauche ich auch Hilfsmittel oder verlasse mich einfach nur auf meine Intuition.«

Madeleine dachte an ihre eigenen Visionen. »Macht es dir keine Angst, in die Zukunft zu blicken?«, fragte sie ehrlich.

Die Wahrsagerin stieß ein raues Lachen aus. »Angst? Bei Gott, nein. Ich liebe es!« Sie beugte sich zu ihr. »Es gibt dir Macht über die Menschen. Sie sind verrückt danach, etwas über ihr Leben zu erfahren, und wenn es noch so armselige Dinge sind!«, sagte sie. Ihr Blick blieb an Madeleines Dekolleté hängen. »Wo hast du das her?«, fragte sie plötzlich.

Madeleine sah an sich herunter und bemerkte, dass die Kette, die sie sonst immer gut verborgen hielt, über dem Ausschnitt ihres Kleides hing. Das Orange des Steins reflektierte die Strahlen der aufgehenden Sonne.

»Die Kette? Sie hat meiner Mutter gehört.«

»Deiner Mutter?«, erwiderte Margaux in einem Ton, als würde sie ihr kein Wort glauben.

»Ja!«, bekräftigte Madeleine.

Ein kalter Zug zeigte sich auf dem Gesicht der Wahrsagerin. »Tatsächlich? ... Wo wir beide hier schon mal stehen, warum sagst du mir nicht, warum du eigentlich nach Orléans willst?«

Madeleine schaute sie verunsichert an. Das Gespräch nahm eine Wendung, die ihr nicht gefiel, und sie hatte aus unerfindlichen Gründen das Gefühl, dass der Auslöser ihre Kette war. War der Stein vielleicht doch wertvoller, als sie ursprünglich vermutet hatte?

»Aber das habe ich doch erzählt. Weil meine Tante dort lebt!«

Margaux lachte verächtlich auf. »Diese Geschichte habe ich dir von Anfang an nicht geglaubt! Und weißt du, warum?« Sie beugte sich zu ihr. »Weil ich spüre, dass du Angst hast. Die ganze Zeit – sosehr du dich auch bemühst, es zu verstecken. Deshalb willst du auch nicht, dass ich in deiner Hand lese!«

Madeleine erstarrte.

Margaux hatte die Arme verschränkt. »Im Übrigen ist es mir egal, was du getan hast oder was man dir vorwirft. Wir haben alle unsere eigene Geschichte, aber glaub nicht, dass ich mich von dir in deine Schwierigkeiten mit hineinziehen lasse!«

Madeleine wurde blass. »Was meinst du damit?«

Margaux' Augen waren erneut an dem Anhänger hängen geblieben. »Gestern war ein Mann hier. Er hat nach einer jungen Frau gesucht, deren Beschreibung ziemlich genau auf dich passte.«

Madeleine wurde bleich. »Hast du ihm von mir erzählt?«, fragte sie rau.

Die Wahrsagerin schüttelte den Kopf. »Natürlich nicht«, erwiderte sie vernichtend. Sie wollte sich schon abwenden, doch schließlich drehte sie sich noch einmal zu Madeleine um. »Und gib dir keine Mühe, mir länger etwas vorzumachen. Ich glaube dir nicht, dass du nicht weißt, was das für ein Stein ist, den du da um den Hals trägst!«, sagte sie und ging ohne ein weiteres Wort fort.

32

Ihrem ersten Impuls folgend wäre Madeleine nach dem Gespräch am liebsten geflohen und hätte die Gaukler verlassen, doch dann zwang sie sich, ruhig nachzudenken. Margaux hatte gesagt, dass es nur ein einzelner Mann gewesen sei, der nach ihr gefragt hatte. Er war gestern bei der Wahrsagerin aufgekreuzt und danach nicht wieder zurückgekommen. Sie versuchte, sich selbst Mut zuzusprechen. Hätte er Verdacht geschöpft und Margaux nicht geglaubt, wäre er schon längst mit Verstärkung zurückgekehrt, überlegte sie. Dann wäre es genau das Falsche, wenn sie die Truppe verließe, sondern weitaus sicherer, vorerst bei ihr zu bleiben.

Sie fragte sich, wer der Mann war, der sich nach ihr erkundigt hatte. Einer der Schergen der Guise? Sie fühlte, wie sie allein bei dem Gedanken Panik befiel.

Die Sonne war inzwischen aufgegangen und sie sah, dass die Gaukler begonnen hatten, ihre wenigen Habseligkeiten zusammenzupacken und die Tiere anzuspannen, um weiterzuziehen.

Ihre Route führte zwischen Feldern und Wald durch eine hügelige Landschaft. Hier in dieser Abgeschiedenheit würde ihnen wohl kaum ein Mensch begegnen, versuchte sie sich zu beruhigen.

Gegen Mittag überquerten sie in der Einsamkeit der Landschaft die unsichtbare Grenze zwischen der Champagne und dem Herzogtum Nemour. Damit verließen sie das offizielle Herrschaftsgebiet der Guise, wusste Madeleine, die einen Anflug von

Erleichterung verspürte, auch wenn ihr klar war, dass sie sich noch lange nicht in Sicherheit befand. Der Einfluss der Guise reichte ins gesamte Land, und der Herzog de Nemour gehörte zu ihren Verbündeten. Wie es hieß, hatte er erst kürzlich um die Hand von Anne d'Este, der verwitweten Herzogin de Guise, angehalten.

»Was ist mit dir? Hast du einen Frosch verschluckt?«, fragte Rémi mit schräg gehaltenem Kopf. Er saß auf dem Versorgungskarren, da er zu Fuß das Tempo nicht mithalten konnte, und hatte schon eine ganze Weile beobachtet, wie sie schweigsam neben dem Wagen herlief, der von zwei abgemagerten Eseln gezogen wurde.

Madeleine wandte den Kopf zu ihm. »Mit mir? Nichts ...«, log sie und ignorierte seine hochgezogenen Brauen, während ihr Blick wieder über den Horizont glitt. Gewöhnlich kündigten die Spitzen der Kirchtürme schon von Weitem die Dörfer oder Ortschaften an, denen sie sich näherten, doch heute war in der Ferne nichts zu erkennen.

»Werdet ihr heute keine Vorstellungen geben?«, fragte sie, bemüht, das Thema zu wechseln.

»Nein, frühestens morgen oder übermorgen wieder«, bestätigte der Zwerg, der die Strecke schon mehrmals gereist war. »Gaspard vermeidet, die Grenzen zwischen den einzelnen Herzogtümern und Provinzen auf den großen Straßen zu überqueren«, erzählte er. »Das kostet nur teueren Wegzoll, und die Zöllner und Wachsoldaten halten uns außerdem gerne mal fest. Umherziehende Gaukler erregen meistens nur Misstrauen.«

Das hatte Madeleine inzwischen schon selbst bemerkt, und es war im Grunde auch nicht weiter verwunderlich, dachte sie. Ihr Blick fiel auf ihre Schuhe, deren Leder vom Staub und steinigem Untergrund so strapaziert war, dass an ihrem rechten Fuß, genau über dem großen Zeh, ein Riss klaffte. Ihr Kleid wies unzählige Flecken und sogar einige Löcher auf, und einen Moment lang sah sie sich und die Truppe mit den Augen anderer: die merkwürdige Mischung zusammengewürfelter Gestalten mit ihrer vom

Wetter gegerbten Haut und der schmuddligen, verschlissenen Kleidung, in deren Schlepptau sich ein Zwerg und ein Bär befanden und die ihre Habe scheppernd auf Karren, zwei abgemagerten Eseln und einem Pferd mit sich führten. Es war wahrhaftig kein Wunder, dass sie Misstrauen erregten.

Nun, ihr waren die Umwege, die sie deswegen machten, nur recht!

Fast zwei Tage lang trafen sie keine Menschenseele, bis sie schließlich Richtung Montargis weiterzogen und dort wieder die ersten Dörfer erreichten.

33

Die Ankunft der Gaukler ließ die Menschen aus ihren Häusern und von der Arbeit auf den Feldern herbeilaufen. Die Truppe hatte auf dem kleinen Dorfplatz haltgemacht, um die Gunst der Stunde zu nutzen und ihre Künste zum Besten zu geben.

Mit offenen Mündern und begeisterten Zwischenrufen bestaunten die Leute die Jonglierkünste und Zaubertricks von Gaspard und Lucs Dressurnummer mit dem Bären.

Madeleine, die halb verdeckt neben einem Karren lehnte und die Vorführung von hinten beobachtete, ließ ihre Augen über die ärmlich gekleideten Dorfbewohner schweifen. Viele waren abgemagert und trugen trotz des herbstlichen Wetters nicht einmal Schuhe. Madeleine wurde bewusst, dass die meisten von ihnen wahrscheinlich noch weniger besaßen als sie. Ein Anflug von Mitleid ergriff sie. Dann blieb ihr Blick an einem Mann hängen, der etwas abseits stand und seinen Hut tief ins Gesicht gezogen hatte.

»Hier wird nicht viel zu holen sein! Vielleicht wird man uns wenigstens etwas Brot und ein paar Eier geben können«, sagte Rémi bedauernd, der die gleichen Gedanken zu haben schien.

Madeleine nickte. Ganz offensichtlich waren die Ernten, wie überall im Land, auch in dieser Gegend schlecht ausgefallen. Sie sah, dass Gaspard gerade sein Jonglierspiel beendet hatte, und betrachtete wieder die begeisterte Menge.

Nach den Tagen in der Einsamkeit waren ihre Sinne doppelt geschärft, und vielleicht fielen ihr nur deshalb die beiden Männer auf. Deren Aufmerksamkeit war nicht auf die Darstellung des Gauklers gerichtet, sondern sie schauten sich suchend um. Der eine von ihnen hatte eine große, auffallend vernarbte Nase. Obwohl die beiden Männer einfach gekleidet waren, wirkten sie wohlgenährt, und man sah ihren Gesichtern – den gestutzten Bärten und halblangen Haaren, die ihnen bis auf die Schulter fielen – an, dass sie nicht aus dem Dorf stammten. Madeleine erschrak und wich unwillkürlich einen Schritt hinter den Karren zurück.

Rémi schaute sie an. »Was hast du?« Doch Madeleine brachte keinen Ton hervor, denn sie bemerkte, dass einer der beiden Männer auf Gaspard zugegangen war und ihn etwas fragte, während der andere sich noch immer suchend umschaute. Sie musste an den Unbekannten denken, der bei Margaux nach ihr gefragt hatte. War er mit Verstärkung zurückgekehrt?

Ihr Herzschlag beschleunigte sich, und sie wusste plötzlich sicher, dass die beiden ihretwegen gekommen waren. »O Gott, nein!«, sagte sie leise zu Rémi. Die Furcht in ihrer Stimme war nicht zu überhören.

Der Zwerg sah von den Männern zu ihr. »Was ist?«

»Die Männer, ich glaube, sie sind wegen mir hier!« Ihr Gesicht war leichenblass, während sie noch immer bewegungslos dastand und beobachtete, wie der andere Mann nun ebenfalls auf Gaspard zuging.

»Wegen dir?«, fragte Rémi. Auch er bemerkte nun, wie die drei miteinander sprachen und dann plötzlich die Köpfe in ihre Richtung wandten.

Madeleine wich voller Angst ganz hinter den Karren zurück.

Rémi blickte sie an – auch ohne viele Worte schien er mit einem Mal zu begreifen, in welcher Gefahr sie sich befand.

»Geh, schnell«, sagte er leise. »Ich werde sie ablenken!«

Sie schaute ihn an. Dann drehte sie sich auf dem Absatz um und rannte – zwischen den Fuhrwagen durch und an den Tieren vorbei und weiter auf der Rückseite des Platzes in eine schmale, von Häusern gesäumte Gasse hinein.

Nur wenige Augenblicke später konnte sie hinter sich einen ohrenbetäubenden Lärm und lautes Geschrei, gefolgt von dem Brüllen eines Bären, hören und ahnte, dass Rémi sein Vorhaben in die Tat umgesetzt hatte. Nie würde sie ihm das vergessen.

Ohne sich umzudrehen, rannte sie weiter. Eine alte Frau schaute sie erschrocken an, als sie an ihr vorbeistob.

Doch Madeleine lief weiter, so schnell sie konnte, die Gasse entlang bis zu einem Weg, der aus dem Dorf hinausführte. Ihre Lungen brannten, als sie endlich den Wald erreichte.

Im Schutze der alten Eichen und Kastanienbäume, die den Weg säumten, verlangsamte sie außer Atem ihren Schritt. Hier würde sie vor Blicken geschützt sein. Sie blieb keuchend stehen, da konnte sie hinter sich plötzlich den Hufschlag eines Pferdes hören. Panisch drehte sie sich um und flüchtete dann zwischen die Bäume, in das dahinterliegende Gebüsch. Zweige und Äste schlugen ihr gegen die Hände und das Gesicht, doch sie hastete weiter, bis sie sicher war, dass man sie vom Weg aus nicht mehr sehen konnte.

Der Hufschlag war indessen lauter geworden – das Pferd konnte nicht mehr weit entfernt sein. Mit angehaltenem Atem ging Madeleine in die Knie und schickte ein stummes Stoßgebet gen Himmel. Einen Augenblick später sah sie, wie ein Reiter mit wehendem Umhang an ihr vorüberritt. Er war allein. Sie hätte durch das Dickicht hindurch nicht sagen können, ob es einer der Männer war, die sie auf dem Platz gesehen hatte.

Madeleine wartete mit klopfendem Herzen, bis sie ihn nicht mehr hören konnte, dann stand sie auf und schlug sich durch die Büsche zurück zum Weg. Ihre Hände und ihr Gesicht waren zerkratzt, doch sie nahm den Schmerz kaum wahr, sondern bemühte sich, ruhig durchzuatmen.

Bis Orléans waren es ungefähr noch vierzig Meilen, hatte Gaspard am Morgen gesagt. Wie lange brauchte man für diese Strecke? Zwei oder drei Tage, wenn man sich beeilte? Sie wusste es nicht und war froh, dass sie sich zumindest daran erinnerte, dass Gaspard erwähnt hatte, dass man den Wald weiter in Richtung Südwesten durchqueren musste, um nach Orléans zu kommen. Sie blickte nach oben. Dem Stand der Sonne nach musste die Richtung stimmen, in die sie ging. Mit zügigen Schritten lief sie weiter und lauschte dabei immer wieder in die Stille des Waldes hinein. Doch sie vernahm kein Geräusch. Erst jetzt spürte Madeleine, dass sie noch immer am ganzen Körper zitterte. Sie musste an Rémi denken. In der Zeit, die sie mit den Gauklern unterwegs war, hatte sie ihn ins Herz geschlossen, und nun hatte sie es nicht einmal geschafft, sich richtig zu verabschieden und ihm alles zu erklären. Wie im Kloster hatte sie von einem Augenblick zum anderen fliehen müssen. Auch Louise hatte sie damals nicht Lebewohl sagen können. Verzweiflung überkam sie. Sollte das von nun an ihr Leben sein – immer auf der Flucht? Sie wischte sich die Tränen aus den Augenwinkeln und hob das Kinn. Daran durfte sie jetzt nicht denken. Sie musste weiter. Im selben Augenblick blieb sie entsetzt stehen.

Genau vor ihr, nur einige Schritte entfernt, stand bewegungslos eine Gestalt am Wegesrand. Es war der Reiter, vor dem sie sich versteckt hatte. Sie war ihm geradewegs in die Arme gelaufen!

Madeleine stieß einen tonlosen Schrei aus, drehte sich um und stürzte in die entgegengesetzte Richtung davon. Sie hörte, wie der Mann etwas rief, und wusste, dass ihre Chancen, ihm zu entkommen, mehr als gering waren. Trotzdem rannte sie. Als sie sich umdrehte, sah sie, dass er sich auf sein Pferd geschwungen hatte.

»Bleib hier!«

Niemals!, schoss es ihr durch den Kopf. Ohne lange zu überlegen, flüchtete sie abermals ins Dickicht hinein. Doch ihre Hoffnung, er könnte ihr hier schwerer folgen, erwies sich als falsch.

Er brach hinter ihr auf seinem Pferd durch die Äste und kam immer näher, während er dabei laut fluchte.

»Verdammt, warte!«

Aber sie dachte nicht daran, sondern rannte in Todesangst weiter.

»Du sollst warten!«

Ihr Kleid verfing sich in den Kletten eines Strauchs. Der Stoff riss. Sie lief weiter – und dann war er plötzlich mit seinem Pferd neben ihr. Sie versuchte auszuweichen, doch es war zu spät. Eine Hand griff nach ihrem Arm, und dann spürte sie nur noch, wie sich eine schwere Gestalt auf sie stürzte und sie zu Boden riss.

»Nein!« Sie schmeckte Erde und musste husten. Ihr Arm und ihre Schulter schmerzten, und sie spürte das Gewicht des Mannes, der um ein Vielfaches stärker war als sie. Ohne besondere Mühe hielt er sie fest und drehte sie schließlich mit einem Ruck zu sich. Obwohl ihre Vernunft ihr sagte, dass sie nicht gegen ihn ankommen würde, nahm sie ihre gesamte Kraft zusammen und schlug mit einer Hand, die sie freibekam, nach ihm. Eine rote Kratzspur zeigte sich in seinem Gesicht.

»Verdammt, hör endlich auf damit!«, stieß er wutentbrannt hervor. Er griff in einer blitzschnellen Bewegung nach ihren Handgelenken. Einen Augenblick lang war sie sich sicher, er würde sie schlagen, ja vielleicht sogar töten, und sie wandte den Kopf zur Seite. Dann merkte sie, dass sie sich nicht mehr bewegen konnte – er hielt sie in eiserner Umklammerung fest.

Madeleine keuchte. Hasserfüllt sah sie ihm ins Gesicht – und erstarrte. Sie kannte den Mann.

»Ihr macht es einem wahrlich nicht einfach, Euch zu helfen, Mademoiselle«, sagte er mit einem grimmigen Ausdruck. Madeleine schaute noch immer ungläubig in sein Gesicht. Der Mann war einer der beiden Hugenotten, die vor dem Wirtshaus gestanden hatten. Sie erinnerte sich, dass er in Begleitung des anderen Protestanten mit der Narbe gewesen war.

»Was wollt Ihr von mir?«, fragte sie aufgebracht.

Er hatte sie losgelassen und half ihr mit unerwarteter Höflichkeit, sich aufzurichten. Madeleine rieb sich ihr schmerzendes Handgelenk.

»Für meine Begriffe könntet Ihr etwas mehr Freude über Eure Rettung zeigen, Mademoiselle. Ein Wunder, dass Ihr nicht schon längst den Männern des Herzogs in die Hände gefallen seid«, sagte er kopfschüttelnd. »Mein Name ist übrigens Philippe de Ronsard. Unsere letzte Begegnung erlaubte leider nicht, mich vorzustellen«, fügte er hinzu, als er plötzlich aufhorchte.

Madeleine wandte fast gleichzeitig mit ihm den Kopf in Richtung Waldweg.

Ronsard legte den Finger auf den Mund. Der Hufschlag von Pferden war zu hören.

»Runter!«, zischte er, und eh Madeleine es sich versah, hatte er sie erneut mit sich zu Boden gerissen. Er hielt sie fest, als befürchtete er, sie würde sich seiner Anordnung widersetzen. Madeleines Herz hämmerte – die Pferde kamen näher.

Sie sah, dass der Blick von Ronsard besorgt zu seinem Wallach gewandert war. Doch das Tier schien die Gefahr genau wie sie zu spüren und verharrte bewegungslos im Dickicht. Dann merkte sie, wie sich die Muskulatur in Ronsards Arm anspannte – die beiden Reiter waren auf dem Weg stehen geblieben und sprachen leise miteinander.

Panik ergriff sie. Sie dachte daran, dass Ronsard mit seinem Pferd hinter ihr durchs Dickicht gebrochen war und man diese Spuren vermutlich deutlich sehen konnte. Bestimmt würden die Männer die niedergetrampelten Zweige und Äste entdecken, schoss es ihr durch den Kopf.

Ronsards Hand ließ sie los und glitt unter seinen Umhang zu seinem Degen. Sie schaute ihn entsetzt an.

Er legte erneut mit einem warnenden Blick den Finger auf den Mund.

Das Knacken von Ästen war zu hören. *Sie kamen!* Schemenhaft konnte man durch die Zweige die Beine zweier Gestalten erkennen und lauter werdende Stimmen vernehmen.

»Ich sag dir, das war sie nicht. Guck dir an, wie die Äste gebrochen sind. Das war ein Tier, und zwar ein kräftiges. Und sie hat noch nicht mal ein Pferd gehabt.«

»Du hast recht. Das sieht nach irgendeinem Wildschwein aus! … Na, auf jeden Fall wissen wir jetzt, dass die Kleine auf dem Weg nach Orléans ist!«, sagte der andere. Einen Moment lang war es still – sie schienen sich noch einmal umzusehen –, dann entfernten sich ihre Schritte wieder.

Madeleine zitterte.

Wenig später konnte man den Hufschlag ihrer Pferde hören.

Ronsard und sie verharrten kurz in ihrer Position, dann half er ihr auf die Beine. Er deutete zu seinem Pferd. »Komm, wir sollten sehen, dass wir hier wegkommen«, sagte er leise.

Einen Augenblick lang zögerte sie.

»Ich werde dich sicher nach Orléans, nach La Bonnée, bringen«, erklärte er.

Sie sah ihn an, und erst in diesem Moment begriff sie, dass er der Mann sein musste, der in der Nacht im Kloster gewesen war.

34

Mit nachdenklicher Miene blickte Catherine de Medici in den großen Spiegel, der über ihrem Toilettentisch hing. Er war in einen kunstvoll geschliffenen silbernen Rahmen gefasst, und das Glas war leicht gewölbt, sodass das gespiegelte Bild eine Tiefe erhielt, als würde man in eine andere Welt blicken. Sie schätzte diesen Anblick – er schenkte ihr eine innere Ruhe und bot ihr die Möglichkeit zur Reflexion. Ihr eigenes Gesicht erschien ihr in diesen Momenten wie das einer Fremden und ließ sie dadurch Abstand zu sich selbst und zu ihrem Leben finden.

Auf herkömmliche Weise blickte sie dagegen schon lange nicht mehr in einen Spiegel. Sie war alt, das wusste sie auch so. In ihrem fülligen Gesicht zeichneten sich die Spuren ihres Lebens in deutlichen Falten ab. In diesem Frühjahr war sie achtundvierzig Jahre alt geworden, eine Frau jenseits ihrer Fruchtbarkeit. Aus ihrer Sicht brachte das Alter jedoch durchaus auch eine gewisse Erleichterung mit sich. Die Macht hatte sie schon immer stärker fasziniert als der eigene Körper. Sie war nie schön gewesen. In jungen Jahren, als sie gerade frisch vermählt worden war und ihrem Gemahl gefallen wollte, hatte sie oft darunter gelitten. Verzweifelt hatte sie versucht, wenigstens mit der Attraktivität ihrer Jugend zu bestechen, aber schon damals war sie intelligent genug gewesen, um zu wissen, dass sie diesen Kampf nicht gewinnen konnte. Welch eine Schmach, dass die Mätresse ihres Gemahls, die selbst die Dichter als eine der Schönsten des Landes gerühmt hatten, ausgerechnet zwanzig Jahre älter gewesen war und zu den seltenen Frauen gehörte, die bis zu ihrem Tode nichts von ihrer Schönheit verloren. Ein leichtes Lächeln umspielte ihre Lippen. Wie belanglos das heute alles für sie war. Diane de Poitiers war tot! Im letzten Jahr war sie ihrem Gemahl Henri gefolgt, der bereits vor acht Jahren verstorben war. Catherine de Medici erinnerte sich an den schrecklichen Tag seines Todes. Sie hatte ihren Gemahl angefleht, nicht an den Zweikämpfen des Turnierfests teilzunehmen, da man ihr sein Sterben dabei vorhergesagt hatte, doch Henri ließ sich nicht beirren. Voller Ohnmacht hatte sie von der Tribüne aus mit ansehen müssen, wie die Lanze seines Gegners im Kampf zerbrach und ein Splitter durch den Helm des Königs drang, der sich bis tief in sein Auge bohrte. Die Ärzte taten ihr Bestes, doch vergeblich – Henri starb, und die unheilvolle Prophezeiung der Astrologen erfüllte sich. Bis heute trauerte sie um ihn, denn sie hatte ihn tatsächlich geliebt. Es war nur ein schwacher Trost, dass seine Mätresse, Diane de Poitiers, mit seinem Tod endlich jede Bedeutung verlor. Nichts von ihr und ihrer Verbindung mit dem König würde bleiben.

Sie dagegen hatte Henri Kinder geschenkt. Ihr Blut, das der Medicis, hatte sich mit dem seinen verbunden und würde von nun an in den Adern der zukünftigen Könige Frankreichs fließen!

Nachdenklich rückte sie das Perlendiadem auf ihrer schwarzen Seidenhaube zurecht. Der Gedanke an ihre Kinder riss sie wieder zurück in die Gegenwart. Ihr ging erneut durch den Kopf, was der Geheimdienstchef, Pierre Lebrun, ihr heute Vormittag erzählt hatte. Das ungute Gefühl, das sich ihrer seitdem bemächtigt hatte, wollte nicht von ihr weichen.

Man hatte versucht, einen Anschlag auf den Admiral und seine Leute auszuüben. Das Beunruhigende daran war nicht, dass die Guise das Urteil des Königs nicht respektierten – das war außerhalb von Paris zu erwarten gewesen –, sondern dass sie überhaupt darüber hatten Kenntnis erlangen können, wo sich Coligny aufhielt. Eine steile Falte zeigte sich zwischen ihren Brauen. Der Admiral reiste nur unter größter Geheimhaltung, und der Anschlag musste im Voraus geplant worden sein, was bedeutete, dass jemand die Guise über Colignys genaue Reisestationen informiert haben musste.

Es musste also doch einen Spion bei den Hugenotten geben! Sie dachte an den Agenten, den man im letzten Jahr getötet hatte, und seine Vermutungen bezüglich der Spanier. Als wenn die politische Lage nicht schon schwierig genug wäre, dachte sie.

»Euer Majestät?«

Ihre Zofe blickte sie fragend an. Sie nickte und ließ sich von ihr einen Schal um die Schultern legen. Auf dem Ball wartete man bereits auf sie.

In Begleitung ihrer Hofdamen und ihrer Zwergin begab sie sich nach unten zum Festsaal. Der Klang der Flöten und Lautenspieler, den man bereits vor den Türen hören konnte, verbesserte ihre Stimmung. Schon immer hatte sie die Musik geliebt.

Die Höflinge sanken in eine tiefe Verbeugung, als sie über die Schwelle trat. Sie schritt auf den Thron zu und neigte den Kopf vor ihrem Sohn, dem König. Charles hätte diese Geste nie von ihr verlangt, doch sie wusste, dass er sie mochte. Die Regierungsgeschäfte interessierten ihn nicht sonderlich, er ließ ihr in allem freie Hand, aber es war ihm wichtig, dass man ihn in der Öffentlichkeit als König ernst nahm.

Er erhob sich und küsste ihr seinerseits die Hand. »Willkommen, Mutter!« Er schien glänzend gelaunt.

»Hattet Ihr eine erfolgreiche Jagd?«, erkundigte sie sich.

Er nickte mit einer Begeisterung, die die Jugend seiner siebzehn Jahre nicht verbergen konnte. »Wir haben drei Hirsche und zwei Eber zur Strecke gebracht!«

Dann bemerkte sie, dass sich der Blick seines Gesichts, mit der etwas zu großen Nase und der schmalen Oberlippe, für einen kaum wahrnehmbaren Moment verfinsterte. Sein Bruder war auf sie zugekommen.

Henri verneigte sich vor ihm und wandte sich dann ihr zu. »Mutter! Ihr seht wundervoll aus – wahrhaft königlich!«, sagte er charmant. Sie lächelte.

Charles hatte sich wieder auf seinen Thron sinken lassen. Ein missmutiger Ausdruck zeigte sich um seine Mundwinkel. Er hob den Arm. »Los, los. Man spiele zum Tanz!«, rief er.

So war es immer, dachte Catherine de Medici, als sie wenig später die Tanzenden beobachtete. Charles war von Eifersucht zerfressen auf Henri. Wer konnte es ihm übel nehmen? Henri war perfekt – so schön, so elegant und liebenswürdig, schoss es ihr mit mütterlichem Stolz durch den Kopf, als sie ihn mit der jungen Comtesse de Polignac tanzen sah. Schon immer war er ihr heimlicher Liebling gewesen. In ihm schien sich alles Königliche des Bluts, das in ihm floss, zu vollenden.

Sie entdeckte zwischen den Anwesenden eine rote Robe – der Kardinal de Lorraine! Er hatte ihnen tatsächlich die Ehre gegeben! Jetzt, da Catherine de Medici darüber Kenntnis hatte, dass der Anschlag verhindert worden war, gönnte sie sich einen Moment der persönlichen Schadenfreude. Die Nachricht, dass Coligny nichts geschehen war, musste den Kardinal und seinen Bruder, den Herzog d'Aumale, bis ins Mark getroffen haben.

Sie ging auf ihn zu. »Kardinal. Wie schön, Euch zu sehen!«, sagte sie mit einem Lächeln.

»Euer Majestät!« Er verbeugte sich und wirkte merklich angespannt.

Sie schlug ihren Fächer auf, dessen Griff mit funkelnden Juwelen besetzt war.

»Stellt Euch vor, was man sich erzählt!«, begann sie, während ihre Augen die Tanzenden streiften. »Angeblich hat man Monsieur de Coligny schon wieder nach dem Leben getrachtet! Es heißt, er sei nur knapp einem Anschlag entgangen.«

»Wirklich?« Der Kardinal lächelte glatt, doch hinter seiner Fassade spürte sie die Unruhe.

Sie nickte. »Ja, aber anscheinend hält nicht nur der König seine schützende Hand über die Protestanten, sondern der Allmächtige selbst, denn der Admiral wurde rechtzeitig gewarnt!« Sie schenkte ihm ein kühles Lächeln. »Ich denke, das wird Euch gleichermaßen froh stimmen wie mich, nicht wahr?«

»Selbstverständlich, Majestät«, erwiderte er mit beherrschter Miene. Sie nickte ihm zu, und während sie zurückschlenderte, dachte sie darüber nach, dass die Verhinderung dieses Anschlags der eigentlich faszinierende Part der Geschichte war. Die Hugenotten waren gewarnt worden. Von einem Mädchen, genauer gesagt, einer Klosterschülerin. Ihr Name sei Madeleine Kolb, hatte Lebrun berichtet. Sie sah noch immer den nachdenklichen Gesichtsausdruck ihres Geheimdienstchefs vor sich, als er ihr das erzählt hatte.

»Und?«, hatte sie erwidert, da der Name des Mädchens ihr nichts sagte.

»Sie ist Euch nicht unbekannt. Ihr seid Ihr schon einmal begegnet«, hatte Lebrun darauf erläutert. »Vor einigen Jahren …«

35

Obwohl sie seit ihrer Flucht von den Gauklern nichts gegessen hatte, wandte Madeleine den Kopf ab, als sie sah, wie Ronsard das Messer in das Fleisch stieß und dem Hasen das Fell abzuziehen begann.

Sie zog den Stoff des Umhangs, den er ihr gegeben hatte, enger um die Schultern. Die Dunkelheit war längst hereingebrochen, und sie befanden sich noch immer mitten im Wald. Nur das Feuer, an dem sie saßen, spendete ein flackerndes Licht und ließ die Bäume um sie herum gespenstische Formen annehmen.

Sie waren den ganzen Tag unterwegs gewesen. Ronsard hatte ihr erklärt, dass sie einen Umweg durch die Wälder nehmen müssten, da die Straßen und Wege überall von den Männern der Guise kontrolliert wurden. Eine Nachricht, die Madeleine nicht neu war. Sie hatte nur stumm genickt. Über Stunden waren sie zusammen auf seinem Pferd geritten, ohne viele Worte zu verlieren. Sie war starr vor Angst gewesen – zu ihrer Furcht vor den Guise kam ihr Unbehagen hinzu, auf dem Rücken eines Pferdes sitzen zu müssen. Sie war diese Art der Fortbewegung nicht gewöhnt. Ihr Leben lang war sie fast nur zu Fuß gegangen.

Am Abend hatte es schließlich geregnet, und sie waren völlig durchnässt worden, sodass sie eine Rast einlegten. *Etwas zu essen und ein paar Stunden Schlaf werden uns guttun*, hatte er gesagt.

Fröstelnd hielt Madeleine jetzt die Hände vor die wärmenden Flammen. Es war schwierig gewesen, überhaupt einige trockene Zweige zu finden.

Sie konnte hören, wie Ronsard die Eingeweide des Hasen entfernte und ins Feuer warf. Das zischende Geräusch ließ sie zusammenzucken.

Er wandte den Kopf zu ihr. »Hast du noch nie gesehen, wie man ein Tier ausnimmt?«, fragte er.

»Doch!«, erwiderte sie und verschwieg, dass etwas an der Art, wie er es tat, anders war. Etwas Unbeteiligtes, beinah Kaltblütiges lag auf seinem Gesicht, während er im Schein des Feuers das rohe Fleisch des Hasen von seinen Knochen trennte. Madeleine sah ihn unweigerlich wieder vor sich, wie er genau mit diesem Ausdruck auch im Wirtshaus gekämpft und einen der Männer des Herzogs getötet hatte. Auch da hatte er kühl und erschreckend gefühllos gewirkt, und ihr wurde bewusst, dass der Tod vermutlich zu seinem Leben gehörte und für jemanden wie ihn vollkommen alltäglich war.

Die Erinnerung an die Ereignisse im L'Auberge ließ sie wieder über ihre eigene ungewisse Zukunft nachdenken.

»Geht es dir gut?«, fragte er. Er musterte sie.

Madeleine nickte stumm. Sie hatte ihre durchnässte Haube vom Kopf gezogen und nahm wahr, wie seine Augen sie streiften und etwas in ihnen aufblitzte, als ihr langes Haar offen nach unten über ihre Schultern fiel. Sein Blick verunsicherte sie, wie überhaupt alles an ihm – angefangen von der Selbstverständlichkeit, mit der er sie zu sich aufs Pferd gehoben und über Stunden mit festem Griff gehalten hatte, bis hin zu seiner offensichtlichen Attraktivität und seinem höflichen Gebaren, das keinen Zweifel ließ, dass er ein Edelmann von Stand war. Etwas an ihm war ihr unheimlich. Sie fragte sich, warum er einer jungen Frau wie ihr überhaupt Bedeutung beimaß. Zwischen ihrer beider Leben lagen Welten.

»Warum helft Ihr mir eigentlich?«, fragte sie.

Er hatte das auf einen Stock gespießte Fleisch über die Flammen des Feuers gelegt und wandte den Kopf zu ihr. Die Andeutung eines Lächelns huschte über sein Gesicht. »Müsste die richtige Frage nicht vielmehr lauten, warum du uns geholfen hast? Wer hat dich überhaupt über den Anschlag informiert und zu uns geschickt, um uns zu warnen?« Er klang neugierig.

»*Geschickt?*« Erst dann begriff sie, was er meinte. Sie strich ihren klammen Rock glatt. »Niemand. Es war eher eine Art Vermutung …«, erwiderte sie zögernd.

»Eine *Vermutung?*« Seine Augenbrauen zogen sich nach oben.

Sie nickte. Es war offensichtlich, dass es ihm schwerfiel, ihr das zu glauben. Seine Reaktion brachte ihr zu Bewusstsein, dass sie sich keinerlei Gedanken gemacht hatte, was sie den Hugenotten sagen sollte, wenn sie ihr diese Fragen stellten. Auch ihnen konnte sie unmöglich die Wahrheit erzählen. Sie musste etwas erfinden, etwas Glaubhaftes, das tatsächlich hätte so geschehen sein können, dachte sie nervös.

»Ich war auf dem Weg vom Kloster zum Wirtshaus, als ich die Männer des Herzogs gesehen habe …«, erklärte sie schließlich.

Er drehte einen der Spieße im Feuer und betrachtete sie. »Und ihr Anblick hat dir verraten, dass sie den Admiral und uns töten wollten?«

Sie zog den Umhang enger um sich. Die Ungläubigkeit, die in seiner Stimme schwang, war nicht zu überhören gewesen. »Nein, ich habe sie darüber reden gehört.«

»Tatsächlich?«

Sein Blick verriet Zweifel, und plötzlich fühlte sie sich, als würde er sie einem Verhör unterziehen.

»Der Weg vom Kloster führt ein Stück durch den Wald. Die Männer haben dort Rast gemacht und mich nicht gesehen …«, fuhr sie fort und brach ab. Gegen ihren Willen vermischten sich vor ihren Augen die Bilder ihrer Lüge mit denen ihrer Vision. Sie sah wieder alles vor sich – das Blut, die Toten, den Admiral, der mit durchschnittener Kehle auf dem Boden lag … »Verzeiht, aber es fällt mir schwer, darüber zu reden«, sagte sie tonlos.

Er schwieg. Schließlich nahm er einen der Spieße mit dem Hasenfleisch aus dem Feuer. »Hier, iss etwas, das wird dir guttun.«

Sie biss gehorsam ein Stück von dem Fleisch ab. Es schmeckte fade, doch sie spürte, wie ihr erschöpfter Körper nach der Nahrung gierte. Nach zwei Bissen legte sie den Spieß jedoch zur Seite.

»Warum habt Ihr mir eigentlich den Beutel mit den Münzen ins Kloster gebracht?«, fragte sie.

Er blickte sie erstaunt an. »Ich wollte dich in dieser Nacht eigentlich mitnehmen«, sagte er dann. »Wir wollten verhindern, dass du den Guise in die Hände fällst. Aber du hattest Fieber und warst kaum bei Bewusstsein. Deshalb habe ich dir zumindest die Münzen und die Wegbeschreibung nach La Bonnée dagelassen … Zu diesem Zeitpunkt war allerdings nicht klar, welchen Aufwand der Herzog betreiben würde, um deiner habhaft zu werden. Deshalb habe ich mich schließlich noch einmal auf den Weg gemacht, um dich zu finden.« Er lächelte leicht. »Es war ein kluger Schachzug, mit den Gauklern zu reisen. Ich habe etwas gebraucht, bis ich dahintergekommen bin, dass du bei ihnen bist. Der Herzog d'Aumale fragt sich wahrscheinlich immer noch, wie er dich verlieren konnte.«

Sie schwieg wie betäubt, denn es erschien ihr noch immer wahnwitzig, dass sie sich durch ihr Eingreifen im Wirtshaus eine der mächtigsten Familien Frankreichs zum Feind gemacht hatte.

Er legte ihr die Hand auf die Schulter. »Mach dir keine Sorgen«, sagte er. »Wir werden dich vor den Guise schützen. Wir sind dir zu großem Dank verpflichtet. Du hast uns geholfen, und nun werden wir dir helfen!«

36

Bei Morgengrauen ritten sie weiter. Die Strecke führte sie einige Stunden durch den Wald, einen schmalen, mit Gras bewachsenen Pfad entlang, den man zwischen Sträuchern, Büschen und Bäumen kaum erkennen konnte. Zweimal hörte es sich so an, als würden sich andere Reiter nähern, und sie mussten sich verstecken.

Ronsard trieb das Pferd durch das undurchsichtige Dickicht, ohne dass er dabei Schwierigkeiten zu haben schien, sich zu orientieren. Kaum wahrnehmbar lenkte er das Pferd bald nach rechts, bald nach links und dann wieder durch das dichte Gestrüpp vor ihnen hindurch, als würde er den Weg blind kennen.

Madeleine hätte nicht sagen können, wie lange sie so geritten waren, als sich der Wald mit einem Mal zu lichten begann. Vor ihnen öffnete sich eine weite Ebene aus Wiesen, Feldern und Baumgruppen, durch deren Mitte sich das blaugrüne Band eines Flusses zog. Sie hatten die Loire erreicht.

Madeleine hielt unwillkürlich den Atem an.

»Beeindruckend, nicht wahr?«, hörte sie hinter sich die Stimme von Ronsard, der zu ahnen schien, was in ihr vorging.

»Ja, sehr«, erwiderte Madeleine. Sie erinnerte sich, dass man das Tal der Loire auch den Garten Frankreichs nannte. Als sie auf das glitzernde Wasser des ungezähmten Flusslaufs blickte, in dem sich Sandbänke und kleine Inseln erhoben, verstand sie, warum. Die Landschaft hatte in ihrer Schönheit etwas ungeheuer Kraftvolles und Ursprüngliches.

Während sie weiterritten, erzählte ihr Ronsard, dass die Loire zur Zeit des Hundertjährigen Kriegs zeitweise als natürliche Verteidigungslinie und Grenze zu den von England besetzten Gebieten im Norden gedient hatte. »Damals sind zahlreiche Burgen und Festungen entstanden«, erklärte er. »Auf deren Grundmauern haben der König und viele Feudalherren später ihre Schlösser und Paläste gebaut. Sie verbringen hier noch immer viel Zeit. Aber Orléans und seine Umgebung ist fest in der Hand der Hugenotten. Hier sind wir deshalb erst einmal sicher.«

Er deutete mit der ausgestreckten Hand über die Loire hinweg zur anderen Uferseite. »Dort drüben zwischen den Wäldern liegt La Bonnée!«

Madeleine folgte seinem Blick über den Fluss und die Baumwipfel hinweg, doch sie konnte nicht einmal ein Dach erkennen und fragte sich, wie sie diesen Ort jemals allein hätte finden sollen.

»Was ist La Bonnée eigentlich genau? Ein Hof?«

»Nein, eher eine Art Landhaus«, meinte er knapp.

Sie spürte, dass er nicht mehr darüber sagen wollte.

Madeleine wandte sich plötzlich zögernd zu ihm. »Wird man dort Schwierigkeiten damit haben, dass ich Katholikin bin?«

»Bist du das denn?« Ein Hauch von Provokation lag in seiner Frage, die er anscheinend tatsächlich ernst meinte. Sie merkte, wie sie sich unwillentlich versteifte.

»Ja – und das wisst Ihr genau!«

Er lächelte spöttisch. »Immerhin hast du zumindest den Anschein erweckt, dass du stark mit uns sympathisierst! Du hast dem Admiral das Leben gerettet.«

Sie sah ihn an. »Ich habe Euch nicht vor diesem Anschlag gewarnt, weil Ihr Protestanten oder Katholiken seid, sondern weil ich verhindern wollte, dass etwas Schreckliches passiert«, erwiderte sie.

Er nickte gelassen. »Ich glaube dir, aber du solltest damit rechnen, dass ich nicht der Einzige bin, der dir diese Fragen stellt. Im Übrigen wird bestimmt keiner daran Anstoß nehmen, dass du Katholikin bist. Viele von uns haben Freunde und Familie, die nicht zum neuen Glauben übergetreten sind. Ich verspreche dir also, dass niemand versuchen wird, dich zu bekehren!«, sagte er, während er das Pferd auf eine schmale Steinbrücke zutrieb, die über den Fluss auf die andere Uferseite führte.

37

La Bonnée war alles andere als ein einfaches Landhaus, musste Madeleine feststellen. Das hohe sandsteinfarbene Gebäude mit dem dunklen Schieferdach, das vor ihnen zwischen den Bäumen auftauchte, hatte die Ausmaße eines prächtigen Herrenhauses. Eine Mauer aus rohem Stein umschloss das Anwesen. Den Eingang zum Hof flankierten zwei mittelalterliche Wachtürme, die Madeleine unweigerlich daran erinnerten, was Ronsard zuvor über die Entstehung der Schlösser und Paläste an der Loire erzählt hatte. Auch La Bonnée war früher sicherlich einmal eine Burg oder kleine Festung gewesen. Genau so sah es zumindest aus.

Ronsard ritt, ohne das Tempo zu verlangsamen, in den gepflasterten Hof ein. Die Wache, ein junger Mann in Kniebundhosen und weißem Hemd, der mit Muskete und Degen bewaffnet war, neigte grüßend den Kopf und schenkte ihnen einen neugierigen Blick.

Beklommen blickte Madeleine an sich herunter. Sie musste fürchterlich aussehen – in ihrem verschmutzten, eingerissenen Kleid und dem strähnigen Haar, das sie in den letzten Tagen nicht einmal mehr hatte richtig kämmen können. Philippe de Ronsard dagegen wirkte selbst nach ihrem widrigen Ritt durch den Wald und die Nacht im Freien noch elegant und gepflegt, wie sie verstohlen feststellte, als sie absaßen. Einzig sein Bart hatte ein wenig seine akkurate Form verloren.

Madeleine schaute sich eingeschüchtert im Hof um. Von Nahem war das Anwesen, dessen wahre Ausmaße zum Teil durch die Mauern verdeckt wurden, noch imposanter, als sie vermutet hätte. Ställe und mehrere größere Nebengebäude, die die gleiche mittelalterliche Bauweise wie die Mauern und Wachtürme aufwiesen, gehörten zu dem Herrenhaus, dessen Fensterläden verschlossen waren.

»Komm. Ich werde dich erst einmal zu Madame Maineville bringen. Sie ist die Haushälterin und Verwalterin von La Bonnée«, sagte Ronsard, und sie folgte ihm zu einem großen rechteckigen Haus.

Ein verheißungsvoller Duft von frischem Brot und gekochtem Essen schlug ihnen in der Tür entgegen. Madeleines Magen zog sich schmerzhaft vor Hunger zusammen. Erst jetzt fiel ihr auf, dass sie seit Tagen keine vollständige Mahlzeit mehr gegessen hatte.

Ronsard stieß die Tür mit dem Fuß auf und blickte sich suchend um. In der Küche, einem großen lang gestreckten Raum, in dem sich mehrere Holztische befanden, ein Steinofen und die größte Feuerstelle, die Madeleine jemals gesehen hatte, herrschte emsiger Betrieb. Eine Magd schälte Gemüse, eine weitere schichtete Holz in der Feuerstätte, und eine Alte mit Kopftuch rupfte ein Huhn, das von einer weiteren Frau argwöhnisch begutachtet wurde. »Was ist das denn für ein mageres Exemplar, Elise? Hat Jérôme nichts anderes zum Schlachten gefunden?«, fragte sie aufgebracht und schüttelte den Kopf. In diesem Augenblick nahm sie die Besucher in der Küche wahr und drehte sich zu ihnen. Ein Strahlen erhellte ihr rundliches Gesicht, das von einer steifen weißen Haube umrahmt wurde.

»Oh, Monsieur de Ronsard, wie schön, Euch zu sehen.« Sie eilte mit schnellen Schritten auf die beiden zu.

Ronsard küsste ihre Hand und schenkte den beiden Mägden ein charmantes Lächeln, die als Antwort darauf mit geröteten Wangen in einen Knicks sanken.

»Das ist Madeleine Kolb«, stellte er vor.

Einen kaum wahrnehmbaren Moment glitt der Blick der Haushälterin verwundert an ihr herunter, doch dann schenkte sie ihr ein warmes Lächeln. »Willkommen!«, begrüßte sie die junge Frau voller Herzlichkeit, bevor sie sich wieder zu Ronsard wandte.

»Wie geht es Euch?«, fragte sie besorgt. Sie fasste ihn in einer vertraulichen Geste am Arm. »Ich habe gehört, was geschehen ist«, sagte sie mit ernster Miene. »Stimmt es, dass Lescot es nicht geschafft hat?« Ihre Stimme war leiser geworden, und sie waren einige Schritte weitergegangen, um von den Mägden nicht gehört zu werden.

Ronsard nickte. »Ja, leider«, bestätigte er.

»Schrecklich. Der Junge war nicht einmal fünfundzwanzig!« Madame Maineville sah Ronsard erschüttert an. »Und dennoch muss man dem Herrgott wieder einmal danken, dass er über den Admiral und Euch andere seine schützende Hand gehalten hat …«

Ronsard zeigte den Anflug eines Lächelns. »In diesem Fall solltet Ihr weniger dem Herrgott danken als dieser jungen Dame. Madeleine hat uns vor dem Anschlag gewarnt … Ich glaube nicht, dass wir sonst entkommen wären.«

Madame Maineville hatte sich erstaunt zu Madeleine gedreht, die verlegen ihren Kopf senkte, und ergriff voller Wärme ihre Hand. »Wie sollen wir dir das nur danken, mein Kind?«

»Sie wird etwas bei uns bleiben. Verständlicherweise sind die Herren de Guise hinter ihr her. Der Admiral weiß über alles Bescheid«, teilte Ronsard ihr mit.

»Ich werde mich um alles kümmern!«, versprach Madame Maineville.

»Danke!« Er nickte und wollte sich zum Gehen wenden, als er sich noch einmal umdrehte. »Ich habe ihr übrigens versprochen, dass niemand versuchen wird, sie zu bekehren. Sie ist nämlich Katholikin«, sagte er spöttisch.

Madeleine spürte, dass alle in der Küche sie anstarrten. Ungläubig blickte sie Ronsard hinterher.

38

Margarète de Foix legte den Brief, den ein Bote in den frühen Morgenstunden ins Kloster gebracht hatte, mit nachdenklicher Miene zur Seite. Das Schreiben kam aus Clairvaux – vom Mutterkloster. Es würde also tatsächlich eine Untersuchung geben! Ihr Gesicht unter der weißen Haube nahm einen angespannten Ausdruck an, denn sie war sich des Ernstes der Situation durchaus bewusst. Der Generalabt des Ordens hatte höchstpersönlich einen Pater seines Vertrauens mit der Aufgabe betraut, die Vorfälle in St. Angela zu untersuchen. Der Abbé Largentier würde nächste Woche im Kloster eintreffen, so hatte man ihr mitgeteilt.

Die Nachricht aus Clairvaux verwunderte Margarète de Foix nicht einmal. Es war zu erwarten gewesen, dass der Herzog d'Aumale die Sache nicht auf sich beruhen lassen würde. Nun übte er mithilfe seines Bruders, des Kardinals de Lorraine, Druck auf die Ordensleitung aus.

Vielleicht konnte man seinem Schicksal einfach nicht entfliehen, dachte sie. Als sie als junge Frau in den Orden eingetreten war, hatte sie ein Leben in Klarheit und Reinheit gesucht – fernab von weltlichen Zwängen und Kompromissen. Ein leichtes Lächeln glitt über ihre Lippen, als sie sich an ihren damaligen Idealismus erinnerte. Sie entstammte von Geburt einem alten, aber verarmten Adelsgeschlecht, und ihre Eltern hatten sie einst mit einem einflussreichen Herzog verheiraten wollen, der vom Alter her hätte ihr Vater sein können. Als sie diese Verbindung ablehnte, die für ihre Familie äußerst vorteilhaft gewesen wäre, und stattdessen erklärte, ins Kloster eintreten zu wollen, war es zum Eklat mit den Ihren gekommen. Doch sie hatte sich von ihrer Familie nicht umstimmen lassen. Reichtum, Macht und Einfluss, das alles hatte sie nie interessiert, und sie hatte nie etwas damit zu tun haben wollen. Doch wie die jüngsten Ereignisse zeigten, machte die Welt nicht vor den Klostermauern halt. Sie unterdrückte ein Seufzen.

Immerhin kannte sie den Geistlichen, der die Untersuchung übernehmen würde – der Abbé Largentier war gleichermaßen bekannt für seine Strenge wie für seinen Gerechtigkeitssinn. Letzteres sprach dafür, dass man zumindest nicht gedachte, sie einfach der Macht des großen Kardinals de Lorraine zu opfern.

Ihr Optimismus über den Ausgang der Untersuchung hielt sich dennoch in Grenzen. Ihr Wort würde gegen das der Oberin stehen, und die Nonne hatte, seitdem der Herzog d'Aumale und seine Männer nach Madeleine suchten, jede Zurückhaltung aufgegeben. Wie Schwester Philippa ihr berichtet hatte, erzählte die Oberin hinter vorgehaltener Hand jedem, sie habe schon immer gewusst, dass Madeleine Kolb des Teufels sei. Es sei dem Mädchen sogar gelungen, sie, die Äbtissin, zu beeinflussen. Margarète de Foix zog die Stirn in Falten angesichts dieses Unsinns! Unglücklicherweise verhielt es sich jedoch auch mit den abwegigsten Gerüchten so, dass sie – wenn sie nur lange genug die Runde machten – irgendwann für die Wahrheit gehalten wurden. Sie wusste, dass sie die Angelegenheit unter Umständen ihr Amt als Äbtissin kosten konnte, doch wenn Gott diesen Weg für sie auserkoren hatte, würde sie ihn annehmen.

Als sie sich wenig später vom Tisch erhob und vor dem kleinen Altar in ihrem Arbeitszimmer zum Gebet niederkniete, bat sie Gott inständig, ihr Kraft und innere Stärke zu schenken. Ihr Gewissen war rein. Sie hatte dem jungen Mädchen lediglich vor Augen geführt, was sie erwarten würde. Sie gab zu, dass sie erleichtert war, dass Madeleine sich dann zur Flucht entschieden hatte, doch es war ihre eigene Entscheidung gewesen.

Einen kurzen Augenblick lang sah sie im Geiste Elisabeth Kolbs verzweifeltes Gesicht vor sich. *Gott möge es verhindern, aber falls mir etwas zustößt, nehmt Euch meiner Tochter an, so wie Ihr Euch einst meiner angenommen habt.* Margarète de Foix wünschte von ganzem Herzen, sie hätte mehr für Madeleine tun können.

Begleite sie auf ihrem schwierigen Weg, allmächtiger Vater, denn sie bedarf deines Schutzes, betete sie im Stillen für das junge Mädchen, als sie ein Klopfen an der Tür unvermittelt aus ihrem Zwiegespräch mit Gott riss.

Schwester Elénore war auf der Schwelle aufgetaucht. »Verzeih hochwürdige Mutter, da ist ein Mann eingetroffen, der Euch zu sprechen verlangt.«

Die Äbtissin runzelte unwillig die Stirn angesichts des Wörtchens *»verlangt«*, da die Formulierung wieder einmal allzu sehr nach dem Herzog d'Aumale klang. Wer sonst würde sie hier aufsuchen? Sie richtete sich seufzend auf und strich ihr Gewand glatt. Weshalb um Gottes willen wünschte er, sie erneut zu sehen? Er war mehrere Male hier gewesen, und sie hatte gehofft, er wäre inzwischen längst auf den Stammsitz der Guise nach Joinville zurückgekehrt. Am liebsten hätte sie ihn abgewiesen, doch ihr war klar, dass sie ihn damit nur noch weiter gegen sich aufgebracht hätte.

»Ich komme!«, sagte sie und folgte der Novizin den langen Gang entlang zum Besucherzimmer.

Als sie durch die große Tür über die Schwelle trat, sah sie einen Mann von mittlerem Wuchs am Fenster stehen, der ihr den Rücken zugewandt hatte. Beim Klang ihrer Schritte drehte er sich mit einer ruhigen Bewegung zu ihr.

Noch bevor die Äbtissin ihn ganz sehen konnte, stellte sie überrascht fest, dass sie den Mann, der dort vor ihr stand, noch nie in ihrem Leben gesehen hatte.

39

Er trug einen schlichten Umhang, doch der weiß gefächelte Kragen, die schwere Kette, die er über seinem Wams trug, und seine fein gewebten Beinkleider ließen Margarète de Foix sofort wissen, dass er von hohem Stand war. Seine Haare und der Bart waren von einem dunklen, beinah schwarzen Ton. Sie umrahmten ein markantes Gesicht, dessen auffälligstes Merkmal ein Paar dunkle, bläulich schimmernde Schatten unter seinen Augen waren, die ihm unzweifelhaft etwas Diabolisches gaben. Der Mann musterte sie – durchaus freundlich und höflich, und obwohl er dabei keineswegs ein herablassendes und anmaßendes Verhalten wie der Herzog d'Aumale zur Schau stellte, spürte sie sofort die unausgesprochene Macht, die seine Person umgab.

Wer um Gottes willen war er? Sie richtete sich unwillkürlich ein Stück gerader auf.

»Verzeiht, dass ich mir die Freiheit nehme, Euch in Euren Klostermauern einen Besuch abzustatten«, sagte er mit tiefer Stimme, als hätte er die unausgesprochene Frage in ihren Augen lesen können. »Mein Name ist Pierre Lebrun.«

Sie hatte höflich den Kopf geneigt und blickte ihn abwartend an, denn sie hatte seinen Namen noch nie gehört.

Er deutete auf den Tisch mit den Besucherstühlen. »Wenn Ihr

erlaubt, setzen wir uns vielleicht?«, fragte er und nahm, ohne ihre Antwort abzuwarten, Platz.

Sie tat es ihm gleich und ließ sich ihm gegenüber auf einem Stuhl nieder. »Ihr werdet mir vergeben, aber ich lebe seit vielen Jahren in der Abgeschiedenheit des Klosters, und Euer Name sollte mir sicherlich etwas sagen, doch leider ist dem nicht so.«

»Aber nein!«, erwiderte er. Einen Augenblick lang schien es beinah so, als würde ihn ihre Bemerkung amüsieren. »Es verwundert mich keineswegs, dass mein Name Euch nichts sagt ...« Er schlug die Beine übereinander und legte seine gefalteten Hände darauf ab. An seinem Ringfinger glitzerte ein gelber Diamant. »Seht Ihr, ich bin eher ein Mann, der sich im Hintergrund hält. Für meine Arbeit ist es besser, wenn nicht jeder weiß, wer ich bin. Indessen befinde ich mich in den Diensten einer hochrangigen Person, deren Name Euch umso bekannter sein dürfte: Ihre Majestät, die Königinmutter – Catherine de Medici. In ihrem Auftrag bin ich übrigens auch hier«, erklärte er freundlich.

Margarète de Foix rang um Fassung. Catherine de Medici? »Ich verstehe nicht ... Welches Interesse könnte Ihre Majestät an unserem bescheidenen kleinen Kloster haben?«

»Es geht um das Mädchen!«, erwiderte Lebrun geradeheraus.

»Welches Mädchen?«, fragte sie vorsichtig.

Er lächelte knapp. »Ich denke, Ihr wisst sehr genau, dass ich Madeleine Kolb meine!«

Sie schwieg, während sie zu begreifen versuchte, wie der Hof und allen voran die Medici überhaupt von Madeleines Existenz wissen konnten? Hatte sich das Eingreifen des Mädchens im Wirtshaus denn so schnell herumgesprochen?

»Ich würde gerne erfahren, wo sie ist«, sagte Lebrun höflich.

Die Äbtissin ließ sich ihren inneren Aufruhr nicht anmerken. »So gerne ich Euch helfen würde, das weiß ich leider auch nicht!«

Er musterte sie, und sie spürte, wie sie unter seinem durchdringenden Blick gegen ihren Willen ein Frösteln ergriff.

»Lassen wir diese Spiele, hochwürdige Mutter.« Er hatte sich aus seinem Stuhl erhoben und ging einige Schritte durch den

Raum. »Soweit ich weiß, befindet Ihr Euch durch die Angelegenheit selbst in einigen Schwierigkeiten. Wie mir zugetragen wurde, hat sich der Kardinal de Lorraine persönlich beim Generalabt Eures Ordens über den Vorfall beschwert, und es wird zu einer Untersuchung darüber kommen, nicht wahr?« Er sah sie an. »Ich bin über all diese Dinge genauestens informiert – genauso wie über die Tatsache, dass dieses Mädchen, Madeleine Kolb, durch ihr Eingreifen einen Anschlag auf den Admiral de Coligny verhindert hat – wofür die Königinmutter, nebenbei bemerkt, sehr dankbar ist – und dann aus dem Kloster geflohen ist ...«

Die Äbtissin erschrak. Wie konnte er über all diese Dinge Bescheid wissen? Sie fühlte, wie sich ihre Kehle zuschnürte, denn sie erinnerte sich plötzlich, einmal gehört zu haben, dass die Königinmutter über ein beeindruckendes und gefährliches Netz von Spionen verfügte, mittels derer sie ihre Macht erhielt. Dieser Dienst wurde von einem Mann geleitet, so erzählte man sich, dessen wahre Identität kaum einer kannte und den man im Volksmund den *Schatten der Medici* nannte. Bisher hatte Margarète de Foix diese Geschichten für reine Phantastereien und die üblichen Übertreibungen gehalten, die sich schon immer um das Leben am Hof gerankt hatten, doch nun begriff sie, dass genau dieser Mann vor ihr saß.

»Was wollt Ihr von mir?«, fragte sie ihn schließlich ohne Umschweife.

»Auch wenn es Euch schwerfallen wird, mir zu glauben – wir möchten Euch helfen. Euch und dem Mädchen!«

»Weshalb solltet Ihr oder die Königinmutter das tun?«

Er lächelte leicht, denn er hatte ihren misstrauischen Unterton durchaus wahrgenommen.

»Nun, abgesehen von der Dankbarkeit Ihrer Majestät, hegt die Königinmutter angesichts der ungewöhnlichen Fähigkeiten des Mädchens ein gewisses Interesse an Madeleine Kolb.«

Die Äbtissin blickte ihn an. Darauf lief es also hinaus! Die Medici, die sich so gerne mit Wahrsagern und Astrologen umgab und eine Schwäche für die absonderlichsten Kuriositäten der menschlichen Natur hatte, interessierte sich für das Mädchen … Möge Gott verhüten, dass Madeleine ihr jemals in die Hände fällt, dachte sie bei sich. »Nun, ich würde Euch selbstverständlich gerne helfen«, wiederholte sie. »Aber wie Ihr ja selbst wisst, ist das Mädchen leider geflohen!«

Er nickte und legte die Fingerspitzen gegeneinander. »Ja, überraschend genug, dass sie das ohne fremde Hilfe geschafft haben soll, nicht wahr?«

Sie schenkte ihm einen kühlen Blick. »Ich verstehe noch immer nicht, worauf Ihr hinauswollt.«

»Nein? Nun, Madeleines Mutter hat vor fünfzehn Jahren einige Monate in St. Angela verbracht und Euch kurz vor ihrem Tod noch einmal einen Besuch abgestattet. Daran erinnert Ihr Euch sicherlich?«

Die Äbtissin wurde blass.

»Eure Oberin ist eine Frau, die außerordentlich gerne redet«, meinte Lebrun jovial. Er ließ einen Moment verstreichen, bevor er weitersprach. »Meine Menschenkenntnis sagt mir, dass Ihr Euch für das Mädchen verantwortlich fühlt. Habt Ihr ihr einen Rat gegeben, wohin sie fliehen soll?«

»Nein«, antwortete sie ehrlich und war abermals froh, dass sie Madeleine zu keiner Entscheidung hatte drängen müssen, sondern dass sie von ganz alleine gegangen war.

Lebrun schüttelte nachsichtig den Kopf. »Tatsächlich? … Seht Ihr, ich habe mich gefragt, wohin Madeleine Kolb wohl flüchten würde«, sagte er. »Natürlich auf jeden Fall weg aus diesem Kloster und aus der Champagne, um dem langen Arm der Guise zu entkommen, die ihr diesen Zwischenfall wohl kaum verzeihen werden und sie, wenn sie die ganze Wahrheit erfahren, vermutlich der Hexerei anklagen werden. Ich würde daher denken, Madeleine wird sich – da sie kaum eine andere Wahl hat – an die Hugenotten wenden …« Er schaute sie fragend an.

Sie schwieg verwirrt, musste ihm insgeheim jedoch recht geben. An des Mädchens Stelle hätte sie sich auch zu den Protestanten geflüchtet. Es war davon auszugehen, dass diese ihr Schutz boten, nachdem sie Coligny das Leben gerettet hatte.

»Ich denke, Ihr stimmt mir zu«, erklärte Lebrun. »Nehmen wir also einmal weiter an, ihr gelingt die Flucht«, fuhr er fort. »Dann wird man ihr bei den Hugenotten sicherlich eine gewisse Dankbarkeit entgegenbringen, aber fragen wir uns doch einmal, wie man reagieren wird, wenn man dort von ihren besonderen Fähigkeiten erfährt. Zumal sie auch noch Katholikin ist.«

»Warum sollte Madeleine mit irgendjemandem darüber sprechen?«, erwiderte sie kühl.

»Die Protestanten sind nicht dumm, hochwürdige Mutter. Sie werden sich mit Madeleine unterhalten, weil sie sich, genau wie die Guise, fragen werden, wie und woher sie von dem geplanten Anschlag wissen konnte.« Er brach ab, nur um sich ihr dann noch einmal zuzuwenden. »Ihr habt nicht zufällig einmal die Schriften von Monsieur Calvin gelesen, oder?«, fragte er höflich.

»Selbstverständlich nicht!«, erwiderte sie verächtlich.

»Bedauerlich. Sonst wüsstet Ihr, dass der werte Herr in seinen Lehren selbst die Astrologie als blasphemisch und als ein Werk des Satans verurteilt!«

Die Äbtissin schaute ihn betroffen an und begann mit einem Mal zu begreifen, worauf er hinauswollte.

Lebrun lächelte kurz, als er ihren Gesichtsausdruck bemerkte. »Ich sehe, Ihr versteht. Um also bei meiner Annahme zu bleiben – sollte Madeleine zu den Hugenotten geflohen sein, dann wird sie dort über kurz oder lang in derselben Gefahr schweben wie bei den Guise und der Hexerei verdächtigt werden können! Aus diesem Grund bin ich hier.« Seine Stimme klang eindringlich. »Ihr müsst mir jedes noch so unwichtige Detail über diese junge Frau und ihre Mutter erzählen, denn wir müssen sie finden, und zwar so schnell wie möglich. Es gibt nur einen Ort, an dem sie in Sicherheit sein wird – am Hof, unter dem Schutz der Königinmutter!«

40

Sonnenstrahlen fielen durch das kleine Fenster und tauchten die Kammer in ein helles, beinah gleißendes Licht, das durch ihre geschlossenen Lider drang. Müde öffnete Madeleine die Augen. Sie sah die schmucklose Holztruhe, den kleinen dreibeinigen Schemel und die Waschschüssel mit dem Krug daneben, und sie wusste im ersten Moment nicht, wo sie war. Dann entdeckte sie das Kleid. Es war blau und lag ordentlich zusammengefaltet mit einem Unterrock und einer Haube auf der Truhe, als hätte es dort jemand für sie bereitgelegt. Sie war in La Bonnée, fiel ihr ein … Die Erinnerung an den gestrigen Abend kehrte zurück: ihre Ankunft hier, Madame Maineville, die Haushälterin, das Essen, das sie hungrig verschlungen hatte, und das Bad, das sie genommen hatte. Erschöpft war sie danach ins Bett gefallen. Schon lange hatte sie nicht mehr so tief und fest geschlafen. Sie streckte sich und schlug die Wolldecke zurück. Wie spät mochte es wohl sein?, überlegte sie, während sie aus dem Bett schlüpfte.

Ihre Haare, von denen noch immer ein angenehmer Geruch nach Seife ausging, fielen ihr in langen, weichen Wellen über die Schultern, und sie trug ein weißes Hemd. Madame Maineville hatte es ihr gegeben. Ihr eigenes Kleid hatte man mitgenommen, um es zu säubern.

Madeleine goss etwas Wasser aus dem Krug in die Schüssel, wusch sich und streifte schließlich ihr Hemd ab, um das Kleid auf der Truhe überzuziehen. Wer hatte es wohl hierhin gelegt? Hatte sie so tief geschlafen, dass sie nicht gehört hatte, dass jemand in ihrer Kammer gewesen war? Zu ihrer Überraschung passte es. Sie strich den blauen Rock glatt, der aus einem einfach gewebten, aber sauberen Tuch war.

Dann verließ sie die kleine Schlafkammer, die man ihr in einem der Nebengebäude zugewiesen hatte, und machte sich auf den Weg, die Haushälterin zu suchen.

Als sie nach draußen trat, fiel ihr auf, dass auf dem Hof reger Betrieb herrschte. Zwei Mägde liefen mit schnellen Schritten zu den Wirtschaftsgebäuden, und eine Gruppe Männer stieg die Treppe zum Schloss hoch. Obwohl Madeleine sie nur von hinten sehen konnte, zeigten ihre Umhänge und verschmutzten Schuhe, dass sie einen langen Ritt hinter sich haben mussten. Einer von ihnen schien verletzt zu sein – er wurde beim Gehen gestützt. Auf der anderen Seite des Hofs, vor den Ställen, standen mehrere Pferde, die von den Knechten abgesattelt wurden.

Als sie weiterging, bemerkte sie einen rothaarigen jungen Mann in Kniebundhosen und Hemd. Er saß erschöpft und mit hängendem Kopf auf dem Rand des Futtertrogs. Doch dann schien er ihre Schritte zu hören und hob mit einem Mal das Kinn. Mit einem leichten Lächeln nickte er ihr zu.

Verlegen erwiderte sie seinen Gruß und lief weiter.

Sie fand die Haushälterin bei den Wirtschaftsgebäuden, wo sie dabei war, einen Karren voller Gemüse und Obst zu inspizieren, den ein Knecht gebracht hatte.

»Guten Morgen«, sagte Madeleine höflich.

Anne Maineville wandte überrascht den Kopf zu ihr. »Nun, für diesen Wunsch dürfte es schon ein bisschen spät sein, mein Kind!«, sagte sie fröhlich.

Der Knecht grinste breit.

Madeleine blickte die beiden an. »Wie spät ist es denn?«

»Es ist bereits nachmittags!«, erwiderte die Haushälterin trocken. »Ich war gegen Mittag einmal bei dir, doch du hast mich nicht einmal gehört. Aber der Schlaf scheint dir gutgetan zu haben. Du hast sogar wieder etwas Farbe«, sagte sie und tätschelte ihr die Wangen.

»Es geht mir auch gut«, bestätigte Madeleine mit einem Lächeln. Nach den Tagen der Flucht fühlte sie sich hier tatsächlich wie im Paradies. Seit langer Zeit hatte sie einmal keine Angst. »Danke für das Kleid.«

Anne Maineville nickte. »In der Küche bekommst du etwas zu essen. Es geht heute leider etwas hektisch zu. Versuche einfach, dich zu erholen. Du kannst dich überall frei bewegen – allerdings solltest du innerhalb der Mauern des Anwesens bleiben.«

Madeleine nickte. Auf dem Weg zur Küche dachte sie darüber nach, dass die Haushälterin angespannt gewirkt hatte. Ob ihr Zustand mit den Männern zusammenhing, die sie im Hof gesehen hatte? Sie fragte sich, wo Ronsard wohl war. Vermutlich im Herrenhaus, wie es seinem Stand entsprach. Seit ihrer Ankunft hier trennte ihre beiden Leben wieder eine unsichtbare Mauer. Erstaunlicherweise hatte sie sich jedoch keinen Augenblick lang gekränkt gefühlt, als er am gestrigen Abend – nach ihrer Vorstellung bei Anne Maineville und der seltsamen Erwähnung, dass sie katholisch sei – ohne ein weiteres Wort verschwunden war. Im Gegenteil, Madeleine war erleichtert, denn trotz der Zeit, die sie zusammen verbracht hatten, verspürte sie in seiner Gegenwart ein unbehagliches Gefühl. Sie fragte sich, warum. Er hatte ihr geholfen, ihr wahrscheinlich sogar das Leben gerettet. Ohne ihn wäre sie bestimmt den Schergen der Guise in die Hände gefallen. Trotzdem war sie nicht gerne in seiner Nähe.

Dabei schien sich Ronsard allgemein bei Frauen und Mädchen größter Beliebtheit zu erfreuen. Sie erinnerte sich, wie die Mägde sich in seiner Gegenwart verhalten hatten. Vielleicht lag es nur daran, dass seine Person für sie so eng mit den Ereignissen im Wirtshaus verbunden war, überlegte Madeleine, als sie wenig später in der Küche saß. Hungrig aß sie von einem Teller frisches Brot, Früchte und etwas Schinken. Catherine, eine der beiden Mägde, hatte ihr das Essen wortlos und mit kühlem Blick gereicht. Madeleine erinnerte sich nur zu gut an ihren Gesichtsausdruck, als Ronsard erwähnte, dass sie katholisch sei, und fragte sich, ob das der Grund für ihre abweisende Art ihr gegenüber war. Sie unterdrückte ein Seufzen und nahm das letzte Stück Brot in den Mund, als die andere Magd hereinkam.

»Madame Maineville sagt, du sollst diesem flämischen Jungen im Stall auch etwas zu essen bringen!«, sagte sie zu Catherine.

Diese sah sie wenig erfreut an. »Wie soll ich das denn schaffen?« Sie deutete auf den Berg Gemüse neben sich. »Das hier muss alles geschält werden. Und der Teig für die Brote ist auch noch nicht fertig. Dann hat sie etwas zu essen bekommen, und nun soll ich dem Jungen auch noch etwas bringen?« Ihre Stimme überschlug sich aufgebracht, doch die andere Magd hatte ihr gar nicht zugehört und schon wieder das Weite gesucht.

»Ich könnte das machen!«, schlug Madeleine vor.

Catherine starrte sie an.

»Ich habe ohnehin nichts zu tun«, fügte sie hinzu.

Die Magd schien unentschieden, ob sie auf das Angebot eingehen sollte. Es war offensichtlich, dass sie von Madeleine nicht gerne Hilfe annehmen wollte, doch dann nickte sie widerstrebend. »Na gut!«, sagte sie schließlich kurz angebunden.

Sie packte einen Korb mit Esssachen, den sie mit einem Tuch abdeckte, und erklärte ihr, dass der Junge rotes Haar und irgendeinen unaussprechlichen Namen hätte. Deshalb würden ihn hier alle Guillaume nennen.

41

Unschlüssig blickte sich Madeleine vor den Ställen um. Die Pferde waren verschwunden, und auch von den Knechten war nichts mehr zu sehen. Sie ging auf das geöffnete Tor zu und betrat zögernd das Innere des Gebäudes. Ein leises Schnauben zeigte ihr, dass die Tiere in ihren Boxen waren. Am Ende der Gasse sah sie eine Gestalt, die mit emsiger Anstrengung einen Sattel wienerte.

Sie erkannte ihn sofort wieder. Es war der junge Mann, den sie heute schon einmal auf dem Hof gesehen hatte. Selbst in dem halbdunklen Licht des Stalls waren seine roten Haare nicht zu übersehen.

Sie ging auf ihn zu. »Du bist Guillaume, nicht wahr? Ich soll dir etwas zu essen bringen!«, erklärte Madeleine.

Er schaute überrascht auf und lächelte dann breit, als er sie erkannte. »Eigentlich heiße ich Willem, aber hier nennen mich alle Guillaume!«, erwiderte er dann. Seine Aussprache klang fremdartig und ein wenig gebrochen. Dankbar nahm er den Korb entgegen. »Leistest du mir Gesellschaft?«

Sie nickte, da sie ohnehin nichts anderes zu tun hatte, und ließ sich ihm gegenüber auf einen Strohballen sinken.

»Du kommst nicht von hier?«, fragte sie, während sie beobachtete, wie er hungrig in das Brot biss. Ihr fiel auf, dass er müde und erschöpft wirkte.

Er schüttelte zögernd den Kopf. »Nein, aus Flandern«, erwiderte er, als hätte sie das wissen müssen.

»Aus den Niederlanden?«

Er nickte.

Sie schlang die Arme um ihre Beine. Sie erinnerte sich, was man sich im Kloster von St. Angela erzählt hatte. »Dort hat es einen Aufstand gegeben, oder?«

Er hatte einen Schluck Wein getrunken. »Ja. Gegen den spanischen König und seine Schwester, Margarète de Parma, die Statthalterin.« Er stellte den Tonkrug neben sich ab und fuhr sich über den Mund. »In den letzten Jahren ist man dort gegen unsereins ziemlich hart vorgegangen«, erzählte er, und Madeleine ahnte, dass er mit unsereins die niederländischen Protestanten meinte. »Verhaftungen, Hinrichtungen …« Er brach ab, und sein Blick verdunkelte sich, als würden die Bilder dieser Vorkommnisse wieder vor ihm aufsteigen. Den Bruchteil eines Moments zeigte sich ein schmerzerfüllter Ausdruck in seinen Augen, der jedoch genauso schnell wieder verschwunden war. »Unser Adel hat dagegen schließlich protestiert und mehr Macht an der Regierung gefordert. Erst sah es auch so aus, als würden Margarète und der spanische König einlenken …«, berichtete er verächtlich. »Aber sie haben gelogen. Wir wissen inzwischen, dass von Spanien aus eine Armee unterwegs ist. Einige unserer Leute wurden bereits verhaftet. Uns hat man rechtzeitig gewarnt. Deshalb sind wir geflohen!«

Madeleine sah ihn betroffen an. Ihr ging auf, wie wenig sie von diesen politischen Zusammenhängen wusste. Im Kloster hatte sie nur von der Zerstörung der Heiligenbilder und Marienstatuen durch die niederländischen Protestanten gehört. »Das tut mir leid«, sagte sie ehrlich.

Er schüttelte den Kopf. »Aber nein. Wir werden uns zur Wehr setzen und kämpfen!« In seinen Augen glomm ein heroisches Leuchten auf. Er ballte die Faust und trank noch einen Schluck.

Madeleine schwieg. Krieg! Überall schien es nur Krieg zu geben. Sie dachte daran, dass man auch in Frankreich ständig davon sprach, dass es erneut Kämpfe geben würde.

»Und was ist mit dir?«, fragte er schließlich. »Was machst du hier? Wie heißt du überhaupt?«

»Madeleine ...«, stellte sie sich vor.

»Willem«, unterbrach sie der Ruf einer Stimme. Im Stalleingang war eine Männergestalt aufgetaucht.

Der Junge blickte auf.

»Beeil dich, wir brauchen dich«, sagte der Mann, der in demselben fremdländischen Akzent wie Guillaume sprach.

Der junge Mann stellte hastig den Korb zur Seite und sprang auf die Beine. »Bis später!«, sagte er eilig und zwinkerte ihr im Weggehen noch einmal zu.

Madeleine blickte ihm nachdenklich hinterher. In gewisser Weise hatte es etwas Tröstliches, dachte sie, während sie sich erhob, dass auch die anderen nicht immer einfache Schicksale hatten. Sie stand auf und packte den halb leeren Krug und die Essensreste zurück in den Korb, um ihn zurück in die Küche zu bringen.

Sie lief an den Pferden vorbei zum Ausgang, als sie unvermittelt ihren Schritt verlangsamte. Draußen vor dem Stall waren zwei Männerstimmen zu vernehmen. Die eine war ihr nur zu bekannt – sie gehörte Ronsard. Unwillkürlich blieb sie stehen. Sie hatte keine Lust, ihm zu begegnen. Vielleicht würde er mit seinem Begleiter einfach weitergehen, doch die beiden Männer blieben stehen.

»Könnt Ihr mir erklären, wieso Ihr sie um Gottes willen hierhergebracht habt?«, hörte sie eine tiefe Stimme fragen, die ihr irgendwie bekannt vorkam.

»Immerhin hat sie uns geholfen …«, erwiderte Ronsard.

»Aber wir haben keine Ahnung, wie und woher sie von dem Anschlag wissen konnte!«

Madeleine hielt erschrocken inne. Die beiden sprachen über sie! Jetzt erkannte sie auch die Stimme des anderen. Es war der Mann mit der Narbe, der mit Ronsard vor dem Wirtshaus gestanden hatte. Sie sah sein Gesicht deutlich vor sich.

»Sie behauptet, sie hätte die Leute der Guise vorher gesehen und gehört, wie sie über den Anschlag gesprochen hätten«, meinte Ronsard gelassen.

»Und das glaubt Ihr?«

»Warum sollte sie lügen? Und falls sie nicht die Wahrheit gesagt hat, werden wir es herausbekommen. Umso besser, wenn sie dann hier ist.«

Einen Moment lang herrschte draußen Stille.

»Ihr vergesst, dass sie Katholikin ist. Ich sage Euch, es war ein Fehler, sie hierherzubringen!«

Ihre Schritte entfernten sich.

Mit blassem Gesicht lehnte Madeleine sich gegen die Stallwand. Sie glaubten ihr nicht! Aber was hatte sie auch erwartet? Es klang mehr als unwahrscheinlich, dass sie durch einen Zufall von dem Anschlag gehört haben sollte. Ein entmutigendes Gefühl überkam sie. Was sollte sie tun? Sie hätte gar nicht hierherkommen dürfen, dachte sie. Aber welche Wahl hatte sie sonst gehabt?

Sie atmete tief durch und lauschte wieder nach draußen – es war nichts mehr zu hören. Die Männer schienen weg zu sein. Vorsichtig trat sie aus dem Stallgebäude heraus, doch sie war kaum um die Ecke gelaufen, als sie gegen eine breite Männerbrust prallte.

»Sieh einmal an. Also habe ich mich nicht getäuscht und richtig gesehen, dass jemand im Stall ist«, sagte eine tiefe, ein wenig raue Stimme.

Als sie den Kopf hob, blickte sie in ein markantes Männergesicht, dessen graugrüne Augen sie erkannte, noch bevor sie die hellen Linien der Narbe auf seiner Wange wahrnahm.

Sie nickte ihm kühl zu.

Vardes schaute sie verwundert an. »Was machst du denn hier? Hast du etwa unser Gespräch belauscht?«, fragte er. Er musterte erst sie – und dann den Korb in ihrer Hand.

»Ich war zufällig im Stall«, entgegnete sie und ärgerte sich, als sie merkte, dass sie dabei war, sich zu verteidigen. »Im Übrigen waren Eure Stimmen leider nicht zu überhören«, fügte sie mit zusammengepressten Lippen hinzu. Sie wollte an ihm vorbeigehen, doch er hielt sie am Arm fest.

»Nicht so schnell. Für meine Begriffe tauchst du etwas zu oft zufällig auf! Warum hast du dich nicht bemerkbar gemacht?«, fragte er.

Sie blickte ihn ungläubig an. Er war ein ganzes Stück größer als sie und hatte etwas Respekteinflößendes, doch angesichts des Misstrauens, das in seiner Stimme schwang, spürte sie mit einem Mal, wie sich die Angst, die sie die ganze Zeit beherrschte, in Wut verwandelte.

»Dasselbe könnte ich Euch fragen. Warum habt *Ihr* Euch nicht bemerkbar gemacht, wenn Ihr wusstet, dass ich dort war?«

Ihr aufgebrachter Ton schien ihn zu überraschen. Er ließ ihren Arm los. »Ich habe nur einen Schatten gesehen!«, erwiderte er gelassen und lehnte sich mit der Schulter gegen die Stallwand. Er deutete auf die Holzplanken, zwischen denen an einer Stelle in der Tat ein schmaler Spalt klaffte.

Einen Moment lang taxierte er sie. »Du hättest nicht hierherkommen sollen!«, sagte er dann. Es klang beinah freundlich, wie er das sagte, und vielleicht war es gerade dieser Unterton, der sie außer Fassung brachte.

Ihre Augen blitzten. »Vielen Dank für Euren Rat! Glaubt Ihr etwa, dass ich gerne hier bin? Dass ich es schön finde zu wissen, dass ich nie wieder zu meinem alten Leben zurückkehren kann? Ihr irrt Euch. Wenn ich eine Wahl hätte, würde ich sofort wieder verschwinden«, fuhr sie ihn an.

Offensichtlich hatte er nicht mit der Heftigkeit ihrer Reaktion gerechnet. »So meinte ich es nicht«, gab er schließlich zur Antwort. »Aber du bist da in etwas hineingeraten, aus dem du dich lieber rausgehalten hättest!«

»Tatsächlich?«, sagte sie gereizt. »Ihr meint, ich hätte lieber zusehen sollen, wie man Euch alle umbringt?«

Er lächelte leicht. »Woher willst du wissen, dass es dazu gekommen wäre? Du unterschätzt uns. Wir sind gute Kämpfer!«

Sie schwieg. Plötzlich wurde ihr bewusst, dass er in ihrer Vorahnung von dem Anschlag tatsächlich nicht unter den Toten gewesen war. Ihr Blick blieb erneut an seiner breitschultrigen Gestalt hängen. Ihr fiel auf, dass die Narbe auf seiner Wange davon ablenkte, dass seine markanten Gesichtszüge durchaus attraktiv waren. Vielleicht hatte er recht, und er hätte wirklich überlebt, dachte sie. Nicht zum ersten Mal fragte sie sich, was geschehen wäre, wenn sie die Männer nicht gewarnt hätte. Ihr Leben wäre leichter gewesen, sie wäre noch immer in St. Angela und würde sich nicht auf der Flucht befinden. Trotzdem war sie sich sicher, dass alles andere genau so eingetroffen wäre, wie sie es gesehen hatte. Ihre Augen verdunkelten sich, als sie wieder an die Toten dachte. Sie wünschte, sie hätte diese Bilder für immer aus ihrem Kopf verbannen können.

»Ihr vielleicht, aber die anderen nicht …«, sagte sie schließlich und nahm erst jetzt wahr, dass er sie die ganze Zeit unverwandt angeblickt hatte.

»Vielleicht solltest du mir das erklären!«, meinte er.

Sie schüttelte den Kopf. »Das kann ich nicht. Ich verstehe es selbst nicht, aber Ihr könnt mir glauben, dass ich es weiß.«

Sie wandte sich abrupt ab, weil sie das Gefühl hatte, ohnehin schon mehr gesagt zu haben, als gut war. Eilig lief sie über den Hof zurück zur Küche. Obwohl sie sich nicht umdrehte, konnte sie spüren, wie er ihr hinterherschaute, bis sie im Gebäude verschwunden war.

42

Die Tür zur Küche war mit einem leisen Klacken ins Schloss gefallen. »*Ich verstehe es selbst nicht, aber Ihr könnt mir glauben, dass ich es weiß.*« Vardes fragte sich, was die junge Frau mit dem letzten Satz wohl gemeint hatte. Er verzog die Stirn. Ihre Äußerung war genauso rätselhaft wie ihre gesamte Person. Es war nicht einmal ein paar Wochen her, dass er sie im L'Auberge das erste Mal gesehen hatte. Ein junges, ein wenig unsicher wirkendes Mädchen mit kastanienbraunen Haaren und großen blaugrauen Augen, das in dem Gewand einer Klosterschülerin wie verkleidet gewirkt hatte, so war damals sein Eindruck gewesen. Doch sie hatte sich seitdem stark verändert. Er war überrascht, wie sehr. Sie war weiblicher und erwachsen geworden, und man spürte, dass sie eine Last mit sich trug.

Vardes ging zurück über den Hof. Er musste zugeben, dass es etwas an ihr gab, das ihn berührte. Er erinnerte sich, wie sie bei dem Kampf im Wirtshaus wie gelähmt dagestanden hatte und er sie mit sich zu Boden gerissen hatte, als der Schuss fiel. Er sah ihr Gesicht mit den aufgerissenen Augen noch immer vor sich. Sie hatte nicht einmal aufgeschrien, sondern ihn nur angesehen, voller Entsetzen und gleichzeitig mit einem unerwartet verletzlichen Ausdruck, der gegen seinen Willen den Beschützer in ihm geweckt hatte. Er schüttelte unwillig den Kopf über seine eigenen Gedanken. Man konnte nicht einmal wissen, ob von ihr keine Gefahr ausging. Die Geschichte, wie sie angeblich von dem Anschlag erfahren hatte, schien wenig glaubwürdig. Ganz zu schweigen von den seltsamen Andeutungen, die sie ihm gegenüber gerade gemacht hatte. Er ging weiter auf das Herrenhaus zu. Es war offensichtlich, dass sie etwas verbarg, dachte er. Seine menschliche Erfahrung war groß genug, um zu erkennen, dass sie sich vor etwas fürchtete – und er war sich ziemlich sicher, dass es sich dabei nicht allein um die Guise handelte. Tief in Gedanken, hörte er plötzlich das Geräusch eines herangaloppierenden Pferdes.

Ein Reiter war mit wehendem Umhang in den Hof geprescht. Die Stiefel und Kleidung des Mannes waren verdreckt, und sein Gesicht, das von dunklen Haaren umrahmt wurde, zeigte ebenso wie das schweißnasse Fell des Tieres, dass er über Stunden keine Rast eingelegt hatte, um La Bonnée so schnell wie möglich zu erreichen. Erst jetzt erkannte Nicolas de Vardes das Gesicht des Reiters – es war einer ihrer Boten. Ein ungutes Gefühl ergriff ihn, als der Mann mit angespannter Miene auf ihn zugelaufen kam.

43

Nur drei Sätze standen in dem Schreiben des Admirals de Coligny – sachlich formuliert und ohne eine Unterschrift:

Henri d'Anjou wurde zum Oberkommandeur der Truppen ernannt. Der Prinz de Condé hat am 10. Juli den Hof verlassen. Alle Vorbereitungen sind zu treffen. Wir erwarten Euer aller Anwesenheit.

Vardes, der sich in einen der Kabinettsräume zurückgezogen hatte, nachdem der Bote ihm den versiegelten Brief überreicht hatte, las die Zeilen ungläubig ein zweites Mal. Condé hatte den Hof verlassen? Mit ernster Miene ließ er sich auf einen der Schemel sinken. Die Knappheit der Botschaft konnte nicht über ihre schwerwiegende Bedeutung hinwegtäuschen. Alles, was sie in den letzten Monaten geglaubt hatten, erreicht zu haben, wurde damit infrage gestellt. Ihr Einvernehmen mit der Medici und dem König nach den jüngsten außenpolitischen Entwicklungen schien plötzlich nur noch ein trügerischer Schein. Er fragte sich, ob sie von Anfang an nur getäuscht worden waren. Im Frühjahr hatte der spanische König Philipp II. ein gewaltiges Heer in Bewegung gesetzt, das er nun direkt an der Grenze Frankreichs entlangführen wollte, um damit endgültig den Aufstand in den spanischen Niederlanden zu zerschlagen. Daraufhin hatte es am französischen Hof unter der Führung der Königinmutter mehrere geheime Treffen mit den Protestanten gegeben.

Die potenzielle Gefahr, die von der Armee des katholischen Spaniens ausging, hatte die Medici und die Hugenotten gleichermaßen alarmiert und zu einem neuen Einverständnis zwischen den Parteien geführt. Keiner von ihnen hatte die langen Jahre vergessen, in denen sich Frankreich mit Spanien im Krieg befunden hatte. Man war daher gemeinsam zu dem Entschluss gekommen, die Grenze mit sechstausend Schweizern verstärken zu lassen und im Norden ein Heer zusammenzuziehen, um die Spanier nicht in Versuchung zu führen und ihnen die Stirn bieten zu können. Das Kommando über diese Truppen hatte der Prinz de Condé erhalten sollen, doch nun hatte sich die Medici überraschend anders entschieden und ihren Lieblingssohn Henri d'Anjou – einen nicht einmal sechzehnjährigen Knaben – zum Kommandeur dieser Armee ernannt. Das Beunruhigende daran war nicht nur, dass Henri d'Anjou jegliche militärische Erfahrung fehlte, sondern dass er darüber hinaus stark mit dem erzkatholischen Lager um den Kardinal de Lorraine sympathisierte.

Vardes' Blick blieb wieder an dem letzten Satz hängen. *Alle Vorbereitungen sind zu treffen …* Auch ohne dass Coligny, der ihm diese Zeilen gesandt hatte, es näher ausführte, war ihm die neue Bedrohung bewusst, mit der sich diese Situation plötzlich gegen sie selbst kehren konnte. Ein Heer von fremden Söldnern unter katholischer Führung befand sich im Land. Er dachte an den von ihnen allen gefürchteten Verdacht, dass man das Edikt von Amboise, das ihnen seit dem Friedensschluss vor vier Jahren eine begrenzte Ausübung des protestantischen Glaubens gestattete, widerrufen könnte.

Anzeichen dafür gab es genug. Er riss seinen Blick von dem Stück Papier los. Er musste mit Ronsard und den anderen sprechen, bevor sie sich auf dem schnellsten Wege nach Châtillon begeben würden, wo der Admiral sie erwartete.

44

Madeleine befreite die letzten Kirschen mit einem geschickten Schnitt von ihren Steinen und warf sie in die große Schüssel neben sich, in der sich bereits ein Berg der roten Früchte türmte. Sie sollten später für einen Kuchen verarbeitet werden. »So, das war's«, sagte sie zu der Magd gewandt.

Catherine nickte. »Danke!«, erwiderte sie und rang sich sogar ein Lächeln ab. Das Eis zwischen den beiden jungen Frauen war etwas gebrochen, nachdem Madeleine bei ihrer Rückkehr in die Küche der Magd nochmals ihre Hilfe angeboten hatte, die diese schließlich zögernd angenommen hatte. »Madame Maineville wird das aber bestimmt nicht gerne sehen!«, hatte Catherine zuvor eingewandt.

»Sie muss es ja nicht erfahren«, hatte Madeleine zurückgegeben, sich einfach ein Messer genommen und angefangen zu arbeiten. In den letzten beiden Stunden hatte sie Berge von Gemüse geputzt und mehrere Schüsseln Kirschen entsteint.

Madeleine blickte auf ihre verschmutzten Finger, an denen der rote Fruchtsaft klebte.

»Draußen im Hinterhof steht ein Wasserfass, da kannst du deine Hände waschen«, sagte Catherine und deutete, während sie den Brotteig knetete, mit dem Ellbogen zu einer Tür auf der anderen Seite der Küche.

»Danke!« Madeleine erhob sich und trat nachdenklich nach draußen. Ihr seltsames Gespräch mit Nicolas de Vardes geisterte ihr noch immer durch den Kopf. Nachdem sie in die Küche zurückgekehrt war, hatte sie durch das Fenster beobachtet, wie ein Reiter ihm im Hof einen Brief überreicht hatte. Die angespannte Miene des Boten verriet, dass es keine guten Nachrichten waren, die er zu übermitteln hatte.

Während sie ihre Hände in das kalte Wasser tauchte, fragte sie sich, was in dem Schreiben wohl gestanden hatte.

»Madeleine?«

Sie hatte Ronsard nicht herankommen hören und drehte sich überrascht um, als er plötzlich vor ihr stand.

Er schenkte ihr ein Lächeln, bevor er mit hochgezogenen Brauen ihr Dekolleté und das Oberteil ihres Kleides musterte.

Madeleine blickte verwirrt an sich herunter und entdeckte, dass sich am Ausschnitt und auf ihrer Haut feine rote Sprenkel zeigten.

»Ich hoffe doch sehr, dass es sich nicht um Blut handelt«, sagte Ronsard spöttisch, während seine Augen sich erneut auf ihr Dekolleté hefteten.

»Aber nein. Das sind nur Kirschen«, erklärte sie verlegen, während sie ihre nassen Hände unauffällig hinter sich an ihrem Rock trocknete. Angesichts von Ronsards stets eleganter Erscheinung im seidenen Wams und mit gekräuseltem weißen Hemdkragen war ihr ihr eigener Aufzug doppelt peinlich.

»Kirschen?«, erwiderte er. Dann lächelte er. »Du siehst gut aus. Etwas Schlaf und einige vernünftige Mahlzeiten scheinen Wunder zu wirken. Du bist kaum wiederzuerkennen!«, stellte er fest. Er beugte sich etwas zu ihr und wischte ihr mit einer aufreizend langsamen Bewegung einen der roten Spritzer, die sich auf ihre Wange verirrt hatten, mit dem Finger ab.

Madeleine starrte ihn an – sie begriff durchaus, dass er nur mit ihr spielte und in der gleichen Weise mit ihr flirtete, wie er es auch mit Catherine und den anderen Mägden zu tun pflegte. Er gab ihnen das Gefühl, sie würden auf einer Ebene stehen, doch das taten sie nicht. Philippe de Ronsard war ein Edelmann von Stand – sie dagegen nur eine junge Frau einfacher Geburt. Unwillkürlich wich Madeleine ein Stück von ihm zurück. Er schien zu merken, was in ihr vorging, denn sein Gesicht nahm fast augenblicklich wieder einen ernsten Ausdruck an.

»Komm, lass uns ein paar Schritte gehen. Wir müssen miteinander reden«, sagte er in einem beiläufigen Ton.

Sie nickte und versuchte, sich ihre Irritation über seinen Stimmungswechsel nicht anmerken zu lassen.

»Hat der Bote vorhin schlechte Nachrichten gebracht?«, fragte sie, als sie durch einen Durchgang den Garten erreichten.

Sie nahm wahr, dass er kurz stutzte, während er ihr sein ebenmäßiges Gesicht zuwandte. »Woher weißt du von dem Boten?«

»Ich habe seine Ankunft zufällig durchs Fenster beobachtet«, erwiderte sie.

»Erstaunlich, was du alles mitbekommst!« Etwas an der Art, wie er das sagte, ließ sie wieder an das Gespräch zwischen ihm und Vardes denken, das sie unfreiwillig im Stall mitgehört hatte.

»Ihr traut mir nicht!«, stellte sie fest.

Er drehte sich verwundert zu ihr. »Warum sollte ich dir nicht trauen?«

»Ihr glaubt mir nicht, wie ich von dem Anschlag im Wirtshaus erfahren habe«, fügte sie hinzu.

Er schaute sie verständnislos an.

»Ich habe Euer Gespräch mit Monsieur de Vardes vor dem Stall mit angehört.«

Er musterte sie erneut überrascht. »Das tut mir leid«, sagte er dann. »Aber dann wirst du auch mitbekommen haben, dass ich Monsieur de Vardes nur versucht habe zu beruhigen …«

Sie schwieg. Einen Moment lang glitt ihr Blick über das ausgedörrte Grün des Gartens.

»Du darfst es Monsieur de Vardes nicht übel nehmen«, meinte Ronsard leichthin. »Er ist für die Sicherheit des Admirals verantwortlich, und es gefällt ihm bestimmt nicht sonderlich, dass er es ausgerechnet einer katholischen Klosterschülerin verdankt, dass Monsieur de Coligny und wir alle noch am Leben sind.«

Sie blickte ihn an und musste an die Worte von Nicolas de Vardes denken. Sie hatte nicht das Gefühl gehabt, dass das der Grund für sein Verhalten gewesen war – im Gegenteil. In gewisser Weise hatte sie sogar den Eindruck gehabt, dass Vardes ihr gegenüber einfach nur ehrlich gewesen war.

»Warum wolltet Ihr mit mir sprechen?«, fragte sie schließlich.

»Wir werden La Bonnée verlassen.«

Madeleine blieb stehen. »Weshalb?«, fragte sie erstaunt.

»Es hat etwas mit der Nachricht zu tun, die uns der Bote gebracht hat, aber es ist besser, wenn du so wenig wie möglich davon weißt«, erwiderte er knapp.

Sie nickte. »Und wann werdet Ihr aufbrechen?«

»Wir«, korrigierte er sie. »Du wirst mitkommen!«

Sie schaute ihn verwirrt an.

»Wir werden die meisten Leute hier abziehen. La Bonnée wird daher nicht mehr sicher sein«, sprach er weiter.

Madeleine spürte, wie sie ein beklemmendes Gefühl ergriff, als ihr bewusst wurde, dass sie erneut auf der Flucht sein würde. Welche Nachricht konnte der Bote nur gebracht haben? Würde es etwa Krieg geben?

»Und wohin werden wir gehen?«

»Richtung Norden. Nach Châtillon-sur-Loing …«

Ungläubig blickte Madeleine ihn an. Obwohl sie noch nie dort gewesen war, hatte sie selbstverständlich schon von dem Ort gehört. Es war der Stammsitz des Admirals de Coligny und seiner Familie – den Seigneurs de Châtillon.

45

Man hatte beschlossen, dass sie nur in kleinen Gruppen von sechs bis acht Leuten aufbrechen würden, um keine unnötige Aufmerksamkeit zu erwecken. Madeleine sollte mit der ersten Truppe reisen, die von Vardes angeführt wurde. Außer ihnen beiden würden sich noch Guillaume, der Gascogner Clément – der bei dem Vorfall im Wirtshaus mit dabei gewesen war – und zwei Niederländer und Franzosen, die sie nicht kannte, bei ihnen befinden. »Ich werde erst später in Châtillon zu Euch stoßen«, teilte ihr Ronsard mit, der noch einen anderen Auftrag zu erledigen hatte.

Auch Madame Maineville würde vorerst nicht mit ihnen kommen. Obwohl Madeleine sie kaum ein paar Tage gekannt hatte, bedauerte sie, sich von der Haushälterin verabschieden zu müssen. Etwas in ihrem Wesen und ihrer Bereitschaft, für andere da zu sein, hatte sie an Schwester Philippa erinnert.

Eine hektische Aufbruchsstimmung hatte La Bonnée erfasst. Man drängte zur Eile. Wieder ein Ort und Menschen, die sie verlassen musste, schoss es Madeleine durch den Kopf, als sie die wenigen Sachen, die sie von Madame Maineville bekommen hatte, zu einem Bündel schnürte und sich zu den Ställen begab, wo die anderen bereits warteten.

Vardes hatte ein Pferd für sie satteln lassen – einen hochgewachsenen Rappen namens Apollo, dessen Anblick Madeleine in blankes Entsetzen versetzte. Das Schnauben des Pferdes ließ keinen Zweifel an seinem nervösen Temperament.

»Gibt es nicht vielleicht ein ruhigeres Pferd?«, fragte sie vorsichtig. »Ich … ich bin keine besonders gute Reiterin!«

Vardes, der mit Guillaume gesprochen hatte, drehte sich zu ihr und sah sie verwundert an. »Nein«, sagte er dann ungerührt. »Und du wirst dankbar für ihn sein, wenn es wider Erwarten doch zu irgendeinem Zwischenfall kommt. Apollo ist auf Schnelligkeit und Wendigkeit dressiert. Er scheut es weder zu springen noch geradewegs durchs Dickicht zu reiten.«

Madeleine blickte ihn an. Allein bei dem Gedanken, dass tatsächlich eines dieser Manöver notwendig sein könnte, ergriff sie ein Anflug von Übelkeit. Sie nickte stumm und schickte ein Stoßgebet zum Himmel, dass sie den Ritt überleben würde, als sie den Fuß in den Steigbügel setzte und aufsaß.

Vardes, der sich ebenfalls auf sein Pferd schwang, beobachtete sie eingehend. Madeleine bemühte sich, eine gleichmütige Miene aufzusetzen. Das war jedoch leichter gedacht als getan, denn sie konnte sich nicht des Eindrucks erwehren, dass der Rappe nur darauf brannte, ihr ein Beispiel seiner Leistungsfähigkeit zu geben. Sie war sich sicher, dass das Tier ihre Angst spürte und nur ein Rest von Gutmütigkeit es daran hinderte, nicht sofort loszupreschen.

Als sich die Truppe schließlich in Bewegung setzte, bemerkte Madeleine, dass der Boden beängstigend weit von ihren Füßen entfernt war, und sie fürchtete sich. Das Gefühl war nicht vergleichbar mit ihrer Angst vor den Guise und der ständigen Panik, eine ihrer Visionen könnte sie erneut heimsuchen, es war greifbarer und dennoch nicht weniger schrecklich. Ihr Herz klopfte, die Muskulatur ihres gesamten Körpers verkrampfte sich, und ihre Hände, die die Zügel so fest hielten, dass das Leder schmerzhaft in die Haut schnitt, waren feucht. Dennoch hätte sie um nichts in der Welt zugegeben, was mit ihr los war. Madeleine versuchte, ruhig durchzuatmen. *Reiß dich zusammen*, ermahnte sie sich innerlich. Sie empfand ihre eigene Angst als demütigend. Nach allem, was ihr widerfahren war, fürchtete sie sich tatsächlich schlichtweg, auf einem Pferd zu sitzen!

Sie nahm einen Schatten neben sich wahr und erkannte, dass Vardes seinen Wallach etwas zurückgehalten hatte und mit einem Mal neben ihr ritt. »Du solltest dich etwas entspannen«, hörte sie seine raue Stimme neben sich.

Sie drehte den Kopf zu ihm. Seine graugrünen Augen ruhten in der ihm eigenen durchdringenden Art auf ihr.

Madeleine nickte, obwohl sie sich nicht einmal ansatzweise dazu in der Lage sah. Sie konnte nicht begreifen, wie man sich auf dem Rücken eines Pferdes überhaupt jemals entspannen sollte.

Plötzlich lehnte sich Vardes zu ihr herüber. Er hatte seinen Arm ausgestreckt, und seine Hand berührte ihre Finger. »Die Zügel, lass sie ein wenig lockerer«, sagte er und entzog sie ihr etwas. Sie konnte durch seinen Handschuh die Wärme seiner Haut fühlen, und die Intimität dieser Berührung machte sie unerwartet verlegen.

Ohne besondere Eile zog er seine Hand zurück, und sie wandte den Kopf ab, weil sie das ungute Gefühl hatte, dass eine leichte Röte in ihre Wangen schoss. Irgendetwas an ihm machte sie nervös. Vielleicht war es einfach die Tatsache, dass sie nicht begriff, was für ein Mann er wirklich war, dachte sie. Die Narben auf seiner Wange gaben ihm auf den ersten Blick etwas Finsteres und Bedrohliches – die meisten Menschen erschraken, wenn sie ihm begegneten. Er schien das zu wissen, und wie es aussah, störte es ihn nicht einmal sonderlich, denn er gab sich keine Mühe, diesen Eindruck in irgendeiner Weise zu mildern. Im Gegenteil, er verhielt sich meistens kühl und distanziert und war nicht darauf aus, den Leuten zu gefallen, dachte sie. Anders als Ronsard, der alle durch sein Auftreten und seinen Charme, und ganz besonders die Frauen, gekonnt einzunehmen versuchte. Trotzdem hatte Madeleine mitbekommen, dass die Menschen Nicolas de Vardes schätzten und man ihm großen Respekt entgegenbrachte. Was hatte Madame Maineville bei der Abreise zu ihr gesagt? *Ich bin froh, dass du mit Monsieur de Vardes reist – bei ihm weiß ich dich in den besten Händen und kann sicher sein, dass du heil in Châtillon ankommen wirst!* Sie hatte die Haushälterin erstaunt angesehen und erinnerte sich mit einem Mal daran, wie sie vorhin beobachtet hatte, wie Vardes vor den Ställen mit Guillaume gesprochen hatte. Dem jungen Niederländer war die Aufgabe zugekommen, ihrem Zug ein Stück vorauszureiten, um sie vor unliebsamen Überraschungen zu warnen. Sie hatte die Worte, die die beiden gewechselt hatten, nicht genau verstehen können, aber dennoch hatte sie die Bewunderung und den Stolz in Guillaumes Augen gesehen, als Vardes ihm die Hand auf die Schulter legte und eindringlich mit ihm sprach.

Sie schaute verstohlen zu ihm hinüber und betrachtete die hellen Linien seiner Narbe. Woher diese Verletzung wohl stammte? Als wäre ein Degen in mehreren Hieben über sein Gesicht gefahren, dachte sie und erschauerte, als sie dieses Bild mit einem Mal gegen ihren Willen vor Augen hatte. Zu spät bemerkte sie, dass Vardes ihren Blick mitbekommen hatte. Ein kalter Ausdruck zeigte sich auf seinem Gesicht.

Sie drehte verlegen den Kopf weg, doch dann sah sie ihn an. »Verzeiht, ich wollte nicht unhöflich sein …«, erklärte sie ehrlich. »Ich hatte mich nur gefragt, woher Eure Narben wohl stammen!«, fügte sie etwas leiser hinzu.

Einen Augenblick lang schienen seine graugrünen Augen sie erneut zu durchdringen.

»Tatsächlich? Das hast du dich gefragt?«, erwiderte er schließlich spöttisch. »Erzähl mir lieber etwas über dich«, sagte er dann. »Du hast bei den Zisterzienserinnen gelebt, bevor du zu uns Ketzern gekommen bist. Wie hat es dir im Kloster gefallen?«

Madeleine senkte den Kopf. »Ich hatte keine Wahl«, antwortete sie schließlich, ohne auf seinen provozierenden Unterton einzugehen. »Meine Mutter ist vor zwei Jahren gestorben und hat verfügt, dass ich nach ihrem Tod dorthin komme.«

»Dann hast du keine andere Familie mehr?«

Sie schüttelte den Kopf. Ihr fiel auf, dass sie für kurze Zeit ihre Angst auf dem Pferd völlig vergessen hatte. »Nein!«, sagte sie, als sie beide plötzlich sahen, dass Guillaume vom anderen Ende des Weges auf sie zugeprescht kam. Sein Gesicht verhieß nichts Gutes.

»Reiter. Eine ganze Truppe. Nicht einmal eine Viertelmeile von hier«, stieß er außer Atem hervor, als er vor Vardes zum Halten kam. »Sie kommen direkt auf uns zu!«

Madeleine spürte, wie sich ihr Magen zusammenzog.

»Eine Viertelmeile, sagst du?«, fragte Vardes.

Guillaume nickte. »Ja, sie sehen nach irgendwelchen katholischen Ligatruppen aus«, fügte er hinzu.

Vardes fuhr auf seinem Wallach zu den anderen herum. »Zum Fluss hinunter, sofort«, entschied er.

Eh es sich Madeleine versah, trieben die Männer ihre Pferde direkt ins Dickicht hinein. Apollo wartete nicht einmal auf ihr Kommando, sondern folgte den anderen Pferden, als würde er die Gefahr instinktiv spüren. Angst ergriff sie, denn das Tempo wurde mit einem Mal empfindlich schneller. Zweige und Äste schlugen ihr gegen die Arme und ins Gesicht, und sie versuchte, sich voller Panik auf dem Rücken des Rappen zu halten. Dann sah sie zu ihrem Entsetzen, dass die Männer geradewegs ins Wasser ritten, wo man ihren Spuren nicht würde folgen können. Sie erstarrte. *Nein!* Sie wollte Apollo zum Stehen bringen, doch Vardes, der hinter ihr war, ließ ihr nicht die Möglichkeit, langsamer zu reiten.

Angsterfüllt drehte sie sich zu ihm. »Das kann ich nicht!«, stieß sie hervor, aber er schien sie nicht zu hören, sondern trieb mit einem kehligen Laut ihre beiden Pferde weiter an. Apollo preschte vorwärts.

Im selben Augenblick spritzte schon das Wasser an ihr hoch. Der Fluss war nicht tief – er umspielte gerade einmal den Bauch der Tiere –, doch ihre Füße und ihr Rock waren im Nu bis zu den Knien durchnässt. Die Kälte raubte ihr für einen Moment den Atem. Da die Pferde gegen den Widerstand des Wassers angehen mussten, wurden sie jedoch wenigstens etwas langsamer. Verkrampft hielt sich Madeleine im Sattel. Bestimmt eine Meile kämpften sie sich so durch den Fluss vorwärts, bevor sie die Uferböschung wieder hochritten.

Sie kehrten nicht zu dem ursprünglichen Weg zurück, sondern blieben im Schutz des Dickichts, auf einem schmalen, kaum sichtbaren Pfad. Die Pferde stoben mit neuer Kraft vorwärts, angetrieben von den Männern, die nun im gestreckten Galopp weiterjagten. Es war schlimmer als ein Albtraum, und Madeleine war sich sicher, dass ihre Angst durch nichts mehr zu steigern war, als sie erkannte, dass sich vor ihnen ein tiefer Graben auftat, über den sie springen mussten.

»Halt dich an der Mähne fest«, rief Vardes ihr zu, der ihren verzweifelten Gesichtsausdruck bemerkt hatte. Sehr viel mehr blieb ihr auch nicht übrig – starr vor Entsetzen krallte Madeleine sich an Apollo fest, der nochmals sein Tempo beschleunigte. Sie spürte, wie sie beim Absprung ein Stück aus dem Sattel gehoben wurde. Ihr Blick heftete sich auf die Bäume und Sträucher. Überrascht glaubte sie, neben sich eine Bewegung wahrzunehmen, doch dann war sie sicher, dass sie sich getäuscht haben musste.

Apollo setzte auf der anderen Seite auf, und Madeleine prallte unsanft in den Sattel zurück. In diesem Moment schwirrte vor ihr etwas durch die Luft und streifte den Kopf des Pferdes. *Ein Pfeil!*

Apollo scheute und stieg wiehernd hoch. Sie schrie entsetzt auf. Verzweifelt griff sie fester nach den Zügeln, doch das schien genau das Falsche zu sein, denn das Pferd versuchte, seine Last loszuwerden, buckelte – und ging durch. Zu ihrer Bestürzung schlug es die entgegengesetzte Richtung ein, in die die anderen Männer geritten waren. Madeleine rutschte im Sattel und konnte sich kaum halten, während Apollo wie von Sinnen im gestreckten Galopp an Bäumen und Sträuchern vorbeijagte – so schnell, dass sie nicht einmal mitbekam, wohin. Sie würde mit gebrochenem Genick irgendwo im Dickicht enden, dachte sie voller Panik und bemühte sich mit aller Kraft, sich festzuhalten. Irgendwann wurde das Pferd endlich langsamer und schnaubte laut. Sein Fell war feucht vor Schweiß.

Erst jetzt wurde ihr bewusst, dass das Tier wahrscheinlich in noch größere Panik geraten war als sie selbst. Sie strich ihm über den Hals. »Ist ja gut!«, murmelte sie. Sie versuchte den Rappen zum Stehen zu bringen, und er kam ihrem Befehl tatsächlich nach. Mit zittrigen Knien, die Zügel in der Hand, glitt Madeleine aus dem Sattel und blickte sich um. Sie befand sich auf einer Art Lichtung.

Da hörte sie eine Stimme und den Hufschlag eines herannahenden Pferdes.

»*Madeleine!*« Sie drehte sich um. Vardes kam auf sie zugaloppiert.

»Bist du gestürzt?«, fragte er, während er schon von seinem Wallach absaß.

Sie schüttelte den Kopf. »Nein! Es ist nichts passiert ...« Doch sie spürte, dass sie noch immer zitterte, und war erleichtert, dass er da war. Ein leichter Schwindel hatte sie ergriffen. Er schaute sie an. Irgendetwas war nicht so, wie es sein sollte, dachte sie plötzlich. Etwas stimmte nicht! Sie hörte ein schwirrendes Geräusch – ein leiser und feiner Ton, der langsam anschwoll. *Nein ...* Madeleine wurde blass.

Vardes hatte sie an den Armen gefasst. »Was ist mit dir?«, fragte er besorgt.

Sie blickte ihn voller Entsetzen an, während das schwirrende Geräusch in ihrem Kopf immer lauter wurde und sich mit einem ersticktem Aufschrei vermischte, der von weit her zu ihr drang. *Eine Armbrust ...* Sie sah, wie sich eine Pfeilspitze tief in das Fleisch eines Mannes bohrte. *Es war Vardes' Rücken! Und es würde jetzt geschehen!*

Sie schrie auf. »Passt auf!« Sie riss Vardes, der sie überrascht anblickte, mit aller Kraft zur Seite. Sie taumelten beide nach links. Beinah gleichzeitig schnellte neben ihnen ein Pfeil durch die Luft und schlug mit einem splitternden Geräusch in den Baum ein.

Vardes reagierte im Bruchteil einer Sekunde – er zog Madeleine mit sich hinter den nächsten Baum und wirbelte um die eigene Achse. Seine Hand griff in einer blitzschnellen und so plötzlichen Bewegung nach etwas langem Silbernen an seinem Gürtel, dass Madeleine das Wurfmesser erst erkannte, als es bereits durch die Luft flog.

Sie sah, dass auf der anderen Seite der Lichtung ein Bogenschütze stand, der sich gerade angeschickt hatte, die Armbrust ein zweites Mal zu spannen. Auf seinem Gesicht zeigte sich ein ungläubiger, erstaunter Ausdruck, als er das Messer auf sich zufliegen sah, das sich im nächsten Augenblick auch schon in seinen Kehlkopf bohrte. Der Mann stieß einen erstickten Laut aus. Die Armbrust fiel zu Boden, und er wankte mit aufgerissenen Augen nach vorn. Röchelnd sank er zu Boden. Dann war es mit einem Mal still.

Sie schaute entsetzt zu der Leiche. Vardes, der seinen Degen gezogen hatte, ließ die Waffe sinken und drehte sich zu ihr. Im selben Moment verlor Madeleine das Bewusstsein.

46

Sie erwachte schneller aus ihrer Ohnmacht als die anderen Male. Zwei starke Arme stützten sie. Benommen erkannte sie Vardes' Gesicht. »Was ist geschehen?«, fragte sie, dann bemerkte sie nur einige Schritte entfernt den leblosen Mann auf dem Boden. Die Erinnerung kam schlagartig zurück. *Es war erneut geschehen! Sie hatte wieder eine Vision gehabt.*

Doch ihr wurde bewusst, dass sie ohne diese Vorahnung jetzt wahrscheinlich beide tot wären. Für einen kurzen Augenblick verspürte sie einen Anflug von Dankbarkeit.

»Geht es?«, fragte Vardes.

Madeleine nickte. Er half ihr, aufzustehen und zu ihrem Pferd zu gehen.

»Warte hier!«, sagte er dann.

Sie strich Apollo, der sich ebenso wie Vardes' Wallach in den Schutz der Bäume geflüchtet hatte, mit zittrigen Händen über das Fell, während sie beobachtete, wie Vardes zu dem toten Bogenschützen ging. Er zog das Messer aus der Kehle des Mannes und nahm seinen Umhang genauer in Augenschein – ein kleines weißes Kreuz war darauf zu sehen. Dann kam er auch schon wieder zurück.

»Wirst du reiten können? Wir müssen hier, so schnell es geht, weg«, sagte er mit besorgter Stimme.

»Ja, mir geht es gut«, sagte sie, obwohl das Gegenteil der Fall war.

Er ritt dicht neben ihr. »Dieses Mal muss ich dir wohl wirklich danken. Ohne dich wäre ich mit einem Pfeil im Rücken hier im Wald verendet.«

Sie ignorierte die unausgesprochene Frage, die in seinem Unterton schwang.

»Dafür habt Ihr mir im Wirtshaus das Leben gerettet«, erwiderte sie. Ihr ganzer Körper fühlte sich noch immer wie erstarrt an.

»Du erinnerst dich also doch daran?« Er wandte ihr das Gesicht zu und bedachte sie mit einem seltsamen Blick. »Willst du mir nicht sagen, was da eben geschehen ist?«, fragte er schließlich.

»Ich habe auf der anderen Seite der Lichtung eine Bewegung zwischen den Bäumen gesehen – und dann die Umrisse der Armbrust erkannt«, log sie. Es fiel ihr in beängstigender Weise zunehmend leichter, Erklärungen zu erfinden, merkte sie.

»Wirklich? Du hast aber kein einziges Mal zur anderen Seite der Lichtung geschaut«, stellte er ruhig fest.

»Es war nur kurz!« Sie presste die Lippen zusammen. Ihr Gesicht war blass. Zu ihrer Erleichterung fragte er nicht weiter. Sie dachte an den Bogenschützen. Das Bild von ihm, wie er mit dem Messer in der Kehle zu Boden sank, würde sich ihr für immer einprägen. »Wer war der Mann?«, fragte sie zögernd.

Vardes zuckte die Achseln. »Jemand, der für eine dieser geheimen katholischen Ligen kämpft. Das weiße Kreuz auf seinem Umhang deutet zumindest darauf hin. Vielleicht auch ein Mann der Guise – oder beides.«

Madeleine fiel erneut auf, dass er angespannt wirkte. Er taxierte die Bäume und Sträucher, als würde er erwarten, dass dort jeden Moment jemand zum Vorschein käme. Sie fragte sich, wie der Bogenschütze überhaupt von ihnen hatte wissen können und in der Einsamkeit der Wälder auf sie gestoßen war.

»Wir müssen uns beeilen, um so schnell wie möglich wieder auf die anderen zu treffen. Der Mann ist bestimmt nicht allein gewesen«, sagte Vardes, der den gleichen Gedanken zu haben schien.

Madeleine nickte. Wenigstens ihre Angst vor dem Pferd hatte sich durch den schrecklichen Vorfall etwas gelegt, und sie spürte, dass Apollo im Gegensatz zu vorher auf das leiseste Kommando von ihr reagierte, als sie nun das Tempo beschleunigten.

Vardes führte sie über schmale Pfade zurück zu dem ursprünglichen Weg. Doch von den anderen fehlte jede Spur. Beinah eine Stunde jagten sie im gestreckten Galopp durch den Wald. Sie waren fast schon überzeugt, sie vollständig verloren zu haben, als sie an einer Lichtung endlich die Abdrücke ihrer Pferde wiederfanden.

Sie erhöhten ihre Geschwindigkeit und stießen schließlich nur eine halbe Meile weiter auf die Männer, die gerade am Ufer eines Teichs von den Pferden absaßen. Die Art, wie sie herumfuhren und nach ihren Waffen griffen, zeigte deutlich ihre Anspannung. Wie sich herausstellte, war es in der Zwischenzeit zu einem Gefecht gekommen. Guillaume war verletzt worden.

Ein kleines Stück hinter dem Graben hatten sich ihnen mehrere bewaffnete Männer in den Weg gestellt. »Es waren vielleicht fünf oder auch sechs«, berichtete Clément. Es ging alles sehr schnell. »Nachdem wir zwei von ihnen erledigt hatten, sind die anderen geflohen.« Er blickte Vardes an. »Ich frage mich, wie sie auf unsere Spur kommen konnten«, sagte er schließlich.

Vardes schwieg. »Wir werden unsere Route ändern. Für alle Fälle.«

Während sich die Männer untereinander beratschlagten, ging Madeleine zu Guillaume, der etwas abseits mit bleichem Gesicht an einem Baumstamm lehnte und sich den Arm hielt. Sein Hemd war blutverschmiert.

Sie ging neben ihm in die Knie. »Ist es schlimm?«, fragte sie sanft.

Er schüttelte den Kopf. »Nein, nicht mehr als ein Kratzer.

Einer der Degen hat mich touchiert«, antwortete er, doch sie sah den Schweiß, der auf seiner Stirn perlte.

»Lass mal sehen«, sagte sie und schob seine Hand zur Seite. Sie schob den Ärmel vorsichtig hoch. Es war weit mehr als ein Kratzer, stellte sie fest. Die Klinge hatte lang und tief ins Fleisch geschnitten, und die Wunde blutete noch immer heftig.

Die Verletzung hätte dringend versorgt werden müssen, doch hier war das kaum möglich. »Ich muss das wenigstens abbinden!«, sagte sie zu Guillaume. »Mit irgendetwas Sauberem. Warte mal …« Sie sah, dass die anderen Männer noch immer die neue Route besprachen. Kurz entschlossen erhob sie sich und ging zu ihrer Satteltasche. Sie holte ein Schultertuch hervor, das zu einem der beiden Kleider gehörte, die Madame Maineville ihr geschenkt hatte, und kehrte damit zurück. Schwester Philippa hatte ihr einmal gezeigt, wie man eine Wunde abband, als sich eine der Nonnen in der Küche einen gefährlichen Schnitt an der Hand zugefügt hatte. Sie versuchte, sich an ihre Anweisungen zu erinnern, während sie das Tuch fest um seinen Arm band. »Du solltest ihn möglichst wenig bewegen«, empfahl sie anschließend.

»Ich werd's versuchen«, sagte Guillaume. »Danke«, fügte er dann mit einem schiefen Lächeln hinzu.

Sie lächelte leicht. »Ich werde dir etwas zu trinken holen«, erwiderte sie. Als sie sich umdrehte, sah sie, dass Nicolas de Vardes zu ihnen herüberschaute. Er kam auf sie zu.

»Wirst du dich auf dem Pferd halten können?«, fragte er, zu Guillaume gewandt.

Der junge Niederländer nickte. »Das dürfte nicht weiter schwierig sein.«

Madeleine schaute Vardes an. »Wie lange werden wir bis Châtillon brauchen?«, fragte sie.

»Wenn nichts dazwischenkommt, werden wir morgen Abend dort sein. Wir werden einen Umweg machen müssen«, fügte er hinzu, da Châtillon ursprünglich nur einen guten Tagesritt von La Bonnée entfernt lag.

47

Sie brachen sofort auf. Aus Rücksicht auf Guillaume legten sie ein langsameres Tempo vor. Clément übernahm die Position des jungen Niederländers und ritt ihnen voraus.

Die Männer sprachen kaum, und es herrschte eine gespenstische Stille, in der man nur den gedämpften Hufschlag der Pferde auf dem weichen Waldboden hören konnte.

Madeleine kam es so vor, als wenn sie nicht erst einen Tag, sondern bereits seit Wochen in den dunklen Wäldern unterwegs wären. Sie bemerkte, dass Nicolas de Vardes ihr von Zeit zu Zeit einen prüfenden Blick zuwarf. Er ahnte, dass sie nicht die Wahrheit gesagt hatte, das war ihr bewusst.

Sie musste an den Bogenschützen denken und erinnerte sich plötzlich daran, was Nicolas de Vardes zu ihr gesagt hatte, als sie in La Bonnée vor dem Stall aufeinandergetroffen waren. *Du bist da in etwas hineingeraten, aus dem du dich lieber hättest heraushalten sollen.* Sie hatte sich von seinen Worten angegriffen gefühlt, doch nun verstand sie mit einem Mal, was er damit hatte sagen wollen. Es würde für sie keinen Weg mehr zurück geben. Madeleine spürte, wie sie ein leichtes Frösteln überkam. Sie ahnte, dass es erneut zum Krieg kommen würde. Auch wenn ihr niemand gesagt hatte, welche Nachrichten der Bote, der nach La Bonnée gekommen war, gebracht hatte, ließ das Verhalten der Männer – ihr übereilter Aufbruch und die Anspannung, die sie in ihrer aller Gesichter seitdem lesen konnte – kaum einen anderen Schluss zu. Sie hatte Angst davor. Sie sah wieder den Toten mit dem Messer in der Kehle vor sich und dachte an die Vorfälle im Wirtshaus und an ihre Flucht und fragte sich, warum all diese furchtbaren Dinge in ihrem Leben mit einem Mal so alltäglich geworden waren. Sie sehnte sich nach früher zurück, nach der Unbeschwertheit der Jahre, als ihre Mutter noch lebte und es ihr größtes Glück war, dem alten Apotheker Legrand beim Abwiegen und Messen seiner Zutaten zu helfen. Es schien ihr wie ein anderes Leben, das nicht sie, sondern eine andere Person gelebt hatte. Ihre Hand glitt unwillkürlich zu dem Anhänger an ihrer Kette, der die einzige Erinnerung an diese Zeit war.

Mit Einbruch der Nacht schlugen sie weitab des Weges ein Lager auf. An dem wolkenfreien Himmel zeigten sich die Sterne. Der helle Halbmond spendete ihnen glücklicherweise etwas Licht, denn sie wagten nicht, ein Feuer zu entzünden. Madeleine baute sich wie die Männer aus Zweigen und Blättern ein Lager. Trotz der Decke, die sie darüberlegte, war es hart und unbequem. Doch sie fühlte sich so erschöpft, dass sie nichts davon merkte und, sobald sie sich unter ihrem Umhang zusammengekauert hatte, sofort einschlief.

In dieser Nacht hatte sie wieder den Traum. Sie rannte durch diese Stadt mit den hohen hellen Häusern, über deren Dächern sich im Mondlicht die Umrisse der Türme von Kirchen und einer Kathedrale zeigten. Wieder war überall Blut, und Männer kämpften gegeneinander. Die Bilder waren diesmal noch klarer und eindringlicher als beim ersten Mal. Sie sah einen breiten Fluss und eine steinerne Brücke. Jemand schrie ihr etwas zu, und sie bemühte sich voller Angst, schneller zu laufen, getrieben von dem schrecklichen Schuldgefühl, dass sie zu spät kam und das Unglück hätte verhindern können. Eine Stimme rief ihren Namen, und sie schrie auf …

In diesem Augenblick spürte sie eine Hand an ihrem Arm, und sie fuhr erschrocken aus den Tiefen ihres Schlafs hoch. Jemand hatte sich im Halbdunkeln zu ihr gebeugt und schüttelte sie leicht. »Madeleine!«, flüsterte eine raue Stimme. Sie erkannte Nicolas de Vardes. »Du hast geträumt«, sagte er.

Ihr Atem ging noch immer schnell.

»Alles in Ordnung?«, fragte er.

Sie nickte und wollte etwas sagen, doch sie fand keine Worte. Der Traum war noch immer zu nah und real. Dann erinnerte sie sich plötzlich an die Stimme, die im Traum nach ihr gerufen hatte. Es war seine, Nicolas de Vardes' Stimme gewesen! Was hatte das alles zu bedeuten? War es wirklich nur ein Traum? Madeleine spürte, wie sie zu zittern begann.

»Ist ja gut!«, sagte er leise. Er strich ihr sanft übers Haar und schaute sie an. Etwas in seinem Blick verwirrte sie. Einen Moment lang glaubte sie, er würde sie in seine Arme ziehen, und sie wünschte sich nichts mehr als das, doch dann wandte er sich mit einem Mal ab und stand wieder auf.

Sie sah ihm im Halbdunkel hinterher, wie er an den schlafenden Männern vorbeiging und zwischen zwei mächtigen alten Eichen verschwand, hinter denen er seinen Posten bezogen hatte.

Ihr Atem hatte sich wieder beruhigt, doch an Schlaf war nicht zu denken. Sie wartete kurz und erhob sich dann von ihrem Lager.

Nicolas de Vardes saß auf einem umgestürzten Baumstamm, den Rücken gegen eine der Eichen gelehnt. Er hielt nachdenklich einen Zweig in der Hand.

Überrascht blickte er auf, als sie zu ihm kam.

»Löst Euch niemand ab?«, fragte sie. Sie ließ sich ein Stück neben ihm nieder und zog unter ihrem Umhang die Knie zu sich heran.

»Nein, aber es macht mir nichts aus. Ich könnte ohnehin nicht schlafen«, erwiderte er. »Eine dumme Angewohnheit aus dem Krieg.«

Sie wandte den Kopf zu ihm. Tatsächlich wirkte er nicht einmal müde.

»Hast du von dem Mann geträumt, dem Bogenschützen?«, fragte er.

»Nein.« Sie schüttelte den Kopf. »Es war ein anderer Traum, einer, den ich schon einmal hatte …« Sie verstummte.

Vardes drehte sich zu ihr. »Erzähl mir davon!«, forderte er sie auf.

»Er ist schrecklich«, sagte sie abwehrend.

Vardes lächelte kaum wahrnehmbar. »Ich werde es verkraften!«

Sie zögerte, doch die nächtliche Atmosphäre, in der sie im Halbdunkel nur die Umrisse seines Gesichts erkennen konnte und seine raue Stimme umso eindringlicher wahrnahm, ließ sie eine plötzliche Nähe zu ihm empfinden.

»Es gibt keinen wirklichen Anfang«, begann sie. »Ich erinnere mich erst an den Moment, in dem ich bereits renne – durch eine Stadt mit hohen, hellen Häusern. Es ist Nacht – über den Dächern kann man die Türme von Kirchen und einer Kathedrale erkennen«, erzählte sie. »Die Straßen sind blutbefleckt, und überall kämpfen Männer. Und ich laufe und laufe, wie getrieben, vorbei an Sterbenden und Toten …« Sie brach beklommen ab, weil sie mit einem Mal wieder alles vor sich sah.

Vardes hatte den Zweig aus der Hand gelegt.

»Und kennst du die Stadt, durch die du läufst?«

»Nein«, erwiderte Madeleine bedrückt. »Obwohl ich sie im Mondlicht in aller Deutlichkeit vor mir sehe, gibt es sie nur in der Fantasie meines Traums. Die Häuser sind mehrgeschossig und aus hellem Sandstein, und ein breiter Fluss führt durch die Stadt, in deren Mitte eine Art Insel liegt, auf der befinden sich Häuser und eine große mächtige Kathedrale mit zwei eckigen Türmen …«

»Eine Insel mit einer Kathedrale, die eckige Türme hat? Das ist Paris mit Notre-Dame«, stellte er erstaunt fest.

Sie wandte den Kopf zu ihm. Ein eigenartiges Gefühl ergriff sie. »Das kann nicht sein. Dort war ich noch nie!«, erwiderte sie.

»Vielleicht hast du schon einmal eine Abbildung oder Zeichnung von Paris gesehen und es nur vergessen«, meinte Vardes.

Sie schwieg, weil sie wusste, dass sie niemals eine solche Abbildung gesehen hatte.

»Erzähl weiter – warum kämpfen die Männer? Herrscht Krieg?«, fragte er.

»Ich nehme es an, denn es wird überall gekämpft«, antwortete sie zögernd. Sie merkte, dass es ihr guttat, darüber zu sprechen. »Aber gleichzeitig sind die Bilder schrecklicher, als ich mir einen Krieg jemals vorstellen könnte. Menschen werden von Soldaten und bewaffneten Männern aus den Fenstern der Häuser gestürzt, ihre Leichen durch die Straßen geschleift und in den Fluss geworfen, dessen Wasser sich von ihrem Blut rot gefärbt hat. Selbst

Frauen und Kinder werden getötet.« Sie verstummte schaudernd, bevor sie schließlich fortfuhr. »In den Gesichtern von denen, die töten, ist ein unvorstellbarer Hass. Sie sind wie von Sinnen, erfüllt von einem Rausch nach Blut. Sie kennen keine Gnade … Ist Krieg so?«, fragte sie leise.

Er blickte sie an.

»Manchmal«, erwiderte er. Seine Stimme klang dunkel, beinah belegt, als würde er die Bilder ebenso vor sich sehen wie sie. »Warum rennst du in deinem Traum durch die Straßen?«, erkundigte er sich dann. »Will man dich auch töten?«

»Das weiß ich nicht. Ich weiß nur, dass ich furchtbare Angst habe und mich schuldig fühle, weil ich das Unglück um mich herum nicht verhindert habe …« Sie nahm selbst wahr, wie verzweifelt sich ihre Stimme anhörte.

»Du glaubst, du hättest es verhindern können?«, fragte er überrascht.

»Ja.«

In seinen Augen, die in der Dunkelheit glänzten, zeigte sich ein warmer Ausdruck. »Es tut mir leid, aber die Bürde dieser Verantwortung scheint mir selbst für einen Traum zu groß. Glaub mir, ich habe viele Kriege erlebt, und ich kann dir sagen, dass es nie in dem Vermögen eines einzigen Menschen liegt, solche Tragödien zu verhindern.«

Sie schaute ihn zweifelnd an.

Er beugte sich zu ihr. »Es ist nur ein Traum, Madeleine!«, sagte er.

Sie nickte und spürte, wie er die Hand auf ihre Schulter legte.

»Wovor fürchtest du dich eigentlich so?«, fragte er unerwartet weich. Seine Worte und die Art, wie er sie ansah, ließen keinen Zweifel, dass er weder von ihrem Traum noch von der Bedrohung durch die Guise sprach, und einen Moment war sie in Versuchung, ihm die Wahrheit zu erzählen. Dass es sie selbst war, vor der sie am meisten Angst hatte. Wie unerträglich es war, von diesen Visionen heimgesucht zu werden, welche ständige Panik sie hatte, dass es erneut geschehen würde, und dass der Traum nur deshalb für sie so schrecklich war, weil etwas in ihr fürchtete, er könnte mehr sein als nur ein Abbild ihrer Fantasie, und die grauenvollen Bilder könnten irgendwann tatsächlich zur Wirklichkeit erwachen. All das hätte sie ihm am liebsten gesagt – und auch, dass sie ihm vertraute und sich auf eine Weise zu ihm hingezogen fühlte, die neu und unbekannt für sie war. Sie sehnte sich danach, dass er sie in die Arme nahm.

Er schaute sie noch immer an.

Da hob sie das Gesicht und küsste ihn. Es war ein scheuer, beinah verzweifelter Kuss, in dem ihre ganze Sprachlosigkeit lag. Für den Bruchteil einer Sekunde schien er überrascht, dann zog er sie an sich. Sie konnte unter dem Stoff seines Hemdes seine Muskeln fühlen, während seine Lippen die ihren suchten und sie erst sanft und dann mit einer zunehmenden Leidenschaft küssten, die sie im gleichen Maße erschreckte wie erregte. Das Blut pulsierte in ihren Adern, und für einen Augenblick vergaß Madeleine alles. Sie schlang die Arme um seinen Hals, erfüllt von einer fast schmerzhaften Sehnsucht, seinen Körper zu spüren und von ihm weiter geküsst und berührt zu werden und einfach an nichts mehr denken zu müssen.

Seine Hände glitten zu ihren Hüften hinab und zogen sie enger zu sich. Sie lehnte mit einem leisen Stöhnen den Kopf nach hinten, als sich seine Lippen von ihrem Mund lösten und weiter ihren Hals hinabglitten. Sein warmer Atem strich über ihre Haut, und sein Gesicht versenkte sich in der Beuge zu ihrem Nacken, als wollte er den Geruch ihrer Haut einatmen.

»Mein Gott, Madeleine«, murmelte er.

Ihre Finger strichen durch seine Haare und glitten seinen breiten Rücken hinab, als er mit einem Mal seine Hände behutsam von ihren Hüften löste. Sie blickte ihn aufgelöst an – sein Atem ging noch immer schnell, und in seinen Augen stand deutlich die Erregung zu lesen, doch er berührte sie nicht mehr und war wieder ein Stück von ihr abgerückt.

Ein leichter Schwindel erfasste sie. Es traf sie, dass er im Gegensatz zu ihr trotz seiner Leidenschaft so vollständig die Kontrolle über sich zu haben schien. Sie fühlte sich plötzlich zurückgewiesen. Ihr wurde bewusst, dass sie beinah bereit gewesen wäre, sich ihm hinzugeben – und noch dazu hatte sie ihn als Erste geküsst. Was war nur in sie gefahren? Ein Schamgefühl durchflutete sie, und sie sprang abrupt auf.

Er blickte sie überrascht an. »Madeleine …«

»Verzeiht!«, stieß sie hervor und hatte sich, bevor er etwas erwidern konnte, schon umgedreht und war zurück zu ihrem Lager geflüchtet.

48

»Catherine?« Madame Maineville lief in ihrem schwarzen Kleid und der weißen Haube mit zügigen Schritten über den Hof zu den Vorratsgebäuden. Ihr Gesicht hatte einen verärgerten Zug angenommen. »Catherine!«, rief sie erneut laut. Wo steckte die Magd nur? Mehr als eine halbe Stunde war es her, dass sie sie mit dem Schlüssel in die Vorratskammer geschickt hatte, um neues Mehl zu holen. Die Haushälterin unterdrückte ein Seufzen. Seitdem die Männer aus La Bonnée abgereist waren, neigte das Gesinde zu einer gewissen Nachlässigkeit. Als würden die Mägde und Knechte spüren, dass das Ende der letzten unbeschwerten Stunden nahte. Sie konnte es ihnen nicht einmal übel nehmen – sie alle wussten, was auf sie zukam, wenn tatsächlich wieder ein Krieg ausbrach. Madame Maineville hoffte indessen inständig, dass Gott ihnen diese Prüfung ersparte. Was gab es Schrecklicheres als den Bruderkrieg, bei dem sich die Menschen im eigenen Land gegenseitig bekämpften?

Und dennoch mussten sie sich darauf vorbereiten. Vorräte wurden aufgestockt, Medikamente besorgt, Waffen versteckt und die Mauern des mittelalterlichen Anwesens unauffällig verstärkt, denn La Bonnée sollte im Notfall als heimliches Versteck und Versorgungsstützpunkt dienen können.

Die Haushälterin öffnete die schwere Tür zu den Vorratsräumen – sie war nur angelehnt. Suchend schaute sie sich um.

Es war kühl in den Räumen, die von dicken Steinmauern geschützt wurden. In den Wänden befand sich kein Fenster, sondern nur ein schmaler Lichtschacht, durch den einige spärliche Sonnenstrahlen drangen. Säcke mit Getreide und Hülsenfrüchten, Fässer mit eingelegten Früchten, abgehangene Schinken, Honig, Öl, Wein, kostbares Salz und etliche andere haltbare Nahrungsmittel lagerten hier in den Regalen hinter den Holzgittern. Die Schätze von La Bonnée – mehrere Hundert Männer würden damit im Ernstfall für einige Wochen versorgt werden können.

Madame Maineville sah in dem halbdunklen Licht, dass die Verbindungstüren zwischen den Räumen offen standen. Ein ungutes Gefühl ergriff sie. Es passte nicht zu der Magd, so nachlässig zu sein. Sie beschleunigte ihre Schritte und erkannte in einem der hinteren Räume, in denen der Wein lagerte, die Umrisse von Catherines Gestalt.

»Was machst du denn hier? Du solltest doch nur etwas Mehl holen!«, fuhr sie die junge Frau an.

Catherine hatte sich zu ihr gedreht. Selbst in dem schwachen Licht konnte die Haushälterin erkennen, dass etwas nicht stimmte. In den Augen der Magd lag panische Angst, und sie brachte keinen Ton hervor.

Im selben Augenblick begriff Madame Maineville, dass sie nicht allein war – und sie bemerkte die drei Männer. Sie standen nur einige Schritte entfernt von Catherine, halb verborgen hinter den Regalen, und waren bewaffnet. Einer von ihnen hatte eine Pistole auf die Magd gerichtet, die er nun mit einem kalten Lächeln nach unten sinken ließ.

»Es erleichtert unsere Angelegenheit, dass Ihr den Weg zu uns gefunden habt!«, sagte er mit tiefer Stimme. »Eure Magd hat zwar heldenhaft versucht, uns davon zu überzeugen, dass Ihr sie bestimmt nicht suchen würdet, aber bei diesen beeindruckenden

Vorräten gibt man die Schlüssel nicht gerne allzu lange aus der Hand, nicht wahr?«

Madame Maineville blickte ihn erschrocken an, während sie fieberhaft überlegte, wer die Männer waren. Anhänger der Guise oder irgendeiner dieser furchtbaren katholischen Ligen konnten es nicht sein – sie würden es nicht wagen, in ein Anwesen des Prinzen de Condé einzudringen. Nicht so lange der Krieg nicht wirklich ausgebrochen war. Doch um einen gewöhnlichen Überfall konnte es sich auch nicht handeln – dafür waren die Männer eindeutig zu gut gekleidet. Sie bemühte sich, ihre Angst nicht zu zeigen, als sie den Mann mit der Pistole, der anscheinend ihr Anführer war, ansprach.

»Was wollt Ihr?«, fragte sie tonlos.

Der Mann kam einen Schritt auf sie zu. »Nicht mehr als eine kleine Auskunft«, erwiderte er und gab einem der anderen beiden Männer ein Zeichen.

Sie beobachtete zu ihrem Entsetzen, wie dieser Catherines Kopf an den Haaren zu sich nach hinten riss und ihr ein Messer an die Kehle hielt. Die Magd schrie auf.

Der Unbekannte vor ihr schenkte ihr einen ausdruckslosen Blick. »Nur damit Ihr versteht, dass wir es ernst meinen.«

Madame Maineville nickte verstört.

»Wir suchen eine junge Frau, die bei Euch Unterschlupf gefunden hat«, erklärte er dann. »Ihr Name ist Madeleine Kolb. Eure Magd behauptet, sie sei nicht mehr hier – und ich möchte wissen, wo sie sich jetzt befindet.«

Madame Maineville blickte zu Catherine, der die Tränen über die Wangen liefen.

Der Mann mit der Pistole gab erneut ein Zeichen. Sein Begleiter verstärkte den Druck auf das Messer an Catherines Kehle. Ein Blutstropfen rann die weiße Haut ihres Halses hinab. Die Magd schluchzte jäh auf.

»Hört auf!«, rief Madame Maineville aufgelöst.

»Nun, das liegt ganz an Euch. Wie viel bedeutet Euch das Leben von ihr?«, fragte der Mann und machte Anstalten, die Hand zu heben. Das Messer schien sich noch ein Stück tiefer in Catherines Haut zu senken.

»Nein, nicht«, rief die Haushälterin voller Angst und schloss für einen kurzen, kaum wahrnehmbaren Moment die Augen. »Die junge Frau, die Ihr sucht, sie ist mit einigen unserer Männer auf dem Weg nach Châtillon zum Anwesen der Colignys«, brachte sie schließlich hervor.

Sie sah, dass die Auskunft den Unbekannten überraschte. Er musterte sie, als erwöge er, ob er ihr glauben könnte, doch dann schien er zu erkennen, dass sie tatsächlich die Wahrheit sagte.

Die Haushälterin kämpfte gegen ihre Schuldgefühle an. Doch Madeleine musste schon längst in Châtillon angekommen sein. Auf dem Anwesen des Admirals würde sie sich in Sicherheit befinden, versuchte sie sich zu beruhigen, während sie voller Erleichterung beobachtete, wie der andere Mann endlich das Messer von Catherines Kehle nahm.

Schluchzend lief die Magd zu ihr, und sie legte schützend den Arm um sie.

»Habt Dank für Eure Hilfe«, sagte der Mann mit einem kalten Lächeln.

CHÂTILLON, 1567

49

Der Hufschlag ihrer Pferde hallte auf dem Pflaster wider, als sie in den Hof einritten. Mehrere Stallknechte kamen auf sie zugelaufen, und jemand reichte Madeleine die Hand, um ihr vom Pferd zu helfen.

Madeleine schaute sich benommen um. Menschen liefen geschäftig über den Hof – Mägde, Knechte und Diener genauso wie einige höfisch gekleidete Herren mit Hut und Degen. Zwei Männer stützten den erschöpften Guillaume und brachten ihn auf Befehl von Vardes sofort ins Haus.

Sie strich sich das Haar aus dem Gesicht. Das also war Châtillon! Ihr Blick glitt über die helle, elegante Fassade des Schlosses hinauf zu den verzierten Dachgiebeln und Türmen.

Madeleine hätte nicht sagen können, was sie sich genau unter Châtillon vorgestellt hatte. Einen Ort mit hohen Mauern und einem schmucklosen, finsteren Herrenhaus, das eher an eine Festung erinnerte und in dem Menschen lebten, die die dunklen gedeckten Farben der Protestanten trugen und stets bewaffnet waren, vielleicht. Wie hätte das Anwesen eines Mannes sonst auch aussehen sollen, der als einer der gefährlichsten Ketzer des Landes, als der Antichrist, galt und über den man sich unter den Katholiken nur die düstersten Geschichten erzählte? Streng, grausam und vom Teufel besessen sei Coligny, so hieß es.

Von all dem war hier jedoch nichts zu spüren. Châtillon war ein malerisches, einladendes Anwesen, musste sie zugeben. In der Mitte des Schlosses erhob sich ein übergroßer Turm, der es den Wachen erlaubte, jeden, der sich über das weite flache Land näherte, schon Meilen im Voraus zu sehen. Hohe Wehrmauern schützten das Schloss, das selbst jedoch etwas Lichtes und Erhabenes ausstrahlte und eine Schönheit und Größe besaß, die ohne Frage auch eines Königs würdig gewesen wäre. Nirgends hätte sich stärker verdeutlichen können, dass Coligny nicht nur einer der bedeutendsten Hugenottenanführer war, sondern auch einer der großen und alten Adelsfamilien Frankreichs entstammte.

In diesem Moment sah Madeleine, dass eine elegant gekleidete, zierliche Frau aus dem Schloss auf sie zukam. Ihr hellblaues Kleid war schlicht, aber aus einem edlen Samtstoff und mit Spitze und silbernen Schnüren verziert. Um ihre Füße tummelten sich drei kleine Kinder, die ihr gefolgt waren und die Ankömmlinge nun mit neugierigen Augen anstarrten. Die Frau, die nicht älter als Ende dreißig sein konnte, schenkte den Ankömmlingen ein warmes Lächeln. »Mein Gemahl, der Admiral, wird leider erst am Abend zurückkehren, aber erlaubt mir, dass ich Euch indessen bei uns willkommen heiße«, sagte sie.

Mein Gemahl? Dann war sie die Frau von Coligny – Charlotte de Laval? Madeleine erinnerte sich, dass die Männer während der Reise ihren Namen einige Male erwähnt hatten. Sie war jedoch davon ausgegangen, dass sie wesentlich älter sein müsste. Und sie hatte auch nicht gewusst, dass der Admiral mehrere Kinder hatte. Überrascht betrachtete sie die Frau, die die Männer einen nach dem anderen voller Herzlichkeit begrüßte. Madeleine verspürte einen leisen Stich, als sie sah, wie Vardes Charlotte de Laval die Hand küsste und sie dabei vertraut anlächelte.

Seit ihrem Kuss war Madeleine ihm aus dem Weg gegangen. Während der Reise hatte er mehrmals das Gespräch mit ihr gesucht, doch sie hatte sich stets in der Nähe von Guillaume aufgehalten, um dieser Peinlichkeit zu entgehen. Noch immer begriff sie nicht, was in sie gefahren war, dass sie ihn geküsst hatte. Was hatte sie sich gedacht? Nur weil es einen kurzen Augenblick der Nähe und Vertrautheit zwischen ihnen gegeben hatte? Sie hatte vergessen, dass Nicolas de Vardes ein Mann von Stand war, ein Protestant, der niemals bereit sein würde, ihr mehr als eine gewisse Dankbarkeit für das entgegenzubringen, was sie getan hatte. Eine leichte Bitterkeit stieg in ihr hoch, denn sie verstand selbst nicht, wie sie sich zu einem Mann wie ihm so hingezogen fühlen konnte.

Sie beobachtete verstohlen, wie Vardes und Charlotte de Laval miteinander sprachen, als Colignys Gemahlin plötzlich auf sie zutrat. »Ich habe gehört, dass Ihr meinen Gemahl und seine Männer vor dem Anschlag gewarnt habt, Mademoiselle«, sagte sie mit wohlklingender Stimme. »Und ich ahne, in welche Schwierigkeiten Euch das alles gebracht hat. Ich hoffe, Ihr werdet mir erlauben, einiges davon wiedergutzumachen, denn meine Kinder und ich stehen tief in Eurer Schuld.«

Es war tiefe Ehrlichkeit, die Madeleine von Charlotte de Laval entgegengebracht wurde, und für einen Moment fehlten ihr die Worte. Noch niemals zuvor hatte sie jemand mit dem respekterbietenden »Ihr« angesprochen.

»Das ist wirklich nicht nötig«, brachte sie schließlich abwehrend hervor und sank dabei unbeholfen in einen tiefen Knicks.

Charlotte de Laval lächelte nur leicht. Sie bestand darauf, dass Madeleine ein Gästegemach im Schloss bezog. Zum Abend würde man sie alle, wie es Sitte im Haus war, im unteren Festsaal erwarten, teilte sie den Ankömmlingen mit.

Ein Diener geleitete Madeleine zu ihrer Unterkunft. Der Raum war groß, besaß einen eigenen Kamin und war mit einem Wandteppich und einem großen Bett ausgestattet, dessen seitliche Vorhänge aus teurem Tuchstoff bestanden. Befangen sah sie sich um. Sie fühlte sich unwohl in dem Zimmer. Wie viel lieber hätte sie genau wie in La Bonnée in einem der Nebengebäude, wo auch die Dienerschaft untergebracht war, eine Kammer bezogen. Sie unterdrückte ein Seufzen. Durch das Fenster konnte sie über mehrere Terrassen hinweg einen prachtvoll bepflanzten Park ausmachen, dessen Mitte ein mit Skulpturen dekorierter Brunnen zierte.

50

Am Abend begab sie sich mit allen anderen in den Festsaal des Schlosses hinunter. Vor einem großen verzierten Kamin war eine lange Tafel gedeckt. Der Raum war voll mit Menschen – nicht nur Familie und Gäste waren gekommen, sondern auch ein Großteil des Gesindes. Jeder, der abkömmlich war, hatte sich am Abend vor dem Diner hier einzufinden. So wollte es die Sitte des Hauses, hatte ein Diener, der auch sie gerufen hatte, Madeleine erklärt.

Eine Bewegung an einer der beiden großen Flügeltüren verriet die Ankunft des Hausherrn Coligny. Madeleine verspürte eine leichte Anspannung. Sie hatte von den Ereignissen im Wirtshaus kaum mehr als einen verschwommenen Eindruck von ihm im Kopf. Unauffällig versuchte sie, den Admiral daher von ihrem Platz aus näher in Augenschein zu nehmen, als er nun den Saal betrat. Wie sie vermutet hatte, war er etliche Jahre älter als seine Frau. Er musste Ende vierzig sein. Seine große kräftige Gestalt mit den dunkelblonden Haaren strahlte die Kraft und Autorität eines Mannes aus, der es gewohnt war zu befehlen. Sie musste unwillkürlich an die vielen furchterregenden Geschichten denken, die über ihn erzählt wurden. Solche, wie die über die Belagerung Boulognes. Als die Engländer damals alle französischen Gefangenen töteten und ihre Köpfe zur Abschreckung auf Lanzen spießen ließen, habe Coligny keinerlei Regung oder Mitleid gezeigt, sondern nur mit kalter Miene befohlen, es ihnen mit Gleichem zu vergelten. Hart und unerbittlich habe er diesen Befehl an den englischen Gefangenen durchgeführt, bis es schließlich die Engländer waren, die inständig baten, zu den alten Gepflogenheiten und Statuten zurückkommen zu dürfen.

Madeleine betrachtete das Gesicht des Admirals. Ein nachdenklicher, strenger Ausdruck lag darauf, der durch den lebhaften Blick seiner blauen Augen jedoch durchbrochen wurde.

Während Coligny zusammen mit seiner Gemahlin zum Kopfende des Tisches schritt, richtete er immer wieder an den einen oder anderen im Saal das Wort. Seine ruhigen Gesten, die Art, wie er sprach und die Menschen ansah, ließen ihn wie jemanden wirken, der völlig mit sich im Reinen war und keinerlei Zweifel kannte, dachte sie überrascht. Sie bemerkte, dass sich die Blicke der Anwesenden wie magisch auf ihn richteten und jede kleinste Bewegung von ihm zu verfolgen schienen. Sie bewunderten ihn und schauten zu ihm auf. Als würde ein König seinem Volk begegnen, schoss es Madeleine durch den Kopf.

Coligny war indessen mit seiner Frau vor seinem Platz stehen geblieben und wandte sich zu einem schwarz gekleideten Mann an seiner Seite, bei dem es sich um eine Art Hausgeistlichen handeln musste. Dieser drehte sich zu den Menschen im Saal und begann einen Ton anzustimmen. Nur wenige Augenblicke später fielen nicht nur Coligny und seine Gemahlin, sondern der gesamte Saal in ein Lied ein. Ein heller, tragender Gesang erfüllte den Raum. Madeleine überlief ein Schauer. Sie wusste, dass der Psalmgesang ein wichtiger Bestandteil des protestantischen Kults war, und die Melodie ließ sie gegen ihren Willen nicht unberührt. Anders als in der katholischen Messe, in der von den Mönchen oder Priestern allein in lateinischer Sprache gesungen wurde, waren die Verse in französischer Sprache verfasst. Es war einer der großen Unterschiede zum Katholizismus, dass die Protestanten die unmittelbare Verbindung des Gläubigen zu Gott suchten. Kein Priester, keine kirchliche Hierarchie und auch keine Sprache durfte dem im Weg stehen. Deshalb lasen sie die Heilige Schrift – in der allein sich Gott ihnen offenbarte – auch auf Französisch und lobpreisten den Allmächtigen in den Psalmen in ihrer Muttersprache.

Madeleine lauschte auf den Text, in dem Gott für seine Gaben und seine Gnade gedankt wurde. Und doch war es Sünde! Sie versuchte, sich gegen die Wirkung des Lieds zu wehren, und senkte den Kopf, damit nicht allzu deutlich auffiel, dass sie nicht mitmachte.

Erleichtert atmete sie auf, als der Gesang endlich endete. Der schwarz gekleidete Mann sprach ein Gebet und einen Segen aus, dann nahm die Gesellschaft um die lange Tafel herum Platz, während sich das Gesinde und die übrigen Leute wieder zu zerstreuen begannen. Madeleine wandte sich ebenfalls ab, als die Stimme des Admirals sie zurückhielt. »Wollt Ihr uns nicht die Freude machen, mit uns zu speisen, Mademoiselle?« Er hatte sich erneut vom Tisch erhoben, und sie nahm wahr, wie die Gespräche mit einem Mal verstummten und sie alle an der großen Tafel anblickten. Es waren hauptsächlich Edelleute, die dort saßen. Auch Vardes und Ronsard befanden sich unter ihnen. Sie alle waren elegant gekleidet und von Stand. Im Gegensatz zu ihr. Sie gehörte dort nicht hin. Am liebsten hätte sie den Kopf geschüttelt und wäre geflohen, doch Charlotte de Laval, die ihre Befangenheit zu bemerken schien, bedeutete ihr freundlich, zu ihnen zu kommen. Sie wies auf den leeren Platz neben sich, und eh es sich Madeleine versah, saß sie neben der Hausherrin am Tisch.

Coligny neigte den Kopf. »Es freut mich, Euch hier begrüßen zu dürfen, Mademoiselle!« Einen Augenblick schien es, als wollte er noch etwas sagen, doch dann wandte er sich wieder zu dem Tischnachbarn zu seiner Linken und setzte seine Unterhaltung fort. Madeleine spürte, wie einige der Männer sie neugierig musterten, doch schon bald war am Tisch wieder ein lebhaftes Stimmengewirr zu hören.

Diener trugen große silberne Platten mit Speisen auf – Wild, Pasteten, gebackenen Schinken und unzählige andere Gerichte, die Madeleine noch nie in ihrem Leben gesehen hatte.

Charlotte de Laval hatte sich zu ihr gedreht. »Nehmt etwas von der Pastete. Sie schmeckt köstlich«, sagte sie, als würde sie um Madeleines Verwirrung angesichts des reichlichen Angebots wissen. »Wollt Ihr mir nicht ein wenig über Euch erzählen?«, fragte sie dann. »Woher stammt Ihr ursprünglich, Mademoiselle?« Ihre braunen Augen sprühten vor Herzlichkeit, die Madeleine sofort ihre Befangenheit nahm.

»Ich bin in Éclaron aufgewachsen, bevor ich zu den Zisterzienserinnen von St. Angela gekommen bin. Aber geboren bin ich in der deutschen Pfalz, in Zweibrücken«, erzählte sie, während sie die anderen Gäste beobachtete, die sich mit ihren Gabeln von den Platten nahmen, und es ihnen zögernd gleichtat.

Charlotte de Laval wirkte verwundert. »In der Pfalz? Und doch seid Ihr Katholikin, wie man mir sagte, und nicht Lutheranerin? Ist das nicht ungewöhnlich? Die Kurfürsten der Pfalz sind doch eigentlich Anhänger Luthers, nicht wahr?«

Madeleine schaute sie irritiert an. »Das weiß ich ehrlich gesagt nicht. Ich war noch ein kleines Kind, als ich mit meiner Mutter nach Frankreich gekommen bin.«

»Aber natürlich.« Colignys Gemahlin lächelte. »Verzeiht meine Neugier. Wenn Ihr übrigens das Bedürfnis habt, an einem Gottesdienst Eurer eigenen Gesinnung teilzunehmen – nur unweit von Châtillon gibt es auch eine katholische Kirche.«

Sie bemerkte Madeleines sichtlich überraschten Gesichtsausdruck und lachte. »Weshalb schaut Ihr so verwundert? Wir respektieren in unserem Land beide Religionen. Gott allein kann Euch den Weg zu ihm weisen«, sagte sie, während sie einen Schluck Wein trank.

Madeleine biss nachdenklich ein Stück von ihrem Brot und der Pastete ab. Es schmeckte tatsächlich köstlich, und doch verspürte sie keinen Appetit.

Erst jetzt bemerkte sie, dass Vardes ihr schräg gegenübersaß. Offensichtlich hatte er die letzten Sätze ihres Gesprächs mitbekommen. Für einen kurzen Moment trafen sich ihre Blicke. Dann neigte er mit einem unergründlichen Gesichtsausdruck den Kopf in ihre Richtung.

Madeleine spürte, wie der Wein und das Essen eine Hitze in ihren Wangen aufsteigen ließen. Gesprächsfetzen drangen von allen Seiten zu ihr. »Ich begreife Eure Zurückhaltung nicht«, hörte sie einen Mann zu Coligny sagen. »Man hatte dem Prinzen de Condé das Kommando der Armee zugesagt. Und es gibt niemand, der geeigneter wäre, um es auszuüben, und nun hat sie diesen Schwachkopf Henri d'Anjou, einen Knaben, ernannt? Welche

Bestätigung braucht Ihr noch, um zu sehen, dass diese Florentinerin ein falsches Spiel mit uns treibt? Es wird Zeit, die Waffen zu ergreifen«, stieß er verärgert hervor. Erst jetzt fiel Madeleine auf, dass die Züge des Mannes eine frappierende Ähnlichkeit mit denen des Admirals aufwiesen, und sie erriet, dass er dessen Bruder war. Sie erinnerte sich, während der Reise einmal gehört zu haben, dass Coligny drei Geschwister besaß – eine Schwester und zwei Brüder. Alle vier hatten sich öffentlich zum Protestantismus bekannt. Einen Skandal hatte das besonders bei Odet de Châtillon, dem Ältesten, ausgelöst, der zuvor ein katholischer Kardinal gewesen war. Der Jüngere dagegen, François – um den es sich hier augenscheinlich handeln musste –, hatte sich wie der Admiral beim Militär verdient gemacht.

»Ich bin gegen einen Krieg, wenn wir ihn vermeiden können, das wisst Ihr!«, erwiderte Coligny, ohne sich von den Worten seines Bruders aus der Ruhe bringen zu lassen. »Im Übrigen hat es sich noch nie als klug erwiesen, vorschnell zu handeln.«

Ronsard beugte sich über den Tisch in Richtung des Admirals. »Wie schätzt der Prinz de Condé denn die Lage ein? Hat man ihm am Hof eine Erklärung für diese Entscheidung gegeben?«

»Eine Erklärung?« Coligny lachte kalt auf. »Als wenn die Medici so etwas jemals für nötig befunden hätte! Im Gegenteil, sie hat mit gelangweilter Gleichgültigkeit reagiert, als der Prinz verkündete, dass er den Hof unter diesen Umständen verlassen würde.«

Madeleine versuchte zu begreifen, worüber die Männer sprachen. Der Prinz de Condé war ein Cousin des Königs und Anführer der hugenottischen Partei im Rat, wusste sie. Obwohl sie nicht viel von Politik verstand, begriff sie, dass es kein gutes Zeichen sein konnte, wenn er sich vom Hof zurückgezogen hatte.

Die Stimmen um sie herum waren erregter geworden. »Wenn wir nicht aufpassen, wird es uns wie den Niederländern ergehen«, stieß jemand am anderen Ende der Tafel aufgebracht hervor.

Madeleine fiel auf, wie Vardes sich zu Coligny wandte, dem er schräg gegenübersaß. »Was mir nicht gefällt, sind die Schweizer,

Admiral. Ein Heer von sechstausend ausländischen Söldnern könnte zu einer Gefahr für uns werden, die wir nicht unterschätzen sollten.«

Coligny nickte ausdruckslos. Seine Finger spielten mit dem Fuß seines Weinglases. »Ich weiß. Und die Guise werden alles tun, um diesen Umstand für sich zu nutzen. Trotzdem werden wir abwarten.«

Nur zögerlich kehrten die Gespräche wieder zu anderen Themen zurück, und Madeleine war froh, als das Mahl schließlich beendet war und sich alle vom Tisch erhoben. Es erstaunte sie, dass man in ihrer Gegenwart so offen über diese Dinge sprach. Auf der anderen Seite, was hatte man von ihr schon zu befürchten? Ob Katholikin oder nicht – sie war auf den Schutz der Hugenotten angewiesen und im Grunde eine freiwillige Gefangene in Châtillon, dachte sie entmutigt und schickte sich an, den Saal zu verlassen.

»Madeleine?« Eine Männerhand hatte sie am Arm gegriffen.

Philippe de Ronsard war neben ihr aufgetaucht und stand nun vor ihr – elegant und attraktiv wie immer. »Hast du einen Augenblick Zeit?«

»Ja, sicher!« Ein Lächeln glitt über ihr Gesicht. Sie freute sich tatsächlich ein wenig, ihn zu sehen. Inmitten der vielen fremden Menschen war es zumindest ein vertrautes Gesicht.

»Monsieur de Coligny würde dich gerne sprechen!«

Der Admiral? Sie nickte, obwohl sie ein leiser Schreck durchfuhr.

Ronsard legte ihr die Hand auf die Schulter. »Er wartet im Kabinett. Wie ich hörte, hattet ihr einen unschönen Zwischenfall auf der Reise?«, fragte er, während er sie durch den Saal zurück in die andere Richtung geleitete. Noch immer standen überall Grüppchen von Menschen herum.

»Ja, ein Überfall«, bestätigte sie ausweichend. Sie bemerkte, dass nicht weit entfernt Nicolas de Vardes mit zwei anderen Männern zusammenstand. Ein überraschter Ausdruck glitt über sein Gesicht, als er sie mit Ronsard weggehen sah.

51

Der Admiral saß an einem Tisch, der mit Papieren und Büchern überhäuft war. »Setzt Euch doch, Mademoiselle«, sagte er freundlich, als sie eintrat, und deutete dabei auf einen der dunklen, verzierten Holzstühle.

»Danke.« Befangen nahm sie Platz. In dem kleinen holzgetäfelten Kabinett wirkte Coligny noch Respekt einflößender als im Saal, und sie bekam plötzlich Angst, dass er sie allzu genau nach den Ereignissen im Wirtshaus befragen könnte.

»Ich hatte noch keine Gelegenheit, Euch persönlich für Euren Mut zu danken, Mademoiselle«, sagte der Admiral in diesem Moment. Er sprach ruhig, beinah getragen. »Ich bin sicher, dass es nicht leicht für Euch ist, hier zu sein – Ihr seid Katholikin und wir Anhänger der reformierten Religion! Und doch hat Gott unsere Wege zusammengeführt.« Er blickte sie offen und verständnisvoll aus seinen blauen Augen an.

Sie schwieg und dachte wieder an die Geschichten, die sie über ihn gehört hatte. Es fiel ihr plötzlich schwer zu glauben, dass er zu solchen Grausamkeiten fähig sein sollte.

»Manchmal sind es die schwierigen und schrecklichen Momente, die unser Leben unerwartet mit Licht erhellen und zum Besseren wenden«, erklärte er sanft. »Ich sage das aus eigener Erfahrung. Lasst mich Euch eine kurze Geschichte erzählen.« Er legte seine gefalteten Hände in einer bedachtsamen Geste vor sich auf dem Tisch ab. »Seht Ihr, ich bin von Geburt an dazu bestimmt und erzogen worden, für den Ruhm meines Königs und Landes eine Armee zu führen. Schon in jungen Jahren war ich damit sehr erfolgreich. Ich habe schwierige und gefährliche Schlachten gewonnen und widrige Belagerungen durchbrochen. Der Sieg war für mich eine Selbstverständlichkeit. Ich wurde Generaloberst der Infanterie und schließlich Admiral. Glanz und Erfolg umgaben mich, doch dann musste ich in Saint Quentin eine verheerende Niederlage einstecken und mit ansehen, wie eine unserer Städte in Feindeshand geriet. Ich selbst kam damals in Gefangenschaft.« Er verstummte, und seinem Gesicht war abzulesen, welche Demütigung diese Niederlage damals für einen Mann wie ihn bedeutet hatte. Dann jedoch umspielte ein leises Lächeln seine Lippen. Er schaute sie an. »Es war die härteste Zeit meinen Lebens, doch in ihr habe ich zu Gott gefunden und erkannt, wer ich wirklich bin!«

Madeleines Mund fühlte sich wie ausgetrocknet an. Gegen ihren Willen hatte sie ihm fasziniert zugehört. Es war schwer, sich seiner charismatischen Ausstrahlung zu entziehen und nicht von ihm beeindruckt zu sein. Aus jedem seiner Worte war zu spüren, von welchem tiefen Glauben dieser Mann durchdrungen war. Sie begriff jetzt, dass er so völlig mit sich im Reinen wirkte, weil er alles, was in seinem Leben geschah, bedingungslos und als den Willen Gottes anzunehmen schien.

Sie hätte viel dafür gegeben, wäre sie fähig gewesen, ihr Schicksal in ebensolcher Weise zu akzeptieren. »Ich wünschte, ich könnte die Dinge auch so sehen!«, sagte sie ehrlich.

Er lächelte wieder, während er sich von seinem Stuhl erhob. »Ihr seid jung. Manchmal braucht man etwas Zeit dafür, Mademoiselle. Gott sucht sich die Momente aus, in denen er zu einem kommt.«

Sie schwieg und erhob sich ebenfalls.

»Ich hoffe, dass Ihr Euch trotz aller Fremde hier wohlfühlen werdet, Mademoiselle! Mein Haus soll Euch stets ein Zuhause sein«, sagte er, während er sie zu Tür begleitete.

Madeleine nickte. »Danke, dass ich hier sein kann. Ich hätte nicht gewusst, wohin ich sonst gehen sollte«, sagte sie. Neben seiner großen Gestalt kam sie sich winzig vor.

»Das ist das wenigste, das wir für Euch tun können«, sagte er. »Es war Gottes Wille, dass sich unsere Wege kreuzten!« Er blieb vor der Tür stehen. »Wie anders wäre sonst zu erklären, dass Ihr durch einen reinen Zufall im Wald die Männer der Guise saht und auch noch mithören konntet, dass sie einen Anschlag planen, nicht wahr?«, fügte er hinzu. Sein Tonfall war liebenswürdig, doch sein wacher, prüfender Blick gab ihr plötzlich das Gefühl, dass er sie auf die Probe stellte.

Sie zwang sich ein Lächeln ab. »Ja, es war wirklich mehr als ein ungewöhnlicher Zufall«, gestand sie ein und war froh, als er den Kopf neigte und sie das Kabinett endlich verlassen konnte. Erst draußen auf dem Flur merkte sie, dass ihre Hände feucht waren vor Anspannung.

52

Es war eine laue klare Nacht. Die Dunkelheit hatte sich lautlos und sanft über die Weite des flachen Landes gelegt, und man konnte die Sterne in aller Deutlichkeit am Firmament erkennen. Nicolas de Vardes lehnte sich nachdenklich gegen eine der Zinnen der Mauer und blickte in die Ferne. Er liebte die friedliche, stille Atmosphäre zu dieser Stunde, doch heute erschien sie ihm umso mehr wie ein kostbares Geschenk, weil er spürte, dass es bald Krieg geben würde. Sie alle hatten immer gewusst, dass der Friede von Amboise nur ein vorübergehender Waffenstillstand war und keine der Seiten auf Dauer zufriedenstellen konnte. Es war kaum mehr als ein tiefes Luftholen gewesen. Vardes scheute den Kampf nicht. Auch wenn sie zahlenmäßig unterlegen waren, besaßen ihre Truppen die stärkere Moral und den besseren Zusammenhalt. Er war sich sicher, dass sie siegen würden. Die Katholiken waren in sich zersplittert, zwischen Hof und Adelsparteien genauso wie zwischen denen, die aus religiöser Überzeugung, aus Angst vor göttlicher Bestrafung kämpften, und denen, denen es allein um den Erhalt ihrer Macht ging.

Dennoch fragte sich Vardes zum ersten Mal, ob man diesen Krieg überhaupt jemals wirklich gewinnen konnte. Anders als bei einem Kampf zwischen zwei fremden Mächten konnten sie sich nach einem Sieg oder einer Niederlage nicht einfach hinter die Grenzen ihres Landes zurückziehen, sondern sie würden gezwungen sein, danach weiter miteinander zu leben. Sobald sich die besiegte Partei etwas erholt hatte, würde es daher immer wieder zu neuen Konflikten und Auseinandersetzungen kommen. Doch man konnte den Lauf der Dinge nicht aufhalten. Er sog mit einem tiefen Atemzug die laue Luft ein, bevor er sich abwandte, um wieder hinunter in den Hof zu steigen. Ein Geräusch ließ ihn unvermittelt auf dem Absatz stehen bleiben – unten waren die Umrisse einer Männergestalt zu erkennen, die im Schutze der Schlossmauern mit schnellen Schritten in Richtung der Terrassen entschwand.

53

Madeleine richtete sich mit einem Seufzen im Bett auf. Seit Stunden lag sie wach und konnte nicht schlafen. Die Eindrücke der letzten Tage und vor allem das Gespräch mit Coligny wollten einfach nicht aus ihrem Kopf weichen. Sobald sie die Augen schloss, sah sie das Gesicht des Admirals vor sich. *Es war Gottes Wille, dass sich unsere Wege kreuzen, Mademoiselle …* Gottes Wille! Der Tonfall von Coligny hatte sie seltsamerweise an die Äbtissin erinnert, die ihr mit derselben Überzeugung klargemacht hatte, dass Gott sie nur prüfte. Beide glaubten auf ihre Art und Weise mit einer Tiefe, um die Madeleine sie beneidete. Sie selbst fühlte sich dagegen von jeder göttlichen Führung verlassen. Oder sollte sie tatsächlich annehmen, dass es ihr bestimmt gewesen war, dem Admiral das Leben zu retten? Aufgewühlt stellte sie die Füße auf den Boden, erhob sich aus dem Bett und schob die Stoffbahnen aus gewebtem Brokat beiseite. Sie trat zu dem kleinen runden Tisch, der neben dem Fenster stand, und zog die schweren Vorhänge etwas auf. Draußen war es dunkel, aber der Mond warf einen schmalen hellen Schein in den Raum. Madeleine verspürte mit einem Mal den unbändigen Wunsch nach Freiheit und nach der Möglichkeit, alles hinter sich zu lassen. Wie gerne hätte sie einfach ihre Sachen genommen und wäre von hier verschwunden.

Sie beschloss, zumindest ihrer Sehnsucht nach frischer Luft nachzugeben und etwas nach draußen auf die Terrasse zu gehen. Leise, nur einen Umhang über die Schulter gelegt, huschte sie wenig später durch die Gänge des Schlosses. Als sie die untere Galerie erreichte, über die man zum Garten gelangte, hörte sie plötzlich auf der Terrasse Schritte und eine Stimme. Zögernd blieb sie stehen.

»Ja, Herr. Ihr könnt Euch auf mich verlassen. Ich werde den Brief auf dem schnellsten Weg nach Paris bringen«, ließ sich eine Männerstimme im gesenkten Ton vernehmen. Schritte entfernten sich, dann wurde schlagartig die Tür zur Galerie geöffnet.

Madeleine sah sich hastig um. Sie hatte nicht die geringste Lust, irgendjemandem zu erklären, warum sie zu nachtschlafender Zeit hier im Schloss herumwandelte. Instinktiv wich sie in eine Nische zurück. Eine Gestalt, deren Gesicht sie in der Dunkelheit nicht erkennen konnte, betrat die Galerie, wandte ihr dann jedoch sogleich den Rücken zu, um mit schnellen Schritten in die andere Richtung zu verschwinden.

Ihr Herz klopfte. Sie wartete mit angehaltenem Atem, bis sie sicher war, dass sie die Schritte nicht mehr hören konnte, dann kam sie aus der Nische wieder heraus. Wer beauftragte um diese Zeit einen Boten damit, ein Schreiben nach Paris zu schicken? überlegte sie, während sie nach draußen auf die Terrasse trat. Eine laue, warme Luft schlug ihr entgegen, und sie trat bis an den Rand, von dem die breiten Stufen hinab in den Garten führten, und lehnte sich gegen einen der steinernen Stützpfeiler. Ihre Hand griff nach dem Anhänger, den sie wie immer um den Hals trug. Einen Moment lang streifte ihr Blick den orangefarbenen Stein, dessen Einschlüsse das Mondlicht reflektierten. Sie fragte sich, warum ihre Mutter die Kette nie getragen hatte. Sie wusste so wenig über sie und ihre Familie. Das war ihr erneut bewusst geworden, als Charlotte de Laval heute so überrascht reagiert hatte, dass sie aus der deutschen Pfalz kam und dennoch Katholikin war. Zum ersten Mal hatte Madeleine sich gefragt, ob ihre Mutter vielleicht nicht immer katholisch gewesen war, sondern erst konvertiert war, als sie damals im Kloster Zuflucht gefunden hatte. *Deine Mutter war stets von einem tiefen Glauben erfüllt*, hatte die Äbtissin gesagt. Madeleine musste zugeben, dass das stimmte. Seit ihrem Tod hatte sie immer wieder versucht, sich an einzelne Begebenheiten mit ihrer Mutter in ihrer Kindheit und Jugend zu erinnern. Am Anfang hatte sie das getan, weil sie Angst hatte, sie könnte sie vergessen, doch dann, als sie sich ihr Verhalten in so vielen verschiedenen Situationen wieder vor Augen führte, war ihr mit einem Mal klar geworden, dass ihre Mutter sich zuweilen seltsam benommen hatte. Oft hatte sie auf ihre Fragen brüsk und abweisend reagiert, vor allem, wenn Madeleine sie nach ihrem Vater und der weiteren Familie fragte. *Das musst du nicht wissen*, pflegte sie zu sagen. Madeleine entsann sich auch noch, wie streng sie mit ihr umgegangen war, als sie damals, bei dem Einsturz der Brücke, von ihrer Vision erzählt hatte. Sie hatte ihr das Wort verboten und sie über Wochen mit immer neuen Pflichten überhäuft. Merkwürdigerweise hatte Madeleine die Arbeit jedoch gutgetan. Sie war damals innerlich so aufgelöst und voller Angst gewesen, dass sie erst durch die Erschöpfung wieder ihre innere Ruhe fand. Hatte ihre Mutter sie nur so viel arbeiten lassen, weil sie das gewusst hatte? Die Äbtissin hatte behauptet, ihre Mutter hätte mit Madeleine nur nicht über ihre Gabe gesprochen, weil sie sie hatte schützen wollen. Es hätte zu der Persönlichkeit ihrer Mutter gepasst. Sie war auch sich selbst gegenüber immer voller Härte gewesen, als hätte sie einen ständigen inneren Kampf geführt. Nachdenklich sah Madeleine plötzlich wieder ihr Bild vor sich, wie sie im Morgengrauen vor ihrem Bett kniete und leise murmelnd betete. Über Stunden hatte sie das manchmal getan. Hatte sie wirklich eine so tiefe Verbundenheit zu Gott empfunden? Oder gab es noch andere Dinge, die sie nicht erzählt hatte? Aus unerfindlichen Gründen hatte sie das Gefühl, dass das Verhalten ihrer Mutter ein Schlüssel war, um auch ihr eigenes Leben zu begreifen. Sie betrachtete nachdenklich die dunklen Umrisse der Bäume und Sträucher. Dann drehte sie sich um und wollte zurück ins Schloss gehen – doch sie fuhr zusammen.

An einem der anderen Pfeiler, nur einige Schritte entfernt von ihr, lehnte die bewegungslose Gestalt eines Mannes.

Selbst im Halbdunkel konnte sie sein Gesicht erkennen.

Er schaute sie an.

»Hast du wieder den Traum gehabt?« In seiner rauen Stimme schwang ein sanfter Unterton.

Sie schüttelte den Kopf. »Ich konnte nur nicht schlafen«, erwiderte sie.

Er war langsam auf sie zugekommen. »Du gehst mir aus dem Weg, oder?«

»Nein.«

»Doch!« Er stand fast vor ihr, und sie nahm in ihrem Rücken den kühlen Stein des Pfeilers wahr, gegen den sie zurückgewichen war. Er lächelte. »Wegen des Kusses?«, fragte er dann.

Sie war dankbar, dass man in der Dunkelheit nicht die Röte erkennen konnte, die bei seinen Worten in ihre Wangen stieg. Warum musste er sie auch noch einmal darauf ansprechen?

»Nein, und ich wäre Euch dankbar, wenn ihr diesen … *Kuss* nicht noch einmal erwähnen würdet.«

»Weshalb? Du hast mir in der Nacht keine Zeit gelassen, etwas zu sagen. Du bist einfach weggerannt …«

»Ihr braucht mir nichts zu erklären«, unterbrach sie ihn mit kühler Miene. »Ich habe sehr gut verstanden!«

»Was hast du verstanden?«, fragte er und stützte die Hand neben ihr am Pfeiler ab.

Sie richtete sich so gerade sie konnte auf. »Dass wir nicht derselben Welt angehören und ich außerdem auch noch Katholikin bin«, stieß sie hervor.

Er sah sie ungläubig an und brach dann in ein leises, kehliges Lachen aus. »Du glaubst, ich habe dich nicht weiter geküsst, weil du Katholikin bist?«

Er neigte sein Gesicht etwas zu ihr, sodass sie seinen warmen Atem spüren konnte, der ihre Wangen streifte. »Glaubst du das wirklich?«

»Hört auf damit«, sagte sie leise.

»Womit?«, erwiderte er. »Du wirktest so aufgelöst und verzweifelt in der Nacht«, sagte er dann. »Ich wollte die Situation nicht ausnutzen ... Hätte ich allerdings gewusst, dass mein ritterlich gedachtes Verhalten von dir so missverstanden wird, hätte ich mich selbstverständlich nicht so zurückgehalten«, setzte er spöttisch hinzu.

Madeleine spürte, wie eine flammende Hitze in ihre Wangen schoss. »Wollt Ihr Euch über mich lustig machen?«, fuhr sie ihn an.

»Nein, nicht im Geringsten«, entgegnete er mit einem Unterton, den sie nicht zu deuten vermochte. Seine Augen glitzerten in der Dunkelheit, und sie spürte, wie sich ihr Puls unter der Intensität seines Blickes beschleunigte.

»Wie alt bist du – zwanzig, einundzwanzig?«, fragte er plötzlich.

Sie versuchte, ihren pochenden Herzschlag zu ignorieren. »Spielt das eine Rolle?«

Ein Lächeln glitt erneut über seine Lippen. »Nein, wahrscheinlich nicht«, sagte er und zog sie mit einem Mal an sich und küsste sie. Ein leichter Schwindel ergriff Madeleine, als seine Lippen die ihren liebkosten und sie unter seinem Hemd die Muskeln seines Körpers fühlte. Als er sich schließlich wieder von ihr löste, ging ihr Atem schneller.

Eine Weile schaute er sie nur an. Dann strich er ihr sanft durchs Haar. »Du musst mir etwas sagen, Madeleine. Was ist auf der Lichtung im Wald geschehen?«, fragte er. »Wieso wusstest du, dass der Bogenschütze schießen würde?« Seine Stimme, die noch immer rau und verführerisch klang, stand im verwirrenden Kontrast zum Inhalt seiner Worte, die Madeleine zurück in die Wirklichkeit rissen.

»Wieso fragst du das?«, murmelte sie. »Du weißt, was dort passiert ist.«

Seine Finger waren weiter durch ihr Haar gewandert, über ihren Nacken, strichen die Linie ihres Halses entlang, und er schüttelte den Kopf. »Nein, das weiß ich nicht«, widersprach er bedächtig. Er zog sie erneut zu sich heran, sodass seine Lippen die ihren fast berührten. Doch diesmal küsste er sie nicht.

Madeleine stockte der Atem. Sie blickte auf die Narben auf seiner Wange, die im Mondlicht silbrig glänzten, und sah ihm dann in die Augen.

»Ich weiß nicht im Geringsten, was dort geschehen ist«, fuhr er leise fort. »Erklär es mir also bitte.«

Sie bekam plötzlich Angst vor ihm, obwohl ihr Körper noch immer auf seine Berührungen reagierte. Am liebsten hätte sie sich losgerissen und wäre einfach weggelaufen, doch er hatte den Griff um ihre Taille unmerklich verstärkt. Seine Finger strichen noch immer zart über die Linie ihres Halses hinab zu ihrem Schlüsselbein. »Sag es mir, Madeleine«, bat er.

Trotz aller Sanftheit und Erregung lag etwas Unerbittliches in dem Ausdruck seines Gesichts.

»Wieso glaubst du nicht, was ich dir erzählt habe?«, versuchte sie, seine Fragen abzuwehren, und klang dabei aufgebrachter, als sie es wollte.

»Was soll ich dir glauben?«, entgegnete er ruhig. »Dass du den Bogenschützen erkannt hast, obwohl du nicht einmal in seine Richtung gesehen hast? Genauso, wie du auch rein zufällig mitbekommen haben willst, dass die Männer der Guise einen Anschlag auf den Admiral geplant haben?« Der Sarkasmus, der in seinen Worten schwang, traf sie.

»Lass mich los!«, sagte sie tonlos. Sie hatte vergessen, wer er war – ein Anführer der Hugenotten, der für die Sicherheit von Coligny zuständig war. Wie hatte sie glauben können, dass er sich täuschen lassen würde.

»Nicht bevor du mir geantwortet hast!«, erwiderte er.

»Was soll das? Willst du mich vielleicht zwingen? Dazu hast du kein Recht!«, stieß sie hervor und versuchte, sich loszureißen, doch er hielt sie tatsächlich fest.

»Verstehst du denn nicht, dass ich das fragen muss?«

»Hast du mich nur deshalb geküsst?«, entgegnete sie kalt.

Er blickte sie überrascht an. »Nein!«, erwiderte er. »Nicht deshalb! … Wovor hast du solche Angst, Madeleine? Sag es mir!« Seine Stimme war erneut unerwartet sanft, und sie erinnerte sich, dass er ihr damals im Wald, als sie ihn geküsst hatte, dieselbe Frage gestellt hatte.

Panik ergriff sie. Sie wusste, dass es keinen Sinn haben würde, ihn anzulügen. »Das kann ich nicht. Bitte lass mich«, sagte sie. Ein Gefühl der Verzweiflung überkam sie, und mit einem Mal traten ihr die Tränen in die Augen.

»Madeleine …«, sagte er.

»Ich kann nicht. Es hat nichts mit dir zu tun«, stieß sie erneut hervor.

»Du solltest mir vertrauen!« Er schaute sie an. »Als du uns damals vor dem Wirtshaus vor dem Anschlag gewarnt hast, da hast du Ronsard angesehen und bist plötzlich bleich vor Entsetzen geworden. Erst dann hast du uns gewarnt. Ich hatte es vergessen. Aber auf der Lichtung im Wald habe ich mich wieder erinnert, denn da hast du genau auf die gleiche Weise reagiert.«

Sie schwieg wie versteinert. Seine Worte verdeutlichten ihr wieder einmal, in welcher Gefahr sie sich befand. Wenn es allein um den Anschlag gegangen wäre, würde man ihr vielleicht glauben, dass sie nur durch Zufall etwas mitbekommen hatte. Nicht aber, wenn es zu weiteren Vorfällen kam, so wie auf der Lichtung. Man würde ihr Fragen stellen, wie es Vardes jetzt tat. Aber konnte sie das Risiko eingehen, sich ihm anzuvertrauen?

»Es war kein Zufall, oder?«, sagte er.

»Nein«, gab sie zögernd zu, als sie plötzlich erstarrte. Hinter ihnen war das Geräusch von Schritten hörbar geworden, und man sah die Umrisse einer Gestalt, die am Absatz der Terrasse aufgetaucht war.

»Oh, ich hoffe doch, dass ich hier kein romantisches Rendezvous störe?«

Madeleine nahm wahr, wie Vardes sie losließ und sich herumdrehte. »Guten Abend, Philippe!«, sagte er mit ausdrucksloser Miene.

»Guten Morgen wäre besser angebracht, oder?«, entgegnete dieser mit einem glatten Lächeln, während er zu ihnen trat. Er musterte Madeleine, die eilig ihren Umhang mit der Hand über der Brust zusammengefasst hatte. Erstaunt blieb sein Blick an ihrem verweinten Gesicht hängen. »Tränen? Also handelt es sich doch um kein romantisches Tête-à-Tête zwischen euch beiden?« Er wandte sich Vardes zu. »Du unterziehst unsere kleine Lebensretterin doch wohl keinem Verhör?«, sagte er, und Madeleine fragte sich, ob er etwas von ihrem Gespräch mitbekommen hatte.

Einen Moment lang sahen die beiden Männer sich schweigend an. Madeleine bemerkte verwundert die kalte, angespannte Atmosphäre zwischen ihnen.

»Wir haben uns nur unterhalten«, erklärte sie. Es war ihr unangenehm, hier von Ronsard mit Vardes überrascht zu werden.

»Eine ungewöhnliche Zeit dafür, oder?« Ronsard legte ihr die Hand auf die Schulter. »Nun, ich denke, es wird das Beste sein, wenn wir uns alle wieder zu Bett begeben, nicht wahr? Es könnte leicht einen falschen Eindruck erwecken, wenn du hier nachts allein mit Monsieur de Vardes gesehen wirst!«, sagte er.

»Die Rolle des Moralapostels wirkt weder besonders glaubwürdig, noch steht sie Euch, Philippe«, erwiderte Vardes kühl. »Aber Ihr habt ohne Frage recht. Etwas Schlaf wird uns sicherlich allen guttun.«

»Ja, ich bin auch müde«, sagte Madeleine eilig. Sie wich Vardes' Blick aus und nickte den beiden Männern hastig zu, bevor sie sich abwandte und zurück ins Schloss flüchtete.

MONTCEAUX, BEI PARIS

54

Der purpurrote Talar des Kardinals strich über die Stufen, als er mit schnellen Schritten die helle Steintreppe zum ersten Stock hochstieg. Diener und Mägde liefen überall im Palais in Montceaux herum, um die Kisten und Truhen hereinzutragen, die man draußen gerade von den Wagen geladen hatte. Möbel, Wandteppiche, Wäsche, Geschirr und Silber – wie Könige reisten auch sie, die Guise-Lorraine, stets mit ihrem gesamten Hausstand.

Der Kardinal de Lorraine tupfte sich mit einem weißen Spitzentuch den Schweiß von der Stirn. Es gab weiß Gott angenehmere Jahreszeiten, dachte er. Der Juli war heißer als gewöhnlich, und nach den unbequemen Stunden in der Sänfte verspürte er eine leichte Müdigkeit. Dabei war er das Reisen gewöhnt – es gehörte seit Jahren zu seinem Leben. Als Kirchenfürst und Oberhaupt der Guise reiste er ständig zwischen seinen Bistümern, seinen Abteien und persönlichen Besitztümern und den wechselnden Aufenthaltsorten des Hofes hin und her. In den letzten Jahren hatte er sich zudem als französischer Gesandter auch immer wieder nach Italien, zum Vatikan, und nach Madrid, an den Hof des spanischen Königs, begeben. Die Unannehmlichkeiten, die er dabei hatte in Kauf nehmen müssen, waren ein geringer Preis für die wertvollen Kontakte und Verbindungen gewesen, die er bei diesen Reisen gewonnen hatte und von denen seine Familie jetzt profitierte.

»Euer Eminenz?« Ein Mann in schwarzem Samtwams und gebauschten Kniebundhosen, die sich nach unten durch weiße Seidenstrümpfe abgrenzten, kam auf dem Treppenabsatz auf ihn zugeeilt.

»Verzeiht, aber der spanische Botschafter ist bereits eingetroffen. Mir war leider nichts von Eurer verspäteten Ankunft bekannt«, stieß sein Sekretär Julien hervor.

Der Kardinal nickte. Sie hätten Montceaux bereits gestern erreichen sollen, doch der niedrige Wasserstand des Flusses, den sie gewöhnlich mit einem Fährschiff überquerten, hatte ihnen einen Umweg aufgezwungen. »Bittet Monsieur d'Alava in die Bibliothek. Ich werde gleich zu ihm kommen«, sagte er.

Er beschleunigte sein Tempo und betrat seine Gemächer. Eilig nahm er von seinem Ersten Kammerdiener ein parfümiertes Tuch entgegen, mit dem er sein Gesicht und seine Hände reinigte, wechselte den zerknitterten weißen Kragen und ließ sich in einen frischen purpurfarbenen Umhang helfen. Ein kurzer Blick in den Spiegel versicherte ihm, dass er ausgeruhter aussah, als er sich fühlte. Er rückte noch einmal sein Birett, seine Kardinalskappe, auf seinem Kopf zurecht und begab sich, nunmehr gemessenen Schrittes, wieder hinunter zur Bibliothek.

Der Botschafter, ein kleiner, schwarzhaariger Mann, der ein hoch geknöpftes Wams trug, dessen Stoff so steif wie eine Rüstung wirkte, legte das Buch, in dem er geblättert hatte, zur Seite.

»Señor d'Alava! Seid willkommen«, sagte der Kardinal.

»Eminenz!« Er neigte höflich den Kopf.

Sie tauschten einige belanglose Förmlichkeiten und Höflichkeitsfloskeln aus, bevor sie sich schließlich in zwei verzierten Lehnstühlen aus dunklem Holz neben dem Kamin niederließen. »Ich habe eine Neuigkeit, die Euch interessieren dürfte«, sagte der Botschafter schließlich.

Der Kardinal schaute ihn erwartungsvoll an. Der Spanier und er waren Verbündete, die ein gemeinsames großes Ziel vereinte: ein katholisches Europa! Der spanische König Philipp II. hatte dabei bereits vor einiger Zeit verstanden, dass die Medici diese Ketzer von Hugenotten niemals ganz vernichten würde, sondern nur daran interessiert war, deren Macht zu beschränken. Daher hatte Philipp II. engere Kontakte mit den Guise aufgenommen. Der Kardinal und die Seinen waren sich mit Spanien darin einig, dass dem Protestantismus in Frankreich um jeden Preis Einhalt geboten werden musste. Die zentrale Lage und strategische Bedeutung des Landes würde es den Hugenotten sonst erlauben, sich weiter wie ein Flächenbrand in ganz Europa auszubreiten. Nicht zuletzt der Aufstand in den spanischen Niederlanden zeigte, welch gefährlich schwärende Wunde der Protestantismus darstellte! Schnitt man das kranke Fleisch nicht heraus, würde es den gesamten Körper infizieren. Spanien unterstützte die Guise daher in ihrem Kampf um den Katholizismus mit Geld und regelmäßigen Informationen ihrer Spione. Man hatte dem Kardinal darüber hinaus aber auch signalisiert, dass – sollten sich Catherine de Medicis schwächliche Söhne nicht als Könige halten können – das Blut der Guise würdig wäre, den Thron Frankreichs zu besteigen.

»Die Nachricht hat mich über unseren Verbindungsmann bei den Hugenotten erreicht«, berichtete Señor d'Alava.

Der Kardinal blickte den Botschafter an, und ihm wurde wieder einmal bewusst, welch tiefe Bewunderung er für dessen König hegte. Philipp II. hatte die Geschicke seines weitverzweigten und zerrissenen Königreichs schon immer mit Intelligenz und Weitblick gelenkt. So hatte er schon vor Jahren über geheime Kanäle einen Informanten, dessen Identität niemand kannte, bei den Hugenotten eingeschleust. Dieser Spion hatte sie, die Guise, auch über Señor d'Alava wissen lassen, welche Route Coligny auf seiner Reise nehmen würde. Nachdem der Anschlag dann aber so misslich fehlgeschlagen war, war der Botschafter in großer Sorge gewesen, dass der Spion dadurch verraten worden war. Nur ungern erinnerte der Kardinal sich an das Gespräch, das er mit dem Spanier danach geführt hatte. Es hatte Charles de Lorraine alle Mühe gekostet, ihn davon zu überzeugen, dass niemand von den Gefolgsleuten der Guise mit diesem Verrat im Zusammenhang stehen konnte.

»So wie es aussieht, bereiten sich die Hugenotten auf den Ernstfall vor und ziehen von überall ihre Leute zusammen. Die Schweizer scheinen sie zu verunsichern«, berichtete der Botschafter.

Der Kardinal nickte, ohne dass die Nachricht ihn sonderlich

überraschte. Seitdem Catherine de Medici ihren Sohn Henri statt des Prinzen de Condé zum Kommandeur ernannt hatte, hegte selbst er wieder Hoffnung, dass die Königinmutter sich der Hugenotten doch noch endgültig entledigen würde. Wer weiß, vielleicht war die Florentinerin schlauer, als sie alle gedacht hatten, ging es ihm durch den Kopf. Trotzdem setzte er schon lange nicht mehr auf sie, sondern auf ihren Sohn. In den letzten Wochen war es ihm endlich gelungen, die erforderliche Nähe zu dem jungen König aufzubauen. Der Kardinal hatte in den süßen Nektar der Schmeicheleien, für den Charles so empfänglich war, gezielt und wohldosiert Gift gegen Coligny und Condé geträufelt. Der König sehnte sich danach, sich von seiner übermächtigen Mutter zu befreien, doch er war zu schwach. Hier würde sich ihm eine Gelegenheit bieten, sich endlich zu behaupten. Ein diabolisches Lächeln umspielte die Lippen des Kardinals. Der König war Wachs in seinen Händen. Der junge Charles würde tun, was er wollte, und glauben, dass es seine eigenen Ideen wären, dessen war er sich sicher.

»Was Euch aber sicherlich sehr viel mehr interessieren dürfte, ist eine andere Neuigkeit«, fuhr der Spanier fort. »Diese Frau, die Ihr sucht – sie befindet sich im Haus des Admirals!«

Es gelang dem Kardinal nicht, seine Überraschung zu verstecken. »Doch nicht etwa in Châtillon?«

Der Botschafter nickte und trank mit genüsslicher Miene einen Schluck von dem gekühlten Wein, den ihnen ein Diener zuvor gebracht hatte.

»Ein Wunder, wie sie dorthin gelangen konnte, ohne dass sie unseren Männern in die Hände gefallen ist. Hat er in Erfahrung bringen können, wie sie von dem Anschlag auf Coligny erfahren konnte?«, erkundigte sich der Kardinal vorsichtig.

Señor d'Alava stellte das Glas ab. »Nun, das ist das Seltsame! Sie behauptet, sie hätte Eure Männer auf ihrem Weg vom Kloster im Wald gesehen und dabei gehört, wie sie darüber sprachen. Das ist jedenfalls die Geschichte, die sie den Hugenotten erzählt hat«, gab er mit hochgezogenen Brauen wieder.

Der Kardinal schwieg. Das, was diese junge Frau gesagt hatte, war derart widersinnig, dass weder er noch der Botschafter ein weiteres Wort darüber verlieren mussten. Sein Bruder, der Herzog d'Aumale, hatte mit seinen Männern den Wald des Klosters nicht einmal gekreuzt. Bemerkenswert war jedoch, dass die Hugenotten sie vorher scheinbar wirklich nicht gekannt hatten.

»Ich danke Euch für diese Information. Wir werden uns der Angelegenheit selbstverständlich sofort annehmen«, sagte er mit undurchdringlicher Miene.

Señor d'Alava lächelte kühl. »Das dürfte wohl in unser aller Interesse liegen, Eminenz!«

Als Charles de Lorraine den Botschafter kurz darauf verabschiedete, lag ein unergründlicher Ausdruck auf seinem Gesicht. Er befahl seinem Sekretär, seinen Bruder, den Herzog d'Aumale, rufen zu lassen.

»Diesmal darf nichts schiefgehen!«, sagte er, nachdem er ihm berichtet hatte, was er von dem Spanier erfahren hatte.

Der Herzog nickte. Seine schrägen Augen hatten sich leicht zusammengezogen. Es war schlimm genug, dass ihr Racheakt fehlgeschlagen war, dass sie diesen Umstand aber einer katholischen Klosterschülerin verdankten, war etwas, das sie und ihre Familie der Lächerlichkeit preiszugeben drohte.

Seine breitschultrige Gestalt lehnte sich mit nachdenklicher Miene im Stuhl vor. »Wisst Ihr, ich denke ununterbrochen darüber nach, woher diese Madeleine Kolb von dem Anschlag wissen konnte. Wir haben diese Gaukler festgenommen, doch sie scheint ihnen nichts erzählt zu haben ...« Er wandte den Kopf zu seinem Bruder. »Übrigens gehörte zu dieser Truppe auch ein Zwerg. Von wirklich beeindruckender Kleinheit. Suchtet Ihr nicht einen für den spanischen Botschafter als Geschenk?«

Der Kardinal nickte. »Ja, in der Tat. Señor d'Alava ist verrückt nach diesen Kreaturen!«

Der Herzog lächelte zufrieden. »Ich werde ihn Euch zukommen lassen ... Glaubt Ihr, dass an der Geschichte dieser Oberin doch etwas dran sein könnte?«, nahm er dann den Faden ihres Gesprächs wieder auf.

Der Kardinal zog die Brauen hoch. Er war einige Schritte durch den Raum gegangen. »Wollt Ihr damit fragen, ob ich an Hexerei glaube? Ob ich denke, dass diese junge Frau vom Teufel besessen ist?« Er zuckte die Achseln. »Es dürfte nicht schwierig sein, das herauszubekommen, wenn wir ihrer erst einmal habhaft geworden sind. Auf jeden Fall kann es unserer Sache nur dienlich sein, wenn sie genau deshalb verurteilt wird.«

»Damit habt Ihr recht«, gab Aumale zu. Er spürte erneut, wie Wut in ihm hochstieg. Wäre ihr Plan aufgegangen, hätten sie Coligny und Condé beseitigt und wären wieder verschwunden. Sie hätten nur ein Zeichen hinterlassen, ein weißes Kreuz – das Symbol der Katholiken –, und jeder hätte sofort gewusst, dass sie, die Guise, ihre wohlverdiente Rache genommen hatten.

Ja, diese Madeleine Kolb sollte öffentlich dafür büßen. Sein Bruder hatte recht, wenn man sie wegen Hexerei oder Dämonenbesessenheit anklagte, würde der Hof kaum eingreifen können – und doch würde jeder deutlich begreifen, was mit denen geschah, die wagten, die Pläne der Guise zu durchkreuzen. Ein erbarmungsloser Ausdruck stand in seinen Augen. Die Idee gefiel ihm!

55

Es war offensichtlich, dass in Châtillon etwas vor sich ging. Täglich trafen Männer in kleinen Gruppen ein, die dem Admiral ihre Aufwartung machten. Oft waren sie als Bauern oder Handwerker verkleidet, doch in den Satteltaschen ihrer Esel und Pferde, die sie mit sich führten, hatten sie Waffen und Lebensmittel versteckt. Einige von ihnen zogen weiter gen Norden, nach Vallery, zum Anwesen des Prinzen de Condé, die anderen bezogen in den umliegenden Ortschaften Quartier, um weitere Befehle abzuwarten.

Auf den ersten Blick schien das Leben in Châtillon dabei seinen ganz gewöhnlichen Lauf zu nehmen. Der Admiral wirkte, als wäre er allein mit der Verwaltung seines Landes und seiner Besitztümer beschäftigt. Er beschnitt höchstpersönlich die Rebstöcke seines Weines, schlichtete Streitigkeiten zwischen seinen Gefolgsleuten und zeigte sich regelmäßig beim Gebet oder ging mit seiner Frau und den Kindern spazieren. Niemand, der ihn so sah, hätte irgendeinen Verdacht geschöpft. Es war jedoch nichts anderes als ein bewusstes Täuschungsmanöver, begriff Madeleine, da dem Admiral und seinen Männern bewusst war, dass sie jederzeit von irgendwelchen Spähern des Königs und der Medici beobachtet werden konnten.

Hinter den Mauern, im Inneren des Schlosses, war dagegen nur zu offensichtlich, welche Vorbereitungen die Hugenotten wirklich im Sinn hatten. Wann immer Madeleine die große Halle durchquerte, sah sie kleine Grüppchen von Männern zusammenstehen, die leise und mit ernster Miene miteinander diskutierten, und des Abends zog sich Coligny regelmäßig mit seinem engsten Kreis zurück. Diener brachten Pläne und Karten in die Kabinettsräume, und man konnte durch die hohen geschlossenen Türen das erregte Gemurmel von Stimmen hören, die mögliche Strategien und Taktiken erörterten und wieder verwarfen. Auch bei den Mahlzeiten, an denen Madeleine weiter im Kreise von Coligny, seiner Gemahlin und den anderen Edelleuten teilnahm, kreisten die Gespräche fast nur um die Politik und den bevorstehenden Krieg. Manchmal, wenn der Admiral nicht wollte, dass das, was er sagte, von allen verstanden wurde, verfiel er für einige Sätze ins Lateinische, das er so fließend sprechen und schreiben konnte wie seine Muttersprache.

Madeleine fiel nun auch auf, dass es außer Charlotte de Laval und den Mägden kaum mehr Frauen auf Châtillon gab. Lediglich zwei Damen, die die Hofdamen von Colignys Gemahlin zu sein schienen, nahmen noch an den Mahlzeiten teil.

Dagegen trafen heimlich ausländische Gesandte in Châtillon ein: Botschafter aus England, vom Hof Elisabeth I., die den Hugenotten für den Kriegsfall anscheinend Unterstützung in Aussicht stellten, und auch Abgeordnete der protestantischen Fürstentümer des Heiligen Römischen Reiches, mit denen Coligny sich über Stunden allein in seine Kabinettsräume zurückzog. Die Wortfetzen der deutschen Sprache, die Madeleine gelegentlich hörte, wenn einer von ihnen an ihr vorüberging, riefen Erinnerungen an ihre Mutter in ihr wach.

Der einzige Mensch, den sie unter all den Männern nicht entdecken konnte, war Nicolas de Vardes.

Wie sie auf ihre Nachfrage von Ronsard erfuhr, hatte er Châtillon für einen Auftrag des Admirals für einige Tage verlassen. Madeleine war enttäuscht. Seit ihrer nächtlichen Begegnung hatte sie Vardes nicht mehr gesehen, und obwohl ihr klar war, wie gefährlich nah er daran gewesen war, die Wahrheit von ihr zu erfahren, ertappte sie sich dabei, dass sie immer wieder an ihn dachte. Der Klang seiner rauen Stimme, die Art, wie er sie berührt und geküsst hatte, hatten Gefühle in ihr ausgelöst, die sie verwirrten. Sie musste zugeben, dass sie ihn vermisste.

Ronsard bedachte sie mit einem überraschten Blick. »Du solltest dich lieber von Vardes fernhalten. Du bist nicht nur zu hübsch, sondern eindeutig zu zerbrechlich für einen Mann wie ihn«, sagte er kühl. Es war offensichtlich, dass ihn ihr Interesse nicht nur verwunderte, sondern ihm missfiel. Erneut bemerkte sie, dass er und Vardes sich nicht sonderlich zu mögen schienen.

Am Nachmittag, als sie Guillaume besuchte, dessen Verletzung langsam verheilte, ging ihr Ronsards seltsame Bemerkung noch immer durch den Kopf. Sie versuchte, die Gedanken aus ihrem Kopf zu vertreiben, während sie die Wunde des jungen Niederländers betrachtete. »Was hat der Arzt gesagt?«

Guillaume, der selbst einen Augenblick abwesend gewesen war, fuhr sich durch seinen roten Haarschopf und zuckte die Achseln. »Dass ich mich noch etwas schonen soll und es ansonsten nicht noch einmal wagen soll, ihn wegen einer solchen Lappalie zu belästigen. Er meinte, mehr, als einen Verband anlegen, könnte er auch nicht tun!«

Über Madeleines Gesicht huschte ein Lächeln. Sie hatte den Arzt, einen hageren Mann mit kahlem Haarschopf namens Doktor Bruno, der auch Chirurg war, einmal gesehen und konnte sich nur zu gut vorstellen, wie er diese Worte missmutig hervorbrachte.

»Du solltest etwas Ringelblumensalbe darauftun, das hilft bei der Narbenbildung«, sagte sie.

Guillaume machte eine wegwerfende Bewegung. »Die Narbe stört mich nicht«, erwiderte er.

»Ich werde trotzdem mal sehen, ob ich so etwas auftreiben kann«, erwiderte Madeleine und wandte sich zur Tür. Eine Frauengestalt blickte ihr von dort entgegen. Es war Charlotte de Laval, die ihren Wortwechsel anscheinend mitgehört hatte. »Nun, wie ich sehe, kümmert sich schon jemand um dich«, sagte sie mit einem Lächeln zu Guillaume.

Sie begleitete Madeleine zurück durch den Flur. »Fragt in der Küche nach Madame Lucille. Sie verwaltet die Medizin und wird Euch die Salbe geben.«

»Danke, das werde ich tun«, sagte Madeleine. Sie verlangsamte plötzlich ihren Schritt. »Ich würde gerne etwas tun, etwas arbeiten! Gibt es nicht irgendetwas, mit dem ich mich hier nützlich machen könnte?«, fragte sie, denn sie spürte, dass es ihr nicht guttat, ihren unablässig kreisenden Gedanken nachzuhängen.

»Aber das tut Ihr doch schon bei Guillaume!«, erwiderte Charlotte de Laval, die stehen geblieben war.

Madeleine lächelte. »Er braucht nicht wirklich meine Hilfe«, widersprach sie.

Colignys Gemahlin blickte sie nachdenklich an. »Woher kennt Ihr Euch eigentlich mit diesen Dingen aus, Mademoiselle?«, fragte sie dann.

»Aus dem Kloster«, antwortete Madeleine. »Ich habe dort bei der Zubereitung von Heilkräutern und Medizin und manchmal auch bei der Versorgung der Kranken geholfen.«

Charlotte de Laval wirkte leicht erstaunt. »Wirklich? Nun, wir könnten hier natürlich gut eine helfende Hand gebrauchen, wie Ihr vielleicht schon bemerkt habt«, sagte sie zögernd. »Es gibt einige Verwundete, und Kranke haben wir sowieso immer auf so einem großen Schloss. Aber eigentlich seid Ihr Gast hier, Mademoiselle«, wandte die Hausherrin ein, die selbst keinen einzigen Moment am Tag untätig verbrachte.

»Ich würde das wirklich gerne tun!«, erwiderte Madeleine ehrlich.

Charlotte de Laval schien ihr Angebot zu gefallen.

Sie führte Madeleine durchs Schloss, um ihr einige der Patienten zu zeigen, die im Seitenflügel, in einem abgetrennten Bereich, untergebracht waren. »Es sind überwiegend Verletzte. Ihre Verbände müssen regelmäßig gewechselt werden. Für manche müssen Umschläge gemacht werden, und ihre Wunden sollten außerdem beobachtet werden, damit man bei einer Verschlechterung den Arzt oder gleich den Chirurgen rufen lassen kann«, erklärte Charlotte de Laval. Sie lächelte warm. »Es freut mich, dass Ihr uns helfen wollt! Mein Gemahl hat wohl recht, wenn er sagt, dass es kein Zufall, sondern Gottes Wille war, der Euch zu uns geführt hat!«

56

Der Mann, der halb aufgerichtet mit geöffnetem Hemd in dem Bett lag, litt unter Schmerzen – unter starken Schmerzen. Sein Gesicht war fahl, und Schweiß perlte auf seiner Stirn, während sich seine Brust in angestrengten und unregelmäßigen Zügen auf und ab senkte. Er war von großer kräftiger Statur und wirkte wie jemand, dem gewöhnlich nichts so leicht etwas anhaben konnte. Umso beunruhigender war sein Zustand.

Er musste ungefähr in den Fünfzigern sein, schätzte Madeleine, die sich erinnerte, ihn in La Bonnée gesehen zu haben, als ihm zwei Männer die Treppe zum Herrenhaus hochhalfen. Sein Name war Wolfgang van Borsselen. Er war Niederländer und auf der Flucht von der Kugel einer Muskete getroffen worden, hatte ihr Colignys Gemahlin, der Madeleine nun seit drei Tagen bei der Krankenpflege half, auf dem Weg zu seinem Gemach erzählt.

Aus den Augenwinkeln sah Madeleine, dass am Kopfende des Bettes mehrere Männer standen – Adlige in fremdländischer Kleidung, die sich in einer unbekannten Sprache unterhielten. Einige Worte erinnerten sie ans Deutsche. Sie bemerkte unter den Umstehenden auch den Mann, der im Stall von La Bonnée einmal nach Guillaume gerufen hatte.

»Wie geht es Euch, Graf?«, fragte Charlotte de Laval.

Der Angesprochene schien sich zusammennehmen zu müssen, um ihre Frage höflich zu beantworten.

»Wie wohl, Madame de Coligny? Mehr tot als lebendig, würde ich sagen«, stieß er flach atmend hervor. »Und wenn man diesen Unterschenkel nicht bald entfernt, werde ich das ohne Frage auch bald ganz sein!«, setzte er finster hinzu.

»Aber nein!« Charlotte de Laval legte ihm begütigend die Hand auf den Arm. »Mit etwas Ruhe wird Eure Wunde bald wieder heilen!«

Van Borsselen schüttelte mit grimmiger Miene den Kopf. »Nein, wohl kaum. Ich war lange genug im Krieg und weiß, wie so etwas aussieht. Dieser Quacksalber von Chirurg hat die Wunde nicht richtig ausgebrannt.«

»Euer Körper braucht Zeit, um wieder zu Kräften zu kommen, damit die Wunde heilen kann«, widersprach ihm Colignys Gemahlin.

Madeleine, die Charlotte de Laval geholfen hatte, den Verband zu öffnen, hoffte, dass diese mit ihrer Annahme recht haben würde. Die Wunde sah nicht gut aus. Sie war gerötet und zeigte da, wo der Chirurg das Brandeisen eingesetzt hatte, Anzeichen einer beginnenden Entzündung.

Sie spürte, wie van Borsselen zusammenzuckte, als sie sich vorsichtig anschickte, den durchnässten Verband von seinem Bein zu lösen.

»Verzeiht«, murmelte sie und hielt einen Moment inne.

Der Blick des Niederländers, der einen leisen Fluch ausgestoßen hatte, schien sie zu durchbohren. »Wer ist sie?«, fragte er, zu Charlotte de Laval gewandt.

»Oh, verzeiht – ich vergaß, Euch Mademoiselle Kolb vorzustellen. Sie hilft mir bei der Krankenpflege!«, erklärte Charlotte de Laval, unbeeindruckt von seinem herrischen Tonfall.

Van Borsselen hatte sich ächzend ein Stück aufgerichtet und nahm Madeleine näher in Augenschein. »Bist du etwa dieses katholische Mädchen …?«, entfuhr es ihm.

Madeleine zuckte zusammen. In dem Gemach war es mit einem Schlag still geworden. Die Männer starrten sie alle an.

Sie nickte. »Ja, Monsieur!«

»Du hast den Admiral vor dem Anschlag gewarnt?«

Sie nickte stumm.

»Eine Katholikin! Ausgerechnet.« Van Borsselen ließ sich zurück in sein Kissen fallen, doch dann bedeutete er ihr, ein Stück näher zu treten. Er musterte sie erneut und ergriff schließlich ihre Hand, die in seiner Pranke ganz verschwand. »Du hast einem großen Mann das Leben gerettet, mein Kind. Hab Dank dafür«, sagte er und schenkte ihr zwischen zwei flachen Atemzügen ein unerwartet warmes Lächeln.

57

Madeleine war froh, als sie das Gemach des Kranken wieder verlassen hatte. In der einen Hand die Schüssel mit dem heißen Wasser, schloss sie mit der anderen leise die Tür hinter sich und lief durch ein kurzes Stück Flur, an das sich das Antichambre, das Vorzimmer der Gemächer, anschloss.

Die Bemerkung von van Borsselen hatte sie gegen ihren Willen berührt. Man hatte aus seinen Worten nur zu deutlich die Bewunderung für Coligny heraushören können.

Mit nachdenklicher Miene durchquerte sie das Vorzimmer. Sie fragte sich, warum ein Mensch wie der Admiral nur so unterschiedlich gesehen werden konnte. Für die Katholiken war er der Teufel, für die Protestanten fast ein Gott!

»Wie geht es ihm?«

Überrascht hielt Madeleine in ihrem Schritt inne. Erst jetzt sah sie, dass auf einem der Schemel in der Ecke des Zimmers eine Gestalt mit rotem Haarschopf saß, die mit niedergeschlagener Miene zu ihr herübersah. Es war Guillaume.

Zögernd blieb sie stehen. »Dem Grafen?«

Guillaume nickte. »Er ist mein Onkel, weißt du!«

»Dein Onkel?« Sie hatte Guillaume nie nach seinem ganzen Namen gefragt und fälschlicherweise geglaubt, dass er lediglich ein Reitknecht oder Knappe des Grafen sei.

»Ja, er hat mich in seine Dienste genommen – nach dem Tod meines Vaters und Bruders. Sie sind beide getötet worden, bevor wir fliehen konnten«, erzählte er mit tonloser Stimme.

Madeleine blickte ihn betroffen an. Sie erinnerte sich, wie niedergeschlagen und traurig Guillaume oft gewirkt hatte. Nun verstand sie auch, warum. »Das tut mir leid«, sagte sie schließlich leise.

»Es sieht nicht gut aus mit seinem Bein, oder?«, fragte er bedrückt.

Sie begriff, wie viel ihm van Borsselen unter diesen Umständen bedeuten musste. Der Graf war sein einziger Verwandter. Dennoch brachte sie es nicht über sich, ihn anzulügen. »Die Wunde zeigt Anzeichen einer Entzündung. Aber wenn er stark ist und sich jetzt etwas erholt, kann er es schaffen«, erwiderte sie ehrlich.

»Und wenn die Entzündung weiter voranschreitet?«

Sie schwieg.

»Muss man dann amputieren?« Guillaume hatte sich von dem Schemel erhoben und lief nervös einige Schritte durch den Raum.

»Mein Onkel spricht ja selbst ständig davon. Er scheint ganz wild darauf zu sein!«

»Ich bin kein Arzt, aber es kann sein. Man muss wahrscheinlich abwarten«, sagte sie vorsichtig.

Guillaume seufzte. »Das hat Monsieur de Vardes auch gesagt.«

Madeleine blickte ihn erstaunt an. Ihr Herz klopfte. »Monsieur de Vardes? Ist er denn wieder zurück?«

Guillaume nickte. »Ich habe ihn vorhin bei den Ställen gesehen!«

58

Sie begab sich sofort hinunter zu den Ställen. Die Nachricht, dass Nicolas de Vardes zurück war, hatte eine Mischung aus Angst und Aufregung in ihr ausgelöst. Doch sie musste mit ihm reden – aus mehreren Gründen.

Mit schnellen Schritten eilte sie über den Hof. Vor den Ställen war es ruhig – sie konnte niemanden sehen. Ein Knecht, ein kräftig gewachsener Mann mit strohblonden Haaren, der dabei war, zwei Pferde auf die hinter dem Schloss angrenzenden Koppeln zu bringen, kam ihr entgegen.

»Ich suche Monsieur de Vardes!«

»Hab ich hier nicht gesehen«, antwortete er im Weggehen. »Aber ich hätte nachher Zeit!«, rief er ihr mit einem breiten Grinsen hinterher und zwinkerte ihr zu.

Madeleine ignorierte die Bemerkung und blieb enttäuscht stehen.

Wahrscheinlich war Vardes schon längst wieder zurück im Schloss. Sie beschloss dennoch, in den Ställen noch einmal nach ihm zu sehen, aber mit Ausnahme einiger Pferde, die ihr neugierig entgegenblickten, konnte sie tatsächlich niemanden entdecken.

Sie lief bis zum Ende des Ganges und wollte gerade umkehren, als sich in der Ecke über den Rand einer der Boxen ein schwarzer Pferdekopf schob, der bei ihrem Anblick laut schnaubte.

»Apollo!« Erfreut schaute sie zu dem Rappen, mit dem sie von La Bonnée nach Châtillon gekommen war. Sie ging auf den Hengst zu und strich ihm über das glänzende Fell. Seit ihrer Ankunft hier hatte sie ihn nicht mehr gesehen, doch das Pferd schien sich angesichts der gemeinsam erlebten Abenteuer noch genauso gut an sie zu erinnern wie sie selbst. »Na, mein Guter, wie geht es dir?«, fragte sie.

Der Rappe stupste sie sanft gegen die Schulter. Fast kam es ihr vor, als hätte sie einen alten Freund wieder getroffen. Sie wünschte, sie hätte einen Apfel oder eine Möhre bei sich gehabt. »Tut mir leid, ich habe nichts mit«, sagte sie und tätschelte ihn.

»Da scheint dich jemand vermisst zu haben«, sagte eine raue Stimme hinter ihr.

Ohne die Hand von Apollos Hals zu nehmen, drehte sie sich herum.

Nicolas de Vardes kam vom Eingang des Stalls auf sie zugeschlendert. Sie spürte, wie sich ihr Herzschlag beim Anblick seiner breitschultrigen Gestalt unwillkürlich beschleunigte.

Er deutete auf den Rappen. »Er sieht jedenfalls ganz danach aus«, stellte er amüsiert fest.

»Wohl kaum, ich bin mit Sicherheit die schlechteste Reiterin, die er jemals gehabt hat«, erwiderte sie mit einem schiefen Lächeln.

Vardes war vor ihr stehen geblieben. »Das sieht er wahrscheinlich anders.« Er klopfte dem Hengst auf die Schulter. »Pferde haben ein untrügliches Gefühl dafür, wem sie vertrauen können!«, sagte er, ohne den Blick von ihr zu nehmen.

Sie schwieg. »Ihr meint, anders als Menschen?«, entgegnete sie dann.

Ein kaum wahrnehmbares Lächeln umspielte seine Lippen, denn er hatte die Herausforderung, die in ihrem Tonfall lag, durchaus gehört. »Vielleicht!«

Einen Moment lang blickten sie sich beide nur an. »Einer der Knechte sagte mir, dass du mich gesucht hast?«, fragte er dann.

Sie nickte. Ihre Hand strich über das schwarze Fell. »Ja, ich wollte mit dir reden …«

Er nahm die Hand von dem Hals des Pferdes und lehnte sich gegen die Boxenwand. »Mit mir reden? Tatsächlich?«

Etwas an der Art, wie er demonstrativ die Arme über der Brust verschränkte, verriet ihr, dass es schwieriger werden würde, als sie gedacht hatte.

Ihre Augen hefteten sich kurz auf Apollos Kopf, doch dann sah sie ihn an.

»Ja, das wollte ich.«

»Und weswegen?«

»In der Nacht, als wir uns auf der Terrasse gesehen haben …«, fing sie an.

»Du meinst, als ich dich geküsst habe und wir dann leider unterbrochen wurden, bevor du meine Fragen beantworten konntest?« Sein Tonfall klang gefährlich samtig.

»Ich wollte dir etwas sagen«, erklärte sie, ohne auf seine Bemerkung einzugehen.

Er musterte sie. »Willst du mir erzählen, was bei dem Anschlag im Wirtshaus und auf der Lichtung im Wald wirklich geschehen ist?«

Trotz der Wärme in seiner Stimme, versetzte ihr die Unbeirrbarkeit, mit der er darauf zu sprechen kam, einen leisen Schreck. Sie war sich plötzlich nicht sicher, ob es nicht doch ein Fehler war, das Gespräch mit ihm zu suchen. Sie schüttelte den Kopf und sah zu ihm hoch. »Nein, das kann ich nicht«, erwiderte sie. Sie straffte die Schultern. »Aber ich bitte dich, mir zu glauben, dass das nichts mit dir oder irgendjemand anderem zu tun hat, sondern allein mit mir.«

Er schwieg und fasste sie an der Schulter. »Du irrst dich, Madeleine!«, sagte er dann. »Was immer du nicht bereit bist zu erzählen, hat schon lange nichts mehr nur mit dir zu tun. Das solltest du spätestens verstanden haben, seitdem du in einen der größten Machtkämpfe dieses Landes hineingeraten bist«, fügte er hinzu.

»Das war weiß Gott nicht meine Absicht …«, entgegnete sie aufgebracht und hielt im selben Moment inne. Vom Eingang des Stalls war das Geräusch von Schritten und Hufschlägen zu hören.

Vardes zog sie mit sich zur Seite. Man konnte hören, wie vorn einer der Knechte ein Pferd in den Stall brachte. Er sprach mit einem anderen Mann. Dann entfernten sich die Schritte. Sie waren wieder allein. Sie sah ihn an. Er stand so dicht vor ihr, dass sie die Wärme seines Körpers spüren konnte. Plötzlich strich er ihr durchs Haar und beugte sich zu ihr. Sein Kuss war verwirrend sanft, als er sie an sich zog. Sie konnte durch den dünnen Stoff ihres Kleides seinen Körper fühlen, und einen Moment war alles wie ausgeblendet, als sie sich voller Verlangen seiner Umarmung hingab. Etwas zog sie so stark zu ihm, dass es ihr Angst machte.

»Vertrau mir, Madeleine«, sagte er leise zu ihr, als seine Lippen sich schließlich von den ihren lösten. »Du musst mir sagen, was geschehen ist. Ich will dir nur helfen!«

Helfen? Ein dunkler Schatten glitt über ihr Gesicht, und sie schüttelte den Kopf. »Du kannst mir nicht helfen. Niemand kann das, Nicolas«, sagte sie voller Verzweiflung.

»Woher willst du das wissen? Was ist so schwer für dich zu ertragen, Madeleine?«, fragte er.

Sie schwieg, während sie spürte, wie sehr sie sich im Grunde ihres Herzens danach sehnte, ihm alles zu erzählen.

Sie schaute ihm in die Augen. Sie vertraute ihm, wurde ihr klar, doch gleichzeitig hatte sie Angst, wie er reagieren würde, wenn sie ihm die Wahrheit sagte. Ein Geräusch war hinter ihnen zu hören. Sie zuckte zusammen. Ihr Blick glitt durch den Stall, doch es war niemand zu sehen. »Ich kann nicht hier darüber sprechen!«, sagte sie schließlich.

Er nickte zögernd. »Du hast recht!«, sagte er. »Das hier ist nicht der richtige Ort. Außerdem erwartet mich der Admiral im

Schloss. Wir treffen uns heute Abend. Auf dem Wehrturm. Dort können wir ungestört reden.«

Sie nickte, und er strich ihr erneut durchs Haar, bevor sie beide den Stall verließen.

Auf dem Hof war es voll geworden. Eine Gruppe von Reitern war eingetroffen und auch einige Bauern, die mehrere Karren mit frisch geerntetem Obst und Gemüse mit sich führten. Als Madeleine mit Vardes an ihnen vorbeilief, stieß ein Mann, der gerade Körbe mit Äpfeln ablud, unversehens mit dem Rücken gegen sie.

Sie strauchelte, doch Vardes griff sie am Arm und hielt sie fest. Schützend legte er den Arm um sie. »Pass ein bisschen besser auf, wo du hingehst!«, wies er den Bauern barsch zurecht.

»Verzeihung!«, murmelte dieser und verbeugte sich devot. Obwohl er den alten löchrigen Filzhut auf seinem Kopf tief ins Gesicht gezogen hatte, konnte Madeleine sehen, wie er sie aus seinen dunklen Augen anstarrte. Die Spitze einer vernarbten Nase schaute unter seiner Hutkrempe hervor, und sie hatte plötzlich den Eindruck, dass sie sein Gesicht schon einmal gesehen hatte, doch dann drehte er sich schon wieder um.

Sie ging mit Vardes weiter. »Seltsam, er kam mir irgendwie bekannt vor«, sagte sie.

»Der Bauer? Sie kommen oft aus dem Umland, um einen Teil ihrer Ernten zu verkaufen. Vielleicht hast du ihn in den letzten Tagen hier schon einmal gesehen«, meinte er.

Madeleine nickte. Wahrscheinlich hatte Nicolas recht.

Sie hatten die Halle des Schlosses betreten, und er war vor ihr stehen geblieben.

»Wirst du dich heute Abend mit mir treffen? ... Oder wirst du wieder die Flucht ergreifen?«, fragte er, und sie konnte sich nicht des Gefühls erwehren, dass er damit nicht nur ihr Gespräch meinte, das im Stall unterbrochen worden war.

Er hatte seine Hände um ihre Taille gelegt, und als er sie ein Stück zu sich zog, schlug ihr Herz erneut schneller.

»Nein, ich werde da sein«, versprach sie.

Er beugte sich etwas zu ihr und berührte mit dem Finger zart ihre Lippen. »Ich habe viel an dich gedacht, als ich weg war, Madeleine«, sagte er leise, bevor er sie auch schon wieder losließ, sich umdrehte und in seinem ruhigen Gang durch die Halle zu den Kabinettsräumen entschwand.

59

Während des abendlichen Diners und der vorangehenden Gebete und Psalmgesänge, an die sie sich inzwischen gewöhnt hatte, spürte Madeleine, wie Nicolas' Blick sie von Zeit zu Zeit streifte und sie eine leichte Verlegenheit ergriff.

Sie fragte sich, ob es richtig war, ihm die Wahrheit zu sagen. Doch sie vertraute ihm, hatte sie festgestellt, und von dem Augenblick an, da sie beschlossen hatte, ihm alles zu erzählen, hatte sie eine eigenartige Ruhe überkommen.

Als sie nach dem Abendessen noch einmal kurz in ihr Zimmer zurückkehrte, betrachtete sie sich in dem kleinen holzgerahmten Spiegel, der an der Wand hing. Ihr eigener Anblick war ihr fremd, stellte sie fest, denn im Kloster hatte es keine Spiegel gegeben.

Sie zog sich das Häubchen vom Kopf und musterte das Gesicht der jungen Frau, die ihr entgegenblickte – das kastanienfarbene Haar, die blaugrauen Augen, die durch die schwarzen Wimpern und zarten dunklen Brauen noch betont wurden, und schließlich ihre Lippen, auf denen sie noch immer Vardes' Finger zu fühlen glaubte.

Draußen konnte man die Glocke des Kirchturms schlagen hören. Sie griff nach ihrem Umhang. Coligny hatte sich wie jeden Abend noch mit seinen engsten Vertrauten zurückgezogen, doch er pflegte die Besprechungen gewöhnlich spätestens eine Stunde vor Mitternacht zu beenden, hatte Vardes erklärt.

Leise schlich Madeleine den Gang entlang und über eine Seitentreppe hinunter zum Hof. Sie wollte auf keinen Fall, dass jemand sie sah.

Draußen schlug ihr eine laue klare Luft entgegen. Sie wandte sich nach rechts und lief im Schutze der Mauern bis zu dem rechten Wehrturm. Als sie die Treppe hochstieg, hörte sie oben ein Geräusch. War Nicolas schon da?

Sie nahm die letzte Treppenstufe und trat nach draußen. Ein sternenklarer Himmel empfing sie – und eine Gestalt. Sie lächelte. »Bist du schon lange …«

Erschrocken hielte sie inne, denn der Mann, der auf sie zukam, war nicht Nicolas.

»Freut mich, dich wiederzusehen!«, sagte er.

Entsetzt blickte sie ihn an – die dunklen Augen, die vernarbte Nase … Es war der Bauer, der auf dem Hof gegen sie gestoßen war. Dann begriff sie plötzlich, warum ihr sein Gesicht am Nachmittag so bekannt vorgekommen war – sie hatte ihn schon einmal gesehen. Damals, als sie mit den Gauklern auf dem Marktplatz gewesen war, hatte er mit einem anderen Mann in der Menge gestanden.

Sie schauderte. Panik überfiel sie. Sie wollte sich umdrehen und wegrennen, da spürte sie schon, wie eine zweite Person mit eiserner Umklammerung ihre Arme griff.

Sie versuchte, sich zu wehren. »Nein!« Ein Schrei entstieg ihrer Kehle, dessen Laut noch erstickt wurde, bevor er ganz aus ihrem Mund dringen konnte.

Sie trat verzweifelt um sich. Ein Schlag traf sie im Gesicht.

»Verdammte Protestantenhure«, zischte der Mann vor ihr. »Diesmal entkommst du uns nicht!«

Man warf sie zu Boden. Zwei weitere Schläge gingen auf sie nieder. Dann traf sie etwas an der Schläfe, und ihr wurde schwarz vor Augen.

60

Sie wachte auf, weil sie fror und eine schreckliche Übelkeit verspürte. Ein dumpfer Schmerz pochte in ihrem Kopf.

Wo war sie? Ihre Augen irrten durch den Raum, und obwohl sie die Umgebung in aller Deutlichkeit wahrnehmen konnte, weigerte sich ihr Verstand, die Realität als wirklich anzunehmen: die nackten fensterlosen Steinwände, der kahle Boden, auf den man etwas Stroh geworfen hatte, die eingemauerten Eisenringe und die große beschlagene Tür. *Es konnte nichts anderes als ein schrecklicher Traum sein.* Doch dann begriff sie, dass sie gar nicht träumte. Der Schock setzte augenblicklich ein. Der Bauer, der Mann, den sie damals auf dem Marktplatz mit den Gauklern gesehen hatte – die Guise hatten sie doch aufgespürt. Man hatte sie entführt und gefangen genommen! Was würde man mit ihr machen? Ihr Herz raste, nein, hämmerte – so laut, dass sie glaubte, man könnte es im Raum hören. Panisch zerrte sie an der eisernen Handschelle, die ihr Handgelenk umschloss. Erst dann bemerkte sie, dass sie mit einer langen schweren Kette mit dem großen Ring in der Wand verbunden war, die ihr gerade so viel Platz ließ, dass sie sich im Sitzen mit dem Rücken gegen die Wand lehnen konnte.

Sie versuchte, ruhig durchzuatmen, und blickte sich um. Ein feuchter, muffiger Geruch hing in der Luft. Es stank nach Exkrementen und menschlichen Ausdünstungen, und sie verspürte eine neue Welle der Übelkeit. Sie war augenscheinlich nicht die erste Person, die man hier gefangen hielt. Es gab kein Fenster in dem Raum, stellte sie fest, nur einen winzigen Lichtschacht, den sie selbst im Stehen nicht einmal mit den Fingerspitzen hätte berühren können.

Stimmen, der Hufschlag von Pferden und das Knallen einer Peitsche drangen von dort gedämpft hinunter. Sie musste sich im Untergeschoss irgendeines Verlieses befinden. Sie sah wieder den

Mann vor sich, der oben auf dem Wehrturm gestanden hatte. *Diesmal entkommst du uns nicht!*

Resigniert lehnte sie den Kopf gegen die Wand. Obwohl ihr Herz noch immer raste, fühlte sie einen leichten Schwindel. Wie lange befand sie sich wohl schon hier? Ihre Kehle war wie ausgetrocknet. Trinken, sie musste etwas trinken. Ihr Blick irrte erneut durch den Raum, und sie entdeckte erleichtert einen verbeulten Zinnkrug. Er stand etwas entfernt neben ihr auf dem Boden – gerade so weit, dass sie ihn mit der Hand zu sich ziehen konnte. Doch als sie die Lippen gierig an den Rand setzte, stieg ein so ekelhafter fauliger Geruch von dem Wasser hoch, dass sie würgen musste, noch bevor sie den ersten Schluck getrunken hatte. Sie ließ den Krug nach unten sinken und stellte ihn so weit weg, wie sie konnte. Tränen rannen über ihre Wangen, und sie umschlang verzweifelt ihre Knie.

Sie wusste nicht, wie lange sie so gesessen hatte, als sie schwere Schritte hörte, die sich auf dem Gang vor der Tür näherten. Zwei Männer sprachen miteinander. Man hörte das Klappern eines Schlüsselbunds und dann, wie ein schwerer Riegel aufgeschoben wurde.

Die Gestalt einer Wache zeigte sich auf der Schwelle. Trotz ihrer Angst war Madeleine erleichtert, endlich ein menschliches Wesen zu sehen.

Der Mann musterte sie mit einem mitleidslosen Blick. »Dreh dich zur Wand und nimm die Hände auf den Rücken«, befahl er barsch.

Wortlos kam sie seiner Aufforderung nach und spürte, wie er ihre Hände hinten zusammenfesselte und erst dann die Handschelle löste. Er zog sie unsanft auf die Beine und stieß sie vorwärts. Draußen auf dem Gang wartete eine zweite Wache, die ihnen mit einer Laterne voranging.

Madeleines Knie fühlten sich weich an. Sie taumelte und war sich nicht sicher, ob sie überhaupt laufen konnte, doch man stieß sie grob vorwärts.

»Los, mach schon! Man erwartet dich«, fuhr die Wache sie an.

Sie liefen durch einen dunklen Gang und bogen mehrmals um die Ecke. Schließlich wurde sie in einen Raum gebracht, in dem man sie zu einer Wand führte. Die Wache löste ihre Fesseln, nur um sogleich wieder ein paar Handschellen um ihre Gelenke zu schließen, die der Mann mit einem Haken an einem Eisenring über ihr festmachte. Madeleine konnte sich weder nach rechts noch nach links bewegen.

Erst in diesem Moment bemerkte sie den Mann, der auf der anderen Seite des kahlen Steinraums stand. Er trug Hemd und gebauschte Kniebundhosen über seinen hellen Strümpfen und hatte sein besticktes Seidenwams gerade neben sich auf einen Schemel abgelegt – und sah sie nun an. Er war ungewöhnlich kräftig und breit gebaut, doch das Auffälligste an ihm waren seine schrägen Augen. Ihr Herz setzte für einen Schlag aus. Es waren diese Augen, die sich seit ihrer ersten Begegnung in ihren Kopf gebrannt hatten. Vor ihr stand kein Geringerer als der Herzog d'Aumale.

Er bedeutete der Wache mit einem Kopfnicken, den Raum zu verlassen. Madeleine hörte das Klacken der Tür – sie war mit dem Herzog allein.

Wortlos blickte Aumale sie noch immer an. Etwas an dem Ausdruck seines Gesichts, an der grausamen Kälte, die sie darin erkannte, jagte ihr einen eisigen Schauer über den Rücken.

Sie zerrte angsterfüllt und gegen jede Vernunft an ihren Handschellen, doch das Eisen schnitt dabei nur noch schmerzhafter in ihre Haut.

Ohne den Blick von ihr zu wenden, hatte Aumale angefangen, in aller Ruhe seine mit Spitze besetzten Ärmel des Hemdes hochzukrempeln. Dann kam er langsam auf sie zu.

»Bitte ... ich habe nichts getan«, stieß sie tonlos hervor, als er vor ihr stehen blieb. Tränen rannen über ihre Wangen.

Für einen kurzen Moment schien in seinen raubtierhaften Augen etwas zu flackern, und seine verhärteten Gesichtszüge veränderten sich. Doch es war kein Mitleid, das sie darin erkannte, sondern ganz im Gegenteil – eine stille Genugtuung. Er genoss die Situation, die Macht, die er über sie hatte – und vor allem ihre Angst, wurde ihr voller Entsetzen klar.

Sie flehte Gott um Hilfe an.

Im selben Augenblick griff er sie brutal am Haar und zog sie zu sich heran. »Hast du wirklich geglaubt, du könntest uns entkommen?«, fragte er kalt.

61

Der Schmerz traf sie unvorbereitet und ohne jede Warnung.

Ohne ein weiteres Wort an sie zu richten, hatte der Herzog d'Aumale nach der Peitsche gegriffen.

Niemals zuvor in ihrem Leben hatte Madeleine körperlich leiden müssen, und die Wucht, mit der das Leder auf sie niederfuhr und sich mit einem glühenden Brennen in ihre Haut grub, ließ sie verzweifelt aufschreien.

»Hört auf ...«, flehte sie.

Doch der Herzog hieb erbarmungslos auf sie ein, ohne ihre Schreie zu beachten, die ihn eher noch anzuspornen schienen. Ihr Kleid hing nach wenigen Hieben in Fetzen an ihrem Rücken herunter. Tränen strömten über ihre Wangen, während sie bei jedem Schlag aufschrie. Die kalte Wut, die in Aumales Augen loderte, ließ sie ahnen, was noch auf sie zukommen würde.

Dann riss der Schmerz sie mit sich und ergriff in einer Weise von ihr Besitz, dass sie nichts anderes mehr denken oder spüren konnte als ihre körperliche Qual. Sie hatte das Gefühl, in einen roten Nebel zu tauchen, und nahm beinah erleichtert war, dass ihr die Sinne zu schwinden drohten, da senkte der Herzog die Peitsche.

Sie hörte ihr eigenes Keuchen in dem Raum, in dem es mit einem Schlag still geworden war.

»Ich denke, du solltest jetzt zu einer kleinen Unterhaltung bereit sein!«, sagte Aumale. Ein feiner Schweißfilm zeigte sich auf seiner Stirn. Mitleidslos musterte er sie.

»Woher wusstest du von dem Anschlag?«, fragte er dann.

Sie blickte ihn, noch immer schwer atmend, an.

»Rede! Wer hat dir von unserem Plan erzählt? Wieso konntest du diese Ketzerbrut warnen?« Er umklammerte mit seinen Fingern ihr Kinn und drehte ihren Kopf grob zu sich, ohne die Peitsche aus der Hand zu legen.

»Niemand«, sagte Madeleine mit zittriger Stimme. Ihr Rücken brannte wie Feuer und fühlte sich wund an. Sie konnte nicht mehr klar denken. Der Schmerz schien jetzt, da er sie nicht mehr schlug, beinah noch schlimmer als zuvor. Doch sie durfte ihm nicht die Wahrheit sagen, sonst war sie verloren. Hilf mir, Gott, bat sie erneut stumm, aber als sie sah, wie sich die Augen des Herzogs d'Aumale zu schmalen Schlitzen zusammenzogen, kam es ihr vor, als wenn der Allmächtige sie schon lange verlassen hätte. Sie war bereits in der Hölle gelandet.

»Niemand? ... Und woher wusstest du dann von dem Anschlag?«

»Ich ... habe Eure Männer gesehen.«

»Meine Männer? Wo?«

In ihrer Angst und der Benommenheit des Schmerzes fiel ihr nichts anderes ein als das, was sie auch den Hugenotten erzählt hatte. »Im Wald, auf dem Weg vom Kloster zum Dorf.«

Seine Hand traf sie mit voller Wucht im Gesicht. Sie schmeckte Blut auf der Zunge.

»Du lügst! Wir sind dort überhaupt nicht entlanggekommen!«, zischte er.

Sie senkte den Kopf. Er war ein Ungeheuer, es gefiel ihm, sie zu quälen – und sie war ihm ausgeliefert. Verzweifelt bemühte sie sich, an etwas zu denken, das ihr Kraft gab. Das Gesicht von Nicolas tauchte vor ihren Augen auf. Sie versuchte, sich den Klang seiner rauen Stimme ins Gedächtnis zu rufen und sich daran zu erinnern, wie er sie geküsst hatte, aber es gelang ihr nicht.

Warum war er nicht auf dem Turm gewesen? Dann tauchte das Gesicht einer Frau vor ihr auf. Sie ähnelte ihrer Mutter, doch sie war älter. *Magdalena!*, sagte sie mit warmer Stimme …

In diesem Moment griff Aumale brutal in ihre Haare und zog ihren Kopf zu sich. Die Bilder rissen ab.

»Antworte! Wer hat uns verraten?«

»Niemand«, sagte sie. Sie zitterte vor Furcht am ganzen Körper.

Er betrachtete sie. Dann ließ er sie plötzlich los. »Was für ein Jammer«, sagte er bedauernd. »Du bist hübsch. Die Protestanten haben bestimmt an dir Gefallen gefunden, nicht wahr?« Er beugte sich zu ihr. Seine Hand fuhr langsam über die wunden Striemen auf ihrem Rücken, und sie stöhnte unterdrückt auf, denn es fühlte sich an, als würde ein glühendes Feuer über ihren Rücken wandern.

»So hübsch wirst du wohl leider nicht bleiben«, fuhr Aumale fort. Er hatte seine Hand wieder weggenommen und strich damit über die Peitsche. Sie schauderte.

»Ich werde die Wahrheit aus dir herausbekommen. Es liegt an dir, wie viel Schmerzen du auf dem Weg dahin ertragen willst«, verkündete er.

»Bitte nicht … Ich habe nichts getan«, flehte sie mit brüchiger Stimme.

»Nichts getan?«, stieß er hervor. Seine Augen drohten ihm aus dem Kopf zu springen. »Du hast diesem Ketzer und Mörder Coligny die Flucht ermöglicht und verhindert, dass er endlich seine gerechte Strafe bekommt!« Mit unbändiger Wut ließ er die Peitsche auf ihren Rücken niederfahren, und sie spürte, wie warmes Blut über ihre Haut rann.

Er würde nicht aufhören, sie zu schlagen, begriff sie, denn es ging ihm nicht nur darum zu erfahren, wie sie von den Plänen der Guise hatte wissen können, sondern er wollte sie strafen, um seinen Zorn an ihr auszulassen.

Sie schloss die Augen. Die Schläge, die stärker waren als zuvor, brachten sie abermals an den Rand einer Ohnmacht. Sie hatte nicht mehr die Kraft zu schreien.

Erneut tauchte sie in den roten Nebel ein. Wieder sah sie die alte Frau. *Magdalena!* Die Frau streckte ihre Hände aus. Ihre Stimme klang sanft und gütig und umhüllte sie wie ein schützender Kokon. Der Schmerz schien sich plötzlich etwas von ihr zu lösen, als würde ihr Körper nicht mehr zu ihr gehören, und sie hatte das Gefühl, als könnte sie sich selbst von außen betrachten.

Ein Schwall kaltes Wasser traf ihr Gesicht.

»Oh nein! Du wirst nicht ohnmächtig werden! Diesmal nicht! Du wirst mir antworten, hörst du!«, fuhr Aumale sie aufschäumend an.

Sie schnappte nach Luft. Alles schien noch immer weit weg, wie sie dort – mit den Handschellen, ihrem wundgeschlagenen Rücken und dem nassen Gesicht, von dem das Wasser tropfte – an der Wand hing und er mit der Peitsche neben ihr stand. Doch der Schmerz war nicht mehr Teil von ihr, und sie stellte fest, dass sie plötzlich keine Angst mehr spürte. Sie blickte den Herzog an.

Aumale, der die Veränderung mitbekommen hatte, starrte sie ungläubig an. »Verdammt! Macht dir das alles nichts aus, du Hexe?« Seine Stimme war lauter geworden. Er riss sie zu sich. »Stimmt es doch, was die Oberin sagt, dass du vom Teufel besessen bist, ja? Glaub mir, ich werde dich trotzdem zum Reden bringen.« Wie ein Besinnungsloser schlug er weiter auf sie ein.

Ein Bild des Herzogs flackerte vor Madeleine auf – wie er Coligny im Wirtshaus die Kehle durchschnitt, so wie sie es in ihrer Vision vor sich gesehen hatte. Dann glitt sie zurück in den roten Nebel.

62

Es gelang Nicolas de Vardes nur mit halbem Ohr, den Gesprächen um sich herum zuzuhören. Die Männer waren aufgebracht. Zu Recht, musste man zugeben, wenn die Informationen, die ihnen ein Vertrauter vom Hof hatte zukommen lassen, tatsächlich stimmten. Die Gerüchte besagten, dass der König die Anführer der Hugenotten beseitigen lassen wollte. Der Admiral de Coligny sollte einem Anschlag zum Opfer fallen und der Prinz de Condé verhaftet werden. Drahtzieher dieses Plans sei niemand anderes als der Kardinal de Lorraine. Es schien ihm gelungen zu sein, den jungen König hinter dem Rücken der Medici davon zu überzeugen, dass nur dann endgültig Friede im Land herrschen könnte, wenn man die Anführer der Hugenotten ausschalten und das Edikt von Amboise widerrufen würde.

»Charles ist zwar jähzornig und launisch, aber in seinem Wunsch, als König respektiert und behandelt zu werden, so berechenbar, dass es für den Kardinal wahrscheinlich ein Leichtes gewesen sein dürfte, ihm diese Idee einzuflüstern«, stieß Colignys Bruder, François de Châtillon, grimmig hervor.

»Nun, der König ist kein schlechter Mensch, aber er ist dem verderbten Einfluss des Hofes ausgesetzt. Er will sich von seiner Mutter befreien und erkennt nicht, dass der Einfluss der Guise ein noch weit gefährlicherer ist«, erwiderte der Prinz de Condé, der angesichts der Bedrohlichkeit der neuesten Entwicklungen gerade nach Châtillon gekommen war.

Colignys Stirn zeigte tiefe Falten. »Kann man sich sicher sein, dass wir diesen Informationen wirklich trauen können? Vielleicht haben die Guise sie auch absichtlich in Umlauf gebracht«, sagte er schließlich. »Was meint Ihr dazu, Monsieur de Vardes?«

Vardes zuckte die Achseln. »Die Möglichkeit besteht durchaus. Was könnte besser für sie sein, als wenn wir uns dadurch zu irgendwelchen unüberlegten Handlungen provozieren ließen, oder?«

Condé schüttelte den Kopf. »Nein, der besagte Herzog war bei dem Gespräch selbst anwesend. Ich bin sicher, dass es sich um die Wahrheit handelt. Außerdem gibt es einen Brief, den wir abgefangen haben.«

»Einen Brief?«, fragte Vardes überrascht.

Der Prinz nickte. »Ja, vom Kardinal de Lorraine an den spanischen König!« Er kräuselte verächtlich den Mund. »Das Schreiben lässt keinen Zweifel, in welche Richtung der Kardinal den König zu beeinflussen versucht!«

»Man müsste es schaffen, Charles endlich dem Einfluss dieser widerlichen Papisten zu entziehen«, sagte François de Châtillon.

Der Admiral wandte nachdenklich den Kopf zu seinem Bruder. »Vielleicht wäre das eine Idee«, sagte er.

Ronsard zog die Brauen hoch. »Was? Den König dem Einfluss der Guise-Lorraine zu entziehen? Dazu müsste man ihn schon entführen!«

Coligny schüttelte sinnend den Kopf. »Nicht entführen, aber vielleicht befreien, um mit ihm in Ruhe reden zu können.«

Nicolas de Vardes verfolgte, wie die Blicke der anderen Männer zu dem Admiral glitten und sie sich tatsächlich darüber zu unterhalten begannen, ob es eine gute Idee wäre, den König dem Hof gewaltsam zu entreißen.

Zerstreut trank er einen Schluck Wein, während sich seine Gedanken anderen Dingen zuwandten, die ihn zurzeit weit mehr besorgten. Schlaflose Nächte lagen hinter ihm – Madeleine war verschwunden! Seit zwei Tagen war sie wie vom Erdboden verschluckt und keine Spur von ihr zu finden. In jener Nacht, als sie sich verabredet hatten, war er etwas später von der Besprechung mit dem Admiral gekommen und hatte sie nicht mehr auf dem Turm angetroffen. Im ersten Moment hatte er angenommen, dass sie wieder zurück in ihr Gemach gegangen war oder es sich vielleicht anders überlegt hatte. Er war verärgert gewesen, dass sie nicht gekommen war – und auch enttäuscht, musste er zugeben. Nur zu gut hatte er sich an ihren Gesichtsausdruck erinnert, als er sie nach seiner Rückkehr an jenem Nachmittag im Stall angetroffen hatte. Eine Mischung aus Freude und einem Hauch von Verlegenheit hatte er darin entdeckt, aber auch eine Spur von Angst, weil sie ihm nicht die Wahrheit erzählen wollte – oder konnte, wie sie behauptet hatte. Und dennoch war er sich nach ihrem Gespräch und dem Kuss im Stall sicher gewesen, dass sie sich ihm anvertrauen würde. Er stellte mit einer abrupten Bewegung sein Glas ab. Hätte er nur noch in der Nacht nach ihr gesucht!

Doch erst am Morgen, als auch Guillaume und Charlotte de Laval beunruhigt nach ihr fragten, hatte er begriffen, dass etwas nicht stimmte. Er war zu ihrem Gemach gegangen und hatte entdeckt, dass ihre Sachen zwar noch da waren, aber ihr Bett in der Nacht nicht benutzt worden war. Es war der Moment gewesen, in dem seine Verärgerung endgültig in tiefe Besorgnis umgeschlagen war. Sie hatten angefangen, Madeleine überall zu suchen, doch sie war unauffindbar geblieben.

»Vielleicht ist sie doch nicht damit klargekommen, auf einmal unter Protestanten leben zu müssen«, hatte Ronsard nachdenklich gemeint, der über ihr Verschwinden ebenso beunruhigt schien.

Doch Vardes wusste, dass das nicht stimmte. Später war er schließlich noch einmal auf den Turm gestiegen – und hatte dort ihr eingerissenes Schultertuch gefunden. Seitdem wusste er, dass Madeleine Châtillon nicht freiwillig verlassen hatte.

Er hatte Coligny und seiner Gemahlin in einem Gespräch unter vier Augen von seiner Befürchtung berichtet. »Ihr glaubt, die Guise hätten sich hierher nach Châtillon gewagt, um sie zu entführen?«, hatte der Admiral ungläubig gefragt.

»Nicht die Guise, aber ihre Schergen!«

»Verzeiht«, mischte sich Charlotte de Laval in die Unterredung. »Aber wenn die Guise das wirklich wagten, würden sie dann nicht als Erstes meinem Gemahl nach dem Leben getrachtet haben?«, fragte sie mit ihrer hellen Stimme.

Vardes schüttelte den Kopf. »Nein, die Guise wissen, dass Euer Gemahl hier ständig von seinen Leuten und Leibgarden umgeben ist. Sie hätten ein halbes Regiment benötigt, um ihn anzugreifen. Madeleine dagegen war unbewacht. Man hat wahrscheinlich nicht mehr als zwei Männer gebraucht, um sie in ihre Gewalt zu bringen.«

Charlotte de Laval hatte ihn betroffen angeblickt. »Mein Gott, das heißt, dass wir der jungen Frau nicht genügend Schutz geboten haben, oder?«, entfuhr es ihr schockiert.

»Ich fürchte, ja«, hatte er leise erwidert und verschwiegen, dass er sich selbst dabei am meisten Vorwürfe machte.

Wenn die Handlanger der Guise Madeleine tatsächlich entführt hatten, wie hatten sie die junge Frau dann aus Châtillon herausgebracht? Ganz sicher nicht auf einem Pferd, überlegte er. Sie mussten einen Wagen oder Karren gehabt haben. Er dachte an das ständige Kommen und Gehen, das zurzeit auf dem Schloss herrschte, und entsann sich plötzlich, wie er mit Madeleine über den Hof gegangen war. Ein Bauer oder Händler war gegen sie gestoßen, und sie war einen Augenblick lang irritiert gewesen, weil ihr sein Gesicht bekannt vorgekommen war. Ein ungutes Gefühl ergriff ihn, als er sich jetzt daran erinnerte.

Als er später allein in seinem Gemach war, betrachtete er nachdenklich das eingerissene Schultertuch von Madeleine. Der zarte Duft, der von dem Stoff ausging, gab ihm für einen Moment das Gefühl, sie würde neben ihm im Raum stehen. Er verspürte einen schmerzhaften Stich. Ihm lag an ihr – sehr. Wie viel, war ihm erst bewusst geworden, als er ihr Verschwinden entdeckt hatte.

Vardes ballte unwillkürlich die Faust. Er musste sie finden, um jeden Preis, denn er wusste, wozu die Guise fähig waren.

63

Als sie wieder zu sich kam, lag sie auf dem Boden auf dreckigem, feuchtem Stroh. Sie blickte zwischen halb geöffneten Lidern auf etwas Purpurrotes und brauchte einen Moment, um zu begreifen, dass es der Saum eines Gewandes war. Zwei seidene Schuhspitzen sahen darunter hervor. Augenscheinlich stand ein Mann vor ihr, nein, zwei Männer – neben der roten Robe erkannte sie ein weiteres Paar Beine in Seidenstrümpfen und gebauschten Kniebundhosen. Sie fühlte sich zu schwach, um den Kopf nach oben zu drehen. Der Schmerz war zurückgekehrt, und jede kleinste Bewegung, ja jeder Atemzug war eine Qual.

»Ihr solltet sie verhören und nicht umbringen – sie lebt ja kaum noch!«, sagte der Mann in der roten Robe. Er hatte sich heruntergebeugt, und Madeleine spürte, wie er sie mit spitzen Fingern an der Schulter etwas zu sich drehte, sodass er ihren Rücken näher betrachten konnte. Sein Gesicht, das von einem sorgfältig gestutzten Bart geziert wurde, zeigte einen angewiderten Ausdruck, der gleichermaßen ihrer Person wie den Spuren ihrer brutalen Züchtigung zu gelten schien. Der Mann hatte blaue Augen. Er trug ein rotes Birett und eine schwere Kette über seinem Gewand, fiel Madeleine auf, die es vor Schwäche nicht schaffte, ihre Augen länger offen zu halten. Ein Kardinal?, dachte sie. Was tat er hier?

»Keine Sorge, eine Hexe wie die bringt man nicht so leicht um!«, erwiderte eine unbeeindruckte Stimme, die Madeleine erstarren ließ. Sie gehörte dem Herzog d'Aumale.

»Ich dachte immer, Ihr glaubt nicht an solche Dinge, lieber Bruder?«, entgegnete der Mann in der roten Robe. Ein spöttischer Unterton schwang in seiner Stimme. Er hatte Madeleines Schulter losgelassen und sich wieder aufgerichtet.

»In diesem Fall schon! Ich sage Euch, diese Oberin hat recht gehabt!«, sagte Aumale.

»Meint Ihr?« Die Stimme des Kardinals hörte sich nachdenklich an. »Und Ihr habt noch nichts aus ihr herausbekommen?« Er klang enttäuscht und überrascht zugleich.

»Noch nicht. Sie hat versucht, mir dieselbe Geschichte zu erzählen wie den Hugenotten. Dass sie die Männer auf dem Weg vom Kloster zum Wald gesehen hat. Aber keine Sorge, sie wird reden. Ich habe noch nicht einmal richtig mit ihr angefangen«, hörte Madeleine den Herzog d'Aumale antworten. Sein Tonfall ließ sie schaudern. Lieber wollte sie tot sein, als weiter von ihm verhört zu werden, dachte sie. Sie spürte, dass ihr Bewusstsein immer wieder wegzugleiten drohte, und versuchte, mit aller Kraft gegen die Erschöpfung und den Schmerz anzukämpfen, um mitzubekommen, was die beiden Männer sprachen.

»Seid Ihr sicher, dass Ihr das hier selbst weiterführen wollt?«, fragte der Kardinal.

»Ja, wie Ihr bestimmt verstehen werdet, ist es mir ein persönliches Bedürfnis!« Eine Schuhspitze stieß gegen ihre Schulter.

»Nun, es ist mir egal«, erwiderte der Kardinal gleichgültig. »Aber Ihr solltet Euch etwas mehr zurückhalten, damit sie noch halbwegs am Leben ist, wenn wir sie der Inquisition übergeben.«

Inquisition? Madeleine öffnete halb die Lider, als sie die letzten Worte hörte, doch die beiden Männer hatten ihr bereits den Rücken zugewandt und gingen zurück zur Tür.

»Werdet Ihr heute Abend auch zum Empfang des Königs kommen?«, vernahm sie den Kardinal dann von weiter weg.

»Selbstverständlich. Seit ich dort dieser Kreatur, dem Prinzen de Condé, nicht mehr ins Gesicht blicken muss, hat der Hof geradezu wieder etwas Reizvolles bekommen. Wird der König an seinen Plänen festhalten?«, erwiderte der Herzog von der Schwelle her.

»Ja, ich bin mir dessen sicher!«

Die Tür fiel ins Schloss, und sie konnte hören, wie die beiden Männer sich auf dem Gang entfernten.

Wieso wollte man sie der Inquisition übergeben? Und warum wurde sie dann überhaupt noch verhört?, fragte sich Madeleine. Ihre ganze Flucht, alles war vergeblich gewesen, dachte sie. Verzweifelt versuchte sie, sich auf dem Stroh auf die Seite zu drehen, doch ihr Rücken, der sich wie eine einzige schmerzende Wunde anfühlte, machte es ihr unmöglich. Sie fühlte sich unendlich schwach. Es konnte ihr egal sein. Ein weiteres Verhör würde sie ohnehin nicht überleben, dachte sie entkräftet, bevor sie erneut in einen Dämmerschlaf sank.

Als sie das nächste Mal erwachte, war es draußen dunkel. Durch den schmalen Schacht über ihr drang kein Tageslicht mehr ins Verlies. Ein Wärter hatte ihr einen Krug mit frischem Wasser hingestellt, doch obwohl sie glaubte, vor Durst zu sterben, war sie nicht fähig, sich so weit aufzurichten, um daraus zu trinken. Ihr war heiß. Entsetzlich heiß, und ihr Rücken glühte, als würde ein Feuer darauf brennen. Sie würde sterben, dachte sie – allein und verlassen auf einem Haufen dreckigen, stinkenden Strohs. Doch der Tod schien auf seltsame Weise seinen Schrecken verloren zu haben. Alles war besser, als noch einmal Aumale ausgeliefert zu sein. Dann fiel sie erneut in Schlaf. Sie träumte von Menschen, die in ihrem Leben einmal eine Rolle gespielt hatten, von dem alten Apotheker Legrand, von Louise aus dem Kloster, von der Äbtissin und von Rémi, dem Zwerg. Auch die ältere Frau, die ihrer Mutter so ähnelte und deren Gesicht sich ihr während der Misshandlung gezeigt hatte, begegnete ihr im Traum – und schließlich auch Nicolas de Vardes. Er strich ihr durchs Haar und sagte ihren Namen, doch dann verflüchtigte sich sein Bild. Sie wollte noch nicht sterben, dachte sie im Traum. Sie wollte ihn wiedersehen. Eine tiefe Sehnsucht ergriff sie.

Unruhig bewegte sie sich im Schlaf. Dann veränderte sich der Traum. Sie hörte Holz bersten und erstickte Laute. Männer kamen im Dunkeln auf sie zu. Ihre schwarzen Schatten huschten wie Geister um sie herum, ohne dass sie ihre Gesichter erkennen konnte. Einer von ihnen versuchte, ihr zu helfen, sich aufzurichten, doch der Schmerz an ihrem Rücken war so groß, dass sie aufschrie. Eine Hand presste sich auf ihren Mund. »Schschsch!«

Sie hörte Geflüster, dann gab ihr jemand etwas zu trinken. Es schmeckte süßlich und fühlte sich wohltuend in ihrer ausgedörrten Kehle an.

Sie blickte den Mann vor sich an. Er trug eine schwarze Maske und war bewaffnet, genau wie die anderen, und dann begriff sie, dass sie gar nicht träumte. Die Tür des Verlieses stand offen, und die beiden Wachen lagen leblos auf dem Boden. *Wer waren die Männer?* Im selben Augenblick fühlte sie, wie sich in ihrem Körper eine eigentümliche Entspannung breitmachte, ihre Glieder erschlafften und sie in einen dunklen tiefen Schlaf fiel.

TEIL III

Der Hof

64

Ambroise Paré war seit über dreißig Jahren Chirurg, und in dieser Zeit war das menschliche Leid für ihn ein alltäglicher Anblick geworden. Er kannte das Gesicht von Krankheiten und Epidemien genauso wie die Abgründe und Grausamkeiten des Kriegs. Er hatte Kinder, Frauen und Männer sterben sehen – manche schnell, andere qualvoll langsam und leidend in einem unwürdigen Prozess des Dahinsiechens. Der Tod war ein übermächtiger und gnadenloser Gegner, hatte er gelernt, und dennoch hatte er nie aufgehört, gegen ihn zu kämpfen. Jedes Mal, wenn es ihm gelang, ein Leben zu retten, empfand er ein tiefes Gefühl des Glücks und der Dankbarkeit seinem Schöpfer gegenüber. In all den Jahren hatten es indessen nur wenige Menschen geschafft, den Chirurgen auch persönlich zu berühren. Er bemühte sich, stets eine Distanz zu seinen Patienten zu halten, um seine Tätigkeit in aller Perfektion ausführen zu können, denn Mitleid und Anteilnahme waren oft gefährliche Empfindungen, die einen nur im falschen Moment zögern und Rücksicht nehmen ließen.

Trotzdem hatte es hin und wieder das eine oder andere Schicksal gegeben, demgegenüber Paré sich nicht ganz hatte verschließen können. So wie bei der jungen Frau, die hier vor ihm lag.

Ambroise Paré verzog unwillkürlich die Stirn, als er ihre Verletzungen erneut betrachtete. Ihr Rücken sah aus, als wäre ein Schlächter über sie hergefallen. Die Peitschenschläge – um die es sich der Form der Wunden nach zu urteilen handelte – zogen sich von den Schultern hinunter bis zum Ansatz ihres Steißbeins. Kaum ein Stück ihrer Haut war heil geblieben. Paré erblickte nicht zum ersten Mal in seinem Leben solche Verletzungen. Er wusste, wie Menschen nach Folterungen aussahen. Was ihn hier überraschte, war der offensichtliche oder auch absichtliche Dilettantismus. Die Hiebe waren zweimal hintereinander ausgeführt worden, und zwar mit solcher Wucht, dass sie vermutlich selbst einem erwachsenen Mann innerhalb von kürzester Zeit das Bewusstsein geraubt hätten. Das aber widersprach dem Zweck einer solchen Züchtigung, die gewöhnlich dazu diente, entweder ein Geständnis zu erzwingen oder jemand leiden zu lassen – und zwar bei Bewusstsein. Er schloss daher, dass derjenige, der wie ein Besinnungsloser auf sie eingeprügelt hatte, vollständig die Kontrolle verloren hatte. Aus welchem Grund wohl?, fragte er sich. Sie wirkte nicht so, als könnte sie irgendjemandem etwas antun. Ihre anmutigen Gesichtszüge hatten etwas Verletzliches. Dank des Schmerzmittels, das er ihr gegeben hatte, schlief sie tief und bewegte sich nur von Zeit zu Zeit unruhig mit einem leisen Stöhnen.

Kaum einer wusste, dass sie sich hier im Palast befand. Man hatte Paré nicht einmal ihren Namen verraten, sondern ihn nur unter Anordnung strikter Geheimhaltung beauftragt, sich um ihre Verletzungen zu kümmern. Es überraschte ihn, dass man an einer jungen Frau, die offensichtlich nicht von hoher Geburt war, ein solches Interesse zeigte.

Paré strich sich nachdenklich über seinen gestutzten Bart. Sie kam ihm bekannt vor, dachte er erneut – das kastanienbraune Haar, die helle Haut, die ihre dunklen Wimpern und Brauen betonte. Das Bild eines ohnmächtigen Mädchens am Ufer eines Flusses blitzte vor ihm auf, und er ahnte plötzlich, wen er vor sich hatte. Sie war älter als das junge Mädchen damals, doch die Ereignisse lagen auch einige Jahre zurück. Der Chirurg entsann sich der Gerüchte, die sich um sie gerankt hatten. Angeblich habe sie in hellseherischer Weise von dem Einsturz der Brücke gewusst. Sogar die Königinmutter hatte deshalb verlangt, sie zu sehen, aber das Mädchen hatte geleugnet, irgendwelche übernatürlichen Eingebungen gehabt zu haben.

Sein Blick wanderte von ihrem jungen Gesicht zu den Striemen auf ihrem Rücken. Er hatte die Verletzung vorsichtig gesäubert und eine spezielle Tinktur zur Wundbehandlung auf das offene Fleisch aufgetragen, doch es war unwahrscheinlich, dass die Haut wieder vollständig heilen und keine Narben zurückbleiben würden. Paré berührte vorsichtig ihre Stirn. Zumindest das Fieber schien etwas zurückgegangen zu sein. Es lag kein leichter Weg vor ihr, dachte er. Gegen die körperlichen Schmerzen konnte er ihr etwas geben, nicht aber gegen die seelische Verletzung und die Demütigung, der Macht eines anderen Menschen auf solch brutale Weise ausgesetzt gewesen zu sein.

»Wie geht es ihr?«, fragte eine tiefe Stimme hinter ihm.

Der Chirurg fuhr unwillkürlich zusammen. Er hatte die Schritte nicht gehört. Er drehte sich herum. Der Mann mit den bläulichen Augenschatten tauchte stets geräuschlos wie aus dem Nichts auf. Paré hasste es, auf diese Art von ihm überrascht zu werden, dennoch neigte er höflich den Kopf vor dem Geheimdienstchef, der in diesem abgeschlossenen Teil des Schlosses herrschte. Niemand durfte ihn ohne seine Erlaubnis betreten oder verlassen.

»Das Fieber ist zurückgegangen, aber es wird einige Zeit brauchen, bis diese Verletzungen geheilt sind. Gott sei Dank ist sie jung«, erwiderte der Chirurg. Einen Moment lang kämpfte er mit seiner Neugier. Zu gerne hätte er erfahren, wer der jungen Frau das angetan hatte, aber er unterließ es zu fragen. Der Geheimdienstchef hätte ihm vermutlich ohnehin keine Antwort gegeben.

Wortlos war Lebrun neben ihn getreten und musterte die junge Frau.

»Ohne medizinische Behandlung hätte sie sicherlich nicht überlebt«, sagte Paré.

»Ich weiß«, erwiderte Lebrun. »Hoffen wir, dass sie das auch zu schätzen weiß!«, fügte er mit einem leichten Lächeln hinzu und wandte den Kopf zu dem Chirurgen. »Ihre Majestät, die Königinmutter, wünscht Euch zu sprechen.«

Paré nickte.

Er packte seine Utensilien zusammen, und kurz darauf begab er sich zum Haupttrakt, in dem sich die privaten Gemächer der Medici befanden. Der Hof weilte zurzeit in Montceaux, einem königlichen Schloss im Osten von Paris. Die umgebenden Wälder erlaubten es dem König, sich mit Leidenschaft der Jagd hinzugeben, während die Königinmutter weiter mit eiserner Hand die Regierungsgeschäfte lenkte.

Ein Diener geleitete ihn in ihr Kabinett, wo die Medici gerade im Gespräch mit einem schwarzhaarigen Mann stand. Es handelte sich um ihren Lieblingsastrologen aus Italien, Cosimo Ruggieri, wie Paré erkannte. Er trug ein weites schwarzes Gewand, das im unteren Bereich und an den Ärmeln mit seltsamen silbernen Zeichen bestickt war. Der Chirurg wusste, dass die Königinmutter regelmäßig den Rat dieser Leute einholte. Sie glaubte an die Macht der Sterne und Vorhersehung. Er erinnerte sich, dass sie ihm damals, als ihr Gemahl Henri im Turnier verletzt worden war, erzählt hatte, dass man ihr sogar seinen Tod vorhergesagt hatte.

Paré schaute zu dem Astrologen, der einige Pergamentpapierrollen vor der Königinmutter ausgebreitet hatte, auf denen die kreisförmigen Zeichnungen von Horoskopen zu erkennen waren. Daneben lagen mehrere seltsame quaderförmige Steinchen. Ruggieri sprach mit leiser beschwörender Stimme auf die Königinmutter ein, deren Gesicht einen aufmerksamen und sorgenvollen Ausdruck angenommen hatte. Die Aussichten für die Zukunft schienen nicht gut zu stehen. Paré, der in eine tiefe Verbeugung gesunken war, bezweifelte allerdings, dass man für diese Einschätzung zurzeit die Sterne befragen musste. Die politische Situation zwischen Katholiken und Hugenotten war dermaßen verfahren, dass sie wieder einmal kurz vor der Eskalation stand – um das zu wissen, brauchte man kein Hellseher zu sein. Paré brachte der Astrologie eine gewisse Skepsis entgegen. Er hielt sich lieber an greifbare Fakten. Dabei wurden die Sterne auch von vielen Ärzten bei medizinischen Fragen zurate gezogen. Aber er war auch kein gelehrter Arzt, sondern nur ein Chirurg, der seine Laufbahn einmal als Barbier und Bader begonnen hatte. Ein Berufsstand, der von den Ärzten, die an der Sorbonne Medizin studierten und die lateinische Sprache beherrschten, noch immer nur abfällig als ein blutiges Handwerk angesehen wurde.

»Monsieur Paré!«, begrüßte ihn die Königinmutter in diesem Moment. Sie verabschiedete Ruggieri, der die Steinchen wieder einsammelte und sich anschickte, mit den Rollen in der Hand den Raum zu verlassen. Auf seinem Weg warf der Astrologe Paré einen kurzen durchdringenden Blick aus seinen kohlrabenschwarzen Augen zu, als hätte er jeden seiner Gedanken mitbekommen. Seine düstere Erscheinung hatte unzweifelhaft etwas Unheimliches, dachte der Chirurg, der froh war, als sich die Tür hinter Ruggieri schloss. Er verstand nur zu gut, dass diese Leute, mit denen sich die Königinmutter umgab, im Volk als Zauberer und Hexer verschrien waren.

»Wie steht es um die junge Frau, die Ihr versorgt?«, erkundigte sich Catherine de Medici.

Sie bedeutete ihm, auf einem Schemel Platz zu nehmen, während sich ihre füllige Gestalt in dem schweren schwarzen Kleid in einem verzierten Lehnstuhl niederließ. Mit den Jahren, die Paré am Hof sein Amt innehatte, war zwischen ihnen eine gewisse Vertrautheit entstanden – soweit das mit einer Frau, die im Stillen immer noch die wahre Königin dieses Landes war, denn möglich war.

»Ich hoffe, es geht ihr besser?«

»Ein wenig, Euer Majestät. Sie bekommt Schmerz- und Schlafmittel, um schneller gesunden zu können.«

»Gut, ich wünsche, dass Ihr sie behandelt, als ob sie ein Mitglied der königlichen Familie wäre.« Ihr Tonfall hatte den unmissverständlichen Klang der Königin bekommen, die befahl.

»Selbstverständlich!«, erwiderte Paré und unterließ es, ihr zu erklären, dass er seine Patienten stets alle mit der gleichen Sorgfalt behandelte und noch nie einen Unterschied gemacht hatte, ob jemand nun arm oder reich, ein einfacher Soldat oder König war.

»Tut alles dafür, dass sie so schnell wie möglich wieder gesundet. Sie hat einiges mitgemacht, und uns liegt an ihrem Wohl. Ihr müsst wissen, dass sie für uns von einiger Bedeutung sein könnte!«

Der Chirurg nickte, nicht einmal erstaunt über die Offenheit, mit der die Königinmutter zugab, dass sie die junge Frau nicht allein aus hehren Motiven in ihre Obhut gebracht hatten. Die Tatsache, dass sich Lebrun um die Angelegenheit kümmerte, hatte ihn dies schon vermuten lassen.

65

Schon eine ganze Weile hatte sie durch die halb geschlossenen Lider den Mann beobachtet, der neben dem kleinen Tisch stand und eine Glasphiole mit einer trüben Flüssigkeit schüttelte, deren Inhalt er immer wieder prüfend zum Licht hob. Er trug einen weißen Spitzenkragen, ein gestreiftes Wams und geschlitzte Kniebundhosen. Seine grauen Schläfen verrieten ihr, dass er bereits in den Fünfzigern sein musste.

Ihr Blick glitt durch den Raum, und sie stellte fest, dass sie sich in einem kleinen, elegant eingerichteten Gemach befand. Sie hätte weder sagen können, wie lange sie schon hier war, noch, wie sie hierhergekommen war. Eine schemenhafte Erinnerung an einige maskierte Gestalten tauchte vor ihr auf.

»Wo bin ich hier?«, fragte sie laut.

Der Mann mit der Phiole in der Hand drehte sich überrascht zu ihr. Dann glitt ein breites Lächeln über sein Gesicht.

»Ah, Ihr seid wach geworden! Ich hatte schon befürchtet, das Schlafmittel würde Euch noch den ganzen Tag schlafen lassen!«

Schlafmittel? Madeleine versuchte sich aufzurichten, doch ein stechender Schmerz in ihrem Rücken ließ sie zusammenzucken, und sie sank zurück.

»Langsam, langsam!«, sagte der Mann, der mit einem Satz bei ihr war. Er stützte sie. »Ihr werdet noch einige Tage brauchen, bis Ihr Euch wieder etwas bewegen könnt, Mademoiselle!«

Sie schaute ihn an. Es kam ihr vor, als ob sie ihn schon einmal gesehen hätte. »Wo bin ich hier?«, fragte sie erneut.

»Im Schloss von Montceaux, am Hof, in der Obhut der Königinmutter«, teilte er ihr mit.

»Am Hof?« Zunehmend verwirrter, versuchte sie zu begreifen, was geschehen war. »Aber wieso? Und wie bin ich überhaupt hierhergekommen?«

»Das entzieht sich leider meiner Kenntnis, Mademoiselle. Aber offensichtlich liegt der Königinmutter an Eurem Wohl!«, stellte er mit freundlicher Stimme fest.

Madeleine schwieg. Sie sah Aumales widerliches Gesicht vor sich und konnte für einen kurzen Moment in ihrem Kopf das klatschende Geräusch der Peitsche hören, die ihre Haut traf. Sie hätte Dankbarkeit empfinden müssen, dass man sie aus den Händen dieses Monstrums befreit hatte, doch es gelang ihr nur halb. Als sie aufgewacht war und bemerkt hatte, dass sie sich nicht mehr in dem Verlies befand, hatte sie für einen kurzen Augenblick gehofft, wieder in Châtillon zu sein. Sie hatte an Nicolas gedacht. Wie mochte er wohl reagiert haben, als er entdeckt hatte, dass sie verschwunden war? Sie wünschte, sie hätte ihm irgendwie eine Nachricht zukommen lassen können.

»Ihr braucht keine Angst mehr zu haben. Ihr seid hier in Sicherheit«, sagte der Mann, der ihren angespannten Gesichtsausdruck bemerkt hatte und missverstand.

Madeleine blickte ihn an. »Verzeiht, aber kennen wir uns von irgendwoher?«, fragte sie dann zögernd.

»Ihr erinnert Euch also? Nun, es liegt einige Jahre zurück. Damals in Éclaron. Ich bin Ambroise Paré, Chirurg des Königs …«

»Ich weiß.« Ihr fiel plötzlich alles wieder ein. »Ihr habt nach dem Einsturz der Brücke das Bein des Müllergesellen in Éclaron amputiert«, platzte sie heraus.

Er nickte. »Ja, eine schwierige Operation! Der Unterschenkelknochen war völlig zerborsten.« Ein gedankenverlorener Ausdruck glitt über sein Gesicht, als würde er sich wieder an jede Einzelheit erinnern. Er wandte den Kopf zu ihr. »Und ich erinnere mich, dass Ihr damals versucht habt, die Menschen zu warnen, und nach dem Einsturz ohnmächtig geworden seid.«

»Ja, das stimmt«, erwiderte sie knapp. Sie wurde noch immer ungern an den Vorfall erinnert und fragte sich, ob es zwischen den Ereignissen von vor vier Jahren und jetzt einen Zusammenhang gab. Hatte die Medici sie deshalb aus den Händen der Guise befreien lassen? Welchen Grund hätte sie sonst haben können? Aber wie hatte man am Hof überhaupt wissen können, dass sie dort in Gefangenschaft geraten war?

»Ich muss jetzt diese Tinktur auf Eure Wunden auftragen. Eure Verletzungen werden eine Weile der Behandlung bedürfen«, sagte Paré, der noch immer die Glasphiole mit der trüben Flüssigkeit in der Hand hielt. »Ich vermute, Ihr werdet es etwas merken, jetzt, da Ihr wieder bei Bewusstsein seid«, fügte er hinzu.

Madeleine nickte. Er hatte nicht gelogen, die Tinktur brannte fürchterlich, und sie zuckte während des Auftragens mehrmals zusammen.

Nachdem Paré fertig war, ließ er ihr durch einen Diener etwas zu essen bringen. »Ich werde Monsieur Lebrun und die Königinmutter darüber in Kenntnis setzen, dass Ihr wach seid. Sie werden mit Euch sprechen wollen«, sagte er, als er sich schließlich von ihr verabschiedete.

»Monsieur Lebrun?«, fragte sie. »Wer ist das?«

Sie bemerkte, dass der Chirurg zögerte. »Ich denke, er wird Euch das lieber selbst erklären wollen«, erwiderte er ausweichend. Madeleine sah ihm verwundert hinterher.

66

In den nächsten beiden Tagen hörte sie jedoch weder von Monsieur Lebrun noch von der Königinmutter etwas. Dank Parés Behandlung und Medizin ging es ihr zunehmend besser, sie aß mit Appetit und schlief viel und fest. Gelegentlich hörte sie Geräusche und Stimmen, die über den kleinen Innenhof zu ihr drangen. Sie bekam auch mit, dass Menschen leise in ihr Gemach kamen und gingen – andere Ärzte, Diener und eine Zofe, die ihr schließlich auch half, sich zu waschen und ein neues Hemd anzuziehen.

Der Chirurg war mit ihrer Genesung zufrieden. »Die Wunden heilen gut«, sagte er. »Einige Narben werden wohl zurückbleiben, aber weit weniger, als ich ursprünglich dachte!«

Sie nickte und versuchte, nicht darüber nachzudenken, wie sehr sie diese Narben entstellen würden. Es wäre ihr undankbar vorgekommen, damit zu hadern. Sie wusste, dass sie froh sein konnte, überhaupt noch am Leben zu sein.

»Aus welchen Substanzen besteht diese Tinktur eigentlich?«, fragte sie, als Paré wieder einmal dabei war, den Inhalt einer Phiole auf ihren Rücken aufzutragen.

»Oh, es ist eine Mischung, die ich auch bei der Behandlung von schweren Verletzungen durch Feuerwaffen benutze und die die eigene Heilungskraft der Haut anregt.«

Er half ihr, einen kurzen Umhang aus einem Seidenstoff überzulegen, der so leicht war, dass er selbst auf den Wunden nicht zu spüren war. Plötzlich nahm Madeleine aus den Augenwinkeln einen Schatten wahr. Die Gestalt eines Mannes war in der Tür aufgetaucht.

»Wie ich sehe, macht Ihr Eurem Ruf wieder einmal alle Ehre, Monsieur Paré. Unsere Patientin sieht wie neugeboren aus«, sagte der Fremde mit tiefer Stimme. Er war näher gekommen. »Wie geht es dir, Madeleine?«, fragte er mit einem Lächeln, als wären sie alte Bekannte.

Woher kannte er ihren Namen? Sie mochte ihn auf Anhieb nicht, stellte sie fest – ihr gefiel weder, dass er sie duzte, noch dass er ohne jede Hemmung auf sie zukam, obwohl sie nur mit einem leichten Hemd und dem kurzen Umhang bekleidet auf dem Bett saß. Dabei lag in seinem Blick nichts Anzügliches, sondern eher etwas Abschätzendes, als würde er sie einer Ware gleich auf ihren Wert hin begutachten.

Erst dann nahm sie wahr, dass sie ihn kannte. Es war Jahre her, aber die bläulichen Schatten unter seinen Augen waren ein zu charakteristisches Merkmal, als dass Madeleine sie vergessen hätte. Er war der Mann, der sich damals in dem Zelt der Königinmutter befunden hatte. Sie erinnerte sich, wie unheimlich er ihr damals erschienen war, und hatte nicht das Gefühl, dass es ein gutes Zeichen war, ihn ausgerechnet hier wieder zu treffen.

»Danke, besser«, erwiderte sie zurückhaltend und bemerkte, dass Paré sich wortlos zurückgezogen hatte und sie mit dem Mann mit einem Mal allein war.

»Ich bin Monsieur Lebrun. Ich nehme an, dass du einige Fragen hast?«, sagte er und ließ sich auf einem Stuhl neben ihrem Bett nieder.

Sie zog unwillkürlich den Umhang enger um die Schultern.

»Ja«, antwortete sie dann. »Monsieur Paré sagte mir, dass ich mich in der Obhut Ihrer Majestät, der Königinmutter, befinde, und ich bin überaus dankbar für meine Rettung …« Sie suchte nach den richtigen Worten, bevor sie weitersprach: »Trotzdem würde ich gerne wissen, warum ich hier bin.«

»Nun, es war der Wunsch Ihrer Majestät, dich aus den Händen der Guise zu befreien. Offensichtlich liegt Ihrer Majestät an deinem Wohl«, erwiderte er glatt.

Sie schaute ihn an. Es waren die gleichen Worte, die auch Paré gesagt hatte, und doch erhielten sie aus seinem Mund eine gänzlich andere Bedeutung, dachte Madeleine. Sie traute diesem Mann nicht, auch wenn sein Blick noch so freundlich war.

»Aber warum? Ihre Majestät kennt mich nicht einmal, und ich bin nur eine unbedeutende Person …«, sagte sie dann.

Die Andeutung eines amüsierten Lächelns zeigte sich auf seinen Lippen. »Du bist alles andere als unbedeutend, Madeleine. Das sollte dir seit dem Tag klar sein, an dem du den Einsturz der Brücke vorhergesehen hast, und erst recht nach dem, was dir in den letzten Wochen passiert ist«, sagte er in einem Tonfall, der etwas Unergründliches hatte.

Sie erstarrte und fragte sich, was er noch wusste.

Lebrun hatte gelassen seine Beine in den seidenen Hosen übereinandergeschlagen. »Du hast sehr viel Glück gehabt. Der Herzog d'Aumale hätte dich töten können, und sei dir dessen gewiss, dass er das auch tun wird, wenn er deiner das nächste Mal habhaft wird. Du solltest also dankbar sein, dass Ihre Majestät dir dieses Interesse entgegenbringt, und dich dessen auch als würdig erweisen, wenn du ihr nachher deine Aufwartung machen darfst«, erklärte er und legte ihr mit sanftem Druck, unter dem sie dennoch zusammenzuckte, die Hand auf die Schulter.

Die Medici wünschte sie zu sprechen? Sie sah ihn überrascht an.

Lebrun schien keine Antwort von ihr zu erwarten. »Eine Zofe wird nachher vorbeikommen und dir beim Ankleiden helfen«, sagte er, bevor er sich schließlich verabschiedete.

Eine Weile blieb Madeleine wie betäubt auf dem Bett sitzen. Er hatte ihre Frage, warum sie hier war, nicht wirklich beantwortet, wurde ihr bewusst.

67

Er kam am Nachmittag persönlich, um sie zur Königinmutter zu geleiten. Sie gingen durch breite große Flure. Prächtige, mit Gold verzierte Ornamente mit dem Wappen und der Lilie der Valois-Könige und die kunstvoll verschlungenen Initialen *C* und *H* prangten an den Wänden. Catherine und Henri – die Vornamen der Königinmutter und ihres verstorbenen Gemahls.

Zum ersten Mal begriff Madeleine, dass sie sich tatsächlich in einem königlichen Schloss befand. Châtillon, das Anwesen des Admirals de Coligny, war beeindruckend gewesen, doch hier schienen eine stille Macht und ein Prunk in den Gängen zu liegen, die weit darüber hinausgingen und die sie noch nie erlebt hatte. Ihr Blick heftete sich beeindruckt auf das schwarz-weiße Rautenmuster des Marmorbodens.

»Wir befinden uns hier in einem abgeschlossenen Trakt des Schlosses, der bewacht ist. Niemand kann hier einfach herein«, teilte Lebrun ihr mit. »Du solltest aber wissen, dass die Guise, also der Herzog d'Aumale und der Kardinal de Lorraine, zum Gefolge des Hofes gehören und du ihnen außerhalb dieses Traktes jederzeit begegnen könntest …«

Madeleine schaute ihn entsetzt an. Allein der Name des Herzogs jagte ihr ein Schauer über den Rücken. Bei dem Gedanken, dass sich der Mann, der sie so gepeinigt hatte, nur wenige Schritte entfernt aufhalten konnte, verspürte sie Übelkeit und Ohnmacht. Zum ersten Mal verstand sie den Wunsch nach Rache. Wäre sie ein Mann gewesen, sie hätte alles darangesetzt, Aumale zu töten.

Lebrun fasste sie leicht am Arm. »Sei unbesorgt, die Guise würden es nicht wagen, dir hier etwas anzutun, aber zu deinem eigenen Schutz solltest du deshalb in diesem Flügel des Schlosses bleiben. Du wirst auch immer eine Wache an deiner Seite haben.«

Madeleine nickte.

Sie hatten eine große Tür erreicht. Die Garde mit der Lanze wich respektvoll zur Seite, als sie Lebrun erkannte. Sie traten in einen luxuriös eingerichteten Kabinettsraum mit einem verzierten weißen Kamin und großen Gobelins an den Wänden. Madeleine sah, dass die Medici in einem Lehnstuhl saß und sich im Gespräch mit zwei Kammerzofen befand, die sich bei ihrem Eintreten sofort zurückzogen.

Sie sank in einen tiefen Knicks. In ihrer Erinnerung war die Königinmutter eine große düstere Erscheinung gewesen, doch wie sie jetzt aus den Augenwinkeln feststellte, konnte die Medici höchstens von mittelgroßer Statur sein. Ihr Gesicht, das von einer eng anliegenden Haube umrahmt wurde, besaß jedoch noch dieselben fülligen Konturen wie damals, und ihre Haltung war selbst im Sitzen so gerade und erhaben, dass ihre Macht im ganzen Raum zu spüren war. Sie trug ein schwarzes perlenbesticktes Kleid.

»Du darfst dich erheben«, sagte sie mit ihrem harten italienischen Akzent. Sie bedeutete Madeleine mit einem Zeichen, näher zu treten.

»So sieht man sich wieder!« Die Königinmutter lächelte. »Wie geht es dir, mein Kind?« Ihr Tonfall war warm, dennoch ergriff Madeleine eine leichte Beklommenheit. Man konnte nicht anders, als sich von der Erscheinung dieser Frau eingeschüchtert zu fühlen.

»Danke. Monsieur Parés Behandlung lässt mich die Wunden kaum noch spüren ... Ich möchte Euch für meine Rettung danken«, setzte sie leise hinzu.

Die Medici nickte. »Wir haben uns schon eine ganze Weile bemüht, dich zu finden, aber es war etwas schwieriger, als wir anfangs vermuteten. Monsieur Lebrun schien einigermaßen überrascht, dass du es überhaupt geschafft hast, den Guise so lange zu entkommen«, fügte sie mit einem spöttischen Blick zu dem Geheimdienstchef gewandt hinzu, der schweigend im Hintergrund stand.

»Warum habt Ihr versucht, mich zu finden?«, entfuhr es Madeleine verwundert.

»Weil wir von dem Anschlag auf Coligny erfahren haben, den du verhindert hast«, erwiderte die Medici knapp. »Es war nicht schwer herauszufinden, dass du dasselbe junge Mädchen bist, das auch am Flussufer war, als die Brücke eingestürzt ist, und dass du damals gelogen hast!«, sagte sie. »Hättest du zu jener Zeit die Wahrheit gesagt, du hättest dir viel Leid erspart«, fügte sie hinzu, und eine leichte Ungehaltenheit schwang dabei in ihrem Ton.

Madeleine schwieg. Die Selbstverständlichkeit, mit der sie auf diese Dinge zu sprechen kam, verstörte sie, und sie merkte, wie sie sich bei ihren Worten versteifte. Noch immer konnte sie sich nicht des Gefühls erwehren, dass man sie nur in eine Falle locken wollte.

»Du solltest uns vertrauen, nachdem wir dich aus den Händen der Guise befreit haben«, sagte die Medici, als würde sie ihre Gedanken erraten.

»Das tue ich«, erwiderte Madeleine, obwohl es nicht der Wahrheit entsprach. Sie war nicht in der Lage, irgendjemandem zu vertrauen, nach dem, was man ihr angetan hatte.

Die Finger der Königin strichen über ihren zusammengeklappten Fächer. »Gott hat dir eine große Gabe geschenkt, mein Kind«, stellte sie schließlich sanft fest.

Madeleine schwieg. Es war keine Gabe, dachte sie, es war ein Fluch. Alles Schreckliche, das sie in den letzten Wochen erlebt hatte, wäre nie geschehen, wenn sie diese Visionen nicht gehabt hätte. Sie blickte die Medici an. »Es gibt Menschen, die das, was mir widerfährt, eher als ein Werk des Teufels ansehen«, sagte sie schließlich leise.

Die Lippen der Königinmutter umspielte ein feines Lächeln, dem ein Hauch von Verachtung anhaftete. »Ja, die Dummen und Ungebildeten. Die, die noch immer im Aberglauben der letzten Jahrhunderte verhaftet sind und nicht begreifen, dass wir in einer Epoche leben, in der Gott uns die Mittel und Möglichkeiten gegeben hat, die Mysterien seiner Schöpfung neu zu entdecken!«

Die Worte der Medici erstaunten sie.

»Die meisten Menschen sind dumm, Madeleine. Es ist leicht, ihre Ängste zu schüren und ihnen alles, was sie nicht kennen oder erklären können, als ein Werk des Teufels zu verkaufen«, fuhr sie fort. Sie schlug mit dem Fächer leicht in ihre Handfläche.

Madeleine hätte der Königinmutter gerne geglaubt, doch dann musste sie daran denken, was der Kardinal und der Herzog d'Aumale über sie gesagt hatten. »Aber die Guise, sie halten mich für eine … Hexe.« Sie stockte kurz. »Als ich im Verlies war, habe ich gehört, wie sie darüber sprachen, mich der Inquisition zu übergeben!«

Die Medici zog die Augenbrauen hoch. »Der Inquisition?« Sie verzog verächtlich den Mund. »Damit wollen sie sich nur dafür rächen, dass du den Anschlag auf den Admiral de Coligny vereitelt hast. Die Guise verzeihen nicht, wenn man ihre Pläne durchkreuzt – schon gar nicht, wenn es dabei um ihre Ehre geht ...«, sagte sie, als sie unterbrochen wurden. Eine der Kammerzofen war unerwartet in der Tür erschienen.

»Verzeiht, Euer Majestät, aber es handelt sich um eine Nachricht des Kanzlers, die Eure sofortige Aufmerksamkeit erfordert«, sagte sie mit einer hastigen Verbeugung und reichte ihr ein versiegeltes Schreiben.

Die Medici brach das Siegel auf und las die Zeilen. Ein ungläubiger Ausdruck blitzte in ihren Augen auf. Einen Moment lang starrte sie auf die Nachricht, bevor sie sich aus ihrem Stuhl erhob und das Schreiben mit einer brüsken Bewegung an Lebrun weiterreichte. Sie drehte sich zu Madeleine um.

»Du warst letzte Woche noch in Châtillon, oder?«, fragte sie kühl.

Madeleine nickte verwirrt. »Ja, Euer Majestät!«

»Dort hast du den Admiral gesehen?«

»Ja.«

»Haben sich die Hugenotten viel über Politik und den König unterhalten?«, fragte die Medici weiter.

Madeleine zögerte. »Manchmal, aber in meinem Beisein haben sie nicht viel über diese Dinge gesprochen«, erwiderte sie ausweichend. Sie konnte unmöglich erzählen, was tatsächlich alles am Tisch von Coligny gesprochen worden war – es wäre ihr wie ein Verrat vorgekommen.

Die Königinmutter war einen Schritt auf sie zugekommen. Ihre Augen schienen sie zu durchbohren. »Und worüber haben sie ... manchmal gesprochen?«

Madeleine blickte sie verunsichert an. Das Gespräch glich plötzlich einem Verhör. »Ich erinnere mich an nicht viel. Einmal hörte ich, wie sie über den Prinzen de Condé sprachen und darüber, dass er irgendein Kommando nicht bekommen hat«, erzählte sie zögernd, da sie das Gefühl hatte, irgendetwas sagen zu müssen. Sie spürte, dass auch Lebrun ihre Reaktion genauestens zu beobachten schien.

Die Medici fixierte sie. »Und sprachen sie auch darüber, dass sie beabsichtigten, Krieg gegen ihren König zu führen?«, fragte sie kalt.

Madeleine schüttelte erschrocken den Kopf. »Nein, wirklich nicht. Ich glaube, sie befürchteten eher, dass man sie selbst angreifen würde …« Sie brach ab, weil sie das Gefühl hatte, dass es ihr nicht zustand, über diese Dinge zu sprechen.

»Haben dich die Hugenotten eigentlich gut behandelt?«, mischte sich Lebrun unvermittelt ins Gespräch.

Madeleine nickte. »Ja. In der Zeit, in der ich bei ihnen war, haben sie das getan«, antwortete sie leise, und ihr wurde ihr bewusst, dass die Tage in La Bonnée und Châtillon tatsächlich seit ihrer Flucht aus dem Kloster die einzige Zeit gewesen war, in denen sie etwas Frieden und Geborgenheit gefunden hatte.

»Das klingt beinah so, als wolltest du sie verteidigen«, sagte die Medici schneidend. Sie beugte sich in kerzengerader Haltung ein Stück zu ihr. »Aber du solltest dich vorsehen damit, sie in Schutz zu nehmen, denn so wie es aussieht, sind die Hugenotten in diesem Moment auf dem Weg hierher, weil sie planen, ihren eigenen König zu entführen!«, stieß sie hart hervor. Obwohl sie äußerlich unbeweglich im Raum stand, sprühten ihre Augen vor Wut. Ihre Hand zerknüllte das Schreiben, das Lebrun ihr zurückgereicht hatte, bevor sie sich auf dem Absatz umdrehte und mit stechendem Schritt das Kabinett verließ.

Madeleine blickte ihr ungläubig hinterher und wandte dann den Kopf zu Lebrun. Sie wusste nicht, was sie mehr ängstigte: der jähe Stimmungswechsel dieser Frau oder der Blick dieses Mannes, der mit unergründlichem Interesse auf ihr ruhte, als hätten ihn ihre Antworten auf eine Idee gebracht.

68

Die Wache hatte sie zurück zu ihrem Zimmer gebracht. Wollten die Protestanten tatsächlich den König entführen? Es schien Madeleine einfach nicht vorstellbar. Sie fragte sich, was sich die Hugenotten davon versprachen. Coligny hatte sich seinem Bruder gegenüber doch stets gegen einen Krieg ausgesprochen?

Furcht ergriff sie, während sie gleichzeitig merkte, wie sehr sie die Begegnung und das Gespräch mit der Medici aufgewühlt hatten. Sie musste daran denken, was die Königinmutter über ihre Gabe gesagt hatte. Zum ersten Mal hatte jemand die Visionen, die sie überkamen, als etwas Positives gewertet. Diese Haltung hatte sie gleichermaßen überrascht wie verunsichert. Wie konnte man das, was mit ihr geschah, als ein Geschenk Gottes ansehen?

Laute Stimmen, die draußen vom Hof zu hören waren, rissen sie aus ihren Gedanken. Männer schrien laut Befehle hin und her. Als Madeleine zum Fenster trat, sah sie, dass Diener und Knechte dabei waren, eilig Fuhrwagen und Esel zu beladen, und Pferde aus den Ställen gebracht wurden. Was hatte das zu bedeuten?

Hinter ihr war ein Geräusch zu vernehmen. Die Zofe, die ihr auch beim Ankleiden geholfen hatte, war mit gehetzter Miene in den Raum getreten. »Monsieur Lebrun schickt mich. Ihr sollt das hier anziehen! Sofort.«

Sie reichte Madeleine ein Gewand – und einen Schleier. »Der Hof wird sofort nach Meaux abreisen, und Monsieur meinte, es wäre zu Eurer eigenen Sicherheit besser, dass Euch niemand erkennt.«

Madeleine sah von dem Schleier zu der Zofe, deren Gesicht weiß wie eine Wand war.

»Nach Meaux, aber warum?«, fragte sie dann.

Die Zofe zögerte. »Die Festungsmauern dort sind sicherer«, erwiderte sie schließlich knapp und war, bevor Madeleine noch eine weitere Frage stellen konnte, schon aus dem Raum verschwunden.

Während Madeleine sich, so schnell es ihre Wunden erlaubten, umzog, erinnerte sie sich mit einem unangenehmen Gefühl im Bauch daran, was Lebrun auf dem Weg zur Königinmutter über die Anwesenheit der Guise am Hof gesagt hatte. Sie versuchte, die aufkeimende Angst zu unterdrücken, die nun erneut in ihr hochstieg. Dank des Schleiers würde sie niemand erkennen, versuchte sie sich zu beruhigen, doch sie war dankbar, als die Wache erschien, die auf Befehl von Lebrun an ihrer Seite bleiben würde. Der Mann geleitete sie über einen Seitenausgang in den Hof, in dem es von Menschen wimmelte, und führte sie zielstrebig zu einer Sänfte, die nur wenige Schritte vor dem Eingang für sie bereitstand. Sie wurde von zwei kräftigen Pferden getragen.

Verwundert blieb Madeleine stehen. Eine Sänfte? Niemals zuvor hatte sie sich in solch einem Gefährt vorwärtsbewegt, doch bevor sie irgendwelche Fragen stellen konnte, drängte die Wache sie auch schon einzusteigen.

Vorsichtig ließ sie sich darin nieder. Die Vorhänge schützten sie vor neugierigen Blicken, doch ihr Herz raste trotzdem.

Erst nach einer Weile wagte Madeleine, durch einen Spalt nach draußen zu lugen. Es war das erste Mal, dass sie das Schloss von außen sah, und sie verstand, warum der Hof hier so überstürzt abreiste. Die niedrigen Mauern und vergoldeten Ziertore hätten niemals einem Angriff der Hugenotten standgehalten.

Selbst die königlichen Leibgarden, die sich in einem Spalier als Begleitung für den Tross aufgestellt hatten, wirkten kaum zahlreich genug, um sich in einem Kampf behaupten zu können.

Madeleine ließ sich, soweit es ihr verletzter Rücken erlaubte, in die Sänfte zurücksinken. Der Zug hatte sich in Bewegung gesetzt, und sie hatte Mühe, sich an die ungewohnt schaukelnde Fortbewegung zu gewöhnen. Schon bald wurde ihr klar, dass die Reise alles andere als ein Vergnügen werden würde. Jede Unebenheit des Untergrundes und jeder Ruck der Pferde machten sich schmerzhaft in ihrem Körper bemerkbar, und jeder Muskel verkrampfte sich in dem Bemühen, die Balance zu halten.

Über zwei Stunden waren sie unterwegs. Die Dunkelheit war

bereits hereingebrochen, als sie Meaux schließlich erreichten. Madeleine verspürte einen leichten Schwindel, als sie den Fuß wieder auf die Erde setzte. Sie hoffte inständig, dass sie nie wieder eine Sänfte besteigen musste, und hätte nicht gedacht, dass sie sich eines Tages nach einem Pferd wie Apollo zurücksehnen würde.

Im Gegensatz zu Montceaux glich das Schloss von Meaux mit seinen dicken alten Festungsmauern aus dem frühen Mittelalter eher einer Burg. Diener hatten Fackeln im Hof entzündet, und Soldaten schlossen hinter den Ankömmlingen die großen Tore, deren schwere Eisenriegel von mehreren Männern vorgeschoben werden mussten. Beunruhigt nahm Madeleine wahr, dass oben auf dem Wehrgang zwischen den Zinnen zahlreiche Späher und Bogenschützen postiert waren.

Die Wache, die sie begleitet hatte, griff sie unauffällig am Arm. »Dort entlang, bitte!«

Madeleine wandte den Kopf zu dem Mann. Sie war sich inzwischen ziemlich sicher, dass er von Lebrun nicht allein zu ihrem Schutz, sondern ebenso an ihre Seite gestellt worden war, um sie zu bewachen. Dabei war es unnötig. Sie hätte nicht gewagt, hier einen einzigen Schritt allein zu machen. Ihr Blick glitt über die vielen Menschen. Diener, Soldaten, Mägde, Wachen und Edelleute liefen zwischen Pferden und Sänften hin und her, und sie senkte trotz der Verschleierung den Kopf. Ihr Herz klopfte. In Montceaux war sie direkt vor dem Seiteneingang in die Sänfte gestiegen, doch jetzt musste sie den gesamten Hof überqueren, und mehr als einmal erschrak sie, wenn ihr einer der Höflinge entgegenkam, dessen elegante Kleidung sie unwillkürlich an den Herzog d'Aumale erinnerte. Er würde sie nicht erkennen können, sagte sie sich, und trotzdem versetzte sie allein der Gedanke, sie könnte ihm hier unvermittelt gegenüberstehen, erneut in Panik.

Die Atmosphäre im Hof war angespannt. Immer wieder hörte sie im Vorbeigehen Wortfetzen. Einige Höflinge sprachen von einer Ratssitzung, die von der Königinmutter noch für dieselbe Nacht einberufen worden war.

»Gott, wie weit sind wir gesunken, dass der König vor dieser Pestbrut die Flucht ergreifen muss!«, sagte ein Mann, dessen Barett von langen Federn geschmückt wurde.

»Ja, der selige Henri hat es damals richtig gemacht, als er diese Ketzer alle hat brennen lassen!«, erwiderte sein Begleiter mit unterdrückter Wut in der Stimme.

Madeleine wandte verstohlen den Kopf in die Richtung der beiden. Sie musste plötzlich an die Hugenotten denken – an den Admiral, an Philippe de Ronsard und an Nicolas de Vardes – und fragte sich, ob sie tatsächlich auf dem Weg hierher waren. Es gelang ihr nicht, die gleichen schrecklichen Bilder von diesen Menschen in den Kopf zu bekommen, die alle anderen von ihnen hatten.

Die Wache war auf einen Seiteneingang des alten Schlosses zugesteuert und führte Madeleine nun weiter durch einen langen düsteren Gang, bis sie ein schlicht eingerichtetes Gemach erreichten. Madeleine spürte unter der Anspannung plötzlich, wie erschöpft sie war. Ihr Rücken schmerzte. Sie zog den Schleier vom Kopf und schaffte es nicht einmal mehr, das Tablett mit dem Essen anzurühren, das ihr ein Diener brachte, sondern entkleidete sich und fiel ins Bett.

69

Am nächsten Tag wurde sie von lautem Lärm geweckt. Draußen war der Hufschlag von Pferden zu hören. Sie fuhr erschrocken hoch und eilte zum Fenster. Gut zwanzig Offiziere, die die bunte Uniform der Schweizer trugen, waren in den Hof eingeritten. Sie beobachtete, wie sie voller Ehrerbietung von einigen Höflingen begrüßt und dann ins Schloss geleitet wurden.

Was hatte das zu bedeuten?

Nur wenig später nahm der Lärm weiter zu, und sie sah Reihen von Schweizer Fußsoldaten mit gegürteten Schwertern und Hellebarden in den Hof einmarschieren. Dicht an dicht drängten sie sich schon bald in ihren bunten Uniformen, so weit man blicken konnte.

Es musste mehr als ein Regiment sein, dachte Madeleine. Warum so viele? Sie erinnerte sich daran, wie Vardes an einem Abend gegenüber Coligny seine Besorgnis über die Schweizer geäußert hatte, und konnte seine Befürchtungen mit einem Mal verstehen.

Immer mehr von ihnen strömten in den Hof. Eine wachsende Beunruhigung ergriff Madeleine. Fürchtete man so sehr um ihre Sicherheit?

Dann erschien plötzlich Lebrun in ihrem Zimmer. Er schloss die Tür hinter sich. »Wie geht es dir?«

»Danke«, erwiderte sie. Ihr war bewusst, dass seine Frage kaum mehr als eine Höflichkeitsfloskel war.

»Warum sind so viele Schweizer hierhergekommen?«, fragte sie zaghaft.

»Sie werden den König sicher nach Paris geleiten«, antwortete er und sah sie an.

Etwas in seinem Blick verunsicherte sie. Noch immer hatte sie nicht ganz begriffen, welche Rolle er am Hof wirklich spielte, doch auch ohne diese Worte spürte sie die stille Macht und ungeheure Autorität, die ihn umgaben. Es war ganz sicher nicht ratsam, ihn als Feind zu haben.

»Nach Paris?«

Er nickte. »Angesichts der bedrohlichen Lage hat die Königinmutter sich entschlossen, Meaux bei Morgengrauen zu verlassen und die Reise nach Paris zu wagen ... Es ist ihr ausdrücklicher Wunsch, dass du in ihrem persönlichen Gefolge mitreist«, fügte er nach einer kurzen Pause hinzu. »Ihre Majestät ist sich sicher, dass du im Ernstfall einen Anschlag oder Angriff vorhersehen wirst und deine Anwesenheit daher eine zusätzliche Sicherheit verspricht«, erklärte er.

Einen Augenblick lang war sich Madeleine nicht sicher, ob sie sich verhört hatte. »Aber Ihre Majestät irrt sich – das kann ich nicht«, sagte sie entsetzt.

Ein leichtes Lächeln glitt über Lebruns Gesicht, das ihr das Gefühl gab, in eine Falle geraten zu sein. »Du hast den Einsturz der Brücke vorhergesehen und den Anschlag auf Coligny. Und, wie ich hörte, außerdem auch noch den Unfall einer der Klosterschülerinnen durch deine ungewöhnlichen Eingebungen erahnt, nicht wahr? Ich denke doch, dass du das kannst!«

Sie erstarrte. Selbst davon wusste er? Es machte ihr Angst, was er alles über sie in Erfahrung gebracht hatte. Wie konnte er über das Unglück von Françoise Bescheid wissen? Die Oberin, erinnerte sie sich dann. Sie fühlte eine leichte Übelkeit in sich aufsteigen, denn ihr wurde mit einem Mal klar, wie sehr sie Lebrun durch sein Wissen ausgeliefert war. Bemüht, sich nichts von ihrer Furcht anmerken zu lassen, hob sie das Kinn.

»Trotzdem täuscht sich Ihre Majestät. Ich kann es nicht steuern, diese Dinge zu sehen. Es passiert einfach«, erklärte sie tonlos.

»Was auch heißt, dass du nicht wissen kannst, ob du nicht wieder eine Eingebung hättest, wenn etwas passieren würde«, erwiderte Lebrun ruhig.

Seine Worte entbehrten nicht einer gewissen Logik, musste Madeleine zugeben, doch wie würde man reagieren, wenn ein Unglück geschah und sie nichts sah? »Rechnet man damit, dass die Hugenotten den Zug wirklich angreifen werden?«, fragte sie.

Er zuckte die Achseln. »Wenn sie klug sind, werden sie es unterlassen. Es stehen mehrere Tausend Schweizer bereit, um ihren Angriff abzuwehren!«, erwiderte er und wandte sich zum Gehen. »Die Zofe wird dich zur dritten Morgenstunde wecken«, sagte er noch, bevor er wieder verschwand.

Madeleine blickte ihm wie versteinert hinterher.

In der Nacht gelang es ihr kaum, die Augen zu schließen. Ruhelos wälzte sie sich hin und her und lauschte auf den Lärm im Hof, der nicht abreißen wollte. Die schweren Schritte der Schweizer vermischten sich mit dem Gemurmel von Stimmen, den rollenden Rädern von Karren und Wagen und dem Hufschlag von Pferden.

Als sie bei Morgengrauen von der Wache nach draußen geleitet wurde, sah sie, dass die Schweizer Garden aufgereiht um das Spalier der königlichen Leibgarden standen, die sie wie ein zusätzlicher schützender Festungswall umgaben. Im Inneren war genügend Raum gelassen worden, dass die königliche Familie, Höflinge und Reiter sich zu einem Zug formieren konnten.

Wie schon zwei Tage zuvor dirigierte die Wache Madeleine zielstrebig zwischen den Menschen hindurch zu einer Sänfte, die sich genau hinter der der Königinmutter befand.

Sie hatten das Gefährt fast erreicht, als unvermittelt eine laute helle Stimme über den Hof tönte. »Nein! Ich will nicht!«

Etwas weiter vorn, dort, wo sich der Haupteingang des Schlosses befand, war ein junges Mädchen aus der Tür getreten. Mehrere Leibgarden und Kammerfrauen begleiteten sie, doch sie war trotzig auf dem Treppenabsatz stehen geblieben. »Ich will nicht! Ich will nicht nach Paris, und schon gar nicht steige ich in so eine dumme Sänfte!«, schrie sie. Aufgebracht verschränkte sie die Arme vor der Brust. Die Leibgarden und Kammerfrauen blieben stehen, unschlüssig, was sie tun sollten.

Madeleine schaute fasziniert zu ihr hinüber. Selbst durch den dicht gewebten Stoff ihres Schleiers konnte sie erkennen, dass das Mädchen, das ungefähr vierzehn Jahre alt sein musste, von ungewöhnlicher Schönheit war. Ihr ebenmäßiges Gesicht, das wie gemeißelt wirkte, war von einer zarten marmornen Blässe, die von ihren glänzenden dunklen Haaren und den roten Lippen noch betont wurde. Ihr seidenes Kleid war mit glitzernden Juwelen bestickt. Sie musste eine hochrangige Persönlichkeit sein. Madeleine bemerkte, dass auch die anderen Menschen im Hof zu ihr schauten.

Eine der Kammerzofen versuchte, mit leiser Stimme auf das Mädchen einzureden. »Nein, ich will nicht!«, schrie es erneut.

»Margot!«, ertönte es in diesem Moment schneidend wie ein Peitschenknall. Es war die Stimme Catherine de Medicis, die, umringt von mehreren Höflingen und zweien ihrer Zwerge, vor ihrer Sänfte stand. Das junge Mädchen wandte verunsichert den Kopf zu ihr.

Es war vermutlich kein guter Zeitpunkt, um sich mit der Königinmutter anzulegen, dachte Madeleine. Sie erriet, dass es sich bei dem jungen Mädchen um die jüngste Tochter der Medici, Prinzessin Margot, handeln musste.

Doch diese zögerte noch immer. »Ich will nicht in der Sänfte reisen!«, sagte sie noch einmal aufgebracht.

In diesem Moment tauchte zwischen den Menschen die Gestalt eines jungen Mannes auf. Sein Gesicht mit der etwas zu großen Nase und der schmalen Oberlippe wies eine gewisse Ähnlichkeit mit dem der Medici auf, doch es war vor allem seine prächtige aufgeputzte Kleidung und die Art, wie die Leute respektvoll mit einer Verbeugung vor ihm zur Seite wichen, die Madeleine augenblicklich verrieten, dass es sich bei ihm um keinen Geringeren als den jungen König Charles handeln musste. Er ging mit zwei Schritten auf seine Schwester zu und versetzte dieser eine schallende Ohrfeige. Das knallende Geräusch hallte in einer gespenstischen Stille auf dem Hof wider, und man konnte sehen, wie sich auf der Wange der Prinzessin ein roter Abdruck abzeichnete.

Margot war zusammengezuckt, hatte jedoch keinen Laut hervorgestoßen. Tränen rannen über ihr Gesicht, während ein hasserfüllter Ausdruck in ihren Augen aufblitzte.

»In die Sänfte, los!«, befahl Charles barsch.

Wortlos schritt Margot mit hocherhobenem Kopf an ihm vorbei und ging an der Seite ihrer Kammerfrau zu ihrem Gefährt, das nicht weit entfernt von Madeleine stand. Der Blick der Prinzessin blieb an ihrem verschleierten Gesicht hängen. Margot wandte den Kopf zu ihrer Kammerfrau. »Warum ist sie verhüllt?«, fragte sie.

Madeleine erstarrte, denn sie merkte, dass die Menschen auf dem Hof zu ihr schauten.

In diesem Moment spürte sie eine Hand auf ihrer Schulter. »Ein ansteckender Ausschlag, Prinzessin«, ließ sich eine tiefe Stimme neben ihr vernehmen. Wie aus dem Nichts war Lebrun plötzlich neben ihr aufgetaucht.

Er verbeugte sich höflich vor Margot, und Madeleine tat es ihm nach.

»Ein Ausschlag?« Die Prinzessin zog mit angewiderter Miene die Augenbrauen hoch. »Dann sollte man ihr nicht erlauben, mit uns zu reisen«, sagte sie, während sie sich anschickte, in die Sänfte zu steigen.

Madeleine bemerkte erleichtert, dass sich auch die anderen Menschen wieder abwandten, und wollte ebenfalls einsteigen, doch dann erschrak sie zutiefst. Nicht weit entfernt, neben einem der Pferde in ihrem prächtigen Geschirr, stand ein Mann, der noch immer zu ihr herüberstarrte. Seine schrägen Augen schienen sie zu durchbohren, und Madeleine spürte, wie ihre Knie weich wurden und sich ihr ganzer Körper vor Angst verkrampfte – es war der Herzog d'Aumale! Sie hatte plötzlich das Gefühl, keine Luft mehr zu bekommen. Konnte er etwa durch ihren Schleier hindurch erkennen, wer sie war?

Dann bemerkte sie, dass Aumales Blick voller Kälte zu Lebrun gewandert war. Einem Klingenkreuzen gleich trafen sich die Augen der beiden Männer.

Sie spürte, wie sich der Druck der Hand auf ihrer Schulter löste. »Steig ein«, befahl Lebrun ruhig und mit leiser Stimme. Wortlos kam Madeleine seiner Aufforderung nach.

Als sie sich im Schutz der Vorhänge zurücksinken ließ, merkte sie, dass sie noch immer am ganzen Leib zitterte.

Sie nahm wahr, wie sich der Zug in Bewegung setzte.

Es war ein überraschend sympathischer Zug an Lebrun, dass er Aumale so feindselig begegnet war, musste sie zugeben.

Erst nach einiger Zeit wagte sie, nach draußen zu sehen. Die Schweizer, die ihre Lanzen gezückt hatten, umgaben den Tross in einer undurchdringlichen Schutzmauer, die sie nicht einmal ihre Umgebung erkennen ließ. Nur die Wipfel der Bäume verrieten, dass sie ein großes Waldgebiet durchquerten.

Der Zug kam sehr viel langsamer und schleppender voran als auf seiner Reise von Montceaux. Von weiter außen, hinter den Schweizern, waren immer wieder Stimmengewirr und Kampfrufe zu hören. Mehrmals kam es zu einem unerwarteten Halt, bei dem der gesamte Tross stehen blieb, während durch die Reihen der Schweizer ein Ruck zu gehen schien und sie sich kaum merklich mit ihnen nach vorn oder zur Seite bewegten. Madeleine begriff, dass es in den Außenreihen zu Kämpfen kam. Sie schauderte.

Die Anspannung im Inneren des Zuges war unerträglich, da man nicht erkennen konnte, was außen vor sich ging. Die Pferde schnaubten nervös, und man konnte das angsterfüllte Schluchzen einiger Hofdamen hören.

Schließlich hatten sie die Wipfel der Bäume hinter sich gelassen und waren anscheinend auf einer weiten Ebene angelangt.

Als der Tross auf einen Fluss zukam und sich anschickte, eine Brücke zu überqueren, mussten sich die Reihen der Schweizer für einen kurzen Moment lichten, und Madeleine sah, was sich wirklich außerhalb des Verteidigungsrings abspielte. Reiter standen auf den Feldern – so weit man blickten konnte. Es mussten Zighunderte von Hugenotten sein – obwohl sie keine Uniformen trugen, waren sie bewaffnet und wurden auf ihren unruhig tänzelnden Pferden nur von den zum Angriff gezückten Lanzen und Hellebarden der Schweizer zurückgehalten. Der Anblick hatte etwas Furchterregendes und Bedrohliches, und Madeleine verstand zum ersten Mal, dass sie sich mitten im Krieg befanden.

70

Die Narben auf seiner Wange hoben sich von seiner gedunkelten Haut ab, unter der der schmale angespannte Muskel seines Kiefers hervortrat. Mit undurchdringlicher Miene beobachtete Nicolas de Vardes, wie der Zug des Königs an ihnen vorbeizog, ohne dass sie etwas tun konnten. Die wenigen Scharmützel, die es am Wegesrand gegeben hatte, waren nicht mehr als eine kurze

Machtprobe gewesen, doch gegen die Wand der Schweizer war nicht anzukommen. Der Prinz de Condé, der neben ihm aufrecht auf seinem Pferd saß, ballte voller Zorn die Faust. Er dachte das Gleiche wie er – ihre Chance war vertan, und alles nur, weil sie zu lange gezögert hatten! Doch Vardes war überzeugt, dass das nicht der einzige Grund war. Jemand aus ihrem inneren Kreis hatte ihre Pläne verraten, nur so war es möglich, dass die Schweizer so schnell hatten hier sein können.

Schon seit einiger Zeit hegte Vardes die Befürchtung, dass es einen Verräter unter ihnen gab.

Er blickte auf das Meer von Schweizern, das sich langsam vorwärtsschob. Man hätte sich fast geschmeichelt fühlen können, dass die Medici und ihr Sohn eine solche Armee einsetzten, um sich vor ihnen zu schützen, dachte er voller Ironie. Doch leider war ihm nur zu bewusst, wie bedrohlich diese Übermacht war – schon bald würden sie gegen genau diese Männer kämpfen. Nach dem, was heute geschehen war, bestand darüber kein Zweifel mehr.

Vardes war von Anfang an kein großer Fürsprecher des Plans gewesen, den König in ihre Hände zu bringen, doch sie hatten gehofft, den bevorstehenden Krieg dadurch noch abwenden zu können. Coligny hatte fernab des Hofes mit dem König sprechen wollen, um ihn von den friedlichen Absichten der Hugenotten zu überzeugen und ihm einen Beweis für die intriganten Absichten der Guise zu liefern. Der Brief, den der Kardinal de Lorraine an den spanischen König geschrieben hatte und der durch einen glücklichen Zufall in ihre Hände geraten war, war diesbezüglich erfreulich deutlich. Der Kardinal brüstete sich darin, dass Charles völlig unter seinem Einfluss stände und nun seinen Pflichten als katholischer Herrscher nachkommen würde, da er endlich erkannt habe, dass man den Hugenotten, einer Schlange gleich, zuerst den Kopf abschlagen müsse, wenn man sie vernichten wolle.

Kannte man den König etwas, wusste man, in welche Wut es ihn versetzen würde, wenn man seine Autorität derart anzweifelte und untergrub, wie es diese Zeilen auf herablassendste Weise taten. Ihr Plan hätte daher aufgehen können. Nun würden jedoch die Waffen diesen Kampf austragen – denn man würde sie der Rebellion verdächtigen, und der König würde ihnen die Demütigung, dass er vor ihnen hatte fliehen müssen, nie verzeihen. Die einzige Möglichkeit, die ihm blieb, war die, als Erster zuzuschlagen.

Er beobachtete, wie die Nachhut der Schweizer langsam die Brücke überquerte, und griff nach den Zügeln, um sein Pferd in die entgegengesetzte Richtung zu lenken. Es gab nichts mehr, was er hier tun konnte. Eine kalte Wut erfasste ihn, dass sie so hatten scheitern können. Sollte es wirklich einen Verräter unter ihnen geben, würde er dafür büßen, schwor sich Vardes. Während er an den Reihen der Männer entlang zurückritt, wurde ihm bewusst, dass die derzeitige politische Situation seine Nachforschungen nach Madeleine erschweren wenn nicht sogar nahezu unmöglich machen würde. In den wenigen freien Stunden, die er hatte, dachte er unentwegt an sie. Sie hatten inzwischen herausgefunden, dass in der Nacht, in der sie verschwunden war, zwei Bauern mit einem Fuhrwagen Châtillon verlassen hatten. Die Wagen und Karren wurden zwar bei der Einfahrt ins Schloss überprüft, nicht jedoch, wenn sie dieses verließen. Das war ein Fehler gewesen. Die Männer hatten Madeleine wahrscheinlich in ihre Gewalt gebracht, und es war anzunehmen, dass sie sie zu einem der Schlösser der Guise gebracht hatten. Unwillig fuhr er sich mit seiner Hand durch das dunkle Haar. Es fiel ihm nicht leicht, sich einzugestehen, wie groß seine Angst um sie war. Er hatte unauffällig alles in Bewegung gesetzt, um herauszufinden, wo Madeleine jetzt war, doch wenn nun der Krieg ausbrach, würde es nicht mehr möglich sein, etwas über ihren Aufenthaltsort in Erfahrung zu bringen, das wusste er.

ZEHN TAGE SPÄTER

71

Sie hatte sich aus ihrer Verbeugung erhoben und blickte abwartend zu der Königinmutter, die den bunt gefiederten Papagei auf der goldenen Stange mit Nüssen fütterte. Madeleine war der Medici inzwischen mehrmals begegnet, doch an diesem Tag, das spürte sie, war sie angespannter als sonst.

Es verwunderte sie indessen nicht. Selbst in dem abgeschlossenen Teil des Louvre, in dem Madeleine sich befand, hatten sich die schrecklichen Neuigkeiten längst herumgesprochen. Die Hugenotten hatten innerhalb von wenigen Tagen nicht nur Saint-Denis, sondern auch Lagny, Charenton, Porchefontaine und etliche andere Ortschaften um Paris herum eingenommen und alle Zufahrtswege zu Land und Wasser blockiert. Vor den Toren waren die Windmühlen von Saint-Denis in Brand gesetzt worden. Man hatte die lichterlohen Flammen bis in die Stadt sehen können.

Die Angst der Menschen war auch im Palast spürbar. Ohne Verbindung nach außen würde man in Paris nicht lange überleben können. Man war eingekesselt von den Ketzern und musste noch dazu fürchten, im nahenden Winter Hunger zu leiden, denn mit den Mühlen brannte auch das Getreide.

Überall in der Stadt war das Hämmern und Klopfen der Soldaten zu hören, die Schutzwälle und Tore verstärkten, und auf den Straßen patrouillierte die Bürgermiliz, die vom König bewaffnet worden war. Wie es hieß, versuchte die Medici, mit den Hugenotten zu verhandeln, doch die Wut der Pariser war ungehemmt. Mit Schaudern erinnerte sich Madeleine an den furchtbaren Vorfall vom Morgen. Gerüchte hatten sich breitgemacht, dass die wenigen Protestanten, die noch in Paris lebten, den Hugenotten draußen zu Hilfe kommen wollten und Reisigbündel in der Stadt verteilt hätten, um sie anzuzünden. Die aufgebrachte Menge und Miliz hatten daraufhin ihre Häuser gestürmt und sich auf sie gestürzt. Einem jungen Protestanten war es trotz seiner Verletzung gelungen, sich bis zu den Toren des Louvre zu flüchten, wo ihn die Leibgarden des Königs vor dem tobenden Mob in Schutz nehmen mussten. Madeleine hatte voller Entsetzen die hasserfüllten Schreie der Menschen gehört und durch das Fenster beobachtet, wie die Garden die Leute mit gezückten Lanzen zum Zurückweichen zwingen mussten. Ambroise Paré und ein anderer Arzt waren dem Protestanten zu Hilfe gekommen, der noch immer um sein Leben rang. Zum ersten Mal in ihrem Leben hatte sich Madeleine für ihre eigenen Glaubensgenossen geschämt.

Viele in der Menge hatten ein weißes Kreuz auf ihrem Hut getragen. Später hatte sie gehört, wie ein Diener einer der Zofen erzählte, dass es das Erkennungszeichen der Katholiken sei, ohne das man zurzeit seines Lebens nicht mehr sicher sein könnte.

Es kam Madeleine seltsam vor, dass sich all diese Dinge nur wenige Schritte von ihr entfernt abspielten, während sie selbst sich in der Sicherheit des Louvre befand. Es ging ihr gut. Man hatte ihr ein Gemach zugewiesen, ja sogar einen Diener und eine Zofe zur Seite gestellt – was sie befremdlich fand –, und Ambroise Paré sah noch immer regelmäßig nach ihren Verletzungen. Manchmal jedoch konnte sie den Lärm aus dem anderen Teil des Palastes hören, den sie zu ihrem eigenen Schutz nicht betreten durfte, und ihr wurde bewusst, dass sie auch hier nichts anderes als eine Gefangene war. Des Tages sehnte sie sich oft nach ihrer Freiheit zurück, aber in den Nächten quälten sie noch immer Albträume, in denen ihr wieder und wieder der Herzog d'Aumale begegnete.

Kurz nach ihrer Ankunft im Louvre hatte sie lange Gespräche mit Lebrun führen müssen, der, wie sie inzwischen begriffen hatte, der Chef des Geheimdienstes war. Er hatte sie über jedes noch so unbedeutende Detail ihres Aufenthalts in La Bonnée und Châtillon ausgefragt. Madeleine hatte versucht, so wenig wie möglich zu lügen und weitestgehend bei der Wahrheit zu bleiben. Es war dennoch schwierig gewesen, Lebruns wiederholte Fragen zu beantworten, die jeder noch so kleinen Unstimmigkeit auf den Grund kamen. Es überraschte sie, wie viel der Geheimdienstchef über die einzelnen Hugenotten wusste. Einmal hatte er sie mitten im Gespräch mit einem durchdringenden Blick gemustert und unerwartet gefragt, an wen sie gerade denke.

»An niemand!«, hatte sie geantwortet, doch das war gelogen. Ihre Gedanken weilten wie so oft bei Nicolas de Vardes. Unentwegt taten sie das. Selbst der körperliche Schmerz, den sie erlebt hatte, verblasste angesichts der Sehnsucht, die sie nach ihm verspürte. Sie wollte hier weg, zurück zu ihm, um ihm alles zu erklären, doch ihr war klar, dass sie nicht einfach nach draußen spazieren konnte. Der Louvre war bewacht, und es herrschte Krieg. Sie musste abwarten und in dieser Zeit alles dafür tun, dass ihr Lebrun und die Medici vertrauten.

»Lass uns ein bisschen über dich reden!«, riss sie die Stimme der Königinmutter unvermittelt aus ihren Gedanken. Die Medici, die sich zu ihr gewandt hatte, ließ sich in einem gepolsterten Lehnstuhl nieder und deutete auf einen Schemel an ihrer Seite.

Gehorsam nahm Madeleine darauf Platz und versuchte dabei, die stechenden Augen von Fôlle zu ignorieren, die sich auf ein Kissen neben der Königinmutter hatte fallen lassen.

Sie befanden sich in einem elegant eingerichteten Raum, der zu den Privatgemächern der Königinmutter im Louvre gehörte. Trotz des Prunks, mit dem er ausgestattet war, strahlte er eine angenehme Behaglichkeit aus. Mehrere Gemälde hingen an der Wand – unter ihnen auch das Porträt eines Papstes, dessen Augen und Lippenpartie eine entfernte Ähnlichkeit mit der der Königinmutter aufwiesen, und zwei weitere Bilder in hellen, lichten Farben, die Florenz zeigten.

Sie fragte sich, was die Königinmutter genau von ihr erwartete. Angesichts ihrer Forderung, dass sie in ihrem Gefolge hatte mitreisen sollen, war zu vermuten, dass sie sich irgendwelche Weissagungen, ähnlich die ihrer Astrologen und Propheten, über die Zukunft von ihr erhoffte. Doch das konnte sie nicht! Dabei wünschte Madeleine inzwischen manchmal selbst, es wäre anders. Es erfüllte sie mit Bitterkeit, dass sie alles Schreckliche, das ihr selbst geschehen war, nicht einmal geahnt hatte – weder den Tod ihrer Mutter noch die Gefahren ihrer Flucht oder die Entführung durch die Guise. Warum hatte sie sehen können, dass man Coligny umbringen und dass Nicolas de Vardes durch den Pfeil eines Bogenschützen getroffen werden würde, während sie selbst in Châtillon auf dem Turm wie blind in die Hände ihrer Entführer getappt war? Nichts, was sie sah, hatte jemals etwas mit ihr persönlich oder ihrem eigenen Leben zu tun gehabt, wurde ihr bewusst. Warum wohl?

»Erzähl mir, seit wann weißt du von deiner Gabe?«, fragte die Medici.

In ihren Augen lag eine flackernde Neugier, und Madeleine spürte, wie sie sich unwillkürlich versteifte. Sie wollte nicht darüber sprechen, doch sie begriff, dass sie keine Wahl hatte. Sie war auf die Gunst dieser Frau angewiesen.

»Es ist damals am Fluss, als die Brücke einstürzte, das erste Mal geschehen«, antwortete sie schließlich zögernd.

»Hast du es mir gegenüber geleugnet, weil du Angst hattest?«

»Ja. Ich verstand damals selbst nicht, was mit mir geschah«, gab Madeleine zu.

»Hast du es denn niemandem erzählt?«, fragte die Medici ungläubig.

Madeleine dachte an ihre Mutter, doch sie schüttelte den Kopf. »Nein!«

»Du musst dich sehr einsam gefühlt haben«, sagte die Königinmutter sinnend. Eine unerwartete Wärme schwang in ihrer Stimme. »Siehst du ...«, fuhr sie dann sogleich fort, »deine Gabe, diese Ereignisse vorherzusehen, könnte für uns alle von großer Bedeutung sein.«

Madeleine blickte sie an. Ihr Herz pochte. »Ihr täuscht Euch in meinen Fähigkeiten. Ich kann das, was ich sehe, nicht steuern oder bewusst herbeirufen – es geschieht willkürlich, ohne mein Dazutun«, versuchte sie zu erklären.

»Du glaubst, dass du das nicht kannst«, erwiderte die Medici, unbeeindruckt von ihrem Widerspruch. »Doch vielleicht bist du nur deshalb nicht in der Lage, deine Gabe einzusetzen, weil du sie so lange verleugnet hast und nicht annehmen willst. Deshalb kommt sie in dieser Willkür und wie ein Sturm zu dir«, sagte sie. Ihre Finger, an denen mehrere Ringe mit Juwelen glitzerten, legten sich auf Madeleines Hand. »Du musst lernen, mit deiner Fähigkeit umzugehen und sie als ein Geschenk Gottes anzunehmen, sonst wird sich diese Gabe gegen dich kehren«, setzte sie mit Nachdruck hinzu. Die Königinmutter schwieg einen Moment. »Ich wünschte, ich hätte die Gabe des zweiten Gesichts!«, sagte sie dann. Sie hatte sich aus ihrem Lehnstuhl erhoben und war einige Schritte durch den Raum gewandert. Nur das Rascheln ihres steifen Rocks war zu hören, während ihre Augen in die Ferne glitten, bevor sie sich wieder Madeleine zuwandte. »Ich selbst habe nie mehr als einige Träume gehabt, die mir zwar nur vage etwas über die Zukunft mitgeteilt haben, mich aber schon sehr jung haben begreifen lassen, dass es mehr zwischen Himmel und Erde gibt als nur das, was wir in der Lage sind, mit bloßen Augen zu sehen. Hast du dich schon einmal mit der Kabbala oder der Astrologie beschäftigt?«

»Nein!« Madeleine schüttelte irritiert den Kopf und fragte sich dabei, ob der Medici eigentlich klar war, aus welchen Verhältnissen sie stammte. Der Stand, dem Madeleine angehörte, war so einfach, dass es schon überraschte, dass sie überhaupt lesen oder schreiben konnte. Wäre ihr Leben in gewöhnlichen Bahnen verlaufen, hätte sie, so wie einst ihre Mutter, versucht, in einem Haushalt eine Stellung zu bekommen, oder sie hätte vielleicht mit etwas Glück einen Handwerker oder Bauern geheiratet. Sich mit Wissen und erst recht mit okkulten Dingen zu beschäftigen, noch dazu als Frau, hätte dagegen als widernatürlich gegolten und schnell gefährlichen Verdacht erregt.

Die Königinmutter nickte nachdenklich und schaute sie aus ihren ein wenig hervorstehenden Augen offen an. »Das dachte ich mir. Ich würde dich gerne mit jemandem bekannt machen, der dir vielleicht helfen kann, etwas mehr über dich zu erfahren. Er hat mir in meinem Leben schon oft mit seinem Rat zur Seite gestanden und den richtigen Weg gezeigt«, sagte sie.

72

Sie liefen durch lange verwinkelte Gänge. Ein Diener ging ihnen mit einem Leuchter voraus, und Fôlle watschelte mit kleinen schnellen Schritten neben der Königinmutter her. Es kam Madeleine seltsam unwirklich, wie ein Traum vor, dass sie mit der mächtigsten Frau Frankreichs und deren Zwergin durch die geheimen Flure des Louvre lief.

»Gehen wir zu Monsieur Rrrrrrr …?«, ertönte es von weiter unten.

»Ja, Fôlle«, sagte die Medici.

»Uhu, du wirst dich vor ihm fürchten!«, prophezeite die Zwergin zu Madeleine gewandt und vollzog dabei zwei Sprünge. »Er kann hexen, weißt du?« Sie kicherte erneut.

»Rede keinen Unsinn, Fôlle«, sagte die Medici kopfschüttelnd.

»Ich sage nur, was alle Leute behaupten.« Die Zwergin deutete auf Madeleine. »Und sie kennt bestimmt all die finsteren Geschichten über die bösen Zauberer und Hexer, nicht wahr? Hast du Angst?« Ihr Ton triefte vor Spott, und ihre dunklen Augen glänzten in der Dunkelheit.

Madeleine warf ihr einen kühlen Blick zu. Dabei hatte die Zwergin nicht ganz unrecht. Auch wenn sie es sich niemals hätte anmerken lassen, sie fühlte sich unbehaglich, während sie hier durch die Gänge lief, und fragte sich, zu wem die Königinmutter sie wohl bringen würde.

Die Medici war vor einer Tür stehen geblieben. »Du wartest hier«, sagte sie zu Fôlle. Ihr Tonfall duldete keinen Widerspruch, und die Zwergin verzog schmollend den Mund. Etwas an ihrer Haltung, wie sie sich mit über der Brust verschränkten Armen gegen die Wand lehnte, erinnerte Madeleine an Rémi. Die beiden hätten sich bestimmt verstanden, schoss es ihr durch den Kopf.

Dann folgte sie der Medici durch die Tür und weiter eine schmale Stiege hoch, die die Königinmutter mit erstaunlicher Wendigkeit emporstieg.

Sie öffnete eine weitere Tür, und sie standen plötzlich in einem großen Gemach. Madeleine blickte sich beklommen um. Niemals zuvor hatte sie einen solchen Raum gesehen – das Zimmer war auf der einen Seite mit unheimlichen, düsteren Stoffbahnen verdunkelt, auf denen mit Kreide seltsame Schriftzeichen und Symbole geschrieben waren. Bücher und Schriftrollen türmten sich im gesamten Zimmer, nicht nur in den Regalen, sondern überall, wohin man sah – auf dem Schemel, den kleinen Tischen, ja selbst auf dem Boden. In der Mitte des Raumes stand ein großer ovaler Tisch, der überladen war mit ausgebreiteten Papieren, auf denen eigenartige kreisförmige Zeichnungen und Berechnungen zu erkennen waren. Mehrere Zirkel lagen daneben. Obwohl durch die Fenster auf der anderen Seite des Gemaches noch Tageslicht drang, brannten in einem mehrarmigen, mit Symbolen beschrifteten Leuchter Kerzen. Noch seltsamer und einschüchternder als der gesamte Raum war jedoch der Mann, der sich darin befand. Er stand vor dem ovalen Tisch und trug ein langes schwarzes Gewand mit weiten Ärmeln, das ebenfalls mit eigenartigen Zeichen bestickt war. Sein pechschwarzes Haar fiel ihm ins Gesicht, während er die Zeichnungen und Berechnungen vor sich studierte – beinah so, als hätte er ihr Eintreten gar nicht bemerkt. Doch dann drehte er sich mit einem Mal in aller Ruhe zu ihnen herum.

»Euer Majestät! Ihr hättet Euch nicht selbst hierher bemühen sollen. Warum habt Ihr mich nicht rufen lassen?«, sagte er mit einer tiefen, samtigen Stimme. In seinen Worten schwang der gleiche harte italienische Akzent wie bei der Königinmutter. Er verbeugte sich höflich, ohne dass seine Haltung dabei etwas Untertäniges anzunehmen schien.

Die Medici winkte ab. »Nein, so ist es besser. Ich wollte Euch jemanden vorstellen. Das ist Madeleine. Ihr erinnert Euch, dass ich Euch von ihr erzählt habe?«

»Wie könnte ich mich nicht daran erinnern!«, erwiderte er gewandt.

»Madeleine, das ist Monsieur Ruggieri – er ist Astrologe, und zwar der beste, den ich je getroffen habe! Ein Meister seines Fachs«, stellte die Königinmutter ihn nun vor.

Ruggieri – der schwarze Zauberer der Medici? Madeleine erschrak. Die Königinmutter hätte ihn nicht vorstellen müssen. Sein Name war bekannt genug. Wer hatte noch nicht von ihm gehört?

Der Astrologe schaute sie an. Ihr erster Impuls war, auf der Stelle wegzurennen, denn sein Blick hatte etwas gleichermaßen Beängstigendes wie Unheimliches. Er verweilte kurz auf ihrer äußeren Erscheinung, bevor seine Augen weiter durch sie hindurchzudringen schienen, als würde er in aller Ruhe jede Schicht ihres Selbst betrachten, ohne dass Madeleine etwas dagegen tun konnte. Sie hatte das Gefühl, der Magier würde in ihr lesen können wie in einem Buch und ihre ureigensten Ängste und Befürchtungen genauso erkennen wie ihre geheimsten Wünsche und Träume. Instinktiv wollte sie seinem Blick ausweichen, doch gleichzeitig kämpfte ein Teil von ihr dagegen an. Sie wollte sich nicht einschüchtern lassen! Sie zwang sich, standzuhalten und ihm weiter in die Augen zu schauen. Ein überraschter Ausdruck blitzte in Ruggieris Gesicht auf. Dann war mit einem Schlag alles vorbei. Er neigte höflich den Kopf und lächelte leicht. »Es ist mir eine Freude, Eure Bekanntschaft zu machen, Mademoiselle!«, sagte er.

»Danke«, erwiderte sie, brachte es aber nicht über sich, die von ihm ausgesprochene Höflichkeitsfloskel in der gleichen Weise zu erwidern. Sie war sich alles andere als sicher, ob es sie erfreute, ihm hier gegenüberzustehen. Diesem Mann würde sie nichts vormachen können, und sie verstand, warum die Medici sie zu ihm gebracht hatte. Gleichzeitig, musste sie zugeben, war jedoch auch ihre Neugier geweckt.

Die Königinmutter ließ sie allein. »Vertraut Monsieur Ruggieri, er wird es Euch lohnen«, empfahl sie Madeleine, bevor sie den Raum verließ.

Der Astrologe bot Madeleine einen Stuhl an. Sie nahm zögernd darauf Platz und spürte, dass er darauf wartete, dass sie zuerst etwas sagte. Ihr Blick glitt erneut durch den Raum und blieb an den dunklen Stoffbahnen hängen.

»Was sind das für Zeichen?«, fragte sie.

»Es sind Symbole und Piktogramme. Aus der Kabbala!«

»Kabbala?« Auch die Medici hatte davon gesprochen, erinnerte sich Madeleine.

»Das ist eine magische Wissenschaft. Sie hilft, den tieferen und verborgenen Zusammenhang von Dingen zu erkennen und zu berechnen und auch mit höheren Wesen Verbindung aufzunehmen«, erklärte er.

Höhere Wesen? Sie fragte sich, was das für ihn war. Ihre Skepsis war zurückgekehrt. Die Zeichen sahen eher aus wie die Beschwörung von dunklem Zauber und Hexenformeln.

»Lasst mich Euch einen Rat geben, Mademoiselle. Ihr solltet immer Eurem ersten Impuls folgen«, sagte Ruggieri unvermittelt.

»Was meint Ihr damit?«

Er sah sie an. Sein Gesicht, das eine tiefe Ruhe ausstrahlte, wirkte seltsam alterslos, fiel ihr auf. »Als Ihr in diesen Raum gekommen seid, habt Ihr Euch gefürchtet. Doch dann habt Ihr beschlossen, Eure Angst zu bekämpfen, weil Eure Seele gespürt hat, dass Ihr hier vielleicht Antworten bekommen könnt!«

»Woher wisst Ihr das? Könnt Ihr hellsehen?«, entfuhr es ihr.

Er schüttelte seinen Kopf. »Nein, zumindest nicht in der gleichen Weise wie Ihr, aber ich kann eine Menge in den Augen der Menschen lesen.«

Sie schwieg einen Moment lang. »Und werdet Ihr mir auch Antworten geben können?«, fragte sie ihn schließlich.

Er lächelte. »Ich werde Euch helfen, sie zu finden. Alles liegt verborgen in Euch selbst!«, gab er ihr zur Antwort. »Einstweilen werden wir damit anfangen, Euer Horoskop zu berechnen«, erklärte er und griff nach einer Feder. Dann fragte er sie nach ihrem Geburtsort und der genauen Zeit und dem Datum, an dem sie geboren wurde, und bat sie, nachdem er sich beides notiert hatte, am nächsten Tag wiederzukommen.

73

Nachdenklich stieg Madeleine wenig später die Treppe hinunter. Unten wartete wie selbstverständlich die Wache auf sie, die sie wieder zu ihrem Gemach zurückbrachte.

Der Magier und Astrologe hatte eine überraschende Ruhe in ihr ausgelöst. Sie war plötzlich gespannt, was das Horoskop, das er erstellte, verraten würde. Vielleicht würde es ihr tatsächlich Antworten geben, wer sie war und welchen tieferen Sinn es haben konnte, dass sie diese Visionen hatte, überlegte sie.

Als sie ihr Gemach erreicht hatte, trat Madeleine wie schon so oft in den letzten Tagen ans Fenster. Königliche Soldaten patrouillierten im Hof und erinnerten sie wieder an die schrecklichen Kämpfe und Unruhen, die es zurzeit gab. Selten war ihr die Zukunft so ungewiss erschienen. Sie fragte sich, ob sich unter den Hugenotten vor Paris auch Nicolas de Vardes befand.

In diesem Moment riss sie ein Geräusch hinter sich aus ihren Gedanken.

Sie drehte sich herum. Überrascht sah sie, dass neben dem Pfosten ihres Himmelbetts ein junges Mädchen stand. Sie musste sich dahinter versteckt haben, denn Madeleine hatte sie nicht bemerkt, als sie ins Zimmer gekommen war. Obwohl sie diesmal etwas schlichter gekleidet war und ihr glänzendes dunkles Haar offen über die Schulter trug, erkannte Madeleine sie sofort wieder. Es war Margot, die Tochter der Medici. Die Prinzessin musterte sie abschätzend. »Ihr seid es also, um die meine Mutter so ein geheimnisvolles Gewese macht«, sagte sie, und es klang fast so, als würde eine leichte Eifersucht in ihrer Stimme schwingen.

Madeleine fragte sich, warum die Prinzessin zu ihr gekommen war.

»Bildet Euch nicht zu viel darauf ein«, fuhr Margot fort. »Sie benutzt Euch nur, so wie sie uns alle benutzt!«

»Benutzen? Aber *Ihr* seid ihre Tochter«, entgegnete Madeleine.

Margot hob das Kinn. »Ja, und deshalb bedeute ich ihr auch nicht halb so viel wie meine Brüder. Sie wird mich mit irgendeinem Ehemann vermählen, den sie für ihr politisches Ränkespiel gebrauchen kann«, erwiderte die Prinzessin. Eine unterschwellige Bitterkeit schwang in ihrem Ton.

Ohne Frage hatte sie etwas Faszinierendes, dachte Madeleine. Auf der einen Seite wirkte sie zwar unglaublich verzogen, doch gleichzeitig strahlte sie auch etwas Verletzliches aus, und eine Würde umgab sie, die man vermutlich nicht erlernen konnte. Madeleine erinnerte sich, welch bewundernswerte Haltung sie gezeigt hatte, als ihr Bruder, der König, sie geohrfeigt und in aller Öffentlichkeit gedemütigt hatte.

»Und hat meine Mutter Euch auch schon zu Ruggieri mitgenommen?«, fragte Margot weiter.

Madeleine blickte sie an. »Wieso fragt Ihr mich das?«

Margot zuckte die Achseln. Ihre Hand strich an dem Bettpfosten entlang. »Es wäre nur natürlich, wenn sie es getan hätte. Sie liebt ihren großen Magier. Nur weil er auch Italiener ist, aber ich kann ihn trotzdem nicht ausstehen«, sagte sie trotzig. Sie stemmte herausfordernd und mit arroganter Geste die Hand in ihre schlanke Hüfte. »Also, wart Ihr bei ihm?«, fragte sie in einer Art, die Madeleine nur zu gut ahnen ließ, wie sie gewöhnlich mit ihren Dienern und Kammerzofen umsprang.

»Kurz«, erwiderte sie.

»Wirklich?« Margot schien nicht ernsthaft damit gerechnet zu haben. Ein verunsicherter Ausdruck zeigte sich auf ihrem Gesicht. Die Prinzessin war einen Schritt auf sie zugekommen. »Wart Ihr es, die in Meaux auf dem Hof verschleiert war?«

Woher konnte sie das wissen? Zögernd nickte Madeleine.

»Ich habe Monsieur Lebrun von Anfang an nicht geglaubt. Er ist beinah noch schlimmer als Ruggieri«, verkündete Margot.

Madeleine spürte, wie die Gegenwart der Prinzessin langsam an ihren Nerven zehrte. »Warum erzählt Ihr mir das alles? Warum seid Ihr hier?«

Margot schüttelte den Kopf und warf ihr einen herablassenden Blick zu. »Nur aus Neugier. Ich hörte, dass es jemanden Neues in den Privatgemächern meiner Mutter gibt. Und um Euch zu warnen. Ihr solltet Euch, wie gesagt, nichts auf das Interesse meiner Mutter einbilden. Ihr seid nicht mehr als eine weitere Kuriosität in ihrer Sammlung, genau wie ihre Zwerge oder ihr Papagei«, verkündete die Prinzessin, die sich bei diesen Worten auch schon wieder abwandte und aus der Tür rauschte. Verblüfft schaute Madeleine ihr hinterher.

SAN LORENZO …

74

Er hatte bewusst keinen einsamen Ort für ihr Treffen gesucht. Nichts war auffälliger, als wenn man ihn allein mit jemandem gesehen hätte. Stattdessen hatte er ein Wirtshaus in einem Ort nördlich von Paris ausgewählt. Der Schankraum war gefüllt mit Leuten, deren lautes Stimmengewirr einen kaum das eigene Wort verstehen ließ. Ihre Wangen waren vom Wein gerötet.

»Ein Zimmer für die Nacht!«, sagte er zu dem Wirt. Er legte ein paar Münzen auf den Tisch.

Der Mann händigte ihm einen Schlüssel aus. »Die Acht!«

Er nickte dankend und ging die Stiege zum ersten Stock hinauf. Der Flur war leer. Er lauschte auf den Lärm, der aus dem Schankraum nach oben drang, dann lief er den Gang entlang, vorbei an der Acht, bis zu dem Zimmer am Ende, das die Nummer fünf trug. Er drückte leise die Klinke herunter.

Der Herzog war bereits eingetroffen. Er hatte seinen Umhang nicht einmal abgelegt. Seiner ganzen Haltung war offensichtlich anzusehen, dass das Etablissement unter seiner Würde lag.

San Lorenzo nickte ihm knapp zu.

»Danke, dass Ihr kommen konntet!«, sagte Alava.

»Was ist geschehen?« San Lorenzo blickte ihn fragend an.

»Die Frau – sie ist entkommen«, teilte der Herzog mit.

»Entkommen?«

Der Spanier nickte.

San Lorenzo strich sich aufgebracht die Haare aus dem Gesicht. »Die Guise – sie sind unfähig! Das ist der zweite unverzeihliche Fehler, der ihnen passiert.«

Alava widersprach ihm nicht. »Sie wissen, dass sie das wieder in Ordnung bringen müssen«, erklärte der Botschafter.

»*In Ordnung?*«, echote San Lorenzo. »Ist Euch bewusst, in welche Gefahr das mich und unsere ganze Sache bringen könnte? Wir wissen beide, dass die Behauptung, sie habe durch einen Zufall von dem Anschlag erfahren, nicht stimmen kann. Also hat sie selbst etwas herausgefunden oder von jemandem erfahren – und das bedeutet, dass es irgendwo bei den Guise einen Verräter geben muss. Alles, was wir in den letzten Jahren aufgebaut haben, könnte dadurch bedroht werden«, zischte er leise. Die unverhohlene Wut, die in seinen Worten schwang, war nicht zu überhören.

»Ich verstehe Euch, aber die Sache ist kompliziert. So wie es aussieht, scheint die junge Frau bei ihrer Flucht tatsächlich Hilfe von außen gehabt zu haben«, versuchte ihm der Botschafter zu erklären.

»Was meine Vermutung darüber, welche Gefahr sie darstellt, nur bestätigt«, erwiderte San Lorenzo nüchtern. »Habt Ihr einen Verdacht, von wem?«

Der Herzog schüttelte den Kopf. »Wir hatten angenommen, dass das Ganze aus der Richtung Eures Lagers, also von den Hugenotten, kam.«

»Nein. Die Hugenotten suchen selbst nach ihr. Nur die Unruhen um die Entführung des Königs und der Aufstand haben verhindert, dass sie das bisher nicht mit mehr Nachdruck getan haben. Glücklicherweise!«

Der Spanier schaute ihn an. »Das gefällt mir nicht!«, sagte er schließlich.

»Nein!«, bestätigte San Lorenzo. Ein kalter Zug zeigte sich um seinen Mund. »Wir müssen unbedingt herausfinden, wer ihr geholfen hat«, erklärte er dann.

75

Der Kreis, den Ruggieri vor ihren Augen gemalt hatte, sah aus wie ein Rad, das in viele Abschnitte unterteilt war – in zwölf, genauer gesagt. Verteilt darüber befanden sich zahlreiche Symbole und Zeichen, die mit Linien kreuz und quer untereinander verbunden waren. Unten am Rand waren in akkurater Handschrift Berechnungen von Gradzahlen notiert.

Ruggieris Hand fuhr über die Zeichnung. »Obwohl Eure Sonne im Zeichen des Sagittarius, des Schützen, steht, habt Ihr eine starke Betonung des Wasserelements in den Häusern und Zeichen. Euer Mond steht im Krebs im vierten Haus, Euer Skorpion im achten Haus.«

Er schaute sie an – etwas wie Verwunderung, aber auch Respekt lag in seinem Blick. »Ich habe viele Horoskope in meinem Leben gesehen, Mademoiselle. Auch die von Menschen, die fähig waren, Aussagen und Prophezeiungen über die Zukunft zu machen«, sagte er. »Aber in keinem war die Gabe der Hellsichtigkeit so klar lesbar wie in dem Euren! Sie durchdringt alles in Eurem Horoskop – Euren eigenen Lebensweg genauso wie den anderer Menschen.«

Madeleine betrachtete die Verbindungslinien, die er bei seinen Worten mit den Fingern nachgezeichnet hatte. Sollte ihr Leben sich tatsächlich in solcher Weise auf diesem Papier spiegeln? Sie musste plötzlich daran denken, was der Chirurg, Ambroise Paré, zu ihr gesagt hatte, als er hörte, dass sie Ruggieri kennengelernt hatte. »Ihr werdet sicherlich Eure eigene Erfahrung mit der Astrologie machen, Mademoiselle. Ich für meinen Teil habe stets nur erlebt, dass mir diese Leute Dinge sagen, die ich entweder schon selber wusste oder die aber so allgemein sind, dass über ihren Wahrheitsgehalt ohnehin kein Zweifel besteht.«

In gewisser Weise stimmte das. Nichts, was Ruggieri eben gesagt hatte, war gänzlich neu für sie, und doch bekam es durch seinen Mund eine andere, tiefere Bedeutung für sie. Sie spürte, dass der Astrologe ehrlich zu ihr war und nicht versuchte, ihr etwas vorzumachen.

Aufmerksam hörte sie Ruggieri zu, als er fortfuhr, darüber zu sprechen, was die Sterne über sie verrieten. »Eure Fähigkeit ist etwas, das nicht nur Ihr allein habt. Seht Ihr …« Sein Finger tippte auf verschiedene Zeichen in den Abschnitten des Rads und auf die Linien, die sich über das Horoskop zogen. »Das hier ist das Haus, das symbolisch auch für Eure Mutter steht. Und diese Verbindung der Planeten hier zeigt, welche Dinge Ihr von Euren Ahnen in dieses Leben mitbringt. Es steht alles im direkten Zusammenhang mit Eurer Gabe.« Er schaute sie aus seinen kohlrabenschwarzen Augen an. »Es liegt in Eurer Familie. Eure Mutter war ebenfalls fähig, Ereignisse der Zukunft zu erkennen, nicht wahr?«

»Meine Mutter? Nein, ganz sicher nicht.« Madeleine schüttelte entschieden den Kopf. »Sie hat immer behauptet, ich würde mir diese Dinge nur einbilden«, erzählte sie.

»Wirklich!?« Ruggieri hatte sich in seinem Stuhl zurückgelehnt. Ein feines Lächeln umspielte seine Lippen.

Madeleine schwieg. Seine Reaktion verunsicherte sie. Zweifel kamen ihr plötzlich. *Ihre Mutter?* Konnte das sein? Aber warum hatte sie ihr dann verboten, über ihre Visionen auch nur zu reden? Dann erinnerte sie sich mit einem Mal an die Worte der Äbtissin, daran, wie sie behauptet hatte, ihre Mutter hätte von ihrer Gabe gewusst und habe ihr nur untersagt, darüber zu sprechen, um sie zu schützen. Doch die Nonne hatte nicht erwähnt, dass ihre Mutter auch dazu fähig gewesen war.

Madeleines Mund fühlte sich trocken an. Nein, die Äbtissin nicht, aber jemand anderes hatte es unbeabsichtigt getan. Sie sah plötzlich das Gesicht der Oberin vor sich. *Ich weiß, wessen Brut du bist!* Madeleines Hände krampften sich in den Stoff ihres Rocks. Sie entsann sich wieder, wie oft sie ihre Mutter im Gebet gesehen hatte und dass diese manchmal gewirkt hatte, als würde sie gegen etwas ankämpfen.

Sie blickte Ruggieri an. »Mein Gott«, entfuhr es ihr leise.

»Alle Antworten liegen in Euch selbst verborgen«, sagte der Magier zum zweiten Mal zu ihr, und sie verstand erst jetzt, was er damit meinte. So viele kleine Dinge und Begebenheiten, die sie nie verstanden hatte, ergaben plötzlich einen Sinn. Selbst die Härte, die ihre Mutter oft gezeigt hatte, dachte Madeleine. Warum hatte sie zuvor nie darüber nachgedacht, dass ihre Mutter nur deshalb verfügt hatte, dass sie ins Kloster von St. Angela kommen sollte, weil sie aus eigener Erfahrung wusste, die Äbtissin würde ihr helfen können? Die Art von Hilfe, wie ihre Mutter sie sich für sie gewünscht hatte – die Visionen zu unterdrücken und sie nicht zu beachten, damit sie dadurch nicht in Gefahr gebracht wurde. Doch Madeleine wusste, dass sie selbst dazu nicht in der Lage sein würde. Das Erlebnis mit Françoise hatte sie gelehrt, dass weit schlimmer noch, als die Visionen erleben zu müssen, die Schuld war, die sie empfand, wenn sie nicht eingriff. Ihr Weg war ein anderer.

Sie merkte, dass Ruggieri sie beobachtete. »Erzählt mir etwas über Eure Visionen«, sagte er. »Kündigen sie sich Euch vorher in irgendeiner Weise an?«

»Ihr meint, ob es Vorzeichen gibt?«, erwiderte Madeleine zögernd. Sie schüttelte den Kopf. »Nein, das ist es, was sie mir so schrecklich erscheinen lässt. Sie kommen willkürlich, wie aus dem Nichts zu mir. Als würde sich für einen kurzen Augenblick ein Fenster in der Zeit öffnen.«

In den schwarzen Augen des Magiers zeigte sich Neugier.

»Ihr könnt das alles auf einmal sehen, so wie ein Bild?«, fragte er.

»Nein, nicht auf einmal«, erwiderte sie. »Meistens höre ich erst Geräusche oder Töne, und dann tauchen die Bilder in Bruchstücken auf und setzen sich zusammen. Es ist wie ein Sog, so ungeheuer stark …« Madeleine verstummte, bevor sie schließlich weitersprach. »Das Zurückkommen ist am schrecklichsten. Ich verliere das Bewusstsein, und im ersten Moment danach weiß ich weder, wo ich bin, noch, was geschehen ist«, erklärte sie dann.

Ruggieri warf ihr einen durchdringenden Blick zu. »Das ist Eure Angst! Ihr müsst Euer Bewusstsein stärken, nur dann werdet Ihr fähig sein, diese Dinge besser zu steuern.«

»Ich glaube nicht, dass ich das jemals können werde«, gab Madeleine ihm voller Zweifel zur Antwort. Ein resignierter Zug zeigte sich auf ihrem Gesicht. Ihr ging auf, dass sie noch immer hoffte, die Visionen würden einfach nicht wiederkehren.

»Ihr müsst, sonst werdet Ihr ihnen immer ausgeliefert sein«, sagte der Magier mit ungewohnter Strenge. Er beugte sich zu ihr. »Stellt Euch Euer Bewusstsein wie ein Schiff vor. Eure Emotionen, Eure Angst und Furcht sind wie die Elemente – der Sturm, der Wind und die tosenden Wellen, die Euch bald in die eine, bald in die andere Richtung zu werfen drohen. Ihr müsst lernen, ihnen standzuhalten, sonst seid Ihr den Kräften immer hilflos ausgeliefert – und genau davor fürchtet Ihr Euch am meisten!«

Madeleine seufzte niedergeschlagen. »Wie sollte man das jemals lernen können?«, fragte sie.

Er lächelte leicht. »Durch Übung, *ma chère*. Ich werde es Euch zeigen«, sagte er.

Er stand auf und entzündete die Kerze eines Leuchters, die er an den Tisch brachte. »Richtet Euren Blick auf die Flamme!«, befahl er. »Konzentriert Euch allein darauf und versucht, jeden anderen Gedanken und jedes Gefühl auszuschalten!«

Es hörte sich einfach an, doch war er überraschend schwer, musste Madeleine feststellen. Es gelang ihr kaum länger als einige Sekunden.

Der Magier lächelte weise. »Mit der Zeit wird es Euch besser gelingen. Es wird Eure Konzentration schulen und Euren Geist und Euer Bewusstsein stärken.«

Er zeigte ihr noch eine weitere Übung. Sie sollte sich ein Kreuz vorstellen und sich bemühen, das Bild in festen Konturen und Farben vor ihren Augen zu behalten.

Es war fast noch schwieriger, als sich auf die Flamme zu konzentrieren, stellte Madeleine entmutigt fest. Ruggieri trug ihr auf, die Übungen mehrmals am Tag durchzuführen und die Zeit dabei langsam immer weiter auszudehnen.

»Und das soll mir helfen, meine Angst zu bekämpfen, wenn ich wieder eine Vision habe?«, fragte Madeleine zweifelnd.

»Ja, denn Ihr lernt dadurch Euer Bewusstsein zu lenken. Es gibt Menschen, deren Geist so stark ist, dass sie sich von körperlichen Empfindungen lösen können und sogar unempfindlich gegenüber Schmerz werden!«

Madeleine blickte Ruggieri an. Die Dinge, die er ihr erzählte, verwirrten sie, doch dann erinnerte sie sich an den Moment im Verlies, als der Herzog d'Aumale auf sie eingeschlagen hatte. Sie hatte verzweifelt versucht, an etwas anderes zu denken, und um sich mit einem Mal einen roten Nebel wahrgenommen, in den sie tief hineingetaucht war. Es war ihr vorgekommen, als hätte sie sich von ihrem eigenen Körper gelöst – irgendwann hatte sie plötzlich keinen Schmerz mehr verspürt, und auch ihre Angst war verschwunden. Ob Ruggieri diesen Zustand meinte?

Sie führte die Übungen, die der Magier ihr gezeigt hatte, regelmäßig aus. Anfangs gelang es ihr kaum, sich länger als ein, zwei Atemzüge auf die Flamme oder das Kreuz zu konzentrieren, doch schließlich verbesserte sie sich. Etwas geschah mit ihr. Ihr Atem wurde beim Anblick der Flamme ruhiger, und auch das imaginäre Kreuz bekam kräftigere Konturen und Farben, die vor Augen zu behalten ihr immer länger gelang.

Sie spürte, dass sich die Übungen insgesamt wohltuend auf sie auswirkten. Ihre Albträume, die sie seit der Folterung immer wieder hatte, wurden weniger. Sie schlief tiefer und fester und nahm eine neue Ausgeglichenheit in sich wahr. Seltsamerweise wurde ihr in diesem Zustand jedoch bewusster denn je, wie viel sie an Nicolas de Vardes dachte. Sie hatte Angst um ihn.

76

Vardes schaute zu dem Admiral, der mit unerschrockener Miene auf dem freien Feld vor seinen Männern stand. Es war nicht das erste Mal, dass er Coligny bei solchen Ansprachen beobachtete, aber er war dennoch immer wieder davon beeindruckt. Die feste Stimme des Admirals sprühte wie seine Gesten vor Vitalität, und seine Augen leuchteten. Es war diese Aura, diese Sicherheit, dass nichts sie würde aufhalten können, die wie ein Funke auf seine Leute übersprang. Die Haltung der Männer schien mit einem Mal ein wenig aufrechter, und er sah ihren Gesichtern die Entschlossenheit an, in der sich nicht nur der Wille, sondern die Gewissheit spiegelte, dass man sie nicht würde besiegen können.

Die Verhandlungen mit dem König waren so gut wie gescheitert. Alles sah danach aus, dass es zur Schlacht kommen würde, und der Admiral hatte vor der bevorstehenden Lagebesprechung mit seinen Anführern noch einmal zu den Männern sprechen wollen.

Wie immer war es ihm gelungen, Unsicherheit und Zweifel zu beseitigen und ihnen das Gefühl zurückzugeben, dass sie für eine größere, höhere Sache kämpften. Gott würde sie führen.

Vardes' Blick glitt über die Gesichter um sich herum, über den bunt zusammengewürfelten Haufen von Männern, von denen die wenigsten eine Uniform besaßen und deren stärkste Waffe ihre eigene Überzeugung war. Sie alle wussten, dass diese Schlacht für sie alles andere als leicht sein würde. Die Truppen des Königs waren ihnen weit überlegen – sie umfassten mit den Schweizern rund zwanzigtausend Mann. Sie selbst konnten dagegen zurzeit gerade einmal dreitausend Kämpfer aufweisen, denn sie warteten noch immer auf Verstärkung aus dem Norden. Noch dazu waren sie weitaus schlechter bewaffnet. Gerade einmal Schwerter und Pistolen besaßen sie. Die wenigen Lanzen, die sich in ihrem Besitz befanden, hatten sie selbst angefertigt, und sie verfügten über keine einzige Kanone. Dennoch gaben sich Coligny und der Prinz de Condé siegesgewiss – und selbst Vardes vertraute ihnen.

Als er sich wenig später zu der Lagebesprechung in die Scheune begab, die sie zu ihrem Hauptquartier umgerüstet hatten, erinnerte er sich wieder an seine erste Begegnung mit Coligny. Über sieben Jahre lag sie zurück. Die Narben auf seiner Wange waren damals noch frisch gewesen und hatten geschmerzt. Vardes sah das Gesicht des Admirals noch heute vor sich, den klaren Blick, mit dem ihm dieser in die Augen geschaut hatte, als er ihn schließlich fragte, warum er wirklich konvertieren wollte.

Vardes hatte geschwiegen. Der Tod seines Bruders Jacques lag zu jener Zeit ein Jahr zurück, und er hatte begriffen, dass es für ihn keinen Weg mehr zurück gab.

»Ich weiß, was Euch widerfahren ist«, sagte der Admiral schließlich. »Aber nicht der Hass sollte Euch zu Gott führen, sondern allein der Glaube!«

Vardes hatte nichts geantwortet, sondern war wortlos aufgestanden und gegangen, doch einige Tage später war er wiedergekommen. Diesmal war er aufrecht vor Coligny stehen geblieben.

»Ihr habt recht mit dem, was Ihr gesagt habt. Und ich werde vermutlich nie so glauben können wie Ihr, Admiral, aber wenn, erscheint mir der Weg des Protestantismus nicht nur der ehrlichere und bessere zu sein, sondern auch der menschlichere zu Gott. Deshalb bin ich bereit, zu konvertieren und … für *unsere* Sache zu kämpfen!«

Er rechnete damit, dass Coligny ihn wegschicken würde, aber der Admiral hatte ihn einen Moment lang einfach nur angesehen, dann war ein leichtes Lächeln über sein Gesicht geglitten. »Ihr seid ehrlich – Euch selbst und Eurem Glauben gegenüber, Monsieur de Vardes – das ist ein großer Schritt auf dem Weg zu Gott!«

Ihr Verhältnis war seitdem immer von gegenseitigem Respekt geprägt gewesen. Noch am Abend, als Vardes zum Protestantismus übergetreten war, hatte ihn der Admiral mit seinem ersten geheimen Auftrag in die deutschen Fürstenstaaten und die Niederlande geschickt.

Vardes hatte den Schritt, den er damals getan hatte, nie bereut.

Als er jetzt in die Scheune trat, wanderte sein Blick erneut zu dem Admiral. Er wusste, dass dieser die Schlacht gerne noch weiter hinausgezögert hätte, doch der Prinz de Condé, unter dessen Fahne sie kämpften, drängte zum Angriff. Coligny, vorsichtiger und vorausschauender, hätte lieber gewartet, bis die Truppen aus dem Norden zu ihnen gestoßen wären. Die Schlacht würde für den Admiral ohnehin nicht leicht werden, dachte Vardes, denn die gegnerische Armee würde von Colignys eigenem Onkel, dem katholischen Oberbefehlshaber Connétable Anne de Montmorency, angeführt werden.

»Wir werden von drei Seiten in St. Denis angreifen und uns darauf konzentrieren, die beiden Dörfer St. Ouen und Aubervilliers zu verteidigen«, sagte der Admiral indessen, ohne dass man ihm etwas von seinen Gedanken oder Gefühlen anmerkte. Ausgebreitet auf einem einfachen Holztisch lag eine Karte, die in großem Maßstab die Umgebung zeigte, in der sie sich befanden. Coligny deutete auf die drei Ortschaften. »Unser Vorteil ist unsere Wendigkeit. Die Armee des Königs kann sich aufgrund ihrer Stärke nur langsam und auf freiem Feld vorwärtsbewegen. Daraus werden wir Kapital schlagen. Wir sind nicht nur wendiger, sondern auch schneller – und damit auch gefährlicher. Überraschungsattacken von hier …« Er deutete auf einen Strich, der für einen langen Graben stand, den die Männer gebaut hatten, um aus seinem Schutz heraus angreifen zu können. »Und von hier!« Coligny deutete auf einen weiteren Punkt, der die Mühle von Aubervilliers darstellte. »Und gleichzeitig werden wir mit unserer Kavallerie von dieser Seite hier kommen – schneller Angriff und sofortiger Rückzug, um dann versetzt erneut wieder zuzuschlagen.« Seine Hand fuhr kurz über die Karte, dann drehte er sich zu ihnen herum. »Wir müssen ihre Aufstellung in Unordnung bringen. Sobald die äußeren Reihen sich aufzulösen beginnen, wird bei dieser Truppenstärke das Chaos ausbrechen!«

Er lächelte kalt. »Auch wenn wir gegen zwanzigtausend Mann den Kampf nicht gewinnen können, werden wir sie empfindlich treffen und das wird bei ihrer Übermacht einem Sieg gleichen! Das verspreche ich Euch!«

77

Eine Hand rüttelte sie an der Schulter. »Ihr müsst aufwachen, Mademoiselle!«, sagte eine Stimme zu ihr.

Benommen schlug Madeleine die Augen auf. Die Zofe stand neben ihrem Bett.

»Ihre Majestät wünscht Euch zu sehen! Sofort.«

»Jetzt?« Madeleine blickte verwirrt nach draußen. Die Sonne war noch nicht einmal aufgegangen, und sie fragte sich, was geschehen war. Schlaftrunken ließ sie sich beim Ankleiden helfen und folgte der Zofe und der Wache durch die Flure.

Man brachte sie in eines der Privatgemächer der Medici. Als sie den Raum betrat, spürte sie augenblicklich, dass etwas nicht stimmte. Lebrun war bei der Königinmutter und auch Ruggieri. Etwas in dem Blick, mit dem die drei sie ansahen, ließ einen Anflug von Panik in ihr hochsteigen. Sie war schlagartig hellwach und versuchte, sich nichts von ihrem Gefühlszustand anmerken zu lassen, während sie höflich in eine Verbeugung sank.

Die Medici wartete, bis die Wache die Tür hinter sich geschlossen hatte. »Guten Morgen, Madeleine«, sagte sie.

Sie wirkte müde – tiefe Falten zeigten sich auf ihrer Stirn und um die Mundwinkel. Auch Lebruns Schatten unter den Augen wirkten noch ein wenig dunkler als gewöhnlich. Sie hatten nicht geschlafen, ging Madeleine auf, und sie fragte sich erneut, was vorgefallen war.

»Wir möchten, dass du uns bei etwas hilfst!«, kam die Königinmutter ohne Umschweife auf den Anlass ihres morgendlichen Treffens zu sprechen.

Madeleine nickte vorsichtig.

»Du sollst versuchen, etwas für uns zu sehen!«, teilte die Medici ihr mit.

Madeleine schaute sie verwirrt an. »Etwas sehen?«, fragte sie, während sie bemerkte, dass Lebrun, der hinter der Königinmutter stand, sie fixierte.

»Du sollst deine Gabe für uns einsetzen!«, erklärte die Medici. Ihre Stimme hatte einen fordernden Klang angenommen.

Madeleine stockte der Atem. Es war keine Bitte, es war ein Befehl, den die Königinmutter gerade ausgesprochen hatte.

Sie hatte immer geahnt, dass die Medici irgendwann in der einen oder anderen Weise mit dieser Forderung an sie herantreten würde. Seit ihrer Ankunft hier hatte sie sich vor diesem Moment gefürchtet, weil sie nicht wusste, wie sie darauf reagieren sollte. Nun war er gekommen.

»Aber Ihr wisst, dass ich das nicht kann. Jedenfalls nicht auf diese Weise«, erwiderte sie vorsichtig.

Die Lippen der Königinmutter wurden bei ihrer Antwort schmal. Eine ungehaltene Falte zeigte sich um ihre Mundwinkel. »Nicht kannst oder willst?«

»Nein, wenn ich es könnte, ich würde nichts lieber tun, als Euch auf diese Weise zu Diensten zu sein«, beeilte Madeleine sich zu versichern. »Doch Ihr wisst, dass diese Visionen immer willkürlich kommen und nicht steuerbar sind«, sagte sie von Neuem.

Lebrun trat nach vorn und legte ihr die Hand auf die Schulter. »Versuch es! Vielleicht kannst du mehr, als du glaubst, und die Übungen, die dir Monsieur Ruggieri gezeigt hat, helfen dir, willentlich mit der Zukunft in Verbindung zu treten!«

Madeleine blickte ihn verwirrt an. Ihr war immer klar gewesen, dass die Königinmutter genauestens über ihre Unterhaltungen und Treffen mit Ruggieri Bescheid wusste, dass der Geheimdienstchef aber ebenso darüber informiert war, hatte sie nicht geahnt. Sie hätte nicht einmal vermutet, dass ein Mann wie er, der von einer kalten Logik und Vernunft durchdrungen zu sein schien, überhaupt an Magie oder übernatürliche Eingebungen glaubte.

Die Königinmutter war währenddessen unruhig einige Schritte durch den Raum gegangen. »Die Situation ist sehr ernst«, erklärte sie dann. »Unsere Verhandlungen mit den Protestanten sind gescheitert. In diesem Moment warten unsere Truppen nur noch auf den letzten Befehl des Königs, um in die Schlacht zu ziehen. Sie werden noch heute vor den Toren von Paris auf die Armee der Hugenotten treffen. Wir sind ihnen zahlenmäßig zwar weit überlegen, aber ich scheue diesen Kampf. Mein Instinkt und mein Gefühl raten mir aus der Tiefe meiner Seele davon ab ...« Unruhig rang sie die Hände und wandte ihr blasses Gesicht zu Madeleine. »Etwas in mir fürchtet, dass etwas Schreckliches geschehen könnte! Hilf mir zu sehen, was es sein könnte.« Ein bittender Ausdruck lag mit einem Mal auf ihrem Gesicht.

Ein Anflug von Mitleid regte sich plötzlich in Madeleine. Sie ahnte, dass die Medici gleichermaßen um ihre Herrschaft wie um das Leben ihrer Söhne bangte.

»Ich werde es versuchen, aber ich kann nichts versprechen«, sagte sie schließlich.

Die Medici nickte.

»Ich werde Euch helfen«, sagte Ruggieri zu Madeleine, der bis jetzt geschwiegen hatte und nun aus dem Halbdunkel neben sie getreten war. »Ich habe etwas vorbereitet, das es Euch erleichtern wird, Eure Visionen herbeizurufen!«, sagte der Magier.

Madeleine sah ihn ausdruckslos an. Sie kam sich vor wie eine Marionette, als man sie in den benachbarten Raum führte. Es war ein fensterloser Kabinettsraum, der vollständig mit Stoffbahnen verdunkelt war. In der Mitte des Zimmers befand sich ein runder Tisch, auf dem ein Spiegel aufgestellt war. Davor stand ein Leuchter mit kabbalistischen Symbolen, in dem eine Kerze brannte.

Für einen kurzen Moment zögerte sie. Ihr gesamter Instinkt riet ihr, sich nicht darauf einzulassen und diesen Raum, so schnell es ging, zu verlassen. Die Gespräche, die Auseinandersetzungen, das Erstellen ihres Horoskops – das alles hatte Ruggieri oder vielmehr die Medici längst nicht nur getan, um ihr zu helfen, sondern um sie auf genau diesen Augenblick vorzubereiten. Und obwohl Madeleine das immer unterschwellig bewusst gewesen war, traf es sie doch. Etwas in ihr weigerte sich, in dieser Weise von ihnen benutzt zu werden. Doch dann spürte sie die Blicke der drei auf sich. Ich habe keine Wahl, dachte sie zum zweiten Mal und ging langsam weiter bis zu dem Stuhl, der vor dem Tisch stand.

Sie bemerkte, wie Ruggieri durch den Raum schritt, in dem ein leichter Nebel lag. Im Schein des züngelnden Kerzenlichts hatte seine Gestalt in dem schwarzen Mantel etwas Furchterregendes. Er murmelte leise Worte, während seine Hand einige seltsame Zeichen in der Luft vollführte.

»Was tut Ihr dort?«, fragte sie ihn.

»Ich rufe um Hilfe an! ... Habt keine Angst«, fügte er sanft hinzu. »Gott wird Euch leiten.«

Sie erwiderte seinen Blick. »Ich habe keine Angst«, sagte Madeleine und merkte, wie sie sich mit einem Mal etwas benommen von dem Nebel im Raum fühlte.

»Gut!« Er lächelte. »Dann setzt Euch.«

Sie kam seiner Aufforderung nach und ließ sich auf dem Stuhl vor dem Spiegel nieder, der das Bild der Flamme seltsam verzerrt reflektierte.

Catherine de Medici und Lebrun standen seitlich neben ihr und beobachteten sie.

Madeleine drehte den Kopf zu der Königinmutter. »Wenn ich etwas sehen sollte – gibt es etwas Bestimmtes, das Ihr am meisten zu wissen begehrt?«, fragte sie.

Die Medici sah sie an. Die ausdruckslose Maske war von ihrem Gesicht gewichen, das stattdessen einen tiefen Ausdruck der Sorge zeigte. Sie hob das Kinn. »Meine Söhne – ich will wissen, ob dieser Krieg eine Gefahr für die Herrschaft von Charles oder sein Leben oder auch für das von Henri, seinem Bruder, darstellen könnte!«

Madeleine nickte, während sie sich innerlich zu sammeln versuchte. Was sollte sie nur tun? Sie war sich sicher, dass sie nichts sehen würde. Sollte sie stattdessen etwas erfinden? Sie wandte ihr Gesicht wieder der Flamme zu und spürte die Wärme auf ihrem Gesicht.

Ruggieri legte ihr die Hand auf die Schulter. »Versucht, Euch auf die Flamme zu konzentrieren.« Seine Stimme hatte einen sanften, wiegenden Tonfall angenommen. »So wie ich es Euch gezeigt habe und Ihr es schon oft geübt habt. Vergesst alles um Euch herum!«

Sie tat, was er ihr aufgetragen hatte. Es fiel ihr schwerer als gewöhnlich – der Druck und die Anspannung, die sie durch die Gegenwart der Medici und Lebruns fühlte, machten es ihr anfangs unmöglich, sich von ihren Gedanken und Gefühlen zu lösen. Doch schließlich merkte sie, wie ihr Atem ruhiger wurde und es ihr gelang, ihre Aufmerksamkeit allein auf die leicht züngelnde Flamme zu lenken.

»Seht in den Spiegel!«, drang die Stimme von Ruggieri zu ihr.

Madeleine richtete ihre Augen hinter die Kerze auf den Spiegel, in dem sich das Bild der Flamme doppelt reflektierte und gleichzeitig in die Breite gezogen wurde. Sie spürte einen leichten Schwindel, während ihr Blick tiefer in das tanzende Orange hineingezogen wurde.

»Lasst Euren Blick weitergehen, tiefer in den Spiegel hinein, bis mitten in die Flammen. Ihr steht vor den Toren der Stadt, um Euch herum kämpfen Männer …«

Sie versuchte, der Aufforderung nachzukommen. Das Orange schien plötzlich kräftiger und glühender zu werden, und sie hatte tatsächlich das Gefühl, sich mitten in ihm zu befinden, doch sonst erblickte sie nichts.

»Was seht Ihr?«

»Nichts, nur die Flammen«, murmelte sie seltsam hohl und fremd, als würde nicht sie diese Worte sprechen.

»Ihr müsst weitergehen, durch sie hindurch, bis zu dem Kampf, der dahinter stattfindet«, drängte sie Ruggieris Stimme weiter. In

seinem sanften Unterton schwang mit einem Mal etwas unerwartet Forderndes.

Aber Madeleine konnte nicht – sie sah nichts außer den Flammen.

»Geht. Löst Euch von den Flammen, wie Ihr Euch vorher von allem anderen gelöst habt. Hört Ihr die Schüsse und das Klirren der Degen? Männer kämpfen. Der Geruch von Angst und Schweiß liegt in der Luft …«

Sie konnte nichts hören.

»Geht!« Diesmal war es ein Befehl.

Sie versuchte erneut, seiner Anordnung Folge zu leisten, doch es wollte ihr einfach nicht gelingen. Ihre Konzentration brach ab, doch Madeleine ließ sich nichts anmerken, sondern schaute weiter auf die Kerze und den Spiegel.

»Was seht Ihr?«, fragte Ruggieri erneut.

»Nichts!«, sagte sie leise.

»Geht weiter. Durch die Flammen hindurch!«, forderte er sie erneut auf.

»Es geht nicht! Ich sehe wirklich nichts«, wiederholte sie. Sie öffnete entschlossen die Augen. »Es tut mir leid«, murmelte sie. »Ich habe es wirklich versucht.«

Ruggieri sah sie aus seinen kohlrabenschwarzen Augen durchdringend an, dann wandte er sich zur Königinmutter. »Vielleicht sieht sie nichts, weil es nichts gibt, das von Belang ist. Ich denke, Ihr solltet unbesorgt sein«, sagte er.

Die Medici nickte. Sie schenkte Madeleine einen Blick, in dem sich trotzdem tiefe Enttäuschung zeigte – und Verärgerung.

Madeleine begriff, dass sie in den Augen der Königinmutter versagt hatte. Etwas in ihr erinnerte sich plötzlich an ihre erste Begegnung mit der Medici, damals in Éclaron. *Dann bist du anscheinend weniger außergewöhnlich, als ich gedacht habe*, hatte sie damals gesagt, und dabei hatte sich genau die gleiche leise Verachtung in ihrem Gesicht gespiegelt wie jetzt. Betroffen und voller Angst verließ Madeleine das Gemach.

78

Ein kalter regnerischer Novemberwind schnitt Vardes am Nachmittag ins Gesicht, doch er spürte ihn nicht. Die ersten Schüsse der feindlichen Artillerie waren bereits gefallen, und er schaute auf die nicht enden wollenden Reihen der gegnerischen Truppen, die unaufhaltsam näher kamen. Er fragte sich, ob ihr Plan wirklich aufgehen konnte. Dann sah er, wie Coligny ein Zeichen gab und ihre eigenen Schützen zurückzuschießen begannen.

Nur wenige Augenblicke später preschten sie mit ihrer Kavallerie vorwärts. Jeder Gedanke und jedes Gefühl schalteten sich in ihm aus. Es war die Veränderung, die in jedem Kampf mit ihm vor sich ging. Vardes fühlte, wie sich sein Puls beschleunigte, das Blut in seinen Adern rauschte, während sein Degen auch schon auf den des ersten gegnerischen Reiters traf. Er sah, wie der Mann vom Pferd stürzte, als sich von links auch schon der nächste näherte. All seine Sinne richteten sich nur noch aufs Kämpfen – und aufs Überleben. Um sich herum roch er den Schweiß, das Blut und die Angst, und er hörte Schreie und Stöhnen. Er brüllte seinen Männern Befehle zu, während er wahrnahm, dass es ihnen tatsächlich gelang, die feindliche Linie in Unordnung zu bringen.

Er wollte gerade den Rückzug anordnen, als er von zwei gegnerischen Reitern vom Schlachtfeld abgedrängt wurde. Vardes versuchte, ihnen auszuweichen und zu entkommen, doch sie folgten ihm. Irgendwo hinter einer Baumgruppe ging der Kampf weiter. Es gelang ihm, einen der beiden zu verwunden und vom Pferd zu reißen, als er von hinten einen Stoß erhielt. Der andere Mann hatte sich vom Rücken seines Wallachs auf ihn gestürzt. Sie gingen zusammen zu Boden. Der Aufprall war hart, er rollte in einer blitzschnellen Bewegung zur Seite, griff seinem Gegner mit der einen Hand auch schon an die Gurgel, während er mit der anderen gleichzeitig seinen Dolch zog, um ihn diesem in den

Hals zu rammen. Mitten in der Bewegung hielt er entsetzt inne – er kannte den jungen Mann vor sich. Er war jung – höchstens siebzehn Jahre alt.

»Verdammt! Simon?«, entfuhr es ihm.

Der Brustkorb des jungen Mannes vor ihm senkte sich in schnellen Zügen auf und ab. Er sah, wie die Angst und der Hass auf seinem Gesicht einem fassungslosen Ausdruck wichen. Vardes nahm benommen die Hand von seiner Gurgel. Es war bestimmt drei Jahre her, dass sie sich gesehen hatten. Es war eines der letzten Male, die er im Haus seines Vaters gewesen war, der ihm den Verrat der katholischen Religion nie verziehen hatte. Simon war der Sohn von Madame Anne, der Haushälterin seines Vaters.

»Monsieur? Ihr?«, brach es stotternd aus dem jungen Mann heraus.

»Wie um Gottes willen kommst du dazu, hier zu kämpfen?«, fuhr Vardes ihn aufgebracht an.

»Ich? Aber wir verteidigen uns doch nur …«, versuchte sich Simon zu rechtfertigen, der leichenblass war. Ihm schien nur zu bewusst zu sein, wie knapp er gerade dem Tod entronnen war.

Etwas in seiner Stimme erinnerte Vardes an sich selbst und an die unzähligen anderen jungen Männer, die die ersten Male in die Schlacht zogen, euphorisch und voller Ungeduld zu kämpfen – bis sie den Krieg wirklich erlebten.

»*Verteidigen?* Weiß deine Mutter, dass du hier bist?« Vardes fuhr sich mit der Hand durchs Haar.

Simon schüttelte den Kopf. »Nein, ich habe mich mit einigen Männern der Bürgermiliz angeschlossen, die erzählt haben, dass der König noch Soldaten sucht.«

Vardes reichte ihm ungläubig die Hand und zog ihn auf die Beine. Sie hatten sich bestimmt eine halbe Meile von dem Kampfgeschehen entfernt, stellte er fest. Zumindest war sein Pferd nur wenige Schritte entfernt im Schutze der Baumgruppe stehen geblieben.

»Danke, dass Ihr mir nichts getan habt«, sagte Simon betreten.

Vardes nickte. Er bemerkte, dass der Junge auf seine Wange

starrte und noch immer etwas Angst vor ihm zu haben schien. Plötzlich hasste er diesen Krieg. Nur wenige Stunden zuvor hatte er sich noch gefragt, wie sich Coligny fühlen musste, gegen seinen eigenen Onkel in den Krieg zu ziehen, und nun hätte er selbst beinah diesen Jungen getötet, der wie ein eigenes Kind in seinem Elternhaus groß geworden war.

Er legte ihm die Hand auf die Schulter. »Sieh zu, dass du hier verschwindest und nach Hause kommst, Simon«, sagte er rau.

Der Junge nickte und wollte sich gerade abwenden, als Vardes etwas einfiel.

»Du könntest etwas für mich tun! … Ich habe einen Brief für meine Schwester, der dringend nach Paris müsste!«, erklärte er.

Simon blickte ihn überrascht an.

Vardes reichte ihm das Schreiben, das er seit Tagen unter seinem Wams bei sich trug.

79

Schlaflose Nächte lagen hinter Madeleine. Immer wieder sah sie das Gesicht der Medici vor sich – ihre Enttäuschung und Ungehaltenheit, dass sie nichts über die Schlacht hatte vorhersagen können. Sie hatte ihre Erwartungen nicht erfüllt und darüber hinaus auch noch ihre Zeit vergeudet!

Auch wenn niemand etwas gesagt hatte, Madeleine spürte, dass dieser Moment unumstößlich etwas in ihrem Verhältnis zu der Königinmutter verändert hatte und sie sich ihrer Gunst nicht mehr sicher sein konnte. Bedrückt fragte sie sich, was nun geschehen würde. Mehr als einmal hatte sie überlegt, ob sie nicht doch die Flucht wagen sollte. Ihr Blick glitt aus dem Fenster. Wie es hieß, waren die Wege und Straßen wieder passierbar, denn die Blockade von Paris war gebrochen.

Die Schlacht von Saint-Denis lag einige Tage zurück. Zu ihrer großen Erleichterung schien weder dem König noch seinem Bruder etwas geschehen zu sein. Am Tag der Schlacht war sie wie gelähmt vor Angst gewesen, dass einem der beiden etwas zustoßen würde und die Medici sie dafür verantwortlich machen könnte, weil sie es nicht vorhergesehen hatte.

Ihre letzte Begegnung mit der Königinmutter hatte ihr unweigerlich vor Augen geführt, in welcher Gefahr sie sich auch hier ständig befand. Doch die Flucht zu wagen war schwierig. Nicht nur, weil sie bewacht wurde, sondern vor allem, weil sie keine Ahnung hatte, wie die politische Situation außerhalb von Paris zurzeit wirklich war. Sie dachte an Nicolas de Vardes und fragte sich mit bangem Herzen, wie es ihm wohl ging. Hatte er in St. Denis gekämpft? Hätte sie nur ein bisschen mehr über die Schlacht gewusst!

Mit Ungeduld erwartete sie den Besuch von Ambroise Paré. Der Chirurg, der noch immer regelmäßig nach ihr sah, war einer der wenigen Menschen, die stets bereit waren, ihr etwas ungefärbt und ehrlich über die Geschehnisse außerhalb der Palastmauern zu erzählen.

Als er schließlich am Nachmittag bei ihr erschien, berichtete er, dass der König und sein Bruder zwar glücklicherweise unverletzt seien, aber die Schlacht von St. Denis dennoch einen anderen tragischen Verlust zu beklagen hätte. Der vierundsiebzigjährige Oberbefehlshaber der königlichen Armee, Monsieur de Montmorency, der Onkel des Admirals de Coligny, sei gefallen.

»Es war kein schöner Tod. Seine Nieren und ein Teil seines Gesichts wurden zerfetzt. Er ist gestern seinen schweren Verletzungen erlegen«, erzählte ihr Paré mit betrübter Miene. Das Gesicht des Chirurgen wirkte erschöpft und müde. Madeleine ahnte, dass er in den letzten Tagen kaum eine Stunde Schlaf bekommen hatte. Erneut wurde ihr bewusst, wie unnütz ihr eigenes Leben an diesem Ort war.

»Und es hat wirklich keine der beiden Seiten gesiegt?«, fragte sie erneut ungläubig.

Ambroise Paré wiegte den Kopf. »Nun, die Hugenotten mussten sich zurückziehen und konnten die Blockade um die Stadt herum nicht weiter aufrechterhalten. Insofern ist es schon ein Sieg. Angesichts der beachtlichen Übermacht des Königs allerdings ein ziemlich schmählicher! Coligny und Condé gelang es, sich im Schutze der Nacht und des Regens zurückzuziehen und zu entkommen. Man hätte sie eigentlich daran hindern müssen«, erklärte Paré mit einem Kopfschütteln. Madeleine stellte überrascht fest, dass dabei jedoch ein leichtes Lächeln auf seinem Gesicht lag.

Sie spürte, wie ihr Herz klopfte. »Sie sind entkommen?«

»Ja.«

Eine Welle der Erleichterung durchflutete Madeleine. Das hieß, dass Nicolas wahrscheinlich auch noch am Leben war. Er hielt sich fast immer in der unmittelbaren Nähe von Coligny oder Condé auf. Erst jetzt wurde ihr bewusst, dass ihre Anspannung in den letzten zwei Tagen auch von ihrer Angst um ihn hergerührt hatte.

Der Chirurg hatte nach seiner Tasche gegriffen. »Lasst mich noch einmal einen Blick auf Euren Rücken werfen«, sagte er.

Madeleine nickte und öffnete ihr Kleid.

»Kennt Ihr jemanden, der auf der Seite der Hugenotten gekämpft hat?«, fragte Paré sie mitfühlend, als er wenig später ihre Narben begutachtete, die langsam ihre rosa Färbung zu verlieren begannen, und eine Tinktur auftrug, die bei der weiteren Heilung helfen sollte.

Sie wandte den Kopf zu ihm. Es war ihr unangenehm, dass man ihr die Erleichterung so anmerkte.

»Ich habe einige Zeit bei den Hugenotten verbracht. Sie haben mir Schutz gewährt und mich immer sehr gut behandelt. Von dort bin ich entführt worden …«, erzählte sie.

Der Chirurg hatte die Tinktur zur Seite gestellt und blickte sie an. »Erlaubt Ihr mir eine Frage?« Er bedeckte ihren Rücken behutsam mit dem Stoff ihres Kleides.

»Sicher!«

Er deutete auf ihren Rücken. »Warum hat man Euch das angetan?«

Noch nie hatte er ihr diese Frage gestellt. Sie schwieg. »Ich habe einen Anschlag der Guise auf den Admiral de Coligny verhindert. Eigentlich unabsichtlich – ich wusste nicht, dass es sich um den Hugenottenführer handelt«, sagte sie, während sie ihr Kleid so weit schloss, wie es ihr ohne Zofe möglich war.

»Hätte es etwas geändert?«

Sie schüttelte mit ernster Miene den Kopf. »Nein, wahrscheinlich nicht. Ich wusste, dass etwas Schreckliches geschehen würde, und wollte es einfach verhindern.«

»Dann stimmen die Gerüchte also«, stellte Ambroise Paré fest.

»Die Gerüchte?«

»Ja, damals, als am Flussufer die Brücke eingestürzt ist, erzählte man sich, Ihr hättet die Leute nur deshalb warnen können, weil Ihr eine übersinnliche Wahrnehmung, eine Art hellsichtige Fähigkeit gehabt hättet.«

Madeleine schaute ihn an. Sie musste plötzlich an Ruggieris Worte denken, daran, dass alles im Leben im Zusammenhang stand und man nichts für sich allein betrachten könne. So war es auch mit dem Einsturz der Brücke. Immer wieder schien alles in ihrem Leben auf dieses Ereignis zurückzugehen und damit in Verbindung zu stehen, ohne dass sie sich davon lösen konnte. »Ja, das stimmt«, sagte sie schließlich zu Paré, der sie noch immer anblickte. Sie wollte den Chirurgen, dem sie so viel verdankte, nicht anlügen. »Ich habe damals nicht gewagt, die Wahrheit zu sagen. Ich hatte zu viel Angst, man könnte mich für eine Hexe halten … Wenn ich ehrlich bin, fällt es mir noch immer schwer, darüber zu reden.« Ein schiefes Lächeln glitt über ihr Gesicht.

Paré nickte verständnisvoll. »Wahrscheinlich sind Eure Befürchtungen nicht unberechtigt. Den meisten Menschen wird Eure Fähigkeit wahrscheinlich sehr unheimlich erscheinen«, gab er zu.

»Euch nicht?«, fragte sie überrascht.

Er lächelte. »Wenn Ihr Euch wie ich der Medizin verschrieben habt, dann erlebt Ihr zu oft, dass es Dinge zwischen Himmel und

Erde gibt, die jeder Gesetzmäßigkeit der Natur zu widersprechen scheinen – Menschen, die keine Chance mehr gehabt haben und wie durch ein Wunder genesen, und andere, die jung und stark sind und doch sterben.« Er hob in einer ergebenen Geste die Schultern. »Die Welt und Gott sind oft größer, als wir Menschen es glauben.«

»Und doch haltet Ihr nicht viel von der Astrologie!«

Er hob den Finger. »Ich glaube durchaus daran, Mademoiselle Madeleine, aber ich glaube auch, dass es viele Scharlatane gibt und es Gott durchaus gefällt, seine eigenen Wege zu gehen, ohne uns die vorher immer mitzuteilen … Wenn ich es richtig verstanden habe, könnt Ihr Eure Visionen auch nicht willentlich herbeirufen, oder?«, sagte er, als sie beide plötzlich hinter sich ein Geräusch von der Tür hörten.

Madeleine fuhr herum. Es war niemand zu sehen, doch ihr fiel auf, dass die Tür nicht mehr geschlossen, sondern nur angelehnt war.

»Hattet Ihr die Tür offen gelassen?«

Der Chirurg schüttelte den Kopf. »Nein.«

Madeleine ging nach vorn, um die Wache zu fragen. Doch der Mann stand nicht wie sonst vor ihrem Zimmer, sondern befand sich am Ende des Ganges, wo er sich augenscheinlich die Beine vertrat. Als er sie sah, kam er mit beschleunigten Schritten zurückgelaufen. »Es tut mir leid, aber zu Eurer eigenen Sicherheit solltet Ihr Euer Gemach nicht verlassen.«

Sie hätte nicht sagen können, wie oft sie diesen Satz schon gehört hatte, und schaute ihn kühl an. »Monsieur Paré und ich haben ein Geräusch gehört. Ich glaube, jemand wollte in mein Zimmer.«

»Unmöglich«, widersprach die Wache. »Ich hätte jeden gesehen, der hier im Gang war.«

Madeleine nickte, doch es war ihr nicht entgangen, dass der Mann ihrem Blick ausgewichen war. Ein ungutes Gefühl ergriff sie, und sie verspürte mit einem Mal Angst. Irgendjemand hatte ihr Gespräch mit Ambroise Paré belauscht, doch wer?

80

Margot lief schnell den Gang entlang und schlüpfte durch die alte Seitentür, die verborgen hinter einem Wandteppich lag und die keiner kannte. Auf der anderen Seite schob sie eine lose Wandverkleidung zur Seite und trat in einen leeren Flur des Palastes wieder hinaus. Sie blickte sich vorsichtig um, doch es war niemand zu sehen. Die Prinzessin schlug sich nach rechts und hatte nach wenigen Schritten die Haupthalle des Louvre erreicht. Sie atmete tief durch und strich sich die Haare aus dem Gesicht, die über den steifen Kragen ihres Kleides fielen, bevor sie mit nunmehr gemessenen Schritten weiterlief.

Für einen kurzen Moment überfiel sie ein Anflug von schlechtem Gewissen. Sie kam sich vor, als hätte sie etwas Verbotenes getan, dabei waren es doch die anderen – ihre Mutter und Lebrun –, die Geheimnisse hatten und ständig vor allen etwas zu verbergen suchten, schoss es ihr voller Trotz durch den Kopf. Sie dachte wieder an die junge Frau – Margot wusste nicht einmal ihren Namen – und das, was sie eben gehört hatte. Stimmte es, was sie Monsieur Paré gegenüber behauptet hatte, dass sie wirklich hellsehen konnte? Das würde auch erklären, warum ihre Mutter ein Geheimnis um sie machte und sich überhaupt für sie interessierte. Margot verzog den Mund. Wie um all diese Absonderlichkeiten und Kuriositäten, die es in diesem abgeschlossenen Trakt gab, der an die Privatgemächer ihrer Mutter anschloss. Niemand außer ihr und Lebrun hatten hier Zugang. Die Türen wurden streng bewacht, und es gab sogar einen eigenen Eingang, der unten am Ufer der Seine versteckt zwischen Bäumen und Büschen lag. Schon vor einiger Zeit hatte Margot durch einen Zufall die geheime Seitentür hinter der Wandverkleidung entdeckt. Seitdem hatte sie sich immer wieder voller Neugier in den geheimen Trakt geschlichen. Sie liebte den Nervenkitzel, wenn sie sich heimlich und leise durch die Flure stahl, voller Angst, dass sie jemand entdecken könnte, und gleichzeitig innerlich zum Zerreißen gespannt, was sich wohl hinter den einzelnen Türen verbergen mochte. Zweimal schon war ihr auf dem Weg eine Wache begegnet, und sie hatte fast befürchtet, entdeckt worden zu sein. Ohne sich ihren Schreck anmerken zu lassen, hatte sie ihren gesamten Mut zusammengenommen und ihnen einfach nur einen hochmütigen Blick zugeworfen. Instinktiv hatten die Wachen auf ihren Rang reagiert und nur höflich den Kopf geneigt und sie weitergehen lassen. Wer hätte auch schon vermutet, dass sich die Tochter der Medici heimlich hier hereingestohlen hatte? Ein zufriedenes Lächeln glitt über ihr zartes Gesicht. Sie wusste, dass alle sie für hübsch und ein wenig dumm hielten – aber die Menschen täuschten sich. Vor allem ihre Mutter, die sie behandelte wie einen schönen, aber unnützen Gegenstand. Schon immer hatte sie ihren Brüdern mehr Interesse und Zuneigung zukommen lassen als ihr. Margots volle Lippen verzogen sich unwillkürlich zu einem schmalen Strich. Selbst ihre Zwerge erhielten mehr Aufmerksamkeit. In den Augen ihrer Mutter und ihrer Brüder taugte sie, Margot, höchstens dazu, verheiratet zu werden, um die Macht des Hauses Valois zu stärken. So wie ihre ältere Schwester Elisabeth, die mit dem spanischen König vermählt worden war – einem Mann, der vom Alter her gut ihr Vater sein konnte. Mit Grauen dachte die Prinzessin daran, dass ihr eines Tages ein ähnliches Schicksal drohen könnte. Sie hob entschlossen das Kinn. Aber dazu würde sie es nicht kommen lassen. Der Mann, den sie heiraten würde, sollte jung und stark sein – und Macht besitzen, und zwar hier in Frankreich, damit sie ihrer Mutter und ihren Brüdern zeigen konnte, dass sie zu mehr in der Lage war, als diese glaubten. Es musste ein Mann wie dieser junge Herzog, dieser Henri de Guise, sein. Ein aufgewühltes Gefühl ergriff Margot, als sie an ihn dachte. Obwohl er nur zwei Jahre älter als sie war, ließ ihn seine selbstbewusste Art wesentlich reifer wirken. Sie hatten sich bereits mehrmals heimlich getroffen. Henri hatte ihr klargemacht, dass vorerst niemand davon wissen durfte, weil es zu gefährlich sei. Dabei war zwischen ihnen bisher nichts geschehen – sie hatten sich nicht einmal geküsst, doch Margot spürte, dass sich das in naher Zukunft ändern würde.

Sie wollte, dass er sie küsste, dachte sie, und sie wollte, dass in seinem Blick mehr als nur die geschmeichelte Eitelkeit lag, dass sich die Schwester des Königs für ihn interessierte. Ja, sie wollte ihn beeindrucken. Schon seit einiger Zeit hatte sie überlegt, was sie tun konnte, um das zu erreichen, und plötzlich wusste sie es. Der Gedanke versetzte sie in Aufregung.

Am nächsten Vormittag traf sie sich mit ihm im Garten, an einer der kleinen Fontänen. Es war kalt, und er legte ihr fürsorglich seinen pelzgefütterten Umhang um die Schultern.

»Hat dich jemand gesehen?«

»Nein.« Sie schüttelte den Kopf.

»Ich werde Paris schon bald verlassen, wir ziehen mit den Truppen meines Onkels gen Süden.«

»Du wirst kämpfen?« Der Gedanke gefiel ihr und machte ihr doch zugleich Angst.

Er nickte.

»Soll ich dir vorher etwas zeigen? Etwas, das du noch nie gesehen hast?«, fragte sie ihn.

»Und was sollte das sein?«, fragte er amüsiert und bedachte sie dabei mit einem Blick, als würde er mit einem Kind sprechen. Sie wurde wütend. »Vielleicht hast du ja gar nicht den Mut, es dir anzusehen!«, sagte sie hochmütig.

Er zog die Augenbrauen hoch, und sie erkannte, dass sie einen empfindlichen Punkt bei ihm getroffen hatte.

»Warum sollte ich nicht den Mut haben?«

»Weil das, was ich dir zeigen will, in einem geheimen Teil des Palastes liegt, zu dem niemand Zugang hat.«

»Tatsächlich? Und was wird dort versteckt?«

»Eine Frau – sie kann hellsehen!«, platzte Margot heraus.

Einen Moment schien er unschlüssig, ob er ihr glauben sollte. »Unsinn! … Wirklich?«, fragte er dann. Sie sah die Neugier in seinen Augen aufflackern.

Sie nickte. »Komm, ich werde sie dir zeigen!«

Kurz darauf schlichen sie sich zurück zum Palast. Sie zeigte ihm die lose Wandverkleidung und die geheime Tür, die sich dahinter befand. Die Anerkennung in seinem Blick tat ihr gut.

Als sie den Wandteppich auf der anderen Seite zur Seite schlugen, zögerte er jedoch. »Bist du sicher, dass wir das tun sollten?«

»Du hast Angst!«

Statt einer Antwort setzte er als Erster den Fuß in den Flur. Im Gang war niemand zu sehen. Sie liefen bis zur nächsten Ecke. Margot sah, dass die Wache im Flur auf und ab lief. »Wenn er um die Biegung verschwindet, haben wir kurz Zeit«, flüsterte sie leise.

Sie versteckten sich hinter der Ecke, als Margot plötzlich trippelnde Schritte neben sich hörte. »Wer seid Ihr?«, ertönte eine Männerstimme.

Sie fuhr herum. Es war einer der Zwerge ihrer Mutter, Pierre. Er trug ein Tablett mit einer halb geleerten Konfektschale. Unglücklicherweise hatte er sie sofort erkannt.

»Prinzessin? Weiß Eure Mutter, dass Ihr hier seid?« Der Zwerg starrte den jungen Mann an.

»Was maßt du dir an, mir solch eine Frage zu stellen? Hast du vergessen, wer ich bin?«, herrschte Margot ihn mit gesenkter Stimme an.

Ihr Tonfall, so leise er hervorgebracht war, tat seine Wirkung. Der Zwerg zuckte verunsichert zusammen. »Verzeiht!«, murmelte er und watschelte eilig davon. Margot lugte um die Ecke. Die Wache hatte glücklicherweise nichts mitbekommen, da sie gerade in die andere Richtung gegangen war. »Komm!«

Sie zog Henri mit sich. Kurz darauf drückte sie leise die Türklinke hinunter und trat über die Schwelle.

Die junge Frau stand am Fenster. Trotz der winterlichen Kälte hatte sie es geöffnet und blickte sehnsüchtig nach draußen. Der Lärm, der vom Hof nach oben drang, hatte sie das Geräusch an der Tür nicht sofort hören lassen.

Margot wollte sich mit triumphierender Miene zu Henri wenden, als sie überrascht bemerkte, dass dieser in einer schnellen

Bewegung unter seinen Umhang gegriffen hatte – dort, wo sich gewöhnlich sein Degen befand. Sein Gesicht war kalkweiß. Ungläubig nahm sie den hasserfüllten Ausdruck in seinen Augen wahr.

Im selben Augenblick war die junge Frau am Fenster erschrocken herumgefahren, doch Henri hatte schon auf dem Absatz kehrtgemacht und war wieder aus dem Raum gestürmt. Margot blickte die Frau an – dann lief sie ihm bestürzt hinterher.

81

In dem Pariser Palais der Lorraine-Guise wandte der Kardinal de Lorraine sich mit aufgebrachter Miene zu dem Herzog d'Aumale. »Ich kann es noch immer nicht begreifen! Wie konnten Coligny und Condé in dieser Schlacht nur entkommen? Zwanzigtausend Mann gegen dreitausend! Wir geben uns nicht nur vor unserem Verbündete dem spanischen König, sondern vor ganz Europa der Lächerlichkeit preis! Wisst Ihr, was der türkische Gesandte gesagt hat, der von den Hügeln von Montmartre aus die Schlacht beobachtet hat?« Der Ton des Kardinals war schneidend geworden, und eine steile Zornesfalte zeigte sich auf seiner Stirn.

Der Herzog d'Aumale schüttelte unbeeindruckt den Kopf. »Nein!«

»Wenn sein Herr, der Sultan, nur zweitausend Männer wie diese Hugenotten hätte und sie an die Spitze seiner Armeen stellen könnte, dann würde er in zwei Jahren die gesamte Welt beherrschen!«

Aumale zuckte die Achseln. »Ihr lasst Euch von den Worten eines Heiden berühren, Bruder? Ich gebe zu, es hätte besser laufen können, doch unser Ziel, die Blockade aufzulösen, haben wir erreicht, und nun sind die Hugenotten erst einmal auf der Flucht, und es herrscht Krieg. Sie werden nicht viele Möglichkeiten haben, uns auf Dauer zu entkommen.«

Der Kardinal blickte ihn missmutig an. »Wenn die Königinmutter nicht vorher wieder Friedensverhandlungen anstrebt!«

»Wir werden schneller sein«, versprach der Herzog. Ein plötzlicher Lärm ließ die beiden zur Tür blicken. Schritte und Stimmen waren vom Vorzimmer her zu vernehmen. *»Nein, das geht nicht. Seine Eminenz hat Besuch … Aber Monsieur!«*

Im selben Moment wurde auch schon die Tür aufgerissen, und ein junger Mann rauschte in das Kabinett. Seine Wangen waren gerötet, sein pelzgefütterter Umhang nur halb geschlossen, und sein Hut auf seinem blond gelockten Kopf saß schief. Der Kardinal und der Herzog blickten ihn überrascht an – es war ihr Neffe Henri de Guise, der wirkte, als wäre er den Weg vom Louvre bis zum Palais hierher gerannt.

Der Kardinal runzelte missbilligend die Stirn. »Henri, Ihr solltet wahrhaftig lernen, etwas mehr Haltung zu bewahren und Euch Eures Ranges würdiger zu zeigen«, sagte er, während er zu der mit goldenen Ornamenten verzierten Tür ging und sie hinter ihm schloss. »Es geziemt sich nicht, in dieser Weise hier hereinzustürmen«, erklärte er tadelnd.

Doch Henri schien ihn gar nicht zu hören. Ein hasserfüllter Ausdruck verzerrte sein Gesicht. »Ich habe *sie* gesehen«, stieß er hervor. »Sie … sie ist hier in Paris. Bei der Medici!«

Der Kardinal und der Herzog schauten ihn verständnislos an. Aumale zog die Brauen hoch. »Von wem um Gottes willen redet Ihr, Henri?«

Der junge Mann kam mit blitzenden Augen einen Schritt auf ihn zu. »Von der Frau aus dem Wirtshaus, die verhindert hat, dass wir diesem elenden Coligny endlich die Kehle durchschneiden!«

Einen kurzen Augenblick war es in dem Kabinett so still, dass man eine Nadel hätte zu Boden fallen hören können.

»Madeleine Kolb? Seid Ihr sicher?«, fragte der Herzog schließlich. Seine schrägen Augen waren noch ein Stück schmaler geworden.

Henri nickte. »Ja, ich habe sie selbst gesehen. Sie befindet sich in einem geheimen Trakt des Palastes, zu dem niemand Zugang hat … Sie soll angeblich hellsehen können!«, fügte er hinzu.

Der Kardinal wechselte einen kurzen Blick mit seinem Bruder. Seitdem Madeleine Kolb auf mysteriöse Weise aus dem Verlies ihres Palais in Montceaux befreit worden war, tappten sie im Dunkeln, was mit der Frau geschehen war. Sein Bruder und er waren in der besagten Nacht am Hof auf einem Ball gewesen, als der Überfall geschehen war. Drei Wachen waren getötet worden. Die Unbekannten waren so schnell und zielstrebig vorgegangen, dass sie zunächst vermutet hatten, die Hugenotten hätten sie befreit. Später hatten sie jedoch von dem spanischen Botschafter erfahren, dass die Protestanten selbst nach der jungen Frau suchten.

»Die Medici? Sie soll dahinterstecken? Aber wie kann sie es wagen, sich in unsere Angelegenheiten einzumischen? Und was will sie von der Frau?«, fragte der Herzog.

Der Kardinal war einige Schritte durch das Kabinett gegangen. Er legte seine Hand auf der kunstvoll geschnitzten Lehne eines Stuhls ab. »Wenn sie behauptet, hellsehen zu können, dürfte das für das Interesse der Medici reichen. Sie liebt es, sich mit diesen Astrologen und Alchemisten zu umgeben!«, fügte er geringschätzig hinzu.

Die Miene von Henri hatte sich verfinstert. »Ich hätte sie auf der Stelle getötet, aber ich hatte keinen Degen dabei«, erklärte er.

»Ihr habt gut daran getan, diesen Unsinn zu unterlassen, lieber Neffe«, sagte er in scharfem Ton. »Wenn sich die Frau bei der Medici befindet, müssen wir anders vorgehen und vorsichtig sein. Wie seid Ihr überhaupt in diesen Teil des Palastes gekommen?«, fragte er dann neugierig.

Ein stolzes Lächeln umspielte Henris Lippen. »Mit Margot. Es war ihre Idee, mir den geheimen Trakt und die Frau zu zeigen.«

Der Kardinal wirkte ernst, als er weiterfragte. »Hat Madeleine Kolb Euch erkannt?«

Henri schüttelte den Kopf. »Nein, sie stand am Fenster und

hat uns nicht sofort bemerkt.« Er schaute die beiden Männer an. »Sie muss sterben!«

Der Herzog d'Aumale, der sich ebenfalls von seinem Stuhl erhoben hatte, nickte. Er presste mit mühsam unterdrückter Wut die Lippen zusammen. »Ja, aber nicht still und heimlich, sondern so, wie es sich für eine Hexe gehört – sie soll brennen!«

»Es ist eine heikle Angelegenheit, in diesen Trakt des Palastes einzudringen«, gab der Kardinal zu bedenken. »Wir müssen Madeleine Kolb in unsere Gewalt bringen, ohne dass jemand etwas mitbekommt. Aber wenn sie erst einmal vor dem Inquisitionsgericht steht, wird die Medici es nicht mehr wagen, sich einzumischen. Es würde in der Öffentlichkeit nicht gut aufgenommen werden, wenn die Königinmutter Partei für eine Hellseherin und Hexe ergreift!«, fügte er kalt hinzu. Er wandte sich erneut zu Henri. »Könnt Ihr Euch auf Margot verlassen, dass sie niemandem erzählen wird, dass Ihr dort wart?«

»Ich werde dafür sorgen!«, versprach sein Neffe.

Der Herzog d'Aumale schien nachzudenken. »Hat dich sonst noch irgendjemand dort gesehen?«, fragte er dann.

Henri zögerte. »Nein ... das heißt doch«, widersprach er sich selbst. »Da war so ein Zwerg!«

Der Herzog und der Kardinal tauschten einen kurzen Blick.

82

Mit angespannter Miene betrachtete die Medici die Pläne vor sich, doch es gelang ihr nicht, die unschönen Bilder des Krieges vor ihrem geistigen Auge zu vertreiben. Vor ihr ausgebreitet lagen die Zeichnungen des zukünftigen Palais der Tuilerien. Ein Schloss der Renaissance, wie sie es sich erträumte. Einstweilen war davon allerdings noch nicht besonders viel zu sehen – nicht einmal der Rohbau des Palais war fertig, das gegenüber dem Louvre auf dem Gebiet der früheren Ziegelei entstand. Die Königinmutter unterdrückte ein Seufzen und dachte wieder einmal, dass die Schwierigkeit des Herrschens nicht die war, Macht auszuüben, sondern die, seine visionäre Kraft zu behalten. Das betraf die Architektur genauso wie die Politik und die Menschen. Bei dem Gedanken an Letzteres wandte sie sich wieder dem Geheimdienstchef zu, der hinter ihr stand.

»Ehrlich gesagt bin ich mir unschlüssig, was mit Madeleine Kolb geschehen soll«, beantwortete sie seine Frage. »Ich muss zugeben, dass ich mich in ihr getäuscht habe.« Ihr Blick glitt bedauernd in die Ferne. »Seit dem Tod von Nostradamus hatte ich immer wieder gehofft, dass mir noch einmal jemand begegnen würde, der der Zukunft so nahe ist, wie er es war. Die junge Frau schien mir ein Geschenk zu sein. Aber sie verfügt nicht über die Fähigkeiten, die ich brauche!«, gab sie zu.

Lebrun nickte zufrieden, als hätte er gehofft, diese Antwort zu hören. »Ich verstehe. Das wollte ich nur wissen! … Haben Euer Majestät Zeit gefunden, um meinen Bericht über den Admiral und den Prinzen zu lesen?«, wechselte er dann das Thema.

Die Medici nickte. »Ja.« Sie deutete zu einem Tisch, auf dem das Dossier lag, das der Geheimdienstchef ihr bereits am frühen Morgen, noch vor der Ratssitzung, gebracht hatte. »Habe ich Euch dahingehend richtig verstanden, dass Ihr es tatsächlich für möglich haltet, dass Coligny und Condé den König gar nicht entführen wollten?«, fragte sie ungläubig und ein wenig erstaunt zugleich.

»Ja, es gibt, wie ich in den Papieren erwähnt habe, eine anonyme Quelle, die uns die Information zukommen ließ, dass Coligny den König ursprünglich lediglich von seinen friedlichen Absichten überzeugen wollte und beabsichtigte, einen Beweis für die Zusammenarbeit des Kardinals de Lorraine mit dem spanischen König vorzulegen.«

Die Königinmutter ging einige Schritte durch den Raum. Sie fragte sich, wie die Hugenotten wohl in den Besitz eines solchen

Beweisstücks gekommen waren. Leider konnte es tatsächlich der Wahrheit entsprechen. Sie verzog abfällig den Mund. Sie selbst wusste schließlich schon seit geraumer Zeit, dass der Kardinal de Lorraine hinter ihrem Rücken ein Bündnis mit Philipp II. eingegangen war. Normalerweise hätte sie das nicht sonderlich beunruhigt, von einer Schlange wie ihm war nichts anderes zu erwarten. Doch unglücklicherweise hatte er in den letzten Wochen einen zunehmenden Einfluss auf ihren Sohn, den König, gewonnen. Sie unterdrückte ihren Unmut. Sie liebte Charles, dennoch sah sie schon lange, dass ihm die Stärke fehlte, die ein König brauchte. Es war nur allzu leicht, ihn durch Schmeicheleien zu beeinflussen. Ein Umstand, den leider auch der Kardinal erkannt und für sich zu nutzen gewusst hatte.

Sie wandte sich wieder dem Geheimdienstchef zu.

»Warum hat der Admiral nicht einfach um eine Audienz gebeten, wenn er *nur* mit dem König sprechen wollte?«

Lebrun neigte höflich den Kopf. »Nun, es gab, wie Ihr wisst, leider gewisse Gerüchte, dass man seinen Tod und Condés Verhaftung befohlen hätte.«

Die Medici schnaubte. »Das rechtfertigt dennoch sein Verhalten nicht! Das, was er vorhatte – diese Entführung –, bleibt doch ein Angriff auf die Person des Königs!« Ihr Mund war zu einem schmalen Strich geworden.

»Ohne Zweifel«, stimmte Lebrun ihr zu. »Aber aus Sicht des Admirals war es demnach die einzige Möglichkeit, unversehrt mit Seiner Majestät ins Gespräch zu kommen … Und unter uns, bleibt es nicht eine Tatsache, dass dieser Krieg vor allem den Guise nützt?«

Die Königinmutter sah ihn durchdringend an. Wie immer begriff sie sofort, was er meinte. »Ihr glaubt, dass jemand die Pläne der Hugenotten verraten hat? Jemand, der den Guise zuarbeitet?«

Lebrun antwortete, ohne zu zögern. »Wenn Ihr mich so fragt – ja! Seht Ihr, wir haben aus dem Umfeld der Guise von der drohenden Entführung des Königs erfahren und nur deshalb auch die Schweizer rufen lassen!«

Das Gesicht der Medici wirkte nachdenklich. »Also wieder der geheimnisvolle spanische Spion?«, fragte sie schließlich.

Der Geheimdienstchef nickte. »Ja, ohne Frage!«

Die Königinmutter trommelte ungnädig mit den Fingern auf die Tischplatte. »Weshalb waren unsere eigenen Spione eigentlich nicht über die Pläne der Hugenotten informiert? Wir bezahlen doch ein Vermögen für diese Informanten, oder?«, sagte sie spitz.

»Ja, aber es ist leider keinem von ihnen gelungen, dicht genug an Coligny und Condé heranzukommen. Die Hugenotten sind äußerst misstrauisch und vorsichtig«, versuchte er zu erklären.

Ungehalten fuhr die Medici zu ihm herum. »Ihr wollt damit sagen, dass die Spanier in einem fremden Land dazu fähig sind, wir aber nicht?« Ihre Stimme hatte eine gefährliche Schärfe angenommen. Doch sie wusste, dass er recht hatte. Es war mehr als schwierig, an die Hugenotten heranzukommen.

»Der spanische König hat schon immer Angst gehabt, dass die Protestanten in Frankreich zu viel Einfluss bekommen könnten«, erwiderte Lebrun. »Er hat wahrscheinlich schon vor Jahren dafür gesorgt, dass dieser Mann hier eingeschleust wurde, und so genug Zeit gehabt, ihn in den obersten Führungskreis eindringen zu lassen.«

Auf der Stirn der Königinmutter zeigte sich eine steile Zornesfalte. Für einen kurzen Moment offenbarte ihr Gesicht ihren ganzen Hass gegen Spanien. Dann jedoch hatte sich die Medici sofort wieder in der Gewalt.

»Wir sollten uns anstrengen, es den Spaniern gleichzutun«, befahl sie. »Und dieser Krieg muss beendet werden. Es liegt nicht in meinem Interesse, die Protestanten zu vernichten, um den Guise damit den Weg zum Thron zu ebnen«, fügte sie kalt hinzu.

»Ich bin ganz Eurer Meinung«, stimmte der Geheimdienstchef ihr zu. Er zögerte kurz, bevor er sie anblickte. »Wenn Ihr erlaubt, würde ich gerne noch einmal auf den ursprünglichen Punkt unseres Gesprächs zurückkommen. Ich habe eine Idee – wenn ich ehrlich bin, sogar schon seit längerer Zeit –, die ich Euch gerne unterbreiten würde.«

83

Nachdenklich stieg Madeleine in Begleitung der Wache die Treppe hinunter. Sie war bei Lebrun gewesen. Der Geheimdienstchef hatte am Nachmittag verlangt, sie zu sehen, und ihr ohne eine Erklärung erneut unzählige Fragen zu den Hugenotten gestellt. Er hatte wissen wollen, wie sich die einzelnen Männer ihr gegenüber verhalten hätten und wie ihr Umgang mit ihnen gewesen sei. Der Ton des Geheimdienstchefs hatte sich dabei verändert. Er hatte streng und autoritär geklungen, und Madeleine war erneut bewusst geworden, wie sehr sich ihre Position am Hof verändert hatte, seitdem sie nicht in der Lage gewesen war, für die Medici in die Zukunft zu blicken.

Zunehmend widerwillig hatte sie seine Fragen beantwortet.

»Es scheint mir, dass es dir ein wenig an Dankbarkeit mangelt, angesichts der Tatsache, dass du froh sein kannst, noch am Leben zu sein!«, hatte der Geheimdienstchef schließlich mit bedrohlicher Kälte zu ihr gesagt.

»Das stimmt nicht. Ich bin dankbar«, erwiderte sie.

Lebrun fixierte sie. »Wirklich? Das freut mich zu hören, denn wie es aussieht, wirst du schon bald Gelegenheit bekommen, das unter Beweis zu stellen!«

Während sie jetzt neben der Wache den Flur entlanglief, fragte sich Madeleine erneut, was er damit gemeint hatte.

Sie hasste dieses Gefühl des Ausgeliefertseins, diese Ungewissheit, was mit ihr geschehen würde. Sie hätte fliehen sollen, schon vor Tagen. Aber angesichts des Krieges, der inzwischen von Paris aus das ganze Land erfasst hatte, fehlte ihr der Mut. Doch nun fragte sie sich, ob das nicht ein Fehler gewesen war. Sie musste plötzlich daran denken, wie Margot gestern unerwartet auf der Schwelle ihres Gemachs gestanden hatte. Wer war wohl der junge Mann gewesen, der sich in ihrer Begleitung befunden hatte? Sie hatte sein Gesicht nicht mehr erkennen können, aber umso eindringlicher hatte sich dafür der Blick der Prinzessin in ihr Gedächtnis gebrannt. Etwas wie Bestürzung und Verletztheit hatte in ihren Augen gelegen, bevor sie dem Unbekannten hinterhergelaufen war. Madeleine wusste selbst nicht, warum diese Begebenheit sie so beschäftigte. Vielleicht beunruhigte es sie auch einfach nur, dass schon zum zweiten Mal jemand bei ihr aufgetaucht war, ohne dass die Wache etwas bemerkt zu haben schien. Seit der Schlacht von St. Denis wuchs ihre Besorgnis täglich.

In der Nacht hatte sie seit Langem wieder den Traum gehabt – sie war erneut durch die Stadt gerannt, in der überall Männer kämpften. Dieses Mal war jedoch etwas anders gewesen. Sie hatte in aller Deutlichkeit einige Menschen erkennen können – den Herzog d'Aumale, der im blutigen Wams mit seinem Degen wie ein Schlächter auf der Straße gewütet hatte. Und seltsamerweise war ihr auch der Junge, der Neffe der Medici, begegnet, den sie in Éclaron davor bewahrt hatte, die Brücke zu überqueren. Er hatte geweint ... Mit jedem Mal schien ihr der Traum ein neues Detail zu zeigen – wie die Stücke eines Mosaiks, die sich irgendwann zu einem Bild zusammensetzen würden.

Grübelnd bog Madeleine mit der Wache um die Ecke des Flurs, als plötzlich am anderen Ende des Flurs die Tür eines Gemachs aufgerissen wurde. Eine kleine Gestalt stürzte heraus.

»Hilfe! Hilfe!« Ein gellender Schrei hallte durch den Gang. Madeleine erkannte, dass es sich um Fôlle, die Lieblingszwergin der Medici, handelte.

»So helft mir doch!«, schrie sie verzweifelt.

Madeleine wollte zu ihr laufen, aber die Wache hielt sie fest. »Ihr bleibt hier.«

»Nein!« Wut ergriff sie, dass man ständig in dieser Weise über sie bestimmte, und sie riss sich mit unerwarteter Kraft von ihm los. Mit fliegenden Röcken rannte sie zu der Zwergin.

»Was ist passiert?«

»Pierre ... Pierre. Ich weiß nicht, was er hat. Ich glaube, er stirbt.« Fôlle schluchzte und zog sie mit sich in das Zimmer. Die Wache folgte ihnen.

Sie brauchte nicht mehr als einen kurzen Blick auf den Zwerg zu werfen, um zu sehen, dass Fôlle die Wahrheit gesprochen hatte. Der Mann, der sich in der Mitte des Zimmers mit schrecklichem Stöhnen auf dem Boden wand, lag im Sterben. Madeleine fuhr zu der Wache herum. »Schnell, holt Monsieur Paré!«

»Nein, ich habe Befehl, Euch nicht alleine zu lassen!«, erwiderte der Mann stoisch, dem jedoch auch der Schock ins Gesicht geschrieben stand.

»Seht Ihr nicht, dass er stirbt!«, herrschte Madeleine ihn an. »Holt Monsieur Paré sofort! Oder wollt Ihr, dass man Euch dafür verantwortlich macht?«

Widerstrebend lief der Mann los.

Madeleine beugte sich besorgt zu dem Zwerg und griff seine Hand.

»Könnt Ihr sprechen?«

Pierre versuchte, etwas zu sagen, doch aus seinem Mund kamen nur gurgelnde Laute – er schien die Lippen nicht richtig bewegen zu können. Er stöhnte.

Es zerriss ihr das Herz. »Ist ja gut, Pierre. Ruhig. Ganz ruhig. Gleich wird ein Arzt kommen und Euch helfen«, versuchte sie sanft beruhigend auf ihn einzureden, ohne sich ihre Angst anmerken zu lassen. Was konnte er nur haben? Ohne ihn loszulassen, drehte sie sich zu Fôlle, die weinend hinter ihr stand. »Hat er irgendetwas gegessen oder getrunken?«

»Ich weiß es nicht«, stieß die Zwergin unter Tränen hervor. »Als ich kam, lag er schon auf dem Boden.«

Suchend schaute sich Madeleine in dem Raum um. Erst jetzt fiel ihr auf, wie klein die Möbel waren. Sie schienen eigens für den Zwerg angefertigt worden zu sein. Auf einem verzierten Tischchen stand eine Flasche Wein mit einem halb gefüllten Glas. Ein schrecklicher Verdacht stieg in Madeleine hoch. Wo blieb nur Paré? Wenn er nicht bald kam …

Sie sah zu Pierre, der sie verzweifelt anblickte. Dann begriff sie, dass es bereits zu spät war. Der Zwerg bäumte sich unter einem Stöhnen in ihrem Arm auf und röchelte – Blut trat aus seinem

Mund. Seine braunen Augen schienen in die Weite zu schauen. Dann ging ein Zucken durch seinen Körper, und er erstarrte.

Fôlle schluchzte auf.

»Pierre!« Madeleine hielt entsetzt den leblosen Körper fest. *Nein!* Tränen traten ihr in die Augen.

Im selben Augenblick hörte sie hinter sich Schritte. Menschen kamen in den Raum, doch sie drehte sich nicht einmal um. Irgendwann legte sich eine Hand auf ihre Schulter und schob sie sanft zur Seite.

»Er ist tot, Madeleine!« Es war die Stimme von Ambroise Paré.

84

Pierres Tod hatte Madeleine einen Schock versetzt. Wie sich herausstellte, war der Zwerg tatsächlich vergiftet worden. Der Verdacht habe sich bewahrheitet, als man den Inhalt der Flasche und den Rest des Weinglases untersucht habe, berichtete ihr Paré einige Tage später.

Madeleine sah ihn betroffen an. Wer vergiftete einen Zwerg, dessen einzige Aufgabe es gewesen war, für das Vergnügen seiner mächtigen Herrin zu sorgen? »Hat man einen Verdacht, wer es getan haben könnte?«

Der Chirurg zuckte die Achseln. »Nein, der Wein war wohl ein Geschenk. Er kann ihn von überall her bekommen haben! Seht Ihr, am Hof gibt es viele Machenschaften und Intrigen, und Gift ist leider Gottes ein nur allzu beliebtes Mittel, um jemanden Unliebsames aus dem Weg zu schaffen.«

Madeleine schwieg. Ohnehin schien der Tod von Pierre in diesen Tagen keine besondere Aufmerksamkeit zu erregen. Der König und sein Hof waren zu sehr mit dem Krieg beschäftigt, der inzwischen ganz Frankreich ergriffen hatte. Es wurde überall gekämpft – im Poitou genauso wie in der Dauphiné und der Champagne. Der König war dabei, eine Armee von siebzigtausend Mann zu mobilisieren, während die Truppen des Prinzen de Condé auf die Unterstützung des kurpfälzischen Fürsten Friedrich III. warteten, der ihnen sechstausend berittene Mann und dreitausend Landsknechte durch seinen Sohn schicken ließ. Voller Schrecken hörte Madeleine diese Nachrichten.

An einem der nächsten Tage erschien Lebrun bei ihr und teilte ihr mit, dass die Königinmutter sie zu sehen verlangte.

»Wie geht es dir? Wir haben uns einige Zeit nicht gesehen«, begrüßte die Medici sie mit süßlicher Freundlichkeit, als wenn nichts geschehen wäre. Sie bedeutete ihr, neben ihr auf einem Schemel am Kamin Platz zu nehmen.

»Ich will ehrlich sein, ich war etwas enttäuscht, als du damals nicht in der Lage warst, etwas über die Schlacht von St. Denis zu sehen«, sagte sie. Ihre beringten Finger strichen über die Federn ihres Fächers. Dann blickte sie Madeleine an. »Bist du uns dankbar dafür, dass wir dich aus den Händen der Guise gerettet haben?«, fragte sie plötzlich.

»Ja, Euer Majestät, das bin ich. Ohne Euch wäre ich wahrscheinlich nicht mehr am Leben«, erwiderte Madeleine ehrlich.

»Und diese Dankbarkeit würdest du uns sicherlich jederzeit beweisen, wenn es etwas gäbe, das du für deinen König und Frankreich tun könntest, nicht wahr?«, fuhr die Medici lächelnd fort.

Madeleines Kehle fühlte sich plötzlich wie zugeschnürt an. Sie hatte das ungute Gefühl, geradewegs in eine Falle getappt zu sein.

Der Geheimdienstchef beobachtete sie aus dem Hintergrund mit stechendem Blick.

Sie nickte erneut höflich.

Die Medici lächelte flüchtig. »Nun, ich habe nichts anderes erwartet, aber es freut mich, das zu hören«, sagte sie. Sie ließ den Fächer in ihren Händen zusammenklappen. »Siehst du, Monsieur Ruggieri war von Anfang an überzeugt davon, dass du von ganz besonderem Nutzen für uns sein wirst, und ich habe immer gedacht, dass er damit deine Gabe meinte ... aber inzwischen habe ich begriffen, dass du uns auf anderem Weg viel dienlicher sein wirst!«

»Ich verstehe nicht ganz, was Ihr meint«, sagte Madeleine vorsichtig.

»Wir möchten, dass du wieder zu den Hugenotten zurückkehrst«, meldete sich eine tiefe Stimme. Lebrun war neben sie getreten.

Sie schaute den Geheimdienstchef verwirrt an. »Zu den Hugenotten? Aber es herrscht doch Krieg«, meinte sie.

»Nun, wir hoffen, nicht mehr lange«, erwiderte die Medici. »Es gibt im Geheimen bereits die ersten Anbahnungen von Friedensverhandlungen. Dieser Krieg im eigenen Land kann von keiner der beiden Seiten gewonnen werden«, erklärte sie zu Madeleines Überraschung.

»Wir möchten, dass du nach Châtillon zurückkehrst und uns dort als Informantin dienst«, fügte Lebrun hinzu.

»Ihr meint als Spionin?«, entfuhr es Madeleine, die zu begreifen begann, worauf die beiden hinauswollten.

Die schwarzen Augenbrauen des Geheimdienstchefs zogen sich nach oben. »Ich persönlich schätze das Wort nicht besonders, aber wenn du so willst, ja! ... Du bist wie ein Geschenk für uns, weil die Protestanten dir vertrauen!«

Madeleine verspürte einen leichten Schwindel.

»Du würdest dem König und deinem Land einen großen Dienst erweisen. Siehst du, Frauen sind schon immer meine besten Informanten gewesen«, sagte die Königinmutter sanft.

Madeleine blickte sie an. Was hatte sie erwartet? Sie hatte gehört, dass die Medici selbst ihre Söhne zuweilen auf diese Weise ausspionieren ließ. Von Anfang an war ihr klar gewesen, dass die Königinmutter sie nicht aus Menschenliebe hier am Hofe leben ließ, sondern dafür eine Gegenleistung verlangen würde.

»Aber ich bin Wochen weg gewesen. Wie soll ich das denn erklären?«, fragte sie tonlos.

Lebrun wandte sich zu ihr. »Indem du die Wahrheit sagst! Dass dich die Guise entführt haben, dass du verhört und gefoltert wurdest und nur mit knapper Not mit dem Leben davongekommen bist. Der Krieg ist Entschuldigung genug, dass du nicht früher zu ihnen zurückgekehrt bist, sondern dich in dieser Zeit in Paris verstecken musstest.«

Sie schwieg. Sie hatten sich bereits alles ganz genau überlegt, wurde ihr voller Ohnmacht klar. »Nein«, sagte sie dann entschieden. »Es tut mir leid, aber das kann ich einfach nicht. Ich möchte Euch nur zu gerne zu Diensten sein, das müsst Ihr mir glauben, aber nicht so. Ich wäre nicht fähig, das zu tun …«

Sie brach ab, als sie den ungehaltenen Ausdruck der Medici bemerkte. Die Königinmutter hatte sich abrupt aus ihrem Lehnstuhl erhoben.

»Offensichtlich bist du verwirrt. Daher verzeihe ich dir deinen Widerspruch«, sagte die Medici. Ihre harte Stimme hatte einen unmissverständlich autoritären Ton bekommen. »Vielleicht habe ich mich ja auch nicht klar ausgedrückt. Das ist kein Wunsch, sondern ein Befehl!«

85

Der Geheimdienstchef war wortlos vor einer Tür stehen geblieben. Madeleine hatte nicht einmal mitbekommen, dass sie sich in einem anderen Flur befanden. Ihr Herz pochte, als Lebrun die Tür öffnete und ihr mit einer knappen Geste bedeutete einzutreten. Sie folgte ihm und nahm überrascht wahr, dass der Raum, in den sie hineingekommen waren, kahle Wände hatte und bis auf einen schlichten Holztisch und einfache Stühle unmöbliert war.

Sie drehte sich zu dem Geheimdienstchef, der die Tür hinter ihnen schloss und sie mit ausdrucksloser Miene ansah.

Furcht ergriff sie.

»Es tut mir leid, ich …«, begann sie, aber sie kam nicht einmal dazu, den Satz zu Ende zu sprechen, denn im selben Augenblick hatte er sie auch schon mit der flachen Hand ins Gesicht geschlagen.

Madeleine schrie auf und taumelte nach hinten, als seine Hand sie auch schon von Neuem traf. Schützend versuchte sie, ihren Arm vor das Gesicht zu nehmen. Doch er riss ihre Hände mit überraschender Kraft herunter und schlug sie erneut.

Sie spürte, wie ihr die Tränen in die Augen traten.

»Was glaubst du, wer du bist?«, fragte er sie schließlich kalt. »Wie kannst du es wagen, solchen Widerspruch zu geben?« Er hatte nicht einmal die Stimme erhoben, doch seine Ruhe war fast noch beängstigender, als wenn er laut geworden wäre.

»Du bist nichts, gar nichts, verstehst du? Wir haben dich aus dem dreckigen Verlies geholt, als du fast im Sterben lagst. Alles, was du jetzt bist, verdankst du allein der Königinmutter, und dein Leben gehört nur ihr, ihr allein. Hast du verstanden?«, fragte er mit eisiger Stimme.

Sie blickte ihn benommen an. Ihre Wangen brannten, doch sie merkte, dass der Schreck, von ihm geschlagen zu werden, schlimmer gewesen war als der Schmerz.

»Ich weiß, was ich der Königinmutter schulde«, sagte sie tonlos. »Aber das … das kann ich einfach nicht!«

Lebrun zog die Augenbrauen hoch. Er hatte sie losgelassen. »Du kannst nicht? Keine Angst, das wirst du!«, sagte er. Er deutete auf einen der beiden Stühle. »Setz dich!«, befahl er.

Sie nahm zögerlich Platz.

»Ich bin ein Freund von klaren Worten. Das macht es für uns beide einfacher. Also, höre zu. Du wirst zu den Hugenotten zurückkehren und uns bei ihnen als Informantin zu Diensten sein. Es gibt genug Mittel und Wege, dich dazu zu bringen, und nur einer davon wäre der, dich den Guise auszuliefern«, erklärte er.

Sie blickte ihn fassungslos an. »Ihr wollt mich wirklich zwingen?«

Er zuckte die Achseln. »Ich würde es vorziehen, wenn du freiwillig gingest und dir der Ehre bewusst wärst, dass du der Königinmutter dienen darfst«, erwiderte er.

Madeleine starrte voller Ohnmacht auf die Tischplatte. Sie musste an Nicolas denken, daran, wie sehr sie sich danach sehnte, ihn wiederzusehen. Nur zu gerne wäre sie zu den Hugenotten zurückgegangen – aber nicht so. Nicht als Spitzel und Verräterin! Niemals würde sie das tun. Fieberhaft schossen die Gedanken durch ihren Kopf, während sie gleichzeitig versuchte, ruhig zu bleiben. Lebrun durfte auf keinen Fall ahnen, was in ihr vorging. Sie musste so tun, als würde sie sich ihrem Schicksal ergeben und bereit sein, für ihn und die Medici als Informantin zu arbeiten, beschloss sie. Das war ihre einzige Chance.

Doch es fiel Madeleine schwer. Als sie den Geheimdienstchef ansah, kostete es sie ihre gesamte Beherrschung, sich ihren Hass nicht anmerken zu lassen, dass man sie in dieser Weise benutzen wollte.

»Und was, wenn die Hugenotten die Wahrheit herausbekommen und erfahren, was ich tue?«, fragte sie schließlich ruhig.

Lebrun zog die Brauen hoch. »Ein gewisses Risiko wird leider nicht zu vermeiden sein … Wir werden dich aber in den nächsten Wochen gründlich darauf vorbereiten, um das, soweit es geht, zu verhindern!«, teilte er ihr nüchtern mit.

»Tatsächlich? Werdet Ihr mir beibringen, wie man mit Waffen und Gift umgeht?«, fragte Madeleine spitz.

Lebrun ignorierte ihren bissigen Unterton. »Nein. Es würde dir nur deine Natürlichkeit nehmen, wenn du das könntest, und du würdest dadurch weniger glaubwürdig wirken. Außerdem wirst du vermutlich kaum in die Verlegenheit kommen, in irgendeiner Form Gewalt anwenden zu müssen«, erklärte er. Sein Blick fiel auf ihre Hände, die sich in den Falten ihres Rocks verkrampft hatten. »Glaub mir, ich weiß, was in dir vorgeht. Du solltest wissen, dass die wenigsten Informanten freiwillig in unseren Dienst treten. Und auch du verschwendest nur deine Kraft, wenn du überlegst, wie du dieser Situation entkommen könntest!«

Sie schwieg.

Er lächelte kühl. »Ich weiß, dass du wahrscheinlich gerade darüber nachdenkst, wie du fliehen kannst, wenn du erst bei den Hugenotten bist. Aber es gibt kein Entkommen, Madeleine. Egal, wo du auch bist, wenn du versuchst, uns zu betrügen – wir werden dich finden.« Seine Stimme war ruhig und wie immer beängstigend gefühllos, während er sprach und sie ihn versteinert anblickte.

»Glaubt Ihr, das hätte ich nicht verstanden?«, erwiderte sie.

Der Geheimdienstchef, der ihr gegenüber Platz genommen hatte, tippte die Fingerspitzen gegeneinander. Er nickte väterlich, als würde er mit einem uneinsichtigen Kind sprechen. »Ja, das denke ich in der Tat. Ich könnte mir sogar vorstellen, dass du den wahnwitzigen Gedanken hegst, dich bei deiner Rückkehr deinen hugenottischen Freunden anzuvertrauen, ihnen zu erzählen, wozu wir dich zwingen …«

Madeleine spürte, wie sie bei seinen Worten erschrak, denn in der Tat hatte sie genau darüber nachgedacht.

»Nun, falls dem so sein sollte«, fuhr Lebrun fort und beugte sich dabei ein Stück zu ihr vor, »dann möchte ich dir gleich sagen, dass wir das über kurz oder lang durch unsere anderen Informanten vor Ort erfahren würden und ich in diesem Fall nicht zögern würde, die Hugenotten wissen zu lassen, *wer* und *was* du wirklich bist!«

Madeleine gefror unter seinem Blick plötzlich das Blut in den Adern. Wortlos hatte Lebrun eine Mappe aufgeschlagen, die vor ihm auf dem Tisch lag, und schob sie nun zu ihr.

»Nämlich eine Frau, in deren Adern das Blut einer Hexe fließt …«.

Sie blickte ihn bestürzt an.

»Lies!«, forderte er sie auf.

Sie starrte auf die klein geschriebene Schrift und brauchte einen Moment, bis sie begriff, dass das Geschriebene nicht in französischer, sondern in deutscher Sprache verfasst war und es sich dabei offensichtlich um das Protokoll einer Gerichtsakte handelte.

Dann begann sie zu lesen. Ihr Gesicht nahm erst einen ungläubigen und schließlich zunehmend entsetzten Ausdruck an.

Als sie aufhörte zu lesen, war ihr Gesicht bleich, und sie fühlte eine schreckliche Übelkeit. Sie ignorierte den Becher Wasser, den der Geheimdienstchef ihr hinstellte.

Tränen standen in ihren Augen. »Ich hasse Euch«, sagte sie leise.

Lebruns Miene war undurchdringlich. »Ich weiß, aber es wird dich davor bewahren, auf dumme Gedanken zu kommen!«

86

Es gelang ihr, den rebellierenden Magen unter Kontrolle zu halten, bis sie in ihrem Gemach angekommen war. Dann übergab sie sich. Keuchend hielt sie sich über der Waschschüssel die Seiten, während die Tränen über ihr Gesicht strömten.

Die Beschreibungen der grausamen Folterungen geisterten durch ihren Kopf, ohne dass sie etwas dagegen tun konnte. Wer tat einem Menschen solche Dinge an? Wer konnte zu so etwas nur fähig sein? Das Leiden dieser Frau erschien Madeleine mit einem Mal so nah und wirklich, als wäre sie selbst dabei gewesen. Sie war ihre Großmutter! Warum hatte ihre Mutter nur nie erzählt, was mit ihr geschehen war? Immer wieder sah Madeleine die letzten beiden Sätze vor sich:

Die Angeklagte wurde zum Tode auf dem Scheiterhaufen verurteilt. Das Urteil wurde am 28. August 1550 zu Zweibrücken vollstreckt.

In kleiner, aber akkurater Handschrift hatte die Notiz unter der Kopie dieses Protokolls geprangt. Sie fragte sich, wie Lebrun an die Akte gekommen war. Doch der Geheimdienstchef hatte von Anfang an alles über sie gewusst. Erschöpft ließ sich Madeleine auf den Boden sinken. *Ava* – sie hatte nicht einmal gewusst, dass ihre Großmutter so geheißen hatte, dachte sie voller Schmerz. Ihre Mutter hatte ihren Namen nie erwähnt. Madeleine lehnte den Kopf gegen die Wand.

Sie erinnerte sich plötzlich daran, wie der Herzog d'Aumale sie geschlagen hatte und wie der Schmerz so schlimm geworden war, dass sie das Gefühl gehabt hatte, sie würde sich von ihrem eigenen Körper lösen. Das Gesicht einer älteren Frau war ihr erschienen. *Magdalena* – Madeleine entsann sich nur zu gut ihrer warmen, gütigen Stimme. Sie, *ihre Großmutter*, war es, die ihr dort erschienen war, begriff sie nun. Obwohl sie sich kaum an sie erinnern konnte, fühlte sie sich mit dieser Frau auf seltsame Weise verbunden, als würde es über die Zeit hinweg ein unsichtbares Band zwischen ihnen geben.

Madeleine griff nach der Kette um ihren Hals. Nachdenklich betrachtete sie den orangefarbenen Anhänger und musste daran denken, was Ruggieri einmal über ihn gesagt hatte, als er ihn zufällig bemerkt hatte. Es sei ein sehr seltener und besonderer Stein – ein Feueropal. Diese Opale, die aus den fernen Ländern der neuen Kolonien stammten, würden im Feuer der Vulkane entstehen, hatte er ihr erklärt. Sie besäßen eine magische Kraft, die ihre Träger vor dunklen Gefahren schützten und ihnen den Zugang zu anderen Welten erleichterten.

Der Magier hatte durch ein Vergrößerungsglas auf der Rückseite entdeckt, dass sich in dem Silber mehrere fein eingravierte Zeichen und Symbole befanden, die mit dem bloßen Auge nicht sichtbar waren.

»Was bedeutet das?«, hatte Madeleine ihn befangen gefragt.

»Dass dieser Stein nicht nur ein Anhänger, sondern tatsächlich eine Art Schutzamulett ist«, hatte Ruggieri mit einem bedeutungsvollen Blick erwidert. »Derjenige, der ihn angefertigt hat, wusste um die besondere Kraft des Steins und hat versucht, sie durch diese Symbole zusätzlich zu stärken!« Er hatte ihr auch erklärt, dass man an der Art, wie die Zeichen graviert waren, erkennen konnte, dass der Anhänger sehr alt war und nicht aus diesem Jahrhundert stammte. Madeleines Finger fuhren über den Stein. Er hatte ihrer Großmutter gehört, wurde ihr klar. *Ava!* Fühlte sie deshalb diese starke Verbindung zu ihr? Wann hatte ihre Großmutter die Kette wohl abgelegt? Als sie gewusst hatte, dass sie sterben würde?

Es schien ihr unvorstellbar, dass man sie tatsächlich der Hexerei angeklagt und verbrannt hatte.

Ein Schicksal, das auch ihr jederzeit drohen konnte, wie Lebrun deutlich gemacht hatte. Voller Ohnmacht schloss Madeleine die Augen, während ihr erneut stumm die Tränen über die Wangen rannen.

87

Der Geheimdienstchef bestand darauf, sie von nun an jeden Tag zu sehen, um sie persönlich auf ihre Aufgaben vorzubereiten.

»Wie ich bereits erwähnt habe, gibt es mehrere Agenten, die wir bei den Hugenotten haben. Sie gehören nicht zu dem engsten Führungskreis von Coligny oder Condé, sondern zum weiteren Umfeld, aber sie werden als Mittelsmänner deine Informationen an uns weiterleiten«, erläuterte er. »Umgekehrt wird es uns jederzeit möglich sein, dir über sie eine Nachricht zu übermitteln.«

»Welche Männer sind das genau?«, fragte sie. Etwas in ihr fühlte sich wie abgestorben an, als wäre es nicht sie, die hier zuhörte, wie er sie zur Verräterin machte.

Lebrun lächelte knapp. »Das wirst du zu gegebener Zeit erfahren. Zu deiner eigenen Sicherheit ist es besser, wenn du so wenig wie möglich darüber weißt und nicht zu viele Einzelheiten kennst.«

Sie schwieg und begriff, dass er ihr damit zu verstehen geben wollte, dass sie durch diese Männer auch weiter unter seiner Beobachtung stand.

»Das Wichtigste wird sein, dass du eine überzeugende Geschichte vorweisen kannst, wie du bei den Guise entkommen bist und dich anschließend in Paris versteckt hast«, erklärte der Geheimdienstchef. Er blätterte in einem Dossier, das er in den Händen hielt. »Die Hugenotten werden dir Fragen stellen, aber ihre Bereitschaft, dir erneut zu vertrauen, wird angesichts der Tatsache, dass du dem Admiral einmal das Leben gerettet hast, groß sein.« Er sah auf. »Die Narben, die du durch die Misshandlungen davongetragen hast, werden in diesem Fall von Vorteil sein.« Er schloss das Dossier und reichte es ihr. »Das hier wirst du auswendig lernen!«

»Was ist das?«, fragte sie.

»Dein Leben, seitdem du aus Châtillon entführt wurdest ...«, meinte er nur.

Sprachlos betrachtete Madeleine das Dossier, das so dick wie ein halbes Buch war. Lebrun hatte eine vollständige Legende für sie erstellen lassen, wie sie wenig später beim Lesen feststellte. Sie führte genauestens aus, was sie in den letzten Wochen und Monaten angeblich getan hatte. Nichts war dem Zufall überlassen worden. Madeleine musste zugeben, dass die Geschichte durchaus glaubwürdig klang – sie behauptete, dass die Guise sie von ihrem Palais in Montceaux nach Meaux und weiter nach Paris mitgenommen hätten, als der Hof vor den Hugenotten geflohen war. Kurz vor ihrer Ankunft in Paris habe Madeleine in ihrem geschwächten Zustand eine Ohnmacht vorgetäuscht und einen kurzen Moment der Unachtsamkeit der Wachen ausgenutzt, die gerade ihre Notdurft verrichteten, um zwischen den vielen Menschen zu fliehen. Sie sei mehrere Tage voller Angst und Hunger durch die Stadt geirrt. Die Nächte habe sie unten am Ufer der Seine verbracht, zwischen Bäumen und Büschen versteckt. Ernährt habe sie sich von den Abfällen der Marktfrauen. Dann habe sie sich daran erinnert, dass die Schwester des alten Apothekers Legrand, bei dem sie in Éclaron mit ihrer Mutter gelebt hatte, in Paris wohnte ...

Bestürzt starrte Madeleine auf die Zeilen, sie sie da las. Selbst über den Apotheker wusste er Bescheid?

»Und diese Schwester von Monsieur Legrand, diese Jeanne Gaulier? Gibt es sie wirklich? Ich kann mich nicht erinnern, dass sie jemals zu Besuch in Éclaron war, wie Ihr behauptet!«

»Dieses kleine Detail ist tatsächlich erfunden, aber es gab sie tatsächlich. Sie ist vor zwei Wochen verstorben. Ein glücklicher Zufall für deine Legende«, fügte er zufrieden hinzu. »Jeanne Gaulier war verwitwet und hatte keine Kinder. Sie hat auf der Île de la Cité gewohnt und nach dem Tod ihres Mannes als Näherin gearbeitet.«

Madeleine nickte stumm. So stand es auch in dem Dossier. Die alte Frau habe sie ohne Fragen aufgenommen, als sie vor ihrer Tür gestanden habe, und sie sogar gepflegt, als sich ihre Wunden infizierten und sie krank geworden sei. Nach Jeanne Gauliers Tod habe sie sich heimlich weiter in ihrem Haus aufgehalten. Madeleine verspürte eine aufkommende Übelkeit, als sie all diese Lügen las.

»Du wirst das gründlich lernen – und zwar so gut und so lange, bis du selbst glaubst, dass das alles geschehen ist!«, ordnete Lebrun an. Es war sein Ernst. Er begann sie nicht nur regelmäßig abzufragen, sondern regelrechten Verhören zu unterziehen, während derer sie über Stunden nichts essen oder trinken durfte und er immer wieder dieselben Fragen stellte. Wenn sie Fehler machte, sich versprach oder auch einfach nur zu lange überlegen musste, fing er von vorn an. »Du wirst mir dankbar dafür sein, denn diese Übungen werden dir vielleicht einmal das Leben retten«, sagte er. Mehrmals ließ er sie mitten in der Nacht aus dem Schlaf reißen, um sie seiner unbarmherzigen Befragung zu unterziehen.

Trotz aller Ängste und Bedenken sehnte Madeleine den Moment herbei, an dem sie hier endlich wegkam. Im Palast kam sie sich nur noch wie eine Gefangene vor. Der Geheimdienstchef hatte die Wachen vor ihrem Zimmer verstärken lassen. Angeblich, weil es einige Tage zuvor zwei Unbekannten gelungen war, in den geheimen Trakt einzudringen. Sie waren bewaffnet gewesen und hatten, noch bevor die Wachen sie hatten festnehmen können, die Flucht ergriffen. Später, als der gesamte Trakt durchsucht wurde, hatte man hinter einem der seidenen Wandteppiche eine alte verborgene Tür entdeckt, durch die die Männer hineingelangt waren – sie war noch am selben Tag zugemauert worden. Auch Madeleine hatte sich unwohl gefühlt, als sie von den Männern hörte, dennoch war sie sich sicher, dass Lebrun sie nicht allein aus diesen Gründen seit Neuestem so streng bewachen ließ.

Der Zeitpunkt ihrer Abreise war jedoch noch nicht gekommen. Draußen im Land herrschte noch immer Krieg. Die Hugenotten hatten mithilfe der Söldner des pfälzischen Kurfürsten im Loiretal inzwischen nicht nur Tours und Blois eingenommen, sondern waren bis nach Chartres vorgedrungen und hatten dort die Stadt belagert. Die königliche Armee, die ihrerseits von den Schweizern und auch den spanischen Truppen aus den Niederlanden Verstärkung erhielt, hatte ein gewaltiges Heer auf die Beine gestellt. Doch sowohl Protestanten als auch Katholiken hatten Geldsorgen und kämpften zudem mit der Schwierigkeit, die umherziehenden Truppen während der Winterzeit zu versorgen und Quartiere für sie zu finden. Lebrun hatte ihr erzählt, dass die Königinmutter sich daher mit den Hugenotten in intensiven Verhandlungen über einen Frieden befand.

Der Geheimdienstchef wurde zunehmend zufriedener mit den Ergebnissen seiner inquisitorischen Befragungen, bei denen Madeleine kaum noch Fehler machte. »Morgen werden wir einen kleinen Ausflug machen. Du musst die Umgebung, in der du angeblich gelebt und dich aufgehalten hast, zumindest gesehen haben«, sagte er schließlich.

Es war seltsam für sie, als sie am nächsten Tag an seiner Seite – sie trug wieder ein verschleiertes Gewand – zum ersten Mal durch die Stadt lief, in der sie schon seit so vielen Wochen lebte. Zwei Männer begleiteten sie zu ihrem Schutz. Sie war im ersten Moment wie betäubt von den vielen Menschen, den fremden Gerüchen, dem Gestank und den Geräuschen um sich herum. Erst jetzt fiel ihr auf, wie abgeschirmt und einsam sie im Louvre gelebt hatte. Lebrun zeigte ihr die Straßen, in denen sie angeblich in den ersten Tagen umhergeirrt war, und das Ufer der Seine, an dem sie geschlafen hatte. Er führte sie sogar zu dem schmalen, heruntergekommenen Haus, in dem auch Jeanne Gaulier gelebt hatte. Es stand seit dem Tod der alten Frau leer. Eine Maus huschte durch den Flur, als Lebrun mit einem Leuchter mit ihr durch die Gänge schritt. »Präge dir das alles gut ein«, sagte er. »Hier in dieser Kammer hast du geschlafen – auf einem Lager aus alten Decken und Stroh …«

Sie nickte stumm. Es hatte etwas Gespenstisches, sich das alles vorzustellen.

»Sieh dir jede Einzelheit genau an. Auch die Häuser, die Straßen, die Kirchen«, sagte er später, als sie durch die Stadt zurückgingen.

Doch sie schwieg und schaute stattdessen entgeistert zu der großen Kathedrale mit ihren eckigen Türmen, die ihr bekannt vorkam – es war Notre-Dame. Lebrun hatte es vorhin gesagt, aber sie hatte kaum hingehört. Ihr Blick glitt von den Türmen weiter zu den Fassaden der hohen Häuser und zu der Brücke, die über das Wasser der Seine führte, und ein inneres Zittern ergriff sie plötzlich.

»Was ist mit dir?«, fragte Lebrun, da sie unvermittelt stehen geblieben war.

»Nichts«, antwortete sie, mühsam beherrscht, doch es war gelogen. Denn sie war hier nicht das erste Mal. Sie brauchte sich die Bilder von Paris nicht einzuprägen – sie kannte die Stadt bereits. Unzählige Male war sie hier schon durch die Straßen gerannt.

Madeleine spürte, wie ihr der kühle Wind durch den Schleier hindurch ins Gesicht schnitt. Der Traum, den sie immer wieder gehabt hatte, genau hier fand er statt. Nicolas hatte recht gehabt. Sie erinnerte sich jetzt wieder, wie er damals im Wald, als sie ihm davon erzählt hatte, gesagt hatte, dass die Beschreibung der Kathedrale auf Notre-Dame in Paris passen würde. Alles war tatsächlich so, als wäre sie schon viele Male hier gewesen. Madeleine schauderte – es war kein Traum, es war die Wirklichkeit, die sie gesehen hatte …

TEIL IV

Die Rückkehr

88

Guillaume schaute vor sich über die weite Ebene bis zu dem Wäldchen. Es würde mehr als etwas Glück brauchen, um dort ein Wildschwein oder zumindest ein, zwei Hasen zu jagen. Doch es war einen Versuch wert. Entschlossen schlug er den Kragen seines dicken Wollumhangs hoch und trieb sein Pferd an. Obwohl der März sich seinem Ende näherte, war es noch immer empfindlich kalt. Nur zögerlich zeigten sich die ersten Knospen an den kahlen Bäumen, und die Menschen litten Hunger. Selbst in Châtillon. Nach dem langen Winter und dem Krieg gab es kaum noch Getreide oder andere Lebensmittel. Soldaten und Söldner hatten in den Dörfern und Städten das letzte Essbare genommen, und das, was die Leute nicht freiwillig gaben, wurde ihnen inzwischen mit Gewalt entrissen. Guillaume zog die Stirn kraus. Was das anging, waren Katholiken und Protestanten gleich, musste er leider zugeben. Coligny hatte immer wieder versucht, mit harter Hand gegen diese Plünderungen und Raubzüge vorzugehen, aber seitdem man den Männern nicht einmal mehr ihren Sold zahlen konnte und die desolate finanzielle Lage den Frieden erzwungen hatte, war es unmöglich geworden, die Situation unter Kontrolle zu bekommen. Überall kam es zu Überfällen, zu Diebstählen und Vergewaltigungen. Vor allem die ausländischen Söldner, die allein für klingende Münze in diesen Krieg gezogen waren, hielten sich auf diese Weise für ihre entgangene Entlohnung schadlos.

Nachdenklich näherte sich Guillaume weiter dem Wäldchen. Erst vor wenigen Tagen war der Friedensvertrag endgültig unterschrieben worden, doch an eine Rückkehr in die Niederlande war für die Seinen noch immer nicht zu denken. Im Kampf war Guillaume sich in Frankreich weniger nutzlos vorgekommen.

Dort hatte er dem Admiral im Dienst an der Waffe wenigstens etwas für die großzügige Gastfreundschaft zurückgeben können, jetzt aber war er nur ein nutzloser Esser mehr. Er hoffte daher, heute zumindest etwas auf der Jagd aufzutreiben, obwohl der harte Winter den Tieren kaum weniger zugesetzt hatte als den Menschen.

Mit ernster Miene ritt er in den Wald hinein und ließ das Pferd dann im Schritttempo den kleinen Abhang hochsteigen bis zu einer Gruppe dicker alter Eichen, in deren Deckung er das Tier zum Stehen brachte. Bewegungslos verharrte er dort und lauschte aufmerksam in die Stille hinein, ob irgendwo ein verräterisches Rascheln auszumachen war. Doch er hörte nur das Zwitschern eines Vogels – und ein anderes Geräusch, stellte er überrascht fest. Es waren die Stimmen von Männern, die sich unten auf der Lichtung näherten. Er lenkte sein Pferd im Schutze der Bäume unauffällig in ihre Richtung.

Äste knackten, und man konnte Schritte im Laub hören. Sein vom Krieg geschultes Gehör konnte ausmachen, dass die Männer kein Französisch sprachen.

»Na, komm schon!«, sagte eine Stimme derb.

»Nein, lasst mich …«

Guillaume fuhr zusammen. Es war die panische Stimme einer Frau.

Man hörte das laute Reißen von Stoff.

»Nein!«, schrie die Frau.

Ohne lange zu überlegen, trieb Guillaume sein Pferd den Abhang hinunter. Zwischen den Bäumen konnte er zwei heruntergekommene Gestalten erkennen – zwei Landsknechte in bunt geschlitzten Beinkleidern, die eine Frau zwischen sich hatten. Guillaume sah, dass der eine ihr die Arme auf dem Rücken festhielt, während der andere versuchte, ihr Kleid herunterzureißen, und nun dabei war, seine Hose zu öffnen.

Verzweifelt versuchte die Frau sich zu wehren.

»Lasst mich los …«, schrie sie.

»Halts Maul!« Der Landsknecht vor ihr schlug ihr ins Gesicht.

In ihrer Geilheit bemerkten die beiden Guillaume erst, als er mit dem Pferd schon auf sie zugeprescht war. Er stieß dem mit dem geöffneten Hosenlatz den Degen mit einem gezielten Stoß in den Rücken. Der Mann sank aufstöhnend zu Boden, und Guillaume fuhr mit der Waffe schon herum, um sich dem anderen zuzuwenden. Doch dieser Feigling benutzte die Frau als Schutzschild. Er schaffte es nicht, an den Landsknecht heranzukommen. Unerwartet stieß dieser die Frau plötzlich von sich weg und wollte nach seiner Waffe greifen, doch Guillaume war schneller und hatte ihn schon mit einem heftigen Streich an der Brust touchiert. Blut sickerte durch sein Hemd. Der Mann taumelte mit einem Aufschrei nach hinten. Dann drehte er sich auf dem Absatz um und versuchte stolpernd wegzurennen.

Verächtlich blickte ihm Guillaume hinterher. Er überlegte kurz, ihm hinterherzusetzen, doch es war wichtiger, sich um die Frau zu kümmern. Sie hatte schützend die Arme vor den Kopf genommen.

Er glitt aus seinem Sattel.

»Es ist alles gut. Ihr braucht keine Angst mehr zu haben. Niemand wird Euch etwas tun«, sagte er und fasste sie vorsichtig an der Schulter.

Es dauerte einen Augenblick, bevor sie die Arme nach unten sinken ließ. Sie zitterte.

Fassungslos sah er sie an. Ihr erschöpftes Gesicht war schmal und blass, und ihre Haare hingen strähnig über ihre Schultern hinunter, sodass er sie im ersten Moment fast nicht erkannt hätte. »Madeleine?«, brach es ungläubig aus ihm hervor.

»Guillaume?«

Er blickte auf ihr zerrissenes Kleid, durch das ihre nackte Haut hervorblitzte, und bereute es plötzlich, dass er den anderen Landsknecht hatte entkommen lassen.

Wortlos nahm er seinen Umhang ab und legte ihn ihr über den zerrissenen Stoff. »Komm, ich bring dich nach Châtillon!«, sagte er sanft.

89

Madame Maineville saß am Tisch und ließ die Nadel mit flinken Bewegungen durch die gerissenen Strümpfe gleiten. Im Feuer hinter ihr köchelte eine Suppe, die sie aus den Resten eines mageren Huhns und dem Kohl gekocht hatte, die ihnen noch geblieben waren. Sogar noch etwas Mehl hatte sie aufgetrieben, um von den Mägden frisches Brot backen zu lassen. Doch lange würden die Vorräte nicht mehr reichen. Es war nur der klugen Voraussicht von Charlotte de Laval zu verdanken, dass die Schlossbewohner überhaupt noch etwas zu essen hatten.

Bei dem Gedanken an Colignys Gemahlin ließ die Haushälterin die Nadel sinken. Sie war kurz nach Ausbruch des Krieges aus La Bonnée hierhergekommen und hatte Charlotte de Laval in dieser Zeit schätzen gelernt. Ein trauriger Ausdruck zeigte sich in den haselnussbraunen Augen von Madame Maineville. Die Warmherzigkeit und Zuversicht, die Charlotte de Laval in diesen dunklen Tagen unter ihnen verbreitet hatte, würden ihnen allen schmerzvoll fehlen. Was sollte aus ihnen nur ohne sie werden?

Schritte rissen sie aus ihren Gedanken. Nicolas de Vardes kam die Treppe zur Küche hinunter. Er war einige Tage in Orléans gewesen und sah müde aus, wie sie feststellte. Der Krieg hatte auch bei ihm seine Spuren hinterlassen. Sein ohnehin markantes Gesicht wirkte kantiger und männlicher denn je. »Wie geht es Euch, Madame Maineville?«, fragte er.

Erst jetzt erkannte sie, dass er zwei tote Fasane in der Hand hielt.

Er deutete auf die Vögel. »Die waren so unvorsichtig, mir auf dem Weg von Orléans genau vor die Füße zu fallen. Dachte, sie würden Euch bestimmt eine Freude machen!«

Ein Lächeln glitt über ihre Lippen. Es war immer Verlass auf ihn. Sie legte ihr Nähzeug zur Seite. »Mehr als das, Monsieur de

Vardes!«, sagte sie. »Möchtet Ihr etwas Suppe? Ihr müsst hungrig sein nach der langen Reise.«

Er schüttelte den Kopf. »Später vielleicht!« Er ging zu einem Regal und öffnete einen Krug mit Wein – das Einzige, an dem sie auf Châtillon noch immer nicht darben mussten – und goss sich einen Becher ein.

Madame Maineville beobachtete ihn, wie er zwei große Schlucke trank. Er weiß es noch nicht, dachte sie. »Setzt Euch kurz zu mir«, bat sie ihn.

Er drehte sich überrascht zu ihr. »Ist etwas passiert?«, fragte er und stellte den Becher ab.

Die Haushälterin suchte nach den richtigen Worten. Sie kannte Vardes schon lange – seit damals, als man seinen älteren Bruder nach einem protestantischen Gottesdienst in Paris getötet hatte. Es war eine der vielen Tragödien dieser Jahre gewesen, in denen der Glaube ganze Familien zu spalten begann, denn der Vater der beiden war ein strenger Katholik. Madame Maineville wusste, wie lange Nicolas de Vardes nach diesem Erlebnis gebraucht hatte, um seinen inneren Frieden zu finden. Nur weil sie ihn aus dieser Zeit so gut kannte, war ihr nicht verborgen geblieben, was in den letzten Monaten in ihm vorgegangen war.

Sie bemerkte, dass er die Arme verschränkt hatte und sie fragend anblickte.

»Sie ist zurückgekommen«, erklärte sie.

Einen Augenblick lang schien es ihr, als würde sich die Narbe auf seiner Wange eine Spur heller als gewöhnlich von seiner gebräunten Haut abheben. »*Sie?*«, fragte er ohne irgendeine Regung.

»Madeleine«, erklärte die Haushälterin leise.

Es war nur ein kurzer Moment, kaum mehr als der Bruchteil einer Sekunde, in dem sein Gesicht etwas enthüllte, das sie dennoch nicht erwartet hatte.

»Guillaume hat sie heute Nachmittag in dem Wäldchen nordwestlich von hier gefunden. Sie war auf dem Weg von Paris hierher und ist dabei wohl in die Gewalt von zwei herumstreunenden Landsknechten geraten. Guillaume kam gerade noch rechtzeitig.«

Vardes' Gesicht hatte einen unnatürlich starren Ausdruck angenommen. »Wo ist sie jetzt?«, fragte er.

»Oben in den Gemächern. Sie schläft. Sie ist sehr mitgenommen. Sie muss mehrere Tage nichts gegessen haben …« Die Haushälterin brach ab und senkte den Blick, weil sie ihm nicht alles sagen konnte. Sie dachte daran, was sie gesehen hatte. Doch es stand ihr nicht zu, darüber zu sprechen. Als sie das Kinn wieder hob, bemerkte sie erstaunt, dass Nicolas de Vardes sich bereits abgewandt hatte und mit schnellen Schritten die Treppe hochgestiegen war.

90

Er stand in der Tür und starrte sprachlos auf ihre schlafende Gestalt. Die ganzen elend langen Monate war er sich sicher gewesen, dass sie tot war. Und nun lag sie hier, als wäre sie nie fort gewesen, und schlief. Er trat unwillkürlich einen Schritt näher ans Bett. Sie wirkte müde und erschöpft. Er verspürte den Wunsch, sie anzufassen, um sich zu vergewissern, dass es wirklich sie war, die dort lag, doch er blieb einfach nur stehen und sah sie an. Wut, Ohnmacht und ein unerwartetes Gefühl des Glücks, sie wiederzusehen, kämpften gleichzeitig in ihm. Seit dem Tod seines Bruders hatte kein Mensch ihn mehr durch solche Tiefen gehen lassen. Mit jedem Tag, den sie verschwunden war und er begriff, wie unwahrscheinlich es war, dass er sie jemals lebend wiedersehen würde, hatte er sich verzweifelter gefühlt. Irgendwann war dieses Gefühl schließlich in Trauer umgeschlagen, denn seine Nachforschungen hatten keinen anderen Schluss zugelassen als den, dass man sie getötet hatte! Er ballte unbewusst die Faust. Wo um Gottes willen war sie in all den Wochen und Monaten nur gewesen?

Eine Hand berührte ihn am Arm. »Lasst sie, sie braucht den Schlaf«, sagte Madame Maineville sanft, die hinter ihm hergekommen war.

»Ich weiß«, erwiderte er tonlos, doch er blieb stehen – selbst dann noch, als die Haushälterin den Raum längst wieder verlassen hatte.

Sie schien ihm noch verletzlicher, als er sie in Erinnerung gehabt hatte. Er sah plötzlich wieder ihre letzte Begegnung vor sich und betrachtete gedankenvoll ihr Gesicht, als würde es ihm eine Antwort auf all die Fragen und Rätsel geben, die sich mit ihr verbanden.

Dann bemerkte er, dass sie unerwartet die Lider geöffnet hatte und ihn aus ihren graublauen Augen benommen anblickte. Ein Lächeln glitt über ihre Lippen, scheu und ungläubig zugleich, als sie ihn erkannte. »Nicolas«, murmelte sie leise, bevor sie in ihrer Erschöpfung erneut in den Schlaf fiel.

91

Sie stand nachdenklich am Fenster. Fast vierzehn Stunden hatte sie geschlafen, und sie fühlte sich jetzt etwas besser. Die letzten Tage erschienen ihr plötzlich nur noch wie ein ferner Albtraum. Es war schrecklich gewesen. Lebrun hatte sie von seinen Leuten in einem alten eingerissenen Kleid bis etwa zwanzig Meilen vor Châtillon bringen lassen. Man hatte ihr zuvor beinah eine Woche nichts mehr zu essen gegeben und ihr untersagt, sich zu waschen, damit sie glaubhaft den Eindruck vermittelte, dass harte, entbehrungsreiche Zeiten hinter ihr lagen und ihre Geschichte auch stimmte. Als Lebruns Leute sie schließlich am Rande eines Felds absetzten, hatte Madeleine sich so erschöpft gefühlt, dass sie kaum in der Lage gewesen war, einen Fuß vor den anderen zu setzen.

Immer wieder hatte sie das Gesicht ihrer Großmutter vor sich gesehen. *Magdalena!*

Unerwartet war ihre Kraft dabei zurückgekehrt. Wie in Trance war sie Meile um Meile in Richtung Osten gelaufen. Doch als sie nicht mehr weit von Châtillon entfernt den Wald erreichte, hatte sie die Realität wieder eingeholt. Sie hatte die Landsknechte erst bemerkt, als sie schon vor ihr standen. Madeleines Blick glitt aus dem Fenster, und sie schauderte bei dem Gedanken, was geschehen wäre, wenn Guillaume sie nicht aus den Händen der Männer befreit hätte. Einen solchen Zwischenfall hatte Lebrun ganz sicher nicht im Kopf gehabt, als er ihre Rückkehr vorbereitete.

Als der junge Niederländer sie später nach Châtillon brachte, hatte Madeleine das Gefühl gehabt, als würde sie nach Hause kommen. Es war eigenartig, wie stark sie mit diesem Ort und seinen Menschen verbunden war, dachte sie. Ihre Hand glitt über das Holz des Fensterbretts. Dabei hatte sie damals nur wenige Tage hier verbracht.

»Wie geht es dir?«, riss sie eine raue Stimme aus ihren Gedanken.

Sie drehte sich herum. Nicolas de Vardes lehnte am Türrahmen, groß und breitschultrig, wie sie ihn in Erinnerung gehabt hatte. Fast erschien er ihr noch ein wenig männlicher als früher. Ihr Herzschlag beschleunigte sich. Sie war unvorbereitet auf den Sturm von Gefühlen, den seine Gegenwart in ihr auslöste. Aufgewühlt blickte sie ihn an.

»Besser … Ich kann nicht glauben, dass ich wirklich wieder hier bin«, erklärte sie dann leise.

»Nun, dann sind wir schon zwei!« Er kam auf sie zu, und etwas an seinem Tonfall und der Art, wie er sie aus seinen grüngrauen Augen ansah, ließ sie noch nervöser werden, als sie es ohnehin schon war. Als er vor ihr stehen blieb, ahnte sie, wie schwierig es werden würde, ihm etwas vorzumachen.

»Madeleine!«, sagte er mit belegter Stimme. Dann zog er sie plötzlich in seine Arme. »Ich bin froh, dass du hier bist, dass du lebst!«

Sie wollte etwas sagen, ihm gestehen, wie sehr sie sich nach ihm gesehnt und wie unendlich sie ihn vermisst hatte, doch sie brachte kein Wort über die Lippen und spürte nur dankbar die Geborgenheit seiner Umarmung.

Irgendwann löste er sich sanft von ihr. »Der Admiral möchte dich sehen«, teilte er ihr mit.

Sie nickte beklommen. Man würde ihr Fragen stellen. Sie hatte gewusst, dass das geschehen würde. Auf dem Weg nach unten begegneten ihr Clément und auch Madame Maineville. Beide umarmten sie voller Freude, und ihre Wärme nahm Madeleine ein wenig von ihrer Nervosität.

»Wo ist Charlotte de Laval?«, fragte sie, als sie weiter durch die Halle liefen. Ihr fiel auf, dass das Schloss im Gegensatz zu früher streng bewacht wurde. Im Hof und Gebäude – überall gab es jetzt Wachen.

Nicolas drehte den Kopf zu ihr. »Du weißt es nicht? Nein, wie solltest du auch?«, beantwortete er seine Frage selbst. Er hatte seinen Schritt verlangsamt. Ein dunkler Ausdruck glomm in seinen Augen auf. »Sie ist vor wenigen Wochen gestorben! Ihr Tod kam für uns alle völlig überraschend.«

Madeleine war betroffen stehen geblieben. Sie dachte daran, wie warmherzig Charlotte de Laval sie einst hier aufgenommen hatte, und es schien ihr unvorstellbar, dass sie Colignys Gemahlin nie wiedersehen sollte.

Schweigend liefen sie weiter, als ihnen von der anderen Seite des Flurs eine andere Gestalt entgegenkam. Es war Ronsard, der wie immer elegant in ein besticktes Seidenwams und einen gekräuselten Hemdkragen gekleidet war. Er blieb erstarrt stehen, als er sie erkannte.

»Madeleine?«, fragte er und kam sogleich mit zwei schnellen Schritten auf sie zu. »Mein Gott, du bist es wirklich!«

»Ja«, sagte Madeleine mit einem Lächeln.

Er umarmte sie lachend und hob sie hoch.

Vardes hatte die Szene ausdruckslos beobachtet. »Der Admiral will sie sehen«, teilte er Ronsard mit.

Dieser nickte gelassen. Das Verhältnis zwischen den beiden Männern schien sich nicht verbessert zu haben.

»Ich begleite Euch!«, sagte er und trat mit ihnen in das große Gemach ein. Der Admiral war nicht allein: ein Bruder François, van Borsselen – dessen Bein anscheinend wieder in Ordnung war – und noch einige weitere Männer, an die sich Madeleine von ihrem ersten Besuch her nicht mehr erinnerte, waren ebenfalls anwesend. Sie standen ernst ins Gespräch vertieft in kleinen Grüppchen um den Kamin herum.

Madeleine bemerkte, dass unter Colignys Augen tiefe Schatten lagen. Er war ganz in Schwarz gekleidet, was die Strenge seiner Erscheinung zusätzlich unterstrich, doch als er sie erblickte, lächelte er warm. »Ich brauche Euch sicherlich nicht zu sagen, Mademoiselle, wie sehr uns Eure Rückkehr freut! Wir haben uns damals große Vorwürfe gemacht, dass wir Eure Entführung nicht verhindert haben«, sagte er, nachdem er sie begrüßt hatte.

Madeleine nickte befangen. »Es war nicht Eure Schuld. Niemand konnte das wissen«, erwiderte sie schließlich.

Der Admiral hatte aus einem geschliffenen Glaskrug ein Glas Rotwein eingegossen und reichte es ihr. »Setzt Euch. Wollt Ihr uns nicht erzählen, wie Euch die Flucht gelungen ist?«

Sie nahm wahr, dass es im Raum plötzlich still geworden war und die anderen Männer sie ebenfalls anschauten. Einen kurzen Moment lang überlegte sie einfach, die Wahrheit zu berichten, doch dann verwarf sie den Gedanken sofort wieder. Das Risiko war zu groß. Lebrun hatte ihr gesagt, dass es in Châtillon mehrere Agenten von ihm gab, und sie wusste nicht, wer diese Männer genau waren. Es konnte jeder sein – auch eine der Personen, die sich hier mit ihr im Raum befanden.

»Es war reines Glück. Die Guise haben mich von Meaux mit nach Paris genommen. Es ging mir sehr schlecht …« Sie brach ab, weil sie merkte, dass es ihr schwerer fiel, als sie gedacht hatte, diese Lügengeschichte zu erzählen. »Wir waren bereits kurz vor Paris, und die Wachen glaubten, ich wäre ohnmächtig, als ich einen kurzen Augenblick ihrer Unaufmerksamkeit nutzen konnte«, fuhr sie dann stockend fort. Die Männer hörten ihr schweigend zu, bis sie ihre Geschichte zu Ende vorgetragen hatte. Von Zeit zu Zeit stellte ihr der Admiral die eine oder andere Frage, die sie beantwortete. Lebrun wäre zufrieden gewesen, dachte sie voller Bitterkeit.

»Es tut mir leid, was Ihr durchmachen musstet, obwohl Gott ohne Frage seine schützende Hand über Euch gehalten hat«, sagte er. Sie nickte mit einem schalen Geschmack im Mund. Doch dann glitt ihr Blick zum Kamin. Sie erschrak, als sie Nicolas sah. Tiefer Zweifel und Misstrauen zeigten sich in seinem Gesicht, als ahnte er, dass alles, was sie berichtet hatte, eine einzige Lüge war.

Der Admiral hatte ihr die Hand auf die Schulter gelegt. »Meine Gemahlin wäre glücklich gewesen, Euch hier wieder begrüßen zu dürfen, Mademoiselle!«

»Es tut mir sehr leid um sie«, sagte sie leise.

Coligny nickte. Sein Gesicht hatte plötzlich einen versteinerten Ausdruck angenommen.

92

Es war fast Mitternacht. Sie hatte gewusst, dass er kommen würde. Etwas an seiner Art unten beim Admiral hatte ihr verraten, dass er seine Fragen nur vor den anderen zurückgehalten hatte.

Er hatte nicht einmal geklopft, sondern war einfach hereingekommen. Als er wahrnahm, dass sie nur mit einem leichten Umhang über ihrem Hemd und geöffnetem Haar am Feuer vor dem Kamin stand, zögerte er kurz. Doch dann schloss er hinter sich die Tür.

Er verschränkte die Arme übereinander und sah sie an. »Stimmt es, was du dem Admiral vorhin erzählt hast?« In seiner Stimme lag eine gefährliche Ruhe.

Madeleine zog den Umhang um ihre Schultern enger. Sie fröstelte plötzlich trotz des Feuers. »Du glaubst mir nicht?«, entgegnete sie, statt ihm zu antworten.

Seine grüngrauen Augen fixierten sie. »Ich kenne die Guise. Mein Bruder Jacques würde noch leben, wenn es sie nicht gäbe. Weißt du, wem ich die Narbe hier verdanke? Ihnen!« Etwas Dunkles loderte in seinem Blick, als er einen Schritt auf sie zukam. »Ich weiß, dass die Guise ebenso mächtig und skrupellos wie gefährlich und grausam sind, aber eins sind sie ganz bestimmt nicht – dumm! Es fällt mir schwer zu glauben, dass eine Gefangene, die ihnen wichtig war, auf diese Weise entkommen konnte!«

Sie fühlte sich mit einem Mal wie ein in die Enge getriebenes Tier. »Willst du mir unterstellen, dass ich lüge, dass ich gar nicht bei den Guise war?«, erwiderte sie, und dabei wurde ihr bewusst, wie oft es zwischen ihnen schon diesen Wechsel von Fragen und Gegenfragen gegeben hatte, weil sie ihm nicht die Wahrheit sagen konnte.

Er schwieg, und etwas an der unausgesprochenen Frage, die in seinen Augen lag, ließ sie begreifen, dass er ihr tatsächlich nicht glaubte. Madeleine merkte, wie ihr gegen ihren Willen die Tränen kamen. »Geh!«, bat sie ihn.

»Nein!« Er wollte nach ihrem Arm greifen, doch sie wich aufgebracht zur Seite und drehte ihm den Rücken zu, sodass er nur noch den Stoff ihres Umhangs und des Hemds zu fassen bekam. Ein unschönes reißendes Geräusch war zu hören, und Madeleine spürte einen kalten Luftzug an ihrer Schulter. Hastig versuchte sie den Stoff wieder hochzuziehen, aber es war schon zu spät.

Fassungslos starrte Nicolas sie an. Seine Hand sank nach unten. »Mein Gott, Madeleine«, kam es tonlos über seine Lippen.

»Geh!«, stieß sie erneut hervor und hasste sich für die Tränen, die über ihre Wangen liefen.

»Es tut mir leid. Ich wusste nicht ...«, sagte er gebrochen.

»Nein, ich will dein Mitleid nicht! Erspar mir diese Demütigung«, fuhr sie ihn an.

Er blickte sie ungläubig an. Etwas in seinen Augen veränderte sich. Er baute sich vor ihr auf. »*Mitleid?* Verdammt, weißt du, was in den letzten Monaten in mir vorgegangen ist? Ich dachte, du wärst tot!«, brach es aus ihm heraus.

Überrascht erkannte sie, wie wütend er war. Dann riss er sie plötzlich an sich und küsste sie.

Es lag nichts Sanftes in diesem Kuss, sondern etwas Besitzergreifendes und Forderndes, ja beinah Zorniges und gleichzeitig so unerwartet Leidenschaftliches, dass es ihr den Atem nahm. Eine schmerzhafte Sehnsucht erfasste sie, als sie die Arme um ihn schlang und ihre Lippen die seinen suchten und seinen Kuss erwiderten. Sie fühlte durch den dünnen Stoff ihres Hemds seinen festen Oberkörper und seine Arme und spürte, wie seine Hände von ihrer Taille hinab zu ihren Hüften glitten und sie enger an sich zogen. Ihr Atem raste, als sich seine Lippen von ihrem Mund lösten.

»Madeleine!«, murmelte er rau, bevor sein Mund weiter hinunter zu ihrer nackten Schulter wanderte.

Eine brennende Erregung ergriff sie, die so stark war, dass sie erschrak und sich ihm gleichzeitig entgegendrängte. Ihre Finger fuhren durch sein Haar, über seine breiten Schultern und seinen Rücken, und sie nahm den herben Duft seiner Haut wahr.

In seinen Augen zeigte sich ein dunkler hungriger Glanz, als er ihr ungeduldig den Umhang von den Schultern streifte und die Schnüre ihres Hemds löste. Sie stand nackt vor ihm. Einen Moment lang sah er sie einfach nur an. Dann hob er sie hoch und trug sie zum Bett.

Ohne den Blick von ihr zu nehmen, entledigte er sich seiner eigenen Kleidung. Sein Körper, dem man die langen Jahre im Kampf und Krieg ansah, war sehnig und muskulös und sie kam sich im Vergleich zu ihm beinah zerbrechlich vor. Der Schein des Feuers spiegelte sich auf seiner bronzefarbenen Haut, als er sich zu ihr beugte und sie erneut voller Leidenschaft küsste. Einen kurzen, kaum wahrnehmbaren Augenblick hielt er plötzlich inne, und etwas in seinen Augen verriet ihr durch sein Begehren hindurch, dass er in all den Monaten die gleiche Sehnsucht und den gleichen Schmerz empfunden hatte wie sie. Dann glitt sein Mund von ihrem Schlüsselbein zu der zarten Haut ihres Dekolletés und weiter hinunter zu ihrem Bauch, während seine Hände fordernd über die Innenseite ihrer Oberschenkel strichen. Sie stöhnte auf und bog sich ihm voller Lust entgegen. Ein brennendes Verlangen riss sie mit sich. Nichts mehr schien es zu geben außer ihm und ihr – und es kam ihr vor, als würden ihre Körper endlich den Weg zueinanderfinden, der ihnen durch Worte versagt war.

93

Als sie aufwachte, graute draußen der Morgen. Nicolas saß mit nacktem Oberkörper neben ihr auf der Bettkante und schaute sie an. Erstaunt stellte sie fest, dass er bis auf sein Hemd bereits wieder angezogen war.

Sein Blick war warm und zärtlich, und ein Glücksgefühl durchströmte sie. Seine Finger spielten mit einer Strähne ihres Haars und strichen dann über ihren Hals und verweilten dort. »Diese Kette, du trägst sie immer, nicht wahr?«

Sie griff unwillkürlich nach dem Anhänger, der ihr so viel bedeutete, und nickte. »Ja, sie hat einmal meiner Mutter gehört.«

»Sie passt zu dir«, sagte er.

Das Betttuch war verrutscht, und seine Augen wanderten weiter über ihren nackten Körper. Noch immer lag Verlangen darin. Sie lächelte leicht. Trotz ihrer Unerfahrenheit hatte sie keine Verlegenheit in seinen Armen empfunden. Eine Selbstverständlichkeit hatte in dieser Nacht gelegen, als hätte es nur so und nicht anders sein können. Mehrmals hatten sie sich geliebt – wie ausgehungert und von Sinnen – und mit einer derartigen Leidenschaft, als würde es kein Morgen geben.

Doch das gab es. Madeleine merkte, wie sie die Wirklichkeit jetzt wieder einholte. Nie zuvor hatte sie sich einem Menschen so nah gefühlt wie Nicolas. Sie liebte ihn – schon lange wusste sie das, und sie empfand es als schrecklich, ihn so belügen zu müssen. Ihre Augen schweiften von der Narbe auf seiner Wange zu der Kleidung, die er übergezogen hatte.

»Du musst schon gehen?«, fragte sie.

»Ja«, sagte er mit einem bedauernden Blick. Er strich mit dem Finger sanft die Linie ihrer Taille bis zu ihrer Hüfte nach. »Ungern, aber ich fürchte, der Admiral wird mich aufknüpfen lassen, wenn ich am Morgen einfach so aus deinem Gemach spaziere«, erklärte er mit einem jungenhaften Grinsen.

Sie lächelte, ohne dass es ihr gelang, ihre Enttäuschung zu verbergen.

Er beugte sich zu ihr. »Keine Angst, meine Schöne, wir setzen das fort«, sagte er leise mit rauer Stimme, bevor er sie küsste und aufstand.

Madeleine beobachtete ihn, wie er nach seinem Hemd griff. Einen Moment suchte sie mit den Augen nach ihren eigenen Sachen, die achtlos auf einem Schemel und dem Boden gelandet waren. Sie erhob sich und griff danach.

Als sie sich wieder umdrehte, sah Nicolas sie an. Alle Unbeschwertheit war aus seinem Gesicht gewichen, es hatte etwas beängstigend Finsteres bekommen.

Ihr Rücken. Eine jähe Angst, dass er sie deshalb auf einmal doch abstoßend finden könnte, überkam sie. Wie erstarrt hielt sie in ihrer Bewegung inne.

Er trat zu ihr und zog sie an sich. Seine Finger strichen sanft über die Narben. Dann legte er seine Hand gegen ihre Wange und schaute sie an. »Wer immer dir das angetan hat, ich werde ihn töten!«, sagte er. Die Kälte in seiner Stimme ließ sie schaudern.

Sie schüttelte den Kopf. »Nein, Nicolas, das, was geschehen ist – ich will ihm nicht die Kraft geben, dadurch in meinem Leben zu bleiben und irgendeine Bedeutung zu bekommen. Das wäre schlimmer als jede Narbe, die ich davongetragen habe«, erwiderte sie leise.

Ein überraschter Ausdruck huschte über sein Gesicht. Dann zog er sie an sich und küsste sie.

94

Sie waren übereingekommen, niemandem etwas über das, was zwischen ihnen geschehen war, zu erzählen. Auch wenn der Admiral Nicolas sicherlich nicht am nächsten Baum aufgeknüpft hätte, Colignys strenge Moral hätte ein solches Verhältnis auf seinem Anwesen niemals gestattet – zumal Madeleine seit ihrer Rückkehr unter seinem Schutz stand. Es gelang ihr selbst nicht, etwas Unrechtes oder Sündiges in dieser Nacht zu sehen. Dabei erinnerte sie sich nur zu gut, was man früher im Dorf über solche Frauen gesagt hatte. Dirnen hatte man sie abfällig genannt, und im Gottesdienst hatte der Priester mahnend seinen Finger erhoben und erklärt, dass ihnen für ihre Fleischeslust das ewige Höllenfeuer drohe. Doch in Madeleines Leben war zu viel geschehen, als dass sie diese Sichtweise teilen konnte. Im Gegenteil, nichts in ihrem Leben war ihr jemals so wahr und rein vorgekommen wie das, was sie für diesen Mann empfand. Sie konnte sich einfach nicht vorstellen, dass Gott sie für das, was sie fühlte, verurteilen würde. Trotzdem war ihr klar, dass Nicolas mit der Geheimhaltung auch ihren Ruf schützen und sie genau vor diesem Gerede bewahren wollte.

Obwohl es ihr schwerfiel, ihre Gefühle für sich zu behalten, war Madeleine in gewisser Weise auch froh darüber. Sie wollte auf keinen Fall, dass einer von Lebruns Agenten von ihrem Verhältnis erfuhr. Als Nicolas sie im Morgengrauen verließ, hatte sie eine Angst ergriffen, die größer und gewaltiger war als jemals zuvor. Ihr letztes Gespräch und die Drohungen von Lebrun hatten sich in ihr Gedächtnis gebrannt, und sie fragte sich, was sie nur tun sollte. Voller Bitterkeit erkannte sie, dass es keinen Ausweg aus der Situation gab. Sie würde lügen müssen und in der ständigen Angst vor Entdeckung leben – um auf der einen Seite Lebrun hinzuhalten und die Hugenotten nicht zu verraten und um auf der anderen Seite zu verhindern, dass man hier in Châtillon die Wahrheit erfuhr. Schuldgefühle gegenüber Nicolas quälten sie. In ihrer Verzweiflung überlegte sie, ob sie sich ihm nicht doch anvertrauen sollte, doch dann verwarf sie den Gedanken wieder. Ihre Furcht, dass sie damit alles zwischen ihnen zerstören könnte, war einfach zu groß.

Solange sie nicht wusste, wer die Mittelsmänner von Lebrun waren, konnte sie nichts tun. Ohnmächtig rang sie die Hände. Es war ein gleichermaßen intelligenter wie perfider Schachzug des Geheimdienstchefs gewesen, ihr die Identität dieser Männer nicht mitzuteilen. Bei jedem Diener, jedem Boten und Knecht, der in ihre Richtung blickte, fragte sie sich nun, ob es sich bei diesen um einen Spitzel Lebruns handelte.

Ihre Schuldgefühle gegenüber den Hugenotten wogen doppelt schwer, da man sie in Châtillon voller Wärme und wie ein verlorenes Familienmitglied aufnahm.

Seit ihrer Rückkehr half Madeleine wieder wie selbstverständlich bei der Versorgung der Kranken und Verletzten. Durch den Krieg gab es zahlreiche Verwundete auf dem Schloss, und Madame Maineville war, wie einst Charlotte de Laval, dankbar für ihre Hilfe. Madeleine bereitete Umschläge, wechselte Verbände und versorgte Wunden – bei denen es sich vor allem um Stich- und Schussverletzungen handelte. Die Arbeit lenkte sie ab, und es gelang ihr, den ständigen Wechsel ihrer Gefühle zwischen Glück und Angst ein wenig zu bändigen.

Ihr fiel auf, dass die Atmosphäre in Châtillon trotz des Friedensschlusses angespannt war. Schon bei ihrer Ankunft hatte sie bemerkt, dass das Schloss weit strenger bewacht und kontrolliert wurde als im Sommer – als fürchtete man trotz des Edikts von

Longjumeau noch immer einen Übergriff oder Anschlag. Die Gesichter der Männer waren ernst und besorgt.

»Auf dem Papier gibt es zwar einen Friedensvertrag, aber nirgendwo im Land wird er richtig umgesetzt«, erklärte ihr Guillaume, als sie ihn am Nachmittag im Flur des Krankentrakts traf und darauf ansprach. »In Rouen, in der Normandie, hat man noch am Tag der Friedensverkündigung die Hugenotten getötet, und in Toulouse sind die Katholiken nicht einmal davor zurückgeschreckt, den vom König entsandten Verkünder des Edikts zu enthaupten!«

Madeleine blickte ihn bestürzt an. Doch dann erinnerte sie sich, wie man in Paris die Protestanten gejagt hatte. Auch ein Friedensvertrag konnte den Hass zwischen den beiden Parteien nicht zum Erliegen bringen, dachte sie.

»Wirst du denn in die Niederlande zurückkehren?«

Guillaume schüttelte den Kopf. »Nein, dort sieht es noch weit schlimmer aus. Die Armee des spanischen Königs wütet gegen die Aufständischen – es gibt täglich Hunderte von Verhaftungen und Hinrichtungen«, berichtete er mit düsterer Miene und fuhr sich dabei durch seinen roten Haarschopf.

»Das tut mir leid«, sagte Madeleine mitfühlend.

Er nickte. »Es ist gut, dass du wieder hier bist!«, setzte er dann hinzu.

Sie lächelte. »Ohne dich wäre ich das wahrscheinlich nicht«, gab sie zur Antwort. »Wenn du mich nicht aus den Händen dieser beiden Kerle befreit hättest … Ich weiß nicht, wie ich dir das danken soll, Guillaume.«

Er machte eine abwehrende Handbewegung. »Gar nicht! … Wir waren alle furchtbar besorgt um dich, nachdem du verschwunden warst!«, sagte er. Sie sahen beide auf, denn ein Diener kam vom anderen Ende des Ganges auf sie zu.

»Verzeihung, Mademoiselle? Monsieur de Vardes lässt fragen, ob es Eure Zeit erlaubt, dass Ihr kurz zu den Ställen kommen könntet.«

Madeleine nickte. »Ja, sicher. Ich komme gleich.«

Guillaume fasste sie kurz am Arm. »Du solltest vielleicht wissen, dass Monsieur de Vardes sehr an dir liegt«, sagte er. »Als du weg warst, da hat er überall nach dir Erkundigungen einziehen und dich suchen lassen.«

Eine leichte Röte überzog ihre Wangen. »Das habe ich nicht gewusst!«, erwiderte sie ehrlich.

Auf dem Weg über den Hof spürte sie, wie erneut Schuldgefühle in ihr hochstiegen.

Als sie die Ställe erreichte, war Nicolas nirgends zu sehen.

»Sucht Ihr Monsieur de Vardes?«, fragte eine Stimme hinter ihr. Sie gehörte einem der Reitknechte, einem jungen, kräftigen Mann mit strohblonden Haaren. Madeleine erinnerte sich, dass sein Name Olivier war. Er hatte die eine Hand in die Hüfte gestemmt und fixierte sie aus seinen blauen Augen. Eine Spur zu aufdringlich, wie Madeleine fand.

Der Knecht deutete mit seinem verdreckten Daumen zum Stall. »Er ist drinnen bei einem der Pferde, bei dem Rappen!«, sagte Olivier.

»Bei Apollo?«, erkundigte sie sich.

Olivier nickte.

»Danke.« Sie lief mit eiligen Schritten in den Stall. Apollo schnaubte erfreut, als er sie erkannte. Doch von Nicolas war nichts zu sehen. Sie strich dem Rappen über den Hals. Er war mager geworden, stellte sie fest. Dann bemerkte sie voller Schreck die Verletzung an seiner Flanke. Es war eine breite Schorfstelle, die aussah, als wäre er während des Kampfes vom Hieb eines Degens getroffen worden.

Sie hörte Schritte hinter sich.

Der Knecht war ihr hinterhergekommen.

»Monsieur Vardes ist aber gar nicht hier«, sagte sie.

»Nein?«, sagte Olivier. Erst jetzt sah sie, dass er das Stalltor hinter sich geschlossen hatte. Sie begriff, dass etwas nicht stimmte. »Wahrscheinlich ist er noch draußen«, sagte sie und wollte entschlossen an dem Knecht vorbei, doch dieser stellte sich ihr in den Weg. »Was soll das?«

»Monsieur de Vardes wird nicht kommen! Er ist beim Admiral.«

»Lass mich durch!«, fuhr sie ihn an.

»Nein, denn wir beide werden uns jetzt mal unterhalten, meine Hübsche.« Er beugte sich zu ihr. Ein Geruch von altem, abgestandenem Schweiß ging von seinem schmuddeligen Hemd aus, und sie wich angeekelt zurück. Ihr Herz pochte. »Ich bin nicht deine Hübsche, und im Übrigen wüsste ich nicht, worüber wir uns unterhalten sollten. Und jetzt lass mich durch, sonst schreie ich!«, zischte sie wütend.

Er lächelte falsch und entblößte dabei eine Reihe gelblicher Zähne. »Würde ich dir nicht empfehlen«, sagte er.

Sie bekam plötzlich Angst. »Was willst du?«

Er packte sie mit einer brüsken Bewegung grob beim Arm und zog sie zu sich heran. »Stell dich nicht so dumm. Sagt dir das Wort *Ava* etwas?«

Sie war bleich geworden. *Ava*, der Name ihrer Großmutter, war das Codewort, das Lebrun bestimmt hatte.

»Du sollst mir die Briefe geben«, verkündete Olivier. Er hatte ihr Handgelenk losgelassen und deutete zu Apollo. »Hinten in der Stallbox von dem Rappen befindet sich an der Stirnseite ein loses Holzbrett, das du zur Seite ziehen kannst. Dahinter wirst du deine Schreiben deponieren.« Er zerrte Madeleine mit sich und zeigte ihr die Stelle. »Das ist weniger auffällig, als wenn du sie mir persönlich gibst, und niemand wird Verdacht schöpfen. Hast du verstanden?«

Sie nickte betäubt. Es schockierte sie, dass jemand wie der Knecht, der sich schon lange im Dienst der Hugenotten befand, zu den Männern des Geheimdienstchefs gehören sollte. Sie fragte sich, wer noch alles zu Lebruns Leuten zählte.

Olivier musterte sie. »Gut! Lebrun erwartet regelmäßig deinen Bericht, aber das weißt du ja!«

Wut ergriff sie plötzlich. »Was ist es – das Geld, oder wirst du erpresst, dass du das hier tust?«, fragte sie ihn mit blitzenden Augen.

Er starrte sie an. Einen Moment lang wirkte er irritiert. Dann lächelte er kalt. »Versuch erst gar nicht, deine Spielchen mit mir zu treiben. Monsieur Lebrun hat mich vor dir gewarnt«, sagte er, bevor er sich abwandte und den Stall verließ. Voller Ohnmacht blickte sie ihm hinterher.

95

Die beiden Männer, die man am Nachmittag aufs Schloss brachte, waren schwer verletzt. Die Schüsse der Musketen hatten dem Jüngeren den Arm und dem Älteren die Hüfte und das Bein zerfetzt. Madeleine konnte ihr Entsetzen nicht verbergen, als sie das viele Blut sah, zwischen dem sich Haut und herausragende Knochenteile zeigten. Das Stöhnen der beiden traf sie bis ins Mark. Man ließ eilig den Chirurgen rufen, doch obwohl man die beiden sofort operierte, konnte man nur noch den Jüngeren retten.

»Das Gewebe und die Knochen des Älteren waren völlig zerstört. Die Hüfte und das Bein, das war einfach zu viel«, erklärte der Chirurg niedergeschlagen, dessen Gewand und Hände rot wie die eines Schlächters waren. Selbst auf seinem Gesicht zeigten sich rote Sprenkel. Müde fuhr er sich mit dem Handrücken über die Stirn.

Die beiden Männer, die sich mit vier anderen unterwegs auf der Reise von Paris hierher befunden hatten, waren Soldaten von Colignys Truppen gewesen. Katholische Ligatruppen hatten sie in einen Hinterhalt gelockt. Ihre Begleiter hatte man getötet. »Man hat ihnen die Kehle durchgeschnitten und sie abgeschlachtet wie Tiere!«, berichtete der Bauer mit bleichem Gesicht, der die beiden Verletzten zufällig im Wald aufgelesen und auf seinem Karren sofort nach Châtillon gebracht hatte.

Nicolas ballte die Faust. Selten hatte Madeleine ihn mit einem so düsteren Ausdruck gesehen. Er hatte alle sechs Männer gut gekannt.

»Dieser Friede zählt nichts!«, sagte er am Abend wutentbrannt zu Coligny. Madeleine blickte niedergeschlagen auf das Essen am Tisch, das die Männer kaum anrührten. Wie im Sommer nahm sie wieder an den abendlichen Diners teil. Der Admiral hatte darauf bestanden, doch die Atmosphäre hatte sich seit damals verändert – und das nicht nur, weil es nun neben Coligny einen leeren Platz gab. Der Stuhl seiner Gemahlin blieb bei jeder Mahlzeit frei, fast so, als könnte Charlotte de Laval doch noch jeden Moment hereinkommen.

»Manchmal scheint es fast so, als wollte man uns zwingen, die Bedingungen des Friedensvertrages nicht zu erfüllen!«, sagte der Prinz de Condé. Sie alle waren besorgt, weil es trotz des Edikts nach wie vor allerorten zu Übergriffen auf Protestanten kam.

Coligny wandte sich mit grimmigem Gesicht zu Condé.

»Es wäre Selbstmord, wenn wir in dieser Situation unsere Möglichkeit zur Verteidigung aufgäben. Und ich bin froh, dass man sich in La Rochelle und anderen Städten ebenfalls weigert, diesem Befehl nachzukommen«, sagte er.

Schweigend hörte Madeleine dem aufgebrachten Wortwechsel zu.

Die Abgabe der Waffen war eine der Bedingungen des Friedensvertrages von Longjumeau, wie sie wusste, doch weder Coligny noch Condé schienen die Absicht zu haben, der geforderten Entwaffnung nun nachzukommen. Im Gegenteil – sie hatte mitbekommen, dass in einem der Nebengebäude neben den Ställen ein zusätzliches Lager eingerichtet worden war, das täglich mit neuen Musketen und Schießpulver aufgestockt wurde.

Auf Nicolas' Gesicht zeigte sich noch immer ein düsterer Ausdruck. »Diese katholischen Ligatruppen sind eine weitaus größere Gefahr, als wir bisher angenommen haben. Der Krieg hat ihnen nicht nur neuen Zulauf und Unterstützung aus dem Volk eingebracht, sondern sie haben auch begonnen, sich zusammenzuschließen und ihren heimlichen Kampf zu koordinieren! Wenn es ihnen wirklich gelingt, sich im ganzen Land zu vereinen – dann gnade uns Gott!«

Ronsard stellte sein Weinglas ab. »Seien wir ehrlich. Wir haben immer gewusst, dass die Medici und der König diesen Frieden vielleicht wollen, das Volk aber nur zu gerne weiterkämpfen würde!«

Der Prinz de Condé hatte seinen Teller von sich geschoben. »Die traurige Wahrheit ist die, dass die Macht des Königs inzwischen nicht mehr ausreicht, um seinen Willen im eigenen Land durchzusetzen! Die erzkatholische Partei um den Kardinal de Lorraine ist stärker denn je, und die gemäßigten Stimmen, wie die des Kanzlers Michel de l'Hospital, haben mittlerweile kaum noch Einfluss ...«

Madeleine blickte auf ihren Teller. Sie dachte daran, was Lebrun und die Medici gesagt hatten, nämlich dass ein Gleichgewicht zwischen Hugenotten und Katholiken unabdingbar für die Zukunft des Landes und die Macht des Königs war. Den Worten des Prinzen und Admirals zufolge stand es mit dieser Balance aber ganz offensichtlich nicht zum Besten. Was, wenn die erzkatholische Fraktion noch weiter an Macht gewann? Würde sich die Königinmutter dann nicht doch zwischen den Parteien entscheiden müssen? Zum ersten Mal wurde ihr bewusst, welche Gefahr jede Information, die sie an Lebrun weitergab, in dieser Situation für die Hugenotten bedeuten konnte.

Der Gedanke beschäftigte sie auch noch am nächsten Tag, als sie bei der Versorgung der Kranken war und hinunter in den Hof ging, um eine Schüssel mit frischem Wasser aus dem Brunnen zu füllen. Nachdenklich ließ sie den Eimer in den tiefen Schacht hinunter. Sie konnte hören, wie er unten mit einem Klatschen ins Wasser tauchte und zog ihn langsam wieder nach oben.

»Grüß dich!«, ließ sich in diesem Moment eine Stimme neben ihr vernehmen. Madeleines Gesicht nahm einen versteinerten Ausdruck an. Es war Olivier.

Der Knecht, der selbst zwei Eimer in den Händen hielt, war vor ihr stehen geblieben. »Du scheinst etwas vergessen zu haben!«

»Nein, habe ich nicht!«, erwiderte sie kalt und goss das Wasser in die Schüssel.

Olivier lächelte gespielt. »Wie ich höre, war der Prinz de Condé gestern Abend hier. Ich bin sicher, dass es einiges zu erzählen gibt!«, sagte er mit gesenkter Stimme.

»Nein, gibt es nicht«, fuhr sie ihn leise an und griff nach der Schüssel.

Er bemühte sich, sie freundlich anzusehen. Von Weitem wirkten sie wahrscheinlich einfach wie ein Mann und eine junge Frau, die miteinander plauderten. Er ließ den Schöpfeimer in den Brunnenschacht hinab und zog ihn gefüllt wieder nach oben. »Verkauf mich nicht für dumm«, zischte er zwischen den Zähnen. »Du wirst jede Einzelheit dieses Gesprächs aufschreiben, hast du verstanden? Sieh zu, dass dein Brief bis heute Abend fertig ist!«, sagte er, während er seine Eimer füllte.

Es kostete Madeleine ihre gesamte Beherrschung, ihm nicht das Wasser aus der Schüssel ins Gesicht zu schütten. Sie wollte ihm wutentbrannt an den Kopf schleudern, dass er sich gefälligst um seine eigenen Angelegenheiten kümmern sollte, doch dann erkannte sie, dass Nicolas von der anderen Seite des Hofes auf sie zukam.

Olivier bemerkte es ebenfalls. »Na dann, wenn ich dir wirklich nicht helfen kann«, sagte er betont laut. Er griff nach seinen Eimern und neigte mit einem Lächeln den Kopf. Madeleine rang um Fassung. Mit zusammengepressten Lippen nickte sie ihm knapp zu.

»Geht es dir gut?«, fragte Nicolas, der neben ihr stehen geblieben war.

Sie nickte stumm. Er hatte sie am Arm gefasst. Die Berührung, in der etwas Fürsorgliches und Sanftes zugleich lag, ließ sie unwillkürlich an die letzten beiden Nächte denken. Es erschien ihr seltsam unwirklich, dass sie tatsächlich seine Geliebte geworden war. Nicolas lächelte leicht, als würde er ihre Gedanken erraten.

»Was wollte der Knecht von dir?«, fragte er dann.

»Er hat mir nur erzählt, dass es Apollo besser geht«, erwiderte sie.

»Wirklich? … Komm, gib mir das«, sagte er und nahm ihr die Schüssel ab, als sie zusammen über den Hof gingen.

Sie spürte seinen prüfenden Blick auf sich, und ihr wurde erneut bewusst, wie viel er ihr bedeutete. Vielleicht beging sie einen Fehler, dass sie sich ihm nicht anvertraute. Doch sie wusste einfach nicht, wie und wo sie anfangen sollte, ihm alles zu erklären. Hinzu kam, dass er ihr selbst seit jenem Abend vor zwei Tagen, an dem er in ihrem Gemach aufgetaucht war und sie sich voller Leidenschaft geliebt hatten, keine einzige Frage mehr gestellt hatte – als wartete er darauf, dass sie von alleine beginnen würde, alles zu erzählen.

»Geht es dir wirklich gut?«, fragte er.

Madeleine nickte. »Ja, ich denke noch immer über das Gespräch von gestern nach«, antwortete sie. Sie blickte ihn an. »Meinst du, dass der Krieg erneut ausbrechen wird?«, fragte sie und nahm dabei aus den Augenwinkeln Guillaumes Gestalt wahr, die auf das Lagergebäude mit den Waffen zuging. Zwei Wachen standen davor.

Nicolas schwieg. »Ich weiß es nicht«, sagte er schließlich ehrlich. »Aber es erscheint mir wahrscheinlicher, als dass es jemals wirklich zum Frieden kommt.«

»Du meinst, es wird nie ein Ende geben?«, fragte sie, als sie unerwartet einen lauten Knall hörte – wie bei einem Donnerschlag oder einer Detonation. Sie zuckte zusammen.

Nicolas sah sie verwundert an. »Was hast du?«

Doch sie antwortete ihm nicht, sondern drehte sich zu den Ställen herum, deren Umrisse ihr unerwartet scharf vor Augen standen. Dann hörte sie erneut den Knall – es war das Geräusch einer Explosion. *Eine Gestalt wurde durch die Luft geschleudert. Für den Bruchteil eines Moments sah sie Guillaumes rußgeschwärztes Gesicht. Leblos lag er auf dem Hof. Flammen schlugen durch das Dach …* Sie wurde blass. Ihr Herz raste, und die Panik drohte sie zu überwältigen. Sie nahm plötzlich überdeutlich ihre eigene Furcht wahr vor dem, was gerade mit ihr geschah, doch dann passierte etwas Unerwartetes. Es gelang ihr mit einem Mal, wieder ruhiger zu werden, ihren Atem zu kontrollieren und die Angst und ihre eigene Person von außen, wie losgelöst von sich selbst zu sehen. Sie versuchte nicht länger, sich gegen die Vision zu wehren. Von irgendwo weit her hörte sie Nicolas' Stimme, die ihren Namen rief. Im selben Augenblick zeigten sich ihr die Bilder so klar und deutlich wie nie zuvor. Sie erkannte, dass der Schuppen explodieren würde, wenn der junge Niederländer an der Tür angekommen sein würde. »Guillaume!« Ihr gellender Schrei hallte über den Hof und ließ den jungen Mann überrascht in seinem Schritt innehalten. Sie rannte, nein, stürzte auf ihn zu und riss ihn mit sich weg.

Da ertönte hinter ihnen ein ohrenbetäubender Knall, und ein berstendes, krachendes Geräusch war zu hören. Madeleine spürte, wie sie mit Guillaume ein Stück durch die Luft geschleudert wurde. Holzteile, Steine und Ruß flogen durch die Luft.

Sie landete unsanft auf dem harten Boden und richtete sich benommen auf. Suchend glitt ihr Blick über den Hof, und sie sah mit unendlicher Erleichterung, dass sich Guillaume ein Stück weiter gerade mit schmerzverzerrtem Gesicht versuchte aufzurichten.

»Madeleine!« Nicolas' Gesicht war kalkweiß, als er sich zu ihr beugte. Sie blickte ihn an und spürte, wie ihr Bewusstsein wegzugleiten drohte, als würde sich eine schwarze Wand dazwischenschieben, doch dann versuchte sie erneut, ruhig zu atmen. Ihre Hand griff nach dem Anhänger an ihrem Hals, der sich warm anfühlte. *Er wird dich schützen!*, hörte sie im Kopf die Stimme Ruggieris. Die Welt um sie herum nahm langsam wieder feste Konturen an.

»Geht es?«, fragte Nicolas erneut.

Sie nickte und ließ sich mit zittrigen Knien von ihm aufhelfen. Guillaume kam auf sie zugehumpelt und sah fassungslos zu dem in Flammen stehenden Lagergebäude.

»Mein Gott, wenn du mich nicht weggerissen hättest …«

Menschen kamen aus dem Schloss herausgestürzt. Überall waren plötzlich Schreie und Rufe zu hören. Männer rannten mit Eimern voller Wasser zu dem Feuer und versuchten es zu löschen, während man gleichzeitig die in Panik geratenen Pferde aus den Ställen brachte, um sie von dem Feuer fernzuhalten.

Madeleine merkte, dass Nicolas noch immer den Arm um sie gelegt hatte. Mit finsterer Miene schaute er zu dem Feuer. Voller Entsetzen erkannte sie, dass die beiden Männer, die das Lager bewacht hatten, etwas entfernt leblos mit blutüberströmten Gesichtern auf dem Boden lagen. Sie fröstelte.

Ronsard kam auf sie zugestürzt. »Wie ist das denn passiert?«, fragte er bestürzt. Auch Clément und Colignys Bruder, François de Châtillon, kamen zu ihnen gelaufen.

»Ich weiß es nicht«, sagte Nicolas gepresst und in einem Tonfall, der sie unmerklich zusammenzucken ließ.

»Madeleine hat mir das Leben gerettet. Sie hat mich gerade noch rechtzeitig weggerissen«, erklärte Guillaume. Er drehte sich erneut zu ihr. Rußteilchen lagen auf seinem roten Haarschopf. »Wie hast du nur so schnell reagieren können? Du hast mich ja noch vor der Explosion gewarnt«, sagte er. Bewunderung schwang in seiner Stimme.

Madeleine wünschte, er hätte die letzten Sätze nicht gesagt, denn sie spürte, wie die Männer sie mit einem Mal ansahen. »Das weiß ich nicht. Ich glaube, ich habe einen Lichtschein, etwas wie eine Flamme gesehen!«, erwiderte sie ausweichend.

»Wirklich?« Ronsard fixierte sie. »Aber das Gebäude hat gar keine Fenster.«

Madeleines Kehle schnürte sich plötzlich zu. »Es ging so schnell«, erwiderte sie ausweichend. Als wäre die Situation nicht schon verfahren genug, bemerkte sie auch noch, dass Olivier vor den Ställen stand und zu ihr herüberstarrte.

»Sie hat recht. Ich habe es auch gesehen. Es gab eine gewaltige Stichflamme, die durchs Dach geschlagen ist«, kam ihr Nicolas unerwartet zu Hilfe. Mit kalter Miene erwiderte er den Blick von Ronsard.

»Auf jeden Fall hast du mir das Leben gerettet!«, sagte Guillaume mit einem schiefen Lächeln. »Und dafür bin ich dir mehr als dankbar!«

96

»Es war kein Unfall. Jemand hat den Schuppen absichtlich in die Luft gesprengt«, sagte er.

Der Admiral blickte Nicolas de Vardes verwundert an. »Wie kommt Ihr darauf?« Die beiden Männer befanden sich allein in Colignys Arbeitskabinett.

»Ich habe im hinteren Teil, dort, wo das Gebäude nicht völlig abgebrannt ist, die Reste eines Reisigbündels gefunden – und die lange Schnur einer Lunte, die anscheinend nicht gezündet hat«, erklärte er.

»Seid Ihr Euch im Klaren, was Ihr damit behauptet?«

»Ja!« Nicolas, der es abgelehnt hatte, sich zu setzen, hatte die Hand in die Hüfte gestemmt. »Ich bin mir dessen sogar schon sehr lange bewusst. Es gibt einen Verräter in unseren eigenen Reihen, und zwar nicht einen dieser unbedeutenden kleinen Spione, die man ständig bei uns einzuschleusen versucht, sondern jemanden, der zu unserem engsten Kreis gehört!«

Der Admiral hatte sich mit ernster Miene von seinem Stuhl erhoben. Er trat mit einem Seufzen ans Fenster. »Ronsard hat diesen Verdacht auch schon geäußert.«

Nicolas nickte. »Ja, denn es gibt zu viele Anzeichen dafür. »Damals der Anschlag auf Euch, und dann sind immer wieder die Stellungen und Reiserouten unserer Männer verraten worden – und schließlich unser so misslich fehlgeschlagener Versuch in Montceaux, den König in unsere Gewalt zu bringen. Seit diesem Tag weiß ich, dass es jemanden gibt, der gezielt Informationen von uns weitergibt, um uns zu schwächen und anzugreifen«, führte Nicolas grimmig aus.

Coligny schaute ihn mit wachen Augen an. »Wenn das der Wahrheit entspricht, es wäre verheerend. Habt Ihr einen Verdacht?«

Nicolas schüttelte den Kopf. »Nein, jedenfalls keinen, den ich beweisen könnte, und ich denke, wir sollten es vorerst auch vermeiden, darüber mit jemandem zu sprechen. Solange wir nicht wissen, wer der Verräter ist, könnten wir ihn damit unabsichtlich warnen«, fügte er hinzu.

Coligny strich sich besorgt über den Kopf. »Ihr habt recht«, sagte er. »Es steht nicht gut für uns.«

Nicolas konnte ihm leider nicht widersprechen.

Der Admiral hatte sich von seinem Stuhl erhoben, und die beiden Männer machten sich auf den Weg zum Ratssaal, in dem die anderen bereits auf sie warteten. »Wie ich hörte, hat Madeleine den jungen Guillaume gerade noch rechtzeitig gewarnt«, sagte Coligny, als sie den langen Flur entlanggingen. »Erstaunlich, das ist schon das zweite Mal, dass sie zur Lebensretterin wird.«

»Ja«, bestätigte Nicolas knapp.

Coligny warf ihm einen durchdringenden Blick zu.

»Wie lange kennen wir uns schon, Monsieur de Vardes?«, fragte er.

»Etwas mehr als sieben Jahre, Admiral«, erwiderte Nicolas.

Coligny nickte. »Genau, eine gleichermaßen kurze wie lange Zeit, doch ich kenne Euch besser als die meisten hier. Zumindest gut genug, um zu sehen, dass Euch Mademoiselle Kolb nicht gleichgültig ist!« Die Worte waren wie beiläufig aus seinem Mund gekommen, verfehlten aber ihre Wirkung nicht.

Nicolas war abrupt stehen geblieben. »Dürfte ich fragen, worauf Ihr mit dieser Feststellung hinauswollt, Admiral?«, fragte er kühl.

Coligny hielt kurz inne. »Ich möchte Euch lediglich den Rat geben, Euch gut zu überlegen, was Ihr tut«, erwiderte er.

97

Madeleine hatte sich gewaschen und ein frisches Kleid angezogen. Mit Ausnahme einiger Schürfwunden und blauer Flecken war ihr glücklicherweise nichts weiter zugestoßen. Grübelnd nagte sie an ihrer Unterlippe. Sie war verwirrt – von der Vision, die so vollkommen anders gewesen war als jemals zuvor, und noch mehr von der Tatsache, dass Nicolas ihr zu Hilfe gekommen war. Warum hatte er behauptet, dass sie recht hatte und er ebenfalls eine Flamme gesehen hätte? Er hatte sie vor Ronsard und den anderen in Schutz genommen. Aber weshalb? Mit Sicherheit wusste er, dass sie nicht die Wahrheit gesagt hatte, denn er hatte schließlich genau neben ihr gestanden, als sie auf Guillaume zugestürzt war. Sie erinnerte sich wieder an den Tag vor ihrer Entführung, im letzten Sommer, als sie beschlossen hatte, ihm alles über ihre Gabe zu erzählen. Seit ihrer Rückkehr hatten sie beide nie über diesen Tag gesprochen. *Ich will dir nur helfen, Madeleine*, hatte er damals gesagt. Sie griff nach ihrem Umhang. Sie musste mit ihm sprechen – und ihm die Wahrheit sagen. Schon längst hätte sie das tun sollen.

Im Schloss war es still geworden. Am frühen Abend hatte der Admiral alle zu einer Andacht zusammenkommen lassen. Der Pastor hatte eine Predigt gehalten und einige Stellen aus der Bibel gelesen, bevor man gemeinsam mehrere Psalmen gesungen und der Toten gedacht hatte. Nicht zum ersten Mal war Madeleine seit ihrer Rückkehr aufgefallen, dass sich die Stimmung dabei verändert hatte. Eine andere Inbrunst war auf den Gesichtern zu erkennen, als hätte der Krieg die Menschen in ihrem Glauben und ihrem Zusammenhalt auf neue Weise gestärkt.

Nachdenklich lief sie den langen Gang entlang und durchquerte die Halle. Nicolas' Gemach befand sich im Westflügel, wo sich auch die Privaträume des Admirals befanden, wie sie wusste. Sie ging auf die Wachen zu, die auf der Schwelle zu dem breiten Flur standen und ihr einen überraschten Blick zuwarfen.

»Könntet Ihr Monsieur de Vardes ausrichten, dass ich dringend mit ihm sprechen müsste?«, bat sie.

»Er ist vorhin noch einmal nach draußen gegangen. Ihr werdet ihn wahrscheinlich oben auf dem Wehrturm finden«, erwiderte die Wache.

Madeleine nickte. »Danke!« Sie drehte sich zögernd um und ging zurück durch die Halle, um nach draußen zu treten. Ihre Hände waren feucht geworden. Der Turm war noch immer so eng mit ihrer Entführung verbunden, dass sie es bisher vermieden hatte, auch nur in seine Nähe zu kommen. Sie atmete tief durch. Es war bereits dunkel geworden. Nur das Licht des Halbmonds durchbrach den schwarzen Himmel. Madeleine lief über den Hof, in dem noch immer der Geruch des Schießpulvers in der Luft lag. Sie grüßte eine andere Wache und trat auf den mittelalterlichen Rundbau aus hellem Sandstein zu. Entschlossen stieg sie die Stufen hoch.

Er lehnte an den Zinnen und starrte in die Ferne. Einen Augenblick blieb sie bewegungslos auf dem Absatz stehen und betrachtete seine große Gestalt, die in sich selbst versunkene Haltung. Seine Narbe glänzte silbrig in der Dunkelheit. Plötzlich fühlte sie sich schmerzhaft an den Abend erinnert, als sie voller Erwartung und Freude hier hochgekommen war. Sie wünschte, sie könnte die Zeit zurückdrehen. Wie anders wäre alles gekommen, wäre er damals früher erschienen …

Er hatte ihre Schritte gehört und sich zu ihr gedreht. Selbst in der Dunkelheit konnte sie den überraschten Ausdruck in seinen Augen erkennen. Sie trat zu ihm.

Nicolas wandte sein Gesicht erneut in die Ferne – in die schwarze Weite, über der nur die Lichtpunkte einzelner Sterne funkelten. »Ich bin immer gerne hier heraufgekommen. An diesem Platz ist eine so besondere Ruhe. Als würde alles hier für einen Moment zum Stillstand kommen«, erzählte er. »Nachdem du verschwunden warst, bin ich nur noch selten hier gewesen.

Als ich dein Schultertuch fand – ich habe mir zu viele Vorwürfe gemacht …«

Ein kühler Wind strich über ihr Gesicht. Sie hob entschlossen das Kinn.

»Ich kann es sehen, Nicolas!«, sagte sie.

Er drehte sich zu ihr. *»Sehen?«* Ungläubigkeit schwang in seiner Stimme.

»Ja! Bevor es geschieht.« Sie begegnete ihm mit festem Blick. »Es ist so, als wenn mir die Zukunft für kurze Zeit ihr Gesicht enthüllt. Damals bei dem Anschlag im Wirtshaus war es so und auch später im Wald mit dem Bogenschützen – und heute habe ich vorher die Explosion gesehen. Guillaume wäre getötet worden.«

Er sagte nichts, und sie fürchtete schon, er könnte sie für verrückt halten.

»Du willst mir sagen, du hast all das vorher genau gewusst?«, fragte er schließlich. Er wirkte weder besonders fassungslos noch ungläubig, stellte sie zu ihrer Erleichterung fest, sondern eher neugierig.

»Ja!«

Er musterte sie.

»Ist es dir vor diesen Malen schon einmal passiert?«

Sie nickte. »Zweimal. Das erste Mal, als ich sechzehn war, und später ist es noch einmal im Kloster geschehen. Ich habe damals nie mit jemandem darüber gesprochen …« Sie verstummte, weil die Erinnerung an die Einsamkeit und Furcht danach plötzlich wieder lebendig wurde. Sie hielt kurz inne, doch dann sprach sie weiter. »Diese Visionen, sie kommen willkürlich zu mir, ohne dass ich sie steuern kann. Deshalb habe ich solche Angst vor ihnen.«

Er hatte sich gegen eine der Zinnen gelehnt. Zu ihrem Erstaunen umspielte ein amüsiertes Lächeln seine Lippen. »Du kannst tatsächlich hellsehen!« Er schüttelte den Kopf und blickte sie an. »Gewöhnlich würde ich jeden, der mir das erzählt, für verrückt erklären. Ich glaube nicht einmal an astrologische Prophezeiungen! Aber ich habe dich gesehen«, sagte er dann voller Ernst.

»Bei dem Anschlag ist es mir nicht sofort aufgefallen, aber als du mich dann im Wald vor dem Bogenschützen gerettet hast, habe ich zu ahnen begonnen, dass etwas nicht stimmt. Die ganze Art, wie du dich verhalten hast – dein blasses Gesicht, das Entsetzen, das plötzlich in deinen Augen aufflammte ... Später, als ich mehr Abstand zu den Ereignissen hatte, habe ich diese Vermutung jedoch wieder verworfen. Es schien mir einfach zu unglaubwürdig ... Bis heute Nachmittag!«, schloss er und legte den Arm um ihre Taille.

»Glaub mir, ich habe selbst lange Zeit gehofft, dass ich mir das alles nur einbilde!«, erwiderte sie mit leichter Bitterkeit. »Diese Visionen haben alles in meinem Leben verändert – sie lassen mich in ständiger Angst und Gefahr leben. Ich weiß nicht, was schlimmer ist, dass man denken könnte, ich wäre verrückt oder ich wäre vom Teufel besessen, eine Hexe ...« Ein dunkler Ausdruck trat auf ihr Gesicht, als sie sich an das Schicksal ihrer Großmutter erinnerte. Sie versuchte, den Gedanken abzuschütteln. »Deshalb habe ich dir nie etwas erzählt. Ich hatte Angst, wie du reagieren könntest.« Sie brach ab und schaute ihn an. »Heute Nachmittag hast du mich vor Ronsard in Schutz genommen!«

Er nickte. »Ich habe gespürt, dass es nicht mit rechten Dingen zugegangen ist, und hielt es für besser, wenn man dir nicht zu viele Fragen stellt«, erklärte Nicolas. Er strich ihr durchs Haar und wirkte plötzlich besorgt. »Es stimmt, dass es zu gefährlich wäre, wenn jemand von deiner Gabe erfahren würde. Vor allem in diesen Zeiten ...«, sagte er.

Madeleine zögerte. Sie musste ihm alles erzählen, dachte sie – was wirklich geschehen war, nachdem sie entführt worden war. »Nicolas, ich ...«

»Nein, lass mich dir etwas sagen, Madeleine. Es ist wichtig. Ich wollte schon länger mit dir darüber sprechen«, unterbrach er sie. »Durch den Krieg haben sich die Fronten verhärtet. Die Lager sind auf beiden Seiten extremer geworden, weil es kaum noch gemäßigte Stimmen gibt. Im letzten Sommer war es nicht entscheidend, dass du Katholikin bist, aber jetzt ...« Er blickte sie an. »Du solltest dir überlegen, ob es nicht besser wäre zu konvertieren!«

Sie wich verwirrt ein Stück vor ihm zurück. »Ich soll Protestantin werden?« Sein Arm lag noch immer um ihre Taille, doch er fühlte sich plötzlich schwer an.

»Ja!«

Sie sah ihn sprachlos an. »Ist es wegen uns?«, fragte sie dann leise.

»Nein, Madeleine!« Er lächelte. »Mir ist es völlig gleichgültig, ob du Katholikin oder Protestantin bist!«, sagte er mit einem Kopfschütteln. »Es geht um dich. Wenn du wieder eine Vision haben solltest, wenn doch jemand etwas merkt … Es wäre leichter, wenn du unserem Glauben angehören würdest. Und nicht nur deshalb.« Ein angespannter Ausdruck zeigte sich mit einem Mal auf seinem Gesicht. »Dieser Krieg zwischen uns und den Katholiken ist noch lange nicht beendet. Der Friedensvertrag ist nicht mehr als eine kurze Atempause. Überall schließen sich die katholischen Ligen zusammen.« Er brach ab, und einen Moment schien es ihr, als würde er nach den richtigen Worten suchen. Dann griff er sie eindringlich mit beiden Händen bei den Schultern. »Du darfst mit niemandem darüber reden, aber die Explosion heute … das war kein Unfall, Madeleine. Und es ist nicht das erste Mal, dass man einen Anschlag auf uns ausübt. Schon seit geraumer Zeit gibt es solche Vorkommnisse und immer wieder Übergriffe. Ich weiß, dass es einen Verräter in unseren eigenen Reihen gibt. Der letzte Krieg – er wäre vermutlich nie ausgebrochen, wenn jemand nicht unsere Pläne verraten hätte«, erklärte er.

Madeleine erstarrte, als sie seine Worte vernahm.

»Es muss jemand sein, der zu unserem engsten Führungskreis gehört. Er geht ungeheuer geschickt vor.« Nicolas schien ihre Reaktion nicht bemerkt zu haben. »Aber wenn das alles erst bekannt wird, verstehst du, in welche Gefahr dich das als einzige Katholikin hier bringen könnte?«

Madeleine versuchte verwirrt, Nicolas' Worten zu folgen. *Es gab einen Verräter?* Von wem sprach er? Meinte er etwa einen der

Agenten von Lebrun? Aber das konnte nicht sein, der Geheimdienstchef hatte ihr selbst erzählt, dass es keinem seiner Männer gelungen war, bis in den Kreis von Coligny vorzudringen, fiel ihr ein. Gedanken rasten durch ihren Kopf. Was bedeutete das? Sie spürte, dass Nicolas sie ansah. Erst dann dachte sie darüber nach, was er noch gesagt hatte.

»Ich weiß nicht, ob ich das kann – meinem Glauben abschwören!«, sagte sie.

Der Druck seiner Hände verstärkte sich. »Madeleine, wir glauben an denselben Gott!«, sagte er eindringlich.

Sie schwieg. Dieses ganze Gespräch verlief völlig anders, als sie es beabsichtigt hatte. Panik stieg in ihr hoch. Sie hatte ihm die Wahrheit sagen wollen – über Lebrun und die Medici –, aber wie konnte sie das jetzt noch tun? Sollte sie ihm nun, da sie wusste, dass es einen Verräter gab, vielleicht sagen, dass man auch sie nur hierhergeschickt hatte, um die Hugenotten zu bespitzeln? Sie las in seinem Gesicht den unterdrückten Zorn über den Verrat – und bekam Angst. Niemals würde er ihr glauben, dass sie nichts Schlechtes im Sinn gehabt hatte. Tiefe Verzweiflung erfasste sie. Sie konnte es ihm nicht sagen, nicht jetzt.

»Überleg es dir, Madeleine!«, sagte Nicolas, der ihre Reaktion missverstand. »Auch wenn dir der Gedanke schwerfällt! Du wirst ohnehin nicht zu deinem alten Leben zurückkehren können …« Er strich ihr durchs Haar und küsste sie sanft. »Du gehörst jetzt zu uns!«

Madeleine blickte ihn an – und ihr wurde bewusst, dass er recht hatte. Wenn es überhaupt einen Platz gab, an den sie hingehörte, dann war er hier. Sie schlang die Arme um ihn und war dankbar, dass die aufkeimende Leidenschaft ihre Verzweiflung und ihre Schuldgefühle erstickte.

98

Die Gestalt des Stallknechts entfernte sich mit den beiden Pferden über den Hof. Mit angehaltenem Atem wartete Madeleine hinter der Ecke der Wirtschaftsgebäude und beobachtete, wie er langsam in Richtung der Koppeln verschwand.

Sie verzog das Gesicht. Sie hatte nicht die geringste Lust, Olivier zu begegnen. In den letzten Tagen hatte sie sich erfolgreich bemüht, ihm aus dem Weg zu gehen, denn sie hatte Lebrun noch immer keinen Bericht geschrieben. Dabei wusste sie, dass sie den Geheimdienstchef nicht ewig würde hinhalten können. Sie unterdrückte ein Seufzen. Die Unlösbarkeit ihrer Situation drohte sie in manchen Augenblicken in den Wahnsinn zu treiben.

»Versteckst du dich?« Sie fuhr zusammen. Ronsard war unerwartet neben ihr aufgetaucht und lächelte breit. Sie schaute ihn überrascht an, da sie irrtümlicherweise angenommen hatte, dass er zusammen mit Nicolas unterwegs war, der bereits am frühen Morgen aufgebrochen war, um sich einige Meilen entfernt mit einigen anderen Offizieren ihrer Truppen zu treffen.

»Ich? Aber nein!«, behauptete sie.

Er zog kaum wahrnehmbar die dunklen Brauen hoch. Die Feder auf seinem Hut wippte leicht, als er den Kopf in Richtung des Stallknechts wandte, der sich mit den Pferden am anderen Ende des Hofs gerade anschickte, sich aus ihrem Blickfeld zu entfernen. »Stellt er dir etwa nach?«, fragte er noch immer lächelnd.

»Unsinn!«

»Nein? Nun, du scheinst dich großer Beliebtheit zu erfreuen. Nicolas zum Beispiel hat dich gestern geradezu heroisch in Schutz genommen«, meinte Ronsard, während sie zusammen zum Schloss gingen. Er legte ihr die Hand auf die Schulter. »Du verzeihst mir doch meine Nachfrage, wie du Guillaume warnen konntest, oder? Es war nicht so gemeint. Wir sind zurzeit alle etwas nervös und misstrauisch. In den letzten Wochen und Monaten geschieht einfach zu viel, das nicht geschehen dürfte!«, erklärte er mit unerwartetem Ernst.

Sie nickte. »Natürlich!«

Ronsard musterte sie. »Erlaubst du mir eine Frage? Was ist da eigentlich zwischen dir und Nicolas?«

Sie blickte ihn überrascht an – und zögerte einen Augenblick zu lang mit einer Antwort.

Er schüttelte ungläubig den Kopf. »Dann täusche ich mich also nicht? Was findet eine junge Frau wie du bloß an ihm?«, fragte er. »Du bist jung und hübsch – ich muss sogar zugeben, dass du dich sehr zu deinem Vorteil verändert hast – und verschmähst einen Mann wie mich für jemanden wie ihn?« Er sah sie spöttisch an.

Es war zu offensichtlich, dass seine Bemerkung nicht ernst gemeint war. »Mir war nicht bewusst, dass Ihr Interesse gezeigt hättet!«, erwiderte sie deshalb knapp.

»Nein?« Er war selbstsicher vor ihr stehen geblieben. »Wie bedauerlich. Vielleicht hätte ich mich deutlicher ausdrücken sollen.« Er beugte sich zu ihr. »Du und ich – wir könnten berauschende Dinge miteinander erleben. Du ahnst nicht, was dir entgeht«, flüsterte er an ihrem Ohr.

Sie wich zur Seite und spürte zu ihrem Ärger, wie eine leichte Röte in ihre Wangen stieg, obwohl der Sarkasmus nur zu deutlich durch seine Worte drang. Er wollte sie lediglich provozieren, um mehr aus ihr herauszubekommen. Dabei wäre es eigentlich an ihr gewesen, ihn auszuhorchen, denn Ronsard gehörte zu den Hugenotten, über die sie Lebrun mehr Informationen zukommen lassen sollte. »Hört auf damit!«, sagte sie entschieden.

Er zuckte die Achseln. »Ist Nicolas es wenigstens wert?«, fragte er dann.

Sie warf ihm einen kühlen Blick zu. Sie hatten den Eingang erreicht und betraten die Halle. »Ich verstehe nicht, wovon Ihr sprecht!«, erwiderte sie und war froh, dass sie in die andere Richtung weitergehen musste.

Sie neigte höflich den Kopf und beschleunigte ihre Schritte.

Es ärgerte sie, dass es Ronsard gelungen war, sie zu verunsichern. Entschlossen versuchte sie, die Gedanken an ihn aus ihrem Kopf zu vertreiben. Doch als sie wenig später den Verband des jungen Protestanten wechselte, dem man einige Tage zuvor einen Teil seines Arms amputiert hatte, geisterte der Wortwechsel noch immer durch ihren Kopf.

»Geht es Euch gut, Mademoiselle?«

Madeleine hielt in ihrer Bewegung inne und schaute überrascht zu ihrem sonst so wortkargen Patienten, der sie angesprochen hatte. Der junge Mann – sein Name war Jérôme, und er musste ungefähr Anfang zwanzig sein – blickte sie prüfend an.

»Habe ich Euch etwa wehgetan?«, fragte sie erschrocken.

Jérôme schüttelte seine braunen Locken, die ihm über die Schultern fielen. Sein Gesicht hatte noch immer einen wächsernen Ton, aber seine Wunde verheilte gut. »Nein, Mademoiselle, aber Ihr wirkt, als würdet Ihr ein wenig besorgt sein«, erklärte er.

Madeleine lächelte verlegen. Sie war weit mehr als nur *ein wenig* besorgt! Die Tatsache, dass Ronsard etwas von ihrem Verhältnis mit Nicolas zu ahnen schien und sie Lebrun irgendetwas schreiben musste, das die Hugenotten nicht verriet, war dabei noch ihre geringste Sorge. Weit mehr beunruhigte sie der unbekannte Verräter, von dem Nicolas ihr am Abend zuvor erzählt hatte. Da der Mann angeblich zum engsten Kreis der Protestanten gehören sollte, schied es aus, dass es sich dabei um einen von Lebruns Leuten handelte. Wer aber konnte sonst ein Interesse haben, die Hugenotten zu bespitzeln? Madeleine war nur eine Antwort darauf eingefallen, und die war erschreckend genug. Die Guise! Sie würden alles tun, um die Protestanten zu vernichten. Ein Spitzel aus ihren Reihen würde außerdem auch erklären, warum der Herzog d'Aumale und sein Bruder, der Kardinal, im letzten Sommer gewusst hatten, dass sie nach Châtillon gekommen war. Falls ihre Annahme jedoch stimmte, dann wussten die Guise jetzt auch, dass sie erneut zu den Hugenotten zurückgekehrt war. Sie war plötzlich dankbar, dass Châtillon so streng bewacht wurde.

Madeleine nahm wahr, dass Jérôme sie noch immer anblickte. »Ihr habt recht, ich bin wirklich sehr besorgt – so wie wir alle zurzeit wahrscheinlich«, erklärte sie mit einem ausweichenden Lächeln.

Er schaute sie offen aus seinem jungen Gesicht an. »Vertraut Gott, Mademoiselle. Unser Leben liegt in seiner Hand. Er allein weiß uns zu führen!«

»Ich bewundere Euch, dass Ihr das noch sagen könnt«, erwiderte sie aufrichtig und vermied es dabei, auf seinen Armstumpf zu blicken.

Als sie kurz darauf das Krankenzimmer verließ, verspürte sie zu ihrem Erstaunen eine leichte Gereiztheit. Dieser tiefe Glaube, diese Bereitschaft, alles Leiden als etwas anzusehen, das sie Gott näher brachte und sie daher bereitwillig auf sich nahmen, irritierte sie an den Protestanten, denn es war ihr fremd. Sie selbst hatte ganz im Gegensatz oft das Gefühl, ihr Leben sei zu unbedeutend, als dass der Allmächtige sich um die Verstrickungen ihres Schicksals kümmern würde. Sie lief weiter den Gang entlang und war so in ihre Gedanken versunken, dass sie die Hand, die plötzlich aus einer der Türen hervorschnellte, erst bemerkte, als sie schon in einen Raum gerissen wurde. Entsetzt wollte sie aufschreien, doch im gleichen Augenblick hatte sich schon eine Hand fest auf ihren Mund gepresst. Jemand drückte sie mit dem Gesicht gegen die Wand und drehte ihren Arm schmerzhaft auf dem Rücken nach innen. »Ich warte auf deinen Brief!«, zischte eine Stimme. »Glaubst du, ich will mich durch dich in Schwierigkeiten bringen lassen?« Wie zur Bestätigung erhöhte sich der Druck auf ihren Arm. Sie stöhnte vor Schmerz auf, während sie gleichzeitig Erleichterung durchflutete, weil sie Oliviers Stimme erkannte. Er nahm die Hand von ihrem Mund.

»Lass mich los!«, sagte sie mühsam beherrscht.

Er ließ ihren Arm nach unten gleiten, und sie fuhr im selben Moment zu ihm herum und entriss ihm ihr Handgelenk. »Bist du verrückt!«, herrschte sie ihn an. »Wenn das irgendjemand mitbekommt!«

»Du lässt mir leider keine andere Wahl. Ich warte auf deinen Bericht!«

Madeleine blickte ihn mit blitzenden Augen an. Sie spürte, wie sich die angestaute Angst und der kurzfristige Schreck, als er sie in den Raum gerissen hatte, plötzlich in Wut verwandelten. Wenn sie sich jetzt nicht gegen ihn wehrte, würde er sie ewig tyrannisieren. »Hör mir gut zu! Es geht dich überhaupt nichts an, wann ich meinen Brief oder Bericht fertig habe. Du bist für nichts anderes da, als ihn weiterzuleiten. Dir ist nicht klar, was hier gerade passiert. Man hat schon Fragen nach dir gestellt«, fuhr sie ihn leise an.

Für einen kurzen, kaum wahrnehmbaren Augenblick schien ihn der Schreck zu durchfahren. Doch dann fing er sich sofort wieder. »Du lügst!«, sagte er. Er beugte sich zu ihr. »Ich weiß, was mit dir ist. Du sympathisierst mit diesem Ketzerpack, nicht wahr? Das sehe ich dir an. Aber das tust du nur, weil du nicht ihr wahres Gesicht kennst, weil du nicht gesehen hast, wie sie Mönche und Priester töten und unsere Kirchen zerstören!«, zischte er hasserfüllt.

Ungläubig blickte sie ihn an. Der Fanatismus, der ihr aus seinen Augen entgegenschlug, erschreckte sie. »Glaubst du, du bist der Einzige, der weiß, was in diesem Land geschieht?«, erwiderte sie schließlich. Sie stieß ihn zur Seite und wollte an ihm vorbeigehen, doch dann drehte sie sich noch einmal zu ihm um. »Du wirst deinen Brief bekommen, aber wage es nicht noch einmal, uns beide in solche Gefahr zu bringen«, sagte sie.

Erleichtert, dass niemand im Flur zu sehen war, trat sie nach draußen. Eine eigentümliche Kälte hatte sie ergriffen. Sie musste handeln und würde Lebrun seinen Bericht schreiben. Er wollte Informationen über die Hugenotten? Dann sollte er sie bekommen, dachte Madeleine und presste die Lippen zusammen. Sie würde ihm jedes noch so unwichtige und unbedeutende Detail mitteilen. Sie würde ihm berichten, dass Coligny um seine Frau trauerte und Madame Maineville inzwischen als Haushälterin hier arbeitete, dass Ronsard sich unverändert der Beliebtheit bei den Frauen erfreute und auch, dass vor zwei Tagen ein Gebäude, in dem Waffen gelagert wurden, auf Châtillon explodiert war. All das würde sie ihn wissen lassen. Aber auch wenn sie ihm schreiben würde, wie angespannt die Stimmung war, würde sie kein Wort darüber verlieren, wie weit die Besorgnis der Hugenotten wirklich ging. Er würde weder erfahren, dass die Protestanten beschlossen hatten, ihre Waffen nicht abzugeben, noch, dass es in ihren eigenen Reihen einen Verräter zu geben schien. Nichts, was Madeleine im Schein der Kerze später in ihrem Zimmer zu Papier brachte, würde die Hugenotten ernstlich in Gefahr bringen. Sie war nicht bereit, zur Verräterin zu werden – eher würde sie lügen.

99

Gedämpftes Kerzenlicht erhellte die von Baldachinen geschmückten Räume. Das Stimmengewirr und Gelächter der Höflinge hatte sich mit dem Lautenspiel der Musiker vermischt, und der Geruch von Wein und menschlichen Ausdünstungen hing in der Luft. Die Königinmutter ließ die Augen über die Gäste des Maskenballs schweifen, denen das Fest zu gefallen schien. Wie immer ging es bei diesen Anlässen etwas lauter und derber zu. Doch sie wusste, dass der Hof von Zeit zu Zeit diese Feste brauchte. Die Kostüme erlaubten es den Höflingen, in die Anonymität zu tauchen und sich freier und ungezwungener zu verhalten, als es ihnen das höfische Leben sonst erlaubte. Ihr Blick fiel auf einen Mann im Kostüm eines Orientalen, der gierig mit bloßen Fingern das Fleisch, das ihm ein Diener auf einer Platte reichte, verschlang. Etwas weiter stand eine tief dekolletierte maskierte Frau zwischen zwei venezianischen Edelleuten und ließ sich ihre Schultern mit Küssen bedecken. Die Medici ahnte, dass es sich um eine ihrer Hofdamen handelte, ignorierte ihr Treiben jedoch. Auch sie selbst war kostümiert und trug das schwarz-weiße Kleid eines

Domino. Sie hatte jedoch auf eine Maske verzichtet, da ihre stattliche Figur und die Hofdamen um sie herum sie ohnehin verrieten. Erneut ließ sie ihre Augen über die Gäste wandern und entdeckte den spanischen Botschafter, den Herzog d'Alava, der ebenfalls unmaskiert war und sich im Gespräch mit zwei anderen Herren befand. Er neigte höflich den Kopf in ihre Richtung und kam dann auf sie zu. Ein Zwerg, der seinen Umhang trug, begleitete ihn.

»Euer Majestät. Wie immer ein beeindruckendes Fest«, sagte er mit einer Verbeugung, in deren steifer Haltung wie üblich herablassende Überheblichkeit lag. Sie wusste, dass er log. Der Spanier hielt die Sitten am französischen Hof für roh und unkultiviert, wie die Franzosen insgesamt überhaupt. Ihre Spione hielten sie darüber bestens auf dem Laufenden.

»Danke, Herzog. Ich bin sicher, meine Tochter Elisabeth wird die Lebendigkeit des französischen Hofs zuweilen in Madrid vermissen«, sagte sie mit honigsüßer Stimme.

Er lächelte schmallippig. Nur ungern wurde er daran erinnert, dass der spanische König eine Französin geheiratet hatte. »Ihr habt die erfreulichen Nachrichten aus den Niederlanden bereits gehört?«, fragte er, offensichtlich bemüht, das Thema zu wechseln.

Sie öffnete ihren schwarz-weißen Fächer und hob fragend die Brauen.

»Graf d'Egmont und Graf de Hornes sind gestern hingerichtet worden. Man hat sie öffentlich enthauptet!«, berichtete ihr Alava mit zufriedener Miene.

Es fiel ihr gewöhnlich nicht schwer, die Contenance zu bewahren, doch sie konnte nicht verhindern, dass ihre Gesichtszüge bei dieser Nachricht erstarrten. Egmont und Hornes waren zwei niederländische Edelleute, die zwar an dem Aufstand beteiligt gewesen waren, aber immer das Gespräch mit dem spanischen König gesucht hatten. In den Adern des Grafen de Hornes floss sogar französisches Blut – er war mit dem Admiral de Coligny verwandt. Es brauchte kein großes Vorstellungsvermögen, um zu erahnen, für welchen Aufruhr diese Hinrichtung unter den französischen Hugenotten sorgen würde. Die Blutrünstigkeit, mit der man in den Niederlanden gegen die ehemaligen Aufständischen vorging, erzürnte die Medici zunehmend.

»Ihr seht mich überrascht. Gehörten Egmont und Hornes nicht zu denjenigen, die dem König ihre Treue versichert haben und nicht einmal protestantisch waren?«, fragte sie.

Der Spanier zuckte mit den Achseln. »Es hat sie dennoch nicht daran gehindert, den Aufstand zuvor zu unterstützen und dafür einzutreten, dass man diesen ketzerischen Glauben tolerieren sollte!« Ein verächtlicher Ausdruck huschte über sein Gesicht, während er von einem Diener ein Glas Wein entgegennahm. »Mein Herr, der König von Spanien, ist glücklicherweise immer überzeugt davon gewesen, dass man gegen diese Brut nur mit harter Hand vorgehen kann. Eine Tatsache, der man sich in Eurem eigenen Königreich, wenn Ihr mir die Bemerkung erlaubt, auch bewusster sein sollte!«

Ihre Finger umspannten mit festem Griff den Fächer, und sie erwiderte den Blick des Botschafters, ohne sich anmerken zu lassen, wie viel Kraft es sie kostete, ihn für seine unverschämte Bemerkung nicht in die Schranken zu weisen. »Sicherlich, es wäre ohne Frage das Beste, wenn man mit dem Admiral de Coligny und dem Prinzen de Condé in der gleichen Weise verfahren würde«, sagte sie mit beißender Ironie, die dem Herzog jedoch entging.

Er beugte sich mit glühenden Augen zu ihr. »Euer Majestät, Euer Schwiegersohn, der König von Spanien, würde Euch in diesem Kampf jederzeit unterstützen. Und nicht nur er – auch der Papst …«

Die Medici lächelte kühl. Es war in der Tat nicht das erste Mal, dass man ihr finanzielle Hilfe versprach, wenn sie mit härterer Hand gegen die Protestanten vorgehen würde. Philipp wusste, dass Frankreich ausgeblutet war. Dieser Umstand war demütigend genug. Sie bedauerte, dass sie diesem schmierigen Spanier nicht offen ins Gesicht sagen konnte, was sie von ihm und seinem werten Herrn wirklich hielt, doch man konnte nie wissen, welche Unterstützung sie vielleicht doch einmal in Anspruch nehmen musste.

Sie unterließ es, auf Alavas Bemerkung zu antworten, und musterte stattdessen den Zwerg, der hinter ihm stand. Seine rotbraunen Haare gefielen ihr. Er neigte mit einer übertriebenen Geste den Kopf, als er ihren Blick bemerkte. »Ein reizendes Kerlchen. Er gehört Euch?«, fragte sie den Spanier.

Alava nickte. »Ja, ein Geschenk des Kardinals de Lorraine«, erklärte er.

»Wie aufmerksam«, sagte sie kühl. Die Guise ließen wahrlich nichts unversucht, dachte sie. Sie nickte dem Spanier knapp zu, um das leidige Gespräch mit ihm zu einem Ende zu bringen, und ging mit ihren Hofdamen weiter. Dabei glitt ihr Blick zur anderen Seite des Saals. Ein junger Mann im golddurchwirkten Kostüm eines Jägers stand dort – ihr Sohn, der König. Eine Gruppe von Menschen umringte ihn, unter denen sie auch die hochgewachsene Gestalt des Kardinals de Lorraine und seines Bruders, des Herzogs d'Aumale, ausmachen konnte. Sie versuchten in gefährlicher Weise, Einfluss auf Charles zu nehmen. Schon lange plädierten sie für einen erneuten Krieg gegen die Hugenotten. Unglücklicherweise musste selbst die Medici zugeben, dass man die Weigerung der Protestanten, ihre Waffen abzugeben, tatsächlich nicht hinnehmen konnte. Es wurde Zeit, dass sie die Dinge wieder unter ihre Kontrolle brachte, dachte sie.

100

Ein sanfter Wind strich ihr übers Gesicht – Madeleine schloss hinter den Ställen kurz die Augen und hob das Kinn, um die Sonne auf ihrer Haut zu spüren. Endlich war der Sommer gekommen. Auf den Feldern bogen sich die gelben Halme, an den Bäumen und Sträuchern zeigte sich ein leuchtendes Grün, und das laute Gezwitscher der Vögel erfüllte die Luft. Etwas Hoffnung Spendendes lag in dieser wiedererwachten Kraft der Natur. Mit einem tiefen Atemzug sog sie die frische Luft ein und öffnete blinzelnd ein wenig die Lider, als sie unerwartet neben sich einen Schatten wahrnahm. Eine Hand legte sich auf ihre Augen, und sie wurde gegen eine breite Brust gezogen.

Ihr Herz schlug schneller. Selbst blind hätte sie ihn überall erkannt. »Du bist schon zurück?«

Statt einer Antwort wirbelte er sie zu sich herum und küsste sie. Er war mehrere Tage weg gewesen, und sie schlang voller Sehnsucht die Arme um ihn und gab sich in der Sonne seinem Kuss hin. Für einen kurzen Moment fühlte sie sich so glücklich, dass sie wünschte, sie hätte die Zeit für immer anhalten können.

Außer Atem lehnte sie den Kopf gegen die Stallwand, als sich seine Lippen von den ihren lösten. Sie sah ihn an und wollte fragen, wie es ihm ergangen war, doch etwas in seinem Blick, der ungewöhnlich ernst war, hielt sie davon ab. Wortlos strichen ihre Finger über seine Narbe, und eh sie sichs versah, küsste er sie auch schon erneut und zog sie, ohne sich von ihr zu lösen, mit sich zu einem der Schuppen.

Ein helles Lachen entschlüpfte ihrer Kehle, als sie sich dort in der Ungestümheit ihrer Umarmungen um die eigene Achse drehten, das Gleichgewicht verloren und taumelnd ins Heu fielen.

»Ich habe dich vermisst. Du ahnst nicht, wie sehr, verdammt noch mal«, murmelte er, während er die Schnüre ihres Mieders öffnete und sie weiter küsste. Etwas Wildes und Ungeduldiges haftete ihm an, als hätten sie sich nicht Tage, sondern Wochen nicht gesehen.

»Ist es nicht gotteslästerlich zu fluchen?«, fragte sie mit blitzenden Augen, während sich ihr Brustkorb schnell atmend auf und ab senkte.

Er grinste. »Das ist es ohne Frage!«, stimmte er ihr zu, während er ihr Kleid weiter öffnete und sein Wams zur Seite warf. Dann hörten sie auf zu sprechen.

Sie liebten sich mit einer Leidenschaft, die ihr stärker erschien als jemals zuvor. In immer neuen und stärkeren Wellen ergriff sie das Verlangen, bis Madeleine glaubte, die Lust nicht mehr aushalten zu können. Ein gewaltiger Rausch riss sie mit sich, bis schließlich alles um sie herum in einem Meer von Empfindungen zu versinken schien, in dem sie allein der Blick seiner Augen festhielt.

Später, als sie ermattet neben ihm lag, spürte sie, wie ihre Schuldgefühle sie erneut zu überwältigen drohten. Sie hätte ihm alles erzählen müssen, dachte sie wie schon so oft zuvor, aber je mehr sie für ihn empfand, desto weniger wagte sie auch nur, daran zu denken. Sie tat nichts wirklich Unrechtes, versuchte sie sich zu beruhigen. Nichts, was sie Lebrun schrieb, verriet irgendetwas, das die Hugenotten in Gefahr bringen konnte. Doch tief in ihrem Inneren wusste sie, dass das nur die halbe Wahrheit war und dass sie ihn im Grunde hinterging.

Sie bemerkte, dass Nicolas sich neben ihr auf seinen Arm gestützt hatte und sie ansah. »Hast du noch einmal darüber nachgedacht, was ich dich neulich Abend auf dem Wehrturm gefragt habe?«, erkundigte er sich vorsichtig, während seine Finger über ihre Hand strichen.

Sie schwieg einen Moment lang. »Du meinst, ob ich konvertieren könnte?«

Er nickte.

»Vielleicht«, sagte sie ausweichend. Sie beugte sich zu ihm. Ein übermütiges Lächeln umspielte ihre Mundwinkel. »Glaubst du, dass du weniger sündigen würdest, wenn ich Protestantin wäre?«

»Du meinst, weil ich mich mit einer Katholikin so schamlos der Fleischeslust hingebe?«, erwiderte er spöttisch und zog sie erneut zu sich.

»Ja.«

Ein nachdenklicher Blick zeigte sich auf seinem Gesicht. »Nein«, sagte er ehrlich. Seine Hand strich über ihre Taille. »Stört es dich? Dass du nur meine Geliebte bist?«

Madeleine blickte ihn erstaunt an. Was sonst hätte sie sein sollen? Auch wenn die Zeiten und das Leben auf Châtillon es mit sich brachten, dass die Unterschiede zwischen ihnen weniger deutlich waren, klafften Welten zwischen ihnen, denn er war ein Mann von Stand. Sie wusste, dass Nicolas aus einer alten angesehenen Adelsfamilie stammte, die den Titel der Grafen de Vardes führte. Sie selbst dagegen kam aus einfachen Verhältnissen, aus dem Volk, und hatte noch dazu eine Großmutter, die als Hexe verbrannt worden war. Wie hätte sie jemals etwas anderes sein können als seine Geliebte? Und zu mehr hätte sie, so wie sie sich verhielt, auch kein Recht gehabt, dachte sie voller Bitterkeit. Eine jähe Angst flammte in ihr auf, was geschehen würde, falls Nicolas jemals erfuhr, was sie tat.

»Nein. Es ist wundervoll, deine Geliebte zu sein«, sagte sie dann leise und küsste ihn, bevor er etwas sagen konnte.

Später, als sie sich wieder anzogen und er ihr half, ihr Kleid zu schließen, legte er ihr mit einem Mal die Hände auf die Schultern. »Madeleine, ich muss dir etwas mitteilen ... wir werden Châtillon verlassen!«, sagte er unerwartet.

Sie blickte ihn verwirrt an und glaubte im ersten Augenblick, sich verhört zu haben. Doch dann erinnerte sie sich, wie ernst er ihr schon vorhin erschienen war. »Warum?«, fragte sie schließlich.

»Reine Vorsicht. Wir haben nicht weit von hier, in Gien, königliche Truppen gesichtet und werden uns mit dem Admiral und den wichtigsten Leuten nach Tanlay begeben, zu Colignys Bruder. Dort können wir uns notfalls sofort mit dem Prinzen de Condé und seinem Gefolge zusammenschließen und uns beraten, was weiter geschieht!«

Sie erschrak. Dabei wusste sie selbst von den täglichen Gesprächen, wie gefährlich sich die politische Lage in den letzten Wochen zugespitzt hatte. Seitdem in den Niederlanden die Grafen d'Egmont und Hornes hingerichtet worden waren, befürchtete man in Châtillon das Schlimmste. Schon seit Längerem war bekannt, dass die Guise kurz nach dem Friedensschluss ein geheimes Abkommen mit Philipp von Spanien und dem Papst geschlossen hatten, das einen Kreuzzug gegen die Protestanten in Europa zum Ziel hatte. Nun aber kursierten auch noch Gerüchte, dass die Medici gegenüber dem spanischen Botschafter geäußert hätte, dass man mit Coligny und Condé in Frankreich das Gleiche tun solle wie mit Egmont und Hornes.

»Steht es so schlimm?«, fragte sie.

»Ja. Die Lage ist ernst«, sagte Nicolas. »Wir werden morgen früh mit dem Admiral und den wichtigsten Offizieren aufbrechen – und ich möchte, dass du mit uns kommst. Ich will kein Risiko eingehen«, erklärte er. Er strich ihr durchs Haar.

Madeleine war blass geworden und nickte stumm.

101

Menschen liefen über den Hof. Nicht nur bewaffnete Männer, sondern auch Frauen und Kinder. Ihr Anblick verriet, wie ernst die Situation inzwischen war. Auch Coligny hatte seine drei Kinder mitgenommen. Sie hatten sich nur kurz bei seinem Bruder in Tanlay aufgehalten und waren am nächsten Tag zusammen mit diesem weiter nach Noyers gereist, zum Schloss des Prinzen de Condé. Das Anwesen versprach für sie alle den größten Schutz, hatte ihr Nicolas erklärt, da Condé ein Prinz von königlichem Geblüt war und man es nicht wagen würde, ihn ohne Weiteres anzugreifen.

Beklommen blickte Madeleine jetzt zu den vielen Leuten. Jedes Gemach bis hin zur kleinsten Kammer wurde inzwischen als Schlafstätte genutzt, und stündlich trafen mehr Hugenotten mit ihren Familien hier ein. Hinter den Wirtschaftsgebäuden hatte man Zelte für die Knechte und anderen Dienstboten aufschlagen lassen.

Trotz der vielen Menschen herrschte eine verhaltene Stille in Noyers. Die Angst, die alle beherrschte, war deutlich zu spüren. Auch Madeleine fühlte eine nicht weichen wollende Furcht, seitdem sie Châtillon verlassen hatten. Trotz allem hatte sie sich dort sicher gefühlt. Wieder war sie auf der Flucht! Das einzig Gute an den jüngsten Ereignissen war, dass Olivier, der Stallknecht, nicht mit ihnen gereist war und ihr so nicht weiter zusetzen konnte, dachte sie. Seit mehr als zwei Wochen hatte Madeleine Lebrun keinen Bericht mehr geschrieben, und sie hoffte inständig, dass dies nun, da sie nicht mehr in Châtillon weilte und keine Möglichkeit mehr hatte, mit ihm Verbindung aufzunehmen, vorerst auch so bleiben würde.

»Mademoiselle?«

Sie blickte auf und erkannte vor sich Monsieur Bruno, den Arzt und Chirurgen, der sie aus Châtillon begleitet hatte.

»Ich bräuchte dringend noch einmal Eure Hilfe«, sagte er.

Sie nickte. »Selbstverständlich«, antwortete sie und folgte ihm. Sie war ihm bereits am Vormittag mehrfach zur Hand gegangen, als ein Fuhrwagen mit Fässern umgekippt war und mehrere Verletzte versorgt werden mussten.

»Unten im Dorf befindet sich eine Frau in den Wehen«, erklärte er. »Das Kind liegt in der Steißlage in ihrem Becken, und sie braucht dringend Hilfe.« Er hastete ihr mit schnellen Schritten voraus. Ein angespannter Karren wartete vor den Ställen auf sie. Sobald sie Platz genommen hatten, ergriff Monsieur Bruno selbst die Zügel.

»Was tut man in so einem Fall?«, fragte sie ihn, während die Wachen den Wagen passieren ließen und sie das Schloss durch ein Seitentor verließen. Ihre Kehle schnürte sich bei dem Gedanken zu, wie gefährlich eine solche Geburt war.

»Das Kind muss sich unbedingt drehen – sonst können beide sterben. Notfalls müssen wir etwas nachhelfen und Raum durch einen Schnitt schaffen«, antwortete er grimmig.

Sie schwieg. Zu ihrer Überraschung bog der Arzt, kurz bevor sie die Ortschaft erreichten, in einen Feldweg ein. »Es ist die Frau eines Bauern – sie lebt auf dem Hof dort!«, sagte er und deutete dabei auf ein allein stehendes Steinhaus mit Scheune, das in einiger Entfernung sichtbar wurde.

Er trieb erneut die Pferde an, und wenig später hielten sie vor dem Haus.

»Kommt!«, sagte er kurz angebunden und sprang schon vom Bock. Sie folgte ihm hastig zu der Tür, die man bereits geöffnet hatte.

Auf dem Weg bemerkte sie, dass im Garten Unkraut wucherte und ein Fensterladen zerbrochen vor dem Haus lag. Alles wirkte ärmlich und seltsam ungepflegt. Sie trat hinter dem Arzt über die Schwelle – dabei fiel ihr Blick auf den staubigen, verdreckten Boden. Dann sah sie die Tür – sie hing schief in den Angeln – und den Mann, der davorstand. Er war eindeutig kein Bauer, stellte sie erstarrt fest, denn er war bewaffnet.

Madeleine blickte ihn entsetzt an. Als sie den Mund öffnen wollte, um zu schreien, war es bereits zu spät. Der Unbekannte ergriff sie grob am Arm. Die Spitze eines Dolches blitzte vor ihren Augen auf.

»Man erwartet Euch, Mademoiselle!«

Ihr Kopf fuhr zu Doktor Bruno herum, der ihrem Blick auswich, dann wurde sie auch schon den schmalen Flur entlanggezerrt, an dessen Ende der Unbekannte sie in einen Raum stieß.

Es war ein mittelgroßes Zimmer, das genauso verdreckt und staubig wie der Rest des Hauses war. Sie begriff, dass hier wahrscheinlich schon seit Jahren niemand mehr wohnte.

Dann erblickte sie den Mann, der in der Mitte des Raumes stand. In seinem eleganten Umhang und den feinen Lederhandschuhen wirkte er seltsam deplatziert.

Ihr Herz raste, als sie ihn erkannte.

Ausdruckslos musterte er sie. »Guten Tag, Madeleine«, sagte er schließlich. Es war der Geheimdienstchef Lebrun.

102

Nicolas fuhr sich müde mit der Hand über seine Narbe. Seit dem Morgen hatte er mit dem Admiral, dessen Bruder François de Châtillon, dem Prinzen de Condé und ihren wichtigsten Offizieren zusammengesessen und überlegt, was sie am besten tun sollten. Sie waren zu keiner Entscheidung gekommen. Vielleicht war ihre Angst einfach übertrieben? Doch wenn nicht – wie sollten sie die Menschen alle in Sicherheit bringen? Es waren Frauen und Kinder dabei, und sie würden die Loire überqueren müssen. Man würde sie niemals eine der Brücken des Flusses passieren lassen. Die Soldaten des Königs würden das zu verhindern wissen, und wenn nicht sie, dann irgendwelche Ligatruppen.

Mit angespannter Miene lief er durch die Halle und fragte sich, wo Madeleine wohl war. Sie hatte am Vormittag Monsieur Bruno geholfen. Seitdem sie Châtillon verlassen hatten, waren die Momente, in denen sie sich allein sehen konnten, rar. Er machte sich Sorgen um sie, denn er war sich nicht sicher, ob ihr bewusst war, in welcher Gefahr sie sich in diesen Zeiten als Katholikin hier befand.

Madame Maineville kam ihm von der anderen Seite der Halle entgegen, und er ging auf sie zu. »Verzeiht, wisst Ihr vielleicht, ob Madeleine noch bei Monsieur Bruno ist?«

Sie nickte. »Ja, Monsieur de Vardes. Er hat sie mit ins Dorf genommen. Eine Frau liegt dort in den Wehen, und ihr Kind will sich nicht drehen …«

Er schaute sie ungläubig an. »Sie hat das Schloss verlassen?«

Die Haushälterin nickte. »Ja, aber Doktor Bruno ist ja bei ihr. Ihr braucht nicht beunruhigt zu sein«, sagte sie. Doch sein Gesicht hatte einen starren Ausdruck angenommen.

103

Madeleine blickte versteinert auf die Briefe, die der Geheimdienstchef mit einer nachdrücklichen Bewegung vor sie auf den wackligen Tisch gelegt hatte. Es waren ihre Berichte.

»Beantworte mir eine Frage. Hältst du mich für dumm?« Eine gefährliche Ruhe lag in Lebruns Stimme.

Madeleine schluckte. »Nein, natürlich nicht!«, antwortete sie schließlich. Er hatte ihr befohlen, auf einem schäbigen Holzschemel Platz zu nehmen, war selbst aber stehen geblieben. Ihre Augen glitten zu den beiden bewaffneten Männern, die sich mit ihnen im Raum befanden und mit unbewegter Miene hinten an der Wand standen.

Er deutete auf den Tisch. »Wie erklärst du mir dann diese Briefe voller unwichtiger und unbedeutender Details, in denen du uns nicht eine einzige nützliche Information zukommen lässt?«

»Aber ich habe nur aufgeschrieben, was mir aufgefallen ist …«, versuchte sie zu erklären. Lebrun brachte sie mit einer abrupten Handbewegung zum Schweigen. »In der Regel hättest du deine Chance verwirkt, und ich würde dich angemessen bestrafen lassen«, sagte er kalt. Sein Kopf hatte sich kaum wahrnehmbar zu den Männern hinter ihm gewandt, und Madeleine spürte, wie ihre Handflächen feucht wurden. Sie hatte Angst, schreckliche Angst.

Er baute sich vor ihr auf. »Ich muss zugeben, dass ich überlegt habe, auch genau das zu tun, als ich deine Briefe gelesen habe«, fuhr er mit eisiger Miene fort. Sein Gesicht mit den bläulichen Augenschatten beugte sich zu ihr heran, so dicht, dass sie für einen kurzen Moment seinen Atem auf ihrer Haut spüren konnte. »Nun, ich bin jemand, der die Dinge stets durchdenkt, und deshalb habe ich mich gefragt, wieso du das tust! Ich habe dein Gesicht gesehen, als du erfahren hast, was mit deiner Großmutter geschehen ist, und ich weiß, wie viel Angst du hast, noch einmal in die Hände der Guise zu fallen. Du müsstest dumm sein, um nicht zu erkennen, welche Konsequenzen dein Verhalten haben wird. Aber das bist du nicht. Im Gegenteil, du bist intelligent und zwar durchaus mutig, aber nicht waghalsig veranlagt. Was ohnehin nur ein Zeichen minderer Intelligenz wäre«, fügte er abschätzig hinzu. »Also ist mir aufgegangen, dass es einen Grund für dein Verhalten geben muss. Etwas, das ich übersehen oder nicht beachtet habe, als ich dich auf deine Aufgaben vorbereitet habe!«

Madeleine erschrak. Es kam ihr selbst plötzlich geradezu wahnwitzig vor, dass sie wirklich geglaubt hatte, ihn mit den Briefen täuschen zu können.

Lebrun war mit nachdenklicher Miene einige Schritte durch den Raum gelaufen, bevor er sich erneut zu ihr drehte. »Ich begriff, dass im letzten Sommer, in den wenigen Tagen, die du in Châtillon warst, etwas passiert sein musste, das deine Loyalität gegenüber den Hugenotten in ungewöhnlicher Weise gefestigt hat. Etwas, das du mir nicht erzählt hast, weil es dir persönlich etwas bedeutete. Und dafür fiel mir nur ein Grund ein – ein Mann!«

Madeleines Hand verkrampfte sich in der Falte ihres Rocks. Mühsam kämpfte sie um Beherrschung.

Er lächelte schmallippig, als ärgerte er sich selbst, nicht früher darauf gekommen zu sein. »Folglich habe ich mich gefragt, um wen es sich dabei wohl handeln könnte. Ich bin zunächst auf Ronsard gekommen. Er ist attraktiv und ein Mann, der bei Frauen seine Wirkung nicht verfehlt, doch du hast in deinen Briefen zu viel und gleichgültig über ihn geschrieben. Für einen kurzen Moment habe ich sogar erwogen, ob es sich um den Admiral selbst handeln könnte. Doch dann fiel mir auf, dass es einen Mann gab, über den du nie gesprochen hattest und auf meine Fragen hin behauptetest, kaum etwas zu wissen!«

Madeleine war blass geworden.

»Nicolas de Vardes!«, verkündete er.

Ihr Herzschlag setzte für einen Augenblick aus, als er seinen Namen nannte. Doch sie wusste, dass es zwecklos war, es zu leugnen.

Der Geheimdienstchef ließ ihr einen Moment Zeit, sich zu fangen. »Ich muss zugeben, du hast mich überrascht. Ich war mir sicher, dass ich wüsste, was in dir vorgeht«, sagte er dann. Fast hörte es sich so an, als würde er ihr dafür einen gewissen Respekt zollen. »Nun, zu deinem Glück bin ich zu dem Schluss gekommen, dass dein Verhältnis zu Monsieur de Vardes für uns nur von Vorteil sein kann. Du wirst leichter an Informationen herankommen, und man wird dir stärker vertrauen!«

Madeleine wurde übel, als sie begriff, was er meinte.

Lebrun musterte sie kalt. »Du hast versucht, uns zu hintergehen, und gewöhnlich verzeihe ich das nicht, aber du wirst eine zweite Chance bekommen – und es wird deine letzte sein, Madeleine.« Er beugte sich erneut dicht zu ihr. »Nicolas de Vardes scheint mir nicht der Mann zu sein, der Schwierigkeiten damit hätte, dass eine Hexe in seinem Bett liegt, aber von allem, was ich über ihn weiß, kann ich dir sagen, dass er ganz sicher nicht der Mann ist, der einen Verrat jemals verzeihen würde. Ich hoffe, du hast diesmal verstanden, was ich meine?«

Sie nickte stumm.

»Gut. Im Übrigen wäre es doch nicht weniger bedauerlich, wenn Monsieur de Vardes etwas zustoßen würde, oder? Ich überlasse es ganz deiner Fantasie, dir auszumalen, was alles geschehen könnte, falls du es wagen solltest, uns noch einmal zu enttäuschen.«

Sie blickte ihn starr vor Entsetzen an und begriff, dass sie in eine Falle geraten war, aus der sie niemals entkommen würde.

»Und nun wirst du mir erzählen, was da in Noyers los ist!«, sagte Lebrun ruhig. »Weshalb sammeln sich die Hugenotten auf dem Anwesen des Prinzen de Condé?«

Stockend berichtete Madeleine ihm von den Truppen, die man unweit Gien gesichtet hatte, und erzählte ihm, wie sie erst nach Tanlay und dann nach Noyers gekommen war.

»Und du weißt nicht, was die Hugenotten nun tun wollen?«

Sie schüttelte den Kopf. »Nein, wirklich nicht«, sagte sie und war froh, dass ihr Nicolas nichts gesagt hatte.

Er betrachtete sie nachdenklich. »Die Hugenotten werden vermutlich nicht in Noyers bleiben. Es gibt Gerüchte, dass sie nach Orléans oder La Rochelle gehen wollen. Du wirst vorerst bei ihnen bleiben«, bestimmte er.

»Aber wie werdet Ihr an meine Briefe kommen?«

»Wir werden dich finden. Wie du inzwischen vielleicht verstanden hast, ist das Netz unserer Agenten weiter und vielfältiger, als du vermutet hast.« Einen Augenblick lang schwieg er. »Es kann gut sein, dass es vorher zu Zwischenfällen mit katholischen Truppen kommt. Falls ihr in Noyers angegriffen werdet, zeig ihnen das hier …«

Er griff in die Tasche seines Umhangs und reichte ihr eine Münze mit der Abbildung eines weißen Kreuzes.

Madeleine erinnerte sich, dass die Menschen in Paris dieses Zeichen auf ihren Hüten oder Umhängen getragen hatten. Es war das Erkennungsemblem der Katholiken. Sie starrte auf das Kreuz, und sie verstand, dass Lebrun ihr die Münze nicht gegeben hätte, wenn er nicht wirklich von einem Angriff ausgehen würde. Auf der Rückseite befand sich sogar ein königliches Siegel.

»*Zwischenfälle?*«, fragte sie tonlos. »Sagtet Ihr und die Königinmutter nicht, dass man ein Gleichgewicht zwischen Protestanten und Katholiken braucht?«

Er nickte. »Ja, das stimmt, aber manchmal ist auch die Macht einer Königinmutter zu begrenzt, um dieses Gleichgewicht halten zu können.«

Später, als sie schon längst wieder mit dem Arzt auf dem Karren zum Schloss zurückgefahren war, hallten seine letzten Worte noch immer durch ihren Kopf, und ihr war klar, dass die Gefahr, in der sich die Hugenotten befanden, weit größer war, als diese selbst ahnten.

104

Der Schock und die Angst setzten verspätet ein. Sie fühlte sich wie betäubt, als sie wieder zurück war und zu ihrer Kammer ging.

Erst als sie die Klinke der Tür hinunterdrückte, spürte sie, dass sie am ganzen Leib zitterte und wie die vor Lebrun mühsam aufrechterhaltene Fassade in sich zusammenstürzte.

Es war aussichtslos – es gab keine Chance, den Fängen dieses Mannes und der Medici zu entkommen. Den Geheimdienstchef mit unwichtigen Informationen hinzuhalten war ein fürchterlicher Fehler gewesen. Nun musste sie bitter dafür bezahlen, denn Lebrun kannte ihre größte Schwachstelle, und sie hatte nicht nur sich selbst, sondern auch Nicolas in Gefahr gebracht. Bei dem Gedanken, man könnte ihm etwas antun, schnürte sich ihr vor Angst die Kehle zu. Sie wusste, dass sie keine andere Wahl hatte, als Lebrun von nun an Bericht zu erstatten, ihm zumindest einige Informationen zukommen zu lassen, die ihn zufriedenstellen würden. Sie hasste ihn dafür, und der Geheimdienstchef ahnte ganz sicher nicht, dass sein Verhalten sie nur noch weiter in die Arme der Protestanten trieb.

Ihre Finger ertasteten die Münze in ihrer Rocktasche. Am liebsten hätte sie das Erkennungszeichen weggeworfen, das sie so als Verräterin brandmarkte.

Schon lange fühlte sie sich nicht mehr als Katholikin. *»Du gehörst jetzt zu uns«*, hatte Nicolas gesagt, und er hatte recht. Unabhängig von ihrem Glauben verspürte sie zu den Menschen hier eine Zugehörigkeit, die sie niemals zuvor empfunden hatte. Und sie hatte das Gefühl, sie schützen zu müssen, wurde ihr klar. Eine unheilvolle Unruhe ergriff sie, als sie sich erneut an Lebruns Worte erinnerte, dass es zu einem Angriff in Noyers kommen könnte. Madeleine dachte an die Menschen hier, an die Frauen und Kinder. Sie befanden sich in Gefahr. Am Morgen hatte es eine Besprechung mit dem Admiral und dem Prinzen de Condé gegeben, doch es sah auf dem Anwesen nicht danach aus, als hätte man daraufhin einen Aufbruch oder eine Abreise beschlossen. Sie musste mit Nicolas sprechen und ihn warnen, schoss es Madeleine durch den Kopf. Auch wenn sie nicht wusste, wie sie das tun sollte. Schließlich konnte sie ihm schlecht erzählen, woher sie ihre Informationen hatte. Irgendetwas würde ihr schon einfallen, beschloss sie und verließ eilig ihre Kammer.

Suchend lief sie durch das Schloss. Sie entdeckte Nicolas schließlich im Hof; er stand mit Monsieur Bruno zusammen – ausgerechnet! Mit schnellen Schritten lief Madeleine auf ihn zu.

»Wenn Ihr es für nötig befindet, für Eure Tätigkeiten das Schloss zu verlassen, ist das Eure Angelegenheit. Aber Ihr werdet Mademoiselle Kolb nicht noch einmal mitnehmen«, hörte sie Nicolas mit mühsam unterdrückter Wut sagen, als sie näher kam.

Madeleine sah, wie Monsieur Bruno betreten nickte. Nicht im Entferntesten hätte sein Verhalten mutmaßen lassen, dass es sich bei ihm um einen Spitzel des königlichen Geheimdienstes handelte. »Es war eine schwere Geburt, und ich brauchte dringend eine helfende Hand«, erklärte der Chirurg und wandte sich mit einem Nicken hastig zum Gehen, als er Madeleine bemerkte.

Nicolas drehte sich zu ihr. »Hast du vergessen, dass dich die Guise sogar aus Châtillon entführt haben?«, fragte er schneidend. »Wie kannst du hier nur das Schloss verlassen? Es wimmelt überall von Spionen«, fuhr er sie an.

»Es war leichtsinnig. Ich weiß«, entgegnete sie knapp. Seine Vorwürfe waren leider nur zu berechtigt. Doch sie hatte Doktor Bruno blind vertraut. »Nicolas, was habt ihr auf der Besprechung heute beschlossen? Werden wir Noyers verlassen?«, fragte sie dann mit angespannter Miene, als sie wieder die Schlosshalle betraten.

»Nein, wir bleiben. Vorerst. Es wäre ohne Frage das Sicherste, sich nach La Rochelle zu begeben, aber der Admiral und der Prinz befürchten, dass die Reise zu viele Gefahren birgt. Zu Recht – es sind Frauen und Kinder dabei«, erklärte er zögernd.

Sein Tonfall verriet seine Besorgnis. »Wir hoffen alle, dass wir uns über die Absichten der Truppen täuschen, die wir gesichtet haben …«, fügte er hinzu.

Madeleine war plötzlich stehen geblieben. »Nicolas, ihr müsst hier weg! Du musst den Admiral und den Prinzen de Condé überzeugen, dass ihr Noyers verlassen müsst! Ihr seid hier nicht sicher«, sagte sie beschwörend.

Er schaute sie überrascht an. Dann packte er ihr Handgelenk und zog sie mit sich, hinter eine der steinernen Säulen. »Wie kommst du darauf?« In seinem durchdringenden Blick lag etwas, das ihr Angst machte.

Es gab nur eine Möglichkeit, es ihm zu erklären, wurde ihr bewusst. Sie senkte den Kopf. »Ich … ich habe es gesehen!«

Seine Finger ließen ihr Handgelenk los. »*Gesehen?*« Er beugte sich zu ihr. »Du hast eine Vision gehabt?«

Sie nickte. Es war furchtbar, ihm das vorzumachen. Sie fühlte sich, als würde sie ihn betrügen.

»Wann?«, fragte er.

»Vorhin, als ich mit Monsieur Bruno zurück zum Schloss gefahren bin. Es war anders als sonst – wie ein Tagtraum«, versuchte sie zu erklären, da ihr die Visionen sonst immer unmittelbar vor den Ereignissen erschienen waren und Nicolas das wusste. »Aber ich weiß, dass es geschehen wird!« Sie sah ihn aufgelöst an, weil sie befürchtete, er könnte ihr nicht glauben.

»Bist du sicher?«, fragte er mit ruhiger Stimme.

Sie nickte noch einmal. »Ja, man wird euch angreifen!«, sagte sie.

Er blickte sie an. Dann drehte er sich abrupt auf dem Absatz um und lief mit schnellen Schritten durch die Halle.

23. AUGUST 1568 …

105

Sie waren mitten in der Nacht aufgebrochen. Die Dunkelheit zwang sie zwar zu einem langsamen Tempo, doch sie bot ihnen die Sicherheit und den notwendigen Schutz, den sie brauchten.

Die Müdigkeit ließ Madeleine trotz der milden Nacht auf ihrem Pferd frösteln.

Neben dem Admiral und seinen Kindern befanden sich Colignys Bruder, François d'Andelot, mit seiner Frau und Kindern, der Prinz de Condé und seine Gemahlin und Ronsard und Nicolas bei ihnen. Ein ganzes Regiment bewaffneter Soldaten und diverse Leute, die zum Gefolge gehörten, reisten mit ihnen. Unglücklicherweise zählte auch Monsieur Bruno zu Letzteren, wie Madeleine bestürzt festgestellt hatte.

Ihr Blick glitt an den dunklen Umrissen der Bäume entlang, die genau wie der Boden zu ihren Füßen nur schemenhaft zu erkennen waren. Ihr Pferd schien das nicht zu stören. Das spärliche Mondlicht schien Apollo genug Helligkeit zu spenden, um sich sicher vorwärtszubewegen. Um sich herum hörte sie den gedämpften Hufschlag der anderen Pferde und gelegentlich einzelne gesenkte Stimmen. Sie alle waren angehalten, sich so leise wie möglich zu verhalten.

Das helle Weinen eines Kleinkindes durchbrach die Stille, und man konnte die leisen beschwichtigenden Worte einer Frau hören, die auf das Kleine einredete, das schließlich zur Erleichterung aller wieder verstummte. Man hatte den Kindern erklärt, dass man einen ungewöhnlichen und aufregenden Ausflug in der Nacht machen würde, um ihre Ängste nicht unnötig zu schüren, aber Madeleine war sich gewiss, dass zumindest die Älteren vermuteten, was wirklich los war. Sie wandte den Kopf zu dem

Pferd vor sich, auf dem Colignys älteste Tochter, die zwölfjährige Louise, saß. Madeleine hatte das verstörte Gesicht des Mädchens gesehen, als es im Hof auf sein Pferd gestiegen war. Aufrecht und mit starrer Miene saß sie nun im Sattel, bemüht, sich nichts anmerken zu lassen.

Ein Anflug von Mitgefühl ergriff Madeleine. Erst vor wenigen Monaten hatten Louise und ihre Geschwister die Mutter verloren – und nun befanden sich die Kinder auf der Flucht. Genau wie sie selbst. Es war etwas beängstigend Alltägliches geworden zu fliehen, doch war heute etwas anders als sonst. Sie war nicht allein, sondern zusammen mit anderen Menschen.

»Bist du müde?« Die gesenkte Stimme war fast lautlos zu ihr gedrungen, und sie sah, dass Nicolas neben ihr ritt.

»Nur ein wenig«, erwiderte sie leise.

Er nickte und blieb an ihrer Seite.

Es war Nicolas nicht schwergefallen, den Admiral und Condé davon zu überzeugen, Noyers zu verlassen, denn nur kurz nach Madeleines Warnung hatten sie zusätzlich von einem Boten erfahren, dass nicht nur im Norden, sondern auch im Süden weitere Truppenbewegungen der Katholiken gesichtet worden waren. Nie zuvor war die Situation so ernst gewesen. Das ganze Land schien in Bewegung, um sie einzukesseln und an der Flucht zu hindern.

»Warum La Rochelle?«, hatte Madeleine Nicolas kurz vor ihrem Aufbruch gefragt.

Die Stadt sei fest in protestantischer Hand. Sie biete vom Land aus große Sicherheit, könne im Notfall aber auch über den Seeweg von England aus versorgt werden, hatte er ihr erklärt. Nicht nur der Admiral und der Prinz de Condé, sondern auch etliche andere hugenottische Edelleute machten sich zu dieser Stunde auf den Weg dorthin.

Kurz bevor der Morgen graute, legten sie endlich eine kurze Rast ein. Erschöpft ließ sich Madeleine zwischen den anderen Frauen und Kindern auf ihrem Umhang nieder, als sie neben sich in der Dunkelheit eine bebende Gestalt spürte. Es war Louise,

Colignys Tochter, die leise weinte. Madeleine legte den Arm um sie. »Du brauchst keine Angst zu haben. Wir werden sicher nach La Rochelle kommen. Vertrau mir«, flüsterte sie. Aus den Augen der Kleinen rannen Tränen, und sie schaute sie wortlos an. Dann nickte sie und legte den Kopf an ihren Arm. Das stumme Schluchzen ließ langsam nach. In diesem Moment bemerkte Madeleine in der Dunkelheit vor einem Baum eine aufrecht stehende Gestalt, die zu ihnen herübersah – es war der Admiral. Sie hätte nicht sagen können, wie lange er dort schon stand. Er neigte kaum wahrnehmbar den Kopf in ihre Richtung, bevor er sich leise wieder entfernte.

Man ließ ihnen kaum mehr als eine Stunde Schlaf, dann drängten die Anführer erneut zum Aufbruch. Heiß und blendend schien die Sonne an diesem Augusttag schon bald auf sie herab. Madeleine spürte, wie ihr der Schweiß vom Nacken und den Achselhöhlen den Körper hinunterlief, während sich der Zug langsam seinen Weg vorwärtskämpfte.

Der gefährlichste Teil ihrer Reise stand ihnen noch bevor – sie mussten die Loire überqueren. Gegen Mittag legten sie erneut eine Rast ein. Man hatte Späher vorausgeschickt. Als die ersten von ihnen zurückkamen, bestätigten sich ihre schlimmsten Befürchtungen. Soldaten der feindlichen Truppen hielten die Brücken besetzt. »Es sind viele – ein halbes Regiment bestimmt –, und sie stehen von den Brücken aus in Verbindung mit weiteren Männern ihrer Armee. Wir haben keine Möglichkeit, dort hinüberzukommen«, sagte einer der Kundschafter niedergeschlagen, und die anderen nickten ebenfalls.

»Sie haben gewusst, dass wir uns im Falle einer Flucht nach La Rochelle begeben würden!«, sagte Nicolas grimmig. Die Lage schien ausweglos. Der Admiral lief mit angespannter Miene auf und ab. Schließlich berieten sich die Männer, was am besten zu tun sei. Den Fluss im tiefen Wasser der Strömung zu durchqueren war zu gefährlich. Der Prinz de Condé schlug vor, die Frauen und Kinder mit einigen Soldaten zunächst zurückzulassen und sich mit einer Vorhut dem Kampf zu stellen. Es schien die einzige Lösung.

Da erreichte noch einer ihrer Späher das Lager. Er sei das Ufer der Loire einige Meilen in die andere Richtung abgeritten, berichtete er außer Atem. Auch dort würden die Brücken bewacht, und er hätte zahlreiche Soldaten gesehen. Aber unweit eines Waldgebiets bei Sancerre gäbe es zwischen zwei Brücken eine Biegung, in der der Fluss sich in mehrere Arme teilte, die später wieder zusammenflossen. Der Wasserstand sei dort dank der sommerlichen Hitze so niedrig, dass er gerade einmal bis zum Knie reiche, berichtete er aufgeregt.

Sie brachen sofort auf. Es glich einem Wunder. Als sie alle sicher das andere Ufer erreicht hatten, saß der Admiral ab und kniete sich für einen Moment zum Gebet nieder.

Später, als sie längst weitergeritten waren, lenkte er sein Pferd zu seiner Tochter Louise. Er legte ihr die Hand auf die Schulter. »Als Moses einst sein Volk aus Ägypten herausführte, da hat er das Rote Meer für sie geteilt, damit sie es durchqueren konnten, genau wie er uns an diese Stelle des Flusses geführt hat, damit wir ihn passieren können«, hörte Madeleine ihn sagen. »Gott ist immer an deiner Seite, Louise. Auch in den dunklen Stunden, in denen du Angst hast. Vergiss das nie!«, sagte er. Das Mädchen nickte und lächelte scheu.

LA ROCHELLE, SEPTEMBER 1568 …

106

Helle Steinfassaden erhoben sich vor dem Meer, und eine angenehme Brise wehte an diesem späten Septembertag durch die Straßen, die den Gestank der stickigen Sommerluft aufs Wasser hinaustrieb. Madeleine stand oben zwischen den Zinnen der Mauer, die die Stadt von allen Seiten umschloss, und blickte auf das leuchtende Blau hinaus. Es konnte in der Tat keinen sichereren Ort für die Protestanten geben als diese Stadt, denn La Rochelle glich einer Festung. Sogar zum Hafen hin wurde es von gewaltigen Mauern umgeben, sodass die Bewohner auch vor unliebsamen Eindringlingen vom Meer aus geschützt waren. Zwei große mächtige Türme flankierten den Eingang des Hafens, der während der Nacht mit einer riesigen schweren Kette geschlossen wurde.

Madeleine kam oft hierher. Im Gegensatz zu Châtillon und Noyers konnte auch sie sich in der Stadt ohne Gefahr frei bewegen. Sie betrachtete das Wasser vor sich. Als sie Anfang September La Rochelle erreicht hatten, hatte sie zum ersten Mal in ihrem Leben das Meer gesehen. Es war ihr in seiner Weite unendlich schön und bedrohlich zugleich erschienen, und seitdem war sie fasziniert davon, wie es täglich je nach Wind und Wetter seinen Farbton wechselte. Auch heute konnte sie sich nur zögerlich von diesem Anblick trennen, doch der Brief, den sie bei sich trug, musste auf den Weg gebracht werden. Während sie die steinernen Stufen hinunterstieg, hatte sie das Gefühl, ein schweres Gewicht würde auf ihre Schultern drücken.

Kurz nach ihrer Ankunft hier hatte Olivier plötzlich vor ihr gestanden. Er war mit etlichen anderen Leuten aus dem Gefolge von Châtillon nachgekommen. Der Stallknecht hatte nicht einmal etwas sagen müssen. Madeleine wusste auch so, was sie zu tun hatte. Die Drohungen des Geheimdienstchefs waren in ihren Gedanken gegenwärtig. Mit ausdrucksloser Miene hatte ihr Olivier mitgeteilt, dass sie ihre Briefe von nun an zu einem Krämer, einem gewissen Monsieur Salisse, bringen sollte, der sie weiterleiten würde.

Noch am selben Abend hatte Madeleine Lebrun einen ausführlichen Bericht geschrieben. Sie hatte ihm alles über ihren Aufbruch und ihre Reise nach La Rochelle mitgeteilt und berichtete seitdem regelmäßig über die Geschehnisse hier. Noch immer ließ sie Dinge aus, von denen sie glaubte, sie könnten die Hugenotten in Gefahr bringen, doch sie war vorsichtiger geworden und teilte dem Geheimdienstchef nun regelmäßig Einzelheiten mit, die sie nur durch ihre besondere Position im Umfeld von Coligny erfuhr. Der Anblick ihres eigenen Spiegelbilds war ihr seitdem unerträglich geworden.

Eilig drängte sich Madeleine auf der Straße zwischen den Menschen hindurch. Helle Häuser, die von dem jahrhundertealten Reichtum der Stadt zeugten, säumten die Straßen. Schon im Mittelalter war La Rochelle durch seine einzigartige Lage eine wohlhabende und florierende Handelsstadt gewesen. Madeleines Blick glitt an den prachtvollen Fassaden entlang, an denen der Wind und das Salz des Meerwassers Spuren der Verwitterung hinterlassen hatten. Ihr fiel auf, wie voll es in der Stadt geworden war. Täglich erreichten mehr Menschen La Rochelle. Die meisten hugenottischen Edelleute befanden sich inzwischen hier, und mit ihnen kamen ihr Gefolge, die Kaufleute und einfachen Protestanten. Vor wenigen Tagen war auch eine Frau eingetroffen, der alle die größte Ehrerbietung erwiesen – Jeanne d'Albret, die Königin von Navarre. Sie war die Schwägerin des Prinzen de Condé. Die überzeugte Protestantin, die an der Grenze zu Spanien über das kleine Reich Navarre herrschte und vom Papst als Ketzerin verurteilt worden war, hatte wie alle anderen hugenottischen Führer die Flucht ergriffen. Nur mit List und Kaltblütigkeit war es ihr gelungen, den Truppen des königlichen Gouverneurs im Süden noch zu entkommen.

Mit Jeanne de Navarre hatte etwas Erhabenes und Majestätisches in La Rochelle Einzug gehalten. Die Königin, die um die vierzig sein musste, war von hochgewachsener hagerer Gestalt, aber in ihrer Haltung und dem entschlossenen Blick ihrer großen blaugrauen Augen lag so viel Würde, dass selbst Männer höchsten Ranges untertänig vor ihr den Kopf senkten, wie Madeleine mitbekommen hatte.

Sie war der Königin das erste Mal im Haus des Admirals begegnet, als sie in Begleitung mehrerer Edelleute und zweier Hofdamen dessen Kabinett verließ. Unwillkürlich war sie in eine tiefe Verbeugung gesunken, als Jeanne de Navarre ihr in ihrem Kleid mit dem hohen steifen Kragen entgegenkam. Die Königin war vor Madeleine stehen geblieben.

»Wie ist dein Name, mein Kind?«, fragte sie.

»Madeleine Kolb«, hatte sie geantwortet.

»Kolb? Ein deutscher Name, nicht wahr?«, hatte sie in einem Tonfall gesagt, der mehr eine Feststellung als eine Frage war, und Madeleine hatte das Gefühl gehabt, dass die Königin genau wusste, wer sie war – als hätte der Admiral mit ihr über sie gesprochen.

Diese Begegnung und die Tatsache, dass La Rochelle eine Hochburg der Protestanten war, ließen Madeleine unweigerlich an Nicolas' Drängen denken, zu konvertieren. Er sorgte sich um ihre Sicherheit, das spürte sie, und sie fühlte sich dadurch nur noch schlechter. Die Schuldgefühle, die sie quälten, waren schrecklich. Manchmal fuhr sie in der Nacht schweißgebadet und voller Panik aus dem Schlaf auf und fragte sich, wie sie sich jemals aus diesem Netz von Lügen und Unwahrheiten befreien sollte. Wenn Nicolas sie dann beruhigend in seine Arme zog, wusste sie nicht, was schlimmer war – die Vorstellung, dass ihm etwas passieren könnte oder dass er jemals erfuhr, was sie tat.

Sie bemühte sich, den Gedanken daran mit aller Macht zu verdrängen, als sie auf den Krämerladen zuging, der sich am Ende der Straße befand. Madeleine öffnete die Tür und trat über die Schwelle.

Monsieur Salisse, der gerade dabei war, mit einer Feder etwas in sein Buch zu schreiben, blickte auf. Wortlos stand er auf, und sie folgte ihm, wie die Male zuvor, in ein Hinterzimmer. Dort gab sie ihm den Brief und erhielt im Austausch ein kleines Päckchen für Doktor Bruno – eine Vorsichtsmaßnahme, falls jemand sie fragen sollte, was sie beim Krämer getan hatte. Als sie wenig später wieder auf die Straße hinaustrat, verspürte sie einen schalen Geschmack im Mund.

107

Er wich zwischen die Häuser zurück, als ihre schlanke Gestalt mit schnellen Schritten zwischen den Leuten an ihm vorbeilief. Nachdenklich starrte San Lorenzo ihr hinterher. Es war das dritte Mal, dass sie den Krämer aufgesucht hatte. Sie kam stets mit einem Päckchen heraus, als hätte sie tatsächlich nur eine Besorgung gemacht, doch ihr Verhalten kam ihm dennoch verdächtig vor – wie überhaupt alles an ihr.

Gerade noch rechtzeitig sah er, dass sie sich im Laufen umdrehte, und wich instinktiv ein Stück weiter zurück. Schließlich verschwand ihre Gestalt zwischen den Leuten. San Lorenzo kniff die Augen zusammen, aber sie war nicht mehr zu sehen. Er konnte es noch immer nicht fassen, dass sie tatsächlich zurückgekommen war. Die Geschichte, die sie dem Admiral in Châtillon aufgetischt hatte, war überzeugend gewesen. Selbst er wäre in Versuchung gewesen, ihr zu glauben, wenn er nicht die Wahrheit gekannt hätte – nämlich, dass sie keineswegs auf der Reise nach Paris durch eine Unachtsamkeit der Wachen, sondern bereits etliche Tage zuvor aus dem Kerker der Guise in Meaux geflohen war, und zwar mit fremder Hilfe, wie ihm der Herzog d'Alava berichtet hatte.

Es war ihm inzwischen gelungen, ihr Zimmer zu durchsuchen. Sie besaß wenig, und auf den ersten Blick hatte er nichts Auffälliges gesehen – doch dann hatte er zwischen ihrer Kleidung Papier und Feder entdeckt. Sie hatte sie, sorgfältig in ein Tuch gewickelt, unter ihren Sachen in einer Kommode versteckt. Der Gänsekiel war noch feucht von der Tinte gewesen.

Aber wem schrieb eine junge Frau, die keinerlei Familie besaß, in diesen Zeiten? Wer um Gottes willen war sie wirklich oder, besser gefragt, wer hatte sie hierhergeschickt?

Mit angespannter Miene trat San Lorenzo zwischen den Häusern hervor. Er brauchte mehr Informationen! Leider hatte ihm der spanische Botschafter auf seinen letzten Brief, in dem er ihm von ihrer überraschenden Rückkehr nach Châtillon berichtet hatte, nicht geantwortet. Er fragte sich, ob sein Schreiben überhaupt angekommen war. Die ständigen Ortswechsel und die Übergriffe, die es allerorten gab, erschwerten ihre Korrespondenz auf unvorhergesehene Weise.

Sein Blick glitt zu dem Krämerladen. Er würde zurückkommen und herausbekommen, was sie dort gemacht hatte. Jetzt war jedoch nicht der richtige Zeitpunkt – es waren zu viele Menschen unterwegs, und jeder konnte ihn erkennen. San Lorenzo wusste, dass er vorsichtig sein musste. Es stand zu viel auf dem Spiel – nun, da sich das Rad endlich zu ihren Gunsten gedreht hatte.

Ein befriedigtes Lächeln glitt über seine Lippen, als er sich an die Nachricht erinnerte, die heute Morgen ein Bote ins Haus des Admirals gebracht hatte. Er sah die empörten, aufgebrachten Gesichter der Hugenotten noch immer mit Genugtuung vor sich. Der französische König hatte mit einem neuen Edikt die Ausübung der protestantischen Konfession verbieten lassen. Die reformierten Pastoren waren angewiesen worden, das Land innerhalb von zwei Wochen zu verlassen, und alle königlichen Offiziere durften von nun an nur noch Katholiken sein. Endlich tat Frankreich das, was sich Spanien schon lange wünschte und forderte!

San Lorenzo musste zugeben, dass die Guise in dieser Angelegenheit Stärke bewiesen hatten, denn das Edikt von Saint-Maur trug unverkennbar die Handschrift des Kardinals de Lorraine, der seinen neu gewonnenen Einfluss auf den französischen König geltend gemacht hatte. Nun würde es erneut zum Krieg kommen – einem Kampf, den sein Herr, der spanische König Philipp II. mit Freuden begrüßte und – genau wie der Papst – mit allen Mitteln unterstützen würde, um die Protestanten in Europa endgültig zu vernichten!

108

Madeleine war froh, als sie wieder das Palais erreicht hatte. Die Wachen nickten ihr freundlich zu. Als sie aus dem Krämerladen gekommen war, hatte sie das ungute Gefühl gehabt, jemand würde sie beobachten. Mehrmals hatte sie sich umgedreht, aber sie hatte niemanden gesehen.

Ihre Hand umklammerte das Päckchen mit den Kräutern fester, als sie, den Blick auf den Boden gerichtet, über den Hof lief. Sie hatte Angst, stellte sie fest. Jedes unbekannte Gesicht, das sie sah, erweckte ihr Misstrauen.

Vor zwei Tagen hatte sie sogar den Verdacht gehabt, jemand hätte ihr Zimmer durchsucht. Sie war überzeugt gewesen, die Feder und das Papier zwischen ihrem Kleid und dem Schultertuch versteckt zu haben, doch es lag plötzlich zwischen Kleid und Unterrock. Madeleine seufzte. Vielleicht bildete sie sich auch alles nur ein? Es war kein Wunder, dass sie wahrscheinlich schon an Verfolgungswahn litt. Sie straffte die Schultern und beschleunigte ihren Schritt, als sie auf das Hauptportal zutrat und unversehens gegen eine Gestalt prallte, die gerade schwungvoll aus der Tür trat. Das Päckchen mit ihren Kräutern fiel zu Boden.

»Oh, Verzeihung, Mademoiselle! Wie ungeschickt von mir …« Der junge Mann, um den es sich vor ihr handelte, bückte sich, um das Päckchen aufzuheben. Mit höflicher Geste lüftete er den Hut. Er besaß bereits eine ausgeprägt männliche Statur, die von der offiziellen militärischen Kleidung, die er trug, noch unterstrichen wurde, doch sein Gesicht war noch jung. Madeleine schätzte ihn nicht älter als fünfzehn. Seine braunen Augen kamen ihr unerwartet bekannt vor.

»Ich muss mich entschuldigen, Mademoiselle«, sagte er und blickte sie plötzlich erstaunt an – im selben Augenblick, als auch sie erstarrt erkannte, wer er war: der Junge, den sie damals in Éclaron daran gehindert hatte, die einstürzende Brücke zu überqueren! Irritiert fragte sie sich, was er hier zu suchen hatte.

Ein breites Lächeln überzog sein Gesicht. »Ich hätte nicht gedacht, dass wir uns noch einmal begegnen würden, Mademoiselle. Umso erfreuter seht Ihr mich. Sagt, wie verschlägt es Euch hierher?«, fragte er.

Ihr fiel auf, wie gewählt, ja fast ein wenig steif er sich für sein jugendliches Alter ausdrückte, und sie lächelte. »Mir liegt die gleiche Frage auf den Lippen …«, sagte sie.

»Nun, meine Mutter ist hier«, antwortete er, als würde das alles erklären. Er bemerkte ihren verständnislosen Blick und tippte sich mit der Hand an den Hut. »Oh, natürlich. Bei unserer letzten Begegnung hatte ich nicht mehr die Möglichkeit, mich vorzustellen, da sich die Ereignisse etwas überschlugen …« Er grinste verschmitzt. »Mein Name ist Henri – Henri, Prinz de Navarre!«

Einen Moment lang fehlten Madeleine die Worte, als sie begriff, was er da eben gesagt hatte. Er war der Sohn von Jeanne d'Albret, der Königin von Navarre?!

»Ich heiße Madeleine Kolb«, sagte sie schließlich, als sie ihre Sprache wiederfand, und neigte höflich den Kopf.

Er nickte, und sein Blick streifte ihr Gesicht und ihre Figur für einen kurzen Moment mit überraschend männlichem Interesse. Dann lächelte er jedoch sogleich wieder jungenhaft.

»Würdet Ihr mir angesichts unseres unverhofften Wiedersehens die Gunst eines kurzen Spaziergangs im Garten schenken?«, bat er.

Sie nickte. »Nur zu gerne.«

»Ich hatte nie die Gelegenheit, mich bei Euch zu bedanken. Ihr habt mir damals immerhin das Leben gerettet«, sagte Henri, als sie wenig später durch den Garten liefen, der sich an das Palais anschloss.

»Aber das habe ich nicht!«, widersprach sie.

»O doch, Mademoiselle. Darf ich Euch etwas fragen? Es ist etwas, das mich immer wieder beschäftigt hat.« Mit unerwartetem Ernst wandte er ihr sein Gesicht zu.

»Sicher«, erwiderte sie.

»Was genau habt Ihr damals am Fluss gesehen?«

Sie war verunsichert und wollte es leugnen, doch dann sah sie seine Augen. Durch ihre Vision fühlte sie sich auf seltsame Weise mit ihm verbunden, und er kam ihr vertraut vor.

»Bitte, ich weiß, dass Ihr es vorhergesehen habt, und ich habe es nie jemandem erzählt, aber ich muss es für mich wissen. Ihr habt mich gesehen, nicht wahr? Was wäre mit mir geschehen?«, fragte er sie leise.

Ihre graublauen Augen schauten ihn offen an. Sie kam sich plötzlich alt vor. »Warum wollt Ihr das wissen?«

Seine Finger fuhren über den Knauf seines Degens. »Als Ihr damals am Fluss standet, kurz bevor Ihr das Bewusstsein verlort, habt Ihr mich so entsetzt und verzweifelt angesehen. Diesen Gesichtsausdruck, ich habe ihn in all den Jahren nie vergessen. Sagt es mir – was wäre mit mir passiert?«

Madeleine schwieg einen Moment lang. »Ihr wäret von der Brücke in den Fluss gerissen worden – mit Eurem Pferd. Euer Fuß hätte sich im Steigbügel verfangen …«, sagte sie tonlos und schloss unwillkürlich die Augen, weil sie wieder sein Gesicht vor sich sah, als er in die Tiefen des Flusses gezogen wurde. »Ihr wäret ertrunken«, fügte sie leise hinzu.

Er war blass geworden. »Danke! Ich habe immer geahnt, dass so etwas geschehen wäre.« Er lächelte schief. »Das Wasser und ich scheinen nicht füreinander geschaffen zu sein. Ob Ihr es glaubt oder nicht – kurz nach meiner Ankunft hier bin ich auf einem der Deiche spazieren gegangen und dabei abgerutscht und ins Meer gestürzt. Einer der Offiziere musste mich aus dem Wasser ziehen.«

Sie blickte ihn ungläubig an. »Ihr solltet wahrhaftig vorsichtiger sein!«

Henri war vor ihr stehen geblieben. »Das sollte ich«, gab er zu. »Und ich danke Euch. Es ist wohl anzunehmen, dass der Allmächtige noch anderes mit mir vorhat, wenn er auf so ungewöhnliche Weise mein Leben durch Eure Hand retten ließ!«, setzte er mit einem entwaffnenden Lächeln hinzu.

Madeleine erinnerte sich plötzlich an ihren immer wiederkehrenden Traum und daran, dass sie ihn darin gesehen hatte, wie er voller Verzweiflung weinte. Ein beklemmendes Gefühl beschlich sie, und etwas in ihr spürte, dass Henri de Navarres Schicksal eines Tages tatsächlich, weit bedeutungsvoller sein würde, als er oder sie es sich jetzt vorstellen konnten.

109

Nicolas' Blick glitt erneut zum Hof hinaus. Überrascht hatte er beobachtet, wie der junge Henri de Navarre und Madeleine sich begrüßten, als würden sie sich seit Langem kennen. Ein leiser Stich durchfuhr ihn, den aber nicht die Eifersucht verursachte. Der Prinz war nicht einmal fünfzehn, und auch wenn sein Aussehen und reges Interesse bereits jetzt die Leidenschaft ahnen ließen, mit der er sich eines Tages den Frauen zuwenden würde, war er für ihn weiß Gott keine Konkurrenz. Doch Nicolas fragte sich, woher die beiden sich kannten. Sie waren zum Garten hin entschwunden, und ihm wurde wieder einmal bewusst, wie viel es gab, das er nicht über Madeleine wusste.

Noch immer wartete er darauf, dass sie ihm alles anvertraute, doch sie schien Zeit zu brauchen. Madeleine war oft besorgt und angespannt. Er nahm an, dass sie die Angst beherrschte, eine ihrer Visionen könnte sie unvorhergesehen wieder ergreifen – oder die Frage, ob sie konvertieren sollte, beschäftigte sie. Sein Drängen hatte sie vermutlich zusätzlich unter Druck gesetzt. Dabei ging es ihm allein um ihre Sicherheit.

»Die Frage unseres Glaubens ist schon lange keine nationale Frage mehr, wie sich zeigt. Ganz Europa wird diesmal auf französischem Boden kämpfen«, sagte der Admiral, den er wenig später aufsuchte. Auch der Prinz de Condé und Jeanne d'Albret, die Königin von Navarre, waren anwesend.

Schon lange waren Coligny und auch Condé davon überzeugt, dass die Protestanten sich über die Grenzen ihres Landes hinweg solidarisieren mussten, und genau das würde nun geschehen.

Coligny hatte eine große Karte entrollt und tippte darauf.

»Die Truppen des Prinzen d'Orange werden von Osten her über das Elsass nach Frankreich eindringen«, erklärte er.

»Wann werden wir mit ihnen rechnen können?«, erkundigte sich Condé.

»Nicht vor November!«, meinte der Admiral. Er wandte sich zu Nicolas. »Der Herzog von Zweibrücken hat uns seine militärische Unterstützung bestätigt. Uns hat gerade ein Schreiben unseres Agenten Francourt erreicht. Wir werden sechstausend Reiter und sechzehntausend Mann Infanterie erhalten. Die Entlohnung der Männer haben selbstverständlich wir zu übernehmen.«

»Das sind gute Nachrichten!«, stellte Nicolas erfreut fest. Schon im Juli hatten sie ihren Agenten Francourt zu Verhandlungen in die Pfalz geschickt. England würde ihnen die notwendigen Summen dafür verauslagen. »Dann leiht uns Königin Elisabeth von England die zweihunderttausend Ecus, ohne dass wir ihr eine Sicherheit für das Geld geben?«, erkundigte er sich.

»Nein«, mischte sich Jeanne d'Albret mit klarer Stimme ins Gespräch. »Das tut sie nicht, aber sie hat meine Juwelen als Sicherheit akzeptiert – von Königin zu Königin.«

Nicolas neigte respektvoll den Kopf.

Jeanne d'Albret lächelte leicht. Während der Prinz de Condé und der Admiral die militärische Führung übernahmen, würde sie sich von La Rochelle aus um die finanziellen Mittel, die Verwaltung und die Kommunikation nach außen kümmern. Nicolas war sich sicher: Niemand würde diese Aufgaben besser zu bewältigen wissen und mehr Respekt genießen als sie. Jeanne d'Albret besaß nicht nur eine scharfe Intelligenz und war von den tiefen moralischen Werten der Protestanten durchdrungen, sondern in ihren Adern floss auch das Blut der Könige Frankreichs. Ihre Mutter war die Schwester François' I. gewesen.

Coligny blickte zu Nicolas. »Der Prinz de Condé und meine Person müssen den Vertrag des Herzogs von Zweibrücken noch bestätigen. Ich möchte, dass Ihr mit unserer Antwort nach Deutschland reist und dort mit Francourt die Truppenerhebung überwacht und sie mit unserem Bündnispartner nach Frankreich begleitet.«

Nicolas nickte. »Es wird mir eine Ehre sein!«, sagte er.

110

Schon von Weitem sah sie, dass sich vor dem Krämerladen eine Menschenmenge angesammelt hatte.

Madeleine verlangsamte überrascht ihren Schritt. Die Leute redeten aufgeregt miteinander – sie wirkten betroffen und aufgelöst. Sie überlegte, was sie tun sollte. Sie konnte Monsieur Salisse unmöglich zwischen all den Menschen ihren Brief geben. Sollte sie später wiederkommen? In diesem Augenblick löste sich die Gestalt eines Mannes, die am Rand stand, aus der Menge und kam auf sie zu. Es war Doktor Bruno. Er lief wie ein gewöhnlicher Passant, weder besonders schnell noch langsam, doch seine Mundpartie wirkte eindeutig angespannt. Ohne auch nur stehen zu bleiben, zog er sie am Arm unauffällig mit sich, in die Richtung, aus der sie gekommen war.

»Was soll das?« Sie wollte sich losmachen, doch er hielt sie mit unerwarteter Kraft fest.

»Kommt hier weg, sofort!«, sagte er leise.

Sie schaute ihn an. »Was ist denn passiert?«, fragte sie verwirrt.

»Nicht hier. Und versucht um Gottes willen nicht so zu schauen«, fügte er zwischen zusammengepressten Zähnen hinzu, während er sie weiter mit sich zog, denn ein ihnen entgegenkommender Mann starrte sie bereits neugierig an.

Wortlos überließ sich Madeleine seiner Führung. Sie liefen bis zum Ende der Straße, und erst zwei Ecken weiter, in einer leeren Gasse, blieb Doktor Bruno endlich stehen.

Sein Gesicht war unnatürlich blass.

»Monsieur Salisse, der Krämer, wurde ermordet«, berichtete er mit gesenkter Stimme. Sie bemerkte überrascht die Angst in dem Gesicht des Chirurgen. Ein kalter Schauer lief ihr über den Rücken.

»Ermordet?«

Monsieur Bruno nickte. Er fuhr sich mit der Hand über die Stirn, auf der sich trotz des kühlen Windes ein feiner Schweißfilm zeigte. »Ja, und sein Laden wurde anscheinend durchsucht!«

Madeleine spürte, wie ihr plötzlich schwindlig wurde. Sie lehnte sich gegen die Hauswand. Entsetzt blickte sie Doktor Bruno an. »Meine Briefe! Ich habe ihm erst vorgestern ein Schreiben gegeben!«, sagte sie tonlos.

»Gewöhnlich hat Monsieur Salisse die Briefe schnellstmöglich an einen reisenden Händler weitergegeben. Wir können nur hoffen, dass nichts mehr in seinem Laden war«, erwiderte der Chirurg. Er griff sich mit einer Geste, als stünde er kurz vor dem Ersticken, an den Kragen, um diesen zu lockern. Erst in diesem Moment begriff Madeleine, dass er dem Krämer anscheinend ebenfalls seine Briefe anvertraut hatte.

»Und es war auf keinen Fall ein Überfall?«, fragte sie.

Monsieur Bruno schüttelte den Kopf. »Nein, der Krämer war arm und konnte von seinem Laden kaum leben. Deshalb hat er ja die Botendienste übernommen! Und warum sollte jemand bei einem Überfall alles durchsuchen?«

Madeleine versuchte gegen die Panik anzukämpfen, die bei seinen Worten erneut in ihr hochstieg. Ihr Herz schlug bis zum Hals. »Ich habe Angst!«, erklärte sie leise. Es war die Wahrheit. Auch wenn die Berichte, die sie Lebrun schrieb, nach einem Code von Wörtern verschlüsselt waren, war ihr klar, in welcher Gefahr sie sich befand, wenn jemand sie gefunden haben sollte. Sie erinnerte sich plötzlich daran, dass sie nach ihrem letzten Besuch im Laden geglaubt hatte, verfolgt zu werden, und es kam ihr vor, als würde ein unsichtbarer schwarzer Schatten um sie schweben, der nur darauf wartete zuzugreifen.

Sie sollte fliehen, dachte sie, als sie später wieder zurück im Palais war. Weit weg, in ein anderes Land, in dem sie niemand kannte. Doch sie war sich sicher, dass Lebrun sie überall aufspüren würde – und das war nicht der einzige Grund, warum sie den Gedanken an eine Flucht gar nicht weiter erwog. Sie liebte Nicolas – ein Leben ohne ihn konnte sie sich nicht vorstellen. Nachdenklich starrte sie vor sich in das Feuer des kleinen Kamins.

Als Nicolas später in der Nacht zu ihr kam, fragte sie sich zum ersten Mal, in welche Gefahr sie ihre Gefühle für ihn wirklich bringen würden.

»Was ist mit dir?« Er strich ihr sanft eine Haarsträhne aus dem Gesicht. Noch immer war ihr die Unruhe anzumerken. Besorgt schaute Nicolas sie an, und sie merkte, wie ihr die Tränen in die Augen traten. Es zerriss sie, dass sie ihm nicht die Wahrheit sagen konnte. »Ich habe Angst!«, sagte sie zum zweiten Mal an diesem Tag.

Er zog sie in seine Arme. »Wovor? Vor dem Krieg?«

»Vor allem. Vor meinen Visionen, davor, dass ich konvertieren soll, vor den Guise ...« Sie brach ab. »Ich blicke in die Gesichter von fremden Menschen und fürchte mich vor ihnen. In den letzten Tagen bin ich manchmal zur Wehrmauer am Hafen gelaufen, und ich hatte das Gefühl, jemand würde mich beobachten«, fuhr sie leise fort.

Nicolas' Augen wurden schmaler. Er griff sie an den Armen.

»Madeleine, auch wenn wir hier in La Rochelle sind und die Stadt im Grunde sicher ist, du solltest trotzdem besser nicht alleine unterwegs sein«, sagte er eindringlich.

Sie wich seinem Blick aus. »Darf ich dich etwas fragen? Dieser Verräter, von dem du mir in Châtillon erzählt hast, glaubst du, dass es jemand von den Guise ist?«

Er zuckte die Achseln. »Ich weiß es nicht. Die Guise oder auch die Medici. Letztendlich spielt es keine Rolle, für wen dieser Verräter arbeitet, sondern allein, was er tut«, erwiderte er mit so finsterer Miene, dass Madeleine bei seinen Worten der Atem stockte.

Nicolas ließ sie los und trat zum Kamin. Einen Augenblick lang schaute er ins Feuer. »Deine Familie stammt doch aus der Pfalz, oder?«

Sie nickte irritiert. »Ja, warum?«

»Ich werde mit einem wichtigen Auftrag verreisen müssen«, erklärte er. »Für längere Zeit – nach Deutschland.«

Madeleine starrte ihn an.

»Ich habe lange überlegt. Es wird nicht ungefährlich sein, aber wenn du hier allein bleibst und wieder eine deiner Visionen hast, ist das Risiko weitaus größer. Ich möchte, dass du mich begleitest!«

Sprachlos blickte sie ihn an. Das Angebot, hier allem entfliehen zu können, erschien ihr zu verheißungsvoll, um wahr zu sein.

III

Die aufgehende Sonne brach nur zögernd durch die graue Wolkendecke durch. Um sie herum war die Landschaft noch immer in einen feuchten dunstigen Novembernebel gehüllt, der nur schemenhaft die Umrisse von Wald und Feldern sichtbar werden ließ. Madeleine war dankbar für den warmen Umhang, der hinab bis zu ihren Waden reichte. Der Kragen und Aufschlag war mit einem schmalen Pelz besetzt, und eine verzierte Schnalle verschloss ihn oben am Hals – es war das Kleidungsstück einer wohlhabenden Frau. Ihr Blick glitt unwillkürlich zu den drei Männern, die in ihren bunten Kniebundhosen, den gefütterten Umhängen, unter denen sie ihre Waffen verbargen, und Hüten nicht weniger fremd wirkten. Sie reisten als Kaufleute, als Tuchhändler – ein Ehepaar mit seinem Gehilfen und Diener, die auf dem Weg nach Deutschland waren. In dem Gepäck ihrer Lastpferde befanden sich sogar die Muster von Stoffproben.

Clément und Guillaume sollten sie zu ihrer Sicherheit bis zur deutschen Grenze begleiten, von dort würden die beiden Männer sich weiter in Richtung Osten begeben, um zu den Truppen des niederländischen Prinzen Guillaume d'Orange zu stoßen.

Noch vor Morgengrauen waren sie in aller Stille und Heimlichkeit aus La Rochelle aufgebrochen. Nur der Admiral war über ihre Abreise informiert. Anfangs hatte er sich dagegen ausgesprochen, dass Madeleine Nicolas begleitete, doch die Tatsache, dass die Männer zusammen mit einer Frau weniger verdächtig wirken würden und sie darüber hinaus auch noch Deutsch sprach, hatte ihn schließlich zustimmen lassen.

Es war Madeleine in der Nacht gerade noch gelungen, Monsieur Bruno von ihrem bevorstehenden Aufbruch zu benachrichtigen. Sie hätte keine Wahl gehabt, sich gegen die Reise zu wehren, behauptete sie ihm gegenüber und hatte die Verzweifelte gespielt. Sie wusste, wie viel davon abhing, dass der Chirurg ihr glaubte. Am Ende hatte Bruno ihr sogar zugeredet. Er würde es schaffen, Lebrun trotz des toten Krämers auf irgendeinem Weg darüber zu informieren, und man würde wieder mit ihr Verbindung aufnehmen.

Sie betrachtete den milchigen Schleier, der über der Landschaft lag und ihr etwas Märchenhaftes gab, und hoffte inständig, dass es zu Letzterem nie kommen würde. Die Reise schien ihr – trotz aller Unsicherheiten, die sie erwarteten – noch immer wie ein Geschenk. Dabei war sie überrascht gewesen, als Nicolas ihr erzählte, dass ihre Reise sie ausgerechnet in die Pfalz führte, nach Zweibrücken, dorthin, wo sie geboren war. Einen kurzen Moment hatte sie gezögert, weil sie an ihre Großmutter denken musste, doch dann hatte sie sich gefreut, an den Ort ihrer Kindheit zurückzukehren, der für sie vor allem mit ihrer Mutter verbunden war.

112

Der Brief war mit fast drei Monaten Verspätung angekommen. Die knittrige Struktur des faserigen Papiers zeigte deutlich die Spuren der langen Reise, aber die geschwungene Schrift des Herzogs d'Alava war noch deutlich zu erkennen. San Lorenzos Mund wurde schmal, als er die Zeilen erneut las.

Ich habe in äußerster Unruhe die letzte Neuigkeit von Euch vernommen. Ihr müsst sie aus dem Weg schaffen. Sofort. Sie war in den Monaten nach ihrer Flucht bei der Medici, wie wir inzwischen erfahren haben. Ich brauche Euch nicht zu erklären, was das bedeutet.

Er ließ das Papier in seiner Hand nach unten sinken. Nein, das brauchte er nicht. Dieses Biest – sie hatten sie alle unterschätzt, dachte San Lorenzo grimmig. Nun ergab alles auf einmal einen Sinn. Er dachte an den Brief, den er beim Krämer gefunden hatte. Er war verschlüsselt gewesen – auf den ersten Blick ging es nur um Belanglosigkeiten wie das Wetter und die Landschaft, aber die Wiederholungen hatten keinen Zweifel daran gelassen, dass mit den Zeilen ein anderer Inhalt transportiert wurde.

Ihre ganze unschuldige Art – alles war nur gespielt.

Wäre der Brief nur zwei Tage früher gekommen! Wie leicht wäre es gewesen, ihre Leiche hier in La Rochelle irgendwo im Meer verschwinden zu lassen! Aber jetzt? Er war zu spät gekommen. Als er sich in der Nacht in ihr Zimmer geschlichen hatte, war sie schon fort gewesen. Sie hatte La Rochelle zusammen mit Vardes verlassen. Die beiden waren auf dem Weg in die Pfalz. San Lorenzo faltete mit kalter Miene das Papier zusammen, während sich in seinem Kopf ein Plan zu formen begann. Es gab jemanden aus früheren Jahren – einen Mann, den er dort kannte.

113

Während der ersten Tage, auf dem Weg durch das Poitou, hatten sie sich weitestgehend in Sicherheit befunden. Schon im September und Oktober hatten die Hugenotten begonnen, die Städte im Vorland von La Rochelle in ihre Hand zu bringen und dadurch eine breite Verteidigungsfront gen Westen geschaffen. Sie gelangten daher ohne besondere Vorkommnisse bis zum Ufer der Vienne.

»Wenn wir den Fluss überquert haben, wird alles anders sein. Die katholischen Truppen befinden sich von Süden und Norden aus auf dem Weg nach Poitou. Wir können jederzeit auf Soldaten von ihnen treffen«, erklärte Nicolas.

Madeleine nickte. Die Männer würden sich deshalb ebenfalls als Katholiken ausgeben, wie er ihr erklärt hatte.

Nicolas hatte sich zu Guillaume gewandt. »Und du – wenn man uns irgendwelche Fragen stellt, sage nichts. Dein niederländischer Akzent könnte uns sofort verraten!«

»Aber es gibt doch auch niederländische Katholiken!«, widersprach Guillaume.

»Ja, aber nicht hier in Frankreich ... Solltest du etwas sagen müssen, du bist ein Cousin von Madeleine, aus dem niederländischen Zweig ihrer Familie, der nach dem Tod seiner Eltern zu uns nach Toulouse gekommen ist, um uns in unserem Tuchhandel zu helfen«, erwiderte Nicolas.

Dann überquerten sie den Fluss. Von nun an mieden sie die Städte und größeren Orte und reisten übers Land – vorbei an weiten Feldern, kleinen Dörfern und Siedlungen. Beklommen sah Madeleine dort die Armut der Menschen, in deren Gesichtern sich die Angst vor dem neuen Bürgerkrieg spiegelte. Überall hatten die Bewohner begonnen, eine eigene Miliz aufzustellen, obgleich die Waffen bei vielen aus kaum mehr als ein paar Stöcken und selbst geschnitzten Lanzen bestanden. Auch in den kleinsten Orten wurden Gräben ausgehoben und Mauern verstärkt, um sich verteidigen zu können.

»Gott gebe, dass man diesem Coligny endlich die Kehle durchschneidet und ihn und sein Ketzerpack auf den Scheiterhaufen schickt. Nur Krieg und Zerstörung haben sie über unser Land gebracht«, sagte der Wirt in einem heruntergekommenen Gasthaus, in dem sie am Abend Quartier bezogen. Wie zur Bekräftigung spuckte er auf den Boden.

Madeleine bekam mit, wie Guillaumes Hand am Tisch mit angespannter Miene unter den Umhang glitt. Der Wirt, der nichts zu merken schien, wandte sich zu Nicolas. »Ihr seid mutig, Herr, dass Ihr mit einer so jungen und hübschen Gemahlin in diesen Zeiten eine solche Reise nach Deutschland wagt!«

Nicolas nickte. »Wir hoffen, dass wir dort einige Zeit bleiben können, bis der Krieg hier vorbei ist«, erwiderte er ruhig. Madeleine zwang sich zu einem Lächeln, doch sie war froh, als sie wenig später die ächzende Holzstiege zu ihrem Zimmer, einer engen, spärlich möblierten Kammer, hochstiegen. Da Nicolas und sie als Ehepaar reisten, mussten sie die Nacht nun auch offiziell in einem Zimmer verbringen und waren zu keinen Heimlichkeiten mehr gezwungen.

Durch das kleine Fenster schaute sie nach draußen in den nachtschwarzen Himmel. »Darf ich dich etwas fragen? Warum bist du eigentlich Protestant geworden?«, fragte sie unerwartet.

Nicolas, der seinen verstaubten Umhang abgelegt hatte und dabei war, seinen Kragen zu lockern, drehte sich zu ihr. Er ließ die Hand nach unten sinken und schien nur ungern zu antworten. »Das ist eine lange Geschichte – sie hängt mit meinem älteren Bruder Jacques zusammen«, sagte er zögernd und lehnte sich gegen die Wand. »Meine Familie war streng katholisch, doch Jacques fühlte sich von Beginn an zu dem neuen reformierten Glauben hingezogen. Er ging zu den ersten Gottesdiensten, die es damals in Paris gab …« Nicolas fuhr sich mit der Hand durchs Haar. Erstaunt bemerkte sie, dass sich sein Gesichtsausdruck verdüstert hatte. »Mein Vater ahnte nichts davon. Er war ein Lehnsmann des Herzog de Guise. Eines Abends wurde er von einem der Offiziere des Herzogs gebeten, mit einigen anderen katholischen Edelleuten zur Sorbonne zu kommen. Dort hätten sich mehrere Hundert Protestanten zu einem geheimen Gottesdienst versammelt. Man wollte ein Exempel statuieren und sie verhaften lassen. Ich wusste, dass Jacques dort war. Ich bin aus dem Haus gerannt, um ihn zu warnen. Doch ich kam zu spät …« Er blickte Madeleine voller Ohnmacht an. »Es war furchtbar«, erklärte er mit zusammengepressten Lippen. »In den Straßen hatte sich bereits ein aufgebrachter Mob versammelt – aufrechte Katholiken, sogar einige Priester waren darunter. Sie haben sich mit Steinen bewaffnet und sind auf die Protestanten losgegangen.«

Madeleine schauderte unwillkürlich, als sie sich das furchtbare Szenario vorstellte.

»Ich habe noch versucht, meinem Bruder Jacques zu helfen, ihn zu verteidigen, doch ich hatte keine Chance. Er wurde vor meinen Augen erschlagen. Man hat ihm die Haare ausgerissen und seinen Leichnam durch die Straßen geschleift«, schilderte Nicolas. Seine Stimme klang brüchig, und aus seinem Gesicht war alle Farbe gewichen.

»Doch fast noch schlimmer war der Anblick meines Vaters. Er hat uns nicht gesehen, aber ich ihn. Tatenlos stand er zwischen den anderen katholischen Edelleuten am Straßenrand und hat einfach zugesehen«, fuhr er fort. »Ich wurde später von den Leuten der Guise festgenommen. Sie glaubten, ich hätte auch an dem Gottesdienst teilgenommen, und misshandelten mich. Einer hat schließlich einen Dolch genommen und mir ein Kreuz in die Wange geschnitten …«

Madeleine blickte Nicolas entsetzt an.

»Vermutlich hätten sie mich in dieser Nacht umgebracht, aber ein Offizier erkannte mich. Er wusste, dass mein Vater ein Lehnsmann der Guise war, und ließ mich frei. Als ich später im Spiegel die Wunde sah, das Kreuz, mit dem sie mich gezeichnet hatten, habe ich ein Messer genommen und bin darübergefahren. Immer und immer wieder …«

Madeleine spürte, wie sich ihr die Kehle zuschnürte, als sie begriff, auf welche Weise die feinen Querlinien seiner Narbe entstanden waren. Was musste in ihm vorgegangen sein …

»In dieser Nacht habe ich aufgehört, ein Katholik zu sein!«, sagte Nicolas ausdruckslos. Er deutete auf seine Wange. »Das hier ist mir als Erinnerung und Mahnung geblieben!«

Madeleine trat zu ihm und ergriff seine Hand. »Das muss schrecklich für dich gewesen sein. Dein Bruder … es tut mir so leid um ihn«, sagte sie leise. Dann hob sie die Hand und zeichnete mit dem Finger zart die Linien auf seiner Wange nach. »Ich liebe diese Narbe. Vom ersten Moment an habe ich das – genauso wie ich dich liebe, Nicolas.« In seinen Augen sah sie den tiefen Schmerz, der ihn nie verlassen würde. Er zog sie an sich und küsste sie.

Am nächsten Tag setzten sie ihre Reise fort. Je weiter sie Richtung Nordwesten kamen, desto deutlicher zeigte sich der nahende Winter. Kahle Äste, an denen sich nur noch vereinzelt einige gelbbraune Blätter fanden, ragten ihnen vom Wegesrand entgegen, und immer öfter trieb ihnen ein kühler, ungemütlicher Wind ins Gesicht. In den frühen Morgenstunden fror Madeleine selbst unter ihrem warmen Umhang. Doch es störte sie nicht – im Gegenteil. Sie mochte den feuchten, erdigen Geruch, der in der Luft hing, und das Geräusch, wenn das Laub unter den Hufen der Pferde raschelnd in die Luft stob.

Sie durchquerten mehrere Dörfer und erreichten schließlich ein großes Waldgebiet. Auch dort waren sie nicht sicher. Zweimal schon hatten Vagabunden in den Wäldern versucht, sie zu überfallen. Guillaume und Clément hatten sie mithilfe von Nicolas in die Flucht geschlagen, doch Madeleine erinnerte sich noch an den großen Schreck, als eine der verdreckten Gestalten sie am Fuß gegriffen und versucht hatte, sie vom Pferd zu ziehen. Die unterhöhlten Augen in dem ausgemergelten Gesicht, die sie voller Gier anstarrten, hatten sich in ihr Gedächtnis gebrannt.

Am Nachmittag legten sie auf einer Lichtung im Wald eine Rast ein. Clément und Guillaume hatten im trockenen Grund des Waldes die Fährte eines Wildschweins entdeckt und machten sich auf seine Spur.

Madeleine streifte ihre Haube vom Kopf und schüttelte das Haar. Sie wandte sich zu Nicolas, der begonnen hatte, Zweige für ein Feuer aufzuschichten. »Wie viele Tage werden wir noch bis zur deutschen Grenze unterwegs sein?«, fragte sie.

Nicolas zuckte die Achseln. »Das kommt drauf an«, sagte er, als er plötzlich aufhorchte. Dann erstarrte sein Gesicht. Von der anderen Seite des Weges kamen vier Reiter auf sie zugeprescht. Madeleine schlug das Herz bis zum Hals, als sie auf ihren Umhängen das weiße Kreuz sah – eine katholische Ligatruppe!

Nicolas griff zum Knauf seines Degens.

»Wer seid Ihr?«, fragte einer der Männer, der den anderen voranritt, in herrischer Manier. Sein Kinn zierte ein brauner Spitzbart.

»Kaufleute aus dem Süden!«

»Aus dem Süden – etwa aus dem Languedoc?« Ein drohender

Unterton hatte sich in seine Stimme geschlichen, und Madeleine hielt den Atem an. Das Languedoc war bekannt dafür, dass dort überwiegend Protestanten lebten.

»Nein, aus Toulouse. Wir sind Katholiken.«

»Tatsächlich?« Der Spitzbart brachte sein tänzelndes Pferd näher an ihn heran. »Und warum glaube ich Euch das nicht?«

Madeleine blickte ihn wie versteinert an. Sie sah, dass einer der anderen Reiter – eine hochgewachsene Gestalt mit blondem Haar, der sich am Rand hielt – mit durchdringender Miene zu ihr herüberblickte, und sie senkte den Kopf.

In diesem Moment waren hinter ihnen Stimmen zu hören. Voller Entsetzen sah Madeleine vier weitere Männer mit dem weißen Kreuz auf sie zukommen, die Clément und Guillaume vor ihren Pferden hertrieben.

»Die hier haben wir unten am Bach aufgegriffen!«, sagte einer von ihnen, der schwarz gelocktes Haar hatte und seinen Degen gegen Clément und Guillaume richtete.

Madeleine bemerkte, wie an Nicolas' Kinn ein Muskel hervortrat. »Sie gehören zu uns. Es sind unser Diener und unser Geselle.«

»Ein Niederländer?«, sagte der Schwarzgelockte höhnisch und versetzte Guillaume mit der flachen Seite seines Degens einen Stoß, der diesen nach vorn stolpern ließ.

Die Atmosphäre war plötzlich zum Zerreißen gespannt. Madeleine drehte sich zu dem Mann. »Er ist mein Cousin und genauso Katholik wie wir!«, sagte sie und versuchte ihrer Stimme dabei einen festen Klang zu geben.

Der Schwarzgelockte wandte sich zu ihr. »Wirklich? Er und Ihr seht Euch aber gar nicht ähnlich.« Aus seinen Augen schlug ihr Kampfeslust entgegen.

Madeleine spürte mit jeder Faser ihres Körpers die Gefahr und nahm wahr, dass sie der hochgewachsene blonde Mann, der sich am Rand hielt, noch immer musterte.

»Mir scheint Ihr nur ein paar Ketzer mehr auf der Flucht zu sein«, fuhr der Schwarzgelockte fort. Er wandte sich zu Nicolas.

Sein Blick blieb an dessen Wange hängen. »Woher stammt die hässliche Narbe, Mann?«

Madeleine sah, dass Nicolas' Züge starr wurden. Einen Augenblick lang fürchtete sie, er würde nach seiner Waffe greifen.

Sie schloss vor Angst die Augen. Heilige Mutter Gottes, hilf uns, murmelte sie und bekreuzigte sich unwillkürlich.

Der Schwarzgelockte, der nur ihre gemurmelten Worte vernommen hatte, fuhr zu ihr herum. »Was habt Ihr gesagt?«, fragte er harsch.

»Nichts!«, stieß sie hervor.

»Lasst sie! Es sind keine Protestanten«, ertönte plötzlich eine Stimme. Sie gehörte zu der hochgewachsenen blonden Gestalt am Rand. Der Mann trieb sein Pferd nach vorn, und die Art, wie der Schwarzgelockte leicht den Kopf senkte, ließ Madeleine begreifen, dass es sich um den Anführer handeln musste.

»Woher wollt Ihr das wissen?«, fragte der Schwarzgelockte, dem es anscheinend wenig gefiel, von ihnen abzulassen.

»Weil sie sich bekreuzigt hat und auch noch die Mutter Gottes angerufen hat«, fuhr ihn der Blonde an. Er neigte den Kopf vor Madeleine. »Verzeiht uns unser brüskes Verhalten, Madame! Wir kämpfen nur für unseren Glauben. Ihr als Katholikin werdet das verstehen«, sagte er. Er lenkte sein Pferd zurück und nickte Nicolas noch einmal zu. Kurz darauf entfernten er und seine Männer sich auf dem Waldweg in einer Wolke aufwirbelnden Laubs.

Guillaume starrte ihnen ungläubig hinterher. »Mann!«, entfuhr es ihm. Dann wandte er den Kopf zu Madeleine. »Hast du dich absichtlich bekreuzigt?«, fragte er.

Sie schüttelte den Kopf. Die Geste, die die Protestanten ablehnten, weil die Bekreuzigung keine in der Bibel erwähnte Glaubenspraxis war, war spontan und rein intuitiv von ihr ausgeführt worden. Es war etwas, das sie früher Hunderte von Malen bei ihrer Mutter und später bei den Nonnen im Kloster gesehen hatte, wenn diese sich fürchteten – und das ihnen jetzt vermutlich das Leben gerettet hatte.

114

Zwei Wochen später erreichten sie die Pfalz. Kurz vor der Grenze hatten sie sich von Clément und Guillaume getrennt. Der Abschied war Madeleine schwergefallen. »Passt auf euch auf«, sagte sie mit Tränen in den Augen, denn ihr wurde bewusst, dass die beiden nun mit den Truppen des Prinzen d'Orange in den Krieg ziehen würden.

Sie und Nicolas waren danach weiter nach Zweibrücken geritten. Es war seltsam, deutsche Worte um sich zu hören. Der Klang der Sprache rief Erinnerungen an ihre Mutter wach, doch Zweibrücken selbst schien ihr fremd. In ihrem Kopf ließen sich keine Bilder von früher finden. Nicht einmal die mächtige mittelalterliche Burg, die oberhalb einer Flussschleife des Schwarzbachs lag und nur über zwei Brücken erreichbar war, kam ihr bekannt vor.

Kurz nach ihrer Ankunft empfing sie dort der Pfalzgraf und Herzog Wolfgang von Zweibrücken. Er war ein kräftiger, ein wenig korpulent wirkender Mann um die vierzig, der rote Seidenstrümpfe, eine gebauschte Hose von ebensolcher Farbe, ein gelbes Wams und einen halblangen pelzgefütterten Umhang trug. Madeleine sah, dass er auf der einen Seite leicht hinkte, als er auf sie zukam.

»Eine alte Verletzung, die leider nicht richtig heilen will und mich immer wieder fiebern lässt«, erklärte er mit dröhnender Stimme, nachdem er sie voller Herzlichkeit begrüßt hatte und die Schreiben entgegennahm, die ihm Nicolas von Coligny und Condé überreichte.

Der Herzog bat sie in den Festsaal, um mit ihm und seinem Gefolge zu speisen.

»Man hört selbst bei uns, wie übel es den Hugenotten in Frankreich ergeht. In der Südpfalz kommen immer mehr Flüchtlinge aus Eurem Land an«, sagte der Fürst, als sie dort mit zahlreichen anderen Menschen an einer Tafel Platz nahmen und ihnen ein üppiges Mahl aufgetischt wurde. Auch der französische Agent Francourt, etliche deutsche Adlige und die Gemahlin des Fürsten, Herzogin Anna von Zweibrücken, befanden sich unter ihnen.

Als Madeleine der Fürstin vorgestellt wurde, hatte diese verwundert ihren bürgerlichen Namen vernommen. »Kolb?«, sagte sie. Dabei zog sie herablassend eine ihrer zarten Augenbrauen in dem rundlichen Gesicht hoch, und ihr Blick war an dem schlichten Kleid heruntergeglitten. Gegen ihren Willen fühlte sich Madeleine verletzt, und das Verhalten der Fürstin rief ihr wieder einmal in Erinnerung, aus welch unterschiedlichen Welten sie und Nicolas stammten.

Schweigend hörte sie jetzt den Gesprächen am Tisch zu, die um die Lehren von Luther und Calvin kreisten.

»Wir legen bei uns Wert darauf, dass jeder im Volk lesen lernt. Wie soll man sonst ein guter Protestant und Christ sein, wenn man nicht einmal die Schrift des Herrn verstehen kann?«, sagte der Herzog. Nicolas stimmte ihm zu – er sprach zu Madeleines Überraschung Deutsch, gebrochen zwar, aber so, dass er ohne Schwierigkeiten eine Unterhaltung führen konnte. Auch der Admiral de Coligny teile diese Meinung, erzählte er.

Madeleine hörte dem Gespräch nur am Rande zu, denn der Anblick der üppigen Essensberge ließ sie eine leichte Übelkeit verspüren, und sie war froh, als sich die Anwesenden endlich von der Tafel erhoben. Nicolas stand mit Francourt, dem Herzog und einigen anderen deutschen Edelleuten im Gespräch vertieft zusammen, und so murmelte sie eine Entschuldigung in Richtung ihres Tischherrn – eines alten schwerhörigen Freiherrn – und flüchtete aus dem Festsaal.

Erleichtert trat sie nach draußen in den düsteren Flur, der nur von dem Schein zweier lodernder Fackeln erhellt wurde. Ein Diener eilte an ihr vorbei, und sie musste einen Moment überlegen, in welcher Richtung die Gemächer lagen, die man ihr und Nicolas in der Burg zugewiesen hatte. Zögernd wandte sie sich nach links. Nach einigen Schritten stellte sie jedoch fest, dass sie falsch gegangen war, und kehrte wieder um. Sie fröstelte. Im Festsaal hatte das große Feuer des Kamins eine wohlige Wärme verbreitet, doch hier in dem steinernen Gang war es kalt und zugig. Madeleine wünschte, sie hätte ihren Umhang mitgenommen. In den kommenden Tagen sollte es Eis und Schnee geben, hatte einer der Edelleute behauptet. Wie kalt mochte es dann wohl erst in der Burg sein? Sie bog um die Ecke und erkannte das große Wandgemälde – ein Ahnenporträt – wieder, an dem sie auf dem Hinweg vorbeigekommen war. Also war sie richtig gegangen.

Kurz darauf erreichte sie ihr Gemach. Sie wollte gerade die Klinke hinunterdrücken, als sie hinter sich ein Geräusch hörte. Sie drehte sich um und konnte im Dunkeln am Ende des Flurs die Umrisse einer großen kräftigen Männergestalt erkennen. Bewegungslos stand sie dort.

Madeleines Herz klopfte.

Dann drehte sich die Gestalt zu ihrer Erleichterung jedoch um und verschwand wieder in der Dunkelheit.

Eilig drückte sie die Klinke hinunter und schloss die Tür hinter sich. Es war bestimmt nur eine Wache oder ein Diener gewesen. Wahrscheinlich hatte er ihre Schritte gehört und wollte nach dem Rechten sehen. Doch sie spürte, dass ein leises Gefühl der Beunruhigung in ihr blieb, und war dankbar, dass ihr Gemach über einen Riegel verfügte.

115

Einige Wochen waren vergangen. Nicolas und der Herzog von Zweibrücken waren mit der Truppenerhebung beschäftigt und es war kalt geworden – bitterkalt. Dennoch hatte es die Männer, die am Abend die Burg erreichten, nicht daran gehindert, nach Zweibrücken zu kommen. Das Gesicht des Ankömmlings, der in

Begleitung zweier Knechte und eines Gehilfen anreiste, war noch immer gerötet, als er von dem Herzog von Zweibrücken mit der ihm eigenen Herzlichkeit begrüßt wurde. Selbst Nicolas umarmte ihn, ohne zu ahnen, wen er da vor sich hatte.

»Monsieur de Coligny und seine Hoheit, der Prinz de Condé, schicken mich als Ausdruck ihrer Sorge um Euer Wohlbefinden«, sagte Doktor Bruno mit einer untertänigen Verbeugung. »Nicht dass die Fähigkeiten meiner bescheidenen Person an die Kompetenzen Eures Leibarztes heranreichen könnten, aber der Admiral und Prinz hoffen, dass eine weitere Meinung, was Euer Bein angeht, vielleicht hilfreich sein könnte!«

Entgeistert beobachtete Madeleine die Szene. Sie konnte nicht glauben, dass Monsieur Bruno tatsächlich nach Zweibrücken gekommen war. Nun würde alles wieder von vorn beginnen. Nur mit Mühe gelang es ihr, sich ihren inneren Aufruhr und ihrer Verzweiflung nicht anmerken zu lassen.

»Ein Arzt mehr kann nie schaden, das stimmt wohl«, erwiderte der Herzog mit seiner dröhnenden Stimme. »Und wie ich hörte, seid Ihr auch Chirurg, Monsieur Bruno, nicht wahr?«, setzte er hinzu.

Madeleine wandte sich ab, als sie sah, wie Doktor Bruno mit Nicolas, Francourt und zwei anderen Herren, die sich mit ihnen im Saal befanden, einige Worte wechselte.

Schließlich stand er vor ihr. »Mademoiselle Kolb! Wie schön, Sie wiederzusehen ... Ich hoffe, es geht Euch gut?«

Madeleine warf ihm einen vernichtenden Blick zu. »Weit besser, bevor Ihr kamt!«, brachte sie zwischen ihren zusammengepressten Lippen hervor und blickte an ihm vorbei zu den anderen Gästen.

Er nippte an dem Wein, den ihm einer der Diener gereicht hatte, und lächelte milde. »Ich verstehe Euch. Ich war auch einmal wie Ihr. Damals, am Anfang vor vielen Jahren, habe ich den gleichen Widerwillen wie Ihr verspürt«, erklärte er.

Sie schwieg. *Vor Jahren?* Die Vorstellung, dass man sie für unbestimmte Zeit in der Zukunft zu diesen Spitzeldiensten zwingen könnte, war ihr unerträglich. Zu ihrer Erleichterung bemerkte sie, dass Nicolas sich von seinen Gesprächspartnern abwandte und zu ihr kam.

»Nun, wir werden uns sicher noch später unterhalten«, sagte Monsieur Bruno. Er nickte ihr zu und schlenderte zu seinen Begleitern hinüber.

»Geht es dir gut?«, fragte Nicolas fürsorglich. »Du bist etwas blass!«

Sie zwang sich zu einem Lächeln. »Mir war nur etwas unwohl, aber jetzt geht es wieder«, erwiderte sie.

Von nun an musste sie dem Chirurgen wieder regelmäßig ihre Berichte aushändigen. Einer seiner Knechte brachte sie bis kurz vor die französische Grenze, wo sie ein weiterer Bote in Empfang nahm und von dort aus vermutlich direkt nach Paris brachte. Madeleine verspürte ein ohnmächtiges Gefühl, wenn sie nur daran dachte.

Nicolas war unentwegt mit dem Herzog unterwegs, um die Musterung der Soldaten zu überwachen. Die Truppenerhebung machte Fortschritte. Landsknechte und Heckenschützen kamen auch aus anderen Landesteilen, um sich anheuern zu lassen, und nach und nach versammelten sich in der Südpfalz zahlreiche Kriegsleute.

Am Nachmittag verließ Madeleine die Burg, sie brauchte einen Augenblick Ruhe, um nachdenken zu können. Auf dem Weg in die Stadt fragte sie sich, wann sie wohl nach Frankreich zurückkehren würden. Das Wetter ließ daran zumindest vorerst nicht denken. Feiner Schnee trieb seit Stunden durch die Straßen und hatte alles in ein zartes Weiß gehüllt – die Dächer und Giebel der Häuser, die Äste der Bäume genauso wie die Mauern der Stadt und die Burg. Ihre Wangen waren von der Kälte gerötet, und sie hatte die Kapuze ihres Umhangs über den Kopf gezogen. Die frische Luft tat ihr gut. Sie betrachtete das Spiel der tanzenden weißen Flocken. Beklommen dachte sie an die zurückliegende Nacht. Der Traum war zurückgekommen. Nach vielen Wochen war er ihr wieder erschienen. Es war gespenstisch gewesen. Sie war durch die Straßen gelaufen und hatte im Blutbad zwischen den Kämpfenden nach Nicolas gesucht. Schließlich war sie aufgewacht und hatte gemerkt, dass er sie in seine Arme gezogen hatte. Zum ersten Mal hatte sie danach geweint. *Es würde passieren …* Seitdem sie mit Lebrun durch die Straßen von Paris gelaufen war, wusste sie es, und sie fragte sich, ob das Schicksal ihr die Möglichkeit geben würde, das Schreckliche zu verhindern.

Ihr Blick glitt an den Häusern entlang. Es verwunderte sie noch immer, dass ihr so wenig in Zweibrücken vertraut vorkam. Sie erinnerte sich nicht einmal daran, wo sie und ihre Mutter früher gewohnt hatten.

Madeleine hatte bereits die nächste Straßenecke erreicht, als sie bemerkte, dass überall Menschen an ihr vorbeiströmten. Überrascht sah sie, dass sie alle in die gleiche Richtung liefen. Weiter vorn, dort, wo die Straße auf den Marktplatz führte, musste es irgendeine Attraktion geben. Vielleicht ein Jahrmarkt mit Gauklern, die trotz des schlechten Wetters hier haltgemacht hatten? Von plötzlicher Neugier getrieben, schloss sie sich dem Menschenstrom an und beschleunigte ihren Schritt. Auf dem Marktplatz hatte sich bereits eine Menge versammelt. Händler mit Bauchläden verkauften heiße Backwaren und Getränke. Madeleine blickte sich suchend um. Plötzlich ging ein Ruck durch die Menschen. Die Leute drängten sich unter Geraune und Rufen zur Mitte des Platzes.

»Da!«

»Sie bringen ihn!«

Die Köpfe der Menschen versperrten Madeleine im ersten Moment die Sicht. Dann sah sie das Podest mit dem Galgen und begriff entsetzt, dass es eine Hinrichtung war, zu der die Leute gekommen waren. Ein Scharfrichter war die Stufen hochgestiegen, gefolgt von zwei Soldaten, die in ihrer Mitte einen Mann mit sich zerrten.

Madeleine wollte sich voller Grauen abwenden, doch sie war eingekeilt zwischen den Menschen und konnte sich weder vor noch zurück bewegen.

Oben auf dem Podest hatte man den Verurteilten inzwischen zum Galgen gebracht. Er war jung, höchstens Anfang zwanzig. Schneebälle und sogar Steine flogen durch die Luft.

»Mörder!«

»Du Schwein!«

»Hängen sollst du!«

Madeleine wandte sich mit zittrigen Knien zu der Frau neben sich. »Was hat er getan?«

»Einen umgebracht hat er und sein Geld gestohlen!«, erklärte sie empört. »Bist ja ganz blass, mein Kind. Noch nie eine Hinrichtung gesehen, was?«

Doch Madeleine antwortete ihr nicht, sondern starrte zu dem Unglücklichen oben auf dem Podest, den gerade zwei Schneebälle getroffen hatten. Zwei feuchte Flecke zeigten sich auf seinem Hemd. Entsetzt blickte der Verurteilte zu der Menge.

Madeleine hatte das Gefühl, keine Luft mehr zu bekommen. Ein Bild schob sich vor ihre Augen, und sie musste plötzlich an ihre Großmutter denken. Schaudernd ging ihr auf, dass sie wahrscheinlich auch hier auf diesem Marktplatz hingerichtet worden war. Sie sah den lodernden Scheiterhaufen vor sich und die Menge, die damals vermutlich ebenso geschrien und gebrüllt hatte wie jetzt. Madeleines Gedanken wandten sich der Vergangenheit zu, und sie nahm weder wahr, wie man dem Verurteilten vor ihr eine Schlinge um den Hals legte, noch, wie die Menschen begeistert johlten, als sich die Falltür öffnete und der Körper des Mannes kurz zappelte, bevor er auch schon leblos in der Schlinge hing. Nichts davon sah sie. Stattdessen erblickte sie eine Frau, die oben auf dem Podest an einen Pfahl gebunden wurde, um den man Holzscheite und Reisigbündel geschichtet hatte. Ihr Blick war offen und klar gen Himmel gerichtet, und ihr langes Hemd flatterte im Wind. Fast schien es, als würde sie lächeln. *Magdalena, eines Tages wirst du dich an mich erinnern!* Sie konnte ihre Stimme so deutlich hören, als würde sie neben ihr stehen. Wann hatte sie das gesagt? … Und dann erinnerte sich Madeleine wieder. Irgendwo aus den Tiefen ihres Bewusstseins tauchte die Situation von damals wieder vor ihr auf. Sie schloss die Augen. Man hatte ihre Mutter und sie noch einmal zu ihr gelassen – es war in einem dunklen Verlies gewesen. Ihre Großmutter hatte sich zu ihr gebeugt und ihr lächelnd über die Wange gestrichen. Dann hatte sie sich zu ihrer Mutter gewandt und ihr etwas gegeben. *»Behalt es – für sie! Ich bitte dich darum. Sie wird es eines Tages brauchen!«* Es war die Kette mit dem Anhänger gewesen. Madeleine konnte den orangefarbenen Stein vor sich sehen. Sie wusste nicht, warum sie sich mit einem Mal wieder dessen entsann. Der Schnee trieb ihr ins Gesicht, und Madeleine fühlte sich wie benommen. Um sie herum begannen sich die Menschen wieder zu zerstreuen. Der aufgepeitschten Stimmung war eine jähe betretene Stille gefolgt. Man hatte den Toten vom Galgen geholt und auf einen Karren geladen. Ihr wurde schwindlig. Keuchend suchte sie an einer Häuserwand Halt. Irgendwo von weit her waren die Hufe eines Pferdes zu hören.

»Madeleine!«

Schritte kamen auf sie zu, dann spürte sie nur noch, wie sie zwei starke Arme umfingen. Sie erkannte Nicolas' besorgtes Gesicht. »Was machst du hier? Ich habe dich überall gesucht. Hast du etwa die Hinrichtung gesehen?«

Sie zitterte. »Meine Großmutter … sie haben sie verbrannt als Hexe. Hier in dieser Stadt«, stieß sie hervor.

Nicolas blickte sie entsetzt an.

»Ich habe mich erinnert. An früher. Wie ich sie das letzte Mal gesehen habe.« Sie weinte plötzlich, und er zog sie in seine Arme.

»Niemand wird dir jemals etwas tun, das verspreche ich dir, Madeleine!«

Doch sie konnte nicht aufhören zu weinen. Ohne etwas zu sagen, führte er sie mit sich zu seinem Pferd und hob sie hoch, um mit ihr zurück zur Burg zu reiten.

»Woher weißt du das mit deiner Großmutter?«, fragte er sanft, als sie zurück in ihrem Gemach waren.

Sie konnte die ehrliche Antwort, die spontan über ihre Lippen wollte, und das Wort *Lebrun* gerade noch rechtzeitig herunterschlucken. Es war das erste Mal, dass sie sich fast verraten hätte. »Meine Mutter hat es mir erzählt«, log sie schließlich.

»Das heißt, deine Großmutter hatte auch Visionen?«, fragte er nachdenklich.

»Meine Mutter hat es nie gesagt, aber ich nehme es an.«

Einen Moment lang schwieg er. Ein schiefes Lächeln glitt über sein Gesicht. »Als ich dich gebeten habe mitzukommen, habe ich gedacht, dass es vielleicht gut für dich sein könnte hierherzukommen. Das mit deiner Großmutter habe ich nicht gewusst. Ich hoffe, du bereust diese Reise jetzt nicht?«

Madeleine schüttelte den Kopf. »Nein, es war wichtig für mich.« Sie wollte noch etwas sagen, doch Nicolas hatte sich bereits erhoben.

»Ich werde einem Diener Bescheid geben, dass er dir etwas Heißes zu trinken bringen soll. Du siehst ganz durchgefroren aus. Der Herzog erwartet mich leider«, erklärte er.

Sie nickte. Als er gegangen war, dachte sie über den seltsamen Nachmittag nach. Nachdenklich spielten ihre Finger mit dem Anhänger um ihren Hals. *Sie wird es eines Tages brauchen!*

Kurz darauf klopfte es an ihrer Tür, und ein Diener kam herein. Er trug ein Tablett, auf dem sich eine dampfende Kanne und eine Tasse befanden.

»Danke!«, sagte sie.

Der Diener neigte höflich den Kopf und griff nach der Kanne. Sie hatte sein Gesicht noch nie gesehen, fiel Madeleine auf, während sie wieder nach ihrem Umhang griff, den sie auf dem Schemel abgelegt hatte. Ihr war tatsächlich noch immer kalt, stellte sie fest. Als sie das Kleidungsstück über ihre Schultern legte, schaute sie für einen kurzen Moment in den Spiegel. Überrascht sah sie, dass der Diener die Kanne zur Seite gestellt hatte und plötzlich eine dünne Schnur in den Händen hielt. Sie wollte herumfahren, aber er hatte ihren Blick schon bemerkt. Blitzschnell war er mit erhobenen Händen bei ihr. Bevor sie begriff, was geschah, spürte sie voller Panik, wie er die Schnur um ihren Hals schlang und so schmerzhaft fest zuschnürte, dass sie ihr die Luft zum Atmen nahm. Sie keuchte und versuchte, sich zu wehren und mit ihren Fingern nach der Schnur zu greifen, doch der Mann war um ein Vielfaches stärker als sie. Unbarmherzig zog er fester zu. Madeleine trat in Todesangst um sich, aber sie erreichte nur, dass sie einen Schritt durch den Raum taumelten. Schwarze Punkte tanzten vor ihren Augen, und sie merkte, wie ihr die Sinne zu schwinden drohten. *Nein, sie wollte nicht sterben. Nicht so*, dachte sie, als hinter ihr ein Geräusch ertönte. Sie hörte Nicolas' Stimme und etwas dumpf aufprallen. Dann fühlte sie, wie sich der Druck um ihren Hals plötzlich löste. Keuchend torkelte sie nach vorn und versuchte, Luft zu holen. Noch immer flimmerte es vor ihren Augen, und sie nahm nur langsam die Konturen der beiden kämpfenden Männer wahr, die auf dem Boden rangen. Der Diener hatte ein langes Messer gezogen, aber Nicolas wich ihm aus, rammte ihm das Knie in die Magengrube und schlug ihm die Waffe aus der Hand. Das Messer fiel zu Boden. Die beiden kämpften mit bloßen Händen weiter.

In diesem Augenblick kam eine dritte Person in das Gemach. Madeleine, die sich noch immer kaum auf den Beinen halten konnte, hatte das Gefühl, in einen finsteren Albtraum geraten zu sein. Es war Doktor Bruno – er blickte zu den Kämpfenden und hob das Messer auf.

Nicolas hatte inzwischen die Oberhand gewonnen.

Der Chirurg hob die Waffe. Madeleine wollte entsetzt aufschreien, doch aus ihrer Kehle kam nur ein krächzender Laut, als sich das Messer auch schon wieder nach unten senkte. Man hörte ein unmenschliches Stöhnen – dann war es mit einem Mal still.

»Verdammt, Ihr habt ihn umgebracht!« Es war Nicolas' Stimme. Aufgebracht und außer Atem fuhr er zu dem Chirurgen herum.

»Aber *er* wollte Euch töten. Ich wollte Euch nur helfen!«, erwiderte Doktor Bruno.

»Töten? Ich hatte ihn so gut wie überwältigt. Habt Ihr das nicht gesehen? Jetzt haben wir keine Chance mehr herauszubekommen, wer ihn geschickt hat!«

Geschickt? Madeleine starrte auf den Diener, der mit dem Messer im Rücken tot auf dem Boden lag. Ihr Hals schmerzte grauenhaft. Sie merkte, dass ihr schlecht wurde, und sank auf einen der Schemel.

Nicolas blickte besorgt zu ihr. »Doktor Bruno sollte sich deinen Hals einmal ansehen«, sagte er, und der Chirurg machte Anstalten, sich zu Madeleine zu beugen.

»Untersteht Euch, mich auch nur anzufassen!«, sagte sie mit einer Stimme, die fremdartig heiser klang. Die Übelkeit wollte nicht weichen, und ausgerechnet in diesem Moment begriff sie den Grund für ihr Unwohlsein. Als wollte das Schicksal sie verhöhnen. Unpassender hätte es nicht kommen können!

116

Manchmal überraschte es sie selbst, dass sie noch am Leben war. Sie fand, dass es eindeutig zu viele Tote und tragische Ereignisse in ihrem Leben gab. Seitdem sie vor nicht einmal zwei Jahren aus dem Kloster geflohen war, wurde ihr Lebensweg von Schrecklichkeiten begleitet. Anders konnte man es nicht ausdrücken. Nicht einmal ihre Liebe zu Nicolas konnte über diese Tatsache hinwegtäuschen. Madeleine unterdrückte ein Seufzen. Der Schock des letzten Erlebnisses saß tief. Der Angriff lag einige Wochen zurück, doch an ihrem Hals war noch immer ein blasser Striemen zu sehen, der von dem Bluterguss des Stricks stammte. Es verwunderte sie nicht sonderlich, dass man den Namen des Mannes, der sie hatte umbringen wollen, nicht herausbekommen hatte. Niemand wusste, wer der Unbekannte gewesen war und wie er sich die Dienerkleidung beschafft haben konnte.

Nicolas bestand seitdem darauf, dass zwei Wachen vor ihrem Gemach postiert wurden und sie die Burg nur noch in Begleitung verließ. Er vermutete, genau wie sie, dass es sich bei dem Unbekannten um einen Handlanger der Guise handelte. Madeleines Verdacht ging jedoch noch etwas weiter – sie war sich sicher, dass der Mordversuch mit dem Tod des Krämers und ihren Briefen an den Geheimdienstchef in Zusammenhang stand.

Doktor Bruno teilte ihre Annahme. »Monsieur Lebrun hegte schon lange die Vermutung, dass das erzkatholische Lager um die Guise bei den Hugenotten einen Spion eingeschleust hat!«, erklärte er unerwartet offen, als sie sich noch einmal über den Vorfall unterhielten.

Der Verräter, von dem auch Nicolas gesprochen hatte, dachte Madeleine nervös. Sie begriff nur nicht, warum der ominöse Unbekannte nicht schon gleich in La Rochelle oder sogar bereits in Châtillon versucht hatte, sie umzubringen.

»Wahrscheinlich, weil er erst durch Euren Brief weiß, was Ihr tut und welche Gefahr Ihr wirklich für ihn seid«, sagte der Chirurg nachdenklich.

Madeleine nahm an, dass er recht hatte. Wer auch immer von den Hugenotten der Spion war, er wusste nun, dass sie für die Medici arbeitete. Davon musste sie ausgehen.

Ihr Blick glitt aus dem Fenster. Im Hof herrschte emsiger Betrieb. Wagen und Karren wurden schon seit dem Morgen beladen. In wenigen Tagen würde sie an der Seite der herzoglichen Truppen mit achttausendsiebenhundert Reitern nach Frankreich aufbrechen. Weitere achttausend Mann Fußtruppen befanden sich noch auf der anderen Rheinseite und würden später nachrücken. Es würde kein leichtes Unterfangen sein. Sie würden ganz Frankreich durchqueren müssen, um sich mit den hugenottischen Truppen auf der Westseite zu vereinen. Neben der Schwierigkeit der Versorgung drohte ihnen die Gefahr, auf gegnerische Soldaten zu treffen. Wie der Herzog von Zweibrücken von seinen Kundschaftern wusste, hatte der französische König dem Herzog d'Aumale den Befehl erteilt, sich ihnen mit seinem Heer entgegenzustellen.

Madeleine wandte sich vom Fenster zu dem kleinen Tisch, auf

dem Feder und Papier bereitlagen. Alles in ihr weigerte sich, den nächsten Brief an Lebrun zu schreiben. Der Geheimdienstchef hatte ihr über Monsieur Bruno ausrichten lassen, dass er genaue Informationen über die Route haben wollte, die die Truppen von Zweibrücken aus einschlagen würden. Madeleine starrte auf das Papier. Die Verantwortung lastete schwer auf ihr. Würde sie irgendetwas Falsches verraten, konnte es Tausende Menschen das Leben kosten. In den letzten Tagen hatte sie mehrmals kurz davor gestanden, Nicolas die Wahrheit zu gestehen, aber dann hatte sie es wieder nicht gewagt. Niemals würde er ihr verzeihen!

Widerstrebend ließ sie sich an dem kleinen Tisch nieder. Was sollte sie nur schreiben? Sie hatte überlegt, Lebrun gegenüber einfach zu behaupten, man hielte die Strecke aus Sicherheitsgründen streng geheim, aber sie war sich sicher, dass der Geheimdienstchef ihr das kaum glauben würde. Madeleine ergriff die Feder. Sie würde ihm berichten, dass sie bis jetzt nur Kenntnis über die erste Etappe besaß und die Route von Tag zu Tag, abhängig von den Auskünften der Kundschafter, neu festgelegt werden würde. Das klang zumindest halbwegs glaubwürdig. Für einen kurzen Moment hörte man nur den kratzenden Gänsekiel, während ihre Hand mit schnellen Bewegungen über das Papier glitt.

117

In einer tiefen Schneise kämpfte sich der Zug seinen Weg zwischen den kahlen Feldern entlang. Es war Anfang März, und die winterliche Kälte war endlich milderen Temperaturen gewichen, doch von Frühling war noch immer keine Spur.

Sie hatten sich mit dem Hofregiment von Zweibrücken über Bergzabern zunächst südwärts nach Hochfelden begeben. Dort waren die letzten Soldaten gemustert worden, und die Reiter hatten sich gesammelt.

Madeleine betrachtete die schier endlos wirkende Schlange von Soldaten, Karren und Lasttieren, deren Ende mit bloßem Auge nicht mehr auszumachen war. Fast neuntausend Reiter zogen mit ihnen, und in ihrem Anschluss befand sich ein Gefolge von Hufschmieden, Waffenmeistern, Schuhmachern und Händlern, den Marketendern und von allem, was zur Versorgung eines solchen Trosses benötigt wurde. Auch Frauen – vorwiegend aus den unteren Schichten – waren bei ihnen; Mägde, Köchinnen und sogar etliche Ehefrauen der berittenen Landsknechte. Madeleine hatte es mit einer gewissen Erleichterung gesehen, denn die Vorstellung, allein mit Tausenden von Männern unterwegs zu sein, wie sie zunächst befürchtete, hatte trotz der Gegenwart von Nicolas etwas Beängstigendes gehabt. Der Umgangston der Söldner war rau, oft derb, und die Gesichter der meisten wirkten verbraucht, nicht selten verhärtet. Das Leben im ständigen Krieg hatte sie gezeichnet, und Madeleine war froh, dass sie nicht eingereiht in die Regimenter, sondern abgesondert im Gefolge des Herzogs ritt. Sie widerstand dem Impuls, ihre Hand schützend auf ihren Umhang zu legen. Noch immer kam es ihr unwirklich vor, dass in ihr neues Leben heranwuchs, aber es gab inzwischen keinen Zweifel mehr, dass ihre Annahme stimmte. Ihre Hände griffen die Zügel fester. Sie musste es Nicolas sagen, dachte sie – auch wenn der Zeitpunkt für derartige Neuigkeiten fraglos denkbar ungünstig war. Mit einem tiefen Atemzug sog sie die milde Luft ein.

Sie befanden sich auf dem Weg Richtung Süden nach Schlettstadt und weiter nach Sennheim. Von dort aus würden sie sich westwärts über die Saône durch die Bourgogne schlagen – wenn sich ihnen nicht vorher der Herzog d'Aumale mit seinen Truppen in den Weg stellte.

Vor ihnen lag eine lange Reise. Ihr Blick glitt zu Nicolas, der etwas vor ihr ritt und besorgt zu dem Herzog schaute. Wolfgang von Zweibrücken ging es schlecht. Mit Schrecken hatte auch

Madeleine am Morgen bemerkt, wie schwerfällig der Fürst auf sein Pferd gestiegen war. Nur mithilfe zweier Knechte hatte er es überhaupt in den Sattel geschafft. Das füllige Gesicht des Deutschen war blass. In der Nacht hatte er erneut einen Fieberschub gehabt. Zwei Leibärzte und Doktor Bruno kümmerten sich um ihn, doch Zweibrücken hätte diese Reise in seinem Gesundheitszustand im Grunde nie antreten dürfen, hatte Nicolas ihr erklärt. Er war beunruhigt, denn die Anwesenheit des Herzogs war für dieses Unternehmen unabdingbar – seine Offiziere und Obersten hatten von Anfang an keinen Hehl daraus gemacht, dass sie diesem Kriegseinsatz nur mit dem Herzog als Oberbefehlshaber nachkommen würden. Wolfgang von Zweibrücken wusste das und hatte deshalb keinen Augenblick gezögert, die Truppen nach Frankreich zu führen. »Mit Gottes Beistand werden wir es schon schaffen!«, hatte er gesagt.

Madeleine schickte ein stummes Stoßgebet zum Himmel, dass er damit recht haben würde.

118

Die Nacht hatte sich über das Lager gesenkt. Die Lichtpunkte einzelner Laternen und Fackeln, die nach und nach erloschen, zogen sich dem Muster eines Sternenhimmels gleich am Ufer der Sorn entlang. Nicolas, der den Zug noch einmal abgeritten war, um mit den Hauptleuten zu sprechen, trieb sein Pferd auf den Gasthof zu. Das steinerne Haus befand sich etwas weiter im Osten des Lagers. Der Wirt der Herberge hatte bereitwillig und voller Ehrerbietung sämtliche Zimmer für den Herzog und sein Gefolge geräumt. Auch Madeleine und er hatten dort Quartier bezogen.

Nicolas nickte den beiden Wachen zu, die vorn auf der Straße Patrouille liefen. Er ritt bis zu der eingezäunten Weide, die sich neben dem Gasthof befand, da in den Ställen kein Platz mehr war. Ein leises Schnauben verriet ihm, dass sein Rappe hier nicht allein sein würde. Die Umrisse mehrerer Pferde, die neugierig den Kopf hoben, waren auf der Weide zu sehen. Er glitt aus dem Sattel. Ein schläfrig wirkender Stalljunge, der neben dem Gatter gesessen hatte und nun eilig aufsprang, nahm ihm die Zügel ab und wollte ihm eine Laterne für den Weg zum Haus geben, doch Nicolas schüttelte den Kopf. Schwierigkeiten, sich in der Dunkelheit zu orientieren, hatte er noch nie gehabt.

Als er wenig später über den Hof der Herberge zu dem Nebengebäude lief, in dem sich ihre Zimmer befanden, hörte er ein leises Quietschen. Überrascht bemerkte er, dass aus dem Stall ein Mann getreten war. Gewöhnlich hätte Nicolas ihm keine besondere Beachtung geschenkt, doch selbst in der Dunkelheit konnte er erkennen, dass sich der Mann mehrmals umblickte, als befürchtete er, gesehen zu werden.

Nicolas wich unwillkürlich hinter einen aufgestapelten Holzhaufen zurück und beobachtete ihn.

Der Mann lief eiligen Schrittes zum Eingang des Gasthofs. Überrascht erkannte Nicolas, dass es sich um Doktor Bruno handelte. Obwohl er aus dem Stall kam, trug er keine Reitkleidung. Was hatte er dort zu suchen gehabt? Verblüfft blickte er dem Chirurgen hinterher, wie er im Haus verschwand. Dann bemerkte er den schwachen Lichtschein, der aus dem Stall drang. Sein jahrelang geschulter Instinkt ließ ihn misstrauisch werden. Lautlos lief er über den Hof. Die Tür des Stalls war einen Spaltbreit geöffnet, und er zog sie ganz auf.

Ein junger Mann war im Schein eines kleinen Laternenlichts dabei, eines der Pferde aus den Boxen zu führen. »Wohin so spät?«, fragte Nicolas ruhig.

Der Mann fuhr zu ihm herum. Es war nur ein kurzer Augenblick, in dem sich der Schreck in seinem Gesicht zeigte, doch er reichte, um Nicolas wissen zu lassen, dass hier etwas nicht stimmte.

»Was wollte Doktor Bruno von dir?«, fragte er.

»Nichts«, erwiderte der Mann abwehrend, doch seine Miene veränderte sich schlagartig. Angst und eine eigentümliche Kälte spiegelten sich darin, während er gleichzeitig die Lippen zusammenpresste.

Nicolas' Blick blieb an der Tasche hängen, die er über der Schulter trug.

»Die Tasche, gib sie mir!«, befahl er und trat einen Schritt auf ihn zu.

Im selben Augenblick blitzte Stahl vor ihm auf. Der Mann, bei dem es sich um einen der Knechte des Chirurgen handelte, musste den Dolch die ganze Zeit in der Hand gehalten haben. Nicolas konnte sich gerade noch überrascht mit einem Satz zur Seite retten und der Waffe ausweichen, während er gleichzeitig seinen Degen aus der Scheide riss. Der Mann stürzte sich von Neuem auf ihn. Er war in seiner Panik wie von Sinnen, da die Enge des Stalls es nicht zuließ, dass er an ihm vorbei nach draußen flüchten konnte. Nicolas wich ihm noch einmal aus und versuchte seine Attacken abzuwehren. Er hob den Degen, als der Mann sich wieder auf ihn stürzte. Seine Waffe glitt an etwas Hartem ab und bohrte sich tief in das Fleisch seines Gegners. Der Mann wich mit einem heiseren Laut zurück und wollte noch den Dolch heben, doch dann torkelte er – und brach im selben Moment vor seinen Augen zusammen. Er musste die Lunge getroffen haben, denn er war sofort tot. Nicolas blickte benommen auf den leblosen Körper zu seinen Füßen. Sein Atem ging noch immer schnell.

Schließlich bückte er sich und griff nach der Tasche, die der Mann um die Schulter getragen hatte. Proviant für einen Tagesritt war darin, erkannte er – und zwei Briefe.

Als er sie im Schein der Laterne gegen das Licht hielt und die Schrift auf einem der Schreiben erkannte, war er sich sicher, dass er sich täuschen musste. Seine Gesichtszüge erstarrten.

119

Obwohl das Bett nach den Nächten im Zelt einen verheißungsvollen Schlaf versprach, war Madeleine noch wach. Sie wartete auf Nicolas' Rückkehr, um mit ihm zu reden. Es würde in den nächsten Wochen keinen besseren Zeitpunkt dafür geben – hier hinter geschlossenen Wänden, wo sie allein und ganz für sich waren. Während sie ihr langes Haar kämmte, spürte sie, dass sie ein wenig nervös war. Sie war sich nicht sicher, wie Nicolas auf die Neuigkeit reagieren würde. Würde er sich auch freuen oder sich dadurch vielleicht nur belastet fühlen? Das Kind würde unweigerlich die Frage nach der Zukunft von ihnen beiden aufwerfen …

Schnelle Schritte waren auf der Stiege und kurz darauf auf den knarrenden Dielen zu hören. Madeleine legte den Kamm zur Seite, als auch schon die Tür aufgerissen wurde.

Voll erwartungsvoller Freude erhob sie sich vom Bettrand. »Nicolas!«

Dann sah sie sein Gesicht. Es war von einer unbeherrschten Wut erfüllt, die ihr das Blut in den Adern gefrieren ließ. Seine Halsschlagader pochte, als er auf sie zukam, und ihr Herz hämmerte.

Er hat die Wahrheit erfahren, durchfuhr es sie. Ihre Augen blieben an seiner Hand hängen, in der er etwas hielt. Es war der Brief, den sie erst vor wenigen Stunden geschrieben hatte. Er kannte ihre Schrift. In Châtillon hatte sie manchmal etwas aufgeschrieben, das er für sie besorgt hatte. Ein schaler Geschmack breitete sich in ihrem Mund aus. Sie wollte etwas sagen, doch sie brachte kein Wort über die Lippen.

Im selben Augenblick hatte er sie auch schon am Arm gegriffen und aufs Bett geschleudert. Sie glaubte, er würde sie schlagen, doch er blieb nur schwer atmend vor ihr stehen. »Du hast uns verraten, die ganze Zeit? Du hast unser Vertrauen missbraucht, nur um uns zu bespitzeln?« Er beugte sich drohend zu ihr.

Sie blickte zu ihm hoch. Angst ergriff sie. Noch nie hatte sie ihn so erlebt. »Es ist nicht so, wie du glaubst. Es tut mir leid. Ich …« Sie brach ab, denn sie hörte selbst, wie lächerlich sich jeder Versuch einer Erklärung anhörte.

Seine Augen brannten vor Wut. »Für wen arbeitest du – für die Guise?«

»Nein!« Sie schaute ihn voller Schrecken an, als sie begriff, was er dachte.

»Lüg mich nicht an!« Er griff sie erneut grob am Arm und zog sie zu sich hoch. »Für wen ist dieser Brief bestimmt?« Der Druck an ihrem Arm verstärkte sich, und sie unterdrückte einen Schmerzensschrei. Tränen strömten über ihre Wangen.

»Für den Geheimdienstchef Lebrun«, antwortete sie ihm schließlich.

Eine Sekunde lang starrte er sie fassungslos an. *»Lebrun? Der Geheimdienstchef der Medici?«*

Sie nickte unter Tränen. »Man hat mich dazu gezwungen! Du musst mir glauben«, flehte sie ihn an. »Ich habe das alles nie freiwillig gemacht. Sie wussten von meinen Visionen, und sie haben mich erpresst, mir gedroht, mich als Hexe zu verraten und den Guise auszuliefern … Ich habe mich nicht getraut, es dir zu sagen.« Sie brach ab, als sie seinen kalten Blick bemerkte.

»Erspar mir deine Lügen. Ich glaube dir nicht«, fuhr er sie ausdruckslos an. »Du wirst jetzt meine Fragen beantworten, und ich rate dir, diesmal bei der Wahrheit zu bleiben, sonst wird dir das schlecht bekommen«, sagte er so drohend, dass sie plötzlich das Gefühl hatte, ein Fremder würde vor ihr stehen.

»Ich will den genauen Code für die Wörter in deinem Brief. Steht *Kraniche* für Hugenotten?«

Sie nickte.

»Und Sonne?«

»Für die Königinmutter«, erklärte sie tonlos.

Er fragte weiter, streng und kalt wie in einem Verhör, und sie gab ihm tonlos Wort für Wort Antwort. Schließlich las er den Brief noch einmal durch. »Das ergibt keinen Sinn. Du schreibst, dass die Kraniche über die Champagne nach Westen ziehen werden. Aber wir planen, die Bourgogne zu durchqueren!«

Madeleine starrte auf ihre Hände. »Ich wollte euch nicht verraten. Ich weiß, was es bedeutet hätte, wenn diese Information in die Hände der Medici gekommen wäre«, sagte sie leise.

Er schenkte ihr nur einen verächtlichen Blick.

»Hattest du etwas mit der Explosion des Waffenlagers zu tun?«, fragte er dann. Die Kälte, die in seiner Stimme lag, war furchterregend.

Sie schüttelte ohnmächtig den Kopf. »Nein!«

»Und der Anschlag damals im Wirtshaus auf Coligny – haben Lebrun und die Medici das geplant, um dich bei uns einzuschleusen?«

Madeleine blickte ihn ungläubig an, als sie verstand, was er damit fragen wollte. Trotz aller Schuld, die sie empfand, spürte sie, wie plötzlich die Wut in ihr hochstieg. Sie hatte keine Wahl gehabt. Er gab ihr nicht einmal die Möglichkeit, sich zu verteidigen.

»Du denkst, ich hätte das gespielt?«, erwiderte sie aufgelöst. »Das glaubst du, Nicolas? Sieh mich an! Ich wäre in dem Wirtshaus fast von einer Kugel getroffen worden, wenn du mich nicht mit dir zu Boden gerissen hättest. Mein Rücken ist vernarbt von den Peitschenhieben des Herzogs d'Aumale, und vor ein paar Wochen hat man mich sogar in Zweibrücken versucht umzubringen!«, fuhr sie ihn an. »Glaubst du wirklich, das ist alles gespielt?«

Einen kurzen Moment lang schienen ihn ihre Worte zu verunsichern, doch dann lächelte er kalt. »Du bist gut, wirklich gut. Kein Wunder, dass man dich für diese Aufgabe ausgesucht hat!«

Sie war fassungslos. »Nicolas, es war nicht alles gelogen, das musst du mir glauben. Bitte, gib mir wenigstens die Chance, es zu erklären. Das ist das Einzige, worum ich dich bitte!«

»Warum? Es würde nichts ändern. Es war ein Fehler, dir überhaupt jemals irgendetwas zu glauben«, sagte er bitter.

Sie weinte.

Er wandte sich ab, doch dann drehte er sich noch einmal zu ihr. »Ich hätte mein Leben für dich gegeben, Madeleine. Wie konnte ich nur so dumm sein, dir jemals zu vertrauen?« Sie lief ihm zur Tür hinterher. »Nicolas, bitte höre mir zu! Es stimmt nicht, was du denkst.« Verzweifelt griff sie ihn am Arm, doch er stieß sie zurück. »Fass mich nicht an. Nie wieder«, sagte er ausdruckslos. »Wenn du ein Mann wärst, ich würde dich töten.«

Sie wich entsetzt vor seinen Worten vor ihm zurück und sah ihm nach, wie er das Zimmer verließ. Nur kurz darauf konnte sie hören, wie ein Schlüssel im Schloss umgedreht wurde, und sie begriff, dass sie nun seine Gefangene war.

120

Er stellte ihr zwei Wachen zur Seite. »Offiziell wird es heißen, sie sind für deine Sicherheit da. Ich denke, es liegt in deinem eigenen Interesse, dass niemand erfährt, was du getan hast«, sagte er, als er sie am Morgen vor ihrem Aufbruch aufsuchte. Die Kälte, die ihr aus seinen Augen entgegenschlug, traf sie erneut wie ein Schlag. Sein Gesicht wirkte fahl, und sie begriff, dass er genau wie sie in dieser Nacht nicht geschlafen hatte.

Madeleine nickte stumm. Sie fragte sich, was er mit ihr vorhatte und tun würde. Aus seiner Sicht verdiente eine Verräterin wie sie sicherlich keine Gnade. *Wenn du ein Mann wärst, ich würde dich töten.* Fast wünschte Madeleine, er täte es – es hatte ohnehin alles keine Bedeutung mehr für sie. Eine gefühllose Leere hatte sich seit dem gestrigen Abend in ihr ausgebreitet. Es war ihre eigene Schuld. Sie hätte ihm die Wahrheit sagen müssen. Dadurch, dass sie es nicht getan hatte, hatte sie nun alles in ihrem Leben zerstört, was ihr jemals etwas bedeutet hatte.

Nicolas stand noch immer in der Tür. »Es wird dich sicherlich freuen zu hören, dass deinem Komplizen die Flucht gelungen ist. Von Doktor Bruno oder wie auch immer er heißen mag, fehlt jede Spur!«, sagte er beißend.

Die Worte rissen sie kurz aus ihrem betäubten Zustand. »Er ist nicht mein Komplize«, erwiderte sie scharf. »Außerdem ist er nicht der Einzige. Der Geheimdienst hat zig Leute bei euch eingeschleust! Das solltest du wissen«, sagte sie mit ruhiger Stimme.

Er blickte sie an. »Tatsächlich? Dann nenne sie mir!«

Sie hob den Kopf. »Ich kann dir nur noch einen Namen sagen – Olivier, der Stallknecht aus Châtillon, aber ich weiß, dass es weitere gibt. Lebrun hat es mir gesagt, weil er mir damit immer klargemacht hat, dass ich deshalb auch bei euch weiter unter seiner Kontrolle stehe.«

Er schwieg. Dann wandte er sich ab. »Wir brechen in einer halben Stunde auf. Eine Wache wird dich abholen«, sagte er, bevor er das Zimmer verließ.

Mühsam hielt sie sich während des Tages auf dem Pferd. Nicolas mied sie und sprach nicht mit ihr. Madeleine fühlte sich müde und kraftlos. Alles war ihr mit einem Mal gleichgültig. Etwas in ihr war tot und ließ sie nichts mehr spüren – weder Hunger noch Durst, ja nicht einmal den Regen, der am Nachmittag einsetzte und ihr kalt ins Gesicht schnitt.

Als sie am Abend an ihrem Lagerplatz absaß, war ihr schwindlig, und sie spürte ein unerwartetes Ziehen im Bauch. Sie strauchelte, und eine der Wachen konnte sie gerade noch halten. »Was ist mit Euch?«, fragte er, als er ihr bleiches Gesicht bemerkte.

»Nichts«, sagte sie. Dann spürte sie erneut einen Krampf. Sie merkte, dass etwas nicht stimmte. Alles schien sich plötzlich um sie herum zu drehen. Etwas Warmes rann an ihren Oberschenkeln hinab. *Nein. Bitte nicht. Nicht das Kind!*, dachte sie voller Angst. Halt suchend wollte sie nach dem Arm der Wache greifen, als ihr auch schon schwarz vor Augen wurde und sie das Bewusstsein verlor.

Als sie wieder zu sich kam, lag sie auf einem Lager in einem Zelt. Menschen standen um sie herum und sprachen hektisch miteinander. Auf ihrer Stirn befand sich ein nasser Lappen. Madeleine wollte sich aufrichten, doch Hände drückten sie zurück. Sie erkannte die Gesichter der beiden herzoglichen Leibärzte, die sich besorgt über sie gebeugt hatten. Eine Magd wrang über einer Schüssel ein Tuch aus. Das Wasser war rot gefärbt – von ihrem Blut. Ihr Unterleib schmerzte, und sie begriff, dass sie das Kind verloren hatte. Sie weinte. *Warum?* Fast dankbar nahm sie wahr, wie ihr erneut die Sinne schwanden.

Mehrmals wachte sie in den nächsten Stunden kurz auf. Noch immer standen Menschen um sie herum, die leise miteinander redeten, doch ihre Stimmen waren ruhiger geworden und klangen weniger besorgt. Für einen kurzen Moment tauchte Nicolas' Gesicht zwischen ihnen auf. Die Kälte war aus seinem Gesicht gewichen, als er sie ansah, und hatte einem anderen Ausdruck Platz gemacht. Es war eine Mischung aus Sprachlosigkeit und Schmerz, die sie bis ins Mark traf. Sie wünschte sich, ihm sagen zu können, dass sie ihm von dem Kind hatte erzählen wollen und wie unendlich leid ihr alles tat, doch sie war zu schwach. Erneut sank sie in eine Ohnmacht.

Als sie das nächste Mal zu sich kam, waren die Schmerzen weniger stark. Jemand tätschelte ihren Arm. Man richtete sie auf und flößte ihr einen bitter schmeckenden Trunk ein, der sie tief schlafen ließ.

Am Morgen darauf erwachte sie und sah, dass nur noch eine Magd am Fuße ihres Lagers saß. Verwirrt blickte Madeleine die Frau an. Es war heller Tag. »Wie spät ist es?«, fragte sie.

»Schon Mittag. Ich soll Euch fragen, ob Ihr etwas essen möchtet. Das solltet Ihr, um wieder zu Kräften zu kommen«, fügte die Magd hinzu. In ihrem verbrauchten Gesicht zeigte sich ein Ausdruck des Mitleids.

Madeleine nickte. Sie verspürte tatsächlich etwas Hunger.

»Hat man mich denn zurückgelassen? Ist der Zug weitergezogen?«, erkundigte sie sich vorsichtig.

Die Magd wirkte überrascht. »Nein. Es gab feindliche Stellungen am Ufer und den Brücken der Saône. Erst wenn der Weg freigekämpft ist, wird der Versorgungstross nachziehen.«

Madeleine erinnerte sich, dass Nicolas ihr erzählt hatte, dass man den Teil des Zuges, in dem Nahrungsvorräte, Ersatzwaffen, Munition und Werkzeuge mitgeführt wurden, immer in besonderer Weise schützte, da er für das Überleben der Soldaten unabdingbar war.

Bei dem Gedanken an ihn kehrte ihre Niedergeschlagenheit schlagartig zurück. Wieder stiegen Tränen in ihr hoch, als sie an das Kind dachte, das sie verloren hatte.

Die Magd brachte ihr etwas Suppe und Brot, und sie zwang sich, davon zu essen. Später sah der Leibarzt des Herzogs noch einmal nach ihr. »Ihr habt Glück gehabt, weil Ihr noch in den ersten Wochen wart, Fräulein«, sagte er mit ernster Miene auf Deutsch und schenkte ihr einen mahnenden Blick aus seinen eisblauen Augen, der deutlich sein Missfallen über ihr moralisches Verhalten verriet.

Sie nickte stumm.

Als der Leibarzt das Zelt verließ, sah sie eine Gestalt am Eingang stehen. Es war Nicolas. Wortlos blickte er sie an, dann drehte er sich um und verschwand wieder.

121

Man hatte ihr verordnet, die nächsten beiden Tage halb liegend auf einem Karren zu reisen, den man mit Stroh und Decken gepolstert hatte. Dennoch war jede Unebenheit, jeder Stock und jeder Stein durch den Boden zu spüren, und sie war sich nicht sicher, ob der aufrechte Sitz auf einem Pferd nicht weit erholsamer und weniger anstrengend gewesen wäre. Trotz ihres Zustandes ritten zwei Wachen neben ihr, die sie nicht vergessen ließen, dass sie eine Gefangene war.

Der Zug überquerte ohne Schwierigkeiten die Saône. Die Truppen des Herzogs d'Aumale, die sie daran hatten hindern wollen, waren erfolgreich in die Flucht geschlagen worden.

Die Luft war mild, und die Sonne schien, doch Madeleine nahm kaum etwas von der Welt um sich herum wahr. Obwohl sie körperlich schnell wieder genas, hatte sich die Trauer um ihr Kind wie ein schwarzer Schatten auf sie gelegt. Die Tage verstrichen, und während der Armeezug auf seinem Weg nach Westen weiter in die Bourgogne vordrang, fühlte sie eine Einsamkeit, die sie frösteln ließ. Dunkel erinnerte sie sich, dass Nicolas im Zelt gewesen war, als sie das Kind verloren hatte. Sie dachte an Lebruns Drohung, dass ihm etwas passieren könnte, wenn sie nicht die gewünschten Informationen lieferte. Irgendwie musste sie ihn dazu bringen, ihr zuzuhören. Sie musste Nicolas davon erzählen. Doch sie fürchtete sich davor, ihm gegenüberzutreten.

Am späten Abend, als es im Lager ruhig geworden war, griff sie schließlich doch nach ihrem Umhang. Eine der Wachen trat ihr entgegen, als sie das Zelt verlassen wollte.

Müde blickte sie den Mann an. »Ich muss dringend mit Monsieur de Vardes sprechen. Es ist wichtig«, erklärte sie. »Begleitet mich, wenn Ihr mir nicht glaubt.«

Die Wache zögerte, doch schließlich nickte der Mann.

Nicolas' Zelt befand sich zu ihrer Überraschung nur wenige Schritte entfernt. Er war allein.

»Sie sagt, sie müsse dringend mit Euch sprechen, Monsieur de Vardes«, erklärte die Wache entschuldigend.

Nicolas, der einen Brief in den Händen hielt, hob den Kopf. Sein Blick war ernst, beinah düster, und einen Moment lang schien es, als hätte er gar nicht richtig zugehört. Schließlich nickte er.

Madeleines Herz klopfte. »Ich weiß, dass du mir nicht glaubst und mir auch nicht mehr vertraust«, sagte sie, als sie allein waren. »Aber ich bitte dich, mich anzuhören und mich nicht zu verurteilen, bevor du alles erfahren hast und die ganze Wahrheit kennst«, fing sie an, aber Nicolas unterbrach sie. Langsam schüttelte er den Kopf. »Es geht nicht um die Frage, ob ich verstehe, was du getan hast, sondern allein darum, dass du uns verraten hast. Du hast in Verbindung mit dem Geheimdienst der Medici gestanden und Lebrun Informationen von uns zugespielt. Nur das ist von Bedeutung«, erwiderte er. Die Kälte war aus seinem Ton gewichen, doch seine Worte klangen noch immer distanziert. Im Schein des Kerzenlichts fiel ihr plötzlich auf, dass er wie erschlagen wirkte, als wäre er innerhalb von Tagen um Jahre gealtert.

»Bitte, gib mir die Möglichkeit, es zu erklären, Nicolas«, sagte sie leise. »Nur dieses eine Mal. Um mehr werde ich dich nicht bitten.«

»Ich denke nicht, dass das jetzt ein guter Zeitpunkt ist«, entgegnete er mit belegter Stimme. »Ich habe gerade erfahren, dass man den Prinzen de Condé getötet hat!«

Madeleine blickte ihn bestürzt an. Sie wusste, welch ungeheure Bedeutung der Prinz für die Protestanten hatte. Condé war nicht nur von königlichem Geblüt, sondern ihr Anführer gewesen – unter seiner Fahne hatten sie alle gekämpft.

»Der Admiral hat mich gebeten, umgehend nach La Rochelle zu kommen«, fuhr Nicolas fort, der noch immer unter Schock zu stehen schien. »Ich werde morgen früh mit einigen Spähern und Männern aufbrechen.«

»Was wird mit mir werden?«

»Du wirst mitkommen müssen. Was mit dir weiter geschieht, wird der Admiral entscheiden!«

Sie schluckte, doch dann nickte sie. Trotz der Angst, was das bedeuten würde, war ein Teil von ihr erleichtert, dass sie nun endlich nicht mehr lügen musste. »Gut«, sagte sie und wandte sich zum Gehen. »Trotzdem musst du wissen, dass du in Gefahr schwebst. Lebrun wusste von unserem Verhältnis und er hat mich damit erpresst, dass dir etwas geschehen könnte, wenn ich nicht das tue, was man von mir verlangt«, fügte sie noch hinzu. Ohne seine Reaktion abzuwarten, verließ sie das Zelt.

122

Sie waren mit acht Mann und zwei Spähern unterwegs. Im gestreckten Galopp jagten sie vorbei an Feldern und Wäldern und über Bäche hinweg und hielten kaum eine Rast. Das unerbittlich schnelle Tempo brachte Madeleine an den Rand ihrer körperlichen Kraft, und sie ahnte mit einem Mal, wie viel Rücksicht Nicolas auf der Hinreise auf sie genommen haben musste.

Auch jetzt warf er gelegentlich einen prüfenden Blick zu ihr – durchdringend, wie er auch seine Männer musterte –, und obwohl jeder Muskel von ihr schmerzte, bemühte sich Madeleine, sich ihre Anstrengung nicht anmerken zu lassen. Mehrmals konnten die Späher sie gerade noch vor feindlichen Truppen warnen. Soldaten des Herzogs d'Aumale waren weiter auf dem Weg gen Westen, und sie mussten daher kurzfristig immer wieder ihre Strecke ändern.

Die Stimmung der Männer war angespannt und düster. Der Schock über den Tod des Prinzen de Condé stand ihnen allen ins Gesicht geschrieben. Es war nicht allein die schreckliche Tatsache, dass sie einen ihrer bedeutendsten Anführer verloren hatten, sondern vor allem der Umstand seines Todes, der ihren Hass auf die Katholiken aufs Unermesslichste schürte. Condé war in der Schlacht bei einem Zweikampf vom Pferd gestürzt und hatte sich das Bein gebrochen. Als er sich daraufhin ergeben wollte, hatte ein Leutnant, der zu den Garden von Henri d'Anjou, dem Bruder des Königs, gehörte, unehrenhaft einen Schuss auf seinen Kopf abgefeuert. Condé war sofort tot gewesen. Dem nicht genug, hatte man ihn – einen Prinzen von Geblüt, in dessen Adern das Blut von Louis dem Heiligen floss – anschließend auf einer Eselin, die Arme und Beine nach unten hängend, ins nahe gelegene Jarnac gebracht.

Voller Entsetzen hörte Madeleine diese Einzelheiten, als die Männer spätabends am Lager darüber sprachen. »Wer wird die Nachfolge des Prinzen übernehmen?«, fragte sie.

Nicolas wandte den Kopf zu ihr. Erst glaubte sie, er würde ihre Frage ignorieren, doch dann antwortete er schließlich. »Henri de Navarre und der Sohn des Prinzen de Condé. Doch angesichts ihres jugendlichen Alters und geringen militärischen Erfahrung wird die Verantwortung vorerst weiter allein beim Admiral liegen«, erwiderte er knapp.

Henri de Navarre ... Trotz der unerträglichen Situation, in der sie sich befand, glitt die Andeutung eines leichten Lächelns über Madeleines Gesicht, als sie den Namen hörte. Sie hatte viel falsch gemacht, doch den Jungen damals am Überqueren der Brücke zu hindern war vermutlich eine der wenigen richtigen und guten Entscheidungen gewesen. Sie schaute nachdenklich ins Feuer, als sie bemerkte, dass Nicolas noch immer den Kopf zu ihr gewandt hatte.

Später, als die Männer sich niedergelegt hatten, kam er zu ihr. Er gab ihr mit kühler Miene ein Zeichen, ihm zu folgen. Zwischen einer Baumgruppe, weit genug entfernt, dass die anderen sie nicht hören konnten, drehte er sich zu ihr. »Woher wusste Lebrun, dass wir ein Verhältnis haben? Von dir? War das deine Aufgabe?« Er sprach ruhig, doch die Verachtung in seiner Stimme traf sie erneut wie ein Schlag.

»Du tust mir unrecht«, sagte sie schließlich und ließ sich mit müder Resignation auf einen Baumstumpf sinken. Es schien ihr unmöglich, sich aus dem Netz von Lügen und Unwahrheiten zu befreien, das sie selbst aufgebaut hatte. »Ich habe anfänglich nicht die gewünschten Informationen geliefert«, versuchte sie Nicolas dennoch zu erklären. »Lebrun ahnte, dass es etwas gibt, das mich daran hindert – etwas, das stärker war als meine Angst vor ihm. Ich hatte den Fehler gemacht, über dich fast nie etwas zu erzählen und zu schreiben«, sagte sie bitter. »Das hat ihn stutzig gemacht ...« Und dann begann sie mit leiser Stimme, ihm alles zu erzählen. Von ihrer Flucht, der Folterung durch die Guise, wie sie von der Medici befreit wurde und man sie gepflegt hatte, wie die Königinmutter und der Geheimdienstchef erst ihre Gabe und schließlich das Vertrauen, das sie bei den Hugenotten genoss, für ihre eigenen Zwecke missbrauchen wollten und wie man sie letztendlich deshalb bedroht und unter Druck setzte. Sogar von dem Protokoll über ihre Großmutter Ava berichtete sie ihm und davon, wie sie nach ihrer Rückkehr versucht hatte, so wenig Informationen wie möglich zu verraten. Sie merkte, wie es ihr guttat, das alles auszusprechen.

Nicolas, der ihr gegenüber an einem Baumstamm lehnte, schwieg. Nur von Zeit zu Zeit stellte er ihr eine Frage.

»In der Nacht, als ich dir meine Visionen gestanden habe, wollte ich endlich auch alles andere beichten, doch dann hast du von dem Verräter erzählt, und ich bekam Angst. Ich habe es einfach nicht mehr gewagt ...«, schloss sie schließlich.

In dem silbrigen Licht des Mondes konnte sie sein Gesicht erkennen und nahm wahr, dass die Härte etwas aus seinen Zügen gewichen war.

»Ich wusste, dass du bei den Guise schon früher entkommen warst«, sagte Nicolas zu ihrer Überraschung. »Nach deiner Entführung habe ich Nachforschungen anstellen lassen. Ich habe immer gehofft, dass du mir von allein die Wahrheit sagen würdest. Es war ein Fehler, dass du das nicht getan hast!« Sie verspürte einen Stich, als sie seine Worte vernahm. Was hatte sie erwartet? Nichts würde jemals wieder so sein, wie es einmal war. Schweigend gingen sie zurück zum Lager.

123

Spät in der Nacht wurde sie von Geräuschen geweckt. Im ersten Augenblick glaubte Madeleine zu träumen und wollte sich unter der Decke verschlafen zur anderen Seite wenden, doch dann waren die Stimmen und Rufe nicht länger zu überhören. Die Umrisse fremder Gestalten waren im Lager zu erkennen – sie waren bewaffnet und in der Überzahl. Es waren bestimmt zwanzig, dreißig Mann, die von allen Seiten zwischen den Bäumen auf sie zukamen.

Sie waren verraten worden – das war der erste Gedanke, der Madeleine durch den Kopf schoss, als sie hochfuhr und vor ihr der Stahl eines Degens aufblitzte. Das pockennarbige Gesicht eines Soldaten tauchte hinter der Waffe auf.

Er stieß sie an der Schulter zurück auf den Boden.

»Protestantenhure!«, fuhr er sie an und schlug sie ins Gesicht. Sie sah den Hass in den Augen des Soldaten aufblitzen, während sie gleichzeitig das weiße Kreuz auf seinem Wams wahrnahm. Um sich herum hörte sie die Schreie der anderen. Die Spitze des Degens drückte sich gegen ihre Kehle. Sollte das das Ende sein? Zitternd vor Angst schloss sie die Augen.

»Nein!«, ertönte der Befehl einer gebieterischen Stimme. Ein katholischer Offizier war hinter dem Soldaten aufgetaucht und hatte dessen Hand mit einem Ruck zur Seite gezogen. »Ich will sie lebend. Sie und die anderen«, sagte er kalt und musterte sie abschätzig, wie sie dort zu seinen Füßen auf dem Boden lag.

Der Soldat band ihr die Hände mit einem Strick grob auf dem Rücken zusammen und riss sie auf die Beine. Unsanft stieß man sie vorwärts, und sie sah voller Entsetzen im Halbdunklen das Blut um sie herum. Mehrere Hugenotten lagen leblos auf dem Boden. Eine entsetzliche Angst ergriff sie, dass auch *er* getötet worden sein könnte. Alles in ihr zog sich zusammen. Während man sie weiterzerrte, schaute sie sich suchend um, und schließlich sah sie ihn. Nicolas lebte. Sein Hemd war eingerissen, und Blut klebte an seiner Wange und seinem Arm. Er hatte versucht zu kämpfen – ohne jede Chance gegen die Übermacht. Zwei Soldaten waren dabei, ihn zu fesseln. Ein dritter stand vor ihm.

Vor Erleichterung wollte sie seinen Namen ausrufen, ihm sagen, dass sie ihn liebte, doch dann begegnete ihr sein Blick. Die Kälte, die ihr daraus entgegenschlug, ließ sie zusammenzucken.

»Ihr braucht sie nicht zu fesseln«, sagte er mit verächtlicher

Miene zu dem katholischen Offizier. »Sie ist eine von euch. Eine Verräterin, die sich bei uns eingenistet hat.«

Fassungslos blickte Madeleine ihn an.

Der Offizier musterte sie. Dann stieß man sie auch schon weiter.

124

Man brachte sie zwei Tage Fußmarsch entfernt zu einem Lager, das sich unweit von Brève befand. Sie zitterte, als ihr klar wurde, dass es wahrscheinlich zu dem Heer des Herzogs d'Aumale gehörte. Die Soldaten betrachteten sie voller Gier, als sie zwischen den Zelten an ihnen vorbeigeführt wurde.

Jemand spuckte ihr hasserfüllt ins Gesicht.

»Hure! Dir werden wir es noch richtig besorgen …«

»Ihr werdet alle brennen!«, sagte ein anderer.

Madeleine schauderte und war fast dankbar, als man sie in einen zusammengezimmerten Holzverschlag brachte, der anscheinend eigens für Gefangene gebaut worden war. Die Umrisse zweier anderer Frauen waren darin zu erkennen – ihre Hände waren in eisernen Handschellen an einer Kette festgemacht, deren Ende im Boden verankert war. Apathisch saßen sie auf dem Boden vor der Wand.

Die Wache nahm Madeleine die Stricke ab und legte ihr ebenfalls die eisernen Ringe an. Dann schloss sich die Tür, und von draußen wurde ein Riegel vorgeschoben.

Madeleine ließ sich erschöpft auf dem stinkenden Stroh nieder und trank gierig ein Schluck von dem Wasser, das in einem verbeulten Krug auf dem Boden stand. Ihre Handgelenke schmerzten.

Sie fragte sich, wo man Nicolas und die anderen Männer hingebracht hatte. Man hatte sie bereits während des Fußmarsches getrennt. *Sie ist eine von euch. Eine Verräterin ...* Noch immer konnte sie seine Stimme deutlich bei sich hören.

Es war dunkel in dem Verschlag. Nur durch die Ritzen drang etwas Tageslicht und die kalte Luft von draußen. Sie fror. Ihre Hand griff nach dem Anhänger um ihren Hals. Sie dachte an ihre Großmutter, und der Gedanke half ihr, nicht in Tränen auszubrechen.

»Was machen sie mit uns?«, fragte sie schließlich ins Halbdunkel hinein.

Eine Weile reagierte niemand. Doch schließlich wandte eine der beiden Frauen Madeleine das Gesicht zu. »Wir sollen abschwören«, erklärte sie müde.

Abschwören? Madeleine schwieg, denn das Wort brachte ihr zu Bewusstsein, in welcher Situation sie sich befand. Man hatte sie hierhergebracht, weil man sie für eine Protestantin hielt. Sollte sie sich als Katholikin zu erkennen geben? Sie dachte an die Münze von Lebrun, die sich eingenäht in ihrem Rocksaum befand. Doch bei dem Gedanken, davon Gebrauch zu machen, fühlte sie sich schlecht und voller Schuldgefühle – als würden Nicolas' Worte damit zur Wahrheit werden. Eine Verräterin – nichts anderes war sie tatsächlich. Dann aber tauchte das Bild des Herzogs d'Aumale vor ihren Augen auf. Ihr Herz pochte vor Furcht. Er konnte nicht ahnen, dass sie hier war, versuchte sie sich zu beruhigen. Was aber, wenn er sie zufällig sah oder sie ihm als protestantische Gefangene sogar vorgeführt wurde? Sie musste hier weg! Egal wie, dachte sie angsterfüllt.

Irgendwann übermannte sie schließlich doch die Erschöpfung, und sie fiel in einen unruhigen Schlaf.

Am nächsten Morgen wurde sie davon geweckt, wie die Wachen die Tür öffneten. Man löste ihre Handschellen von der Kette und befahl ihr mitzukommen.

Sie wurde in ein karg eingerichtetes Zelt gebracht, in dem der Offizier saß, der auch bei dem Übergriff auf ihr Lager dabei gewesen war. Sein Blick verriet ihr, dass sie fürchterlich aussehen musste.

»Setzt Euch!«, sagte er unerwartet freundlich und deutete auf einen Schemel.

»Danke!« Sie strich sich die Haare aus dem Gesicht und versuchte, zumindest eine aufrechte Haltung einzunehmen.

»Euer Name?«

»Madeleine … Madeleine Legrand«, log sie. Der Familienname des Apothekers war der erste, der ihr eingefallen war, da sie ihren eigenen unmöglich sagen konnte. Sie hob den Kopf. »Ich bin keine Protestantin, sondern Katholikin wie Ihr«, sagte sie dann.

Der Offizier zog die Brauen seines kantigen Gesichts hoch. »Ihr seid mit einer Gruppe bewaffneter protestantischer Männer unterwegs gewesen!«

»Ich weiß. Es ist … kompliziert! Es war meine Aufgabe, bei den Protestanten zu sein und sie auszuhorchen«, erklärte sie.

»Wollt Ihr behaupten, dass Ihr eine Spionin seid – so wie dieser Protestant behauptet hat?« Es war offensichtlich, dass er ihr nicht glaubte.

»Ja!«, entgegnete sie. »Ich kann es beweisen. In meinem Rocksaum ist etwas eingenäht.« Madeleine deutete mit ihren Handschellen nach unten.

Der Offizier musterte sie. Schließlich zog er einen Dolch unter seinem halblangen Umhang hervor. »Tatsächlich? Ihr erlaubt?«

Ehe sie sichs versah, hatte er nach ihrem Saum gegriffen, und man hörte ein reißendes Geräusch. Madeleine konnte sehen, wie der Offizier den Stoff abtastete, bis er auf etwas Hartes stieß. Er holte die Münze mit dem weißen Kreuz hervor. Ungläubig starrte er darauf, als er auf der Rückseite die Prägung des königlichen Siegels sah.

»Versteht Ihr? Ich konnte mich nicht früher zu erkennen geben. Es wäre zu gefährlich gewesen«, sagte Madeleine eindringlich und erzählte ihm, dass sie für den Geheimdienst der Königinmutter arbeiten würde und auf dem schnellsten Wege zum Hof müsste, da sie wichtige Informationen habe.

Der Offizier schien ihr nicht nur zu glauben, sondern war beeindruckt. »Ihr müsst eine sehr mutige Frau sein, Euch in die

Hände dieser Ketzer zu wagen … Der Herzog d'Aumale hätte Euch sicherlich gerne kennengelernt, aber er befindet sich bedauerlicherweise mit einem Teil der Truppen weiter südöstlich, um sich dort den deutschen Söldnern entgegenzustellen.«

Madeleine hatte Mühe, ihre Erleichterung zu verbergen. Einen Moment lang hatte ihr Herzschlag ausgesetzt, als sie den Namen Aumale hörte.

»Ich werde Euch zum Schloss bringen lassen«, fuhr der Offizier fort. »Dort wird man alles für Eure Reise zum Hof in die Wege leiten. Unsere Kuriere sind regelmäßig auf dem Weg dorthin.«

Eine gute Stunde später – nachdem man ihr die Gelegenheit gegeben hatte, sich etwas zu waschen, ihr Haar zu kämmen und ihr der Offizier einen sauberen Umhang mit Kapuze hatte besorgen lassen – befand sie sich mit ihm und zwei Soldaten auf dem Weg zum Schloss.

Der Hof befände sich zurzeit wieder in Paris, erklärte ihr der Offizier, der neben ihr auf dem Karren saß. Die Königinmutter sei im März erkrankt und hätte sich vor ihrer Rückkehr lange Zeit in Metz befunden.

»Was hatte sie?«, erkundigte sich Madeleine.

»Ein schweres Fieber, wie man behauptet.«

Während sie ihm zuhörte, betrachtete sie die Soldaten, die überall herumliefen. Nach ihren ersten Bedenken war sie inzwischen dankbar für das Angebot des Offiziers, mit einem der Kuriere nach Paris zu reisen. Allein hätte sie es niemals geschafft, von hier wegzukommen.

Die Umrisse eines Schlosses mit mehreren Türmen tauchten vor ihnen auf. Der Wagen fuhr durch das Tor in den Vorhof ein und hielt neben einem der Seiteneingänge.

Madeleine stieg ab und folgte dem Offizier. Auf dem Weg zur Tür nahm sie aus den Augenwinkeln eine Bewegung am Hauptportal wahr. Zwei Männer waren dort nach draußen getreten.

Madeleine erschrak. *Das konnte nicht sein!* Sie musste sich täuschen … Doch es bestand kein Zweifel – der Mann, der neben einem hochrangigen Militärobersten aus der Tür getreten war – es war Nicolas! Er trug noch immer sein blutbeflecktes eingerissenes Hemd, aber er schien frei zu sein. Ungläubig beobachtete sie, wie in diesem Moment eine junge, elegant gekleidete Frau auf Nicolas zugelaufen kam und ihn in die Arme schloss.

Madeleine hatte das Gefühl, jemand würde ihr ein Messer in den Leib stoßen. Eine glühende Eifersucht durchzog sie, während sie die beiden fassungslos anstarrte. *Wer war die Frau?* Madeleine war dankbar, dass die Kapuze ihr Gesicht verhüllte, und wandte den Kopf ab.

Mit zugeschnürter Kehle folgte sie dem Offizier ins Schloss. Er geleitete sie in einen Raum, dessen Wände mehrere Gobelins zierten. Im Kamin brannte ein prasselndes Feuer. Der Offizier bat sie, einen Augenblick zu warten.

Sie nickte. Benommen trat sie ans Fenster und versuchte zu begreifen, was sie dort eben im Hof gesehen hatte. Noch immer hatte sie vor Augen, wie die fremde Frau Nicolas so innig umarmt hatte. Sie war ausgesprochen attraktiv gewesen. Selbst von Weitem hatte Madeleine das sehen können. Warum hatte man Nicolas freigelassen? Was hatte das zu bedeuten? Ein Strudel von quälenden Gedanken zog durch ihren Kopf, und sie hörte die Schritte der beiden Männer hinter sich erst, als sie schon über die Schwelle getreten waren.

»Mademoiselle? Mein Onkel konnte Euch leider nicht begrüßen, aber zumindest ich wollte Euch meine Hochachtung für Euren Mut und Einsatz aussprechen«, ertönte eine Stimme hinter ihr.

Madeleine drehte sich um und sah zu dem gut aussehenden blonden jungen Mann, der in Begleitung des Offiziers den Raum betreten hatte. Er war vielleicht neunzehn oder zwanzig Jahre alt und trug die Kleidung eines hochrangigen Adligen. Als er ihr Gesicht erblickte, erlosch sein Lächeln schlagartig. Ein erst ungläubiger und dann von so tiefem Hass erfüllter Ausdruck verzerrte seine Züge, dass Madeleine zusammenzuckte. Sie wich entsetzt zurück. Vor ihr stand der junge Henri de Guise!

125

Nicolas hatte sich wortlos das frische Hemd übergezogen. Er drehte sich zu der Frau, die hinter ihm auf der Schwelle stand. »Wenn du glaubst, dass ich jetzt dankbar bin, muss ich dich leider enttäuschen!«, sagte er kühl.

Sie lächelte leicht, als sie seinen aufgebrachten Unterton vernahm. Ein resignierter Zug zeigte sich dabei in ihrem anmutig geschnittenen Gesicht. »Das habe ich auch nicht erwartet, Nicolas.«

Sie lehnte sich in ihrem seidenen Kleid gegen den Türrahmen. »Du kannst froh sein, dass Jean zufällig von deiner Gefangennahme erfahren hat und ich hier war.«

Er schwieg. »Ich weiß«, sagte er dann. Er bemerkte ihren verletzten Ausdruck und zog sie in seine Arme.

Einen Moment lang ruhte ihr Kopf an seiner Brust. »Es tut mir leid. Glaub mir, ich wünschte, die Dinge wären anders gekommen!« Seine Stimme klang belegt.

»Konnte ich dir mit der Antwort auf deinen Brief, den du mir nach Paris geschickt hast, helfen?«, fragte sie.

Er nickte. »Du musst mir noch einen Gefallen tun«, bat er dann.

126

Die plötzliche Helligkeit ließ sie zusammenzucken, und sie legte schützend ihren Handrücken vor die Augen, weil sie sich geblendet fühlte.

»Steh auf!«, befahl die Wache, die die Tür geöffnet hatte.

Madeleine starrte den Mann benommen an. Fast zwei Tage hatte man sie in das Verlies gesperrt. Ihr Gesicht schmerzte noch immer von den Schlägen, die Henri de Guise auf sie hatte niederfahren lassen, nachdem er erkannt hatte, wer sie war.

Was würde jetzt geschehen? Würde sie dem Herzog d'Aumale vorgeführt werden? Ihr wurde übel vor Angst bei dem Gedanken. Sie hatte den Gefallen, den er daran gefunden hatte, sie zu quälen, nicht vergessen.

Mit klopfendem Herzen folgte sie der Wache. Sie stiegen eine Treppe hoch, die in die Haupthalle des Schlosses führte. Zwei Soldaten standen dort.

»Hier ist sie!«, sagte die Wache.

Die Soldaten ergriffen sie, und sie wurde nach draußen zu einem Fuhrwagen gebracht. Er war Bestandteil eines Konvois, wie sie zu ihrer Überraschung erkannte.

»Los, rauf mit dir!«, sagte der Soldat neben ihr und befestigte ihre Handschellen mit einer Kette an den seitlichen Verstrebungen des Wagens. Dann nahm er ihr gegenüber Platz.

»Wohin fahren wir?«, fragte sie.

Doch er gab ihr keine Antwort, sondern schaute mit ausdrucksloser Miene an ihr vorbei.

Madeleine gab sich keiner Hoffnung hin. Vermutlich brachte man sie in ein entferntes Lager der Truppen, dort, wo sich Aumale gerade aufhielt – oder in irgendein Gefängnis. Ihr Blick schweifte in die Ferne. Während der zwei Tage im Verlies hatte sie trotz ihrer Ängste unentwegt an Nicolas gedacht. Das Bild, wie die Frau ihn umarmte, hatte sich in ihr Gedächtnis gebrannt, doch gleichzeitig hatte sie sich immer wieder gefragt, warum man ihn nur freigelassen hatte. Die Antwort darauf war schrecklich. Konnte sie sich so in ihm getäuscht haben? Sie konnte den Klang seiner rauen Stimme hören und sehnte sich nach seinen Berührungen. Es erschreckte sie. Wie konnte sie nach allem, was sie gesehen hatte, noch immer so empfinden?

Sie schloss die Augen. Es würde ohnehin alles keine Rolle mehr spielen. Sie war sich sicher, dass sie den Guise nicht noch einmal entkommen würde.

127

Ihre Majestät, die Königinmutter, verzog ungehalten das Gesicht, als sie aus dem Fenster des Louvre sah.

Sie fragte sich wahrhaftig, ob ihre Kinder alle vom Schwachsinn befallen waren. Vielleicht hatte sich das Mittel, das sie zur Förderung ihrer Fruchtbarkeit genommen hatte, doch auf ihren Geisteszustand ausgewirkt? Anders war ihr Verhalten nicht zu erklären. Noch immer konnte die Medici nicht fassen, was Henri getan hatte, dass er zugelassen hatte, die Leiche des Prinzen de Condé mit herabhängenden Armen und Beinen auf einen Esel binden zu lassen. Sie konnte sich lebhaft vorstellen, welch flammende Rede Jeanne d'Albret, die Königin von Navarre, danach vor den Hugenotten im Feld gehalten hatte! Die Spione des Königs hatten es sich nicht nehmen lassen, ihr das Ereignis in allen Details zu schildern.

Wie konnte ihr Sohn die Ehre eines Toten so beschmutzen – eines Cousins des Königs! Ausgerechnet Henri, ihr Lieblingssohn, dachte sie bitter. Er zeigte Anstalten, dieselben jähzornigen Charakterzüge wie sein Bruder Charles zu entwickeln. Eine leise Angst beschlich sie, denn sie entsann sich mit einem Mal wieder der Prophezeiung von Nostradamus, dass alle ihre drei Söhne als Könige sterben würden und ihnen eines Tages ein Prinz aus dem Geschlecht der Bourbonen folgen würde – Henri de Navarre. Lächerlich war ihr diese Weissagung damals erschienen. Sie unterdrückte ein Seufzen. Doch ihr Erstgeborener, François, war bereits vor Jahren gestorben, und um Charles und Henri war sie in ständiger Sorge. Es mangelte ihnen beiden an Charakter, und man konnte sich nicht des Eindrucks erwehren, dass sie alles daransetzten, Frankreich ins Verderben zu führen. Henri, indem er sich den unstillbaren Hass der Hugenotten zuzog, und Charles, der König, indem er sich in beängstigender Weise dem Einfluss des Kardinals de Lorraine ergab.

Das Gesicht der Medici verfinsterte sich, als sie an den Kardinal dachte, dessen Bruder, dem Herzog d'Aumale, es nicht einmal gelungen war, die Söldnertruppen des Herzogs von Zweibrücken aufzuhalten. Welche Unfähigkeit! Hätte sie nicht über Wochen ein Fieber ans Bett gefesselt, sie hätte Aumale persönlich wissen lassen, wie schmachvoll sie seine militärische Leistung fand. Dank seiner befand sich ein Heer von sechzehntausend Söldnern auf dem Weg zum Admiral, und es würde schwer sein, nun erneut gegen die Protestanten anzukommen.

Die Medici schüttelte resigniert den Kopf, während sie unruhig einige Schritte hin und her lief. Dieser Krieg würde genauso enden wie die vorherigen – kciner der Parteien würde es gelingen, einen dauerhaften Sieg davonzutragen! Das Land würde nur tiefer und tiefer in den Ruin getrieben werden, während immer mehr ausländische Söldner ins Land strömten. Deutsche, Spanier, Niederländer und Italiener standen sich auf den Schlachtfeldern Frankreichs gegenüber. Zigtausende waren es inzwischen, und sie würden mit ihren Plünderungen und Brandschatzungen eine Spur der Verwüstung im Land hinterlassen – noch lange, nachdem dieser Krieg ausgestanden war. Es war ein Albtraum!

Ihre Gedanken kehrten zu Jeanne d'Albret zurück. Sie ahnte, wie gefährlich die majestätische Erscheinung dieser Frau werden konnte, die nicht nur eine führende Protestantin, sondern auch die Mutter von Henri de Navarre war. Im Verbund mit Coligny war sie eine nicht zu unterschätzende Gefahr.

128

Madeleine sah mit ungläubiger Miene auf den Teller, auf dem ein köstlich duftender Hähnchenschenkel, Käse, Früchte und etwas Brot lagen. Dann schaltete sich jedoch ihr Verstand ein. Etwas stimmte nicht – und zwar ganz und gar nicht!

Nach vier Tagen Reise waren sie an diesem Nachmittag in Paris angekommen, und man hatte sie in das Innere eines prunkvollen Gebäudes gebracht, bei dem es sich um das Palais de Guise handelte. Zu ihrer Überraschung war sie dort jedoch weder dem Herzog d'Aumale vorgeführt worden, noch hatte man sie, wie sie erwartete, in ein Verlies gesperrt. Im Gegenteil – man nahm ihr stattdessen die Handfesseln ab und führte sie in einen Raum, in dem ein Zuber mit heißem Wasser für sie bereitstand und eine Magd ihr half, sich zu waschen und ein sauberes Kleid anzuziehen. Anschließend hatte man ihr diesen Teller mit einer Mahlzeit gebracht.

Noch immer stand eine Wache vor ihrer Tür, die man mit einem schweren Eisenriegel verschlossen hatte, und das Fenster war vergittert, doch man schien mit einem Mal bemüht, sie gut zu behandeln. Madeleine begriff nicht, warum.

Voller Argwohn starrte sie auf den Teller, doch beim Anblick des Hähnchenschenkels siegte schließlich ihr Hunger. Sie hatte seit Tagen nichts Richtiges gegessen. Gierig machte sie sich über das Essen her und trank von dem Wasser und sogar einen Schluck von dem Wein. Draußen begann es bereits dunkel zu werden. Als sie die Mahlzeit beendet hatte, trat sie ans Fenster. Sie konnte durch die Gitterstäbe erkennen, dass sie sich im dritten Stock unter dem Dach des Palais befand. Madeleine sah, dass in dem Hof einige Sänften und Reiter angekommen waren: Edelleute und Damen, die von Dienern begleitet wurden und das Haus betraten. Anscheinend wurde heute Abend ein Fest gegeben. Sie beobachtete, wie aus einer der Sänften eine junge Frau stieg. Sie war schön, mit ungewöhnlich anmutigen Gesichtszügen. Zügen, die Madeleine noch gut in Erinnerung waren. Ein Schreck durchfuhr sie, als sie die Frau erkannte – sie war es gewesen, die Nicolas im Hof des Schlosses von Brèves umarmt hatte! Was hatte sie hier im Palais der Guise zu suchen?

Madeleine wich entsetzt vom Fenster zurück. In welcher Verbindung stand Nicolas mit den Guise, wenn diese Frau hier auftauchte? Sollte sich ihr schlimmster Verdacht bewahrheiten? War er etwa der Verräter, von dem er selbst erzählt hatte? Konnte er so niederträchtig sein? Sie hatte plötzlich das Gefühl, dass sich alles um sie drehte. *Ihre Entführung in Châtillon …* Nicolas war es gewesen, der sie gebeten hatte, am Abend auf den Wehrturm zu kommen, wo die Schergen der Guise sie erwartet hatten, fiel ihr mit einem Mal ein. Und nach ihrer Rückkehr war er auch der Einzige gewesen, der ihre Geschichte, wie sie den Guise entkommen war, nicht geglaubt hatte. Warum? Weil er von ihnen wusste, dass sie befreit worden war? Ihr wurde schlecht, als ihr auf einmal so unendlich viele Dinge durch den Kopf schossen, die in einem völlig neuen Zusammenhang zu stehen schienen. Wie betäubt sank sie auf einen Schemel, als sie hörte, wie hinter ihr der schwere Riegel der Tür aufgeschoben wurde. Die Wache tauchte auf der Schwelle auf. »Folgt mir!«, befahl er barsch.

Mit zittrigen Knien gehorchte Madeleine. Er ergriff ihren Arm und hielt sich so dicht neben ihr, dass an Flucht nicht zu denken war – abgesehen davon, dass sie – selbst wenn sie die Chance gehabt hätte – in diesem Labyrinth von Fluren und Gängen wahrscheinlich nicht einmal den Weg nach draußen gefunden hätte. Während ihr Kopf noch immer das Unfassbare zu begreifen versuchte, traten sie in ein Gemach, dessen gerundeter Raum ihr verriet, dass sie sich in einem der Türme des Palais befinden mussten.

Als Madeleine die Gestalt in dem purpurroten Gewand erkannte, fuhr sie zusammen.

»Tretet näher, Mademoiselle!«, sagte der Kardinal mit tiefer, sonorer Stimme. Nichts an ihm ließ erkennen, mit welcher Kälte er einst ihren misshandelten Körper betrachtet hatte und darüber sprach, sie der Inquisition zu übergeben.

»Nun, ich muss zugeben, Mademoiselle, dass Ihr einen erstaunlichen Überlebenswillen zeigt«, sagte er. »Zu Eurem Glück hege ich im Gegensatz zu meinem Bruder keinen persönlichen Hass gegen Euch. Die Kämpfe mit den Hugenotten lassen ihm bedauerlicherweise keine Zeit, sich persönlich um diese Angelegenheit zu kümmern.« Charles de Lorraine ließ sich mit einer eleganten Bewegung auf einem Lehnstuhl nieder.

»Ich hoffe, man hat Euch hier gut behandelt?«, erkundigte er sich.

Sie nickte. Seine gespielte Freundlichkeit hatte etwas Unheimliches und beinah Bösartiges, denn natürlich war ihm bewusst, welche Angst sie beherrschte, während sie hier vor ihm stand.

»Gut.« Er nickte. »Ich möchte Euch einige Fragen stellen – ich und der spanische Botschafter. Solltet Ihr Euch kooperativ zeigen, werde ich erwägen, ein gutes Wort bei meinem Bruder für Euch einzulegen. Haben wir uns verstanden?«

»Ja«, sagte sie und fragte sich, warum der spanische Botschafter um Gottes willen irgendwelche Fragen an sie haben sollte. Sie bemühte sich zu begreifen, was hier vor sich ging. Weshalb behandelte der Kardinal sie so entgegenkommend und hatte sie nicht schon längst töten lassen? Es musste etwas geben, das man von ihr wollte!

Charles de Lorraine hatte sich währenddessen wieder aus seinem Stuhl erhoben. Er öffnete die Tür und sagte etwas zu einem Diener. Nur kurz darauf betrat ein Mann den Raum. Er hielt sich ungewöhnlich aufrecht, ja fast steif und trug ein schwarzes seidenes Wams und geschlitzte schwarze Hosen, die sich in einem deutlichen Kontrast von seinen hellen Seidenstrümpfen absetzten. In seiner Begleitung befand sich ein kostümierter Zwerg, der seinen Umhang trug. Madeleines Blick blieb ungläubig an der kleinen Gestalt hängen, doch dann wandte sie sofort wieder den Kopf ab, um sich nichts anmerken zu lassen.

»Setz dich!«, sagte der Kardinal, Madeleine plötzlich duzend, und wies auf einen Schemel.

»Wir wissen, dass du für die Medici arbeitest, und möchten wissen, mit welchem Auftrag man dich zu den Hugenotten geschickt hat!«, erklärte Charles de Lorraine.

Madeleine schluckte. Woher wussten sie das? Dann fiel ihr die Münze ein, die sie dem Offizier gegeben hatte. Sie selbst hatte sich verraten! »Ich sollte sie über die Pläne der Hugenotten auf dem Laufenden halten!«, antwortete sie schließlich.

»Über welche Pläne?«, fragte der Kardinal scharf.

Madeleine schaute ihn verunsichert an. »Über keine bestimmten. Mein Auftrag war es, über alles zu berichten, was Auskunft darüber geben konnte, was die Hugenotten zu tun beabsichtigten«, erwiderte sie, während sie aus den Augenwinkeln wahrnahm, wie der Zwerg im Hintergrund unbeteiligt den Mantel seines Herrn glatt strich. Er gab sich ganz den Augenschein, als würde er dem Gespräch gar nicht zuhören, doch sie war sich sicher, dass er genau das Gegenteil tat.

Der Kardinal stellte ihr weiter Fragen und wollte wissen, was sie dem Geheimdienst konkret für Informationen gegeben hätte. Dann mischte sich der spanische Botschafter mit einem Mal ins Gespräch.

»In La Rochelle wurde ein Krämer getötet – er war dein Mittelsmann, nicht wahr?«

»Ja«, bestätigte sie und fragte sich, woher er davon wusste.

»Weißt du, wer ihn getötet hat?« Die Frage klang beiläufig, aber Madeleine bemerkte den lauernden Ausdruck in den Augen des Spaniers.

Deshalb hatte man sich die Mühe gemacht, sie hierherzubringen, begriff sie mit einem Mal. Die beiden Männer wollten wissen, wie viel sie über den Verräter der Guise wusste, der sich bei den Hugenotten befand, und ob sie Informationen von ihm an den Geheimdienst weitergegeben hatte.

Madeleine bemühte sich, so zu tun, als würde sie die Frage nicht richtig verstehen. »Nein, ich habe keine Ahnung. Es war ein Überfall auf seinen Laden, hat man erzählt. Es hatte nichts mit mir oder meinen Briefen zu tun! Er hat sie ohnehin nur weitergeleitet«, sagte sie.

Sie bemerkte, dass Charles de Lorraine und der Botschafter einen schnellen Blick wechselten. Kurz darauf beendeten die beiden Männer das Verhör, und die Wache brachte Madeleine in ihr Zimmer zurück.

Musik, Stimmengewirr und Gelächter tönten aus dem unteren Stockwerk nach oben. Madeleine dachte mit zugeschnürter Kehle an den Blick des Kardinals, als dieser sie verabschiedet hatte. Die Kälte darin ließ sie ahnen, dass ihr Leben keinen einzigen Écu mehr wert war, jetzt, da die Männer glaubten, alles zu wissen. Sie betrachtete das vergitterte Fenster und den Riegel an der Tür. Wie sollte sie von hier entkommen? Es gab nur eine einzige winzige Chance, wie ihr die Flucht gelingen konnte. Sie schickte ein inbrünstiges Stoßgebet zum Himmel, dass ihre Bitte erhört werden würde.

129

Es war eine Frau, die dort an den Gitterstäben der Tore stand und an ihnen rüttelte. Ihre Stimme klang verzweifelt, und er konnte von Weitem mehrmals das Wort *Medici* und *Bitte!* hören, doch die Wachen verwehrten ihr stur den Zutritt. Was nicht weiter verwunderlich war, denn der königliche Palast des Louvre war leer. Ambroise Paré warf einen kurzen Blick zu der Frau, als er etwas entfernt aus einem Nebenausgang auf die Straße trat. Sie wusste offensichtlich nicht, dass sich Ihre Majestäten, der König und seine Mutter, nach ihrem kurzen Aufenthalt in Paris schon gestern wieder auf den Weg nach Bourges gemacht hatten. Seitdem die Königinmutter von ihrem Fieber genesen war, barst sie trotz ihrer fünfzig Jahre von einem Tatendrang, der einen schwindlig werden ließ. Wäre sie ein Mann gewesen, sie wäre ohne Frage ein brillanter General geworden, der schon längst den Sieg errungen hätte. So aber blieb ihr nichts anderes, als die Kämpfenden durch die Nähe ihrer Anwesenheit moralisch zu unterstützen.

Als königlicher Chirurg würde Paré Ihren Majestäten schon morgen folgen. Er lief auf der Straße weiter und näherte sich der Frau, die vor den Toren noch immer völlig aufgelöst auf die Wachen einsprach. Er hatte vermutet, dass es sich um eine Bittstellerin handelte, doch ihre Gesten und der Tonfall ihrer Stimme passten nicht dazu. Etwas so Eindringliches lag darin, dass der Chirurg neugierig den Kopf zu ihr wandte, als er an ihr vorbeiging. Er stutzte. Doch es bestand kein Zweifel. Wie zur Bestätigung wandte sie ihm in diesem Moment den Kopf zu. Ihr verzweifeltes Gesicht blickte ihn ungläubig an.

»Monsieur Paré? O mein Gott, Ihr seid es wirklich!« Sie ließ die Gitterstäbe los und stürzte wie von Sinnen auf ihn zu. »Könnt Ihr nicht etwas tun, bitte! Ich muss zu Ihrer Majestät, der Königinmutter, oder zu Monsieur Lebrun, aber die Wachen – sie wollen mich nicht hineinlassen!«

»Mein Gott, Mademoiselle Kolb!«, entfuhr es ihm überrascht. Tränen liefen über ihr Gesicht, und er bemerkte, dass sie sich mehrmals umsah, als hätte sie Angst, jemand würde sie verfolgen.

»Bitte, Ihr müsst mir helfen!«, flehte sie.

»Die Königinmutter ist nicht hier! Sie ist gestern nach Bourges abgereist«, erklärte er.

»Was?« Sie war blass geworden – trotz des spärlichen Lichts konnte er das in der Dunkelheit erkennen. »Ich muss unbedingt mit ihr sprechen«, sagte sie dann. Die Verzweiflung war in ihre Stimme zurückgekehrt und noch etwas anderes – Angst. Parés Blick blieb an ihrem Gesicht hängen – an einem rundlichen Abdruck an ihrer Schläfe. Ein blauer Fleck, der schon fast verheilt war, seinen geschulten Augen jedoch nicht entging.

»Kommt!«, sagte er und zog sie mit sich.

Madeleine erzählte ihm alles – von ihrer Rückkehr zu den Hugenotten, der Reise nach Zweibrücken und wie sie auf dem Weg nach La Rochelle von einer Truppeneinheit des Herzogs d'Aumale festgenommen wurde und fast entkommen wäre, wenn sie nicht auf einmal Henri de Guise gegenübergestanden hätte. Ambroise Paré hörte ihr schweigend zu. Er hatte sie nicht weit entfernt zu einem Haus gebracht, einem schmalen zweistöckigen Gebäude, das ihm gehörte und in das er sich zurückzog, wenn er in Ruhe seine medizinischen Beobachtungen zu Papier brachte.

»Es grenzt an ein Wunder, dass Ihr noch am Leben seid«, sagte er zwischendurch. Ein ungläubiges Lächeln huschte über das Gesicht des Chirurgen, als sie ihm schilderte, wie sie in ihrer aussichtslosen Situation Hilfe von einem Zwerg bekommen hatte.

»Ich kannte Rémi – er war bei einer Gauklertruppe, mit der ich damals nach Orléans gereist bin. Er hat mir schon einmal geholfen …« Sie schwieg und sah in Gedanken seine kleine Gestalt vor sich, die plötzlich im Palais de Guise auf der Schwelle ihrer Tür stand. Er hatte der Wache durch einen Diener einen Krug Wein bringen lassen, in den er ein Schlafmittel des Herzogs gegeben hatte, doch fast wäre ihre Flucht daran gescheitert, dass Rémi den schweren Riegel der Tür nicht aufbekommen hatte. Er hatte sich erst einen Stuhl holen müssen … Über die verschachtelten Flure und Gänge hatte der Zwerg sie zu einem Dienstboteneingang geführt, durch den sie auf die Straße gelangt war. Von dort war sie zum Louvre geflohen.

Paré blickte sie mit ernster Miene an, als sie geendet hatte. »Wenn ich Euch recht verstehe, dann seid Ihr auf der Flucht vor den Guise, könnt aber auch nicht mehr zu den Hugenotten zurück, weil man Euch dort für eine Verräterin hält.«

Madeleine nickte. »Ja, genau so ist es!«

Der Chirurg seufzte. »Nun, dann ist die Königinmutter tatsächlich die Einzige, die Euch Schutz gewähren kann. Aber leider ist sie gerade erst nach Bourges abgereist, um in der Nähe ihrer Truppen zu sein. Es kann Monate dauern, bis sie zurückkehrt.«

Madeleine blickte ihn betroffen an. Paré legte seine Hand auf ihren Arm. »Ihr müsst einige Zeit untertauchen, Mademoiselle. Eine andere Wahl bleibt Euch nicht!«, sagte er entschieden. »Ich selbst reise morgen leider ebenfalls ab – in diesem Haus könnt Ihr deshalb nicht bleiben. Es würde auffallen, wenn jemand während meiner Abwesenheit hier wäre. Aber es gibt einen guten Freund, zu dem ich Euch bringen kann – Monsieur Nicot. Er lebt im Faubourg Saint-Marcel. Dort wird Euch niemand vermuten, und Ihr werdet in Sicherheit sein.«

130

Wie sich herausstellte, war Jean Nicot ebenfalls Chirurg. Die beiden Männer kannten sich von früher aus ihrer gemeinsamen Zeit und Arbeit im Hôtel de Dieu, erklärte ihr Paré, der vor Jahren einem von Nicots Söhnen durch eine Amputation das Leben gerettet hatte. Nicot lebte in einem windschiefen kleinen Häuschen, das eingereiht zwischen Läden und Betrieben von Färbern, Schuhmachern und Gerbern in Saint-Marcel lag. In einer der Gassen, in der von den umliegenden Gewerben oft ein schlechter Geruch hing, betrieb er seine Praxis als Chirurg und Barbier.

Nicot hörte schweigend zu, als Paré ihm kurz die Situation schilderte. »Euer Wort reicht«, sagte er zu seinem Freund, bevor er sich zu Madeleine wandte. »Hier ist genug Platz. Ihr könnt gerne bleiben, solange Ihr wollt, Mademoiselle.« Nicot war kein Mann von vielen Worten, doch er strahlte eine Ruhe und Kraft aus, die Madeleine beeindruckten. Seine beiden Söhne waren längst aus dem Haus, und eine rundliche, ältere Frau namens Françoise-Marie führte ihm seit dem Tode seiner Gemahlin den Haushalt. Madeleine wurde ihr als Nichte vorgestellt, die vor den Kriegswirren im Westen nach Paris geflohen war.

Anfangs fiel es ihr schwer, sich an das neue Leben zu gewöhnen. Sie half in der Praxis von Monsieur Nicot und im Haushalt, aber es gelang ihr nicht, Abstand zu den furchtbaren Erlebnissen zu bekommen, die hinter ihr lagen. Etwas in ihr fühlte sich gebrochen und leer an. Doch mit der Zeit merkte sie, dass ihr die Routine des Alltags guttat. Sie versuchte entschlossen, die Gedanken an die Vergangenheit und alles, was geschehen war, aus ihrem Kopf zu verbannen – vor allem das Bild von Nicolas.

Die Ereignisse des Krieges drangen indessen auch nach Paris. Der kranke und geschwächte Herzog von Zweibrücken hatte es schließlich doch geschafft, die Armee bis in den Westen zu führen, doch kurz bevor er den Admiral treffen konnte, war er gestorben. Auch Colignys Bruder François war einem Fieber erlegen. Betroffen vernahm Madeleine diese Neuigkeiten.

Die Hugenotten hatten bei La Roche-l'Abeille gesiegt, erlitten dafür aber im Herbst eine bittere Niederlage bei der Schlacht von Moncontour. Paris jubelte über die hohen Verluste der Protestanten.

Schon im September war Coligny vom Parlament zum Tode verurteilt worden. Eine Strohpuppe war an seiner statt unter begeisterten Rufen öffentlich gehängt worden, und man hatte mehrere Tausend Goldtaler auf seinen Kopf ausgesetzt.

»So wie es sich für einen Rebellen und Ketzer gehört, der seinen Glauben und König verrät«, sagte die Haushälterin aufgebracht, die ihr davon berichtete.

Madeleine schwieg. Sie hatte vergessen, wie groß der Hass auf die Hugenotten war. Die Härte, mit der Coligny die Armee führte, tat ihr Übriges dazu. Er hatte den Tod eines seiner Obristen, der mit seinen Truppen von der Zivilbevölkerung im Périgord angegriffen und umgebracht worden war, blutig gerächt, indem er zweihundertfünfzig Einwohner töten ließ, wie man erzählte. Madeleine fröstelte, als sie all diese Dinge vernahm, und wollte nichts mehr vom Krieg hören. Sie sehnte sich nach Ruhe. Immer öfter fragte sie sich, ob sie wirklich zur Königinmutter gehen sollte, wenn diese zurückkam. Brauchte sie tatsächlich königlichlichen Schutz, und sollte sie der Medici alles sagen? Würde dadurch nicht wieder alles von vorn beginnen und sie selbst nur erneut zwischen die Fronten geraten?

Der Winter kam indessen, und man hörte, dass es den Hugenotten gelungen sei, ihre Armee im Süden wieder zu vereinen, wo sie sich im Frühjahr mit erneuter Kraft zahlreicher Gebiete bemächtigten. Wie schon in den Kriegen zuvor gab es jedoch auf beiden Seiten Schwierigkeiten in der Truppenversorgung und große finanzielle Probleme. Die Kämpfe kamen nur noch schleppend voran, und so begannen endlich die ersten Verhandlungen für einen neuen Frieden.

Madeleine vernahm all diese Neuigkeiten mit unbeteiligter Miene. Sie wollte nur eines – vergessen und etwas Frieden für sich finden. Doch es war ihr eigenes Inneres, das genau das nicht zuließ – denn der Traum kehrte zurück, und zwar mit solcher Wucht und Kraft, dass sie zutiefst erschrak.

TEIL V

Der Traum

131

Das Gewand besaß ein tiefes Blau und war aus einem kostbaren Seidenstoff angefertigt worden. Der Schnitt betonte ihr Dekolleté und die Silhouette ihrer schmalen Taille bis hinunter zum Ansatz ihrer Hüfte, bevor er in einem weiten Faltenwurf auseinanderfiel. Margot hatte das Kleid bewusst gewählt, denn es betonte im Licht der Kerzen auf geheimnisvolle Weise den Kontrast ihrer hellen Haut zu dem dunklen Haar und den sinnlich geschwungenen Lippen. Mit einem zufriedenen Blick nahm sie ihr Spiegelbild zur Kenntnis. Sie kannte ihre Wirkung. In den Augen der Menschen, die sie umgaben, war ihr die Bewunderung für ihre Schönheit nie entgangen – und auch in seinem Gesicht sah sie diesen Ausdruck, als er am Abend über den Balkon in ihr Gemach stieg. Vorbei waren die Zeiten, in denen sie Henri einen Kuss abringen musste. Sie war seine Geliebte geworden und besaß eine neue ungekannte Macht über ihn. Er begehrte sie, er wollte sie besitzen, wieder und wieder – wie ein Rausch rann diese Erkenntnis durch ihre Adern, als sein glühender Blick sie traf. Mit einem Schritt war er bei ihr, vergrub seine Hand fordernd in ihrem dichten, weichen Haar und zog sie zum Kuss an sich. Es lag etwas Männliches in dieser Geste, das ihr gefiel, und sie gab sich mit einem sinnlichen Gefühl seiner Umarmung hin. Er wollte endlich, dass sie seine Frau wurde. Henri würde bei ihrem Bruder, dem König, um ihre Hand bitten. All ihre Wünsche würden in Erfüllung gehen. Margot dankte Gott, dass er ihre Gebete erhört hatte, denn für kurze Zeit hatte es anders ausgesehen. Nach dem überraschenden Tod ihrer Schwester Elisabeth hatte ihre Mutter sich bemüht, sie als deren Nachfolgerin mit dem spanischen König zu vermählen. Doch Philipp hatte abgelehnt und darüber hinaus auch eine Heirat von ihr mit dem jungen portugiesischen König verhindert. Alle Wege für eine Vermählung mit Henri de Guise waren damit frei.

Margot spürte, wie die Erregung ihren Körper ergriff, während Henri sie weiter küsste und seine Hände dabei ihr Kleid öffneten. In diesem Moment hörte sie die Schritte – schwere, schnelle Schritte. Margot erstarrte. Sie hatte ihrer Hofdame befohlen, vor ihren Gemächern Wache zu stehen. Warum hatte sie sie nicht gewarnt? Abrupt löste sie sich aus Henris Umarmung.

Die Schritte kamen näher.

Sie stieß Henri zum Fenster. »Schnell, geh!«, sagte sie voller Angst.

Henri blickte zu der Tür. Mit einem Satz war er auf dem Balkon, als auch schon eine Gestalt in Margots Gemach stürzte.

Es war ihr Bruder, Prinz Henri d'Anjou. Außer sich blickte er auf ihr halb geöffnetes Kleid und ihr von den Küssen gerötetes Gesicht. Schon immer waren ihre Brüder voller Eifersucht gewesen, als würde Margot ihnen gehören.

Er rannte auf den Balkon hinaus. Als er zurückkam, war er bleich vor Wut. »Der Herzog de Guise? Du lässt dich von einem *Guise* besteigen, du Metze?«

Ohne ein weiteres Wort verließ er das Gemach.

Mit zitternden Händen schloss Margot ihr Kleid. Sie versuchte sich zu fassen. Kurz darauf kam ein Diener. Man befahl sie zu ihrer Mutter.

Sie würde es leugnen, dachte Margot auf dem Weg. *Ja, das würde sie*. Mit hocherhobenem Kopf trat sie in das Gemach. Der Ausdruck, den sie in dem Gesicht ihrer Mutter erblickte, verwirrte sie. Eine betroffene Fassungslosigkeit und ein ungeheurer Zorn spiegelten sich darin. Margot begriff, dass es unmöglich nur ihre moralische Verfehlung sein konnte, die der Grund dafür war. Sie bekam Angst. »Ich weiß nicht, was Henri gesagt hat, aber es stimmt nicht …«, begann sie, doch sie kam nicht weiter. Der Schlag ihrer Mutter traf sie mit unerwarteter Wucht im Gesicht.

Margot taumelte zurück und griff sich entsetzt an die Wange. Dann sah sie, dass jemand in das Gemach gestürmt war – Charles. Ihre Mutter hatte ihren Bruder, den König, rufen lassen. Sie wurde blass.

»Du Hure! Wie kannst du nur! Sie wollen doch nur meinen Thron!«, stieß Charles hervor und stürzte sich auf sie.

Ihre Mutter schloss vorsorglich die Türen, als die Schläge des Königs auch schon in unbändiger Wut auf sie niedergingen.

132

Lebrun musste zugeben, dass er überrascht war. Er hatte nicht damit gerechnet, Madeleine Kolb wiederzusehen – und schon gar nicht hier! Sie war am Nachmittag in Begleitung von Ambroise Paré mit irritierender Selbstverständlichkeit in den Louvre gekommen und erklärte nun, dass sie Ihre Majestät, die Königinmutter, sprechen müsse.

»Vielleicht solltest du erst einmal mit mir sprechen? Ich nehme an, dass du mir einiges zu erzählen hast«, hatte er entgegnet und sich bemüht, einen freundlichen Ton anzuschlagen. Nachdem Doktor Bruno im letzten Jahr aus Zweibrücken geflohen war und ihm berichtet hatte, dass nicht nur einer ihrer Boten getötet worden war, sondern Nicolas de Vardes auch in den Besitz der Briefe gelangen konnte, war sich der Geheimdienstchef sicher gewesen, dass Madeleine nicht mehr lebte.

»Nein, ich möchte mit Ihrer Majestät, der Königinmutter, sprechen!«, sagte sie unerwartet bestimmt.

Lebrun unterließ es, ihr zu sagen, dass es nicht an ihr war, das zu entscheiden. Ihre Haltung verriet eine hartnäckige Entschlossenheit. Wie war es ihr nur gelungen zu entkommen? Er überlegte, ob sie wichtige Informationen besaß oder man sie vielleicht sogar erneut zu den Protestanten bringen konnte. Der Frieden von Saint-Germain war beschlossene Sache, doch das würde nicht bedeuten, dass man die Hugenotten aus den Augen lassen durfte. »Nun gut, ich werde sehen, ob Ihre Majestät Zeit hat«, erwiderte er schließlich.

Zu Madeleines Erleichterung erklärte sich die Medici sofort bereit, sie zu empfangen. Paré war im Vorzimmer zurückgeblieben, und sie betrat mit Lebrun das Gemach.

»Ich freue mich, dass du zurückgekommen bist«, sagte sie mit überraschender Wärme. »Man sagte mir, dass du mich sprechen wolltest?« Sie bedeutete ihr, auf einem Schemel Platz zu nehmen.

Madeleines Blick glitt zu Lebrun und zu Fôlle, der Zwergin, die mit ihnen im Raum war. »Ja, Euer Majestät. Es gibt etwas, das ich Euch sagen muss … aber das kann ich nur allein!«

»Oh, keine Angst mehr, was?«, kicherte Fôlle. Die Medici hob die Hand. Einen kurzen Augenblick lang war auf dem Gesicht des Geheimdienstchefs eine leichte Fassungslosigkeit zu sehen, als die Königinmutter ihm und der Zwergin mit dieser knappen Geste bedeutete, das Gemach zu verlassen.

»Danke«, sagte Madeleine. Sie überlegte, wie sie anfangen sollte, und begann schließlich mit dem Einfachen. Zögernd erzählte sie, wie sie auf dem Rückweg von Zweibrücken von den Truppen des Herzogs d'Aumale aufgegriffen und nach Paris in das Palais der Guise gebracht worden war, wo sie der Kardinal und der spanische Botschafter verhört hätten.

»Der spanische Botschafter?«

Madeleine nickte. Obwohl dies nicht der eigentliche Grund war, warum sie gekommen war, fühlte sie sich verpflichtet, davon zu erzählen. »Ja, es war offensichtlich, dass er mit den Guise zusammenarbeitet!«

Die Medici zog ihre schmalen Augenbrauen hoch. »Das überrascht mich nicht«, sagte sie schließlich. »Wir haben selbst schon lange den Verdacht, dass die Spanier einen Informanten bei den

Hugenotten eingeschleust haben … Weißt du, wer es ist, oder hast du einen Verdacht?«, erkundigte sie sich. Ihr Blick hatte einen durchdringenden Ausdruck bekommen.

Obwohl Madeleine mit dieser Frage gerechnet hatte, spürte sie, wie sich ihr die Kehle zuschnürte. Sollte sie sagen, was sie vermutete? Aber was, wenn sie sich täuschte und Nicolas damit doch unrecht tat? Ihr einziger Beweis war der, dass er aus dem Schloss in Brèves gekommen war und ihn eine Frau umarmt hatte. Sie schaute die Medici an und schüttelte den Kopf. »Nein. Es könnte jeder im Umfeld des Admirals sein«, behauptete sie, und ihre Hand krampfte sich dabei in die Falten ihres Rocks. Sie wusste, dass es nur einen Grund gab, warum sie ihren Verdacht nicht laut aussprach – weil sie Nicolas noch immer liebte und gegen jede Vernunft inständig hoffte, sich zu täuschen.

Die Medici musterte sie. »Nun, ehrlich gesagt ist es auch nicht mehr von Belang. Der Krieg ist vorbei, und die Guise haben ihre Macht verloren.«

Madeleine blickte auf, als sie den äußerst zufriedenen Unterton in der Stimme der Medici vernahm. Paré hatte ihr von dem großen Skandal erzählt, der den Hof seit einigen Tagen erschütterte. Prinzessin Margot sei in flagranti mit dem jungen Herzog de Guise erwischt worden. Der König sei außer sich gewesen und hätte vor Wut getobt. Er hatte den gut aussehenden Henri de Guise noch nie besonders ausstehen können. Doch nun war auch schlagartig seine Zuneigung zu dem Kardinal de Lorraine erloschen, weil er erkannte, dass die Guise über Margot eine Verbindung mit dem Königshaus anstrebten. Henri de Guise sei vom Hof verbannt worden, hatte Paré berichtet, und dürfe sich dort erst dann wieder sehen lassen, wenn er mit einer anderen Frau vermählt sei. Auch die Anwesenheit seiner beiden Onkel, des Kardinals und des Herzogs d'Aumale, hatte Seine Majestät vorerst für unerwünscht erklärt. Immerhin, das waren gute Neuigkeiten, musste Madeleine zugeben.

Die Augen der Medici ruhten noch immer auf ihr. »Dein Gespräch mit dem Kardinal und dem Botschafter ist nicht der einzige Grund, warum du gekommen bist, nicht wahr?«, fragte sie plötzlich.

»Nein«, gab Madeleine ehrlich zu. Sie suchte nach den richtigen Worten. »Ihr glaubt an Träume, nicht wahr?«, fragte sie die Königinmutter schließlich.

»Du meinst, an solche, die uns die Zukunft weisen?« Sie nickte. »Ja, das tue ich und habe es auch schon erlebt.«

Ihr Tonfall klang mit einem Mal warm, als spürte sie, welche Überwindung es die junge Frau kostete zu sprechen.

»Es gibt einen Traum, den ich schon lange habe«, begann Madeleine. »Er kommt immer wieder. Früher lagen große Abstände dazwischen – doch in der letzten Zeit vergehen kaum zwei, drei Nächte, dass ich nicht davon träume. Es ist ein furchtbarer Traum. Die Straßen von Paris sind blutüberströmt, und Menschen kämpfen gegeneinander. Überall liegen Tote und Verwundete, und man hört die Schreie und das Stöhnen der Sterbenden ...« Sie brach ab, denn so oft sie die Bilder auch schon gesehen hatte – sie hatten nicht an Schrecken verloren.

Betroffen blickte die Medici sie an. »Das klingt wie die Apokalypse!«, sagte sie leise. »Sind es Protestanten und Katholiken, die du dort siehst?«

»Ja!« Madeleine wrang die Hände, doch dann wandte sie den Kopf zu ihr. »In diesem Traum habe ich auch Euer Gesicht gesehen, Euer Majestät!«

Die Königinmutter schwieg, doch sie verstand. Einen Moment später ergriff sie Madeleines Hände. »Glaube mir, ich werde alles in meiner Macht Stehende tun, um zu verhindern, dass es jemals zu so etwas kommt! ... Ich wünsche mir schon lange eine Versöhnung zwischen Protestanten und Katholiken. Ich will etwas schaffen, das sie verbindet und einen weiteren Krieg verhindert – und dafür werde ich ein Zeichen setzen!«, sagte die Medici so eindringlich und in einem so beschwörenden Ton, dass Madeleine ihr glaubte.

133

Es war in der Tat ein Zeichen, das die Königinmutter setzte. Mit Staunen hörte Madeleine einige Wochen darauf die neueste Nachricht. Ganz Paris sprach bald über nichts anderes: Margot, Prinzessin von königlichem Geblüt aus dem Geschlecht der Valois, die Tochter des großen Henri II. und der Catherine de Medici, sollte mit dem Prinzen Henri de Navarre vermählt werden – einem Protestanten! Gott konnte eine solche Vermählung nicht gutheißen! In den Straßen bekamen sich die Menschen vor Empörung kaum ein. Mochte es auch einen neuen Friedensvertrag geben, man hatte den Ketzern das Blut und die Tränen nicht verziehen, die in den letzten Jahren geflossen waren. Nur zu gut entsann man sich noch der brennenden Mühlen vor den Toren der Stadt.

Madeleine dagegen empfand aufrichtige Bewunderung für den Mut der Medici. Nichts hätte in deutlicherer Weise das Symbol einer Verbindung zwischen den beiden Konfessionen schaffen können als diese Heirat.

Sie selbst war nach ihrer Audienz bei der Medici an den Hof zurückgekehrt. »Deine Gabe bedarf des Schutzes, und nur ich kann ihn dir geben«, hatte die Königinmutter erklärt und versichert, dass sie dieses Mal alle Freiheiten behalten solle und jederzeit gehen könne, wenn sie den Wunsch verspüre. »Hat dein Traum dich nicht zu mir zurückgeführt? Unser Schicksal ist miteinander verbunden«, sagte sie. Madeleine zögerte. Es war schließlich Ambroise Paré, der sie überzeugte. »Wie ich von Monsieur Nicot höre, bist du geschickt im Umgang mit Patienten. Du könntest mir auch hier zur Hand gehen.« Die Aussicht, dem Chirurgen über die Schulter zu schauen und etwas zu lernen, war verlockend. Und so war sie schließlich zurückgekommen.

Es schien die richtige Entscheidung gewesen zu sein. Kurz nach ihrer Rückkehr hörte der Traum auf. Anfangs erschienen ihr noch einige verblasste Bilder, doch die Gesichter der Menschen und die Konturen der Straßen und Gebäude wurden immer schwächer, fast durchsichtig, bis sie schließlich ganz verschwanden. Nach langer Zeit schien es Madeleine, als könnte sich doch etwas ändern und es nicht nur Frieden für Frankreich, sondern auch für sie selbst geben.

Am Hof gab man sich währenddessen den Festen hin: Bälle wurden gegeben, Konzerte gespielt, und man ließ Theater und Ballettvorstellungen präsentieren, in denen der neuen Einigkeit gehuldigt wurde. Obwohl Madeleine zu diesen Anlässen eingeladen war, nahm sie nur selten an ihnen teil. Manchmal jedoch beobachtete sie von Weitem das bunte Treiben. Unter den Höflingen und Hofdamen sah sie einige Male auch die Frau wieder, die Nicolas im Schloss von Brèves umarmt hatte. Der schmerzhafte Stich, den sie bei ihrem Anblick verspürte, verriet ihr, dass sie ihren eigenen Frieden noch lange nicht gefunden hatte.

Auch eine andere Person traf sie am Hof wieder – Rémi. Unverhofft stand er ihr auf einem der Gänge gegenüber – die rotbraunen Locken noch immer schulterlang, aber sorgfältig frisiert und von einem Hut bedeckt. In seinem roten Seidenwams, den geschlitzten Hosenbeinen und Seidenstrümpfen wirkte er wie ein echter Höfling. Madeleine umarmte ihn überschwänglich.

»Du erdrückst mich, ich bin ein Zwerg!«, krächzte er, aber sein verschmitztes Lächeln verriet, dass er sich über das Wiedersehen ebenso freute wie sie.

»Ich weiß nicht, wie ich dir danken soll«, sagte sie, als sie sich auf eine der gepolsterten Fensterbänke im Flur niederließen. Wie sich herausstellte, befand sich sein Herr bei einer Audienz der Königinmutter. Madeleine fröstelte unwillkürlich, als sie sich an die Gestalt des kalt wirkenden Spaniers erinnerte, doch Rémi schien in seinen Diensten nichts von seiner Unbekümmertheit verloren zu haben. Sie fragte, wie ihn sein Weg zu dem Botschafter gebracht hätte, und der Zwerg erzählte ihr, wie die Gauklertruppe damals, nach Madeleines Flucht, festgenommen wurde.

Betroffen blickte sie ihn an. »Mein Gott, das wollte ich wirklich nicht.«

Rémi winkte ab. »Es war letztendlich mein Glück. So bin ich Margaux entkommen«, erklärte er und berichtete, wie ihn der Kardinal gekauft hätte, um ihn dem Botschafter zum Geschenk zu machen.

»Der Herzog d'Alava ist arrogant, streng und oft grausam – Margaux war ein Engel dagegen –, doch trotzdem geht es mir gut bei ihm.« Rémi drehte belustigt den Kopf zu ihr. »Er ist davon überzeugt, dass der Verstand eines Zwerges genauso kleinwüchsig ist wie sein Körper, und glaubt daher, ich hätte die Intelligenz eines schwachsinnigen Kindes.« Er schnippte ein Staubkörnchen von seinem glänzenden Wams. Dann grinste er. »Nun, ich habe nichts getan, um ihm diesen Glauben zu nehmen, denn so nimmt er mich überallhin mit ... Fast überallhin«, setzte Rémi hinzu. »Nur nicht zu ihr.« Er deutete mit dem Daumen den Gang hinunter, wo sich einer der Audienzräume befand. Aufrichtiges Bedauern lag in seinen Worten.

»Der Botschafter ist bei der Königinmutter?«, fragte Madeleine und blickte verwundert zu der mit Gold verzierten Doppeltür. Es war allgemein bekannt, dass die Medici und der Herzog d'Alava sich nicht besonders schätzten. Seitdem die Guise in Ungnade gefallen waren, wurde auch er am Hof nur noch geduldet.

Rémi kicherte. »Ja, und nicht das erste Mal. Auf Befehl des spanischen Königs übrigens. Mein Herr soll die Königinmutter unbedingt von dieser Hochzeit zwischen der Prinzessin und diesem Henri de Navarre abbringen. Als der Herzog erfuhr, dass Margot mit einem Protestanten verheiratet werden soll, ist er fast in Ohnmacht gefallen!«

Sie lächelte. Der Spanier war nicht der Einzige, der aufgebracht war. Sogar ein Sonderbotschafter des Vatikans war zwischenzeitlich angereist, um der Medici unter Drohungen und Bitten diese unglückselige ketzerische Verbindung auszureden.

Madeleine erzählte Rémi, wie es ihr selbst seit ihrer Flucht von den Gauklern ergangen war. Der Zwerg hörte ihr staunend zu.

»Kein Wunder, dass die Guise nicht gut auf dich zu sprechen sind!«, sagte er schließlich. »Der Herzog d'Alava sieht diese Leute noch oft, und ich habe gehört, dass sie sogar von Spanien Geld bekommen, um ihre katholische Anhängerschaft in Paris zu stützen! Du solltest vorsichtig sein«, fügte er hinzu.

Sie nickte. Sie war dankbar, dass die Medici den Kardinal und seinen Bruder hatte wissen lassen, dass, sollte Madeleine etwas zustoßen, sie die Guise dafür persönlich zur Verantwortung ziehen würde.

»Huch!«, riss sie eine helle, spöttische Stimme aus ihren düsteren Gedanken. »Hat man so etwas schon gesehen. Ein Zwerg, der sich ausstaffiert und denkt, ein Herr zu sein!«

Madeleine blickte gleichzeitig mit Rémi zu der zierlichen Gestalt, die wie aus dem Nichts vor ihnen aufgetaucht war und den Zwerg musterte. Es war Fôlle. Rémi schien kurz die Sprache verloren zu haben, als er die Zwergin erblickte, doch dann hopste er mit einem Satz von der Bank und hob das Kinn. »Zu deiner Information – ich *bin* ein Herr!«, verkündete er und watschelte in Richtung des Audienzraums davon, dessen Türen sich gerade am Ende des Flures öffneten.

Madeleine erhob sich ebenfalls. Sie verspürte nicht die geringste Lust, den Botschafter auch nur von Weitem zu sehen. Sie drehte sich zu Fôlle. »Sei nett zu ihm. Er ist ein guter Freund!«, sagte sie im Weggehen. Die Zwergin schaute sie überrascht an.

Madeleine lief weiter durch den Flur. Rémis Worte hatten sie nachdenklich gemacht. Sie trat in den Hof hinaus, der wie immer gefüllt mit Menschen war, und wollte sich nach rechts in Richtung des Seitentrakts wenden, als er auf einmal vor ihr stand! Rechtzeitig hielt er sie am Arm fest, bevor sie in ihn hineinstolpern konnte.

»Madeleine!«

Sie brachte keinen Ton hervor. Ihr Herzschlag beschleunigte sich vor Panik. Es irritierte sie, dass er sich aufrichtig zu freuen schien, sie zu sehen. Der Blick seiner grüngrauen Augen traf sie. Sie nahm die Narbe auf seiner Wange und seine breiten Schultern wahr und verspürte dabei eine Vertrautheit und Sehnsucht, die sie zerrissen. Verzweifelt kämpfte sie gegen ihre Gefühle an und versuchte, sich das Bild von ihm im Schloss von Brèves vor Augen zu rufen.

»Mein Gott, wo warst du?«, fragte Nicolas. »Was ist mit dir geschehen, nachdem man uns festgenommen hat?«

Seine besorgte Frage, in der die Erleichterung schwang, dass sie am Leben war, drohte sie endgültig aus dem Gleichgewicht zu bringen.

Abrupt entzog sie ihm ihren Arm. »Interessanter wäre wohl die Frage, wo *du* nach unserer Festnahme warst«, erwiderte sie kalt.

Ihre Antwort schien ihn zu verwirren. »Was meinst du damit?«

Madeleine blickte ihn an. Sie holte tief Luft. »Hör auf! Ich weiß, wer du wirklich bist!«, sagte sie dann.

Sie floh an ihm vorbei, ohne sich noch einmal umzudrehen.

»Madeleine, warte!« Sie hörte hinter sich seine Schritte. Er war ihr nachgekommen. Sie lief schneller und hatte gerade den Durchgang zum Seitentrakt erreicht, als sie spürte, wie er sie an der Schulter fasste und zu sich drehte.

»Was weißt du?!«, fragte er und blickte sie durchdringend an.

Er stand so dicht vor ihr, dass sie den herben Geruch seiner Haut wahrnahm. Ihr schwindelte, und sie zwang sich, an die Frau zu denken, die sie bei den Guise gesehen hatte, und all die kleinen Details und Dinge, die nur er hatte wissen können und die so eindeutig darauf hinwiesen, dass er die Hugenotten hintergangen hatte. Sie hob das Kinn. »Dass du selbst der Verräter bist, von dem du immer gesprochen hast, Nicolas!«

Ein ungläubiger Ausdruck überzog sein Gesicht. »Du glaubst, ich wäre dieser Verräter? Das wirfst du mir vor? Ausgerechnet *du*?«

Die Kälte, die ihr aus seinem Gesicht entgegenschlug, war unerträglich.

»Ja!« Sie riss sich los und lief weg. Diesmal rannte sie, bis sie zurück im Schloss war, doch er kam ihr nicht mehr hinterher.

PARIS, 18. AUGUST 1572

134

Es war warm, unerträglich warm. Der Himmel lag an diesem Augusttag schwer und drückend über Paris. Zum zigsten Mal griff Madeleine nach dem Tüchlein in ihrer Rocktasche und fuhr sich damit über die Stirn. Sie beneidete die Braut nicht, die heute über Stunden in ihrer schweren Robe ausharren musste.

Es war der Tag der Vermählung von Prinzessin Margot und Henri de Navarre. Seit Wochen war man in Paris mit Vorbereitungen für das große Ereignis beschäftigt, das mit allem Prunk und Pomp gefeiert werden sollte. Eine Abfolge von rauschenden Bällen, Turnieren und Banketten würde sich an die Hochzeit anschließen.

Doch die Gesichter der Menschen wirkten angespannt, und die Stimmung war es auch. Wem wollte man es verübeln? Es war seltsam genug, Katholiken und Protestanten so vereint in Paris zu sehen. In den letzten Tagen waren mehr und mehr Hugenotten hier angekommen. Gut zweihundert protestantische Edelleute waren mit ihren Familien, ihrem Gefolge und übrigen Begleitern zur Hochzeit angereist und überschwemmten mit ihrem Anblick die Stadt. Bis hinaus in die Faubourgs hatten sie und ihre Leute Quartier bezogen.

Misstrauen, Ablehnung, Angst und nicht selten Hass spiegelten sich in den Gesichtern auf beiden Seiten.

Madeleine musste unwillkürlich daran denken, wie Henri de Navarre vor einigen Wochen in Paris angekommen war. Ganz in Schwarz gekleidet – da seine Mutter Jeanne de Navarre im Juni verstorben war –, ritt er in Begleitung von achthundert bewaffneten Getreuen, die wie er Trauer trugen, in die Stadt ein. Menschen säumten die Straßen, doch nur selten war ein Jubelschrei zu hören. Die Stille hatte etwas Gespenstisches gehabt.

Sie war ihm seitdem einige Male kurz begegnet. »Ihr seid ohne Frage die einzige Katholikin, die sich freut, mich zu sehen!«, hatte er mit einem verschmitzten Lächeln gesagt und ihr zugezwinkert. Sein Charme war nicht weniger entwaffnend als früher, doch er hatte sich verändert. Der Krieg hatte ihn endgültig zum Mann werden lassen, und der Tod seiner Mutter hatte ihn nun auch noch zum König von Navarre gemacht.

Mühsam kämpfte Madeleine sich zwischen den Menschen vor zur Kathedrale von Notre-Dame, bis sie eine Stelle fand, von der aus sie gut sehen konnte. Auf dem Vorplatz hatte man ein großes geschmücktes Podest errichtet, auf dem die Edelleute der Hugenotten neben den Höflingen und Hofdamen des Königs und der Königinmutter Platz genommen hatten. Auch Coligny war unter ihnen, wie sie sah. Er plauderte mit dem König. Mit dem Friedensedikt war auch er wieder vollständig rehabilitiert worden und gehörte seit letztem Jahr offiziell zum Kronrat. Madeleine war dem Admiral bei der Ankunft von Henri im Louvre begegnet. Ihr Herz war vor Schreck fast stehen geblieben, als er ihr auf einmal gegenüberstand. Doch zu ihrer Überraschung hatte er sich aufrichtig gefreut. »Wie schön, Euch wohlauf zu sehen, Mademoiselle! Wir waren damals alle in großer Sorge, als wir hörten, dass Ihr auf dem Rückweg von Zweibrücken von katholischen Truppen aufgegriffen worden seid«, sagte er. Es hatte einen Augenblick gedauert, bis Madeleine begriff, dass Nicolas ihm anscheinend nichts von ihrem Brief und ihren Diensten für die Medici erzählt hatte.

Sie ließ ihren Blick weiter über die aus Katholiken und Hugenotten gemischte Hochzeitsgästeschar gleiten. Etwas weiter abseits sah sie schließlich auch die Guise – mit starrem Gesicht. Ein Frösteln ergriff Madeleine, und sie spürte die Narben auf ihrem Rücken, als sie den Herzog d'Aumale erkannte. Neben ihm saß der junge Henri de Guise und eine auffallend schöne Frau. Es musste Anne d'Este, die Mutter von Henri und Witwe des verstorbenen Herzogs de Guise, sein. Einzig der Kardinal de Lorraine fehlte. Wie man hörte, weilte er in Rom. Papst und König fanden seine Anwesenheit bei dieser Hochzeit wohl gleichermaßen unpassend.

Da ertönte ein Raunen – die Braut erschien. Prinzessin Margot, die einen langen königsblauen Mantel trug, dessen Schleppe von drei Hofdamen gehalten wurde, bot einen atemberaubenden Anblick. Sie wirkte übernatürlich schön, wie eine Göttin, dachte Madeleine und sah, wie Henri de Navarre ergeben den Kopf vor ihr neigte, als sie vor ihm stehen blieb.

Ein älterer Kardinal begann mit der Zeremonie, die unter einem Baldachin vor der Kathedrale abgehalten wurde und kurz war – überraschend kurz. Nachdem Braut und Bräutigam ihr Jawort gegeben hatten, bot Henri der Prinzessin seinen Arm. Doch aus der Menge waren weder Jubel noch Hochrufe zu vernehmen.

Der junge König von Navarre geleitete Margot ins Innere von Notre-Dame, kam selbst jedoch sofort wieder heraus, weil er an der Messe nicht teilnehmen würde. Die katholischen Gäste strömten nun ebenfalls in die Kathedrale, während die Hugenotten mit Henri de Navarre draußen blieben. Es war ein seltsames Bild und wohl die ungewöhnlichste Hochzeit, die Paris je erlebt hatte. Madeleine bemerkte die erbitterten und empörten Blicke der Menschen um sich herum, zwischen denen laute Rufe ertönten. *»Das soll eine Vermählung vor Gottes Angesicht sein?«*

»Ketzervolk!«

»Abschlachten sollte man euch!«

Doch die Hugenotten blieben ungerührt. Madeleine kam nicht dagegen an, dass sie ein unruhiges Gefühl ergriff.

135

Das prachtvolle Fest, das im Anschluss an die Vermählung gegeben wurde, ließ die mangelnde Begeisterung der Menge schnell vergessen. Madeleine hatte sich nach der Rückkehr umgekleidet. Sie war auf ausdrücklichen Wunsch des Königs von Navarre und des Admirals zu den Hochzeitsfeierlichkeiten eingeladen. Sogar zwei Kleider waren eigens für sie genäht worden. Seufzend hatte sie sich im Spiegel betrachtet – sie kam sich fremd vor in dem hellroten Seidenkleid und verspürte keine besondere Lust auf das Fest.

Ihr Blick glitt durch den aufwendig geschmückten Saal, der von dem lauten Klang der Musik und dem Stimmengewirr der Gäste erfüllt war. Der Glanz der vielen Kerzen spendete ein schmeichelndes goldenes Licht. Madeleine sah, dass sich auf der anderen Seite des Saales Margot in einer anmutigen Geste an ihren Bruder, den Prinzen d'Anjou, lehnte, fast als suchte sie Trost, während ihr Gemahl etwas entfernt mit zwei Getreuen plauderte. Auch etliche andere Höflinge erkannte sie und die Medici, neben der sie Fôlle bemerkte. Nicht weit davon stand Rémi.

Ein leichtes Lächeln glitt über Madeleines Gesicht. Im letzten Winter war der Herzog d'Alava nach Madrid zurückberufen worden und die Medici hatte ihm den Zwerg abgekauft. Madeleine hatte sie darum gebeten. Der Herzog hatte zunächst abgelehnt, doch eine Anhäufung von bedauerlichen Ungeschicklichkeiten seitens Rémis hatte den Botschafter schließlich umgestimmt. Nun war der Zwerg tatsächlich am Hof. Zumindest seine Wünsche schienen sich erfüllt zu haben.

Ihre Augen schweiften weiter durch den Saal. Wein floss in Strömen, und es wurde getanzt. Ehe sie sich versah, neigte auf einmal ein unbekannter Edelmann vor ihr den Kopf und zog sie mit sich. »Nein …« Doch er beachtete ihren Protest gar nicht. »Ein Tanz – zu Ehren des frisch vermählten Paares, Mademoiselle!« Er reichte ihr mit einem Lächeln die Hand. Madeleine ergriff sie und folgte unsicher den Schritten, die er vorgab. Nur selten hatte sie in ihrem Leben getanzt. Doch es machte Spaß und gelang ihr erstaunlich gut, stellte sie fest. Einen Moment lang gab sie sich ganz den Klängen der Musik hin. Schließlich endete der Tanz. Ein wenig außer Atem wandte sie sich mit einem Nicken von dem Edelmann ab – und sah ihn.

Er lehnte einige Schritte entfernt an der Wand und blickte sie an. Er hatte sie beobachtet, schon eine ganze Weile, das spürte sie. Sie blieb stehen – gefangen von seinem Blick, während sie gleichzeitig den Impuls verspürte zu fliehen. Doch wohin?

Da kam er auf sie zu.

»Es würde einen schlechten Eindruck machen, wenn du hier wegrennst«, sagte er rau, als würde er ihre Gedanken erraten. Er war vor ihr stehen geblieben und beugte sich zu ihr. »Schenkst du einem Verräter einen Tanz?« Es klang kalt und abweisend, doch sie nickte stumm, weil sie plötzlich nicht mehr die Kraft fand, sich gegen ihre Gefühle zu wehren.

Er ergriff ihre Hand, und die Wärme seiner Finger schickte einen Hitzestrom durch ihren Körper. Während sie sich zum Klang der Musik bewegten, sah er sie an – unverwandt, als wollte er sich ihr Bild einprägen. Ihre Augen trafen sich wieder und wieder, und sie spürte, wie jede Abwehr von ihr dahinschmolz.

Als der Tanz endete, neigte er den Kopf. Dann ließ er ihre Hand los und ging.

»Nicolas …«

Doch er wandte sich nicht einmal um. Sie lief ihm hinterher, hinaus aus dem Saal bis in den Flur.

»Nicolas!« Aufgewühlt fasste sie ihn am Arm.

Mit kalter Miene drehte er sich schließlich zu ihr. »Es gibt nichts mehr, was wir uns zu sagen hätten, Madeleine!«, sagte er ruhig und ließ sie stehen.

Erstarrt blickte sie ihm hinterher. Tränen traten ihr in die Augen. Aufgelöst lief sie an den entgegenkommenden Ballgästen vorbei und weiter in einen Seitenflur, in dem sie allein war. Sie sank auf eine der samtbezogenen Bänke und brach in Schluchzen aus. Warum hatte Nicolas sie stehen gelassen? Gerade in dem Moment, wo sie auf ihn zugehen und mit ihm reden wollte?

»Madeleine? Was ist denn passiert?« Jemand zupfte an ihrem Rock. Rémi stand ungläubig vor ihr.

»Nichts, es ist nur …« Sie brach erneut in Tränen aus.

»O nein. Es kann sich nur um einen Mann handeln«, sagte Rémi resigniert und kletterte zu ihr auf die Bank.

Sie nickte. »Will er nichts von dir?«, fragte er mitfühlend.

»Nein, nicht mehr … Dabei ist er ein Verräter. Aber ich liebe ihn.« Sie war aufgewühlt und konnte nicht aufhören zu weinen.

»Ein Verräter?«

Sie nickte und musste plötzlich mit jemandem darüber sprechen. Stockend erzählte sie Rémi alles über Nicolas. Er hörte aufmerksam zu. »Demnach glaubst du, er sei der Spion, der für die Guise und den spanischen Botschafter gearbeitet hat?«

Sie nickte. »Ja, es spricht alles dafür – und trotzdem kann ich es nicht glauben!«

»Dieser Nicolas de Vardes ist dunkelhaarig und sieht gut aus, oder?«

Sie nickte. »Ja. Wieso?«, fragte sie.

Der Zwerg war nachdenklich geworden. »Kurz bevor der Herzog d'Alava nach Madrid zurückgegangen ist, hatte er einige Male Besuch von einem Mann, der stets verhüllt kam und mit dem er sich dann allein zurückgezogen hat. Da ich sonst nie das Gemach verlassen musste, bin ich neugierig geworden …«

Er brach ab, weil man Schritte von der anderen Seite des Flures hörte. Madeleine wischte sich hastig die Tränen vom Gesicht und wandte den Kopf um. Zu ihrer Überraschung war es Philippe de Ronsard, der auf sie zukam.

»Madeleine!«, sagte er lächelnd. Sie erhob sich von der Bank, um ihn zu begrüßen. Als sie sich umdrehte und Rémi vorstellen wollte, bemerkte sie zu ihrer Verwunderung, dass der Zwerg verschwunden war. Einer der schweren Samtvorhänge schwankte verdächtig.

Ronsards Blick blieb an ihren geröteten Augen hängen. »Hast du etwa geweint? Was ist mit dir?« Er legte den Arm um sie und zog sie mit sich.

Madeleine machte eine abwehrende Bewegung. »Nichts. Es ist schon wieder gut.« Sie schaute sich noch einmal um, doch Rémi blieb verschwunden.

Ronsard hatte seine Brauen hochgezogen. »Diese Hochzeit scheint niemanden richtig glücklich zu machen. Die Braut und der Bräutigam ignorieren sich, und die Gäste wirken, als würden sie sich lieber duellieren, als gemeinsam zu feiern«, meinte er spöttisch.

Sie waren den Flur zurück in Richtung des Festsaals gelaufen, von dem Stimmen und der Klang der Musik zu ihnen drangen. Er lächelte. »Es ist schön, dich wiederzusehen. Komm, schenk mir einen Tanz!«

Doch sie lehnte ab. Niedergeschlagen begab sie sich zurück in ihr Gemach. Unentwegt dachte sie an Nicolas. Eine tiefe Verzweiflung erfasste sie, denn sie begriff jetzt, dass ihre kurze Begegnung ein Abschied gewesen war. Weil Nicolas nicht zugeben wollte, dass er ein Verräter war, oder weil sie ihm unrecht getan hatte? Erneut drohte sie in Tränen auszubrechen, als sie vom Flur her plötzlich aufgebrachte Stimmen hörte.

Madeleine ging eilig zur Tür.

»Ah, Gott sei Dank.« Rémi schaute sie erleichtert an. »Er wollte mich nicht reinlassen!«, sagte er und deutete dabei empört auf die Wache. »Ich muss mit dir reden!«, fügte er ernst hinzu.

Madeleine ließ ihn herein.

»Du hast recht mit deinen Befürchtungen«, platzte Rémi heraus. »Es stimmt, was du glaubst! *Er* ist der Mann, den ich bei dem Botschafter gesehen habe.«

Er? Madeleine blickte ihn verwirrt an und sank auf die Kante ihres Bettes. »Wen meinst du?«

Rémi schenkte ihr einen ungeduldigen Blick, als wäre sie begriffsstutzig. »Na, dieser Nicolas. Der Mann, mit dem du geredet hast. Ich habe ihn sofort erkannt. Deshalb habe ich mich versteckt!« Er trat zu ihr und zupfte sie an ihrem Rock. »Du darfst dich nicht wieder auf ihn einlassen! Er ist gefährlich«, sagte er eindringlich.

Doch Madeleine hatte seinen letzten Satz gar nicht mitbekommen. Trotz der sommerlichen Hitze kroch plötzlich eine eigentümliche Kälte ihren Rücken hoch. »Du meinst den Mann, mit dem ich vorhin geredet habe, als ich geweint habe? Aber das war nicht Nicolas, das war Philippe de Ronsard«, entfuhr es ihr.

Rémi starrte sie an. »Wie auch immer sein Name ist … er ist der Mann, der im letzten Jahr heimlich beim Botschafter war, denn *ihn* habe ich dort gesehen … Ich konnte nicht alles hören, was sie damals gesagt haben, aber ich entsinne mich, dass sie über die Guise und Spanien sprachen!«

Madeleine blickte ihn erstarrt an. »Mein Gott!«, stieß sie hervor, als sie begriff, was das bedeutete und vor allem – wie unrecht sie Nicolas getan hatte.

136

Er leerte das Weinglas in einem Zug und füllte sich sofort ein neues Glas ein. Es schmerzte unerwartet stark. Als hätte ihm jemand einen Dolch in den Körper gestoßen und würde ihn langsam umdrehen, nur dass ihm dieser Schmerz allemal lieber gewesen wäre. Er hatte nicht einmal gewusst, dass er zu solchen Empfindungen fähig war. Nie war sie ihm so schön vorgekommen wie in diesem Augenblick dort auf dem Fest. Am liebsten hätte er sie diesem anderen Höfling sofort entrissen.

Dabei hatte er gespürt, dass sie nicht glücklich war. Sie wirkte verletzlich, und eine leise Melancholie umgab sie. Er nahm erneut einen Schluck. Es war grausam gewesen, was er getan hatte – er wusste es, doch er hatte den Zweifel in ihren Augen nicht ertragen können. Der Moment, als sie ihm sagte, dass sie ihn für einen Verräter hielt, war furchtbarer gewesen als alles andere. Es reichte, dass sie das auch nur von ihm glauben konnte! Selbst an jenem Abend in Zweibrücken, als er ihren Brief entdeckte, hatte er sich nicht so gefühlt.

Seine Hand spannte sich um das Weinglas. Sie hatte ihm damals die Wahrheit gesagt. Nachdem er in Brèves so unerwartet freigekommen war, hatte sich Nicolas alles, was sie ihm erzählt hatte, wieder und wieder durch den Kopf gehen lassen und sogar einige Nachforschungen angestellt. Doch es stimmte alles, was sie gesagt hatte, und irgendwann hatte er begriffen, dass er ein Idiot war! Sie hatte den Admiral vor dem Anschlag gewarnt und ihm selbst das Leben gerettet – und sie war es gewesen, die in Noyers dafür gesorgt hatte, dass sie alle rechtzeitig nach La Rochelle geflohen waren! Sogar in dem Brief an den Geheimdienstchef hatte sie gelogen, um sie zu schützen – und er hatte es einfach nicht erkennen wollen, weil er schon so vergiftet war von diesem Klima des Hasses und Misstrauens, in dem sie alle seit Jahren lebten.

Schon bevor ihm all das klar wurde, hatte er nach Madeleine suchen lassen, doch sie blieb unauffindbar – bis sie ihm im Louvre mit einem Mal gegenüberstand.

Er musste an das Kind denken, das sie verloren hatten, und trank erneut einen tiefen Zug. Es war vorbei, dachte er. Es würde keine Zukunft für sie beide geben!

Er erhob sich von dem Stuhl und entledigte sich seines seidenen Wamses. Gott, wie froh würde er sein, wenn die Hochzeitsfeierlichkeiten vorbei waren und er diese Stadt endlich wieder verlassen konnte. Er trat zu dem geöffneten Fenster und lehnte die Stirn gegen den Rahmen. Trotz der nächtlichen Stunde war es noch immer unerträglich heiß.

Er würde mit in die Niederlande gehen, dachte er. Der Krieg hatte ihn schon immer alles am besten vergessen lassen. Der Admiral hatte ihn schon vor einiger Zeit gefragt. Coligny wollte dem Prinzen d'Orange, der sie in Frankreich im letzten Krieg unterstützt hatte, zu Hilfe kommen, denn Spanien kämpfte erbitterter denn je gegen die niederländischen Aufständischen. Im letzten Jahr hatte der protestantische Bruder des Prinzen d'Orange eine Audienz beim französischen König Charles erhalten und diesem einen Plan eröffnet, wie man die Niederlande Spanien entreißen und seine Provinzen unter Frankreich und den anderen Großmächten Europas und dem Hause Orange aufteilen könnte. Die Verlockung für Charles und die Königinmutter war groß, Spaniens Macht so zu mindern und gleichzeitig eine Versöhnung der Konfessionen in ganz Europa zu ermöglichen. Doch die desolate finanzielle Situation, in der sich Frankreich befand, und das Zögern Englands, sich an einem solch gewagten Unternehmen zu beteiligen, hatten den König schließlich gezwungen, den Vorschlag abzulehnen.

Coligny würde den Prinzen d'Orange trotzdem unterstützen. Mit der heimlichen Billigung des französischen Königs hatte er ihm zwölftausend Fußsoldaten und dreitausend Reiter zugesichert. Nach Abschluss der Hochzeitsfeierlichkeiten würde der Admiral persönlich aufbrechen, um diese Armee in die Niederlande zu geleiten. Und er würde an seiner Seite sein. Nicolas wandte sich vom Fenster ab und griff erneut nach dem Weinkrug.

137

Sie erkannte an dem Blick der beiden bewaffneten Hugenotten, die ihr in der Halle entgegenkamen, dass ihr Verhalten befremdlich wirkte. Doch es war Madeleine egal. Sie stürzte mit gerafften Röcken an ihnen vorbei. Es hatte sie all ihre Überredungskünste gekostet, aus der Torwache herauszubekommen, wo sich sein Gemach befand. Nur ihre Tränen hatten den Mann schließlich überzeugt. Sie lief die Treppe hoch und weiter den Flur entlang.

Colignys Haus befand sich in der Rue de Béthisy, und sie war zu Recht davon ausgegangen, dass Nicolas dort wohnen würde. Am Ende des Flurs, hatte die Wache gesagt – sie riss die Tür auf.

Er fuhr herum, und sie sah, wie seine Hand instinktiv zu seiner Hüfte schnellte, obwohl er seine Waffen bereits abgelegt hatte. Genauso wie sein Wams. Er stand mit geöffnetem Hemd im Raum und starrte sie an, als würde er eine Erscheinung erblicken. Sie sah den leeren Weinkrug, der auf dem Tisch stand.

»Was willst du?«, fragte er schließlich.

»Ich ... ich habe mich geirrt, Nicolas!«, stieß sie aufgelöst hervor, und alles sprudelte mit einem Mal aus ihr heraus. »Du bist kein Verräter. Ich liebe dich! Aber ich habe dich in Brèves gesehen auf dem Hof, mit dem katholischen Offizier und der Frau, und ich dachte ...« Sie brach ab, weil sie noch immer außer Atem war und Luft holen musste, als er plötzlich vor ihr stand.

Seine Augen glänzten dunkel, fast schwarz. Ohne ein weiteres Wort zog er sie mit einem Ruck an sich und küsste sie, während er mit dem Fuß die Tür zustieß.

138

Es war das erste und letzte Mal zugleich, dass sie sich persönlich treffen würden. Ein leichtes Lächeln huschte über San Lorenzos Lippen, als er den erstaunten Ausdruck im Gesicht des Herzogs d'Aumale sah, denn sie waren sich bereits etliche Male als Gegner im Kampf begegnet, ohne dass dieser ahnte, wer er war.

»Ich muss zugeben, mit Euch hätte ich nicht gerechnet«, sagte Aumale wie zur Bestätigung und neigte ebenso wie sein Neffe den Kopf. In seinen Worten schwangen Respekt und Hochachtung zugleich. Philippe de Ronsard lächelte. Der spanische Botschafter, der Herzog d'Alava, der inzwischen von Madrid aus die

Fäden in der Hand hielt, hatte seine Identität in all den Jahren tatsächlich hervorragend geheim gehalten, doch nun bestand kein Grund mehr dafür. Wenn alles nach Plan lief, würde Ronsard schon in wenigen Tagen nach Spanien zurückkehren – endlich. Nur eine Tat galt es noch zu vollbringen – einen Auftrag, der für Spanien von unermesslichem Wert war!

Coligny musste sterben. Schon damals hätte dies geschehen sollen, doch er war dem Anschlag mit unsagbarem Glück entkommen. Der spanische König, Philipp II., war außer sich über das, was in Frankreich geschah. Der Frieden mit den Ketzern und die Vermählung einer katholischen Prinzessin mit einem Hugenotten waren nur der Anfang gewesen. Längst war Philipp II. zu Ohren gedrungen, dass der französische König Colignys Absichten insgeheim guthieß, seinen Glaubensbrüdern in den Niederlanden zu Hilfe zu eilen. Niemals durfte es dazu kommen, und nur mit einem Mittel konnte verhindert werden, dass die Truppenunterstützung, die der Admiral dem Prinzen d'Orange zu bringen gedachte, dort jemals ankam. Nie wieder würde sich ihnen eine solche Möglichkeit wie hier in Paris bieten.

Er wandte sich zu Aumale und dem jungen Guise. »Sollte es erneut mit dem Teufel zugehen und der erste Teil unseres Planes nicht erfolgreich sein, werden wir Eure Hilfe in Anspruch nehmen müssen!«, sagte Ronsard.

Aumale nickte. »Es sind alle Vorbereitungen getroffen. Wir haben während der letzten Monate unsere gesamte Anhängerschaft über die Stadt verteilt und an allen strategisch wichtigen Punkten ausreichend Waffen und Kettenhemden gelagert«, erklärte er.

Ronsard nickte. »Gut, dann bleibt uns nichts, als um Gottes Beistand zu bitten!«

139

Sie spürte im Schlaf, dass er sie beobachtete, und schlug die Augen auf. Draußen graute der Morgen, und er lag mit aufgestütztem Arm neben ihr. Sein Finger strich zärtlich über ihre nackte Schulter.

»Ich will, dass du meine Frau wirst!«, sagte er ernst.

Überrascht blickte sie ihn an, denn es hatte fordernd, fast wie ein Befehl geklungen. »Fragt man das nicht gewöhnlich die Dame seines Herzens?«, erwiderte sie und richtete sich verschlafen auf.

Er musterte sie. Ein unsicherer Ausdruck glitt plötzlich über sein Gesicht. »Du willst nicht?«

Sie musste lächeln. »Doch! Nichts würde mich glücklicher machen«, sagte sie nach einer kurzen Pause. Sie zögerte, bevor sie weitersprach: »Ich dachte nur immer ... es käme nicht infrage.«

Verständnislos hob er die Brauen.

»Du bist ein Edelmann und von hoher Geburt, Nicolas – ich bin von einfachem Stand!«, erklärte sie leise.

Er lachte. »Du glaubst, das hätte irgendeine Bedeutung für mich?« Er küsste sie, und sie genoss für einen Augenblick die Geborgenheit seiner Umarmung. Draußen ging gerade die Sonne auf, und es versprach erneut drückend und heiß zu werden. Vier Tage Hochzeitsfeierlichkeiten lagen hinter ihnen – Bankette, Turniere und so viele Bälle, dass Madeleine sich kaum noch an die Einzelheiten einer jeden der opulenten und prachtvollen Feiern erinnern konnte. Es waren einzigartige, rauschhafte Feste gewesen, und doch hatte sie nur dem Augenblick entgegengefiebert, in dem sie endlich wieder mit Nicolas allein war. Seit jenem Abend, als sie voller Verzweiflung zu ihm gekommen war, hatte sich alles zwischen ihnen verändert. Spät in der Nacht, als sie in seinen Armen lag, hatten sie sich ausgesprochen und einander alles erzählt. Madeleine erfuhr, dass die Frau, die ihn im Hof von Brèves umarmt hatte, seine Schwester Gabrielle gewesen war. Ihr Gemahl, der Graf de Monbrun, ein überzeugter Katholik, war ein Oberbefehlshaber im Heer des Herzogs d'Aumale, erklärte ihr Nicolas. Es sei sein Glück gewesen, dass sich seine Schwester gerade einige Tage in Brèves befunden und der Herzog d'Aumale Hunderte Meilen weiter östlich geweilt habe. »Mein Schwager hat mich eiligst freigelassen und mir geraten, mich bis zum Kriegsende nicht mehr in seiner Nähe blicken zu lassen. Glaub mir, ich fühlte mich, als hätte ich einen Verrat begangen, um auf diese Weise freizukommen!«, hatte Nicolas düster bemerkt, und Madeleine war sich mit ihrer Eifersucht plötzlich beinah ein wenig albern vorgekommen. Er erzählte ihr auch, dass er sie vor den katholischen Soldaten absichtlich so kalt als Verräterin bezeichnet hätte, in der Hoffnung, sie dadurch zu schützen.

Madeleine dagegen hatte Nicolas noch in der Nacht von Ronsard berichtet.

Er hörte ihr mit finsterer Miene zu. »Ich hatte schon länger den Verdacht. Aber ich konnte es einfach nicht glauben«, erwiderte er. Am nächsten Tag informierte er den Admiral. Man wollte Ronsard unauffällig ergreifen, doch von ihm fehlte jede Spur. Nicht einmal auf den Hochzeitsfeierlichkeiten war er noch einmal aufgetaucht. Madeleine hatte kurzzeitig überlegt, die Medici über seine wahre Identität in Kenntnis zu setzen, doch Nicolas hatte sie davon abgehalten. »Nein, das ist unsere Angelegenheit«, sagte er, und sie verstand, was er meinte.

Er löste sich aus ihren Armen. Als er sich aus dem Bett erhob, bemerkte sie erneut, wie angespannt er war. Er würde den Admiral am Morgen zum Kronrat begleiten, der heute das erste Mal wieder zusammenkam. »Ich möchte Paris am Nachmittag verlassen«, sagte Nicolas, als er sich wenig später ankleidete. Sie nickte.

So rauschend die Feste gewesen waren, keines hatte über die angespannte Stimmung in der Stadt hinwegtäuschen können. Auf den Straßen und in den Gasthöfen waren mehrmals einige Protestanten und Katholiken aufeinander losgegangen. Zum

Glück war nichts Schwerwiegendes passiert, doch die Atmosphäre in Paris glich einem brodelnden Pulverfass, wie Madeleine fand. Sie war genauso froh wie Nicolas, bald von hier fortzugehen.

140

Während Nicolas mit dem Admiral beim Kronrat war, packte Madeleine ihre wenigen Sachen zusammen. Es war elf Uhr, als sie sich selbst noch einmal auf den Weg zum Louvre machte, um sich von Rémi und Monsieur Paré zu verabschieden. Sie war unruhig, merkte sie unterwegs. Schon seit dem Morgen fühlte sie sich so. Es gefiel ihr nicht, dass Ronsard verschwunden war – und auch nicht, dass die Guise hier waren. Vielleicht war es auch nur die Angst, dass jetzt, da sie mit Nicolas wieder zusammen war, irgendetwas passieren könnte. Sie würden nach La Rochelle gehen, hatten sie beschlossen.

Sie strich sich eine Strähne aus dem Gesicht, während sie in die Rue des Poulies einbog. Die Luft hing drückend und schwül über den Dächern der Stadt.

Von irgendwoher war ein leiser Knall zu hören – wie ein Schuss. Irritiert wanderten ihre Augen die Straße entlang, doch sie konnte nicht ergründen, woher das Geräusch kam.

Die mächtigen Türme des Louvre zeigten sich vor ihr, und kurz schien es, als würden die Umrisse klarer und deutlicher als sonst zu sehen sein. Ein Pferd galoppierte mit laut klapperndem Hufschlag an ihr vorbei.

Sie hatte fast die Straßenecke erreicht, als sich von der anderen Straße, vom Palast her, eine Eskorte näherte. Es waren Nicolas und der Admiral, die sich mit der Leibgarde bereits auf dem Rückweg vom Kronrat befanden, wie sie erfreut feststellte.

Sie beschleunigte ihren Schritt.

In diesem Moment vernahm sie erneut den Knall eines Schusses – so laut, dass sie zusammenzuckte. Sie wurde blass und blieb abrupt stehen. *Das Bild eines Männerrückens im schwarzen Umhang blitzte vor ihren Augen auf.* Noch einmal hörte sie den Schuss. Ihr Blick glitt zu den Häusern. Doch es war niemand zu sehen. Sie begann zu zittern. *Eine Hand zog den Abzug einer Waffe.* Nein!

Entsetzt blickte Madeleine zu der Eskorte, die sich anschickte, um die Ecke zu biegen, und direkt auf sie zukam. Nicolas, der etwas hinter Coligny lief, schaute besorgt zu ihr.

Eine Waffe fiel zu Boden. Sie sah, wie ein Mann auf ein Pferd sprang. Sein Umhang wehte durch die Luft. O Gott, nein! Bitte nicht! Schweiß trat ihr auf die Stirn. *Blut sickerte durch ein Hemd. Nicolas beugte sich über eine Gestalt, die leblos auf der Straße lag …* Coligny! Madeleines Kopf fuhr zu dem Haus herum. Von dort würde der Schuss kommen, wusste sie im selben Augenblick und stürzte auch schon an der verdutzten Leibwache vorbei auf den Admiral zu.

»*Monsieur de Coligny!*« Sie wollte ihn zur Seite reißen, doch seine kräftige Gestalt war überraschend standfest und leistete Widerstand. Er fuhr zu ihr herum und hob abwehrend den Arm. »Was soll das …?« Nicolas, der sie die ganze Zeit beobachtet hatte, verstand und stürzte auf den Admiral zu. Da ertönte schon ein Schuss. Dann überschlugen sich die Ereignisse. Coligny schrie auf und taumelte. Nicolas hielt ihn, bevor er zu Boden fallen konnte, und rief den Leibgarden mit lauter Stimme Befehle zu. Die Männer, die ihre Waffen gezogen hatten, liefen eilig die Straße entlang und hielten suchend nach dem Täter Ausschau. Doch es war niemand zu sehen.

»Er hat von dort aus dem Haus geschossen!«, stieß der Admiral, der sich an Nicolas klammerte, gepresst hervor und deutete mit dem Kinn zu einem der Fenster, an dem man tatsächlich leichten Rauch stehen sah. Dann drohte Coligny nach unten zu sinken. Nicolas versuchte seine kräftige Gestalt zu halten. Eine

Leibgarde sprang herbei, um ihn von der anderen Seite zu stützen. Coligny stöhnte. Vorsichtig ließen sie den Verletzten auf den Boden nieder. Blut war auf seinem Hemd zu sehen.

Voller Grauen blickte Madeleine zu dem Admiral. *Sie hatte es nicht verhindert!* Dann sah sie zu ihrer Erleichterung, dass nicht seine Brust, sondern nur seine Hand und sein Arm getroffen worden waren.

»Wir müssen ihn hier wegbringen, sofort!«, befahl Nicolas. Sein Gesicht war leichenblass, als die Leibgarden den Verletzten vom Boden hoben.

Madeleine war sofort zum Louvre weitergerannt, um Ambroise Paré zu holen. Der königliche Chirurg packte hastig seine Sachen. »Ein Anschlag? Wie ernst ist es?«, fragte er bestürzt, als er im Stechschritt neben ihr hereilte.

»Seine rechte Hand wurde getroffen und sein linker Arm. Er hat furchtbare Schmerzen«, erklärte Madeleine aufgewühlt.

»Bei Gott!«, murmelte Paré. Sie hasteten an den Menschen vorbei, die sich auf der Straße gesammelt hatten. Die Nachricht von dem Anschlag hatte sich wie ein Lauffeuer herumgesprochen.

Coligny lag mit fahlem Gesicht auf dem Bett, als sie kamen. Sein Atem ging flach. Getreue und Edelleute drängten mit ernster Miene ins Gemach. Man hörte aufgebrachte, zornige Stimmen.

- »Das waren die Guise!«
- »Wir sollten sie sofort erledigen!«
- »Ohne die Zustimmung des Königs hätten sie es nicht gewagt …«

Eilig machten die Männer Paré Platz. Der Chirurg entfernte die Stofflappen, mit denen man versucht hatte, die Blutung zu stillen, und untersuchte vorsichtig die Wunden. Entsetzt sah Madeleine, dass der rechte Zeigefinger vollständig zerfetzt war.

Parés Miene war ernst. »Es tut mir leid, Admiral. Ich werde Euch den Finger abnehmen müssen. Und an dem linken Arm muss die Kugel entfernt werden. Aber das ist weniger schlimm.«

Der Admiral, der noch immer unter Schock stand, nickte blass. »Nun, wenn schon von einem, dann von Euch, Monsieur Paré!«

In diesem Moment stürmte die schmale Gestalt eines jungen Mädchens ins Gemach. »Vater!«, rief sie mit tränenerstickter Stimme. Es war Colignys Tochter Louise. Ihr entsetzter Aufschrei, als sie die Wunden erblickte, ließ die Männer plötzlich still werden. »Wer hat dir das angetan? ... Wir hätten nie zu dieser Hochzeit kommen dürfen«, stieß sie schluchzend hervor.

»Louise!«, sagte der Admiral matt. Etwas Mahnendes lag in seiner Stimme, doch in seinen Augen war zum ersten Mal auch etwas zu erkennen, das Madeleine nie zuvor bei diesem Mann gesehen hatte – Angst.

Paré hieß die Leute das Gemach zu verlassen. Nur Madeleine, Nicolas und Clément, die den Verletzten bei der Amputation würden halten müssen, blieben. Es war schrecklich, Coligny so zu sehen – der Admiral biss auf das harte Stück Leder, das man ihm gegeben hatte, während er sich, im unbeugsamen Griff von Nicolas und Clément gefangen, vor Schmerz aufbäumte.

Paré entfernte mit schnellen präzisen Handgriffen den oben aufliegenden zersplitterten Teil des Knochens und trennte dann den Rest des Fingers zusammen mit der Haut, den Sehnen und den Gefäßen, die er zuvor abgebunden hatte, ab. Alles Blut war aus Colignys Gesicht gewichen, und seine Stirn war schweißnass. Fast schien es, als würde er das Bewusstsein verlieren, doch er keuchte nur und murmelte kaum verständlich ein Gebet. Madeleine fuhr ihm mit einem kalten feuchten Tuch sanft über die Stirn.

»Gut«, sagte Paré, als er die Arbeit an dem Fingerstumpf beendet hatte, und wandte sich sogleich der anderen Wunde zu. Nachdem er den Arm in die gleiche Lage gebracht hatte, in der er sich während des Schusses befunden hatte, entfernte er die Kugel, die vom Handgelenk bis zum Ellbogen vorgedrungen war.

Er trug eine Tinktur auf, verband die Wunde und notierte dann einige Substanzen für die Mischung eines Medikaments, das Madeleine aus der Apotheke holen sollte. »Das wird ihm die schlimmsten Schmerzen nehmen«, sagte er.

Sie nickte und lief schnell los. Draußen vor dem Palais hatten sich inzwischen besorgte Hugenotten angesammelt, die von dem Attentat gehört hatten. Aufgebrachte Wortwechsel, die denen im Gemach des Verletzten ähnelten, waren zu hören.

Madeleine fragte sich plötzlich, was geschehen wäre, wenn der Admiral getötet worden wäre. Das nervöse Gefühl, das sich ihrer seit der Vision bemächtigt hatte, wollte nicht weichen. Wer hatte diesen Anschlag auf Coligny verübt? Die Guise? Sie dachte daran, was einer der Edelleute gesagt hatte: *Ohne die Zustimmung des Königs hätten sie es nicht gewagt.* Madeleine hatte plötzlich Angst. Sie fühlte sich in dieser Stadt wie in eine Falle geraten.

Eilig besorgte sie die Substanzen für das Medikament in der Apotheke. Überall standen Gruppen von Protestanten zusammen, die in ihrer schlichten dunklen Kleidung deutlich im Straßenbild hervorstachen. Misstrauisch wurden sie von den Katholiken beobachtet. Als Madeleine auf dem Rückweg wieder in die Rue de Béthisy einbog, säumten Trauben von Menschen die Straße. Aufgeregt reckten sie alle die Köpfe.

Sie drängte sich mit den Besorgungen zwischen den Leuten durch und sah, dass eine Eskorte königlicher Leibgarden samt Dienern, Pagen, Pferden und mehreren Sänften im Hof stand. Der König persönlich war aus dem Louvre gekommen, um nach dem Verletzten zu sehen. Und nicht nur er, sondern auch die Königinmutter und Henri de Navarre mit seiner Gemahlin Margot. Zum ersten Mal seit dem Anschlag verspürte Madeleine einen Anflug von Erleichterung.

Charles war empört – außer sich über das, was geschehen war. Seine laute Stimme drang durch die geschlossenen Flügeltüren von Colignys Gemach bis in den Flur hinaus. Er versprach dem Admiral Gerechtigkeit und Schutz.

Man hatte inzwischen herausbekommen, dass das Haus, von dem aus geschossen worden war, von einem gewissen Monsieur de Villemur gemietet war – einem Priester, der nicht nur ein ehemaliger Hauslehrer von Henri de Guise war, sondern auch als

Schutzbefohlener des Kardinals de Lorraine galt. Es schien eindeutig, wer hinter diesem Anschlag zu stecken schien. Der König erklärte, dass er bereits Befehl erteilt habe, dass die Guise am nächsten Vormittag vor ihm zu erscheinen hätten, um zu dem Vorfall Stellung zu beziehen.

»Seine Majestät nannte mich Vater und bat mich sogar, in den Louvre zu ziehen, aber ich habe höflich abgelehnt. Das hieße dann vielleicht doch, sich zu tief in die Höhle des Löwen zu begeben«, berichtete Coligny mit einem schwachen Lächeln, nachdem die königliche Hofgesellschaft sich mit ihrer Eskorte wieder auf den Rückweg zum Palast begeben hatte. Es ging dem Admiral besser. Paré hatte ihm das Medikament gegeben, und seine Schmerzen hatten nachgelassen. Die Worte des Königs hatten ihn etwas beruhigt.

Während sich die Anführer der Hugenotten an Colignys Bett zu einer Beratung der Lage zurückzogen, spürte Madeleine, wie sie trotz des Besuchs des Königs eine wachsende Unruhe ergriff. Unentwegt hatte sie ein Bild ihrer Vision vor Augen, das kurz vor ihr aufgeblitzt war. Ein schwarzer, im Wind wehender Umhang! Die Aufschläge waren mit dunkelblauem Samt eingefasst gewesen. Sie war sich sicher, diesen Umhang schon einmal in Wirklichkeit gesehen zu haben. Aber wo und vor allem an wem? Während sie grübelnd darüber nachdachte, trafen im Palais mehr und mehr bestürzte Menschen ein, die dem Verletzten ihre Aufwartung machten.

»In der Stadt ist der Teufel los«, berichtete der englische Botschafter Walsingham, der im engen Kontakt mit den französischen Hugenotten stand. Madeleine und er hatten sich auf einem der Feste während der Hochzeitsfeierlichkeiten kennengelernt. »Die Straßen wimmeln nur so von Protestanten, die sogar von ihren Quartieren von den Faubourgs gekommen sind, um zu hören, was mit dem Admiral ist. Die Katholiken sind in heller Aufregung, dass es einen Racheakt geben könnte! Manche Besitzer schließen deshalb sogar schon ihre Läden!«

Madeleine dachte an die angespannte Atmosphäre, die sie

selbst auf dem Weg zur Apotheke wahrgenommen hatte. Unruhig wandte sie sich ab. Angesichts von Colignys Zustand war ihre Abreise erst einmal verschoben. Nicolas besprach sich zurzeit noch immer mit den anderen Anführern.

Sie beschloss, noch einmal zum Louvre zu gehen. Vielleicht konnte sie dort Rémi finden. Wenn es etwas Neues zu berichten gab, wusste er es. Der Zwerg war über die Ereignisse am Hof immer bestens informiert.

Draußen bewahrheitete sich das Bild, das Walsingham beschrieben hatte. Scharen aufgebrachter Protestanten waren zu sehen, die überall in Gruppen zusammenstanden.

Im Louvre waren die Wachen verstärkt worden – nicht nur im Hof, sondern auch in den Fluren. Madeleine begab sich zum Seitentrakt. Sie fand Rémi in seinem Gemach. Fôlle war gerade bei ihm.

»Ihre Majestäten sind alle im Rat!«, erklärte er, wusste aber auch nur das Bekannte zu berichten. »Der König ist wütend auf die Guise. Er glaubt, dass sie den Anschlag verübt haben – und alle haben jetzt Angst vor den zornigen Protestanten. Man befürchtet, sie könnten sich rächen!«, meinte er lapidar.

Fôlle kicherte. »Die bösen Ketzer, die alle auf einmal in der Stadt sind! Huh, gestern noch auf dem Scheiterhaufen und heute im Brautbett, da muss man sich schon fürchten.«

Rémi grinste. Doch dann bemerkte er Madeleines besorgten Gesichtsausdruck. »Komm morgen wieder. Ich höre mich ein bisschen um!« Sie dankte ihm.

Es war dunkel geworden, als sie sich auf den Rückweg zum Palais begab. Obwohl noch immer viele Menschen auf den Straßen waren, hatte sich die Stimmung etwas entspannt. Solange der König die Tat der Guise verurteilte, gab es keinen Grund, beunruhigt zu sein, sagte Madeleine sich. Doch in ihrem Kopf hörte sie immer wieder das Geräusch eines im Wind flatternden Umhangs. Sie sah die mit dunkelblauem Samt gefassten Aufschläge vor sich. Warum nur wollte ihr dieses Bild nicht aus dem Kopf gehen?

»Wo um Gottes willen warst du?«, fragte Nicolas leise und besorgt, als sie in die Halle trat, in der noch immer einige der Edelleute der Hugenotten zusammenstanden.

»Im Louvre bei Rémi. Ich wollte erfahren, ob es Neuigkeiten vom König oder der Medici gibt.«

Er zog sie mit sich, und sie begaben sich nach oben aufs Dach, zu einer Terrasse, auf der sie ungestört sprechen konnten. Sie erzählte ihm von der Angst, die man vor den Protestanten hatte.

»Ich weiß«, erwiderte Nicolas ernst. »Wir haben bereits mehrere Männer zu den Leuten auf die Straße geschickt, um sie zu beruhigen.«

»Wie geht es Coligny?«

»Er ist müde und erschöpft und hat sich mit seinem Pfarrer zurückgezogen, um zu beten.«

Sie drehte sich zu ihm. »Ich habe Angst, Nicolas!«

»Ich fürchte, das haben wir alle zurzeit!«, erwiderte er sanft und zog sie in seine Arme. Einen Moment lang schauten sie über die dunklen Dächer zu den Türmen von Notre-Dame, auf die das helle Licht des Mondes fiel. Madeleine sah erneut den flatternden Umhang vor sich. Sie erstarrte, denn plötzlich wusste sie, wo sie ihn schon einmal gesehen hatte.

141

Nicolas versuchte, sie zu beruhigen. Sie waren nach unten in ihr Gemach gegangen. »Warum sollte es etwas zu bedeuten haben, dass du *diesen Umhang* in deinem Traum gesehen hast?«, fragte er erneut.

»Es ist nicht irgendein Traum. Du weißt, wie oft ich ihn gehabt habe, wie viele Male ich wieder und wieder durch die blutüberströmten Straßen gelaufen bin, in denen die Menschen gekämpft haben! Und dieser Umhang ist immer wieder aufgetaucht. Ich sehe vor mir, wie der Mann, der ihn trägt, einer Frau die Kehle durchschneidet und ein Kind ersticht!« Madeleine lief aufgeregt vor ihm auf und ab. Panik hatte sie ergriffen.

»Aber du sagst selbst, dass der Traum verschwunden ist, seitdem du mit der Medici darüber gesprochen hast«, gab er zu bedenken. Er umfasste ihre Hände. »Es steht nicht fest, dass es wirklich geschehen wird, nur weil du es geträumt hast, Madeleine!«

»Und warum sehe ich dann diesen Umhang?«

Er zog sie zu sich. »Weil du so sehr fürchtest, dass es wahr werden könnte! Aber es gibt keinen Grund. Der König hat Coligny und den Protestanten Schutz versprochen, und er wird die Guise zur Rechenschaft ziehen. Margot ist jetzt mit Henri de Navarre verheiratet! Diese Hochzeit hat unsere beiden Konfessionen miteinander verbunden.«

Sie blickte ihn zweifelnd an und wünschte sich inständig, dass er Recht hatte, doch seine Worte konnten sie nicht wirklich beruhigen.

142

Im Louvre erfuhr sie am nächsten Vormittag von Rémi, dass die Guise vor dem König erschienen waren.

»Die Nattern haben natürlich geleugnet, etwas mit dem Anschlag zu tun zu haben«, berichtete der Zwerg, der die Einzelheiten von Fôlle hatte. »Aber der König hat ihnen ins Gesicht gesagt, dass sie sich ihre Worte sparen könnten. Es würde eine Untersuchung geben, und bis dahin würde er ihnen empfehlen, sich fernab des Hofs und weit fort von Paris aufzuhalten!«

»Wirklich?« Madeleine blickte ihn erfreut an. Das kam fast einer Verbannung gleich! Sie verabschiedete sich mit einem erleichterten Gefühl, das genauso lange anhielt, bis sie an der Ecke des Flures angelangt war. Die Gemächer des Seitentrakts wurden gewöhnlich nur von Gefolgsleuten bewohnt, umso erstaunlicher war es, hier ein Mitglied der königlichen Familie anzutreffen: Es war Henri d'Anjou, der jüngere Bruder des Königs, der dort am Ende des Ganges stand – zusammen mit Philippe de Ronsard. Madeleine wich voller Schrecken einen Schritt zurück.

Die beiden Männer waren aus einem der Räume gekommen, und Henri d'Anjou legte Ronsard kurz die Hand auf die Schulter, bevor die beiden um die Ecke des Flures bogen.

Madeleines Herz raste. Was hatte Ronsard mit dem Prinzen zu tun? Sie drehte sich um und hastete aus Angst, den beiden Männern noch einmal zu begegnen, den Flur zurück, einem anderen Ausgang zu. Ronsard und Anjou? Nicolas und der Admiral mussten das unbedingt wissen. Sie rannte über den Hof, um, so schnell es ging, zurück zum Palais zu kommen. Vor den Toren des Louvre hatte sich eine Gruppe wütender Protestanten versammelt:

»Der König soll uns sagen, warum in der Stadt Waffen verteilt werden!«

»Ja, wenn nicht gegen uns, gegen wen will man sie dann richten?«

Madeleine lief weiter, an den erregten Menschen vorbei, als ein runder Gegenstand vor ihre Füße rollte. Es war ein verschmutzter Stoffball. Ein kleiner Junge, der höchstens zwei oder drei Jahre alt sein konnte, kam darauf zugelaufen, und Madeleine musste abrupt in ihrem Schritt innehalten, um ihn nicht umzurennen.

»Verzeihung!« Zwei schlanke Arme hoben das Kind mit einem Schwung hoch, und eine Frau lächelte ihr zu. Madeleine kannte ihr Gesicht. Sie spürte, wie ihr ein Schauer über den Rücken lief. Sie war es, der die Gestalt im Umhang die Kehle durchgeschnitten hatte und deren Kind erstochen wurde! Madeleine fasste die Fremde beschwörend am Arm. »Auch wenn Ihr mich nicht kennt, müsst Ihr mir das, was ich Euch jetzt sage, glauben! Geht, verlasst mit Eurem Kind die Stadt! Ihr werdet sonst beide sterben«, sagte sie eindringlich.

Die Frau sah sie erschrocken an.

Madeleine stürzte schon weiter und begab sich, zurück im Palais, sofort zu Nicolas.

»Du hast wen am Hof gesehen? Ronsard?«, fragte er ungläubig. Seine ohnehin besorgte Miene verdüsterte sich, als er den Namen nur hörte.

»Ja, mit dem Prinzen Henri d'Anjou.«

Nicolas verzog die Stirn. »Aber das ergibt keinen Sinn. Der König hat die Guise öffentlich gemaßregelt und ihnen seine Gunst entzogen. Warum sollte ein Mitglied der königlichen Familie sich noch mit einem Spion der Spanier oder der Guise abgeben?«

»Ich weiß es nicht. Sie wirkten, als wollten sie nicht gesehen werden …« Madeleine kam nicht dazu, ihren Satz zu beenden, denn im selben Augenblick stürmte Clément in den Raum. Sein Hut saß schief, und er war völlig außer Atem. »Es stimmt – ich bin sämtliche Quartiers abgeritten, Monsieur de Vardes. Es werden überall heimlich Waffen an die Miliz ausgeteilt!«

Madeleine spürte, wie ihr kalt wurde.

Nicolas erhob sich mit zusammengepressten Lippen von seinem Stuhl. »Ich spreche mit dem Admiral«, sagte er.

Als Coligny die Neuigkeit hörte, befahl er, einen Boten zum König zu entsenden. Die Antwort ließ kaum eine Stunde auf sich warten: Seine Majestät sei entsetzt, derlei zu hören. Man habe keinen solchen Befehl erlassen, und es sei der Miliz verboten, Waffen in Friedenszeiten zu tragen!

Doch die Berichte, die sie von überall erreichten, widersprachen der Antwort des Königs. Boten kamen und gingen den ganzen Tag – auch von dem besorgten Henri de Navarre.

»Entweder lügt Charles, oder die Miliz handelt tatsächlich gegen seinen Befehl, und der König hat diese Stadt nicht mehr unter Kontrolle! Und beides erscheint mir gleichermaßen bedrohlich«, sagte Nicolas.

Madeleine hatte den Männern mit blasser Miene zugehört.

Die Pariser Miliz, die in Kriegszeiten zur Verteidigung der Stadt genutzt wurde, war mächtig. Sie unterstand dem Stadtvogt und konnte in jedem Quartier von Paris auf ihre Männer zurückgreifen. Man behauptete, dass sie unter den dreihunderttausend Einwohnern jederzeit auf Abruf fünftausend Mann aufstellen konnte, mit ein wenig Vorbereitung auch leicht das Doppelte oder Dreifache.

»Gebt unseren Männern Bescheid, ich möchte mit ihnen allen sprechen!«, sagte der Admiral, der erschöpft in den Kissen lehnte. Seine Hand ruhte auf der Bibel, die neben ihm lag.

Madeleine zog Nicolas zur Seite, als sie aus dem Gemach traten. »Wir müssen Paris verlassen. Du musst die anderen überzeugen ... Es wird geschehen, Nicolas! Alles spricht dafür«, sprach sie leise auf ihn ein. Sie erzählte ihm auch von der Frau und dem Kind aus ihrem Traum, die sie auf der Straße gesehen hatte.

Er schwieg. »Der Admiral ist zu schwach, um zu reisen«, sagte er dann.

Es war früher Abend, als sich die Anführer der Hugenotten erneut im Palais bei dem Admiral versammelten. Coligny saß halb aufgerichtet in seinen Kissen. Er hatte Paré zuvor um ein Stärkungsmittel gebeten. »Das, was ich jetzt sage, ist ein Befehl. Ich ordne an, dass alle Anwesenden mit ihren Familien und ihrem Gefolge Paris verlassen.«

Einen Augenblick lang herrschte Schweigen im Raum. »Verzeiht, bei allem Respekt, aber wir lassen Euch hier nicht verletzt zurück!«, sagte La Rochefoucauld, einer der Hugenotten.

»Außerdem würde eine solche Massenbewegung nicht nur wie eine Flucht wirken, sondern solche Besorgnis erregen, dass man vielleicht nur deshalb auf uns losgeht«, gab ein anderer zu bedenken.

»Vielleicht ist die Bewaffnung der Miliz nur eine Verteidigungsmaßnahme!«, sagte Tenley, der im letzten Jahr Colignys Tocher Louise geheiratet hatte.

Es ging hin und her. Keiner der Anwesenden war bereit, den Admiral allein zu lassen.

»Es ist ein Befehl!«, sagte Coligny aufgebracht, doch das Schweigen verriet, dass niemand ihm Folge leisten würde.

Madeleine hörte am Abend voller Ohnmacht, was Nicolas ihr von dem Ergebnis der Versammlung erzählte.

»Ich wäre auch nicht gegangen, wenn man anders entschieden hätte«, sagte er. Er strich ihr sanft durchs Haar. »Aber ich möchte, dass du die Stadt verlässt, Madeleine. Ich würde es nicht ertragen, wenn dir etwas geschähe oder du noch einmal in die Hände der Guise gerietest!«

»Du wirst keine Möglichkeit mehr haben, es zu ertragen, wenn du bleibst, weil es dich vorher das Leben kosten wird«, erwiderte sie bitter. Ihre blaugrauen Augen hatten sich verdunkelt. Sie hatte immer gewusst, dass er nicht ohne Coligny abreisen würde. Sie hob das Kinn. »Ich werde nicht ohne dich gehen. Niemals«, sagte sie dann.

»Madeleine!«

Sie schwieg. Eine dunkle Angst kroch langsam ihren Rücken hoch. Sie erinnerte sich, wie sie in ihrem Traum nach ihm gerufen hatte. Voller Verzweiflung, während sie an Sterbenden und Kämpfenden vorbeigelaufen war. Der Gedanke, dass Nicolas etwas geschehen könnte, ließ sie um Beherrschung ringen. Sie musste etwas tun, irgendetwas, das all diese schrecklichen Dinge noch aufhalten konnte.

»Ich werde mit der Königinmutter sprechen. Sie ist die Einzige, die noch etwas tun kann. Ich werde ihr erzählen, dass meine Vision, mein Traum dabei ist, Wirklichkeit zu werden. Sie wird mir glauben«, meinte sie entschlossen.

»Es ist viel zu gefährlich, noch einmal in den Louvre zu gehen«, sagte Nicolas, doch dann sah er ihren Blick. »Ich werde dich begleiten.«

Er zog sich um, damit man ihn nicht als Hugenotte erkannte, und sie begaben sich auf Umwegen in der Dunkelheit zum Louvre. Unterwegs bemerkten sie, dass auch in den Straßen um den Palast herum verstärkt Wachen patrouillierten. Am Tor hatten sie Mühe, überhaupt eingelassen zu werden. Schließlich erkannte eine der Wachen Madeleine und ließ sie beide durch.

Sie hasteten trotz der späten Stunde zu Fôlle. »Du musst mir helfen. Ich muss mit der Königinmutter sprechen. Es ist dringend. Viele Menschen könnten sterben.« Madeleine erzählte der Zwergin von ihrem Traum.

Fôlles Gesicht wurde ernst. »Sie sind alle seit Stunden im Rat, der am Abend plötzlich einberufen wurde. Die Königinmutter, die Prinzen und noch einige andere Herren …«, erklärte die Zwergin. »Ich werde dir helfen. Es gibt einen geheimen Ausgang aus den Kabinettsräumen, eine Seitentür, die die Königinmutter immer benutzt, weil sie auf diesem Weg schneller zu ihren Privatgemächern kommt. Dort kannst du mit ihr reden, sobald sie herauskommt.« Sie wandte den Kopf zu Nicolas. »Aber ich kann Euch nicht beide an den Wachen vorbeischleusen.«

Nicolas nickte. »Ich werde mich zu Henri de Navarre begeben und ihn warnen, dass er auf keinen Fall das Schloss verlassen soll.«

Madeleine folgte Fôlle durch verwinkelte Gänge und schmale Flure. Sie begegneten nur wenigen Wachen, die keine Fragen stellten, da ihnen die Zwergin nur zu vertraut war. Schließlich erreichten sie über eine verborgene Tür eine Flucht von fensterlosen Gemächern, die ineinander übergingen und zu der besagten Seitentür des Kabinetts führten.

»Es kann dauern«, meinte Fôlle, die sie in einem Bereich des Vorzimmers warten ließ, von dem aus man sie nicht durch die geöffnete Kabinettstür sehen konnte. »Viel Glück!«

»Danke!« Unruhig ging Madeleine einige Schritte auf und ab, als sie allein war, und legte sich die richtigen Worte zurecht. Die Minuten kamen ihr wie Stunden vor. Sie ließ sich auf einen Schemel nieder, nur um sogleich wieder aufzustehen. Endlos schien die Zeit, bis zu dem Moment, als sie das leise Klacken der Tür zum Kabinett hörte. Im selben Augenblick tauchte auf der Schwelle die Gestalt eines Mannes auf. Ungläubig blickte er Madeleine an.

»Sieh einer an!«, sagte er dann. Er zog langsam seinen Degen. Es war Ronsard.

Madeleine wich entsetzt zurück.

Er hatte die Tür hinter sich geschlossen und kam langsam auf sie zu. »Was tust du hier?«, fragte er.

»Was tut *Ihr* hier?«, erwiderte sie tonlos. Ihr Blick glitt zu der anderen Tür, die noch geöffnet war, doch Ronsard hatte sich ihr mit der Waffe in den Weg gestellt, sodass sie nicht an ihm vorbeikommen würde.

Er lächelte leicht, während er mit gezogenem Degen weiter auf sie zukam. »Liegt das nicht auf der Hand? Ich habe den König gerade vor einer Verschwörung gewarnt und ihm erzählt, dass sein Leben in Gefahr ist. Er konnte es kaum fassen, dass seine neuen Freunde, die Protestanten, nach dem Attentat auf den Admiral vorhaben, ihn zu töten. Doch da ich einer von ihnen bin, hat er mir schließlich geglaubt«, sagte er samtig.

Sie war wie versteinert. Der König und die Königinmutter wussten nicht, dass er ein Spion der Spanier war, fiel ihr ein. Wenn er ihnen von einer Verschwörung erzählt hatte, würden sie ihm glauben, weil sie ihn noch immer für einen Hugenotten hielten.

Die Degenspitze war kaum mehr als einen halben Schritt von ihrer Brust entfernt. Sie versuchte in Todesangst weiter zurückzuweichen, aber an ihrem Rücken war die Wand. Ihr Herz raste.

Ronsards Gesicht hatte einen harten Zug angenommen. »Du solltest mir dankbar sein, dass ich dich jetzt töten werde und dich damit vor dem Scheiterhaufen bewahre, du Hexe«, sagte er. Er war im Begriff, den Arm zu heben, als er plötzlich herumfuhr.

Ein Schatten war lautlos auf der Schwelle aufgetaucht. Eine Gestalt sprang auf ihn zu, während ein Degen durch die Luft flirrte. Ronsard stieß einen erstickten Aufschrei aus, als sich die Waffe auch schon in seine Brust bohrte. Er stürzte tot zu Boden.

Madeleine blickte entsetzt zu Nicolas, der seinen Degen aus dem Körper zog. Er war weiß wie eine Wand.

»Er hat behauptet, dass die Hugenotten den Tod des Königs planen«, stieß sie hervor.

»Ich habe es mitgehört … Sie werden uns alle töten«, sagte Nicolas voller Grauen. »Wir müssen Coligny und die anderen warnen.«

Trappelnde Schritte waren zu hören. Sie fuhren beide herum, als sich die in der Wandbemalung verdeckte Tür öffnete. Es war Fôlle. »Schnell, die Königinmutter hat den großen Ausgang genommen, weil sie mit dem König das Kabinett verlassen hat …« Entgeistert blieben die Augen der Zwergin an der Leiche hängen. »Oh!«

Madeleines Blick hatte für einen kurzen Moment ebenfalls den Toten gestreift. Erst jetzt fiel ihr sein Umhang auf – er war schwarz, und die Aufschläge waren mit dunkelblauem Samt eingefasst. *Er war es.* Ihr Herz raste noch immer. Doch dann wandte sie den Kopf zu Fôlle. »Wo ist die Königinmutter jetzt?«, fragte sie drängend.

»In ihren Gemächern. Komm!«

Madeleine drehte sich aufgelöst zu Nicolas. »Geh und warne Coligny. Ich komme nach, sobald ich mit der Königinmutter gesprochen habe. Vielleicht ist es noch nicht zu spät.«

Er drückte ihr einen harten Kuss auf die Lippen, bevor er losrannte.

Madeleine hastete hinter Fôlle her. Die Wachen ließen sie überall passieren, doch im Vorzimmer stellte sich ihnen ihre Hofdame entgegen. »Es tut mir leid, Ihre Majestät wünscht nicht gestört zu werden«, sagte sie zu Fôlle.

Madeleine stieß sie zur Seite und riss die Tür auf.

»Wachen!«

Die Medici stand am Fenster. Fast schien es, als hätte sie den Lärm auf ihrer Türschwelle kaum vernommen. Madeleine spürte, wie sie von zwei Wachen gepackt wurde.

»Nein, lasst sie!«

Die Königinmutter hatte sich zu ihr gewandt. Madeleine erschrak, als sie sie erblickte. Die Medici schien um Jahre gealtert. Tiefe Falten zogen sich durch ihr Gesicht, und der Blick ihrer unterhöhlten Augen wirkte erschöpft und resigniert.

Beschwörend trat Madeleine auf sie zu. »Euer Majestät, Ihr müsst mich anhören. Der Traum, von dem ich Euch erzählt habe, er wird Wirklichkeit werden. Ihr müsst es verhindern! Nur Ihr könnt das!«, flehte sie.

Die Medici sah sie ausdruckslos an. »Es liegt nicht mehr in meiner Macht. Es gibt eine Verschwörung gegen den König. Einer der Hugenotten hat es selbst bezeugt!«

»Aber das stimmt nicht«, widersprach Madeleine ihr verzweifelt. »Der Mann, der das behauptet hat – Philippe de Ronsard – ist kein Hugenotte, sondern ein Spion der Spanier!«

»Der Spion, den wir nie fassen konnten?« Kurz schien Leben in die Augen der Königinmutter zurückzukehren. In diesem Moment war der laute Glockenschlag des Kirchturms zu hören. Die Medici zuckte zusammen. Erneut versank sie in Apathie. »Es ist zu spät!«, sagte sie.

»Bitte! Versucht es wenigstens …« Tränen liefen über Madeleines Wangen.

Die Medici schüttelte müde den Kopf. »Hörst du den Glockenschlag? Das ist das Zeichen. Alles ist bereits in die Wege geleitet.« Ihr Blick glitt aus dem Fenster – teilnahmslos schweifte er in die Weite, als würde sie nicht einmal mehr wahrnehmen, dass Madeleine noch im Raum war. »Sie alle werden sterben, und vielleicht ist es auch besser so. Es würde nur immer wieder und wieder Krieg geben!«, fügte die Königinmutter hinzu.

Schaudernd blickte Madeleine sie an. *Sie werden alle sterben.* Nicolas! Coligny!

Sie erkannte, dass die Königinmutter ihr nicht mehr würde helfen können, und rannte verzweifelt aus dem Raum, die Treppen hinunter auf den Hof. Reihen von Garden sammelten sich dort. Im Schein der Fackeln sah Madeleine die weiße Armbinde, die sie trugen. Zum Tor würde sie nicht mehr hinauskommen. Sie betete, dass Nicolas es noch geschafft hatte. Atemlos blieb sie stehen. Dann fiel ihr der geheime Ausgang ein, durch den sie mit Lebrun einmal das Schloss verlassen hatte. Sie rannte erneut los. Die Wache dort ließ sie passieren, als sie behauptete, einen wichtigen Auftrag von Lebrun zu haben. Das Mondlicht erhellte die Straßen, und es war seltsam still – wie die Ruhe vor einem schrecklichen Sturm. Sie lief und drückte sich eng an den Häuserwänden entlang, denn an den Straßenecken sammelten sich überall Garden und Soldaten. Von irgendwoher hörte sie einen Schrei und Hilferufe. Pferde galoppierten an ihr vorbei.

Als sie die Rue de Béthisy erreichte, sah sie, dass sie zu spät kam. Reiter und bewaffnete Männer mit Degen und Streitäxten, die die weiße Armbinde trugen, standen vor dem Palais und brachen gerade durch die Tür.

Nicolas! Im Schutz der Häuser näherte sie sich.

Grausame Schreie, Lärm und Kampfgeräusche drangen zu ihr. *Nein, bitte nicht!* Wie versteinert blieb sie in der Dunkelheit zwischen den Häusern stehen. Sie sah im Schein der Fackeln, die den Hof beleuchteten, eine brüllende Gestalt an dem geöffneten Schlafzimmerfenster von Coligny auftauchen.

»Er ist tot! Tot! Tot!«, schrie der Mann wie im Rausch. Begeistertes Gejohle erscholl als Antwort. Etwas Großes, Schweres wurde aus dem Fenster gezerrt und hinunter in den Hof gestoßen. Es war Colignys Leichnam.

Madeleine lehnte sich zitternd gegen die Häuserwand. Sie kam zu spät!

Die Männer stürzten sich mit ihren Waffen auf den Leichnam, schlugen auf ihn ein und massakrierten ihn mit ihren Dolchen und Degen. Gelähmt vor Entsetzen sah Madeleine, dass sich auch der Herzog d'Aumale und Henri de Guise unter den Wütenden befanden. Andere Leichen wurden in den Hof gezerrt. Sie hatten sie alle getötet! Man zerrte ihnen die Kleidung vom Leib.

Nicolas ...! Tränen strömten über ihre Wangen, und sie hatte das Gefühl, eine eiserne Faust würde sich um ihr Herz legen.

»Von der Ketzerbrut entkommt uns keiner mehr. Die Brücken und Tore sind geschlossen. Heute Nacht werden wir Gottes Schwert gegen sie führen!«, schrie eine Stimme.

Sie waren wahnsinnig. Sie musste hier weg, dachte Madeleine. Doch sie war nicht fähig, sich zu bewegen. *Sie hatten Nicolas umgebracht!*

Ein Mann stürmte aus dem Hof – es war der Herzog d'Aumale. Er hielt den Kopf des Admirals wie eine Trophäe in den Händen. Jubel kam auf. Die anderen schleiften den nackten, enthaupteten Leichnam hinterher. Madeleine glaubte, sich übergeben zu müssen. Ihr Entsetzen wurde endlich von Todesangst abgelöst. Sie trat aus der Nische hervor, um wegzurennen. Doch eine Männergestalt hatte sie entdeckt und kam geradewegs auf sie zu. Es war Henri de Guise. »Die Hexe!«, stieß er hervor.

Madeleine rannte. Die Angst verlieh ihr übermenschliche Kräfte. Sie bog in eine enge, dunkle Gasse ein und weiter eine Straße entlang. Henri de Guise war dicht hinter ihr.

Überall liefen und kämpften Männer mit den weißen Armbinden. Türen zerbarsten, Menschen wurden aus den Häusern gezerrt – auch Frauen und Kinder. Man hörte verzweifelte Schreie und Hilferufe und den Lärm von Waffen. Leichen lagen auf der Straße. Immer wieder drehte Madeleine sich um, schlug Haken, doch Henri de Guise folgte ihr. Sie sprang zwei Kämpfenden aus dem Weg und bog hinter ihnen in eine schmale Gasse. Es war ihr gelungen, etwas Abstand zu bekommen. Sie lief nach rechts erneut in eine schmale Straße. Ihre Lungen brannten. Außer Atem verlangsamte sie den Schritt, als sie hinter sich wieder Schritte hörte. Verzweifelt sah sie sich um. Da öffnete sich plötzlich eine Tür in einem der Häuser. Eine Hand zog sie herein und legte ihr den Finger auf den Mund. Es war eine alte Frau, die sie wortlos in einen Flur mitnahm und weiter zu einer Hintertür, die sie öffnete. Als Madeleine die Kette mit ihrem Kreuz sah, begriff sie, dass sie eine Katholikin war, die sie für eine Protestantin hielt. »Danke!«, stieß sie leise hervor.

»Gott sei mit dir, mein Kind!«

Madeleine lief weiter am Quai der Seine entlang. Im Wasser trieben Tote. Überall lagen Leichen – nicht nur Männer und Frauen, sondern sogar Kinder. Aufgespießt, erdolcht, erschlagen oder von Schüssen zerfetzt. Niemals hätte sie geglaubt, dass Menschen zu solchen Taten fähig wären.

Verzweifelte Schreie und Rufe erfüllten die Nacht, und sie sah den Hass in den Gesichtern der Katholiken, die man im Licht des Mondes nur an dem weißen Streifen an ihrem Arm und den weißen Kreuzen auf ihren Hüten erkannte. *Heute Nacht führen wir Gottes Schwert* – und es gab kein Halten mehr.

Madeleine hatte Angst ... fürchterliche Angst. Ein Mann mit einer Lanze stürmte auf sie zu, und sie entfloh ihm nur mit knapper Not zwischen den Kämpfenden.

Vor sich sah sie die hohen Türme von Notre-Dame, und sie begriff, dass um sie herum die schrecklichste all ihrer Visionen Wirklichkeit geworden war. Es war ihr Traum: *Leichen pflasterten die Straßen, und wohin sie auch blickte, kämpften Männer – erbittert und wie im Rausch. Das Geräusch klirrender Degen vermischte sich mit den Schreien und dem Stöhnen der sterbenden Verwundeten. Und sie rannte weiter, getrieben und voller Schuldgefühle, weil sie es nicht verhindert hatte ...*

Sie weinte und lief, obwohl ihre Lungen schmerzten und sie nicht wusste, wohin. Man hatte sie alle getötet. Nichts hatte sie verhindern können!

»Madeleine!« Doch sie hörte den Schrei nicht einmal. »Madeleine!« Ein Reiter war hinter ihr.

Er würde sie töten, genau wie die anderen. Angsterfüllt wandte sie sich um.

»Madeleine!«

Es war Nicolas! *Er lebte?* Fassungslos blieb sie stehen.

Ein Schuss ertönte. Nicolas, der fast neben ihr war, zuckte zusammen. Man hatte ihn getroffen. *Nein!* Sie schrie auf. Er zog sie dennoch mit schmerzverzerrtem Gesicht zu sich aufs Pferd. Sie sah das Blut an seinem Hemd und hörte, wie er schwer atmete, während er das Pferd an Notre-Dame vorbei zur anderen Seite der Seine trieb. In einer schmalen Gasse glitt er vom Pferd. Er lehnte sich gegen die Häuserwand.

»Wir müssen versuchen, bis zu Walsinghams Haus zu kommen. Er ist Protestant wie wir, aber als Botschafter Englands geschützt. Er wird uns helfen«, sagte er. Sie nickte. Er war blass. Der Ärmel seines Hemds war dunkelrot, obwohl er die Hand daraufhielt.

»Warte!«

Sie ging zu einer der Leichen, die einige Schritte weiter auf dem Boden lag. Es war ein Katholik. Ohne das Gesicht des Toten anzusehen, löste sie den weißen Streifen.

»Gib mir deinen Arm!«

»Nein!«, sagte er. Hass glomm in seinen Augen auf, als er die Binde sah, doch sie band ihm trotzdem damit seine Wunde ab. »Es ist unsere einzige Chance!«

Sie sollte recht behalten. Obwohl sie sich durch schmale Straßen und Gassen schlugen, begegneten ihnen immer wieder Garden und Männer der Bürgermiliz, die sie jedoch unbehelligt durchließen. Trotzdem zitterte Madeleine vor Angst.

Eine Ewigkeit schien zu vergehen, bis sie schließlich das Haus des englischen Botschafters erreichten. Es stand tatsächlich unter königlichem Schutz und war verbarrikadiert, doch nachdem man sie erkannt hatte, ließ man sie eilig ein. Die Tür schloss sich hinter ihnen – sie waren in Sicherheit!

143

Fast zwei Wochen mussten sie in Walsinghams Haus ausharren.

Madeleine erfuhr von Nicolas, was in jener Nacht, nachdem sie sich im Louvre getrennt hatten, geschehen war. Er sei tatsächlich bis zu Colignys Palais durchgekommen, erzählte er. Doch es sei bereits zu spät gewesen. »Die Guise hatten bereits überall ihre Männer aufgestellt. Der Admiral bat mich, seine Tochter und die anderen in Sicherheit zu bringen. Er selbst fühlte sich zu schwach.

Er sei mit Gott im Reinen, sagte er ...« Nicolas' Stimme klang brüchig. »Wir sind übers Dach geflohen«, fuhr er fort. »Tenley haben sie mit einem Schuss erwischt, doch die anderen haben es geschafft. Ich selbst habe ein Pferd gestohlen, um dich zu suchen. Aber ich wusste nicht, wo ...« Die Verzweiflung war ihm noch immer anzuhören. »Doch dann habe ich mich an die Beschreibungen in deinem Traum erinnert, an die Straße vor Notre-Dame, die du entlanggelaufen bist ...«

»Ich dachte, du wärst tot!«, erwiderte sie leise. Schaudernd erinnerte sie sich, was man Coligny angetan hatte. Sie blickte ihn voller Trauer an. »Ich habe es nicht verhindern können. Ich habe sie alle nicht retten können, Nicolas!«

Er strich ihr übers Haar. »Das stimmt nicht«, sagte er dann voller Ernst. »Viele würden nicht mehr leben, wenn du sie nicht gewarnt hättest. Die Frau mit dem Kind, die du auf der Straße gesehen hast, Colignys Tochter Louise, die anderen, die mit ihr übers Dach geflohen sind, Henri de Navarre und auch ich nicht ... Doch auch du kannst das Schicksal dieser Welt nicht aufhalten!«

Sie schwieg und wusste tief in ihrem Inneren, dass er recht hatte, auch wenn das Schreckliche dadurch nicht in seinem Schmerz und Grauen zu lindern war.

Die Neuigkeiten, die sie von draußen hörten, waren weiterhin furchterregend. Über Tage schien die Lage in Paris völlig außer Kontrolle geraten zu sein. Das Töten wollte nicht aufhören – selbst als der König es offiziell befahl. Sechs Tage brauchte es, bis die Stadt wieder halbwegs zur Ordnung zurückfand, doch die Gewalt hatte sich längst wie ein Flächenbrand im ganzen Land ausgebreitet. Tausende waren ermordet worden und wurden es noch. Alle Wut, aller Hass und die Furcht vor Gott schienen sich mit einem Mal in einem einzigen blutigen Sturm über Frankreich zu ergehen.

»Ich werde Euch helfen zu fliehen. Geht nach England an den Hof meiner Königin. Dort wird man Euch mit Güte und Wärme aufzunehmen wissen, nach dem, was Euch widerfahren ist«, sagte Walsingham, der zutiefst schockiert über die Ereignisse war.

Die Flucht wurde sorgfältig geplant. Auf einem Fuhrwagen, versteckt zwischen Fässern, schmuggelte man sie aus der Stadt und weiter über einsame Landwege in Richtung der Küste. Über Tage kauerten sie unter der Plane, voller Angst bei jedem Halt und jeder menschlichen Stimme, die sich ihnen näherte, man könnte sie doch noch entdecken. Nach fast sieben Tagen erreichten sie schließlich Calais. Ein englischer Kapitän, der von Walsingham instruiert worden war, nahm sie wortlos an Bord.

Als das Schiff ablegte, drehte Madeleine sich nicht mehr um. Sie ging nach vorn zum Bug und ließ die Augen über die unendliche Weite des Meeres und den freien Himmel in Richtung der englischen Küste schweifen. Der schwankende Boden ließ sie ein leichtes Unwohlsein spüren. Es war nicht das erste Mal. Schon seit einigen Tagen spürte sie es – wie ein Hoffnungsschimmer in all der Dunkelheit.

Nicolas, der hinter sie getreten war, legte die Arme um sie. »Ich liebe dich«, sagte er leise, und sie lehnte den Kopf an ihn. Vor der aufsprühenden Gischt des Meeres blitzte ein Bild vor ihren Augen auf. Es war das Gesicht eines kleinen Mädchens. Madeleines Hand griff nach der Kette um ihren Hals. Sie würde sie Ava nennen.

Nachwort

In der Bartholomäusnacht und den anschließenden Tagen wurden in Paris drei- bis viertausend Menschen umgebracht. Weitere sechsttausend, so schätzt man heute, fanden in den übrigen Städten der Provinz den Tod.[1]

Das Massaker löste damals im Ausland die unterschiedlichsten Reaktionen aus. Während man in England, den Niederlanden und den protestantischen Fürstenstaaten des Heiligen Römischen Reichs entsetzt über die grausamen Ereignisse war, ließen Papst Gregor XIII. und der spanische König Philipp II. vor Freude und Dankbarkeit in Rom und Madrid Messen zelebrieren und den Lobgesang des Te Deum anstimmen.

Gregor XIII. – bei dem sich zu dieser Zeit übrigens auch der Kardinal de Lorraine aufhielt – entlohnte den Boten, der die Nachricht überbrachte, nicht nur fürstlich, sondern ließ zum Gedenken an die Bartholomäusnacht sogar eine eigene Münze prägen, die auf der einen Seite den Kopf des Papstes und auf der anderen einen Engel mit Kreuz und Schwert zeigte, der die Hugenotten bezwingt.

Für die Protestanten waren die Folgen dieser blutigen Nacht, mit der gleichzeitig der vierte Religionskrieg begann, verheerend. Sie verloren den größten Teil ihrer Führer, und viele schworen in den Wochen und Monaten danach aus Angst ihrem Glauben ab. Dennoch gelang den Katholiken kein vollständiger Sieg über sie.[2]

Bis zum heutigen Tag ist nicht geklärt, wie und durch wen die Ereignisse des 24. August 1572 wirklich ausgelöst wurden. Als ich anfing, mich bei meinen Recherchen mit dem Attentat auf Coligny und der darauffolgenden Bartholomäusnacht zu beschäftigen, war ich überrascht, wie viel über die genauen Begebenheiten der damaligen Geschehnisse im Unklaren liegt und wie unterschiedlich die einzelnen Vermutungen und Theorien sind, wer für diese blutigen Ereignisse maßgeblich die Verantwortung trug.

Die gängige Annahme vieler Historiker ist die, dass Catherine de Medici – allein oder auch im Verbund mit den Guise – das Attentat auf Coligny ausführen ließ. Angeblich befürchtete sie, dass der Einfluss des Admirals auf Charles IX. zu groß werden könnte und ihre eigene Macht dadurch nicht nur geschmälert würde, sondern Coligny den jungen König auch zu einem Kriegseinsatz Frankreichs in den spanischen Niederlanden überreden könnte. Wie auch im Roman thematisiert, wollte Catherine de Medici ein solches Unterfangen auf jeden Fall verhindern, da das verschuldete Frankreich einen eventuellen Gegenangriff von Spanien nicht hätte abwehren können. Nach dieser Theorie wird weiter davon ausgegangen, dass die Königinmutter, nachdem das Attentat auf den Admiral fehlgeschlagen war, Angst vor der Reaktion der Protestanten gehabt hätte und den König schließlich von einem angeblichen Komplott der Hugenotten überzeugte, um deren Anführer eliminieren zu lassen.

Andere Annahmen gehen davon aus, dass die Guise zwar allein hinter dem Anschlag auf den Admiral standen, aber nachdem Coligny überlebte, die Medici – oder auch der König – hier ebenfalls einen Racheakt der Protestanten befürchteten und beschlossen, diese beseitigen zu lassen.[3]

Diesen Überlegungen widerspricht jedoch, dass durch die Hochzeit zwischen Marguerite de Valois und Henri de Navarre ja gerade eine Versöhnung zwischen Katholiken und Hugenotten angestrebt wurde und die Medici in all den Jahren immer in besonderer Weise an einem Gleichgewicht zwischen Hugenotten und Katholiken interessiert war, da sie nur so die Macht des Königs sichern konnte. Unabhängig davon scheint es zudem fraglich, ob die Medici Colignys Einfluss auf den König wirklich so gefürchtet hat. Zwar war der Admiral mit dem Frieden wieder rehabilitiert worden, doch es ist belegt, dass er sich in den Jahren

1571 und 1572 nur wenige Wochen überhaupt am Hof aufhielt. Seine Bemühungen, den König zu einem Feldzug in die spanischen Niederlande zu überreden, waren zudem längst gescheitert. Anfang August 1572 hatten Charles IX. und der Kronrat dieses Unterfangen offiziell abgelehnt.[4] Die Angst der Medici, der König könnte sich durch den Einfluss des Admirals auf einen Krieg mit Spanien einlassen, scheint in diesem Zusammenhang daher also kein glaubwürdiges Motiv.

Der Roman folgt u.a. auch aus diesen Gründen einer anderen Theorie, wie sie auch der französische Historiker Bourgeon vertritt und nach der nicht die Medici, sondern Spanien – in Verbindung mit den Guise – der mutmaßliche Drahtzieher des Attentats auf Coligny und der darauffolgenden Ereignisse gewesen ist.[5]

Bereits die Internationalisierung des letzten Religionskriegs hatte gezeigt, dass es bei dem Konflikt zwischen Protestanten und Katholiken schon lange um mehr als allein um einen nationalen Machtkampf ging. Vor allem Spanien, das in den Niederlanden erbittert gegen die dortigen Aufständischen kämpfte, fürchtete, wie es Bourgeon aufzeigt, eine Stärkung der hugenottischen Partei. Der spanische Monarch, Philipp II., fühlte sich durch die Hochzeit zwischen Marguerite de Valois und Henri de Navarre und die Rehabilitation von Coligny am Hof – der beabsichtigte, die Aufständischen in den Niederlanden auch in privater Initiative militärisch zu unterstützen – bedroht. Spanien hatte die Guise in Frankreich darüber hinaus nachweislich bereits seit Jahren in ihrem Kampf gegen die Hugenotten unterstützt – finanziell wie wohl auch bei der Aufwieglung der Bevölkerung.[6]

Es gilt heute als weitgehend gesichert, dass Charles IX. in der Bartholomäusnacht den Befehl gab, die Anführer der Hugenotten zu töten, die man beschuldigte, eine Verschwörung gegen ihn zu planen.[7] Er hatte jedoch zu keiner Zeit angeordnet, auch deren Familien und Gefolgsleute zu beseitigen, und die Ereignisse haben sich dann so unheilvoll verselbstständigt, um auf diese schreckliche Weise zu eskalieren.

Unklar bleibt jedoch, warum der König überhaupt an eine Verschwörung glaubte. Die Hugenotten befanden sich anlässlich der Hochzeit mit ihren Frauen und Kindern in der Stadt, und es scheint nur schwer vorstellbar, dass sie ihre Familien in dieser Situation der Gefahr eines Kampfes ausgesetzt hätten.

Im Roman wird die Annahme einer Verschwörung durch die Figur von Philippe de Ronsard erklärt. Obwohl seine Person fiktiv ist, entspricht es den wahren Begebenheiten, dass Spanien zu jener Zeit über eines der bedeutungsvollsten und am weitesten verzweigten Netze von Spionen und Informanten in Europa verfügte. Während meiner Recherchen stieß ich auf einen Bericht des spanischen Botschafters, den dieser 1572 für seinen Nachfolger verfasste und der dies deutlich zeigt. Alava, der sich auch im Roman wiederfindet, beschreibt darin nicht nur genauestens das Netzwerk der spanischen Informanten, sondern gibt auch Ratschläge, wen man zusätzlich dafür gewinnen sollte und wie viel Geld man bestimmten Leuten zu zahlen hätte. Er berichtet außerdem über die besonderen Schwierigkeiten, die für die Spione in Frankreich bestanden, da der Hof dort ständig umherzog.[8]

Auch Frankreich verfügte in ähnlicher Weise über Spione und Informanten, die innen- wie außenpolitisch ständig tätig waren. Übrigens war Catherine de Medici tatsächlich bekannt dafür, dass sie gerne junge Hofdamen für ihre Spitzeldienste einsetzte.[9]

Die hier dargestellten historischen Hintergründe haben in *Das Mädchen mit dem zweiten Gesicht* nicht nur zur Entstehung von Philipp de Ronsard, sondern auch zu der des Geheimdienstchefs Lebrun geführt. Beide Männer sind fiktiv – ebenso wie eine Reihe anderer Figuren des Romans, zu denen auch Nicolas de Vardes und Madeleine zählen.

Eine Vielzahl von Personen, die in dem Buch eine Rolle spielen, haben jedoch tatsächlich gelebt und sollen hier kurz erwähnt werden.

Zu den historisch bekannten Persönlichkeiten gehört die Königsfamilie – allen voran die mächtige Catherine de Medici.[10]

Die Königinmutter war nicht nur eine überaus gebildete Frau, sondern hegte tatsächlich eine große Leidenschaft für okkulte Wissenschaften wie die Astrologie und die Kabbala. In der alten Bibliothèque Nationale in Paris kann man noch heute einen medaillenförmigen Talisman von ihr bewundern, der über und über mit kabbalistischen Symbolen und Zeichen beschriftet ist und den sie angeblich bei sich trug. Catherine de Medici pflegte regen Kontakt mit Astrologen und Wahrsagern, und es soll nach Aussagen ihrer Zeitgenossen der Wahrheit entsprechen, dass man ihr sowohl den Tod ihres Gemahls vorausgesagt als auch prophezeit hatte, dass ihre drei Söhne alle König werden und ihnen schließlich Henri de Navarre auf den Thron Frankreichs folgen würde. Die letztere Weissagung wird von einigen Nostradamus und von anderen dem italienischen Astrologen Ruggieri zugeschrieben, der ebenfalls gelebt hat.[11] Welche Leidenschaft die Medici für die Astronomie und Astrologie hegte, kann man übrigens noch heute in Paris sehen. Neben dem Kuppelgebäude der Bourse de Commerce im Quartier des Halles gibt es noch immer eine einunddreißig Meter hohe astronomische Säule. Dieser schmale Turm, der früher einmal zu dem Hôtel de la Reine, einem Palais der Medici, gehörte, ist in den Jahren nach der Bartholomäusnacht entstanden und soll angeblich eigens gebaut worden sein, damit Ruggieri von dort seine astrologischen Beobachtungen machen konnte.

Neben Catherine de Medici zählen weiterhin deren Kinder – Marguerite de Valois, genannt Margot, Charles IX. und Henri d'Anjou –, aber auch Jeanne d'Albret, die Königin de Navarre, und ihr Sohn, Henri, zu den bekannten historischen Persönlichkeiten des Romans. Henri de Navarre überlebte als einer der wenigen Hugenotten die Bartholomäusnacht, wurde jedoch gezwungen, zum Katholizismus überzutreten. Fast drei Jahre verbrachte er damals am Hof in Gefangenschaft, bis ihm im Februar 1576 schließlich die Flucht gelang und er zu den Protestanten zurückkehrte. Als ihr Führer kämpfte er von da an gegen die Katholiken und sollte schließlich Jahre später – wie es die Prophezeiung, die man der Medici machte, vorhergesagt hatte – König von Frankreich werden.[12]

Auch der Admiral de Coligny, seine Familie und der Prinz de Condé gehören zu den einst real existierenden Personen dieses Romans. Der tiefe Glauben und ausgeprägte Gerechtigkeitssinn des Admirals sind dabei mehrfach in Quellen überliefert. Von seinen Gegnern wurde Coligny allerdings stets als das personifizierte Böse angesehen.[13]

Seine Erzfeinde, die Guise – der Herzog d'Aumale, der Kardinal de Lorraine, Anne d'Este und der junge Herzog Henri de Guise –, haben ebenfalls wirklich gelebt. Ihr maßloser Ehrgeiz, ihre Machtgier und ihr Hass auf Coligny werden von Zeitzeugen vielfach erwähnt. Henri de Guises Affäre mit Prinzessin Margot ist historisch belegt, genauso wie die Ungnade, in die er und seine Familie fielen, als der König und die Medici von den hochfahrenden Plänen der Guise erfuhren, den jungen Herzog mit Prinzessin Margot vermählen zu wollen.[14] Übrigens haben sich die Guise in den Jahren nach der Bartholomäusnacht tatsächlich zu den gefährlichsten Gegnern des Königshauses entwickelt.

Zwei Nebenfiguren möchte ich hier im Nachwort ebenfalls noch erwähnen: Wolfgang von Zweibrücken, der, obwohl er gesundheitlich angeschlagen war, die deutschen Truppen nach Frankreich geleitete und dort verstarb, kurz bevor er Coligny persönlich gegenübertreten konnte, und Ambroise Paré. Der königliche Chirurg, der an zahlreichen Feldzügen teilnahm, ist auf seine Weise in die Geschichte eingegangen – nämlich in die der Medizin. Er hatte im sechzehnten Jahrhundert ein bahnbrechendes Verfahren für Amputationen entwickelt, bei dem er u.a. zum ersten Mal die Arterien abband und den Patienten die schmerzhafte Kauterisierung der Wunden mit siedendem Öl ersparte.[15]

Ein abschließendes Wort noch zu der Hauptfigur Madeleine. Die Dinge und Ereignisse, die sie im Roman vorhersieht, sind fiktiv, doch sie sind mit historischen Geschehnissen verwoben, die sich zum Teil wirklich ereignet haben. So ist der junge König Charles IX. zwischen 1564–1566 tatsächlich mit seiner Mutter

Catherine de Medici und dem Hof, an dem sich zu dieser Zeit auch Henri de Navarre befand, quer durch Frankreich gereist – auch wenn der Einsturz der Brücke, der im Roman geschildert wird, erfunden ist.

Den Unfall, den Madeleine im Kloster vorhersieht, als Françoise verletzt wird, hat es ebenfalls nicht gegeben, und auch der Anschlag im Wirtshaus hat so nicht stattgefunden. Allerdings wird in den Quellen jener Zeit von den wiederholten Versuchen der Guise berichtet, sich an dem Admiral zu rächen und ihn zu töten.

Das Attentat auf Coligny im August 1572 dagegen hat sich wirklich ereignet. Aus unerklärlichen Gründen hatte der Admiral, der sich mit seinen Wachen und Getreuen an diesem Tag auf dem Rückweg vom Louvre befand, damals einen unerwarteten Schritt bzw. eine Bewegung zur Seite gemacht, die ihm das Leben rettete. Diesen Zufall habe ich im Roman durch das Eingreifen von Madeleine erklärt, die den Lauf der Dinge dann jedoch trotzdem nicht aufhalten kann.

Über zwei Jahrzehnte hinweg und während vier weiterer Kriege sollte Frankreich nach dem Tod von Coligny weiter von den Kämpfen zwischen den Glaubensparteien zerrissen bleiben, bis das Edikt von Nantes 1598 schließlich die Grundlage für einen dauerhaften Frieden schuf. Erstmals wurden den Protestanten darin religiöse Toleranz und Bürgerrechte gewährt. Der Mann, der dieses Edikt unterschrieb, war übrigens kein anderer als Henri de Navarre, der 1594 zum König von Frankreich gekrönt wurde und als der berühmte Henri IV. in die Geschichte eingegangen ist.

Anmerkungen

1 Die Zahlen variieren in allen Quellen, da es sich nur um Schätzungen handelt.

2 Vgl. u.a. Nicolas Le Roux, Les Guerres De Religions 1559–1629. Berlin 2009, S. 271 ff.; Arlette Jouanna u.a., Histoire Et Dictionnaire Des Guerres De Religion. Paris 1998, S. 201 ff.

3 Vgl. u.a. Jouanna u.a., a.a.O., S. 198 ff.; Jeanne Héritier, Katharina von Medici. Stuttgart 1977, S. 268 ff, A.W. Whitehead, Gaspard de Coligny, Admiral of France. London 1904, S. 264 u. 278.

4 Nicole M. Sutherland, The Massacre of St Bartholomew and the European Conflict 1559–1572. London 1973, S. 312 ff.; Jean-Louis Bourgeon, L'Assassinat de Coligny. Genève 1992, S. 30–31.

5 vgl. Bourgeon, a.a.O.

6 Vgl. u.a. Jean-Michel Ribera. Diplomatie Et Espionnage. Paris 2007, S. 325 ff.; Bourgeon, a.a.O., S. 46 ff. und S. 62. Aber auch Héritier, a.a.O., S. 221.

7 Vgl. u.a. Jouanna u.a., a.a.O., S. 198 ff.; Le Roux, a.a.O. S. 136.

8 Anmerkungen und Bericht über die Angelegenheiten Frankreichs, von Francés de Alava. In: Markus Reinbold, Jenseits der Konfession. Die frühe Frankreichpolitik Philipps II. von Spanien 1559–1571. Ostfildern 2005, S. 256 ff.

9 Vgl. u.a. Héritier, a.a.O., S. 203; Jean Orieux, Katharina von Medici. Augsburg 1999, S. 281.

10 Es sei hier noch angemerkt, dass Catherine de Medici im Französischen eigentlich mit einem *s*, also *Medicis*, geschrieben wird, da diese Schreibung aber im Deutschen den Eindruck erweckt, der Name würde im Plural stehen, und so beim Lesen zu Irritationen führt, wurde beim Nachnamen auf die eingedeutschte Schreibweise zurückgegriffen.

11 Vgl. u.a. Orieux, a.a.O., S. 103 ff. und Pierre Béhar, Les Langues occultes de la Renaissance. Paris 1996, S. 74 ff.

12 Vgl. Gonzagues Saint Bris, Henri IV. Paris 2009, S. 113 ff. und Georges Bordonove, Les Bourbons. De Henri IV à Louis XV., S. 44 ff.

13 Eugène Bersier, Coligny Avant Les Guerres de Religion. Paris 1884, S. 245; Whitehead, a.a.O., S. 339 ff.

14 vgl. u.a. René de Bouillé, Histoire des Ducs de Guise, Band II. Paris 1849, S. 463 ff.; Orieux, a.a.O., S. 394 ff.

15 Vgl. u.a. Jean-Pierre Poirier, Ambroise Paré. Paris 2005, S. 107 ff.

Zeittafel*

März 1562	Blutbad von Wassy, Beginn des ersten Religionskriegs
Februar 1563	Tod des Herzogs de Guise
März 1563	Friede von Amboise, Ende des ersten Religionskriegs
Januar 1564	Beginn der fast zweijährigen königlichen Reise von Charles IX. durch Frankreich
Januar 1566	Der Admiral de Coligny wird vom Gericht freigesprochen, an dem Mord des Herzogs de Guise beteiligt gewesen zu sein
Mai 1566	Ende der königlichen Reise durch Frankreich
September 1567	Beginn des zweiten Religionskriegs
März 1568	Friede von Longjumeau, Ende des zweiten Religionskriegs
August 1568	Beginn des dritten Religionskriegs
März 1569	Tod des Prinzen de Condé
August 1570	Friede von Saint-Germain-en-Laye, Ende des dritten Religionskriegs
August 1572	Heirat von Marguerite de Valois und Henri de Navarre, Attentat auf den Admiral de Coligny
24. August 1572	Bartholomäusnacht

* Vgl. u.a. Jouanna u.a., a.a.O., S. 1385ff. und Le Roux, a.a.O., S. 542ff.

Personenverzeichnis*

Herzog d'Alava, spanischer Botschafter	*1519, †1586
Jeanne d'Albret, Königin de Navarre	*26.11.1529, †9.6.1572
Claude, Herzog d'Aumale	*16.8.1526, †3.3.1573
Charles IX., König von Frankreich	*27.6.1550, †30.5.1574
Gaspard, Admiral de Coligny	*16.2.1519, †24.8.1572
François de Châtillon, Seigneur d'Andelot, Bruder von Coligny	*18.4.1521, †27.5.1569
Louise de Châtillon, Tochter des Admirals	*23.9.1555, †13.11.1620
Anne d'Este, Witwe des Herzogs de Guise	*16.11.1531, †17.5.1607
Henri d'Anjou, späterer König Henri III.	*19.9.1551, †2.8.1589
Henri, Herzog de Guise	*3.12.1550, †23.12.1588

Henri de Navarre, späterer König Henri IV.	*13.12.1553, †14.5.1610
Charlotte de Laval, Gemahlin des Admirals de Coligny	*1530, †3.3.1568
Charles, Kardinal de Lorraine, Bruder des Herzogs d'Aumale	*17.2.1524, †26.12.1574
Catherine de Medici	*13.4.1519, †5.1.1589
Ambroise Paré, königlicher Chirurg	*1510, †20.12.1590
Cosmo Ruggieri	*?, †28.3.1615
Marguerite de Valois, auch Margot genannt, Gemahlin von Henri de Navarre	*14.5.1553, †27.3.1615
Sir Francis Walsingham, englischer Botschafter	*1532, †6.4.1590
Wolfgang von Pfalz-Zweibrücken	*26.9.1526, †11.6.1569

* Romanfiguren, die tatsächlich gelebt haben.

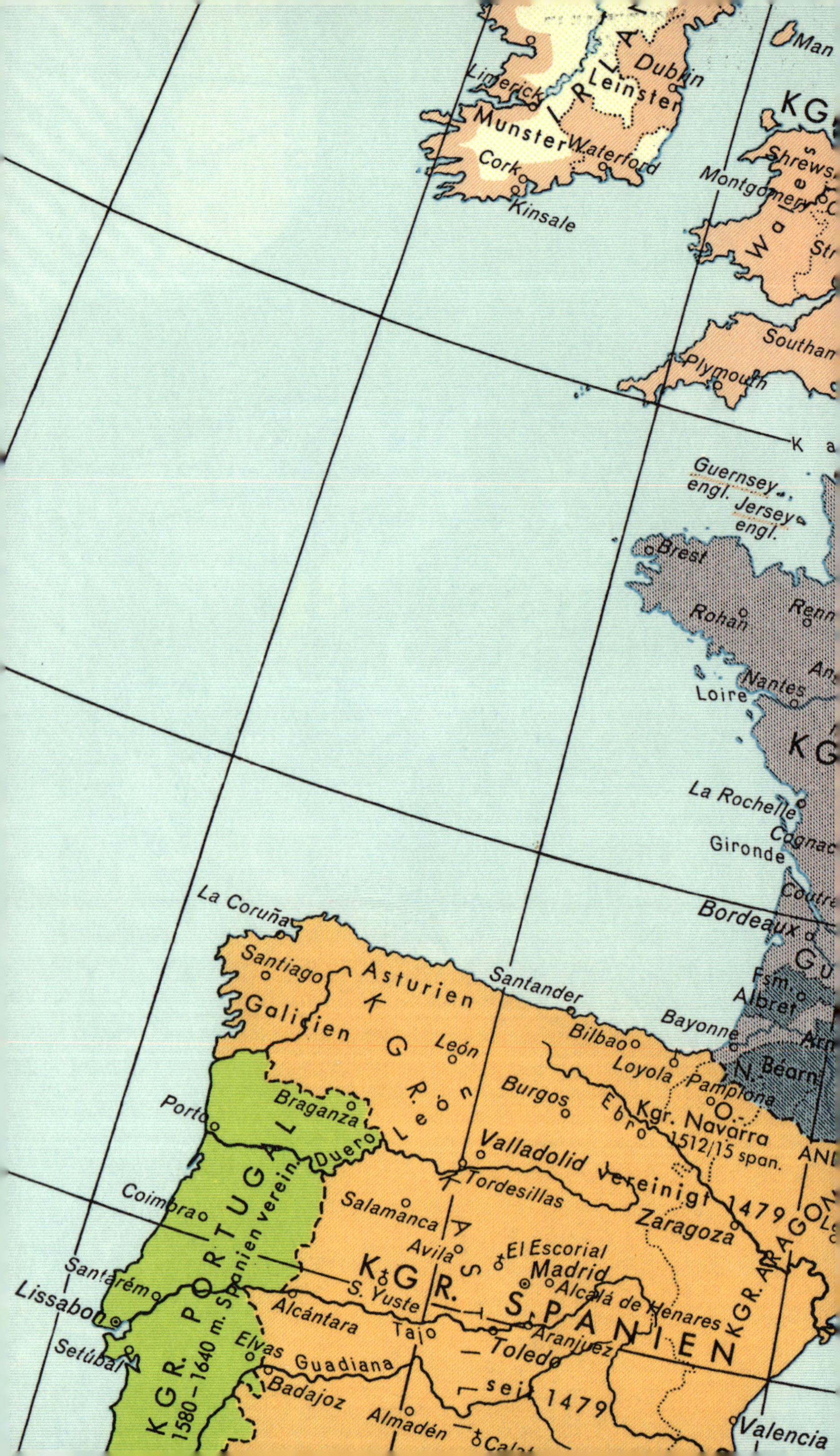

Man
Limerick
Dublin
Leinster
IRLAND
Munster
Waterford
Cork
Kinsale
KGR.
Shrews.
Wales
Montgomery
Southam
Plymouth
Guernsey engl.
Jersey engl.
Brest
Rohan
Nantes
Loire
KGR.
La Rochelle
Cognac
Gironde
Bordeaux
Fsm. Albret
Bayonne
Béarn
La Coruña
Santiago
Galicien
Asturien
KGR. León
León
Santander
Bilbao
Loyola
Pamplona
Burgos
Ebro
Kgr. Navarra 1512/15 span.
Porto
Braganza
Duero
Valladolid vereinigt 1479
Tordesillas
Salamanca
Coimbra
KGR. PORTUGAL 1580–1640 m. Spanien verein.
Zaragoza
KGR. ARAGON
Avila
El Escorial
Madrid
KGR. SPANIEN
Kastilien
Santarém
Lissabon
S. Yuste
Alcalá de Henares
Alcántara
Tajo
Aranjuez
Toledo
Setúbal
Elvas
Guadiana
seit 1479
Badajoz
Almadén
Valencia